신생

책임 편집·해설 김우영

일러두기

1. 『박태순 중단편 소설전집』은 박태순의 작품 세계를 집성해 널리 알리고 그 문학사적 의미를 새롭게 조명하려는 목적으로 기획되었다.
2. 수록 작품의 순서는 발표 시기 순에 따랐으며, 최초 게재지를 작품의 마지막에 밝혀 적었다.
3. 맞춤법, 띄어쓰기, 외래어 표기 등은 현행 한글 맞춤법과 외래어 표기법에 따라 수정했다.
4. 한글 표기를 원칙으로 삼았으며, 필요한 경우 괄호 안에 한자를 병기했다.
5. 간접 인용과 강조는 ' ', 직접 인용과 대화는 " ", 단편소설은 「 」, 장편소설은 『 』, 잡지는 《 》, 영화 등과 같은 작품은 〈 〉으로 표기했다.
6. 시 구절, 노래 가사 등의 직접 인용은 들여쓰기로 표기하였으며, 등장인물의 편지글이나 낙서 등은 이탤릭체로 표기하였다.
7. 이제는 사용하지 않아 의미가 불명확한 단어는 각주를 붙여서 설명하였다.

신생

『박태순 중단편 소설전집』을 펴내며

소설가 박태순이 타계한 것은 2019년 8월 30일이었다. 그때 영안실에서 조촐한 추도식을 연 우리 후학들은 고인의 문학 세계를 제대로 정리해 널리 알리는 일의 중요성에 대해 쉽게 의견을 모았다. 그로부터 5년, 우리는 이제 박태순 문학 전집의 첫 번째 성과물로 『박태순 중단편 소설전집』을 세상에 내보일 수 있게 되었다. 스스로 자랑스럽게 생각한다.

주지하듯, 박태순은 소설 이외에도 특히 국토 기행과 현장 르포 같은 산문, 역사 인물 평전, 제3세계 문학 번역 등 다방면에 걸쳐 활발하게 집필 활동을 했다. 엄혹한 시기 무소불위의 전제와 폭압에 맞서 자유실천문인협의회(현 한국작가회의)의 창립도 주도했는데, 그 과정을 꼼꼼히 기록하고 정리해 하나의 문학적 유산이 되게 한 것도 오롯이 그의 몫이었다.

소설로 국한하더라도 박태순은 한국 현대문학사에 자못 의미 있는 발자취를 남겼다. 무엇보다 그의 소설은 시대와의 고투 없이 쓰인 작품이 없으니, 중단편의 경우, 예컨대 「무너진 극장」에서 「외촌동 연작」으로, 거기서 다시 「3·1절」과 「밤길의 사람들」로 나아가는 계보가 이를 여실히 증명한다. 월남민의 자식으로 그는 도시 빈민의 삶을 묘사하는 데 자신의 생 체험을 유감없이 발휘했으며, 경제 개발 과정에서 소외되거나 심지어 추방된 또 다른 빈민들의 집단적 형성 과정에도 집요하리만큼 큰 관심을 기울였다. 또한 그는 소설을 쓰되 마치 성실한 사관처럼 당대를 생생히 기록하는 것은 물론, 한 걸음 나아가 시대를 관통하는 정신의 실체를 찾아내기 위해서도 부단히 노력했다. 이는 1960년 대학에 입학하자마자 독재 정권의 흉탄에 벗을 잃은 자의 순결한 부채 의식에서 비롯했으되, 1970년 전태일의 죽음, 1980년 광주 오월에 대한 부채 의식과도 무관하지 않을 것이다. 당대의 총체적인 현실은 늘 그의 소설의 기점이자 마땅히 가 닿아야 할 과녁이었다.

따라서 그는 소설을 쓰되 골방에서 저만의 우주를 구축하는 데에는 관심이 없었다. 그의 소설은 곧 이야기였는데, 고맙게도 장삼이사 필부필부의 이야기는 사방 천지에 널려 있었다. 그는 발품을 팔아 가며 그런 이야기를 듣는 데 실로 많은 시간과 노력을 기울였다. 국토와 민중에 대한 무한한 애정이 그를 추동했다.

그러나 그의 소설에 대해 이런 식의 고식적인 평가만 반복하는 것은 바람직하지 않다. 그가 동시대의 다른 어떤 작가들보다 고집스러운 측면이 많은 것은 사실이지만, 다른 한편 그는 굉장히 풍성하고도 열린 오감의 소유자였다. 문학 청년처럼 오직 사전에만 남아 있을 낱말들을 수두룩 되살려낸 것도 하나의 사례일 터. 게다가 문학에 대한 그의 놀라운 열정이라니! 작품 목록을 작성하는 과정에서 우리는 등단 직후부터 가히 초인적인 힘으로 소설에 매진한 한 사람의 전업 작가를 목격할 수 있었다.

이번 『박태순 중단편 소설전집』에는 그동안 거의 언급되지 않았던 작품들도 여러 편 발굴해 실을 수 있었다. 그의 문학에 대한 이해와 평가가 한층 넓어지고 또 깊어지는 계기가 되기를 바란다.

박태순 전집 간행위원회의 얼개를 짠 이후 곧바로 박태순 전집 편집위원회를 구성했다. 소설가 김남일과 시인 이승철, 그리고 부지런히 그의 작품을 읽어 온 후학들로 김영찬, 김우영, 박윤영, 백지연, 서은주, 오창은, 이수형이 위원으로 참여했다. 이후에도 많은 이들이 힘을 보탰고 짐을 나누었다. 이 자리를 빌려 고인의 가족에게 가장 먼저 감사의 인사를 드린다. 특히 장남 박영윤은 처음부터 끝까지 뒷바라지만을 자처해 간섭은 하지 않되 물심으로 온갖 도움을 아끼지 않았다. 어려운 출판 사정에도 불구하고 기꺼이 출판을 맡아 준 '걷는사람'의 김성규 대표의 결단, 그리고 어렵고 짜증스러웠을 편집과 제작의 실무를 맡아 준 여러 직원의 노고도 기억해야 한다. 일일이 호명해 드리진 못하지만 전집 간행에 시량의 우정을 보태 준 많은 벗과 독자들에게도 고마운 마음을 전한다. 마지막으로, 고인의 동기로 긴 세월을 함께해 온 염무웅 선생이 간행위원회 위원장을 맡아 주셨기에 이 모든 작업의 첫발을 뗄 용기를 얻었음을 밝힌다.

　박태순 전집 간행위원회는 앞으로도 장편 전집과 산문 전집을 계속해서 펴낼 예정이다. 많은 관심과 격려를 부탁드린다.

2024년 12월
박태순 전집 편집위원회

차례

박태순 중단편 소설전집 4권

정선아리랑

정선아리랑

모든 것이 시꺼멓게 물들어 버린 탄광 지대의 삭막한 풍광 속에서도 햇빛만큼은 유난히 하얀 색깔로 떨어져 내리고 있었다. 그래서 햇빛을 받고 있는 곳과 그늘이 진 장소는 유별나게 분별이 되고 있었다. 조그만 공터 비슷하게 자리 잡은 버스 정류소에는 그런데 머물고 있는 차가 한 대도 없었다. '식항 종합 비스 정류소'라고 나무 소각에 씌붙인 가게 앞에는 허름한 점퍼를 걸친 사내가 두 명의 어린것들을 데리고 우두커니 서 있었다. 그 사내의 나이는 쉰 살가량 들어 보였고, 얼굴 반쪽이 지독한 화상을 입어 있었다. 시꺼멓게 타 버려서 이목구비의 선이 망가져 버렸으나, 그쪽의 축 늘어진 눈시울과는 대조적으로 눈알은 유난히 반짝거리고 있었다. 나는 그 사내 앞으로 다가갔다.

"상동엘 들어가려고 하는데, 여기에서 버스를 타면 되는가요?"

가까이 다가가서 보니까 그 사내의 몰골은 더욱 흉측했다.

"상동이라요?"

그 사내는 느릿느릿 말했다.

"그렇지라우. 여기서 타면 되지요. 정선에서 기차 타구 오다가 내리셨구먼."

"예, 그렇습니다."

"지금 몇 시지라요? 상동 가는 버스, 네 시 십 분에 들어온다지요."

"세 시 십 분입니다."

"그러면 한 시간 가량 남았지러."

화상 입은 사내한테 매달리듯 주저앉아 있는 어린것들이 빤히 이쪽을 주시하고 있었다. 어린것들은 몇 번인지 모르게 누덕누덕 기운 입성에 마치 배가 고파서 그러고 있는 것처럼 피곤한 표정들을 하고 있었다.

"나도 상동엘 들어가려는 길인데, 동행이 되겠오. 젊은이는 상동에는 우짠 일로 들어갈라고 허시오?"

그 사내는 담배를 태워 물었다. 나는 시계를 만지작거렸다.

"만나볼 사람이 있어서요."

"서울에서 내려오신 사람인가 부지요?"

나는 대답을 하지 않았다.

"혹시 만나 볼라는 사람이…… 댁에서 광산에 찾아가는 길이 아니오? 그렇다면 어쩔까, 내가 도움을 줄지도 모르는 일이겠구만 싶어 물어보는 말이지러마는……."

"아닙니다. 연고 관계가 얽힌 사람을 찾는 길입니다. 아저씨께서는…… 상동에 어떻게 들어가십니까?"

"나는 상동에 가려는 게 아니고…… 상동을 거쳐서 황지 쪽으로 가려는 거라요. 황지 쪽으로 가다 보면 천백고지라고 하는 개척 마을이 있는데, 바로 거기 가려는 긴데…… 그야 오늘은 시간이 늦었으니 어차피 상동에서 잠을 자야 할 게구, 또 거기 구래리(九來里)에는 하룻밤 신세질만 한 친구들이야 없지 않소."

사내의 화상 입은 쪽의 눈알이 계속 번쩍거리고 있었다. 사고를 만난 광부라고 나는 생각했다. 어린것들을 데리고 출향관(出鄕關),

떠돌이 생활을 다니고 있음에 틀림없는 이 영감님의 사연은 과연 무엇일까.

나는 다시 시계를 들여다보았으며(세 시 이십 분이었다), 버스가 오려면 아직 오십여 분이나 남았다는 것을 지루하게 계산하고 있었다. 아마 그런데 그 사내도 그러한 궁리를 하고 있는 중인 듯했다. 쪼그리고 앉아 있는 두 명의 어린것을 내려다보더니 "야들아, 아무래도 안 되겠다. 버스 올라면 시간이 좀 걸릴 모양이니 우리 저기 가서 요기나 하구 가자."

이렇게 말하자 어린것들이 좋아라고 일어서면서 보퉁이를 제각기들 집어 들었다. 사내는 이쪽을 한 번 슬쩍 바라보았다.

"여기서 기다리자면 따분할 터이니 당신도 저기 가서 요기하며 기다리는 게 나을 거요."

"예 먼저 가십시오." 하고 나는 말했다.

나는 고개를 까딱했고, 사내는 마주 주억대더니 느적느적 길 맞은편 쪽의 '영월옥'이라고 써 붙인 음식점으로 들어갔다.

나는 영감의 모습을 주시하며 우두커니 서 있었다. 오후의 햇살이 영감의 등덜미 뒤로 기다란, 그리고 무겁게 보이는 그림자를 뻗치게 했다. 영감이 영월옥 안으로 들어서자 그림자는 없어져 버렸고, 그리고 나는 담배를 꼬나물고 우두커니 서 있었다.

나다니는 사람은 별로 없었고, 차량 하나 보이지 않았다. 버스 매표소이자 구멍가게인 잡화상 안에는 쪼글쪼글 늙은 할머니가 담배꽁초를 이따금씩 생각난 듯 빨아당기고 있었다. 이쪽이 껌이라도 한 통 사줄 사람인지 아닌지를 아까부터 계산해 보고 있는 듯한 표정으로 곁눈질을 하고 있었으나, 벙어리처럼 아무 말도 하지 않고 있었다. 강아지 새끼 한 마리가 늘어지게 기지개를 켜더니 얼씬얼씬 사라져 버렸다.

"상동 가는 버스 아즉 안 왔오?" 하고 골목길로부터 나타난 아주머니 하나가 보퉁이를 내려놓으며 물었다.

"네 시 십 분에 들어온댔습니다."

아주머니는 머리칼을 쓸며 우두커니 서서 이쪽을 바라보다가 말고 기웃기웃 공터 뒤쪽의 변소 쪽으로 사라져 버렸다. 그러자 다시 두 명의 사람이 나타났다. 남자는 서른 살 안팎이겠고 여자는 스물서너 살쯤 들어 보였다. 남자는 순직한 농사꾼처럼 얼굴이 시꺼멓고 거칠게 탔으나, 여자는 꾸깃꾸깃한 미니스커트 차림에 화장이 제법 짙었다. 사내가 나를 째려보았다.

"오늘 밤 안으로 들어가기는 틀렸어."

"흥, 누가 들어가기나 한댔나?" 하고 여자가 종알거렸다.

"그따위 소리 다시 꺼냈다간 관두지 않을 테야." 하고 사내가 윽박질렀다.

"흥, 소리 친다구 누가 겁낼 줄 알구." 여자가 비록 목소리는 낮으나마 앙칼지게 말했다.

그런데 그 여자가 내 기억에 남아 있었다. 아까 정선역으로 나와 기차를 탔을 때 이 여자도 정거장에 있었다. 이 여자를 기억하는 것은 정선역 내에서의 행동거지가 좀 색다르게 사람들의 시선을 끌어모을 만했기 때문이었다. 이 여자는 나이가 사오십가량 들어 보이는 어떤 아주머니를 붙잡고 눈물을 쏟고 있었는데, 그때 나는 생각하기를 아마 갓 결혼한 여자가 친정집에 신행을 왔다가 헤어지기 서운하여 눈물 짓는 것이려니, 그렇게만 생각했다. 하기야 아까 정선역에서 기차를 타려고 하였을 때 나는 다른 사람들에게 정신을 쏟아 둘 여유가 없기도 했다. 정선은 초행길이었고, 그리고 오늘 안으로 들어가야 할 상동도(중석 광산 얘기를 들은 적 있었던 것 외에는) 초행길이었다.

나는 영월까지 기차를 타고 내려가서, 거기서 상동 가는 버스를 탈 작정이었으나, 사람들 말이 석항에서 내려 가지고 들어가는 게 낫다고 하였으므로 낯선 이 조그만 마을에 내렸던 것이었다. 나는 그렇다 치고 저 여자는 왜 여기 서서 울고불고하는 것이며, 저 여자를 윽박질러 대는 사내는 과연 누구일까? 나는 담배 필터를 느적는적[1] 씹듯 하며 연기를 빨아들였다.

　　나는 시계를 들여다봤으며(버스가 오려면 삼십오 분가량 남아 있었다) 이윽고 뒤뚝뒤뚝 걷기 시작하여 길 맞은편의 '영월옥'으로 들어갔다.

　　영월옥은 새까맣게 먼지에 뒤덮여있는 슬레이트 기와집이었다. 애초에는 초가집이었던 것을 지붕만 바꾼 것이 아닌가 싶었다. ㅁ자 꼴의 마당에 푸른색 슬라브로 지붕을 덮었고, 네 개의 구공탄을 넣는 부뚜막을 시멘트로 만들고, ㄴ 앞에 오리 의자를 주르르 놓아 술도 팔고 국물도 파는 그런 식당이었다. 한쪽 구공탄 불 위에는 솥을 얹어놓았는데 술국이 설설 끓고 있었다.

　　나는 문 입구의 오리 의자에 앉았다. 아까 이 '영월옥'으로 들어온 화상 입은 영감과 두 명의 어린것은 저 안쪽 마루에 걸터앉아 있었고, 술집 색시로 보이는 여자와 잡담을 나누고 있었다.

　　"그라몬 참말로 광산은 그만둔단 말입니꺼?"

　　"글쎄 그렇다니까."

　　"그만둬서는 우짤라고예? 알라들을 데리고 우째 먹고 살아갑니꺼."

　　"다른 도리가 있어야 말이지러."

---

1) 물체가 힘없이 자꾸 축 처지거나 물러지는 모양.

"와 싸우듯 따져서 붙어 있지 않고예?"

"싸울 것도 없는 거여. 내 마음이 달라졌으니껜."

"얼굴이 그렇게 다치지 않았습니꺼? 그카이 악차스레 눌어붙는 기라예."

"그게 안 되는 게여. 그래서 이 고장을 뜰라고 하는 게여."

"이 고장을 뜬다고예? 그카몬 광산에서 아자씨를 그렇게 만들어 놓고, 쓰다 달다 말 한마디 없이 아저씨를 치아 뿌린다 이 말잉교?"

"그런 이야기 해봐야 소용 없지러. 제놈들한테 다시 빌붙지 않기로 했으니께. 다시는 갱에 들어가딜 안 해. 너무 늦었어. 하지만 지금이라도 발을 씻어야제. 내 한(恨)을 누가 씻어 줄라구?"

"그 심정이사, 하기사 알 만도 합니다마는."

색시는 김치 종지기와 술잔을 화상 입은 사내에게 갖다 놓고 딱하다는 듯 그를 내려다보더니, 내가 있는 쪽으로 왔다.

"무엇으로 드실랍니꺼?"

"여기 막걸리 한 사발하구 술국이나 주시오."

색시는 "예예." 하고 말하더니 다시 화상 입은 사내를 향해서 "그란데 아주무이는 우예 됐어예? 우예 되얏기에 아자씨 혼자서 알라들을 데리고 떠나는 긴가예?"

"내 얼굴이 이게 사람 얼굴이야? 허술하게 만난 계집이니 끝막음도 허술해진 기라우. 어쩔 수 없는 일이라 치부하고 있는 기제."

"그게 무신 말입니꺼?"

"제 년이 호들갑을 떨고 걱정도 해쌓고 하더니만, 암만해도 이 늙어 빠진 병신허구 같이 살아낼 길이 암담해졌을 게야. 밤중에 흉측한 얼굴 대하면 무섭다구 깜짝깜짝 놀라구 해쌓더니…… 퇴직금인지 재해 보상금인지 돈을 타낸 게 있었는데, 그걸 훔쳐 가지구 밤

도망질을 쳐 부렸지러."

"아이고 무시라, 그런 맘뽀로 으데 가든동 지가 잘 살라꼬예? 참말로 독한 여자 아잉교. 우째 알라들을 내버리고 달라 뺀단 말입니꺼. 그카이까 알라 어무이가 우예 됐는 동 모르고, 찾지도 않는단 말이지예."

"몰라." 하고 영감은 시들한 어조로 말했다.

"하지만도 아자씨 혼자서 알라들을 데리고 우째 견뎌 나갈라쿱니꺼?"

"다른 도리가 있어야제."

"참말로 이 세상 살아가는 기 우째 이리도 야박한지 모를 일입니더."

색시는 한숨을 푹 쉬었다. 조금 뒤 내 앞에 술 주전자와 술잔을 갖다 주고는 "여기 주전자에 술이 반 되 들어 있으니까예, 잡숫구 싶은 대로 따라 잡수이소." 하고는 다시 영감을 항해 다가가서 "아자씨, 이 술은 내가 드리는 기니까예 그냥 잡수이소. 그카고 마 이놈의 광산 떠나는 기 잘 된 일인지도 모르는 기라예. 너무 상심 마시고 힘껏 살아보면 알라들이 커 갖고 잘 모실 겁니더."

이렇게 말하자, 영감은 색시한테 위로의 말을 받는 자신의 처지가 어이없다는 듯 쓴웃음을 지었다.

그리고 이때 문이 열리고 다시 손님이 들어왔다. 나와 마찬가지로 상동행 버스를 기다리고 있던 그 젊은 남자와 여자였다.

그 사내는 술집 안을 휘둘러보다가 화상 입은 사내와 눈이 마주쳤다. 그들은 서로 아는 사이임에 틀림없었다. 화상 입은 사내는 술잔을 내려놓고 얼굴을 보이기가 싫은 듯 반쯤 돌려 어린것을 내려다보는 체했다. 그러다가 "자네 서울 갔더니만 뭣하러 예는 다시 나타났나?" 하고 물었다.

"아이구, 난 또 누구시라구…… 고한에 안 계시구 여기는 웬일이세요?"

젊은 사내는 이렇게 말하다 말고 "그리고 얼굴은…… 왜 그렇게 되셨어요?" 하고 언짢은 표정을 지었다.

"와 신문에도 났었을 낀데예. 갱 앞에서 가스가 폭발했는 기라예. 사람도 죽고……." 하고 색시가 참견을 했다.

"빌어먹을……." 하고 젊은 사내가 개탄했다.

"그래서 광산도 관두신 겁니까?"

"나쁜 것들이라 놓으이 사람 알기를 개똥만큼도 알지 않는 기라예. 아자씨는 이 고장을 뜬다 안 캅니꺼."

"그럼 어디로 가시게요? 어디 갈 데가 있단 말입니까?"

"그거 여러 소리할 것도 없는 기여. 말을 길게 하다 보면 울화통만 터지고…… 진즉 자리를 떴어야 하는 긴데…… 물론 갈 만한 데는 없제. 없지만 가지 않을 수 없으니까 떨쳐나서고 보는 것이제. 아무려면 지금껏 살아 왔는 만큼이야 어딜 가든 못 살기라구? 나도 나지만 그래 자네는 색시 데불고 도망치듯 서울로 갔다더니 여기는 왜 다시 왔노?"

"광산을 찾아온 건 아녜요. 이봐, 우리 최 씨 아저씨 너두 알지? 인사드려."

하지만 동행한 여자는 잔뜩 골이 나서 얼굴도 쳐들지 않았다.

"그거 고개나 좀 쳐들라구. 아무리 네가 골을 내봤자 내가 눈 하나 깜짝할 줄 알구?"

"흥, 자기가 뭔데?" 하고 여자가 입을 삐죽거렸다.

"병신 같은 것." 젊은 사내는 거북한 표정을 지었다.

"뭐 서울에서 다시 이쪽으로 밀려 내려온 건 아니구요……. 글쎄

얘가 말예요. 내가 돈을 제대로 못 벌어 온다구 도망질을 쳐 버렸단 말예요. 하루 자구 나도 돌아오질 않길래 오냐, 네년이 정선으로 돌아갔겠구나 싶어 부지런히 와 봤죠. 하마터면 놓칠 뻔했어요. 글쎄 이것이 오늘 아침에 정선역에서 자기 이모랑 질질 눈물을 짜고 있는 걸, 간신히 만났어요. 한 30분만 늦게 도착했어도 엇갈릴 뻔했죠.”

“흥, 무슨 자랑거리라구? 난 죽어두 같이는 안 산단 말야.”

“야 이것아, 화냥 기질일랑 이제 그만 청산할 때가 됐단 말이다. 그래도 나니까 받아주지, 네깐 것이 어디 가든 작부로나마 받아줄 줄 아니?”

“병신 같은 자식.” 하고 그 여자가 드디어 울기 시작했다.

“그거 젊은 사람들이 잘 살지 않구서 왜 그러우?” 하고 영감이 말했다.

“아니 우린 그만하면 잘 건너온 기에요. 이지씨두 아시겠지만 그때 광산에 있을 적에 말예요, 광산을 뜨자 뜨자 해두 어디 그게 마음대로 됐던 일입니까? 희망두 없구, 돈두 없구, 아무것도 없던 판이었으니까. 그때 얘를 알게 됐단 말예요. 얘를 알게 되자, 생각하기를 내가 아무것도 없지만 어떻게 하든 얘를 가져야겠다, 그런 결심이 서자 정신이 번쩍 났단 말예요. 또 가만히 보아하니 얘두 여간 딱한 애가 아니란 말예요. 사내놈 딱한 것도 딱한 거지만 계집년 딱한 건 정말 도리 없거든요. 양갓집 규수루나 태어났다면 그럭저럭 몸보신을 해 가며 맹꽁한 사내놈 하나 물어서 한세상 그럭저럭 편안한 감옥소에서 보내는 꼴이 되겠지만…… 어디 세상에 그런 양갓집 규수만 있나요? 그래 얘를 만나서 나도 마음 바로잡고 그리고 너도 달라지게 해주자, 작심을 해서 아예 광산을 뜨자, 대처(大處) 서울로 올라가자, 이랬던 거예요. 금호동 산꼭대기에 골방 하나 세 들어서…… 내 처지에 안면 가리게 생긴 것도 아니고 무서워하거나 피할 것두 없는 거니까 그저 뻔뻔스럽게 살았단 말예요. 그런데 여자란 얄팍한 데다가 참을성이 없어서 자기가 뭐 가장 불행한 것처럼 한탄만 한단 말예요. 그게 딱하지 뭡니까. 내가 괴로워하는 건…… 뭐 내 생활이 비참해서가 아니란 말입니다. 내 마음속의 분노 때문에 그렇거든요. 난 한 번도 마음속의 분노를 가라앉히려고 해본 것이 없고…… 그리고 그 분노 때문에 살고 있는 건데…… 얘도 여자가 돼 놔서 남자의 마음이란 게 뭔지를 이해 못 해요. 그래서 쪼르르 도망질을 쳐버린 거예요.”

“그거 자네는 옛날이나 지금이나 여전히 거칠군그래.” 하고 영감님이 말했다.

“거칠기는요? 내가 얼마나 착실해졌다구요? 그래 얘가 서울에서 비참할 바에야 차라리 시골로 내려가자 한단 말예요. 그럼 좋다, 시골로 내려가자. 단 아직 나는 자리가 잡히지 않았으니 시골 내려가 봐도 당장은 고생을 할 턱밖에는 없으니 그 점은 이해해라. 이렇게 구슬렸거든요. 그랬더니 그것이 원통하고 나에 대해서 참을 수가 없다는 거지 뭐예요? 그러니 난들 어떡합니까?”

“뻔뻔스런 자식.” 하고 여자가 경멸에 가득 찬 눈으로 노려보았다.

“내가 언제 너한테 원통하다구 했니? 지가 한 일은 생각지두 않구…….”

“자자, 그만들 해둬.” 하고 영감이 신물 난다는 표정으로 말했다.

“사람들이 그만큼 고생들을 겪었으면 철들이 나야지 원 언제까지나 그렇게 여리여리한 마음으로 지지고 볶고 할 것들이여. 가만 있자, 지금 몇 시나 되었나? 여보쇼, 거기 젊은 양반, 지금 몇 시요?”

영감이 나에게 물었다. 나는 시계를 보았다.

“네 시 오 분이군요.”

"그렇다면 버스가 들어오기까지 거의 시간이 다 됐지러."

"아저씨두 상동엘 들어가실라구요?" 하고 젊은 사내가 물었다.

"상동엘 들렀다가……, 천백고지로 들어가 볼라네."

"천백고지라니요?"

"왜 그 개척 마을이 있잖은가? 도시 부락민들 하구 화전민들을 이주시킨 그 산꼭대기 말이야."

"아…… 해발 천백 미터가 돼서 천백고지라고 한다는 그곳 말이군요? 무슨 자활촌 부락이 있다는 말은 들었지만……."

"그래 바로 그 마을이야. 내가 이 얼굴을 해 가지고 어디 가서 살겠나? 또 그것도 그렇제 손바닥만 한 나라에서 어디 살든 그게 다 마찬가지지러. 산꼭대기라고 해서 어디 그게 숨어 사는 노릇이 되는 게 아니고, 서울이라 해서 그게 산꼭대기에 사는 거하고 다른 턱도 없지러. 그 천백 고지에 아는 사람이 한 명 있는데, 거을철에는 추워서 견딜 수 없으께 도시로 나와 날품팔이를 하다가 봄철이 되면 다시 들어가는 것인데, 이 사람이 아마 지금쯤은 돌아왔을 게여. 그야 이 사람이 없어도 크게 상관할 일은 못 되지만…… 가서 약초나 좀 캐고, 그리고 남아돌아 가는 땅뙈기가 있으면 어떻게든 농사나 좀 부쳐 먹으면 되겠지러."

"하기야 아저씨 경우에는 그게 참 좋겠에요."

"이 사람아, 좋은 게 어디 있고 싫은 것이 어디 있는 게여?" 하면서 영감은 쓰고 떫게 웃었다.

"나는 이렇다 치고 자네도 상동엘 들어갈라나?"

"네, 들어가 볼라구요. 얘가 하도 지랄을 해쌓으니 들어가 봐서 뾰족한 수가 있으면…… 아저씨 말마따나 서울서 사나 어디서 견디나 마찬가지니까…… 눌어붙어 보는 거예요."

"자, 그럼 나가 보지."

영감이 일어서자 술집 색시가 보퉁이를 거들었다.

"당신은 나가지 않소? 시간이 거의 됐을 텐데?" 하고 영감은 나에게 말했다.

"네, 먼저 나가십시오." 하고 나는 말했다.

"어쩔 테야? 응, 말 좀 해봐." 하고 젊은 사내가 동행 중인 여자에게 재촉질을 하고 있었다.

"뭘 어쩐다는 거야? 흥."

"제기랄, 우리도 저 영감 따라서 천백고지나 들어갈까?"

"난 그런 데 안 가. 안 간단 말야."

"그럼 어딜 가잔 거니, 이 멍충아."

여자는 잠깐 생각에 잠겼다.

"상동에나 들어가 봐. 상동에 가서 내가 말한 이모부나 만나 보구…… 그리구…… 그다음엔……."

"그다음엔 내가 알아서 할 테다." 하고 사내가 말했다.

그들마저도 사라지고 난 뒤 '영월옥'에는 나 혼자 남아 있었다. 술집 색시가 좀 의아한 표정으로 나를 쳐다보았다.

"버스가 도착했는데예! 아저씨는 와 그라고 앉아 계십니꺼?"

나는 별로 할 말이 없어서 가만히 술잔을 마저 비웠다. 이제는 나도 떠돌이 생활을 청산해야겠다고 생각했다.

"상동엔 들어가지 않기로 했으니까."

이미 하루가 착실하게 저물고 있었고, 첩첩이 포개어진 산과 산의 모습이 무수한 사람들의 얼굴과도 같았다.

《세대》, 1974년 3월호

신생

신생

　어렸을 적에 우리는 독립군 놀이를 즐겼었다. 개미 떼처럼 달려드는 왜놈들을 땅, 땅, 땅, 휘뚜루마뚜루 총알받이로 만들어 황천길로 보내놓고 대한 독립 만세를 부른 뒤 표표히 사라지는 독립군 대장……. 약간 나이를 먹게 되면서 이러한 대장 놀이는 시들해졌지만, 그럼에도 독립군 대장에 대한 막연한 동경은 여전히 우리의 뇌리에 남아있었다. 말하자면 이렇게 우리는 과거와는 다를 것이 틀림없는 놀이를 하면서 자라났던 것이다. 왜정 시대에 교육을 받은 사람들과 차이가 있다면 아마도 이런 점에 있을까 몰라. 왜정 시대에 실제로 독립군 대장이 그렇게 왜놈들을 무찔러 버리면서 의기양양해 했을지, 어땠을지 그것과는 상관없이 신생국의 신생아들에게는 그런 놀이가 필요했을 것만은 틀림없을 터였다. 도리어 그런 놀이가 더 이상 권장되지 못했다는 것이 문제였겠지……. 6·25가 7·27 휴전으로 적당히 마무리된 뒤 우리는 중학생이 되었다. 학교 본관은 영국 군인들이 자기네들 부대로 쓰고 있었다. 우리는 운동장에 천막을 쳐놓고 공부했다. 영국 군인들과는 철조망을 사이에 놓고 서로 마주보며 지냈지만 사이가 좋지는 못했다. 대체로 미국 군인들과 영국 군인들은 차이가 있었다. 미군은 껌을 짝짝 씹고, 양갈보를 끼고 다니고 한국인 노무자를 부려먹어, 부대 근처에는 어느덧 시끌벅적한 환락가 기지촌이 형성되기 마련이었다. 영국군에게는 그런 것은 없었다. 그들은 햇볕을 덜 쬐어서 그런 것 같은 허여멀건 피부에 항상 오만상을 찌푸리고 본바닥 사람, 즉 한국인을 멸시하고 싶어 못 견디겠다는 듯한 표정을 짓는 것이다. 역사 선생이 말하기를, 여기 와 있는 영국 군인이란 저들 나라에서도 밑바닥 종자들이라 질이 좋지 않으며, 또 영국이란 나라는 한때 세계 여러 곳에 식민지를 만들어서 그 본토인들을 학대하고 재물을 갈취하곤 했는데 바로 그런 용병 기질 같은 것, 제국주의 군대 근성 같은 것이 남아 있어서 사람들이 저 모양이니, 학생 제군들은 저들을 상대할 것 없다 하고 그런 말을 해주는 것이다. 물론 역사 선생은 영국이 우리를 도와준 우방이라 하는 만치 근본적으로는 감사하는 마음을 잊어서는 안 된다는 말을 부언했다. 영어깨나 씨부렁서릴 수 있게 된 상급생들이 영국군과 사이좋게 이야기를 나누고 싶어 철조망으로 다가가는 일이 없지는 않았지만, 저들은 그럴 적마다 눈알을 부라리며 총을 들이대고, 그리고 언젠가는 실제로 총을 쏘아 댔던 적도 있었던 것이다. 우리가 배워야 하는 영어와 그 언어를 모국어로 쓰는 영국 종자들과는 전혀 별개였다. 그 사건은 우리에게 굉장한 충격을 주었다. 학교 교장은 항의했다. 영국군 부대장은 직업 군인의 위엄을 가지고 학생들이 버릇없이 굴어서 젠틀맨 나라의 군인을 화나게 한 것을 힐난하였다. 우방으로서 대신 피를 흘려가며 싸워준 고마운 군인들이라는 생각을 갖고 있어야 하며 학생들이 그 점을 항상 명심해야 한다고 교장은 훈화했다. 학생들은 어딘가 석연치 않고 서운하고 안타까웠지만 교장의 말인 만큼 의심할 이유가 없었다. 역사 선생은 말했다. 너희는 오만해지면 된다. 너희가 저 영국군에게 친절해지고 싶어 하는 마음을 갖는다는 것이 벌써 잘못된 것이다. 너희들은 그것을 혹시 비굴한 짓이라고 생각지 않느냐. 하지만 학생들은 역사 선생의 말을 딱히 이해하고 있는 것만은 아니었다. 영국 군인들이 어린 학생들에게 친절해지고 싶은 마음을 갖지 않는다는 것이 아쉽기는 했으나.

얼마 후 그 영국군 부대는 철수했다. 시원하게 철수했다. 그들이 철수하리라는 소문은 한 달쯤 전에서부터 학생들에게 알려졌다. 학생들은 그날이 오기를 손꼽아 기다렸다. 어서 빨리 철조망을 넘고 싶어서……, 그리고 애당초 이 학교의 것임에 분명한 본관으로 어서 가 보고 싶어서……, 어느 맑게 갠 5월 초순, 반짝거리는 햇빛을 받으며 군용 차량들은 퇴각했다. 짬빵모자[1] 앞팔각모에 괴상한 경례 방식에 독특한 걸음걸이로 영국군도 서서히 빠져나갔다. 이윽고 텅 비었다. 교장은 이미 군인들의 사열식에 초대되어 철조망 안쪽으로 들어가 있었는데, 이윽고 군인들이 사라지고 난 뒤에도 학생들의 접근을 일체 하지 못 하도록 막았다. 몇몇 선생들만이 부럽게 철조망 안으로 들어가 주변을 휘둘러보고 나왔을 뿐이었다. 그날 오후 수업은 계속되었지만, 우리는 참을 수 없었다. 우리는 땡땡이를 쳤다. 학교 수업을 까먹었다는 말이다. 그렇지, 독립군 대장 놀이를 하는 것이다. 물론 우리는 국민학교 학생이 아니니까 점잖은 체면에 독립군 대장 놀이를 한다고 말할 수는 없었다. 그러나 우리는 이제부터 하려는 짓이 독립군 대장 놀음인 줄을 알고 있었다. 영국군이 물러난 뒤에도 철조망은 튼튼하고 완강하게 이쪽과 저쪽을 가르고 있었고, 정문에는 수위와 체육 선생이 영국군 보초보다

---

1) 앞팔각모.

더 삼엄하게 경비를 서고 있었다. 다른 애들은 수업을 받고 있는데 우리 몇몇 학생만이 탐험에 나섰다는 사실이……, 즉 다시 말하자면 대부분의 한국 백성들은 왜놈의 총칼 밑에 신음하고 있는데 우리 몇몇 학생만이 독립군 대장으로 몸을 떨쳐 일어섰다는 것이 웅장한 감동을 가져다 주었다.

"어떻게 철조망을 넘지?"

한 애가 물었다. 병신 같으니라구. 그것두 몰라? 흙을 파면 되는 것이다. 땅을 긁어내어 오목하게 만들어서 빠져나가면 돼. 우리는 어렸을 적의 독립군 대장 놀음에서 그 정도의 기초 전술은 이미 익혀 알고 있었다. 하기야 그것은 만화책 덕분이었지만.

그 감격을 어떻게 말할 수 있을 것인가. 숨을 죽이고, 그리고 몸을 숨겨 가지고 일정한 간격을 두어 한 명씩 한 명씩 포복하여, 철조망 앞에 이르러서는 발라당 자빠져서, 마치 몸체가 뒤집힌 풍뎅이가 발가락을 허우적거리듯 철조망을 넘는 것이다.

이윽고 다 넘었다. 우리 독립군들은 용감하였을 뿐 아니라 자기 맡은 바 사명을 십분 충실히 해낸 것이다. 장하다, 수고 많았다. 한 녀석이 일부러 목쉰 소리를 해 가지고 이렇게 흉내를 내었다. 우리는 깔깔거리며 웃는 것조차 잊어버리고, 아닌 게 아니라 장한 듯한 표정으로 서로의 얼굴을 감동에 젖어 바라보았다.

자, 그러면 더욱 힘을 내서 전진을……. 우리는 떨리는 가슴을 진정하지 못한 채 드디어 본관 건물로 들어섰다. 쥐죽은 듯 조용하고 음산할 정도로 텅 비어 있는 낭하……. 발을 들여놓자 본관 건물 전체가 쩌렁쩌렁 울렸다. 아이구머니나, 일단 뒷걸음쳐서 우리는 낭패한 듯한 기색으로 서로의 얼굴을 쳐다보았다. 조금 뒤에 우리는 진정이 되었다. 아무것두 아니잖나 말이다. 본관이 텅 비어 있으니까 낭하가 쩌렁쩌렁 울릴 것은 당연하잖아, 이 병신들아. 사실 그것은 아무것도 아니다. 괜히 우리들이 지레 겁먹은 것에 불과했다. 이래 가지고 우리가 의병대장, 독립군 대장이라고 할 수 있을까. 모든 책에 써 있고, 모든 만화책에 그려져 있으며, 그리고 어렸을 적에 우리가 보았던 모든 서커스, 연극, 국극의 내용이 그랬던 것과 같이 실제 독립군 대장들은 비 오듯 쏟아지는 왜놈의 총알을 전혀 두려워하지 않으며 오직 조국의 독립을 위해서 돌진, 또 돌진하지 않았던가. 우리는 적이 진정됨과 동시에 유관순 누나처럼, 그러니까 독립군 대장처럼(용맹하다는 점에서 그들은 한결같이 일치하는 것이다) 의기양양하여 돌진했다. 일대 소동이 일어났다. 쥐죽은 듯 조용하던 낭하에 요란한 발소리가 났기 때문이었다. 우리는 죽을 힘을 다해 뛰었다. 왜냐하면 겁이 났기 때문에. 그럴 리는 없겠지만 심술사나운 영국군이 어느 구탱이에 숨어 있다가 빠방 총을 쏘아댈 것 같기도 했고, 그리고 왜놈들이 어딘가에 숨어 있지나 않을까 하는 착각도 생겼기 때문에.

1층 낭하를 이쪽 끝에서 저쪽 끝까지 백 미터 경주나 하듯 달려나간 우리는 숨 쉴 틈도 없이 2층으로 올라갔다. 2층 낭하를 요란하게 돌진해서 저쪽 끝에 있는 계단을 밟아 우리는 3층으로 올라갔다. 그리고 4층으로 올라갔다. 4층 오른쪽 끝에 옥상으로 올라가는 쇠 계단이 있었다. 우리는 옥상으로 올라갔다. 야아…… 모든 것이 아래로 내려다보이는구나. 드디어 우리는 승리한 것이다. 이긴 것이다! 우리는 서로 흥분해서 어깨동무하며 앞으로 내닫기 시작했다. 옥상의 전면 중앙에는 국기 게양대가 있었다. 그런데 깨닫고 보니 국기 게양대는 한 층 높은 곳에 자리 잡고 있었다. 즉 옥상에 10평 정도의 콘크리트 방을 만들어 그 방 위(그러니까 그곳도 옥상이었다)로부터 게양대는 하늘을 찌를 듯 솟구쳐 올라가 있었다. 저기다, 우리의 목표가 저기다. 새로운 목표, 우리가 가야 할 최종 목적지를 발견하자 더욱 힘이 솟구치는 듯하였다. 이제 우리는 서두르지 않았다. 서두를 필요가 없었다. 최후의 승리는 기필코 우리의 것이니까. 이제까지의 흥분을 약간 가라앉히면서 우리는 독립군 대장 놀음의 마지막 압권을 어떻게 하면 최대한도로 만끽할 수 있을까, 궁리에 잠겼다. 시시껍절하게 저 야싸한 감동을 마무리 짓고 싶지는 않았다. 뭐가 없을까, 좀 더 기막힌 뭐가 없을까. 우리는 게양대 있는 곳으로 올라가는 쇠 난간 앞에까지 왔다.

"잠깐, 여러분."

한 녀석이 여전히 장엄하게 목쉰 소리로 막 쇠 난간을 오르려던 우리의 발걸음을 멈추게 했다.

"이제 우리는 잃었던 조구을 뇌찾아 우리의 새로운 니라를 어기에 세우는 거야."

아무렴 그렇지. 그래야 독립군 대장 놀음이지.

"물론 그렇구 말구, 모든 사람이 행복하게, 평화롭게 살 수 있는 우리의 나라를."

다른 녀석이 이렇게 그 말을 받았다.

아쉽구나, 아쉽다. 이 감동을 좀 더 연장할 수는 없을까. 독립군 대장 놀이를 좀 더 계속할 수 있는 무슨 방법이 없을까. 우리는 상기되어 있었지만, 그러나 이제 우리가 나누어야 할 대화, 우리의 독립군 대장 놀음의 최후의 승리를 확인하는 절차만 남겨 놓고는 모두 끝나 버렸다는 것을 시인하지 않을 수 없었다. 어렸을 적에 본 만화도 서커스도, 연극도, 국민학교 때의 학예회 연극도 모두 이런 마지막 대목이 허전했다.

"그래, 그렇다. 우리 손으로 우리의 새로운 나라를 만든다. 모든 사람이 행복하게, 평화롭게 살 수 있는 우리의 나라를."

그런데 확실히 이 세상에는 비범한 인간이 있다는 것을 인정해야 할 것 같다. 보통사람으로서는 생각해 낼 수 없는 것을 생각해 내며, 보통 사람이 미처 가 보지 못한 곳을 먼저 탐험해내며, 그리고 남들이 깨닫지 못하는 것을 미리 깨닫는 인간이 있기 마련인 것이다. 말하자면 사타구니에 다른 녀석보다 먼저 털이 난 것을 교실에서 자랑하며 내보여주는 녀석이 있듯이.

"그렇구 말구." 다른 한 녀석이 말의 바톤을 이었다. "모든 사람이 행복하게, 평화롭게 살 수 있는 나라를 우리의 손으로 세운다."

이때쯤 해서 우리는 기운이 빠져 버렸다. 결국 끝난 것이다. 우리의 독립군 대장 놀이는, 그 감동은 지나가 버리고 만 것이다. 결국 앵무새처럼 똑같은 말을 계속 반복하는 도리밖에는 없는 것이다. 모든 사람이 행복하게, 자유롭게 살 수 있는 나라를 우리의 손으로!

그런데 확실히 이 세상에는 비범한 인간이 있기 마련인 것이다.

"우리가 새로이 세운 그 나라 이름이 어떻게 되지?"

"이름?"

어리둥절해서 우리는 엉뚱한 질문을 던진 녀석을 쳐다보았다.

"그래, 이름 말야. 모든 사람이 행복하게, 평화롭게 살 수 있는 그 나라 이름 말야. 우리가 철조망을 넘어 1층, 2층, 3층, 4층, 옥상까지 어려운 고비를 넘겨 이제 우리의 손으로 세우게 될 그 나라 이름 말야."

"그 나라 이름은……."

"체, 바보들 같구나. 그 나라 이름도 모르면서 너희들은 무엇을 세운다고 떠들어 대는 거니? 그러고서도 너희들이 독립군 대장이냐?"

"그 나라 이름은…… 임마, 넌 아니? 그 나라 이름이 뭔지 알아?"

"그야 알지."

"뭐야? 말해 봐, 어디."

"뭐냐구? 너희는 참 멍청하구나. 임마, 그 나라 이름이 뭔지는 여기서 정하면 될 거 아냐? 우리가 정하기에 달렸잖아? 가만있자, 너희는 뭐라구 정했으면 싶으니? 이왕이면 아주 멋있는 이름을 붙였으면 좋겠는데……."

"그 나라 이름은 우리가 정하기에 달렸다구?"

확실히 이 세상에는 비범한 인간이 있기 마련인 것이다. 그날, 중학생이었던 우리 중에서도 비범한 인간은 있었다. 미처 남들이 깨닫지 못하는 것을 미리 깨닫고 있는 비범한 인간이 있었던 것이다. 우리가 독립군 대장 놀음을 하고 있었을 적에 그 녀석도 물론 우리와 같이 독립군 대장 놀이를 하고 있었다. 하지만 우리가 이 쉽게 독립군 대장 놀이를 끝내는 도리밖에 없다고 생각했을 때, 그 녀석은 확실히 우리보다 한 발 앞질러 엉뚱한 생각을 제시했던 것이다. 그 비전은 처음에는 우리를 당황하게 하고 놀라게 하고 불쾌하게 만들기까지 했다. 그러나 다음 순간 우리는 그 녀석의 인도를 받아 모두 얼굴에 물음표의 표정을 지었고, 그리고 엄청나게 놀라운 사실을 깨달았다. 과연 그렇구나. 우리가 독립군 대장 놀음을 한다고 해서 독립군 대장이 되는 것은 아니다. 그럼에도 우리는 열심히 독립군 대장인 척했을 뿐이었다. 왜놈과 싸워 빼앗겼던 조국을 찾아 새 나라를 세우는 독립군 대장인 척했을 뿐이었다. 그리하여 독립군 대장의 역할이 마감되어 버리는 순간에 우리의 새 나라 세우기 역할도 끝장나는 것이었다. 그런데 그 녀석은 엉뚱한 소리를 했고, 그 엉뚱한 소리는 곰곰 생각해 보니 엉뚱한 소리가 아니라 기막히게 새롭고 소중한 소리였다. 우리가 독립군 대장의 역할로서만이 아니고 우리의 처지에서도, 그러니까 좀 더 정확히 말하자면 독립군 대장의 역할에다가 우리의 기분을 살려서 새 나라를 세운다, 이런 말이 되는 것이다.

"그러면 말이야, 가만있자, 이거 너무 머리가 복잡해져서 뭐가 뭔지 모르겠다. 하여튼." 하고 다른 녀석이 말했다. "하여튼 네 말마따나 그 나라 이름은 우리가 정하기에 달렸다고 치자. 그건 그렇게 돼두 좋아. 그 나라 이름은 우리가 정하기에 달렸다고 치구……, 다음으로 문제가 되는 것은……. 그래, 문제가 아주 많지."

"무슨 문제가?"

"그 나라두 헌법이 있을 테고, 선거가 있을 테고, 자유와 민주가 보장되어 있겠지? 그렇겠지?"

"넌 참 바보구나."

우리 전체가 입을 비죽거렸다.

"그렇잖구 뭐니? 우리가 독립군이기 때문에 독립군 놀음을 한 거냐? 우린 독립군두 아무것두 아니잖니? 우린 그저 멍청한 중학생이란 말야, 그 나라두 마찬가지 아니니? 그 나라라는 게 어디 있어? 또 그것두 그렇지. 그 나라라는 게 있다면 도리어 큰일 날 소리가 아니고 뭐니? 우린 엄연히 자주 국민으로 우리의 나라를 가지고 있잖니? 우리나라를 가지고 있는데 그 나라라는 건 또 뭐니? 우리는 시대를 잘못 골라서 태어났기 때문에 독립군이 될 수 있는 기회는 놓쳤구, 독립군 놀이에 머물 수밖에 없어. 그러니까 '그 나라'는 머릿속에서만 존재한단 말야. 우리 머릿속에서만 가상적으로 존재한단 말야. 그러니까 말야, '그 나라'가 우리 대한민국과 똑같을 필요는 없다구 생각한다. 왜냐하면 그렇게 되면 '그 나라'가 하나도 우리에게 신기한 게 되지 않고 말거든. 그렇지, 참 그렇구나. 너희도 유토피아라는 말이 무슨 뜻인 줄은 알고 있지? 공민 시간에 배웠잖어? 이상 국가라는 뜻이야, 이 세상에 실제로 존재하지는 않지만, 사람들이 동경하는 이상적인 나라 그게 유토피아 아니니? 그래 '그 나라'는 우리의 유토피아다."

"우리의 유토피아?"

"그래, 우리가 이상 국가를 만들어보는 거다. 책에 쓰여 있어."

"우리의 유토피아라면…… 그게 도대체 어떻게 되는 거지? 우리가 그런 건 왜 생각해 봐야 하느냔 말야, 있지두 않은 그런 걸 말야."

"그게 있지 않으니까 우리가 생각해 보는 거다."

"도대체 그건 또 무슨 소리니?"

"그게 있다면 우린 생각을 안 해두 돼, 공민 선생이 말하는 것도 못 들었어? 그게 없으니까 생각해 보는 거야, 우리기 비람직하게 생각하는 나라, 모든 사람이 평화롭고 행복하게 살고 있는 나라, '그 나라'는 과연 어떤 제도, 어떤 원칙을 가지고 있는 나라인지 말야……."

"글쎄, 어떤 나라일까? 그 나라는……."

"그야 전쟁이 없는 나라겠지."

"먹을 것이 풍족한 나라일 거야."

"모든 사람이 평화롭게 살고 있겠지."

"그리고?"

"소년들을 구박하지 않을 거고."

"그리고 또?"

"그리고…… 음…… 뭐가 있을까? 하여튼 이런 자유당 정부하고는 다른 나라일 게다. 국민들을 위해서 제대로 정치 잘 하고, 그런 나라겠지."

"그것 봐, 너희는 몇 개 지적하지두 못한 채 말문이 막히고 말잖어? 그러니까 우리가 생각해 볼 필요가 있다니까. 우리 이렇게 해보자. 우리의 유토피아가 어떤 나라인지, 아니 어떤 나라가 되어야 하는지 곰곰 생각해서 내일 만나보잔 말야. 그래서 서로 생각해온 걸 발표하는 거야. 어떠니? 사람마다 생각이 다를 테니까 유토피아에 대해서 생각하는 것두 다를 거야. 그 모든 사람의 유토피아를 종합해서 완전무결하게 만든 것, 아마 그게 진짜 유토피아일 거야. 그러면 우리는 적어도 우리의 유토피아가 무엇인지, 우리가 어떤 나라를 바라고 있는지 알게 될 거란 말야."

이제 이 이야기를 어서 마쳐야겠다. 벌써 20여 년 전에 우리는 극히 막연하게나마 어떤 나라를 우리가 바라고 있는지 알아야 한다고 생각했었다.[2] 그것은 본능이었을까, 그럴 것이다. 우리는 신생국의 소년들이었으니까. 한 가지 분명한 점은 그때 '유토피아의 주민'이었던 소년들은 쓸데없이 나이만 꽉 차서 생선 장수, 학교 선생, 아크릴 상점 판매원, 시계방 주인, 감옥소 죄수, 삼륜차 운전수가 되어버렸지만, 그때 우리가 독립군 대장 놀이를 하면서 얘기했던 것이 과연 무엇인지를 이제는 절실히 깨닫게 되었다는 사실이다. 그것을.

《창작과비평》, 1974년 가을호

---

2) 소년들의 대화 장면은 이 책에 실린 자전 소설 「유랑과 정처」에서도 언급되고 있다.

작가 지망

작가 지망

그렇습니다. 저는 소설가가 되기로 결심하였습니다. 재능이 자기에게 있다거나 문학을 제대로 공부해서 지망하는 일이 아닙니다. 소설 쓰는 일에 취미를 붙여서 그러는 것도 아닙니다. 이 세상 문문히 살아갈 수 없다고, 더 이상 속아가며 살아갈 수 없다고 깨달아지는 바가 있기 때문입니다. 그런 연유로 이 편지를 선생님께 띄웁니다. 선생님이라면 소생의 어리석은 생각을 말씀드려도 큰 허물은 되지 않으리라 믿습니다. 아니 도리어 "최 군이 진심으로 작가가 되고 싶다면 열심히 해 보라."고 권유하여 주실 것으로 믿습니다. 다만 그러시면서 "소설 쓰는 일은 쉬운 일이 아니며, 더욱이 우리처럼 정신 빼앗기고 넋 잃은 채 사는 처지에서는 그것이 무서운 고통의 길이 되는 것임을 깨닫고 있을 터인데, 과연 무슨 결심으로 그 일을 하려고 하느냐.' 하고 자상스러운 염려의 말씀을 물어주실 것으로 생각됩니다.

그야 저는 아무것도 모릅니다. 모른다고 말씀드리겠습니다. 문학을 하자면 책도 많이 읽어야 하고 체계 잡힌 자기 사상쯤은 가져야 하겠지요. 소생처럼 우매한 사람에게 그런 것이 있을 리 만무합니다. 그러면 어째서 문학을 하기로 결심 세웠느냐, 아니 그것보다도 요즈음 소생이 느끼고 있는 절박한 깨달음, 너무 늦게서야 눈을 떠서 바라보고 있는 것들에 관해서 말씀을 드려야겠습니다. 전에도 몇 번 글월을 올린 바 있으니 선생님께서도 소생이 어떠한 청년인지는 짐작하실 줄로 믿습니다. 소생은 이 세상의 덕을 입은 것이라곤 진실로 아무것도 없었음에도 불구하고, 그냥 곧이곧대로 이 세상을 믿으며 살아 왔더랬습니다. 여태까지는 세상에 충실하려고만 하였습니다. 어디까지나 충실하면 되겠거니 생각하였습니다. 내 어머니, 내 아내까지도…… 뼈가 부서지고 살이 찢기더라도 충실한 노력으로 살려고 하였습니다. 나라 잃은 조선 땅, 누구나 비참에 신음하고 있으니 가솔을 거느려 유랑의 길을 떠나는 설움도 차라리 당연하려니, 그렇게만 생각했습니다. 만주의 벌판을 헤매고, 한 끼니 목구멍 풀칠을 위해 인간으로는 있을 수 없는 모진 곤욕과 수모를 받아도 수굿수굿 참는 줄밖에 몰랐습니다.

부지런하다면 우리처럼 부지런함이 어디 있으며, 정직하다면 우리 식구같이 정직함이 어디 있으련만 빈곤은 날로 심하였습니다. 돈벌이 일이 없으면 없는 만큼, 고통이 닥치면 닥치는 만큼 번민은 컸습니다. 어떤 날은 거의 얼빠진 사람처럼 눈을 감고 깊은 생각에 잠기기도 했습니다. 아, 인간고(人間苦)는 이렇게 극심한 것이며 인생이란 이렇게 괴로운 것인가 생각하게 되었습니다. 소생은 자기의 충실과 정직함이 배신당하고 비웃음가마리가 되고 핍박의 채찍이 되어 자기에게로 향해지는…… 그리고 그렇게밖에 살아갈 수 없도록 된 인간 사회의 모순에 눈을 뜨고 새삼스레 분함과 회한과 안타까움에 몸부림을 쳤습니다. 소생뿐만 그런 것이 아닙니다. 왜놈의 총칼에 엎드린 조선 백성, 저들의 말발굽에 황폐해 가는 이곳저곳의 모든 참담한 민중의 실상이 저와 같음을 보았습니다. 어찌해서 이것이 이러하게 되었으며, 어찌해서 옴쭉달싹 못한 채 순종하며 살아야 하느냐는 의심을 때늦게 품게 되었다면, 이것은 다만 어리석은 자의 무지한 반항에 불과한 것이겠습니까. 그렇지 아니합니다. 소생은 더 이상 자신을 속일 수가 없고, 더 이상 어리석게 살지는 않겠습니다. 어리석음으로 말하자면 지금껏 겪어왔던 것으로 충분하고도 남습니다.

소생은 여태까지 속아 살아왔습니다. 세상은 우리를 속였습니다. 우리의 충실을 받지 않았습니다. 포악하고 허위스러운 무리를 용납하고 옹호하는 세상인 것을 참으로 몰랐습니다. 우리뿐 아니라 세상의 거개 사람들도 그것을 의식치 못하였을 것입니다. 그러기에 그들은 그러한 세상 분위기에 취하였으며 소생도 이때까지 취하였습니다. 우리는 우리로서 살아온 것이 아니라 어떤 험악한 제도의 희생자로서 살아왔습니다. 소생은 보았습니다. 큰 뜻을 품고 고국을 떠나 대륙을 방황하던 지사가 웅지를 펴 보기는커녕 실의와 낙담에 빠져 맹랑히 귀국하여 막벌이 노동꾼으로 떨어지고, 부모 형제가 서로 헤어져 유리걸식하며 유랑 다니는 반면, 제 동포를 고자질하고 일본놈 중국놈에 빌붙어 간사를 떠는 자들의 횡포와 그 그늘에서 무고히 죽어가는 사람들을 보았습니다.

선생님. 소생이 어째서 문학을 하려는지 이해해 주시겠지요. 밀알이 썩지 않으면 언제나 한 알의 밀알이지만 그것이 스스로 썩을 때 수없이 많은 밀알을 낳는 것과 마찬가지 이치로 소생은 자기가 보았고 겪었고 깨달았던 것을 위해 자신을 희생시키고자 합니다. 어리석은 개인의 고통, 빈궁쯤이야 도리어 무슨 의미가 있겠습니까. 소생은 더 이상 자신의 고통이나 빈궁을 모면하기 위해 구차한 목숨으로 발분하지 아니하렵니다. 문학을 위해 소생을 던질 각오가 돼 있습니다. 곧 상경하려고 합니다. 소생은 모든 것을 버리고 힘껏 달려가겠습니다. 부모 처자식을 버리고서라도 달려가겠습니다. 소생이 떠나는 날부터 식구들은 더욱 곤경에 들 줄도 잘 압니다. 자칫하면 눈 속이나 어느 구렁에서 굶어 죽는 줄도 모르게 굶어 죽을 줄도 잘 압니다. 소생은 이곳에서도 남의 집 행랑어멈이나 아범이며 노두에 방황하는 거지가 무심히 보이지 아니합니다. 하지만 소생은 일단 각오하고 결심한 일을 허물지 아니하렵니다. 이 분위기 속에서는 아무리 노력하여도 우리의 생은 암담합니다. 어찌어찌 겨우 연명을 한다 하더라도 죽지 못하는 삶이 될 것이요, 그 영향은 자식에게까지 미칠 것입니다. 소생은 어미 품속에서 빽빽 우는 어린것의 장래를 생각할 때면 애잡짤한[1] 감정과 분함을 금할 수 없습니다. 소생은 이때까지는 최면술에 걸린 송장이었습니다. 제가 죽은 송장으로 어찌 님을, 가족을 살리겠습니까.

선생님, 거듭 말씀드립니다. 이를 갈고 주먹을 쥡니다. 눈물을 아니 흘리려고 하며 비애에 상하지 아니하려고 합니다. 울기에는 때가 너무 늦었으며 비애에 상하는 것은 소생의 박약을 표시하는 듯싶습니다. 어떤 고통이든지 참고 분투하려고 합니다.

선생님. 소생이 탈가(脫家)해서 소설을 쓰고자 하는 이유를 대략 적은 사연입니다. 소생은 목적을 이루기 전에는 식구에게 편지도 하지 않으려고 합니다. 그네가 죽어도 또 내가 죽어도 소생은…… 이러다가 성공 없이 죽는다 하더라도 원한이 없겠습니다.

이 시대, 이 민중의 의무를 이행한다는 것이 이런 뜻인 줄 짐작하는 까닭입니다.

---

1) 가슴이 미어지듯 안타깝다, 안타까와서 애가 타는 듯하다.

성진에 사는 최 군의 편지를 받다. 최 군은 열렬한 문학 지망생이다. 몇 년 전부터 편지를 보내왔으며 1년 이상이나 계속되던 서신이 뚝 끊어져 괴이하게 여겼더니 갑자기 당주동 사저로 편지를 보내 오다.

최 군은 문학을 위해 몸 바칠 각오가 되어있노라 하였고, 곧 상경하겠다고 하였다. 편지를 보니 그동안 고생이 많았던 듯하다. 북간도를 비롯, 관북 지방을 전전하며 국숫집 머슴살이로부터 날품 팔이 일꾼, 나무 장수, 역부(驛夫), 노동판의 십장 등 빈천한 일을 하였으며 지금은 성진항에서 부두 인부 노릇을 하고 있다는데, 오직 나 한 사람 믿고 문학을 위해 서울로 오겠다는 것이다.

난감하기 이를 데 없다. 우선 급한 대로 간단한 회답을 보내다. 서울은 최 군이 생각하는 바와는 다른 곳이고, 문학도 결심만 가지고 성사되기 어려운 실정임을 말하였다. 그러니 오지 말라고 하였다. 또 무슨 다른 말을 할 수 있으리오.

내 답장을 받으면 최 군이 야속하게 여길지 모르겠다. 자기가 서울 온 후 뒷갈망을 보아주기 싫어 피하는 양으로 생각할지도 알 수 없다. 그래도 어찌 하는 수 없는 일이다. 최 군은 여전히 내가 대단한 사람인 줄로 아는 듯하지만, 조선 동포를 배반하고 민족을 저버린 변절한이란 소리를 듣는 이모(李某)가 아니냐.

그러나 최 군의 편지는 심금을 울려주는 바 있다. 과연 문학이란 최 군이 말하는 그러한 의미의 것인가. 거만하고 불손하였던 정열의 청년 이 모가 증오의 대상이며 변절한이란 낙인이 찍혀지게 된 지금, 최 군의 편지는 가슴을 친다.

　　참 비참하이그려
　　어쩌면 산이 불쌍하이그려

저 가엾은 모양

껍질까지 벗겨진 모양

누가 저랬나?

지금까지 저 산의 주인이던 이여,

너희도 저와 같은 껍질이 벗겨지고 피가 흐르리라.

갈수록 암담해져 가는 조선 사정, 더욱 흉포하게 날뛰는 자들의 말 못 할 탄압, 곤궁 속에서 헤매는 동포들, 이를 빠드득 갈아도 자신의 무력함에 어쩌지 못하는 사람들, 그런데 최 군의 편지가 아무래도 가슴을 찌른다. 그가 부득부득 서울에 온다면 나로서 무어라 말할까.

이미 나이의 탓인가. 나의 민족에의 관심은 그 전처럼 격정적, 반항적, 도전적인 것이 되지 못한다. 자신의 무력함을 깨달았기 때문인가, 허약해진 깃인가. 조선이 슬프다. 너무 슬퍼서 가만있어도 눈물이 흐른다. 부산으로 떠나는 급행열차에서 조선 사람은 1, 2, 3등을 통틀어서 예닐곱 명밖에 없었다. 그 나머지는 모두 일본 사람들이다. 조선 사람이 하도 적어서 헤어 보았다. 대구 지나더니 열세 사람이 되었다. 여기가 어딘가, 과연 조선인가.

해마다 사태가 일어나 개천 바닥은 땅바닥보다 점점 높아진다고 한다. 어떤 데는 개천 바닥이 논바닥보다 두 길이나 되는 데가 있다. 이제 못 먹게 폐지가 될 논이 생길 것이다. 과연 김천 근방에서 낙동강의 지류가 그와 같이 된 것이 보인다.

갈수록 암담해져 가는 조선 사정. 조선의 산이 슬프고 강이 슬프다. 기차가 슬프고 아이들이 슬프고 하늘이 슬프다. 지난번 황해도 신천을 다녀오면서 이런 수필을 쓴 적이 있다.

"나는 근래에 웬일인지 벌판을 그리워하게 되었소. 반년 동안이

나 않으면서 어디 벌판에를 가 보았으면 하였고, 내 기억에 있는 벌판으로는 평양 모란봉에서 본 벌판, 강원도 평강 벌판, 강서 약수 벌판을 하루에도 몇 번씩 생각하였소."

멀리 구월산을 끼고 전개되는 신천 벌을 연등사(燃燈寺)에서 바라보며 느낀 내 소회는 다른 것이 아니었다. 조선의 산이 슬프고 하늘이 슬프고, 사람들이 슬퍼, 무제(無際)로 트여 있는 벌판의 넓음을 찾고자 하였던 것이다. 그런데 혹자는 "이모(李某)가 헐벗는 조국 강토, 동포의 피와 땀이 맺힌 벌판을 한가하게 찬미나 하려 한다."고 말한다. 내 뜻을 모르는 탓이다. 헐벗는 사람들과 마찬가지로 유린된 조선의 자연을 어찌 내가 무심한 경치로 즐기려고 할 리 있겠는가.

더욱이 요사이 도회지가 싫다. 도시에서 벌어지는 온갖 놀음이 우리 민족을 망치고 우리 자신을 망가뜨리고 있다. 나는 과연 어디에 어떤 몸으로 가 있어야 하나.

과연 어디에서 어떤 일을 해 왔나. 모질지 못한 이 몸으로 자기가 독립운동가라, 사상가라, 문학인이라 말할 염치마저 없어진 것인가. 독립운동가라면 도산이 있고, 시베리아에서 만났던 추정이 있고, 상해에서 본 백범이 있다. 나는 아니다. 사상가로서의 이모(李某)는 더구나 아니다. 한때 열화같이 뜨거운 심정으로, 억압당하고 빼앗긴 이 민족을 위해 먼저 눈을 떠서 펴 보였던 언론은 10년이 채 못 되는 지금 와서 세인의 핀잔만 살 뿐이다. 그러면 문학인으로서의 이모(李某)는 있는 것이랴. 아니다. 문학인 이모(李某)도 존재하지 아니한다. 나는 문학인이 가져야 할 자세가 결여된 사람이다. 문학인이라면 민중들 위에 군림하지도 않고, 그들과 같은 위치에서 생사고락을 여투는 사람이다. 나는 조선의 문제를 그 위쪽의 것만 바라본 사람이다. 젊은이들이 이런 나의 문학적 태도를 탓하는 것을 어찌 이해 못 하랴. 여기에 몸마저 성하지 않으니 이대로 죽어버린들 아까울 것이 없겠구나.

　나는 집을 떠났습니다. 밤 열두 시 연락선으로 떠날 결심을 한 나는 맘이 뒤숭숭해서 저녁도 바로 먹지 못하였습니다.
　"왜 밥을 그렇게 먹니?"
　아무 영문도 모르는 어머니는 내가 밥 적게 먹는 것을 걱정하셨습니다. 나는 밥 먹은 뒤에 황혼빛이 컴컴하게 흐르던 방에 들어가서 쓸 만한 책을 모아 쌌습니다. 이렇게 책을 거둬 싸니 마음은 더욱 뒤숭숭하였습니다. 다시 돌아오지 못할 전쟁 길에 오르는 군인의 마음같이 모든 것이 볼수록 아쉽고 그리워졌습니다. 나는 공연히 책상 서랍도 열어보고 쓸데없는 휴지도 부스럭거려보고 나중은 뒤울 안까지 가 보았습니다. 이렇게 히는 때에 조금도 쉴 사이 없이 눈앞에 언뜻언뜻 나타나는 것은 어머니였습니다. 나중에는 언젠가 보았던 그 거지 노파의 환상으로도 나타났습니다.
　"여보, 밥 한 술만 주세요. 나는 달아난 아들을 찾아가는 길이오."
　다 해진 누더기 치마저고리를 걸친 늙디 늙은 노파가 이집 저집으로 다니면서 걸식하는 것을 그 전에 본 적이 있었는데, 나는 그 늙은 어머니를 버리고 간 자식을 괘씸히 여겼습니다.
　"아아, 나도 그 자식의 본을 따누나."
　뒤따라 어머니의 그림자가 그 노파의 그림자와 같이 떠오를 때 나는 그만 눈을 감고 몸을 부르르 떨면서 "아아, 어머니." 하면서 어머니 계신 부엌방으로 갔습니다. 그러나 부엌문 밖에 이르렀을 때 나는 그만 발길을 멈추었습니다. 어쩐지 끓어오르던 정은 식으면서 누가 다시 뒤를 끄는 것 같았습니다(어머니는 나의 큰 은인인 동시에 큰 적이다). 몇 번이고 집 떠날 일을 망설이면서 급기야 이런 모진 생각까지 했습니다마는, 그때 이 말이 떠올랐습니다. 나는 결심을 흐트러뜨릴 수 없다고 이를 악문 채 생각했습니다. 나는 내 방에 들어가서 책보를 싸 들고 나오면서 "오늘 밤에는 좀 늦게 돌아올 것 같습니다." 하고 어머니를 보면서 마당에 내려섰습니다. 아까보다도 더 가슴이 울렁거리고 앞에는 별의별 환상이 다 떠올라 나는 어둑한 마당을 돌아보며 한숨을 쉬었습니다. 이것이 내 집의 마지막 하직일 줄이야 미처 생각하지 않았습니다.

나는 바로 부두로 향하지 않고 공동묘지를 지나서 바닷가 세모래 판으로 나갔습니다. 어느새 초열흘 달은 높이 솟았으나 퍼런 안개가 자욱이 하늘을 덮어서 설움에 겨운 가슴을 더욱 설렁거리게 했습니다. 나는 세모래 판에 앉았다 일어섰다 하면서 욱욱한[2] 달빛 아래 소리치며 부서지는 파도를 바라보았습니다.

찬바람을 맞고 달빛에 싸여서 그 물결을 볼 때 모든 감각은 스러져 버리고 나의 온몸이 바닷속에 몰려드는 것 같았습니다. 이러구러 밤이 깊어서 바닷가 부두를 향하여 내려갔습니다. 때는 열한 시, 나는 십 원짜리를 내 주고 표를 살 때 등 뒤에서 "이놈." 소리치며 달려드는 것 같아 진저리를 쳤습니다. 마치 도둑질한 돈을 남몰래 쓰는 것 같았습니다.

"아이구 얘야, 네가 왜 그러니, 응…… 나를 버리고 가면 나는 어쩌란 말이냐. 차라리 나를 이 바다에 처넣고 가거라."

나는 배에 오를 때 어머니가 이렇게 통곡하면서 쫓아오는 것 같았습니다.

---

2) 『단씨의 형제들』, 삼중당, 1975에서는 '욱스그레한'으로 표기.

배 속에서 어머니에게 부칠 편지를 썼습니다. 그 이튿날 원산에 내려서 기차로 서울에 왔습니다. 배와 기차 속에서 새로운 산천을 볼 때 기쁜 듯도 하고 슬픈 듯도 하여 뒤숭숭한 마음을 금할 수 없었습니다. 더구나 언뜻언뜻 어머니의 울음소리가 귓가에 도는 것 같아서 남모르게 가슴을 쓸었습니다.

하루는 눈이 오는 날 두루마기도 안 입고 동저고리 바람으로 행리(行李) 하나 없는 사람이 나를 찾아왔다. 얼굴은 시꺼멓지만 눈빛이 날카롭고 갸름한 동안의 청년이다.

"선생님, 제가 성진에서 올라온 최입니다."

그는 허리를 구부리고 인사를 한다. 기어코 그는 오고야 말았구나.

"그동안 편지로만 사귀다가 이렇게 만나게 되니 기쁘기 그지없소." 하고 방 안으로 맞아들였다. 그러나 니 허니 믿고 문학을 위해 달려온 그의 장래 문제를 생각하지 않을 도리가 없다.

"지난번 거기서 상경한다는 편지를 받고, 즉시 답장 부쳤는데 못 받았소?"

"답장이라니요?"

"서울에서 살기는 더 갑갑한 노릇이니, 그대로 성진에서 당분간 눌러 견디는 게 나을 거라고 답장했는데……."

"못 받았습니다. 아마 엇갈린 것 같습니다.

"그런 것 같구려."

"그런데 선생님, 서울에서 살기는 더 갑갑한 노릇이라는 그 말씀은 어떤 말씀입니까?"

"아, 그 이야기야 차차 하기로 합시다. 그건 그렇고 실물의 최 형은 편지를 통해 짐작했던 거와는 다르구려. 편지를 보면 그 글이 하도 당차고 힘에 넘쳐서 나는 최 형도 그런 거한(巨漢)일 거라 짐작을 했는데……."

"아니, 저는 힘이 셉니다. 뱃심두 두둑하고 모질기도 합니다. 암담한 세상의 탄압을 그 밑바닥에서 견뎌내며 살아가자면 누구나 모질어질 수밖에 없는 노릇이기도 합니다만……." 하면서 갑자기 그의 어린애 같은 얼굴에는 웃음이 가득 찼다.

나로서는 그런 웃음을 참으로 오랜만에 대해보았다. 저렇게 온몸으로 웃을 수 있는 조선 사람이 있는 것이다.

우리는 며칠이고 밤늦도록까지 이야기를 나누곤 했다. 그는 어떤 청년이었던고? 내 생애에 여러 사람을 만나 보았지만 그처럼 뜨겁고 진실된 청년을 만난 적은 한 번도 없다. 그의 말은 잡된 고통으로부터 우러난 것이었으며, 그의 생각은 조선의 현실을 샅샅이 훑어 희망과 꿈을 찾으려는 깊은 응어리를 가지고 있었다.

그는 나에게 이런 말을 하였다.

"선생님, 우리는 너무 비참합니다. 우리는 너무 고통을 당하고 있습니다. 너무 헐벗고 너무 학대를 받고 있습니다. 그러면서도 우리는 그것을 깨닫지조차 못하고 있습니다. 모욕을 받아도 실실거리고 웃기나 할 뿐 학대를 당해도 그저 그러려니 하고만 있을 뿐, 고통을 이유 없이 받고 있어도 어째서 그걸 받고 있는지 따지기는커녕 마소처럼 참고 있습니다. 선생님이 조선 동포에게 보내주신 글월은 얼마나 사람들의 심금을 울렸는지 모릅니다. 선생님, 우리가 너무 비참했기 때문에 우리 문학이 어느 때보다도 필요합니다."

그의 말을 듣고 있노라니 나는 견딜 수 없는 심정이 되어 이렇게 말했다.

"나에 대해서 그런 말은 하지 마시오. 나는 썩은 문인, 변절한이란 소리를 듣고 있는 한갓 어릿광대에 지나지 않소. 나는 형이 믿고 있는 그러한 사람이 못 되지요. 그야 한때는 남보다 먼저 눈을 떠서 우리 조선을 위해 하지 않아서는 안 될 일이 있다고 스스로 사명감을 가지기도 했으나 이제 나는 지치고 병들고 허약해졌소. 자기 한 몸 갈망도 제대로 할 줄 모르는 무력한 인간이 돼 버렸소. 그러기에 사람들이 나에 대해 과분한 기대를 할 적마다 난 어디로든 도망칠 생각에 급급하오. 더욱이 나는 너무 깊이 절망을 맛본 사람이오. 난 조선을 믿지 않소. 난 희망을 안 가지고 있소. 얼마 전에 내가 시문 하나 쓴 게 있는데 보겠소? 제목은 「조선을 버리자」 이런 것이오마는……."

그는 뜻밖의 말을 나에게 듣게 됨에 놀란 듯했다. 하지만 나는 그에게 말하지 않을 수 없었다. 그가 나를 추한 인물, 변절한, 타락자라 생각하는 것은 상관할 필요가 없는 것이다. 이치피 나는 간 대로 가버린 사람이다. 하지만 그는 나처럼 되어서는 안 된다. 알 것은 알아야 한다. 그래야 나 같은 꼴을 면할 수 있다. 문학을 하려는 사람은 누구나 자기야말로 참된 문학을 하겠다고 결심하지만 이 세상 사회가, 이 민족이 쉽사리 그런 이를 용서, 허용할 리가 없는 것이다.

조선을 버리자!
내 힘으론 못 구할 것을
아아 차라리 버리고 갈까
못한다
네 힘껏은 해 보렴 음!
죽기까지는 네 의무인 것을
그러나 여보

이 백성을 어이 한단 말요?

헛것만 좇는 것을

갈까나 갈까

조선이 안 뵈는 곳에 가서

울고 잊고 세상을 마칠까나

"선생님, 저는 이 시를 이해하지 못하겠습니다."

그는 내가 보여주는 시를 몇 번이고 읽더니 정색하며 나를 바라보았다.

"그야 선생님의 안타까운 심정을 모르는 것은 아닙니다만……. 조선을 버리자, 내 힘으론 못 구할 것을, 아아 차라리 버리고 갈까……. 이런 시 귀결은 상상도 할 수 없는 일입니다."

"어째서 상상도 할 수 없지요? 우리 조선의 현실을 바라본 사람이라면 누구나 절망하지 않을 수 없을 텐데……."

"그게 문젭니다. 조선을 바라본 사람이라니요? 조선은 바라본 사람은 벌써 조선과는 거리를 두고 있는 것 아니겠습니까? 그러니까 조선을 바라보게 되겠지요. 그만큼 그 사람은 조선과는 간격을 놓고 있습니다. 조선의 내부에 사람들이 한 푼 돈을 위해 고통당하는 모습을 보기보다는 조선의 외부, 바깥 면만을 대하고 있겠지요. 조선의 바깥만을 바라본 사람이 어떻게 조선을 압니까. 게다가 나아가서…… '조선을 버리자, 내 힘으론 못 구할 것을. 아아 차라리 버리고 갈까…….' 이런 귀결은 얼마나 건방진 것입니까. 조선이 누구의 사유물도 아니고 누구 한두 사람의 손으로 이랬다 저랬다 할 수 있는 물건도 아닌데 어떻게 '버리자'느니 '내 힘으론 못 구할 것을' 등의 건방진 소리를 늘어놓을 수 있겠습니까? 과연 누가 조선을 버린다고 해서 그 조선이 버려질 것이며, 그 누가 '내 손으론 못 구할 것을'이라고 해서 구원되지 못할 수가 있겠습니까? 저는 조선이 이렇다 저렇다고 말할 능력은 없습니다. 그러기에 '조선을 버리자' 같은 생각은 해본 적도 없었지요. 우리는 조선 사람들 중의 하나, 극히 미미한 사람에 불과하지 않겠습니까. 2천만 조선인 중의 하나인 우리가 그 2천만을 대표하여 '버리자' '못 버린다'라고 할 수 있겠습니까?"

"그러나 때로는 대표할 때가 없지도 않지요."

이 청년도 결국 나를 탓하는구나. 변절한 이모(李某)를 대하는 그 무수한 청년들과 다를 바 없이 그도 또한 나를 탓하는 것이다. 그러나 나는 변명하지 않으련다. 나는 내가 틀림없이 옳다고 주장하려는 것이 아니기 때문이다. 사람들이 나에게 기대해 왔던 것, 그리고 시재에 있어 기대하고 있는 것의 정체란 무엇인가. 그것에 대해 나는 얼마나 충실했으며 또 얼마나 배신했었던 것인가.

아직은 그 정체가 낯설기 짝이 없는 문학을, 소설을 이 땅의 민중들 누구나 읽고 감명받아야 할 예술물로 만드는 데 있어 나의 선구적 역할이 있었다면, 그 반대로 나는 그것의 전적인 희생물로 제공되어져야함을 막연하나마 알고 있는 것이다.

아니, 나는 그것마저 참으로 어설프게, 신통치 않게 해냈다. 게다가 나는 우유부단한 성격의 소유자인 탓으로 욕망은 많으나 어느 한 골로 파고들지를 못한다. 그 결과 나는 공적보다도 누(累)가 많은 인간이 되어 버렸다. 어설프기 짝이 없는 수재, 민중의 호흡을 등진 채 외따로 떨어져 혼잣소리를 지껄이다가 마는 인간이 되어 버렸다.

그러기에 나는 최 군에게 이런 말을 하지는 않았다. 어차피 최 군은 자기의 문학을 파 내려갈 사람이다. 나와는 다른 사람이다. 같아서도 안 될 사람이다.

하지만 안타깝고 염려가 된다. 최 군이 자신의 저같이 뜨거운 마음으로 문학을 하려고 할 때, 과연 우리 문단은 그를 위해 얼마나 장해 요소가 될 터인가.

그동안 내가 겪어왔고 거듭 실패의 나락으로 굴러떨어져 온 그런 길이, 최 군이 새로이 시작하려는 바로 그런 문단이 아닐까 하여 심란한 생각에 빠지게 된다.

오늘 나는 그런 말을 그에게 꺼냈다. 며칠을 두고 곰곰이 생각했던 일이다. 어차피 그 언제까지나 우리 집에 묵을 수는 없다. 그것은 그를 위해서도 그러하다. 며칠 안 되는 동안이지만 나는 그가 어떤 사람인지를 알아볼 수 있었다. 그는 참으로 귀한 정신과 건강한 영혼을 소지한 조선인이다. 그의 말에는 조선의 아픔이 찼고, 그의 생각에는 조선의 고통에서 우러난 갈망이 가득하다. 이런 그가 알까진[3] 문학인, 지식인 사회에 섣불리 끼여들다 보면 그것은 본인을 위해서도 좋지 않은 일이다.

"최 형, 그러니 당장 서울을 벗어나 보시오. 내가 소개장을 써드릴 테니 절간으로 들어가시오. 그래서 중 노릇도 좀 해 보고 문학책도 들여다보고 소설도 써 보시오."

내 말에 그는 얼른 대답을 하지 않는다. 그의 심중을 모를 내가 아니다. 그는 아마도 이런 말을 하고 싶었을 것이다. '선생님, 제가 가족들을 버리고 모진 결심을 하여 서울로 올라온 것은 참된 문학을 하고 싶어서였지, 절에 들어가 중 노릇하려고 한 일이 아닙니다. 저는 오직 문학을 해야겠다는 일념밖에 없습니다. 그런 저에게 어

---

3) 지나치게 약삭빠르다.

째서 절간으로 가라고 하십니까?' 그러나 그는 입 밖에 내서 이런 말을 하지는 않았다. 그 대신 곰곰 생각에 잠겨 있었다. 나의 제의를 십분 음미해보고 있는 것에 틀림없다. 급기야 내 뜻을 이해했는지 "가겠습니다." 그는 승낙하였다.

나는 그에게 그동안 표랑하던 생활을 소설로 쓰기를 권하고, 현대 일본 문학을 연구 소개하기를 권하고, 옷 한 벌과 노자와 양주(揚州)에 있는 친구에게 쓴 소개장을 줘서 대단히 추운 날 그를 떠나보냈다.

그를 막상 보내고 온갖 심회가 다 떠오른다. 차라리 나는 최 군이 계속 산에 머물러 산인이 되기를 바라고 싶어진다. 나라 영혼 건사 못하는 도시에서 사람들은 자기를 타락시키는 일 이외에 무엇을 할 수 있으리오. 많은 사람들이 만주, 일본으로 이민을 떠나듯 나도 산으로 돌아가고 싶다. 그래서 최 군을 산으로 보낸 것이기도 하다.

최 군이 온몸으로 부딪혀 문학을 감당하려다가 뜻대로 안 되느니 차라리 그가 산에서 우선 마음을 건사하기를 바라고 싶은 것이다.

그를 보내고 나서 「입산하는 벗에게」라는 시를 썼다.

> 그대들은
> 산으로 가는고나
> 시끄러운 세상을 버리고 깊이 깊이
> 산으로 가는구나
> 산으로 가는고나
> 산중에 새벽종 울 때에
> 부엉새 황혼이 슬퍼 울 때에
> 그대들인들 날 그려 어찌하리
> 낸들 어찌 하리만

가라! 산길이 저물리! 어서 가소.

하루가 지나고 이틀이 지나서 차츰 서울의 내막을 볼 때 나는 비로소 서울이 내 상상과는 아주 딴판인 것을 발견하였습니다. 문학만 해도 그러하였습니다. 내가 먼발치에서 막연히 그 명성으로 존경하였던 사람은 문학에 대한 자기 입장을 지키기는커녕 자기 한 몸 건사도 못하는 사람이었습니다. 내가 소설을 쓰겠다고 했던 것이 이런 일이었나 싶었습니다. 그분은 나더러 산에 가라 하였습니다. 그래서 서울로 올라오던 그해 겨울은 한 절반 죽어서 지냈습니다. 모든 것 팽개치고 문학을 위해 서울에 온 내가 절간으로 들어가다니 가당치도 않은 일이지만 그것은 꾹 참는 수밖에 없었습니다. 중놈은 말끝마다 "저게 함경도 상놈의 자식이야! 하는 수 없어. 제 버릇 개를 주겠나."하고 은근히 욕을 하더라고 같이 있는 사람이 이야기를 하였습니다. 그리고 군불 때 주는 불목하니가 가긍하여 내 방에 불 때러 올 때마다 내가 대신 때 주고 또 그에게 절대로 반말을 쓰지 않았습니다. 이렇게 며칠을 하였더니 나에게 고마워하기는커녕 "저 부엌 불도 좀 때 주구려." 하고 막 대하는 것이 아닙니까. 그 일이 어찌나 골나던지 그날로 중놈과 불목하니를 불러놓고 한바탕 굴어놓았습니다. 나는 그 일을 곧 후회했습니다. 그때 진정으로 그네들을 불쌍히 여기는 생각이 내 가슴에 있었다면 나는 가만히 그 모든 모욕을 받아야 옳을 것입니다. 이렇게 해놓았더니 중놈은 내게 빌려주었던 담요를 빼앗아갈 뿐 아니라 방에 불도 때 주지 않았습니다. 그래서 가을 겉옷으로 이불 없이 지내는데 밤이면 추워 자지 못하고 마당에 나가서 뛰어다닌 일까지 있었습니다. 몹시 추워서 몸이 졸아들다가도 한바탕 뛰고 나면 후끈후끈해졌습니다. 그것을 다른 사람들은 속도 모르고 위생을 한다고 비웃었습니다. 이렇게 되니 어느 겨를에 소설 쓰고 책을 읽겠습니까만 이때 내 가슴에는 집에 있을 때보다 더 큰 고민이 일어났습니다. 고민에 고민을 쌓다가 밖에 나서면 하늘과 땅은 진흙 물을 풀어놓은 듯이 누렇게 보였습니다. 그럴 때마다 내 정성의 부족이다, 하는 생각으로 다시 책을 들고 붓을 잡았습니다. 그리고 드디어 결심하였습니다. 절간에서 이렇게 썩을 내가 아니다. 성진에서 문학을 위해 서울로 달려왔듯. 이 절간에서 빠져나와 서울로 가야 한다고 단안을 내렸습니다. 설사 내 몸이 부서지고 내 영혼이 찢겨지더라도 나는 갈 길을 가야 한다고 생각했습니다. 이 절간으로 나를 보낸 선생님의 뜻을 모르는 바 아니지만, 어차피 그것은 내 뜻이 되지 아니합니다. 나의 문학을 어찌 절간 속에서 성사시키겠습니까. 사람들이 몰려드는 곳, 바로 그곳이 내가 서 있어야 할 자리라고 생각되기 때문입니다.

그가 산으로 들어간 지 채 한 달이나 지났을까 할 때 뜻밖에도 그가 달려들었다.

"웬일이오?" 놀라는 나에게,

"그놈의 중놈들 못 쓰겠습니다. 그중 한 놈이 정 건방지게 굴기로 눈구덩이에 거꾸로 박아놓고 왔습니다." 하고 껄껄 웃었다.

나도 실소하였다.

"눈 속에 거꾸로 박았으면 죽었게?"

"머리를 버둥거리는 것을 보고 왔으니까, 어떤 놈이 꺼내주었겠지요." 하고 그는 소탈하게 웃을 뿐이었다.

"원고는 썼소?"

"하나 써 보았습니다." 하고 보퉁이에서 내어놓은 것이 「탈출기」

였다. 이것은 그의 처녀작인 동시에 출세작이다. 그의 굵고 힘 있는 성격과 작법은 이 속에 잘 드러났다. 이 「탈출기」는 곧 《조선 문단》에 실렸다.

그리고 그를 보낼 곳이 없어서 춘해에게 말하였더니 그러면 《조선 문단》의 편집을 돕는다는 명목으로 집에 두마, 하여 춘해의 집에 우거하게 되었다. 그의 문명이 높아진 뒤로 나는 병석에 있었고. 그도 또한 어떤 감정의 소격(疎隔)으로 나를 찾지 않았다.

처음 문인을 사귀게 되고, 다음 소설을 쓰게 되고, 다음 그 쓴 것이 잡지에 실리게 된 때는 참으로 기뻤습니다. 지금은 그것이 우습고 그런 생활에 애착을 잃었지만 그 당시에는 어떻게 기쁜지 바로 대가나 되는 것 같았습니다.

그의 작품은 그 어느 것을 막론하고 그 제재나 주제가 모두 빈궁의 처참을 설명한 것뿐이었다. 다만 그에게는 그런 제재의 선택이나 주제의 설정이 관념적인 소산이 아니고 체험적인 것에 기초되어 있었다는 점이다. 이것이 그를 문단의 총아로 만들었다.

아, 이런 사람들이 하루 세 끼 밥을 먹으면서 살고 있다니, 바로 문학인들 말입니다. 나는 문학이 차마 이런 것이라고는 생각지 않았습니다. 영혼을 건사한다는 사람들이 이럴 줄은 몰랐습니다. 이 시대 이 민중의 아픔과 고통을 다루는 사람들이 이럴 줄이라고는 생각지 못하였습니다. 이들은 쓸데없이 몰려다니며 남의 비판이나 하고, 게다가 저녁이면 명월관이다 뭐다 해서 요릿집이나 휩쓸려 다니고, '자유연애 만세'의 구호를 외치며 계집질, 난봉질에 여념이 없습니다. 성진에서 만사를 제치고 굳은 결심으로 달려오던 때 내

소망의 현실화가 바로 이런 것인가 생각하면 아득하기 그지없습니다. 결국 이런 식민지 시대에는 어디서 무슨 짓을 하든 그것이 모두 헛된 것임을 깨닫지 않을 수 없을진대, 나는 차라리 성진 시대가 그립습니다. 벗어나야 할 텐데, 하루빨리 문학의 영욕으로부터 벗어나야 할 텐데 하고 조바심을 치게 됩니다. 성진에서처럼 막벌이 일꾼으로 되돌아가야 할 텐데 생각하게 됩니다. 구두 수선공이면 어떻고 구들장 고치는 사람이면 어떻습니까. 문학을 버리는 게 아니라 이런 가짜 문학을 어서 빨리 집어치워야 한다는 생각이 절실합니다. 성진에서 상경할 때 이 선생이 왜 나를 만류하였는지 그 사정이 짐작 갑니다. 그리고 성진에서 그리던 이 선생과 서울 와서 만나본 이 선생이 너무도 다른 것에 실망을 금치 못했던 일이 생각납니다. 이 선생이 가짜라는 신념에는 변함이 없으나 이미 나도 가짜가 되어 버리고 있습니다. 왜놈의 총칼 밑에서 어찌 가짜 문학 이상의 것을 할 수 있겠느냐고 이 선생이 도리어 배짱을 두둑하게 가지고 있는 것처럼 보인다면, 나는 그런 배짱도 없고 분위기를 거슬러 저 혼자 가짜 아닌 문학을 할 힘도 없으며 그렇다고 시재(時在) 당장 문학에 묶여 버린 발목을 빼내지도 못하고 있으니 스스로 생각해 봐도 이것이 무슨 꼴인지 저절로 탄식이 나옵니다.

나는 원고를 썼습니다. 써서는 잡지사와 신문사에 보냈습니다. 보낸 뒤에 창피한 꼴이야 어찌 일일이 말씀드리오리까? 잡지 경영 곤란이 막심할 때였습니다. 순전히 어떤 예술적 충동은 돌볼 사이가 없이 영리 본위로 쓰게 되니 돈을 생각할 때마다 원고를 생각하였습니다. 이 고통은 여간 크지 않았습니다. 또 그때는 글이 잘 되고 못된 것으로 원고료를 정하지 않고 페이지 수로 따지는 때라 산만

하여 줄이고 싶은 것도 '쓴다. 어디든지 쓴다. 돈만 주면 쓴다.' 하게 되었습니다. 이렇게 되니 친구들에게 욕먹게 되는 것도 물론이려니와 그래도 남아 있는 양심의 고통은 나날이 컸습니다. 나의 작품이 상품으로 변하는 것은 벌써 느낀 바지만 차츰 나의 태도를 반성할 때 신마찌[4]의 매춘부를 생각지 생각지 아니치 못하였습니다. 나의 예술도 매춘부가 된다는 것을 생각하게 되었습니다. 그러나 그녀 매춘부들은 이런 것 저런 것 의식치 못하고 돈 때문에 그렇게 되니 용서할 점이 있지만, 너는 그런 것 다 의식하면서 차마 그 일을 하느냐는 생각이 머리를 쳐서 더욱 괴로웠습니다.

나는 서울을 떠나고 싶어 떠난 것도 아니요, 다른 갈 곳이 있어서 떠난 것도 아닙니다. 그렇다고 정처 없이 흐르고 싶어서 떠난 것도 아닙니다. 찌긋찌긋 견디다 못해 쫓기다시피 떠났습니다.

이렇게 되니 나는 서울에서 떠나는 날까지 어디로? 하고 생각하였습니다. 북으로 갈까? 남으로 갈까? 동으로 갈까? 서로 갈까?

그의 문명이 높아진 뒤로 나는 병석에 있었고, 그도 또한 어떤 감정의 소격으로 나를 찾지 않았다. 그러다가 그가 세상을 떠나기 약 1주일쯤 전에 내게 사람을 보내 한 번 만나기를 청하였다. 곧 삼호의원(三乎醫院) 병실로 그를 찾아갔을 때 그는 수척한 길다란 얼굴에 웃음을 띠고 내가 내미는 손을 잡았다. 그리고 그도 울고 나도 울었다. 그런지 몇 날이 안 돼 그는 노모와 처자를 남기고 불귀의 객이 되었다.

《문학사상》, 1974년 10월호

---

4) 新町, 지금의 을지로.

최 씨가의 우울

최 씨가의 우울

최 씨네 집안이야 이제 걱정할 것 없다고 사람들은 말하곤 했다. 본디 착한 사람들이니 당연한 일이라고 했다. 때아닌 일로 실인심을 당해 고생 난리를 겪은 것이 사실이었으나 이제는 지난 일로 오해를 할 사람은 없게 되었다. 게다가 자식들도 다 성장하지 않았는가. 애물덩어리로 동네방네 싸지르며 못된 짓 깨나 좋아하더니, 숙성함에 따라 이목구비들이 번듯한 것이 제 한 몸 갈망은 너끈히 할 자식들이라는 소리가 들렸다.

최 씨네가 곤욕을 치렀던 것은 뭐니 뭐니 해도 가장인 최학규가 술을 바치는 데다가 온통 고집이 있어서 그리되었던 것이었다. 이제는 그 최학규도 사람이 달라졌다. 최학규의 부인 오금례는 사람들이 아주 어렸을 적부터 잘 알고 있었다. 그 오금례도 성깔을 부리는 일이 없어졌으니 놀라운 일이라고 했다.

원래 최학규는 숲거리 사람은 아니었다. 북간도에선가 태어난 사람이라고 했다. 일정 말기 관동군에 징집을 나가서 그의 말대로 따르자면 군율에 엄격히 복종하는 짐승이 돼 버렸다가 해방이 되어 사람으로 복귀했고, 6·25 만나 다시 짐승으로 싸돌아다니다가 우연찮게 숲거리로 굴러들어오게 된 것이다. 그 당시 숲거리에 미군 부대가 있어 최학규가 노무자로 다녔는데 오금례와 연사(戀事)가 맺어졌던 것이었다.

혈혈단신의 최학규이기는 하지만 그때에는 술 담배도 하지 않았으며 진중한 성품에 과묵하고 매사에 신실하여 오금례만이 아니라 동네 처녀들마다 괜찮은 남자라고 생각했던 것이다.

숲거리는 원래부터가 해주 오 씨들이 모여 사는 동족 부락. 즉 씨족 마을이었다. 6·25 이후 타관붙이들이 끼여 붙어 각성 받이[1] 마을이 되기는 하였어도 주민의 절반가웃을 차지하는 해주 오 씨네들은 아직도 숲거리의 주인이 자기네들이라는 심사가 없지 않은 것이다. 이렇게 본다면 최학규는 해주 오 씨 규수를 맞아 처가 동네 살이를 하는 그런 위치에 조신스런 기색이 없지 않았다.

한 2년 동안 훌떡 숲거리를 떠서 서울에 올라가 살았지만 약간의 목돈은 허황한 사업에 날려 버리고 허잘것없는 저지가 되어 다시 숲거리로 내려오고 말았다. 그러니까 그것이 자유당 말기 적에 일이었다. 근근이 땅뙈기나마 장만하여 오금례는 친정붙이들과 농사를 지었고, 최학규는 장터를 따라다니며 옷가지도 팔아보고 인근 도시에 스웨터 공장을 내었다가 실패하기도 했다. 거기에 반골 기질이 있어 줄곧 야당의 당인 생활을 해 오고 있기도 했다.

숲거리 사람들은 정치에 관심을 기울일 처지가 못 되는 군색한 살림들이었지만, 그의 그런 정치활동에 대해서는 아마도 최학규의 성품에 고생으로 얽혀진 호민(豪民)의 강골이 붙고, 이리저리 방랑하는 통에 이 세월의 흘러가는 양(樣)에 의심을 품은 것이려니 여겼던 것이다.

---

1) '각성 바지'(성이 각각 다른 사람)의 북한어.

그러나저러나 최학규네 집안의 살림은 항상 궁색한 기를 면할 수 없었다. 자식들은 다섯 명이나 되고, 오금례는 주눅이 들었고 최학규는 헛돈 써가며 싸돌아다니고만 있었기 때문이다. 그러다가 몇 년 전에 괴이한 일이 있어 최 씨네 집안은 풍비박산이 될 뻔했었다. 겹친 사고에 재액이 뒤따라 최학규는 감옥소 가고 자식들은 서울 간다고 가출해 버리고 게다가 수해를 만나 농사를 망치고 엎친 데 덮친 격으로 되었던 것이다. 오금례의 친정아버지 오원근 노인은 동네에 물망이 높았는데 그때 울화병이 도져서 급사를 하고 말았던 것이다.

최학규가 감옥소에 가게 된 것은 그해에 선거가 있어 선거 사범으로 붙들려간 것이었으며, 오원근 노인을 죽음으로 몰고 간 것은 종중(宗中) 싸움이 벌어졌기 때문이다.

숲거리의 오 씨들이 오원근 노인에게 따돌림을 놓았는데, 그것이 급기야 소송 싸움으로 번져 형사 문제로까지 비약을 하게 되었던 것이다. 사단(事端)은 대수로운 것이 아니어서 처음에는 종중 묘소의 위토 문제로 의견이 엇갈린 것이었으나, 그 일은 제쳐둔 채 감정 대립으로 번졌다. 오택근이라는 사람의 막내아들 녀석이 깡패 기질이 있어 최학규의 큰딸 운옥이에게 행패 부린 일이 있어 경찰서에 붙들려 갔는데, 화해서를 써 달라는 부탁에 오원근 노인이 "그럴 수 없다"고 딱 잘라 거절을 해 버렸던 것이다.

오택근의 망나니 자식놈은 한 달여만에 유야무야로 풀려나오기는 했으나 이때에 동네 인심이 최학규네 집안을 따돌려 버렸던 것이다. 그리하여 이번에는 위토 문제가 새로 일어나 오원근 노인이 문서위조, 명예훼손, 재산 횡령 등의 죄목으로 고발을 당해 허구한 날 오너라가너라 소리에 진정서 사태가 벌어졌다. 오원근 노인이 급사하게 된 것이 그러한 북새통에 일어났거니와, 감옥에 들어가 있는 최학규는 또 실형 언도를 선고받고 옥바라지 일에 여간 경황이 아니었다. 거기에 똥 묻은 기저귀 이리저리 들썩거릴수록 똥 냄새만 고약해질 뿐이라는 식으로, 제법 머리통이 커진 최학규네 자식들이 가출 소동을 벌였던 것이다.

시골 동네의 젊은것들 풍기문란은 대처(大處)보다 야릇한 것이어서 운옥이 뿐 아니라, 산옥이년 마저 서울로 올라가 돈도 벌고 기술도 배워 부모들처럼 어리석게 살지는 않겠노라는 편지를 남겨 두고 집을 떠나간 뒤 종무소식이 되었다. 그리하여 그 해가 혹한 속에 저물고 다음 해 봄에 사면령을 얻어 최학규가 출감했을 때에도 그의 집안은 완전히 대들보가 빠져 버린 난가(亂家)의 형세였었다.

동네 인심은 그러한 최 씨네를 동정하기는 하였지만 오 씨들의 중론에 눌려 여전히 따돌림 놓고 있었으니, 결국은 최학규네가 더 이상 숲거리에서 살아내지를 못하고 처(大處)로 떠나는 게 아닌가 했다. 하지만 그들은 떠나지 않았다. 오금례가 떠날 수 없다고 우긴 모양이고, 최학규도 이미 50줄에 들어서면서 사람이 달라진 듯싶었던 것이다.

사람의 일생이란 정말로 짧다고 할 것이 최학규와 오금례는 벌써 내리막길에 들어선 연령이 되었고, 그의 다섯 자식들의 한바탕 괴로움에 진저리를 치르며 인생을 알아가야 할 연령이 돼 버렸던 것이다. 최학규는 어려운 살림 중에 적어도 큰아들 완구만은 대학까지 보내리라 하였다. 완구는 그 흔한 시골 수재 소리 들을 만하게 공부를 해냈기에 인근 도시에서 고등학교를 나와 서울의 어느 사립대학에 진학했다. 그러나 둘째 아들 남구에게는 그렇게까지 공부를 시킬 여력이 없었다. 고등학교 시험에 떨어져 버린 것이 도리어 잘된 일이거니 했다.

그때 최학규는 둘째 아들을 불러놓고 이런 말을 했었다.

"너두 짐작하겠지마는 정말이지 우리네 살아가야 할 세상이란 게 여간 난감한 세상이 아니다. 제대로 살아간다는 게 뭔지 도무지 짐작을 못 해 볼 세상인 것이께, 너는 너무 사는 판을 크게 벌일 생각을 하지 마라. 네 형 완구는 장남이기도 하고 또 본인이 공부할 뜻이 있어 무리를 해 가며 대학에 진학하는 것까지 뒤를 봐주었다만 내 생각은 반드시 그 길만이 옳은 것이라고는 여겨지지 않는다. 뜻은 높으되 처신은 낮게 가지라는 옛말이 헛말이 아니라면 그 말을 네게 들려주고 싶다. 나는 어차피 인생살이에 실패한 사람이고, 애비로서가 아니라 실패를 먼저 맛본 사람으로 너에게 충고하는 것이다마는 인생에 벌일 백년 사업으로는 농사만 한 게 없으니 너는 한눈팔지 말고 그 길을 택해 나아가는 게 어떨까 싶구나."

최학규는 원래 자식에 대한 열성이 남달리 강했고 술 한 잔 들어가면 어차피 자기는 허망하게 돌멩이처럼 밟히다가 맹랑하게 죽어버릴 사람이지만, 자식들만은 그렇지 않을 것이라고 기염을 토하곤 했었는데, 요는 자기의 그러한 참뜻을 자식들이 제대로 이해해 줄 수 있을까 조바심을 내는 연령에 벌써 다다라 있었다.

둘째 녀석 남구는 묵묵히 아버지의 이야기를 듣더니, "명심하겠습니다. 잘 알겠습니다." 하고 제법 어른스런 표정을 지었기에

"저 녀석은 어쨌든 부모를 배신할 녀석은 아니다."라고 최학규는 기회 있을 적마다 사람들에게 그 이야기를 자랑삼아 반복하곤 했던 것이다.

농사일이란 항상 손이 딸리기 마련이어서 남구가 한 사람 몫으로 해야 할 일감이 늘 쌓여 있지만, 그런데 남구는 아침밥을 처지르고는 하루 종일 싸돌아다니다가 밤이 이슥해져서야 얼씬얼씬 기어

들어 오는 일이 많았다.

오금례가 닦달을 놓을라 치면 최학규는 아들 두둔을 하였다.

"너무 그러지 말어, 임자. 저 애는 이제 한창 고민할 나이가 된 기야. 고민하라고 내버려 두란 말일세. 그게 다 필요한 일이야. 조금 비뚤어진대두 상관없어. 그렇게 좌충우돌 경정거리고 튕겨 다닌 끝에는 다시 제자리로 돌아오게 마련이야. 속박을 할라 치면 용수철처럼 튕겨나갈지두 몰라."

최학규는 이렇게 자식을 믿는 것이지만, 오금례가 보기에는 그 나이가 되도록 아직 철이 들지 않았는가 싶었던 것이다. 오금례는 남구가 제멋대로 계집애를 사귀어서 연애편지랍시고 써놓은 글쪽지를 보았는데, "숙희야, 지옥 같은 우리 집에서 하루라도 먼저 뛰쳐나간다면 바로 그만큼 내 인생을 위해서 플러스가 된다는 것을 느끼고 있나만은, 아마 성발이지 나는 너무 가진 것이 없지 무어냐?" 따위의 소름 끼치는 소리를 써 놓은 것이다.

오금례가 그 글쪽지를 보여주니까 최학규는 몇 번이고 되풀이하여 읽더니, "괜찮아, 임자. 걱정하지 않아두 돼. 진짜루 저 애가 뛰쳐나갈 애라면 이런 글쪽지를 끄적이는 대신에 몸으로 실천했을 게야. 이런 글을 쓰고 있다는 게 안심해두 괜찮다는 증거가 아니구 뭔가 말이야." 이렇게 엉뚱한 해석을 하는 것이다.

그런데 세상일이란 묘한 것이 최학규가 자식들의 일을 놓고 신경을 쓰면 쓸수록 마치 그 기회를 노렸다는 듯 자식들은 부모의 뜻에 어긋나는 짓만을 하는 듯싶었다.

어떤 날 하루는 형사들 대여섯 명이 숲거리에 나타나더니 최학규네 집을 에워쌌다. 그러고는 개미 새끼 한 마리 샅샅이 헤칠 정도로 집안 세간살이까지 조사를 하고 갔다. 서울 유학 간 큰아들 완구가 대학생 데모에 주동자 노릇을 하다가 도망질을 쳐 버렸는데 틀림없이 고향으로 내려왔다는 정보를 가지고 있다는 형사의 말이었다.

완구가 집에 내려온 일은 사실상 없었다. 형사들은 헛걸음치고 가버렸지만 숲거리가 발칵 뒤집혔다. 오금례는 새까맣게 입술이 탔다. 남구도 형 일이 걱정이 되어 며칠 동안은 얌전히 집구석에 박혀 있었다. 최학규는 둘째 녀석을 놓고 그러한 말을 했다.

"언젠가 내가 너에게 해주었던 말 너두 기억날 줄로 믿는다마는……. 그렇지 아니하냐? 재산이라곤 쥐뿔도 없는 형편에 아득바득 네 형을 대학에 보냈단 말이야. 대학에 보낸 뜻은 부디부디 좋은 사람 되어 남보다 큰 그릇이 되라는 것이었는데, 이 녀석 데모를 벌여서 경찰이 찾는 사람이 되고 있구나. 나는 데모가 이렇다저렇다 말하려는 게 아니라……. 결국 이 애가 데모해서 경찰에 쫓기는 몸이 되도록 만들기 위해 부모가 애를 쓴 형국이 된 것을 두고 하는 말이다. 그건 왜정 시대두 그랬다. 공부를 시킬수록 부모의 뜻과는 아랑곳없이 위험한 길을 걷곤 했던 사정이야 너두 들어서 알 것이다. 결국 네 형은 공부를 하면 할수록 부모가 애당초 품었던 순진한 바람과는 딴판의 엉뚱한 길을 택할지 모른다. 원래 공부를 배운다는 게 그런 것이니까 네 형을 탓할 마음은 전혀 없다. 네 형은 공부한 사람으로 자기가 옳다고 생각하는 바를 하고 있는 것이겠거니 믿을 따름이다. 결국 부모란 조만간에 자식들한테 배신을 당하기 마련일지 몰라도, 네 형을 대학에 보냄으로써 네 부모는 자식 하나 영영 잃은 셈으로 쳐야 한다는 서운함은 어쩔 수가 없다. 나는 어차피 인생에 실패한 사람인만큼 아무리 못 되더라도 내 자식들은 애비보다야 낫게 되려니 하는 신념은 버리지 않고 있다마는, 세상 풍파에 쉽사리 꺾이지 않고 인생에 벌일 백 년 사업으로는 농사만 한

게 없다는 걸, 너는 네 형이 택한 길과 비교해서 생각해볼 수 있을 줄로 생각되는구나."

최학규는 무척이나 힘들여 가며 이런 내용의 말을 둘째 아들 녀석에게 말했던 것인데, 남구는 그냥 시무룩하게 듣고만 있을 뿐이었다. 너무 교훈적인 냄새를 풍겨서 반발을 하는 것인가 생각하였으나 그런 것만도 아닌 듯했다. 오금례가 며칠 뒤 남구의 연애편지를 가지고 왔는데 거기에 쓰여 있는 글귀가 맹랑했다. 아마도 남구는 사귀고 있는 처녀애를 범한 모양이었다. 여자 집안에 대해서야 안 될 일이지만 사내 쪽의 집안으로서는 그리 탓할 일만도 아니니 그것은 차치하고……

"드디어 난 결심했어. 이 집을 뛰쳐나가기로 말야. 우리 집 영감 꼴통은 어떻게 하든 나에게 마술을 씌워 가지고 농사꾼으로 만들 음모를 꾸미고 있는데 왜 그러는 줄 아니? 영감 쏼봉이 늙어갈수록 먹구 살아갈 방도가 없다는 걸 깨닫게 되었단 말야. 게다가 꼴통은 형에게 대학 공부까지 시키면 금세 고시에라도 패스해서 자식 덕에 호강할 걸루 생각했단 말야. 하지만 우리 형 그 맹꽁한 새끼가 데모나 벌여 가지구 사람 되기 틀렸구, 꼴통으로서두 자식 농사 잘못 지었다구 깨달았단 말야. 투자를 잘못 했다구 깨닫자 살살 나를 꾀어 가지구 나에게 들러붙을라구 하는 거야. 그야 너두 알다시피 내가 이 담에 부모를 굶어 죽으라고 할 리야 있겠니? 난 내 할 도리는 다 한단 말이다. 그렇지만 자식의 장래는 생각지도 않고 당신들의 장래를 위해서 이용해 먹으려는 그 심사가 너무 억울하고 부아 딱지가 나서 못 견디겠다. 알겠니 숙희야, 그래두 너라면 나를 이해해 주겠지? 내가 너를 차 버리려구 이러는 게 아닌 줄 알겠지? 한동안 나는 행방을 감출 거다. 그러나 곧 너에게만은 편지할 테야. 그동안 네가 보구 싶어 어떡하나 걱정이지만 보다 나은 미래를 창조하기 위해서 우리는 오늘의 현실을 이겨 나가야 하지 않겠니?"

그 편지를 다시 원래 있던 자리에 갖다 놓으라고 이른 뒤에, 무력한 아버지는 장터를 향해 걸어가다가 주막집에서 술잔깨나 비웠다. 산전수전 다 겪어보지 않았던들 최학규는 당장 둘째 아들놈 머리끄덩이를 쥐어 잡고 두들겨 팼을 것이다. 그런데 그래 봤자 소용없다는 것을 그는 깨달았다. 그러기에는 아무래도 그 자신이 무력하다는 것을 느꼈기 때문이었다. 아버지와 아들이 싸우면 결국 승리는 아들에게 돌아가고 마는 것이다. 그것이 인생의 원리라고 하는 것은, 최학규 자신이 왜정 말기 저 북간도에서 그와 비슷한 일을 아들의 입장에서 저질렀던 적이 있었기 때문이다.

말려도 소용없는 일이고 타이를수록 반발만 느낄 뿐이다. 그렇다고 내버려 두자니 남구 녀석 그 허황한 성미에 타락하기 십상이라는 사실을 깨달았다. 자, 이 일을 어쩐다지. 최학규는 인생 이리저리 살아온 끝머리에 재산 일군 것 없고 결국은 자식들밖에는 없다는 생각이 들수록 난감한 심사에 빠졌던 것인데, 눈 온 뒤에 서리 날리고 갈수록 태산이라는 식으로 남구만이 아니라 다른 것들도 속을 썩일 대로 썩였다.

경찰이 찾고 있던 큰아들 완구는 이리저리 친구 집에 피신을 다니다가 붙잡혀 들어갔다는 소식이고, 시골이 싫다 하여 무작정 상경한 두 딸년의 근황도 퍽 애처롭게 된 것이 분명했다. 숲거리 마을의 오왈순이라는 여자애가 서울 갔다 와서 보고하는 말이 그러했다. 큰딸년 운옥이와 산옥이는 합숙을 하며 공장을 다니는데 그 형편이 말이 아니더라는 것이다. 말이 아닐 줄은 들으나 마나 잘 알 수 있었다.

오금례는 울며불며하더니 어찌 되었던 서울로 올라가야겠다고
했다. 큰아들 완구의 옥바라지를 해야겠고, 운옥이 산옥이 뒷바라
지를 하지 않을 수 없는 노릇이라고 했다. 최학규는 마누라의 말에
쓰다 달다 말할 입장이 되지 못했다.

이와 같이해서 오금례가 간신히 돈 10만 원을 마련하여 서울로
올라갔다. 우선 어디 단칸방이라도 얻어 가지고 운옥이 산옥이를
잡아매 두어야 하겠으며, 그 참에 자기도 일감을 찾아 막일이라도
하면서 서울에 붙어 지낼 방도를 마련하겠다는 것이다. 그리하여
편지가 오기를, 저 광주 단지에 방 하나를 간신히 얻어 놓았으며,
오금례 자기는 달걀 장사 행상을 하고 있고, 운옥이 산옥이는 화학
공장에 여공으로 다니고 있노라 했다.

다행이라 할 것이 운옥이 년이 몰라보리만큼 돌돌해져서[2] 제 한
몸 갈망은 썩 잘 헤낼 뿐 아니라 생각도 똑바르게 먹고 있는 것 같
다는 것이다. 세상 풍파를 겪더니 그 어린 나이에 야물어졌는가 싶
다고 했다. 어린 자식들하고 난생처음으로 서울 바닥에서 사노라
니 어미가 얼마나 못난 사람인가를 절실히 느끼노라 하였다. 그러
한 사연을 줄줄이 엮은 끝에

"당신도 자식들 본을 따서 이제 그만했으면 철들 때가 지나고도
남은 것으로 생각되어집니다." 하였다. 최학규는 도대체 이게 무슨
말인가 싶었으나 오직 가슴만 쓰릴 뿐이었다.

최 씨네 집안이 숲거리와 서울, 두 곳에 살림을 차리게 된 경위가
이와 같이해서 일어났던 것이다. 옛날 같으면야 삼공육판(三公六
判) 고관대작들이나 두 집 살림을 했을 것이다. 서울집은 벼슬살이

---

2) 똑똑하고 영리하다. '똘똘하다'보다 여린 느낌을 준다.

를 위해서 필요했을 것이고, 고향 집은 조상 모시고 일가 권솔 거느리기 위해서 없을 수 없었던 것인데, 지금이야 사정은 다르다 해도 두 집 살림의 필요성만은 최학규로서도 인정을 하게 된 셈이다. 다행히 큰아들 완구는 석방이 되어 어머니와 함께 살아가게 되었다고 했고, 그러자니 단칸방에 네 식구 살기가 벅차다는 편지가 왔다.

말을 들어보니까 무허가 판자촌 같은 것은 언제 헐릴지 모르는 일이어서 불안하기는 하되 약간의 돈만 보태면 하나 구하는 방도가 없지도 않은 듯하며, 달걀 장사 행상을 해 보니 약간의 자금만 가진다면 배추 장사나 생선 장사 같은 것으로 수입을 조금쯤은 높이는 수단도 있는 것 같고, 그리고 아무래도 큰딸년 운옥이를 치울 때가 된 것도 같으니 이참에 두 살림을 청산해야겠다는 것이다.

"예 와서 지내 보니 우리는 그동안 헛살았던 것만 싶습니다. 아이들 말도 숲거리 살림 청산하여 서울로 온 가족이 이사 오느니만 같지 못하다고 합니다. 어차피 우리네에게 역마살이 붙은 셈으로 악에 받친 듯 부대껴 삽니다." 하고

오금례는 편지 말미에 그렇게 썼다. 그 늙은 나이에 서울 올라가더니 정신이 어떻게 된 것 아닌가 하고 최학규는 생각했다. 그것은 일흔두 살이 된 장모도 마찬가지 의견이었다. 장모는 펄쩍 뛰면서 동네방네 그 소식을 퍼뜨리고 다녔는데, 그것이 엉뚱한 소문을 불러일으켜 '최학규네는 부인이 서울 가더니 벼락부자가 되었다더라.' 하는 소리로 퍼져나갔고, 최학규는 만나는 사람들에게 수인사를 받기에 더욱 따분할 지경이 되었다. 그래서 그로서도 어차피 결단을 내리기는 해야겠다고 작정을 했다.

이런 말은 그가 서울에 한 번 갔다 왔는데 미친년의 헝클어진 머리카락처럼 우불구불 뻗어 나간 것이 골목길이요, 그 머리카락에

눌어붙은 서캐처럼 촘촘히 박혀 있는 것이 판잣집들의 꼬락서니였다. 이때에 그가 결심한 바가 있었다. 그 결심이란 다른 것일 수가 없었다. 도적질을 하는 일이 있더라도 처자식들 고생시켜서는 안 되겠다, 여태까지는 도리어 너무 문문하게 이 세상을 얕잡아보며 살아온 것이 아니냐, 누구 못지않게 모진 고생 겪어 이 나이 되어서 이 무슨 일인가 생각을 하게 되었다. 그리해서 그는 둘째 아들 녀석 남구를 다시 불러세웠다.

"너두 알다시피 우리가 삼공육판이 되어 두 집 살림을 하는 것도 아니고 돈이 넉넉해서 서울과 숲거리에 살림을 내고 있는 것도 아니지 않느냐. 숲거리에서 살자니 도무지 살아낼 길이 없고, 숲거리 청산해서 서울로 몽땅 이주하자니 그 객지에 군식구들 데리고 살길이 막연하여 이러지도 저러지도 못하여 두 집 살림을 내고 있는 것인 줄 짐작할 게다. 우리가 뭐 남달리 방탕한 것도 아니고 게으르지도 않았으며 누구 못지않게 살아보자고 아득바득 애를 썼는데 어째서 이 모양이 되었는지 참담하기 이를 데 없다. 너희들한테 애비 구실 제대로 못 해 바늘방석 앉은 것보다도 심화가 끓지만 이런 이야기해 봐야 소용없고, 이 세상 모진 결심에 각오가 필요하다는 걸 깨닫게 되는구나. 그래서 하는 말인데 우리가 한 삼사 년 기간을 정해서라도 서로 흩어져 돈을 모으고 마음을 단단히 하여 제각기 살아날 방도를 찾아야겠다. 그래서 나도 비록 나이가 찼다 하나 목수 노릇이라면 웬만큼은 해낼 자신이 있으니 숲거리를 떠날라구 한다. 내 뜻을 이해했다면 네가 이 숲거리에 남아 가지고 집안일을 챙겨야 하겠다. 너라면 이제 나이도 열여덟이나 되고 했으니 능히 한 사람 몫 해낼 수 있을 것으로 믿어 의심치 않는다."

남구도 아버지 하는 이야기가 보통 이야기가 아닌 줄은 짐작했는지 긴장해서 듣고 있었다. 그리고 곰곰 생각에 잠긴 눈치이더니 즉석에서 대답을 않고 제 방으로 들어가 버렸다.

　다음날 남구의 행동이 이러했다. 그 녀석은 애비 앞에 말로 하자니 제 의사를 올바로 표현해 낼 수 없다고 느꼈는지 슬쩍 편지를 디밀었던 것이다.

　　긴 말씀은 드리지 않겠습니다. 간밤에는 곰곰 생각에 잠겨 한잠도 자지 못했습니다. 아버님 말씀을 모르는 바는 아니오나 저는 의문을 품게 되었습니다. 어째서 아버님께서는 부득부득 저를 농사꾼으로 만들려고 하는지 모르겠습니다. 누구보다도 우리 집안 형편을 잘 알고 가슴 아파하는 저로서는 삼사 년 기간을 정해서라도 가족들이 흩어져 살아낼 방도를 찾아야겠다는 아버님 말씀에 마음속으로 통곡하였습니다마는, 그러나 아버님께서 하실 일이 따로 있으시고 제가 할 일이 따로 있습니다. 아버님께서 이곳 숲거리 농사일과 집안을 지키셔야 한다는 것은 두말할 나위 없습니다. 저야말로 대처로 나가서 어디 취직하여 돈도 벌고 기술을 배워 구만리 같은 앞날을 위해서 준비를 해야 할 때입니다. 아버님께서는 순직하게 살아오셨으며 난리에 쫓겨 방황하시느라 인생에 대한 준비 없이 살아오시느라 못 겪을 고생도 겪으셨습니다마는, 그리고 아마 그런 이유가 있기에 저더러 인생 백 년 사업에 농사 같은 것이 없다고 말씀하시는 줄로 압니다마는, 제 생각은 다릅니다. 그러니 현재 우리 집안의 고생을 면하기 위해서도 그렇고 제 앞날을 위해서도 그러하오니, 아버님께서는 부디 둘째 아들놈의 하고자 하는 일에 관망이나 하여주시기를 바랄 뿐입니다. 아 버님께서 이 글을 다 읽으셨을 즈음 저는 이미 숲거리에는 없을 것입니다.

　최학규가 깜짝 놀라 남구의 방에 가봤더니 이미 녀석은 자기 물 건을 챙겨 가지고 나갔다는 것을 알 수 있었다. 이렇게 해서 그는 술 막으로 달려가 몇 잔 술을 거푸 마셨는데, 이때 그가 느낀 심회가 그러했다. 그가 자식들을 위해서 해줄 수 있는 바는 아무것도 없으 니, 참견해 볼 건덕지도 없게 되어 버렸다는 비참함이었다. 모두 떠 나 버리고 그 혼자만이 남은 것이다. 있으나 마나 한 무력한 존재로 남은 것이다. 그가 안타까워했던 것은 헛된 조바심이었고, 그가 진 심에서 가족들을 염려한 것은 도망기 걸린 참견에 불과한 것으로 의식된 것이다. 세상 파도는 여전히 험하고 삶의 비탈은 가파르기 짝이 없는데 이제 그는 술이나 마시고 개떡 같은 세상의 개떡 같음 을 개탄이나 하고 그리고 군식구로 물러앉는 길 밖에는 안 남은 것 이다. 술에 취해서 그의 심사가 이와 같았는데, 아닌 게 아니라 그의 생활이 이런 방식으로 전개되어 갔던 것이다. 그는 일흔두 살의 장 모, 애 하나 없이 과부로 얹혀살고 있는(그리고 머리가 좀 모자란) 처사촌과 함께 숲거리 집을 지켰다. 농사일은 부지런을 떨면 그만 큼 대가가 나타나기 마련이지만 때로는 인력으로 어쩔 수 없는 재 해를 당하기도 하는 만큼 그냥 수천 년째 내려온 타성으로 부쳐 먹 는 정도였고, 보름쯤에 한 번은 훌쩍 서울로 올라가 이삼 일 빈둥거 리다가 내려오고는 했다. 그래서 밤늦도록 집에 들어오지 않으면 장모나 처사촌은 또 서울 올라갔겠거니 하고 예사로 여길 정도가 되었다.

이처럼 숲거리와 서울에 두 집 살림을 차리고 있는 최 씨네 일가를 보는 숲거리 사람들은 괜히 미심쩍은 어조로 그들이 남 부러워 할 것 없이 토대가 닦였다고 뒷공론을 해쌓던 것인데, 그것이 남의 속 모르는 이야기가 분명한 것이, 최 씨 집안은 형편이 피어나기는 커녕 점점 더 옹색해지기만 했던 것이다. 게다가 이 집안을 강타하고 있는 풍파는 가라앉을 줄을 몰랐다. 운옥이 년은 제멋대로 피도 안 마른 남자애와 연사(戀事)를 벌여쌓더니 또 의논 한마디 없이 영등포 바깥에 동거 생활에 들어갔고, 그것을 어쩌지 못하고 방관할 수밖에 없는 무력한 부모의 애간장만이 녹았다. 그러기에 오금례는 숲거리에서 남편 최학규가 고속버스를 타고 얼씬얼씬 나타날라치면 부아가 나서 못 견디어 했던 것이다. "죽어라 죽어라 뼈 빠지게 살아 보려구 애를 써도 집안이 잘 되기는 난생 틀려먹었지 뭐요? 서울과 시골 왔다 갔다 하는 교통비로 번 돈 다 날려 버리니 우리가 버스 회사 위해서 이 짓을 한답디까? 두 집 살림에 생활비 곱빼기로 들어, 게다가 농사짓는 것두 변변찮구 서울 돈벌이도 밑바닥 긁기에 급급하니, 그래 당신은 무슨 심보로 유람 다니듯이 그러고 있소?" 생활에 독이 올라 오금례가 닦달을 놓을라치면 최학규는 꼭 〈흥부가〉의 흥부타령 늘어놓듯 "우리만 그런가 다들 그렇게 살고 있는 데 무어." 하고는 맥빠진 응수를 하는 수밖에는 없었다. 운옥이 년이 저렇게 제멋대로 바람나서 뛰쳐나간 것은 그렇다 쳐도, 둘째 놈 남구는 간간 편지나 보내올 뿐 어느 지방 공업 도시에 있기는 한 것 같은데 그 정황이 어떠한지 알아내는 도리가 없었으며, 온 집안 식구가 극력 후원해 줘서 대학에 다니고 있는 큰아들 완구마저 사람 되기는 틀린 듯만 싶었던 것이다. 그 나이에 부모에게 폐 끼쳐가며 공부를 한다면 바짝 정신을 차리고 남이 한 자 배울 적에 열자 배운다는 격으로 보답을 해야 할 터인데 실상 그렇지가 못했던 것이다. 어머니 행상 다니는 걸 안타까워하고, 아버지 주눅 들린 것에 민망한 표정은 지으면서도 완구는 신경병이라나 뭐라나 병을 핑계하여 새하얀 얼굴에 방구석에 틀어박혀 골골하고 있거나 기껏 용돈 타내서 다방 다니고 술 처마시고 다니는 것이 본업이 돼 버린 듯싶었다. 고민이 많아서 그런 줄 짐작 못 할 것은 아니지만, 아니 누가 마음 놓고 고민할 만큼 한가하게 살고 있느냐 하는 것이 어머니 오금례의 생각이었기에 열여섯 살짜리(아직은 말썽 없이 차분하게 보조 간호원 강습소 다니는) 산옥이 년을 붙들고 "부모 속을 썩이지 않는 애는 이제 너밖에 없구나. 아직 나이가 어려서 너두 그럴 것이고 이제 나이가 차면 너두 마찬가지일 테니 네 나이 먹는 것이 두렵다 두려워." 하고 눈물짓는 경우조차 있었던 것이다. 이처럼 오금례가 집안의 기둥이 돼 가시고 어떻게든 남 못지않게 살아 보려고 바둥거릴수록 최학규는 더욱 표정이 멀찐멀찐[3]해져서 집안이야 어떻게 돌아가든 알 바 아니라는 듯 배포를 유하게 가지게 되는 것처럼만 보였다. 오금례가 맞대놓고 그것을 탓하면 최학규는 또 엉뚱한 소리만 했다.

"이봐, 그렇게 안달을 낸다구 해서 세상마저두 임자처럼 복달을 낼 줄 아는가? 우리에게 허락되어 있는 삶의 푼수가 이런 것이려니 생각해서 견디어 나가도록 해봐. 그렇지 않은가? 임자는 괜히 우리가 못 할 짓을 하면서 살기라도 하는 것처럼 야단을 떠는데, 그게 그렇지 않은 기여. 완구는 대학생이야. 대학생으로 불학무식한 부모와는 달라서 그만큼 넓은 쪽의 인생을 바라보고 있는 거여. 그러니 제

---

3) '멀뚱멀뚱'의 방언(평안).

속내 고민인들 오죽 많을 거여? 대학생 노릇할 적에는 그렇게 실컷 고민해 봐야 이담에 큰사람이 되겠지러. 못자리판의 벼를 이양해 놓으면 토질이 맞지 않아 벼두 시들시들해지잖나 말여. 그걸 가지고 우리는 벼가 몸살을 앓는다고 하잖는가 말여. 지금 완구가 그렇게 몸살을 앓는 거여. 남구도 몸살을 앓구 있는 거여. 두고 보면 알겠지만두 큰놈 완구는 대학 공부까지 한 값은 톡톡히 해낼 터이고, 둘째 놈 남구는 평소에 내가 가르쳐준 바도 있듯이 세상 이리저리 편력한 끝에는 건실한 농사꾼으로 자리를 잡고 말 게여. 딸애만 해두 그래. 임자는 운옥이가 제멋대로 사내 녀석을 사귀어 가지고 혼례식도 올리지 않고 동거 살림 시작했다 해서 앵통해 하지만 그걸 탓할 것은 없지러. 우리가 부모가 돼 가지고 어디 좋은 신랑 맞아 떡 벌어지게 살림 차려 줄 능력이 없는 처지니께, 그 애가 다 잘 알아서 제 좋은 사내 녀석 만나 살아 볼라고 애쓰겠거니 생각해 보면 그 애가 그만큼 똑똑하고 기특한 애라고 따져볼 수도 있지러. 이처럼 우리 집안이 못자리판을 옮긴 벼처럼 몸살을 앓고 있는 거여. 그러니 몸살 앓고 있는 걸 안타까워할 건 없어. 몸살을 되게 앓아 보아야 그만큼 적응하는 능력의 범위가 넓어져서 잘 될 것이 아닌가. 그래두 이렇게 두 집 살림을 차리고 있는 게 썩 잘한 일이야. 암, 잘한 일이제."

　그러나 최학규가 이처럼 유들유들한 마음 작정을 할수록 오금례는 더욱더욱 참을성이 적어지기 마련이었다. 늙마에 든 부부는 그런 면에서 좋은 대조를 이루어 변죽이 맞은 셈이었다. 그러나저러나 최 씨네 온 가족이 모두 깍두기판 모양 제각기 짝짝으로 놀아나고 있는 이것이 과연 앞으로 수습이 될 것인지 어떤지 그야말로 이산가족으로 흩어져 있는 이것이 혹여 남북 적십자 회담처럼 난항을 거듭하는 것이 아닌가 하여 최학규도 난감한 심사에 빠져드는 때가 있었다. 자식들이 나쁘다고 탓하기 싫은 그로서는 자식들을 저 지경으로 방황하게 만드는 시재의 세상 풍속에 대해서 점점 알 수가 없어지고 과연 자기가 이제 60을 바라보는 나이가 되도록 살 아온 경륜이 어떤 것이었나 의심을 품게 하는 것이다. 그럴수록 그 의 마음은 부처님 마음처럼 무조건 모든 것을 긍정하고 모든 것을 이해하려고만 했던 것이다. 아니 부스스한 눈총으로 이 놀라운 세 상을 새로 배우려는 소학생 심정이 되는 것이다. 언젠가는 대학생 인 큰아들 완구와 한바탕 토론을 벌인 적이 있었다. 그는 완구가 학 교 신문에 투고했다는 논설을 읽은 적이 있었다. 그 논설은 이렇게 시작이 되는 것이었다.

"어느 시대에나 그 시대 나름의 꿈과 희망의 내용이 있기 마련이 다. 그 꿈과 희망을 찾으려는 사람들의 줄기찬 노력과 의욕이 신선 하게 부풀고 장애 없이 추구되는 시대가 있는가 하면 희망과 꿈을 실현하려는 노력이 사갈시 되고 백안시 되고 범죄시 되는 시대도 있 다. 희망과 꿈은커녕 아무런 지향처도 없이 목표 설정도 없이 암울 하게 시간만 보내는 처참한 시대도 있다. 사람들은 희망을 바라는 본성이 있어서 살아가지만, 또한 '절망의 힘'으로 살아가기도 한다. 우리는 우리 시대를 인식함에 있어 비관함으로써 절망하려 하지 않 아야 하며, 낙관함으로써 유치한 모험주의에 빠져드는 것을 경계 해야 한다……."

물론 최학규는 자기 아들이 대학생 노릇 하면서 문자를 터득하 여 쓰고 있는 이런 문장을 구체적으로 이해하지는 않았으되, 하여 튼 이 녀석이 무엇인가 꿍꿍스럽게 생각은 가지고 있다는 것을 흐 뭇하게 여겨서 팬히 아들 녀석을 존경하고 싶었던 것이다.

"그건 틀림없이 맞는 말이다. 사람들은 희망을 바라고 살지만 또한 절망의 힘으로 살아간다는 그것 말이다. 그래 그 '절망의 힘'이란 게 재미난 말이다. 역시 배운 네가 다르다. 나두 그런 걸 느끼기는 했다마는 표현해낼 도리가 없었는데 말이다……. 그런데 네 글을 보니까는 우리가 바라는 희망이 무엇이고, 우리가 겪어가고 있는 절망이 무엇인지 그 이야기는 밝혀놓지 않았구나. 그야 네 나이로서는 당연할 끼다. 어디 네 느낌을 말해 보랴?"

이렇게 말문이 트여서 최학규는 평소에 혼자 머리로 생각하고 있었던 것들을 유식한 자식에게 좀 겸연쩍은 어조로 늘어놓았던 것이다.

"요새 내가 말이다. 숲거리 시골집과 여기 서울집을 왔다 갔다 하면서 생각해 보니 이렇게 두 집 살림을 내고 있다는 게 지금 시속(時俗)으로 봐서는 아주 합당하다고 생각이 들더라. 그러니까 여기에 우리네 희망과 절망이 포함돼 있다 그 말인데, 어디 내 이야기 들어보겠니? 너두 겪어보아서 알 것이다마는 농촌에서 살기가 힘들다는 건 어쩐 때문이겠냐? 가난 때문에? 그래, 그게 원인이다. 죽자구 농사를 지어봐야 가난을 면할 길 없고, 느느니 빚이요 생기느니 자식이라는 옛말 그대로가 아니겠니? 그런데 가난 때문만이 아니다. 보다 중요한 게 있다. 농사꾼이라면 괜히 얕잡아보는 풍조가 있어서 이리 주무르고 저리 타박을 놓고, 게다가 잠시도 가만 놔두지를 않고 달달 볶고 등쌀을 놓는 바람에 견딜 도리가 없다. 근면히 농사지으면 밥술은 어쨌든 끊이지 않을 수도 있는데 정신적으로 보람을 찾을 길 없고, 인간으로 주눅이 드는 게 분한 일이다. 이 빈곤한 나라의 죗값을 몽땅 농사꾼에게 전가시켜 놓고 위에서는 딴짓들만 하고 있다. 이렇게 농사를 천하지말업(天下之末業)쯤으로 여기는 가운데 오늘의 천하가 맹글어지는 것 같고…… 그러니 젊은 애들이 도시로 뛰쳐나오려는 게 당연하다. 그런데 너두 그럴 테지만 이 도시라는 데에서 과연 우리가 살아낼 수 있겠니? 만족을 하면서 살 수 있겠니? 그렇지 않다. 이런 데에서는 사람이 제정신 가지고 못 산다. 이건 사는 게 아니고 뜨거운 가마솥에서 그냥 아글아글 들끓어대며 서로 증오하고 발악하는 해괴한 꼬락서니 같아서 난 이런 데서는 못 산다. 농촌은 저 지경, 도시는 이 지경…… 그런데 사람 살아가는 게 그런 게 아니지 않겠니? 사람이 사람답게 사는 게 그런 것이 아닐 터이고, 아직은 우리가 몰라서 그렇지 그 길이 어디에 있든 있기는 있을 끼다. 그 길을 찾아내지 못했기에 나는 이 모양이 꼴로 어리석게 한평생 탕진하고 말았다. 내가 못난 탓이려니 생각하면 그뿐이지만, 어디 그게 내 못난 탓으로 돌린다 해서 해답을 얻어냈다고 볼 수 있는 문제이겠니? 실사 내가 못나서 그렇다면 내 자식들에게만은 그건 물려주어서는 안 되겠지러? 아이들에게 유산은 못 줄 망정 빚이야 남길 수는 없는 일이다. 말하자면 이게 내가 알아낸 절망이고 그리고 희망이다. 아마도 네가 알아낸 절망이나 희망은 나와는 다를 것이다. 그 다르다는 것을 너는 소중한 것으로 알아야 할 게다……."

최학규는 큰아들과 이런 식의 몹시 유식한 듯한 이야기를 나누곤 하면서 더더욱 자기는 인생에 실패한 사람이며, 따라서 자식들은 자기와는 다르게 살아야 하고 마땅히 달라야 한다고 철석같이 믿게 되었다. 그것이 어떻게 달라야 하느냐고 묻는다면 그로서 낑낑대며 생각해 보았자 알아낼 재간은 없을 테지만. 어떻게 달라야 하느냐는 그로서 알 도리가 없고 결국 자식들이 자기 힘으로 알아내게 되려니 믿을 뿐이었다. 그가 노이로제나 뭐라나에 걸려서 폐인처럼 방구석에만 틀어박혀 행상 다니는 제 어미 용돈이나 축내는 큰아들을 옹호하고, 근종 없이 떠돌아다니는 둘째 놈, 큰 딸년, 작은 딸년의 편역을 드는 것이 다 이런 이유가 있어서였다. 잘은 모르지만 그들이 왜 부모의 심정을 배반하여 깍두기판으로 놀아나고 있는지 그 아픔을 이해할 수 있을 듯했기 때문이었다.

그렇지만 그가 어떤 생각을 갖고 있든 아랑곳없이 세월은 자기 나름으로 흘러 최 씨네 집안에도 변화가 따랐다. 큰아들 녀석은 다시 학생 데모에 끼어들었다가 별안간 군대를 나가 버렸고, 그리고 그 한 달쯤 뒤였을까, 둘째 놈한테서 편지가 왔는데 그 또한 군문에 들어가 있다는 것이다. 아마 객지를 떠돌아다녀 봤자 몸과 마음만 상하고 눈에 뜨이는 것이 제대로 잡히지 않자 자원해서 군대에 들어간 듯했다. 이렇게 두 아들이 군대에 가 있고, 큰 딸년 운옥이는 어린것을 낳아 혼인신고까지 올렸다 하나 걸핏하면 싸움질 끝에 울고불고 달려들어 부모 속을 썩이고, 작은 딸년 산옥이는 강원도 원주에 있는 어느 병원에 보조 간호원으로 근무하며 떠나 살고 있고…… 그리고 숲거리 장모가 노환으로 돌아가고 약간 반편스러운 처사촌이 사내를 얻어 세간살이를 내고…… 그러구러 삼 년이 흘렀던 것이다. 큰아들과 작은아들이 거의 동시에 제대를 했으며 이제는 가족이 한데 모여 살았으면 좋겠다는 오금례의 푸념이 가장 절실한 바람으로 느껴질 만큼 이 집안도 새로운 희망을 품게 되었다.

그런데 그게 그렇지만도 않았다. 큰아들 완구는 술 담배 고자리가 되어서 날마다 밤늦게 돌아오는 것은 고사하고 어느 적에는 인사불성이 될 정도로 취해서 시비를 벌이는 일도 없지 않았다. 대학생 노릇하던 때의 기개도 그렇고 악착같이 살아 보려는 배짱도 없어진 채 흐늘흐늘하는 듯해서 신경이 쓰였다. 다시 복학할 생심을 내는 것도 아니고 그렇다고 해서 취직 자리를 알아보는 것도 아니고, 없는 집안의 돈을 축내가며 민망하게 허송세월만 하고 있으니 기가 찰 노릇이었다. 둘째 녀석 남구에게도 기가 찰 일이 생겼다. 남구는 숲거리 집에 나타났는가 하면 서울에도 번쩍하면서 설치고 다녔는데 자기가 무슨 사업을 할 참이라고 했다. 목돈을 해달라고 졸라대어서 없는 돈에 간신히 마련해 주었더니 한 달이 못가 들통을 내고 말았던 것이다. 원 자식들이라고 이럴 수가 있는가 싶은데 더욱더욱 최 씨네 집안에 궁기가 끼였다. 큰아들 완구는 술 처마시고 다니는 생활에 반성을 하게 되었는지 어느 날 하루는 정색하고 자기 계획을 털어놓았다. 대학에 복학하기는 싫고 그렇다고 해서 취직이 될 것도 아니니 어디 절간에 들어가 3년을 작정으로 하여 공부하겠으니 그리 알고 뒤를 밀어달라는 것이다. 어머니로서도 아들이 내놓는 말에 기가 찼는지 오금례는 그 일은 못 하겠다고 말하고 나섰다.

"너두 집안 형편을 짐작한다면 어디서 그런 소리가 나오는 거냐? 이제 너는 이 집을 거느려 나가야 할 책임이 있는 장정이다. 나이를 공짜로 먹는 게 아니고 공부를 사치로 하는 게 아니라면 너는 이를 악물고 살아갈 각오를 해야 할 텐데 그러기는커녕 허약해 빠져서 사회생활을 겁내고 그 나이에 절간에 가서 공부를 하겠다니, 공부는 무슨 놈의 얼어 죽을 공부고 그 핑계로 네가 편하게 인생을 거저 살아 보겠다는 소가지가 아니냐?"

이렇게 타박하고 나섰던 것이다. 더 이상 뒤를 밀어주진 못하겠고 아무래도 너를 너무너무 곱게 키우느라 사람 버려 놓은 모양이라고 그런 말도 했다. 물론 최학규는 마누라와는 달라서 큰아들 편을 들었다. 여편네의 소갈머리로 좁은 것밖에 보지를 못하니까 그런 소릴 하는 것이고, 이 세상에 자기 자식을 믿지 않으면 누굴 믿겠는가. 그리고 또 그것도 그렇지, 이왕 공부를 하려고 한 몸이면 그 공부로써 결판을 내어야 한다고 말했던 것이다. 그러는데 이때에 둘째 녀석 남구에게는 또 엉뚱한 일이 벌어져서 한바탕 시골법석 소란을 떨어야 했던 것이다.

그 사연이란 이러한 것이었다. 둘째 아들 남구가 군대에 나가 가지고 일선 지방에서 복무하는 도중에 어떤 색시를 알게 되었는데, 시쳇말로 연애를 벌였는지 어땠는지 하여튼 그런 일이 있었던 모양이었다. 그 색시는 부대 근처에서 술집을 내고 있는 사촌 언니에게 얹혀 있었다고 하니까 그게 다 짐작이 가는 일이었다. 남구가 그 술집 '오세요옥(屋)'에 들락거리다가 그 색시 순분이를 알게 된 모양이었다. 그러다가 제대를 했으니 순분이와 헤어진다는 말 한마디 나누지 못하고 갈라진 것도 이해가 되는 일이었다. 그런데 뜻밖에도 그 순분이가 숲거리에 나타난 것이다. 배가 남산만큼 부른 젊은 여자가 기웃거리는 것을 최학규는 처음엔 그저 심상하니 보아 넘겼다. 여자는 머뭇대기를 한참 하다가 여기가 최남구 씨 댁이냐고 묻고는 괜히 얼굴이 새빨개져서 알았노라고 하고는 사라져 버렸다. 그러고 얼마 있다가 남구가 마실을 나가다가 동네에서 만났을 것이다. 그날 남구는 집에 돌아오지 않았다. 다음날 오후 느지막하게 아무 일도 없었던 것처럼 남구는 돌아왔다. 그리고 그다음 날 말 없이 서울로 가 버렸다. 그런데 그 여자가 다시 집을 찾아왔다. 어찌나 울었는지 두 눈이 팅팅 부어 있었다. 그리고 남구가 없다고 하자 다짜고짜 하소연으로 나왔던 것이다. 이런 모습으로 예고 없이 찾아뵙는 게 죽기보다도 부끄럽지만 어찌 하는 수 없는 사정이 있으니 용서를 바란다고 그렇게 인사성을 차린 뒤에 솔직히 모든 걸 고백하겠다고 말문을 트더니 자기가 남구 씨의 어린것을 가지고 있다. 그리고 자기는 남구 씨를 사랑하고 있다, 그래서 불원천리 길을 묻고 물어 찾아왔다, 만나 보니 남구 씨는 자기를 반가워하기는 커녕 꼴도 보기 싫으니 어서 눈앞에서 사라져 버리라는 말만 한다, 자기가 어디 갈 데가 있겠으며, 배 속의 것은 어찌 되겠느냐…… 그러면서 대성통곡을 하였던 것이다.

사정이 아주 난감하게 되었다. 군대 나가서 제멋대로 벌인 연애이니 당자들끼리 의논해서 처리할 일이지 않겠느냐고 하자니 그럴 수 없고, 찔찔 짜고 있는 여자에게 순리로써 타이르려고 해보았자 이야기가 통하질 않는 것이다. 그런데 그 순분이는 쇠심을 타고 났는지 말하는 것이 더욱 난감했다. 자기는 죽어도 이 집에서 죽겠고 살아도 이 집에서 살겠노라 하는 것이다. 과거 일이야 어떻게 그리되었다 해도 이미 자기는 이 집 사람이라는 것이다. 일은 그에서 그쳤던 게 아니었다. 제발 그러지 말라고 해도 순분이는 부엌에 느나들고 빨랫감을 짊어지고 나서는 것이었다. 열녀 춘향이 심정을 가졌는지 주위에서야 뭐라거나 일부종사하겠다는 태도로 나왔다. 남구는 그 며칠 뒤에 숲거리에 나타났는데 순분이를 보자 얼굴을 씰룩거리며 욕설을 퍼부으며 쥐어박고는 씽 하니 나가 버리곤 돌아오지 않았다. 그러거나 말거나 순분이는 아예 민며느리로 들어앉을 셈을 내는 작정인지 달가워하는 사람이 아무도 없음에도 제 할 일을 찾아 집안 대소사에 설치고 다녔던 것이다. 참으로 시속(時俗)을 알 수 없는 세상이었다. 오금례는 바락바락 악을 쓰기도 하고 분주히 서울과 숲거리를 왔다 갔다 하면서 가모(家母)로서의 자세(藉勢)를 부려 사태를 수습하려고 안간힘을 다하고 있는데, 최학규는 그저 뒷전에 물러서서 관망이나 하고 있는 자세나 취하고 있을 따름이었다. 자식에 대해 워낙 둔한 사람이니 꼭 저렇게 주변머리가 없

고 답답하다고 오금례는 안달을 내었지만, 그는 오불관언의 태도
를 취하기만 했던 것이다. "임자 그렇게 안타까워할 것은 없어." 소
리나 하고 있었다. 그러면서 그는 속으로 생각하는 것이다. 이제 둘
째는 이럭저럭 농사꾼으로 틀이 잡혀갈 것이다. 순분이란 저 처녀가
보통 뚝심이 아니니까 결국 남구가 돌아올 것이고 그리고 어린애
를 낳아 기르면 인생 백년대계 농사밖에 없다는 말을 이해하게 될
것이다. 남구가 좀 더 인생의 엮음질을 배짱 있게 밀고 나가지 못하
고 저렇게 마감을 보는가 싶어 그게 좀 안타깝……, 그런 의미로
서는 남구의 살아가는 능력이 얼마만큼 되는지를 순분이와의 밀고
당기기 내기를 통해 엿볼 수도 있을 것이 아닌가. 이렇게 배포 유한
생각을 하고 있었던 것이다. 완구는 제 동생보다는 좀 더 방황할 것
이고 그래서 결국은 대학 공부깨나 했다는 젊은것들이 빠지기 마
련인 얌체 없는 양복쟁이로 빌딩의 책상물림이나 차지하기 십상이
겠지만…… 과연 그 일이 어찌 되는가는 좀 더 두고 봐야 할 것이었
다. 그가 우울한 생각을 먹게 된 것은 그런 데 있는 것이 아니었다.
자기 자식들이 좀 더 괴로워하고 좀 더 방황하고 아파하여 자기처
럼 좁은 능력마저도 있는 듯 없는 듯 살아가지를 말았으면 하고 바
랐던 바이며, 좀 더 항거하고 모반을 획책하여 어떠한 고난이라도
이겨내고 어떠한 불의나 압박에도 굴하지 않는 튼튼한 인생을 갖
기를 희망했던 것인데 이제 자기 자식들은 청춘 시절의 그런 어려운
싸움에 그만 막을 내리려고 하는 게 아닌가 싶었던 것이다. 그는 그
래서 막연히 손자, 손녀들에게 기대를 걸어보고 싶은 것이다. 물론
그들은 아직 세상에 태어나지도 않았지만 말이다.

《세대》, 1974년 11월호

환상에 대해서

환상에 대해서[1]

    어떻게 여기까지 왔나. 과연 무슨 일이 있었나. 광득이 이야기에 의할 것 같으면 세상이 무너졌다고 했다. 군중들이 노하여 들고 일어났고, 그래서 파괴와 방화가 있었고 그래서 세상이 썩은 충치처럼 건들거리고 있다는 것이다. 그것은 이미 아는 이야기였다. 그러나 구체적으로 과연 무슨 일이 일어났는지 조맹지에게는 희미하게밖에는 생각이 나지 않았다. 광득이는 문을 열어주면서 "임마, 많이 다쳤어?" 하고 물었다. "왜 이렇게 되었어, 피를 흘리고 있잖어, 엉?" 이러면서 조맹지의 옷에 묻은 피와 흙덩이를 털어주었다. 광득이는 담배를 비껴 물고 있었다. "짜아식, 그래도 죽지 않았으니 다행이지 무어야." 하고 그는 말했다. "자세히는 모르지만 말야, 많은 사람이 총에 맞아 죽었대. 김주열이만 죽은 게 아니라구. 경무대 앞에서 드르륵 갈겨댔다면서? 시내 곳곳에서 총격전이 있었어. 그건 나두 봤어. 임마, 그래서 난 네 걱정을 했단 말야." 광득이는 서둘러 조맹지를 방으로 끌고 들어갔다. 그의 동작은 나치 치하에서 지하 운동을 하는 레지스탕스를 그린 영화 속의 청년처럼 민첩했다. 그의 어조

---

1) 최초 발표 지면에는 '어느 史學徒의 젊은 時節①' 부제가 붙어 있다.『신생』에 실릴 때 목차에서는 「幻想에 대하여」로, 본문에서는 「幻想에 대해서」로 표기되어 있다.

는 세상에 대한 날카롭고 생생한 반기(反氣)로써 힘차게 떨리고 있는 것 같았다. 조맹지는 엎어지듯 그의 방으로 올라섰다. 그 기억은 생생하게 떠오르고 있었다. 자꾸 커져 가는 육신의 그 한가운데서 이 세상이 파괴되어 버린 것을 실감할 수 있는 듯한 아픔이 예리하게 느껴졌다. 하도 아파서 꼼짝을 할 수가 없었다. 광득이의 방은 그전과 마찬가지로 하나도 변하지 않았다. 앉은뱅이책상 위에는 그의 애인인 공숙이의 사진이 걸려있었다. 체신부에서 주관했던 전기 기사들의 기술 경연 대회에서 그가 3등으로 입상했을 때 받았던 상장과 트로피가 놓여 있었고 '인간은 노력하는 동물이다' 따위의 경구(警句)가 붙어 있었다. 그리고 재떨이에 담배꽁초가 수북이 쌓여 있는 것을 본 기억이 났다. 그러고 나서 그 뒤의 일은 알 수 없었다.

몇 시부터 잠이 들었나? 조맹지의 기억이 연관성 있게 이어진 것은 그러니까 20세기에 들어와서 가장 길었던 날 중의 하나였던 4·19날이 지나가고, 그러니까 군가(軍歌)와 송요찬 장군이 계엄사에서 발표한 포고문과 이미 죽어 버린 사람들의 명단이 간혹 방송되곤 했던 4월 20일 아침 열 시경이었다. 노 대통령은 메디컬 센터로 부상 입은 대학생들의 병문안을 갔고, 군인들이 시내로 진주했고, 자유당 정권은 비로소 부정 선거와 독재와 갖가지 부정부패에 참괴하는 성명을 발표했고 주한 미국대사 다울링 씨와 참사관 마샬 그린 씨가 뻔질나게 경무대를 방문했고, 그리고 변영태 씨와 허정 씨 등이 노 대통령에게 사임하기를 권고키로 했던 바로 그러한 의미에서 4·19날 못지않게 길었던 날이기도 했다. 이미 창호지를 넘보는 4월의 햇살이 눈부셨다. 광득이는 하숙집 주인 여자와 두런두런 얘기를 나누고 있었고 조맹지는 수돗물 흘러내리는 소리를 들었다. 다시 그는 커져 버린 몸뚱아리의 가녘으로부터 바늘이 틀어박힌 것처럼 신랄한 통증을 느껴서 저도 모르게 신음 소리를 내질렀다. "담배 한 대 줄까?" 방으로 들어온 광득이는 말했다. 조맹지는 그에게 부탁해서 냉수를 한 컵 들이켰다. 광득이는 조맹지에게 신문을 가져다주었다. 그는 신문을 보지 않았다. 광득이는 그러자 데모 얘기를 꺼내고 있었다. 경무대 앞에서 일어났던 총격전, 광화문 근처에서 있었던 군중들의 노한 행동을 이야기했다. 정치 깡패 소굴이었던 반공회관이 어떻게 불타 버렸는지 이야기했고, 어찌하여 사람들이 시청 앞, 반도 호텔 앞, 덕수궁 돌담 앞에서 죽어갔는지 열띤 어조로 설명하려고 했다. 담배를 다 태우고 나서 조맹지는 감감하게 광득이의 흥분된 얘기를 듣고 있었다. 광득이 말에 의하면 수천 명의 사람들이 붙잡혀 딸려 들어갔으며, 그리고 데모 군중들 중의 일부는 경찰서에서 훔쳐낸 총기로 무장하여 아직도 저쪽 정릉 쪽에서 저항을 하고 있다는 것이었다. 계엄령이 퍼졌다는 것이며, 통금 시간이 연장되었다는 것이며, 이제 국민들은 자유와 '피'의 상관관계를 뼈저리게 느끼게 된 것이 아니냐는 것이었다. 조맹지는 이러한 광득이의 이야기를 들으면서 잠이 들었다. 아니 잠이 들었는지 어땠는지 그 기억은 도리어 확실치가 않았다. 평길이가 총에 맞아 새우처럼 등을 오므렸다가 거리 한복판에 나동그라지는 모습을 본 기억이 났다. 최루탄 냄새는 끈적끈적한 눈물처럼 고여 있었다. 피가 무한정 흐르고, 태양은 총에 맞아 파괴를 가져온 것처럼 타오르고 있었다. 그것은 환시(幻視) 환청(幻聽) 속에서 일어난 일인 것만 같았다. 다시 조 맹지가 눈을 떴을 때에는 이미 황혼 무렵이었다.

남쪽으로 나 있는 창이 핏빛 노을을 처량하게 빨아들이고 있었다. 도시의 소음은 여느 날보다 더 예각되어서 방 안을 길거리 바닥으로 끌어내리려고 하는 듯했다. 조맹지는 움직이고 싶지 않은 기분을 억지로 달래면서 일어섰다. 커져 버린 듯한 그의 몸뚱이는 그가 움직이자 유리 조각이 깨져 와르르 무너지는 것처럼 다시 그를 주저앉게 만들었다. 그는 간신히 앉은뱅이책상 위에 놓여 있는 담배를 집었다. 담배 연기는 황혼녘의 핏빛 공기와는 달라서 약간 파란기를 내포한 진회색으로 뿜어 올라갔다. 열아홉 살의 조맹지는 담배 연기 속에 턱을 괴어 사색을 묻었다. 조금씩 어둠이 방 안을 침식해 들어가고 있었다. 그러나 핏빛 공기는 어둠을 빨아들이지 않았다. 담배 연기가 아지랑이처럼 하늘거렸다. 조금 있으려니 광득이의 여동생 길자가 들어왔다. 길자는 주인집 아주머니한테서 얻어오는 것이라며 커피를 한 잔 가져다주었다. 그리고 광득이가 들어왔는데 그는 꺼멓게 풀이 죽은 표정으로 조맹지를 바라보고 있었다. "평길이가 죽었다." 하고 광득이는 텅 빈 목소리로 말했다. "나는 평길이기 입원해 있던 세브란스 병원에서 방금 돌아오는 길이다." 광득이는 울고 있었다. 험상궂은 동물과도 같이 일그러진 그의 얼굴 한가운데로 눈물이 쉬지 않고 뿜어져 내렸다. "평길이는, 금마는……." 광득이는 말을 잇지 못하고 있었다. 조맹지는 담배를 한 개비 더 물었다.

이제 어둠은 방 안의 공기를 시꺼멓게 만들어 놓고 있었다. 그들은 형광등을 켤 생각조차 않고 어둠 속에서 소리 없이 눈물을 흘리고 있었다. 갑자기 사이렌 소리가 들려왔다. "통금이 빨라진 거야." 하고 길자는 말했다. 사이렌 소리는 길자더러 암말도 말고 가만있으라고 윽박지르는 듯 말할 수 없는 공포와 불안을 더욱 음험하게 퍼뜨리며 계속되고 있었다. 모든 것이, 세 사람이며 방안의 가재도구며, 숨소리와 공기와 어둠까지도 사이렌 소리에 젖어 들어갔다. 사이렌 소리는 쭉 계속되어 급기야 그 소리가 계속되고 있는 것인지 아닌지 조차도 모를 정도로 그렇게 울려 퍼지고 있었다. 다만 청각기관이 고통스럽다는 것에 의하여 그것이 계속되고 있다는 것을 느낄 수 있었다. 그러다가 사이렌 소리는 작아져 갔고 아주 안 들리게 되었으며 여태까지 사이렌 소리에 탄압되고 있었던 소음들이 다시 들려왔다. 어둠은 사이렌 소리를 계기로 더욱 짙어진 것 같았다. 아직 초저녁이었지만 앞당겨진 통금 시간을 알리는 사이렌 소리로 인하여 한밤중과 같이 되어 버렸다. 옆방으로부터 라디오 소리가 들려왔다. 골목길로 다급하게 뛰어가는 구두 발자국 소리가 스산하게 들려왔다. 호각 소리가 들려왔다. 날카로운 경적을 울리며 차들이 질주해 가는 소리가 들려왔다. "전기 켤까?" 길자가 물었는데 조맹지는 켜지 말라고 했다. 통금 시간이기는 했지만 아직 고작 일곱 시였다.

조맹지는 창문을 열라고 말했는데, 길자는 못 들은 척 한참 주저한 끝에야 창을 열었다. 부드러운 봄 냄새를 가득 안은 바람이 밀려들었다. 광득이의 막서리 하숙방은 야산을 갉아먹은 산중턱의 판자촌 가운데에 있었다. 봄바람은 4·19를 느끼지 않고 있었고, 계엄령, 통행금지, 평길이의 죽음, 그리고 그들의 절망적인 아픔을 아랑곳하지 않았다. 봄바람은 그 대신 불길한 정적을 그러나 정적이 될 수 없는 낮은 금속성의 소음을 실어오고 있었다. 조맹지는 창밖으로 시선을 던졌다. 어둠에 채 풀리지 못한 하늘 위로 구름 한 덩어리가 핏빛으로 둥둥 떠다니고 있었다. 짙은 고동색의 하늘이 상처 입어 핏물을 흘리고 있는 것처럼 보였다. 집들이 시야에 들어왔다. 네거리가, 골목길이, 그리고 벌목한 나무그루터기 같은 빌딩군(群)들이 허망하게 어둠 속에 잠겨 들어가고 있었다. 사람들의 모습은 발견할 수 없었다. 어디선가 개새끼가 음산하게 캥캥 짖어대고 있었다. 어디선가에서 호각 소리가 들려왔다. 옆방에서는 여전히 라디오 소리가 들려왔다. 아나운서는 굴곡이 없는 딱딱한 어조로 송요찬 장군이 계엄사령부에서 발표한 포고문을 되풀이 낭독하고 있었다. 유난히도 덜덜거리며 전차(電車)가 레일 위를 굴러가는 소리가 들려왔다. 그러자 이번에는 묵중한 캐터필러 소리를 내면서 탱크와 전차(戰車)들이 굴러오는 소리가 어둠을 찢었다. 그것이 꼭 타 눌림에 내맡겨진 여인네가 내지르는 비명 소리 같았다. "군인들이 진주해 오는 거야." 하고 길자가 아는 체를 했다. 광득이는 소주를 마시는 중이었고, 그러자 조맹지도 술을 마시고 싶었다. 그는 마셨다. 커져 버린 듯한 몸뚱이를 꿰뚫고 소주의 독한 맛은, 아픔을 잊어먹으려고 애쓰는 멍멍한 의식을 일깨웠다. 그는 간신히 아픔을 지탱하고 있었다. 아니, 아픔이 그의 몸뚱이로부터 빠져 달아나지 않고 그의 몸뚱이 가운데에 더욱 무지근하게 더욱 암담하게 마치 임균처럼 펴져 가고 있음을 절망하듯 느끼고 있었다. 길자가 고물 라디오를 켰다. 소낙비 쏟아지는 것 같은 잡음 때문에 수신 상태가 좋지 않은 가운데 6·25 당시의 군가(軍歌)가 발악이라도 하는 듯이 들려왔다.

압박과 설움에서 해방된 민족……
싸우고 싸워서 세운 이 나라……
동포여 일어나라 나라를 위해……

길자는 라디오를 꺼 버렸다. 광득이는 술을 마시면서 엉엉 울고 있었고, 조맹지는 새우처럼 등을 구부린 평길이가 거리 한복판에 나동그라지는 모습을 본 기억이 났다. 평길이는 죽음을 예감했던 것인가. 자기가 죽을 것이라는 것을 예감하였기에 그 데모에 그렇게 열성을 부렸던 것인가. 부정 선거 다시 하라, 못 살겠다 갈아 보자, 이승만 독재 정권 물러가라. 중앙청 앞을 지나, 통의동 파출소를 지나, 국민대학 앞을 지나, 진명여고 입구를 지나 데모대는 앞으로 전진해 가고 있었다. 마침 딸딸이 전차를 하나 탈취하여 데모대들은 그것을 교두보로 하여 레일 위로 밀면서 전진해갔다. 지프차도 하나 동원되었다. 경찰들은 이쪽으로 최루탄을 던지고 있었다. 그때 조맹지는 찢어진 교복을 입고 있는 평길이를 만났다. 평길이는 낄낄거리며 웃고 있었다. 신들린 것 같은 웃음이었다. "나 말야, 경찰서에 붙잡혀 들어갔다가 좀 전에 풀려난 거야, 그래서 다시 여기 낑겨 들었어." 하고 그는 말했다. 그의 팔 소매는 너덜거렸고 그는 곤봉에 맞아서 터져 버렸다는 어깻죽지의 상처를 보여 주었다. 메리야쓰가 벌겋게 물들어 있었다. 그러나 평길이는 신들린 것처럼 웃고 있었다. "너두 봤지? 사람들이 말야, 광화문 네거리를 꽉 메워 가지구 구호를 외쳐 대니까 하늘이 흔들흔들하는 거 같던 그 광경 말이야. 아, 이젠 시원하지 뭐냐? 시원해, 아주 시원해. 내가 이럴 때가 올 줄 알았어. 이럴 때가 올 줄 알았는데, 왔단 말야. 그래서 시원해. 아주 후련하지 뭐냐?" 평길이는 주머니를 뒤적거리다가 담배를 달라고 했다. "너, 어깻죽지 아프지 않니?" 조맹지는 이런 싱거운 소리를 물었다. "아니, 전혀 아프지 않아, 아파 봤자 별수야? 지금은 세상이 아파하고 있는 때니까 말야……."

평길이는 이러면서 다시 신들린 것처럼 웃었다. 경무대로 꼬부라져 들어가는 어귀에서 경찰들이 공포를 쏘았다. 데모대들은 함성을 중지했다가 다시 함성을 지르기 시작했다. "우리 내일쯤이라도 광득이랑 그렇게 셋이서 한번 만나자. 광득이는 전신 전화국에 기술자로 취직이 됐다구, 한턱 쏘겠다구 했거든." 하고 평길이는 빠른 어조로 말했다. "그 녀석도 오늘 데모 군중의 어디엔가 끼여 있을 텐데." 하고 조맹지는 말했다. "그럴 거야. 앞으로 새 시대가 다가오고 있으니까 말야, 끼지 않은 놈은 감격 시대를 살 자격이 없어." 경찰들이 후퇴했고 데모대들은 이미 목적지를 눈앞에 두고 함성을 질렀다. "자, 그럼 우리 나가자." 평길이는 말을 마침과 동시에 앞으로 내달았고 조맹지도 뛰었다. 햇살은 따스했으며 함성에도 불구하고 4월의 공기는 감미로웠다. 몇 시나 되었을까, 배가 고픈 것으로 보아 오후 한 시는 넘었을 것이다. 하필이면 이때 배고픈 생각을 하다니, 조맹지는 웃었다. 일군의 대학생들과 고등학생들은 줄다리기라도 하는 것처럼 전차를 앞세워 밀고 나갔다. 스크럼을 짠 무리들이 파도처럼 넘실거렸다. 이제 앞으로 막히는 것은 아무것도 없었다. 최루탄 냄새로 눈을 뜨기 곤란했지만 이제 거리는 망망한 바다가 되었다. 망망한 바다와 같다고 그가 생각하는 순간, 하늘이 무너져 내려앉았다. 사람의 청각 기관이 인내하기에는 너무 잔인한 타캉 타캉 소리가 울려 나오고 있었다. 데모대들은 인내하기에 너무 잔인한 타캉 소리를 이겨내기 위해 고함을 질렀다. 고함은 타캉 소리와 싸우는 육성(肉聲)의 천둥소리를 만들었다. 데모대는 그러한 육성의 천둥소리에 힘을 얻었다. 타캉 소리가 잠시 멎었다. 그것이 공포(空砲)였다는 것을 채 느끼기도 전에 데모대들은 '전우의 시체를 넘고 넘어' 따위의 군가를 부르며 전진했다. 그러자 아비규환의 세계가 일어났다. 하늘이 깨지고 땅이 흔들렸다. 타캉 소리는 그냥 타캉 소리가 아니었다. 종말의 날이 다가왔다. 사방에서 총알의 빗줄기가 쏟아졌다. 그리고 그때 조맹지는 평길이가 새우처럼 등을 오므렸다가 거리 한복판에 나동그라지는 모습을 얼핏 볼 수 있었다. 조맹지는 허리를 구부리고 냅다 뛰어 그쪽으로 갔다. 평길이는 피를 흘리고 있었고 노랗게 바래진 얼굴에 잔인한 미소와도 같은 고통의 빛을 띠고 있었다. 조맹지는 손수건을 꺼내 평길이의 구멍 난 가슴을 막으려고 했다. 평길이는 손을 저었다. 지프차 하나가 다가왔다. 지프차에서 운전사가 고개를 내밀었다. 사람들이 벌벌 기다시피 몰려들었다. "총에 맞았어. 이봐요, 빨리 병원으로 데리구 가쇼." 하고 조맹지는 말했다. "난 괜찮어." 하고 평길이가 말했다. 평길이는 지프차에 옮겨졌다. 조맹지가 미처 타기도 전에 지프차는 구멍 난 평길이만을 실은 채 가 버렸다.

조맹지는 길거리 한복판에 바짝 엎드려 있었고 총알이 핑핑 그 위를 지나가는 소리를 들었다. 그는 뛰기 시작했다. 점점 커져 가는 것 같기만 한 그의 몸뚱어리를 향해 신랄하게 다가오는 총알의 떼를 그는 어떻게 해야 할지 알 수 없었다. 모든 총알이 그를 향해 달려오는 것 같았다. 그는 약간의 불균형을 느꼈다. 이 세계의 중심에 약간의 어긋난 느낌이 가세되었다. 그는 쓰러졌다가 일어났으며 다시 비틀했다가 일어났다. 그는 어느덧 중앙청 후문 있는 곳에까지 왔다. 데모대들은 주변의 주택들 안으로 밀려들고 있었고, 그도 그 안으로 들어갔다. 집주인은 학생들에게 물을 떠다 주었다. 경찰들이 달려오기 시작했다. 붙잡힌 데모대들은 죽어라 얻어터진 뒤에 끌려갔다. 하마터면 조맹지 또한 붙잡힐 뻔했으나 수돗간 뒤 장독 사이에 바짝 엎드려 있었기 때문에 발각되지는 않았다. 경찰들이 물러난 뒤 그는 강아지처럼 경정거리며 거리로 나와서 광화문 쪽으로 나아갔다. 그곳에서는 한바탕 새로운 싸움이 벌어지고 있었다. 데모대들은 이제 무서울 것이 없었다. 오후 내내 시가지에는 총소리가 울려 퍼졌고, 불이 붙어 있었다. 조맹지는 그 속에 휘말려 들어가 있었고, 그리고 고함을 지르고 구호를 외쳤다. 그날 밤 통행금지 시간이 연장되어 저녁 다섯 시경부터 잔인한 밤이 시작되었다. 사람들은 닥치는 대로 붙들려 갔고, 중심지에서는 무시무시한 색출 작업이 계속되었다. 군인들이 전투태세를 갖추어 진주했고, 데모대는 종로통을 지나 고려대학에서 정릉 쪽으로 밀렸다. 미처 집에 갈 수 없었던 사람들은 여관으로 찾아들었는데 그날 밤 시내의 모든 여관은 철저히 검색을 받았으며 젊은것들은 무조건 끌려갔다. 조맹지는 여관을 찾았다가 담을 넘어 도망쳐서 골목길에 숨어 있었고, 그러다가 광득이 하숙방이 가까운 데 있음을 생각해내 한밤중에서야 피를 흘리며 광득이에게 올 수 있었다. 그는 돌아올 수 있었지만 평길이는 총에 맞아 새우처럼 등을 오므렸다가 거리 한복판에 나동그라지고 말았다.

"평길이는 죽어 버리고 말았단 말이다." 하고 광득이는 고함을 질렀다. "오빠, 징말 죽었어?" 길자가 물었다. 길자도 울었다. "바보 같은 자식." 광득이는 계속 고함을 질렀다. "사람들은 그를 의사(義士), 우국지사로 받들겠지만 어째서, 왜 그 녀석이 의사(義士)가 되어야 한단 말이냐. 왜 그 녀석이 그래야 한다는 거지? 누구보다도 평범하게 살기를 원했던 그 녀석이었는데 말야. 누구보다도 착실하게, 충실하게 살려구 했던 그 녀석이 왜 의사가 되어야 한다는 말이냐." 광득이는 울부짖었다. 이윽고 밤이 되었다. 무서운 밤이 다시 시작되었다. 부드러운 봄바람 속에는 그러나 예리한 칼날이 박혀 있는 것 같았다. 이 밤에 평길이가 있지 않다는 그 사실 때문에 여기 아직 그들이 살아있다는 것이 짐스럽게 여겨졌다. 설사 앞으로 어찌어찌 살아간다 한들 그것은 이미 죽어 버렸어도 괜찮은 삶이며, 죽음과 다를 것이 없는 허무한 연장(延長)으로서의 삶이 될 수밖에 없다고 비탄에 젖어 생각했다. 평길아……, 하고 광득이는 어둠 속을 향하여 외쳤고, 그리고 조맹지는 흐느꼈다. 평길이는 그 자신이 죽은 것이 아니라 그들이 지금까지 함께 가져왔던 여러 추억과 희망, 미래에 대한 설계마저도 함께 가지고 가 버린 듯싶었다. 그들은 평길이가 어처구니없이 그들 곁에서 떠나 버린 그날 밤의 기억을 그들 인생의 사막 속에 깊이 간직하게 되었다. 4·19는 그러나 여러 책들 속에는 기쁨에 넘치는 감격과 빛나는 시민 혁명의 개가를 의미하는 것으로 기록되어졌다.

그렇지만 지금도 기억하거니와, 막 열아홉 살 스무 살의 나이로 접어들어 소년 시절의 조바심을 청산하고 이제 삶의 힘을 얻어 세상을 향해 첫발을 내딛었던 조맹지에게 그것은 그 자신을 거꾸로 곤두박질치게 만들었던, 치유될 수 없는 상처의 내역이 되었다. 그 상처를 통하여 그는 세상의 비리와 역사의 아픔을 읽었다. 그 상처가 치유될 수 없는 것이었기에 그는 안심한 어른들처럼 함부로 4·19 찬가를 부를 수가 없었다. 우리 민족과 역사가 저 오랜 옛날부터 치유하지 못한 채 계승하여 가지고 내려온 숙명적인 환부(患部)를 몹시 서툴고 준비도 없이 자신의 몸뚱이 속으로 옮겨 받아 가지고 와서 필사적으로 끙끙거리며 진땀 내며 앓아대지 않으면 안 될 그런 아픈 기억으로 남겨 가지게 된 것이었다. 그리하여 하나의 연대기가 마감을 고하고 그는 걷잡을 수 없이 또 하나의 탁류에 간신히 실려져 떠내려갔던 것이다. 6·25 전쟁의 폐허 더미 속에서 자신을 비참하게 성장시켜 막 스무 살 문턱에 다다랐을 때 치러낸 4·19, 그 4·19의 좁은 문은 과연 무엇을 열어주었던 것인가.

그것의 한 예증(例證)을 조맹지는 광득이에게서 읽을 수 있었다고 생각했다. 광득이는 4·19를 통하여, 아니 평길이의 죽음을 통하여 인생 사회의 깊은 응어리를 헤쳐 본 것 같았다. 그런데 그 인생 사회는 더 이상 구투(舊套)의 어조로는 설명할 길이 없고 오직 새롭게 발견된 언어로써만 설명되리라고 생각했다. 인생 사회가 변해서 그런 것이 아니라, 그것에 접근해가는 개개 인간들의 시야가 새롭게 단련되어져야 하기 때문에 그런 것이다. 조맹지는 계속 대학엘 다녔고, 강경파 학생 녀석들 중에는 판문점에서의 학생 간의 남북회담을 추진하는 방향을 택하여 나아가려 하기도 하였지만, 광득이는 대학생이 아니었고 직장인도 아니었다. 그는 전신 전화국의 기사 노릇을 집어치우고 말았다. 그와 때를 같이 해 거친 방황의 세계 속으로 뛰어들어갔다. 그것은 말하자면 그 자신을 파괴코자 하는 것처럼 보였다.

무엇이 유광득이를 잡아당기고 있었을까? 광득이는 도무지 말이 없는 청년이 되었다. 어떻게 입을 열게 되더라도 꿍꿍거리며 한두 마디 뱉어 놓고는 제풀에 싱겁게 웃어 버리고 말았다. 이런 그의 어눌증(語訥症)은 당시 세상 사람들의 태도와는 묘한 대조를 보이는 것이었다. 4·19 이후, 특히 많은 사람들이 말로 인생 사회를 조리 있게 설명해낼 수 있으리라고 생각했음에 틀림없다. 자유당 치하에서 그토록 어눌증에 걸려 있던 사람들이 하루아침에 유창한 변사(辯士)가 되어 놀랍도록 정확하고 명쾌하게 이야기를 쏟아놓는 것을 듣게 되었다는 것은 그 무렵 또 하나의 특징적 분위기였다. 모두들 말로 자신의 위대성을 입증해 보이지 않으면 죄인이라도 될까 봐 겁을 내는 듯하던 시대였다. "난 말야." 하고 광득이는 더듬거렸다. "다만 내가 꾀죄죄하고 옹색하다는 걸 느끼는 거야. 하지만 분명한 사실은 또 평길이 이야기지만, 그 녀석의 죽음의 의미가 무엇일까를 생각해본다면, 우리에게 남겨진 잉여 인생의 의미도 깨달아질 수 있을 것 같애." 그는 심각한 낯으로 말했다. 조맹지는 광득이의 이야기가 어쩐지 추상적인 것만 같아서 구체적으로 그 말을 어떻게 받아들여야 할지 알 수 없었지만 적어도 그가 여간 심각하게 꿍꿍스레 생각을 다져놓은 게 아니라는 사실을 깨달았기에 덩달아 그 또한 심각해졌다. "우리에게 남겨진 잉여 인생이라는……, 그것이 과연 뭔데?" 하고 조맹지는 물었다. "그걸 몰라서 묻는 거냐?" 광득이는 씩 웃었다. "우리는 하나의 전례(前例)를 만들어 놓은 거야. 우리는 하나의 환상을 그려놓은 거다. 이건 어떤 일이 있어도 지워지지 않겠지. 비록 구겨지고 더럽혀질 때가 있기는 하겠지만, 왜냐하면 우리가 피를 흘려서 그려놓은 것이니까 말야. 그 환상의 구체적 모습이 어떻게 되느냐 하는 문제를 가지고 유식한 놈들은 된 소리 안된 소리 씨부렁대 가며 그걸로 밥벌이 방편을 삼아 보겠지만 그까짓 거야 아무렇게 되어도 상관없어. 또 그것두 그럴지 몰라. 환상은 현실이 아니니까 앞으로 피를 흘릴지도 모르고 그 사이의 거리감 때문에 고민을 하는 놈들도 나오겠지만, 우리가 만들어 놓은 전례만은 지워지지 않을 거다." 광득이는 유식한 소리를 하자니 무척이나 힘이 든다는 듯 팔짓을 하면서 맥맥히 웃었다. 조맹지는 광득이가 하는 말의 내용이 어찌 되었든 그의 단호한 태도에 놀라운 공감을 느꼈다. "아, 내 얘기만 가지구서는 내가 어떤 결심을 하고 있는지 넌 실감 못 할 거다. 말하자면 나는…… 데모를 계속할 거다. 인생과 사회에 대해서 계속 데모를 할 거야. 그런 데모를 내 삶의 근본 표정으로 삼을 작정이다. 바로 그렇게 살아가는 것이 도리어 충실하게 사는 길이 될 수도 있다는 걸 깨닫고 있는 중이거든. 삶다운 삶을 어떻게 해서 얻어낼 것인지 모르면서, 다시 속아 넘어가며 살수는 없지 않겠어?" 광득이는 괜히 안 할 말을 했다는 표정으로 말끝을 흐렸는데, 조맹지는 놀라운 눈으로 그를 쳐다보고만 있을 뿐이었다. 그는 여전히 광득이가 하는 말뜻을 선명히 이해하고 있지는 않았다. 하지만 그는 물론 광득이를 이해했다. 그의 어조가 난삽하게 느껴지는 것은 아직 그의 나이가 어린 탓이라고 생각했다. 그는 광득이가 말하는 그런 삶이 구체적으로 어떤 방식을 밟아 전개될지 그것을 상상해 보았다. 구체적으로 짚어지지는 않았지만, 결코 그것이 쉬운 길은 아니라는 것을 짐작할 수 있었다. "다만……." 하고 광득이는 말했다. "난…… 평길이처럼 의사 투사로 낙인(그래, 낙인이지 뭐냐)받는 건 싫다. 죽어도 그런 낙인은 찍혀지지 않을 거야. 그건 이미 평길이로 족한 거야,"

그 뒤로 조맹지는 유광득에 관한 이야기를 계속 풍편으로만 듣게 되었다. 소문은 유광득에 대해서 반드시 긍정적인 평가를 내리고 있는 것만은 아니었다. 사람들마다 유광득에 대해서 얘기하는 방향이 달랐다. 또 그는 계속 떠돌아다니고 있는 모양이었다. 양복 입고 최신 설비의 빌딩을 들락거리는가 하면, 허름한 점퍼 차림으로 지방과 시장 바닥을 헤매다닌다고도 했다. 하지만 조맹지는 한 번도 유광득을 의심한 적이 없었다. 왜냐하면 유광득이 어디에서 무슨 짓을 하든, 그것이 자기 자신과 세상에 대한 혁명에의 길일 것이라고 믿고 있는 까닭에.

《월간중앙》, 1975년 1월호

경장의 시대

경장의 시대[1]

조선왕조 명종 12년(1558) 무오(戊午) 새봄의 일이다. 당시 경상도 성주(星州) 땅에 머물고 있었던 23세의 청년 이이(李珥)는 해토머리를 맞이하여 여장을 꾸려 길 떠날 채비를 하였다. 성주에는 그의 처가 살았다. 햇수로는 3년이 되지만 실제로는 1년이 좀 넘는 것에 불과한데, 지지난해 9월 그는 노 씨(盧氏)와 혼례를 지른 후 마침 성주 목사로 부임 중인 장인 노경린(盧慶麟)의 배려로 그곳에 잠시 내려와 주경(主敬) 공부와 수제치평(修齊治平)의 학(學)에 몰두하고 있었는데, 소문으로는 이 해에 별시(別試)가 있을 것이라 하였다. 그래서 그는 외할머니가 계시는 강릉에 들렀다가 상경하여 과거에 응해 볼 생각이었다. 23세의 청년 이이(李珥)는 이제 스스로 몸을 세워 세상에 나서는 것이 그에게 어울리지 않는 바는 아닐 것이라고 판단하게 되었다.

장부 나이 스물셋이면 자기가 세운 뜻을 세상에 펴기에 부족한 연령이라고 할 수도 없으려니와, 또한 그 스스로 도학의 큰 경지를 투득(透得)하였다고 여겨졌으며 아울러 선비가 지켜야 할 출처의

---

1) 「姑息策」이라는 제목으로 《대학신문》 1977년 1월호에 발표되었으며, 이후 『신생』에 실리면서 현재 제목으로 수정되었다.

의가 어떠해야 하는지 깨닫는 바 있다고 느꼈다. 도학(道學)이란 격물치지와 성의정심(誠意正心)으로 수기지학(修己之學)을 쌓은 후 세상을 밝혀 백성으로 하여금 태평을 누리게 하는 데 그 궁극의 뜻을 두고 있을 터이며, 선비의 출처와 진퇴는 사사로운 것일 수가 없고 그 거취를 공명정대하게 하여야 할 것인즉 들어앉으면 사(士)로 되, 나서면 의당 대부(大夫)가 되어 그 하여야 할 바를 다해야 할 것이었다. 그런데 그는 이제 자기가 힘써 닦은 바를 감추어 재야의 선비로 숨는 것이 아니라 세상에 자기를 드러내어 그 뜻을 펴야 한다고 깨닫게 되었다. 역(易)의 문자를 말하자면 잠룡(潛龍)에서 현룡(見龍)으로 드러낼 때가 된 것이었다.

그의 학문 연마의 과정은 길고도 고된 것이었다. 집안이 빈한하여 그는 특별한 선생을 모신 것이 아니었고, 오지 스스로 뜻을 높이, 그리고 굳게 세워 추호라도 자소자비(自小自卑)하지 아니하고 퇴축(退縮)함이 없이 성리(性理)와 심기(心氣)의 오묘한 것을 궁구하였다. 하지만 그의 나이 열여섯에 선비(先妣) 사임당께서 기세하였을 때만은 그로서도 참기 어려운 슬픔을 느꼈으며 파주 두문리(斗文里)에 동막을 지어 3년상을 치르는 중에 세상사에 뜻을 잃어 번민하여 마지않았던 적이 있었다. 그래서 한창 다정다감한 나이에 금강산 마하연으로 선방(禪房)을 찾아다니던 정신적 방황기도 겪었다. 1년여 만에 금강산에서 내려와 스스로 자경문(自警文)을 짓고 이를 엄히 실행하여 도학을 닦아 이제 비로소 그는 기국(器局)이 출중하다는 평판을 듣게 되었다.

하기야 그가 환로(宦路)에의 영달을 바랐다면 벌써 자기(自期)한 바 뜻을 못 이루었을 리도 없었다. 일곱 살 되던 해 나라에서 시행하는 진사시(進士試)에 급제한 이래 벌써 그는 다섯 번이나 여러 과거

경장의 시대 99

에 급제를 하였던 것이지만, 출사(出仕)에 조바심을 낸 적은 없었다. 정암 조광조가 남곤·심정 도배(徒輩)들에 의해 흉변을 만난 이후, 조정에는 정순봉, 윤원형, 이기, 임백령, 허자와 같은 오간(五姦)들이 권병(權柄)을 희롱하고, 나직법(羅織法) 따위의 해괴한 악법을 만들어 항간에 조금이라도 시비(是非)를 올바로 가려내려는 자가 있으면 불문곡직하고 붙잡아다가 삼족을 멸하거나 귀양을 보내는 등 언로(言路)가 완전히 막힌 무서운 세상이었기에 환해(宦海)는 험난하기 형언할 수 없어 뜻이 있으되 선비들은 말을 감추고, 경륜이 있는 사람들은 피세(避世)하여 산수간(山水間)에 엎드려 있었다.

주상께서는 주위가 허전하여 대비전(大妃殿)과 외척에 휘둘림을 받고 난정(蘭貞)과 같은 요녀(妖女)가 날뛰고 있어 자못 난세의 정황이 깊었다. 이러한 중에 더욱 참담한 것은 백성들의 궁경(窮景)이었으니 그것이 모두 정치의 잘못에서 비롯된 것이었다. 한 백성이 부역과 세금을 내지 않고 도망하면 그 일가들과 절근(切近)한 이웃에 징수(徵收)케 하는 일족절린(一族切隣)의 폐단과 나라에 바치는 진상(進上)이 번중(煩重)한 폐단, 그리고 민간에서 위에 바칠 공물을 이서(吏胥)들이 중간에 가로막아 현물자납(現物自納)을 방지하고 저희가 대납한 뒤에 민간에 막대한 대가를 강제하는 이른바 공물방납(貢物防納)의 폐단, 아울러 역사(役事)가 균등하지 못한 폐단과 이서배(吏胥輩)들의 가렴주구가 상하에 횡행하여 백성들은 숨이 막혀 캑캑거리는 어린애와도 같았다.

착실하게 살려고 해도 견딜 도리가 없어 산으로 들어가 녹림당(綠林黨)이 되거나 절해고도로 숨어 들어가려고 하는데, 이 또한 임꺽정 같은 자가 의적 자처하며 횡행하는 까닭이었다. 임꺽정은 원래 백정으로 3년 전 을묘해에 일어났던 왜변(倭變)에 방수(防戍)로 참가하였던 자라는 소문도 있었다. 이후에 명화적이 되었다고 하는데, 금년에 들어와 그 기세가 자못 크게 경기 황해 지방에 퍼져 민심이 그에 따른다 하기도 하니 어찌 우연으로만 돌릴까. 그러나 나라 사정은 그뿐만이 아니었다. 북에는 호족(胡族)들의 거조가 심상치 않고 남에는 왜변(倭變)이 잇달아 발생하고 있는데, 만일 외란(外亂)이 남북에서 일어난다면 질풍노도가 낙엽을 쓸어 버리는 것과 같을 터였다. 23세의 청년 이이(李珥)는 이러한 것에 생각이 미치면 백성의 고충과 함께 이 민족과 종사(宗社)가 어찌 될 것인지 통곡이 절로 나올 것 같은 암울한 심경이 되었는데, 그가 몸을 세워(立身) 세상에 나서려는 것(出世)은 설령 그 자신이 가루가 되는 한이 있더라도 이 백성과 이 나라의 참상을 더 이상 두고 볼 수 없다는 각오가 없지 않은 까닭이었다.

선비 된 자는 우레가 쳐도 도끼가 날아와도 자기가 결심한 바는 어김없이 해내야 하는 것이었다. 지금의 세상은 조선왕조가 들어선 지 2백여 년에 창업(創業)의 엄숙함이나 수성(守城)의 평온함을 다 저버리고 농권(弄權)에 난신적자가 날뛰는 말세가 되었으니 무엇보다도 경장(更張)이 요청되었다. 그런데 과연 누가 무슨 힘으로 경장을 이룰 수 있을 것인가? 청년 이이(李珥)가 길 가던 방향을 돌려 예안(禮安) 땅으로 접어든 것은 이러한 때문이었다. 이 혼탁한 세상에 끊임없이 천도(天道)의 이치를 펴서 세상을 정기(正氣)로써 교화(敎化)하고 있는 퇴계 이황 선생이 예안 땅에 거처하고 있었다. 그는 퇴계 선생을 찾아뵐 생각을 냈다.

퇴계 선생의 연치(年齒)는 58이었다. 23세의 청년 이이가 세상에 진(進)하여 어진 정치로 천하 사람과 함께 선(善)하게 되는 이른바 겸선(兼善)의 길을 구하려 하는 중이라면 퇴계 선생은 이제 퇴(退)

하여 자수(自守)의 길을 택하고 있었다. 그런데 자수(自守)라는 것은 세상으로부터의 도피를 말하는 것이 아니니 대체로 이에는 서로 다른 삼품(三品)이 있는 법이었다. 첫째로 불세출의 재질을 품고 제세(濟世)의 능력을 가지고 있으면서도 유유자적 도(道)를 즐기며 때를 기다리는 자는 천민(天民)이요, 스스로 학력(學力)의 부족을 헤아려서 수양하며 때를 기다리는 자는 학자(學者)이며, 고결하고 청개(淸介)하여 천하의 일에 집착하지 아니하고 초연히 숨어 지내는 자는 은자(隱者)인 것이었다.

그런데 퇴계 선생은 은둔에 편향(偏向)하는 은자일 까닭이 없고, 학력의 부족을 헤아리는 학자일 리 만무하니 때가 이르면 천하 만민(萬民)이 모두 그 혜택을 입게 될 것이로되 아직 때가 이르지 않음을 혜안하는 천민(天民)임이 분명한 것이었다. 그가 듣기로는 퇴계 선생은 워낙 산수(山水)의 그윽한 섯을 틀서 니디 빈 깁을 옮겼다고 하였다. 선생이 태어나기는 예안현 온계리에서였으나 더욱 그윽한 곳을 찾아 온계리 남쪽 지산(芝山)의 북녘기슭에 집을 지었고, 그러다가 그곳도 인가가 많아서 한적하지 못하다 하여 선생의 나이 47세 때에 토계(兎溪)의 수삼리(數三里) 아래에 거처를 옮겼는데 '산수가 청가(淸佳)하여 참으로 구하던 바에 맞다.'고 비로소 만족을 느끼고, 그곳 지명 토계를 퇴계(退溪)로 고친 뒤 당신의 호(號)를 이것으로 정하였다 함은 널리 알려진 사실이었다.

하지만 선생은 퇴계에 들어와서도 처음에는 하명동(霞明洞)에 터를 잡았다가 집을 다 짓기 전에 죽동(竹洞)으로 옮기고, 거기는 시냇물이 없다 하여 다시 자리를 옮겨서 비로소 한서암(寒棲庵)을 짓고, 그러니까 작년에 서당 터를 도산에 얻어 뭇 제자들과 함께 기거하고 있는 중이었다.

이이(李珥)가 당도하고 보니 과연 퇴계 신생의 인품이 그 산수에 고루 뻗쳐 있는 것 같았는데 아래로는 강원도 황지(黃地)에서 발원하여 낙동강으로 들어가는 분천강이 고요히 흐르고 있었으며 병풍처럼 휘둘러진 산세는 우쭐대지도 않고 음험하지도 않게 서당을 감싸고 있었다. 산과 물과 집이 모두 조화를 이루어 모자람도 없고 넘쳐나는 것도 없었다. 과연 그 산수가 퇴계 선생을 불렀고, 퇴계 선생이 있기에 그 산수가 뜻을 얻은 것과도 같았다.

강릉 오죽헌과 파주 화석정, 그리고 율곡촌(栗谷村)의 산수를 남 못지않게 사랑해 온 그로서는 퇴계동에 들어서면서 벌써 퇴계 선생의 품격을 미루어 짐작했고 저절로 시상(詩想)이 떠올라왔다.

그는 드디어 서당에 당도하였다. 퇴계 선생은 동자(童子) 하나를 데리고 위쪽에 기거하고 있었고, 아래쪽에는 전국 도처에서 찾아온 선비들과 문인들이 마침 이때, 편지 내왕으로 벌어지고 있는 퇴계 선생과 고봉(高峰) 기대승 사이의 '사단칠정논변(四端七情論辯)'을 놓고 열을 올려 이야기 나누는 중이었다. 기대승은 서른두 살의 전라도 나주 사람인데 이 해에 퇴계 선생에게 편지를 띄워 사단(四端)이 이(理)에서 발(發)하고 칠정(七情)은 기(氣)에서 발한다는 정지운(鄭之雲)의 분별은 모순이 아니겠느냐고 물었는데, 이에 대해 퇴계 선생은 종전의 당신 입장을 기탄없이 수정한 답서(答書)를 보낸 것이었다.

이이(李珥)는 그 자신으로서도 이 논변(論辯)에 대해서는 나름의 일가견을 갖고 있었으나 아무 말도 하지 않고 미소로 그들의 이야기를 경청하고 있는데, 마침 동자가 나타나 부르신다는 전갈이어서 그는 위로 올라갔다.

퇴계 선생이 거처하는 곳은 예상 밖으로 조촐하였다. 대학자의 생활이 청빈에 가깝다는 것을 느낄 수 있었지만 간구하다고 생각되지 않는 것은 역시 선생의 기품이 높기 때문일 것이었다. 예를 올린 뒤에 이이는 곧 시를 지어 바쳤다. 아까 퇴계동에 들어오면서 이곳 산수에 대해 품었던 바를 개진한 시였다. 이이는 그 시에서 분천강의 경치를 공자가 강학하던 수사(洙泗)에 비유하고 또 도산을 주자가 강학하던 무이산(武夷山)에 견주고 나서, 퇴계 선생의 학구생활을 치하하였다. 퇴계 선생은 청년 학자의 내방을 진심으로 기꺼워하였다. 마침 그 자리에는 퇴계 선생의 고제(高第)인 조목이 있어서 수인사를 나누었는데 서로의 성명(聲名)은 이미 익히 듣고 있던 바여서 분위기가 저절로 화합하였다. 조목이 먼저 말했다.

"내 일찍이 그대에 관한 이야기는 많이 들었소. 그대가 지었다는 시(詩)를 하나 기억하고 있기도 하고……."

소목은 이렇게 운을 뗀 뒤에 낭랑한 목소리로 시를 읊었다.

뛰노는 물고기, 나는 소리개 위아래가 마찬가지이니
이는 모두가 색(色)도 아니고 또한 공(空)도 아닐지니
(魚躍鳶飛上下同 這般非色亦非空)

"이것이 그대가 지었다는 「연어시(鳶漁詩)」인 줄로 알고 있는데 그 첫 구절이 참 묘한 것 같소. 소리개와 물고기의 대비(對比)는 곧 형이상(形而上)과 형이하가 어떻게 꿰뚫고 있는가를 밝히는 것으로 참 묘한 경지가 있는 것 같은데……, 그다음 구절은 글쎄 좀 어떨까 생각되오만, 왜냐하면 우리 도학에서는 색(色)이라거니 공(空)이라거니 하는 말은 기휘하고 있으니까……."

"그것은 제가 금강산에 있을 제 어느 노승과 문답하는 자리에서

노승에게 써준 부끄러운 시입니다만……. 그렇다고 석문(釋文)의 시는 아닙니다. 중국에 누구보다 불교를 배척하였던 한유(韓愈)의 문인 중에 이고라는 사람이 있지 않았습니까? 이 사람이 약산대사(藥山大師)라는 스님에게서 '구름은 청천에 있고, 물은 병 속에 있다(雲在靑天水在甁)'는 선시(禪詩)를 듣고 크게 깨달았던 적이 있지요. 이고는 그 뒤 사람의 심정을 성(性)과 정(情)에서 구할 줄 알게 되지 않았습니까? 사단칠정론이 그 뒤에 일어나게 되었지요.

이이(李珥)는 조목의 물음이 뜻하는 바를 짐작하였기에 이렇게 변설하고 나서, "제가 그 시에서 말하고자 하는 바는 다른 것이 아니었습니다. 감히 비견해서 말씀드릴 바는 되지 못합니다만, 여기 퇴계 선생께서 18세 때 고향 본계리 부근 연곡(燕谷)에 있는 맑은 연못을 보시고 지은 시(詩)가 생각납니다." 하고 다음과 같은 시 구절을 읊었다.

구름 나르고 새 지나가는 그림자는 원래 (연못에) 비추는 것이지만
다만 때때로 제비가 물결 찰 것 두렵도다
(雲飛鳥過元相管 只柏時時燕蹴波)

"참으로 도학(道學)의 묘한 경지를 읊은 시로써 제 가슴속에 새겨두고 항상 깨끗한 마음으로 음송하는 합니다만……, 저의 「연어시(鳶魚詩)」도 실은 그런 경지를 바라보고 싶은 뜻에서였습니다."

"과연 듣던 대로 청년학자의 도학이 본바탕을 꿰뚫었구려." 하고 퇴계는 기뻐해 마지않았다. "자, 그럼 어디 율곡(栗谷)이 연마조탁 해 온 이야길 들어보고 싶소만……."

"아닙니다. 저는 배움을 청하러 온 것입니다." 하고 율곡은 말했다. "저는 주경공부(主敬功夫)가 참으로 어렵다는 것을 비로소 깨닫고 있는 중인데 어찌 무엇을 안다고 말씀드릴 것이 있겠습니까?"

이렇게 이야기는 시작이 되어 이이는 「대학(大學)」에 나오는 정(定) 정(靜) 안(安) 여(廬) 및 오타(敖惰)의 의(義)에게 대해 퇴계에게 물었다. 「대학」은 후일 주자가 집성한 것인 만큼 성리학의 가장 기초가 된다고 할 수 있는 까닭이었다. 성리학이 국시(國是)의 기본을 이루고 있으므로 이는 곧 학문과 정치의 정통성(正統性)을 추궁하는 것이 되기도 하였다.

이야기는 진전이 되어 송학(宋學)에 이르렀다. 주염계, 장횡거, 정명도, 정이천, 주회암 등 많은 학자가 이 시대에 배출되었지만 대체로 조선 왕조에서 받드는 것은 정명도, 정이천, 주회암으로 이어져 온 맥이었기에 그는 정주(程朱)의 격물설에 관하여 물었다. 물론 서화담과 같이 주기론(主氣論)을 펴는 이도 있었으나 정통성은 정주의 주리론(主理論) 쪽에 있는 것으로 이해되고 있는 세상이었다.

대체로 도학은 여말의 이곡과 그 아들 이색, 또는 길재 등에 의해 조선조로 이어지고 김숙자, 김종직 부자(父子)가 이를 받들었고 다시 김굉필, 정여창 등이 전하였는데, 도학의 이상정치(理想政治)를 구현하고자 하였던 지치주의(至治主義)는 몇 번에 걸쳐 서리를 맞아 김안국이나 조광조 같은 이를 희생시킨 뒤를 이어 이제 퇴계가 그 종통(宗統)을 받아 이를 크게 융성시켜 만개(滿開)시키고 있는 느낌이 없지 않은 것이다.

다만 그날 율곡이 퇴계에게 묻고 싶었던 것은 다름이 아니었다. 이(理)가 먼저이고 기(氣)가 다만 운용(運用)에 불과하다고 본다면 이는 자칫 객관적 사물의 현전성(現前性)을 인식하려는 노력보다는 인간의 심성이나 도덕적 측면에 관심을 쏟게 하지나 않을까 생각되는 것이었다. 이(理)를 기(氣)가 움직이게 하는 법칙에 불과하다고 보아 기를 타고 있는(乘) 이(理)에 관하여 생각하는 것이 보다 객관적인 관찰이 되지 않느냐는 것이었다. 인간의 심성이나 도덕성에 관심을 쏟는 일도 물론 중요하지만 그 인간이 처해 있는 세상과 사회 현실에 대한 동태적(動態的) 파악을 놓칠 수는 없는 일이었다.

하지만 이야기를 하는 도중에 이미 시간이 늦었으므로 이이는 내일 아침 다시 뵙기로 한 뒤에 일단 아래채로 내려왔다. 그가 노학자와 만나 평소에 품었던 의문을 마음놓고 개진할 수 있었다는 것은 여간한 기쁨이 아니었다. 이미 율곡의 내방을 알게 된 여러 선비들과 퇴계의 문인들이 율곡을 둘러싸고 이야기하기를 청하였다. 그는 기꺼이 이에 응하였다.

다음 날 아침 이이는 다시 퇴계를 대하게 되었다. 그는 퇴계가 주상께 바친『성학십도(聖學十圖)』에 관하여 물었다. 이는 정치와 도학의 요체를 간명하게 그림으로 밝힌 것이었다. 그런데 이이는 도학과 정치의 관계에 대한 퇴계의 생각이 어떤지 듣고 싶었다. 퇴계는 율곡의 물음에 응답한 끝에, "하지만『성학십도』는 원칙을 밝힌 것이고 그것이 정치에 쓰여질런지는 나도 모르겠소. 도학과 정치는 서로 용납되기가 힘든 모양이야." 하면서 쓸쓸한 표정을 지었다.

'이분도 학문과 정치가 어긋나는 현실에 대하여 고민하는구나.' 하고 이이는 생각하면서 묻지 않을 수 없었다.

"하지만 좋은 정치를 행하도록 하는 것이 도학이 아니겠습니까? 또한 도학의 바탕이 없이는 좋은 정치가 행하여질 수도 없는 것이라고 알고 있습니다. 그럴진대 도학과 정치는 서로 상대적(相對的)인 관계에 있다고 생각됩니다만."

"상대적(相對的)인 관계에 놓여있다고 보고 싶은 마음은 나에게도 있으나……, 그런데 그게 참 어려운 것 같소. 왜냐하면 도학과 정치가 서로 용납되기 힘들다는 것을 우리 현실에서 보게 되고 있으니……."

"그렇다면 그 현실을 광정해야 할 것입니다." 하고 이이는 힘주어 말했다.

"광정한다는 것이 쉬운 일이 아니야. 왜 보지 않소? 공자, 맹자, 정자, 주자의 재주로도 도(道)를 당시에 행하지 못하고 다만 교훈을 후세에 남겼을 뿐이거든. 그분들의 능력으로도 현실을 광정해서 도(道)를 자기 시대에 실천시키기가 불가능했는데, 황차……."

"그것에 관하여 저는 이렇게 생각합니다. 옛말에 이런 것이 있지 않습니까? 참된 선비란 물러섬과 나아감에 있어 할 바를 분명히 해야 한다. 물러서서는 만세(萬世)에 뻗을 가르침을 선하여 후대에 배우는 자들로 하여금 깨우침을 얻을 수 있게 교(敎)를 일으키고 나아가서는 나라에 도를 행하여 백성으로 하여금 태평을 누리게 해야 한다. 이런 말이 있지 않습니까? 선생님께서는 이제 선비가 물러섰을 경우 교(敎)에 관해 말씀하신 것으로 생각됩니다만, 나아갔을 경우에는 어찌 되는지 알지 못하겠습니다."

"글쎄, 나 자신이 물러서 있는 선비가 되어서 나아갔을 경우를 말하기가 힘들지만……." 퇴계는 율곡을 바라보며 미소를 띠었다. "그런데 율곡은 아마도 선비가 나아갔을(進) 때의 하여야 할 일에 관심이 큰 것 같구려."

"그렇습니다. 조정암이 기묘의 사화로 출척된 이래 도학은 그것을 펴야 할 현실을 잃고 있습니다. 또한 현실은 도학을 잃어버려서 주신(柱臣)들은 권병을 희롱하고 나직법(羅織法) 같은 악법을 만들어 언로(言路)를 봉쇄하고 있으며, 백성들은 수화(水火) 속에 헤매는 지경에 이른 것이 아닌가 저어합니다."

"그래서 아까 내가 도학과 정치가 서로 용납되기 힘들게 되어 버린 게 우리 현실이라고 한 것이지만……, 그러니까 율곡은 지금이 변통(變通)을 해야 할 때라는 것이겠소?"

"그렇습니다. 궁지에 몰리게 되면 어떻게 하든 변화를 구해봐야 하고, 변화를 구하다가 보면 통하기 마련이라는, 궁즉변 변즉통(窮卽變 變卽通)의 변동이야말로 바로 오늘과 같은 우리의 현실을 두고 하는 말입니다. 옛부터 그런 말이 있지 않습니까? 세상이 평온할 때는 법(法)을 잘 준수하는 것이 치세(治世)의 도리이지만 세상이 암담해졌을 때는 법의 잘못을 과감히 혁파하는 것이 또한 치세의 도리라고 하였지요. 그래서 일찍이 중국의 진서산(眞西山)이 말하기를 '마땅히 준수할 만한 것을 준수하는 것이 좋은 정치인 것처럼 마땅히 변통해야 할 것을 변통하는 것이 또한 좋은 정치'라고 하지 않았습니까? 그런데 지금은 마땅히 변통해야 할 것을 변통하지 않고 준수하고만 있으니 이래서야 어찌 나라가 제대로 되겠습니까. 지금은 단지 구장(舊章)을 그릇되게 지키고 있을 뿐더러 비록 오규(誤規)라 할지라도 한 번 제정되어 행한 지 오래되면 성헌(成憲)으로 인정하여 준수하기에 더욱 조심하여 그 폐해가 두루 사방에 미쳐도 관심치 않으니…… 더 이상 고식책(姑息策)을 쓰고 있을 수는 없습니다……."

"고식책이라……."

"나중에야 어찌 되었든, 백성들이야 굶어 죽든 말든 당장에 분란 없이 편안한 것을 취하여 임기응변으로 넘어가기만 하는 고식책으로 해결되기에는 이 세상에 이미 병마가 골수에까지 미쳐 있습니다."

"아닌 게 아니라 큰일은 큰일이지……."

"더 늦기 전에 경장을 해야 할 줄로 압니다."

"그러니까 선비들이 해야 한다는 것인데……."

"그렇지요, 비록 경장을 하다가 쓰러지는 한이 있더라도……."

"그것이 난진이퇴(難進易退)야. 선비들이 세상에 나서기는 어렵게 돼 있어. 그래서 선비들이 물러앉으려고만 하는 거야."

퇴계는 이렇게 입속말을 한 뒤에 잠시 가만있더니 이윽고 율곡을 정시(正視)하였다.

"아까두 조정암 이야기가 나왔지만 그분을 비롯한 기묘년의 인재들이 우연한 인물들이 아니었소. 그러나 마침내 화를 당하고 말았소. 지금은 인재도 적은데 만약 가벼이 일을 하려다가는 더욱이 실패하지 않기가 어려우리라고 보는데."

"실패하더라도 노력은 해봐야 할 줄로 압니다. 지금 세상에 고식책만 취하여 변통(變通)을 일으키지 않으면 백성을 구할 수 없다는 것이 너무 분명합니다. 게다가 북의 호족(胡族)과 남의 왜(倭)의 거동도 심상치 아니합니다."

"율곡의 무사지공(無私至公)한 성력(誠力)을 내 모르는 바 아니오. 다만 내 생각은 이런 게요. 도학과 정치가 서로 용납되지 못하는 세상에 그 도학으로 그 정치를 바로 잡으려다가 도학은 도학대로 놓치고 정치는 정치대로 해갈을 시켜놓는다면 이는 도리어 큰일이 아닌가 싶소. 나는 그것이 걱정이오. 정치도 중요하지만 도학의 대통(大統)을 굳건히 세워서 지키는 것도 중요하오. 왜냐하면 도학은 현실이 바뀜에 따라 같이 흔들릴 수는 없는 것이니까. 그래서 나는 도학을 지킬 생각이오. 그대가 경장을 일으키겠다면 그렇게 해보시오. 힘껏 성의를 다하여 해야 될 줄로 알지만 그렇게 해서도 성공하지 못한다 해도 그러한 노력만으로써도 소귀(所貴)한 것이 되겠지. 그러나 어쨌든 나는 도학을 지킬 터이오."

"예, 저는 하겠습니다. 반드시 성공할 거라는 기약은 없지만 경장을 하지 않으면 안 되는 것이 도학자의 본분이자 책임이라고 믿기 때문입니다. 저는 이렇게 생각하고 있습니다. 도학이 도학 자체를 위해서 존재하는 한 그것은 기(氣)를 타지(乘) 못한 이(理)와 같지 않은가 합니다. 저는 기를 타고 있는 이(理)만이 뜻이 있다고 보기 때문에, 현실에 대한 고식책을 방관할 수가 없고 그러기에 경장을 위해 헌신하려고 합니다."

이렇게 하여 두 사람의 이야기는 끝이 났다. 이이는 퇴계에게 하직을 고하고 물러났다.

퇴계는 그의 문인 조목이 율곡에 대해 물었을 때 "기인(其人)이 명상(明爽)하여 기람(記覽)함이 많고 자못 도학에 뜻이 있으니 '후생(後生)이 가외(可畏)'라고 한 옛 성현의 말이 나를 속이지 아니한다."고 하였다.

후일 퇴계가 죽고 나서 그에게 시호를 내려줄 일로 조정에서 의론이 일어났을 때 이율곡은 "비록 학문한다는 이가 있으나 저의 모두가 불성모양(不成模樣) 중에 황(滉)과 같은 이는 그 언론을 들으면 참으로 옛사람의 학문을 아는 이였으니 진실로 짝할 이가 없다. 그 공부함이 지극하여 그 기질(氣質)을 변화하였으며 옛사람의 학문에 잠심하여 종시로 한결같이 공부를 쌓으며 날로 깊었다"고 하였다.

어찌 되었든 스물셋의 나이로 퇴계를 방문한 일은 율곡 이이의 생애에 한 극점을 이루었다. 그는 도학의 권리 쪽이 아니라 의무 쪽을 이로부터 택하였다. 곧 벼슬길에 나선 율곡 이이는 경장(更張)의 대업(大業)에 일로매진하였다. 그 길은 외롭고도 험난한 길이었지만 그는 좌절하거나 포기한 적이 없었다. 고식책으로서는 백성을 구할 수가 없다고 믿었기 때문이었다. 그리하여 율곡 이이는 역사 발전에 대한 그의 몫을 경장(更張)에의 의지를 통하여 완수하였다. 후세 사람들은 실학의 움직임이 이미 이때로부터 태동하기 시작했다고 전하기도 한다.

《대학신문》, 1977년 1월 10일

벌거숭이산의
하룻밤

벌거숭이산의 하룻밤

　하루 종일 지루하고 음습하게 내리던 가랑비는 어둠이 내리면서 소리를 죽여 가더니 어느덧 그쳐 있었다. 하지만 낮은 구름은 켜켜이 층을 이루어 빠른 속도로 이동해 가고 있었다. 소리는 들리지 않으나 북켠 하늘께로부터 계속 마른번개가 번쩍거렸다. 아주 험악한 날씨였다. 두 명의 사내가 내처 걷고 있는 중이었다.

　나이 많은 쪽의 사내는 마흔나문 살 되었겠는데 꾸깃꾸깃 걸쳐 입고 있는 시꺼먼 점퍼 차림의 옷매무새며, 낡아 버린 것 같은 얼굴 피부며, 먹고 사는 일에 경황이 없어 퍽 고단하게 살아가고 있는 사람임을 짐작하게 했다. 이와 대조적으로 젊은 사내는 많아봤자 스물두어 살 정도겠는데, 둥그스름한 얼굴이 하얗고 유난히 두 눈이 반짝거렸다. 안면 면적에 비해 테가 가느다란 안경이 얼굴을 잡아먹고 있어서 선(線)이 가파로워 보이는 청년이었다. 밍기적거리는 품이 세상 사는 일에 여간 자신을 잃은 증좌가 아니겠으며, 도리어 경황없이 서두르는 기색이 마치 도망질이라도 치는 듯했다. 그렇다 해서 얼굴 표정이 단단하지도 않은 것은 아마도 세상 풍파 많이 겪은 어디 시골 출신 공장 직공 부류는 아니며 도리어 무슨 껄렁한 대학생이거나 맥살 내는 고등고시 패거리쯤으로 보이게 하는 것이다.

아마도 검문 경찰관이 보았다면 일단 의심을 품을 만한 행색이 청년에게 있었다. 바야흐로 때는 비상시국이었기 때문이다. 하루 종일 내린 비로 행길 바닥은 무섭게 파여 있었다. 마누라 없이는 살아도 장화 없이는 못 산다는 말이 생긴, 아스팔트가 깔리지 않은 도시 변두리가 그렇듯 황톳길은 몹시도 질퍽거렸고, 두 사람은 개구리 팔짝거리듯 걸음을 옮겼다.

두 사람은 버스 도로를 벗어나서 작은 길로 접어들었다. 앞으로 벌거숭이산이 나타났다. 말하자면 팽창돼 가는 도시가 계속 시골을 공략, 병탄해 와서 이곳까지 엉망진창의 도촌(都村)으로 속방(屬邦)시켜 버렸으나, 더 이상 전원을 해갈시켜 놓을 힘이 없어서 그만 엉거주춤 멈춰 버리고 있는 듯한 상태의 변두리 풍경이었다. 블록 주택들은 조그만 언덕바지를 듬성듬성 갉아먹기는 하였으되, 방치해 둔 공터를 더욱 많이 남겨둔 상태에서 끝나 버렸다. 그 공터 너머 아래쪽으로는 채마밭이 전개되어 맞은편 쪽 바위산에 막혀 있었다. 배추와 무가 한창 푸르게 자라고 있었고, 그 둘레를 옥수수밭이 감싸고 있었다. 그들은 채마밭 사이로 뚫린 황톳길을 횡단해서 벌거숭이산 쪽으로 접근했다.

향나무 묘포장을 곁에 두고, '증산 수출 건설' 따위의 빛깔 바랜 페인트 글씨를 희미하게 남겨 놓고 있는 블록담에 둘러싸인 전형적인 슬레이트 가옥을 위시해서 옹기종기 모여 있는 10여 호의 마을은 이곳이 도시로 개발되는 것과는 상관 없이 예로부터의 자연 부락의 모습을 그대로 보여주고 있었다. 두 사내는 그 마을을 지나서 허벅허벅 야산을 향하여 올라가기 시작했다.

도토리 열매가 달리는 굴참나무 종류의 수목이 듬성드뭇 들어찬 비탈에는 어린애 두어 명이 뛰놀고 있었다. 약수터가 그곳에 있었고, 그 아래로 조그만 시냇물이 제법 불어난 물줄기를 세차게 여울져 흘러내리고 있었다. '여래암'이라 써 붙인 팻말이 있는 것으로 보아 바위산 속에는 암자가 있는 것에 틀림없었다. 두 사내는 개울길 속으로 들어섰다.

바람은 칙칙한 비 냄새에 산풀 냄새를 풍기며 약간 심술궂게 얼굴을 때렸다. 안경잡이 청년은 안경을 벗어 눈언저리를 닦고 이어서 안경알에 묻은 빗방울을 훔쳐냈다. 바위산 정수리는 안개구름에 가려 막막하기만 할 뿐 보이지 않았다, 두터운 층의 구름이 하늘의 무게를 견디지 못해 땅을 압박하듯 가라앉은 것 같았다. 산골짜기 바람이 회오리를 치는 것은 그와 같이 아래위로 꽉 막혀 버린 까닭인 듯싶었다. 그렇지만 물소리가 워낙 청량해서 청년은 답답하다는 느낌을 미처 해볼 겨를이 없었다. 청년은 여기서 좀 쉬어갔으면 싶었으나 말은 하지 않았다. 쉬어가고 싶다는 것은 뭐 걷기에 힘이 들어서가 아니었다. 한창 다정다감할 연령의 청년으로서는 계속 번쩍거리는 북켠 하늘의 마른번개, 다시 한바탕 폭우라도 보낼 것처럼 꾸물렁대는 날씨, 그리고 태고적 음향을 내는 바람 소리, 시냇물 소리, 산길 주변에 애처롭게 떨고 있는 풀잎……, 아니 무엇보다도 무엇에 쫓기듯 시끌덤벙한 도시를 탈출해 벗어났다는 사실에 말할 수 없을 정도로 감동을 받고 있었다. 몹시 고통스런 일을 치르느라고 천방지축으로 뒤쫓기다가 갑자기 이렇게 바위산으로 들어오게 된 것이다. 이날 아침까지만 해도, 아니 한 시간 전까지만 하더라도 청년은 자기가 이런 야산의 소로를 걷고 있을 줄은 알지 못했다. 엉뚱한 일로 졸림을 당해 온 청년은 여기에 이렇게 바위산이 있고, 바위산 속에 이렇게 산바람, 시냇물, 풀잎 그리고 자기가 걸어가고 있음을 세세히 깊이 새겨 느껴, 그 모든 것을 하나라도 놓치고 싶지가 않은 것이다. 시재(時在)의 삶이 전개돼 가는 방식은 이런 자연을 도리어 망가뜨리고 사람들을 채찍질하여 가축 내몰 듯 도시 한복판으로 욱여넣고 있지만, 역시 삶이란 그런 쪽의 것이 아니고 이런 쪽의 것임을 그는 부르짖듯 자신에게 강조해 보기도 하는 것이다. 그 감동은 그런데 티 없이 맑고 깨끗한 감동이 아니라, 청년의 마음속에 담뱃진처럼 괴어 있는 탁한 분노에 의해 마치 마른번개를 치며 꾸물렁대는 날씨처럼 힘차게 격류하고 소용돌이를 치는 격정적인 감동이었다. 채 미처 정돈될 틈이 없이 혼란투성이가 된 자기 자신에 대한 서러움 같은 것이 바위산 속의 정경들에 힘을 더해주는 것 같았다. 시계(視界)가 너무 모호해서 청년은 콧물을 출썩이며, 괜히 짜가운 느낌으로 안경을 눈 위에 걸쳐놓고 이미 십여 보 앞장서 버린 사내 뒤를 좇아갔다.

사내는 뒤를 돌아다보는 법이 없이 훨훨 날듯 잘도 달려가고 있었다. 청년은 가까스로 사내에게 접근해 갈 수 있었다. 청년이 보자니까 이런 행차를 은연중에 즐기고 있는 것은 자기만이 아니었다. 이제 두어 보 앞장서서 걷고 있는 사내의 약간 꾸부정한 등덜미는 청년으로 하여금 청전(靑田) 이상범의 산수화에 등장하는 인물도를 연상시켜 주었다. 사내는 고모의 남편이니까 고모부인 셈이지만, 그동안에 만난 것이라곤 두어 번에 불과하였다. 청년은 고모부가 괘종시계를 짊어지고 행상을 다니는 사람이라는 정도 외에는 더 이상 아는 게 없었다. 청년이 서울의 대학으로 유학을 온 것은 벌써 2년이 넘었지만 상종할 기회가 별반 없었기 때문이다. 그저 고모부란 남자는 위인이 변변치를 못해서 우리 고모를 잔뜩 고생시키고 있는 사람이라는 정도로, 그것을 안타깝게 생각해 왔다.

하기야 고모 잘못도 있었다. 청년의 고모 박윤숙이는 시골 고향에서 버림받은 여자였다. 채 열아홉이 되었을까 말았을까 할 적에 시골에서 연사(戀事)를 일으켜 엇나가기 시작했고, 견디다 못해 홀쩍 도시로 밤도망질을 쳤는데, 어찌된 퉁구니인지 1년이 채 안 지나서 애비 없는 자식을 달랑 업어든 채 비참한 꼬락서니로 되돌아왔다. 그러다가 또 쫓기듯 고향을 떴는데 들리는 풍편이 아주 타락의 길로 작정하고 들어섰다는 얘기뿐이었다. 청년은 고모가 어떻게 해서 이 사내와 동거 생활을 시작했는지 자세히 아는 바가 없었다. 시골 어른들은 고모가 그같이 헌 여자가 되었으니, 걸려드는 사내라는 게 오죽하겠느냐고 아예 관심 바깥으로 치부했다. 더 이상 집안 망신시키지 않고 대처 도시에서 뒷소문 없이 살아내고 있다는 것만을 다행으로 여겼던 것이다. 고모 입장에서도 집안에 대한 원한이 남아 한 번도 고향 발걸음을 뗀 적이 없었다. 어쩌다가 집안 어른들이 상경길에 큰마음으로 고모 집을 찾은 적이 있기는 했다. 그러나 서로 서먹서먹하게 못사는 모습, 찌든 표정만을 확인하고는 더욱 쓸쓸하게 헤어진 꼴이 되고 말았을 뿐이었다. 하지만 청년이 고모 집에 내왕을 뜸하게 한 것은 이런 집안 공기 때문만은 아니었다.

빠듯한 시골 살림 형편으로서는 청년의 대학 진학이란 가당치도 않은 일이었으며, 그것은 청년도 그렇게 체념을 해왔다. 그런데 청년은 장손에 장남이자, 장차 대소문중을 걸머지고 나가야 할 집안의 기둥감으로 내정이 되어 있었다. 반남 박 씨 효자공파의 장손으로 12대째가 되는 청년의 가통은 이미 청년의 인생을 한정시켜 놓고 있는 셈이었다. 고향 두문동에는 박 씨들만이 30여 호 사는 씨족 마을이기도 했지만, 문중 장손을 그대로 썩힐 수 없다는 공론이 돋았다. 적어도 대학 입학금만은 추렴을 해야 한다고 해서, 시골 고등학교 졸업을 바로 눈앞에 두고 부랴부랴 서울의 어느 사립 대학교에 입학 원서를 제출하게 되었다는 것 자체가 우습다면 우스운 일이었다. 하기야 공부를 웬만큼은 해냈기에 그 흔한 수재 소리를 듣지 않은 바도 아니었으므로 집안의 동정을 사게 되었는지도 모른다. 그것을 동정이라고 생각하는 자체가 집안 어른들의 경을 칠 이야기가 될는지 모르지만, 청년으로서는 자기에게 엉뚱한 기대를 걸고 있는 고향 문중 노인들의 존재가 여간 거북하고 귀찮은 것이 아니었다. 대학이랍시고 다니게 되면서 괜히 팽팽하게 날카로워진 청년의 시계에 포착된 세상은 어느 쪽이냐면 문중 노인들의 뜻과는 전혀 다른 신경질적인 세계이기도 했다.

청년은 법과 고등고시, 판검사를 갈망하는 고향 노인들의 뜻을 반쯤은 좇아서 정치학과에 들어가게 되었으나 집안 어른들의 보채듯 하는 눈총을 따갑게 의식한다기보다는, 유식한 문자로 말해 자기가 계층의 이동에 수반되는 애매한 회생자로 제공되고 있다는 생각을 떨쳐버릴 수가 없었던 것이다. 그가 막상 서울의 대학에 와서 열등감에 꽉 찬 초라한 아르바이트 학생으로 겪고 보는 풍경은 전혀 다른 것이었다. 도리어 문중 노인들의 기대와는 정반대로 자기 같은 인간이 대학을 나와서 그 뒤로 걸어갈 인생의 행로가 빤히 보이는 듯싶었다. 아마 죽자고 참고서를 들여다보면 어찌어찌 고등고시에 패스할 수도 있을 것이며 그러면 판검사가 되지 말란 법도 없을 것이다. 하지만 그래서 그것이 도대체 어찌 되었다는 것인가. 아니면 어디 은행, 재벌 회사 같은 데에 끼겨 붙을 수도 있겠지만, 그래 봤자 그것은 시골 고향에서 땅이나 파 먹으며 지내고 있을 한 인생을, 마치 화초 옮겨심듯 서울이라는 요지경 속에다가 옮겨놓았다는 뜻 이외의 아무것도 아닌 것이다. 먹고 살기는 좀 편해지는 대신 인정머리 없고 영리해 빠지고 순직성을 잃어버린, 일테면 배신적인 인간이 돼 버릴 것이다. 공부를 하면 할수록 고향 문중 노인들이 바라는 것과는 정반대 방향으로 치닫게 될 뿐이다……. 대체로 이와 같은 것이 대학에 입학해서 한 두어 달 동안에 알아진 사정이었다.

아니, 그것은 아직까지 무척이나 순진하고, 따라서 유치하기 짝이 없는, 그리고 어느 쪽이냐면 스스로 어떤 특권 같은 것을 가지고 있다고 생각함으로써 얻어진 판단이었을 것이다. 수재 근성이란 자기를 합리화시키는 재능이 비상해서 언제나 쉽고 편리한 변명의 재료를 만들어내는 데 쪼들리는 법이 없는 것이다. '계층의 이동에 따르는 갈등' 따위의 논리도 그런 것이었다. 시골 고향에서 될성부르지 않은 농사에 매달려 온갖 업신여김을 받으며 살고 있는 집안 어른들을 자기로부터 내팽개치기 위해 스스로 '갈등'이라는 미명 하에 '계층'은 기정사실로 확인코자 하는 기묘한 도피책을 자기가 꾸미고 있는 게 아닐까, 그는 그런 생각을 하게 되었던 것이다. 사람이 사람답게 살아보고자 하는 데에 어떤 구획이 있을 리 없는 것이고, 자기가 시재에 대학물을 먹고 있다 해서 전혀 다른 사람이 된다고 믿을 근거는 아무것도 없었다.

청년이 같은 서울에 살면서 고모 집에 한두 번 정도밖에는 내왕을 하지 않은 까닭은 이처럼 자기 고민에 겨워했다는 핑계가 있기 때문이었다. 백운대 아래 시유지의, 언제 헐릴지 모를 무허가에 셋돈 줘 가며 살아가고 있는 고모 집에는 배다른 아이까지 포함하여 네 명의 어린것들이 단칸방에 올망졸망 매달려 북새통을 치고 있었다. 고모는 인근 시장에서 품팔이 일을 하고 있었다. 그는 시장으로 찾아갔는데 한 곳에 당도하니까 통마늘을 잔뜩 쌓아놓고 부녀자 서너 명이 쪼그려 앉아 마늘을 까고 있었다. 껍질을 벗겨낸 깐마늘을 비닐봉지에 넣어 점포에서 상품으로 파는데, 그 잡일에 고모가 삯을 받고 일하는 중이었다. 하루 종일 바지런히 매달리면 3관을 깔 수가 있다고 했다. 그러면 품삯으로 4백 원은 받는다는 것이다. 고모의 손톱은 짓이겨지고 손바닥에서는 진물이 흘렀다. 무엇보다도 지독한 마늘 냄새 때문에 곁에 앉아 있기가 곤란했다. 한창 처녀 시절에 비록 가난할망정 곱게 자라던 고모가 이제 30여 세의 나이에 이렇게 찌든 표정이 될 수 있을까. 아마 고모도 그랬을 것이고 그 또한 그랬다. 고모는 그를 반기지 않았다기보다는 괜히 짜증스럽고 저주스러운 듯한 표정이었다. 그러다가 돌려 생각했는지 일감을 챙기고 함께 셋방으로 돌아왔다. 이미 해거름녘이었다. 고모부도 돌아와 있었다. 덤덤하기 짝이 없는 사람이었다. 키는 훌쩍 크고, 깡마른 얼굴에 약간 찌그러진 것 같은 코, 쉰 목소리, 떼굴떼굴 굴리는 눈알, 아니 무엇보다도 아직 대학생에 불과한 청년을 무척이나 어렵게 대했다. 반말을 쓰지 않고 경어를 쓰는 것도 뭐 예절 때문이라기보다는 겁을 내어 소심하게 살아 버릇한 습관 탓이 아닌가 여겨졌다.

청년은 그때 그 집을 벗어나면서 자기가 자주 찾아오는 것은 도리어 고모를 번폐스럽게 하는 일이 되겠다고 생각했다. 고모의 빠듯한 가정 분위기를 흐트려놓는 일이 될지도 모른다고 생각했다. 게다가 청년은 전혀 자기 자신을 건사하지 못하고 있었다. 공부는 저리 젖혀놓은 채 마치 절망하고 체념하고 흥분하기 위해 대학생 노릇을 하고 있는 것 같기만 했다. 마음속에 여러 헷갈린 생각들이 박테리아처럼 들끓어 어떤 짓을 하든 고통을 느끼지 않는 순간이란 없었다. 제대로 된 사회라면 대학생이란 바로 인류 역사에 대한 항성(抗性)을 기르는 곳이 될 터이지만, 청년의 생각에 이곳 대학이란 그런 항성을 키우는 곳이 아니라 한꺼번에 모든 병역(病疫)을 맞아 몸살을 앓아야 하는 곳 같기만 했던 것이다. 그런데 그 몸살이라는 것도 그랬다. 지독한 몸살에 걸려 끙끙 아픈 소리를 내지를수록, 아직 이 어려운 현실을 모르는 것에 불과하다고 코웃음 치는 소리가 그에게 들려오는 것이다. 바로 그런 이유로 해서 그의 당면한 고민은 그 자신의 개인적인 고민에 불과하다고 몰수를 당하게 되었을 것이다. 아닌 게 아니라 그는 몰수를 당하고 있었다. 거의 발걸음을 하지 않던 고모네 집을 이날 찾아간 까닭이 그런 데에 있었다. 그는 자기가 왜 찾아왔는지 자세한 설명을 할 수가 없었다. 고모는 마늘을 까는 품팔이 대신에 갓난 돌쟁이 애기들의 옷을 삯 받아 만드느라 경황이 없었다. 하루 종일 비가 내리고 있어서 고모부는 행상을 쉬고 있었다. 그러다가 고모부는 청년이 당장의 기식처 마련 변통수가 신통치 않다는 것을 알게 되었다.

"그렇다면 우리 박유채가 눌러 지낼 만한 곳을 내가 알아봐야겠구먼."

고모부 이만술 씨는 이렇게 말하면서 나서 보자고 하여 그는 따라나선 길이었다. 그는 걸음을 재촉하여 고모부와 보조를 맞추었다.

도대체 고모부는 어째서 이런 바위산 속으로 들어가고 있는 것일까. 그는 그것을 비로소 의아하게 생각했다. 이런 바위산 속에 아는 사람이 살고 있어서 자기를 그 집에 머물러있게 하려고 데리고 가는 것인 줄로 짐작되었지만, 아무리 보아도 산속에 제대로 지어진 집이 있을 성싶지가 않았다.

좁은 개울길은 두 사내가 나란히 걷는 것을 허락하지 않았다. 하지만 바위산은 초입에 들어서자 예상했던 것과는 다르게 그 품안이 더 넓어졌다. 깎아지른 듯한 바윗더미 사이로 불어난 물은 제법 콸콸 흐르고 있었다. 어린 소나무들이 몸째로 흔들릴정도로 바람결이 더욱 세차졌고, 빗방울이 다시 듣는 것인지 옷이 젖었다.

"암만해도 큰물이 지겠는걸. 기왕 쏟아지겠으면 와장창 쏟아지는 것두 괜찮을 끼구만. 아무리 퍼부어 봐도 요새 내리는 비는 농사에는 보탬이 되니까 걱정할 것두 없고 말일세."

만술 씨는 하늘을 쳐다보면서 이렇게 혼잣소리를 했다.

"정말이지 한바탕 쏟아졌으면 좋겠어요. 산이 무너져 버릴 정도로 말예요."

박유채는 주머니에서 담배를 꺼내 물었다가 만술 씨를 의식하고 도로 손에 집었다.

"그거 담배 태우지그려, 자네가 내 앞에서 인사성 채릴 것은 없는 게야. 우리는 뭐 도시 한복판을 걷고 있는 것도 아니고 바로 산속에 들어와 있으니까 말야."

두 사람은 돌멩이를 얹어 루핑 지붕이 바람에 날아가지 않도록 방지한 조그만 구멍가게 앞을 지나쳤다. 아마 산속을 찾아드는 사람이 없지 않은 듯했다. 박유채는 성냥을 그어 담배에 불을 붙였다.

"우리 예서 쐬주나 한 병 사 가지고 갈까."

만술 씨는 가게 앞에서 멈칫거렸다.

"봐허니 자네도 술깨나 마실 것 같고 그리고 나도 그렇군. 시내에서야 오금이 저린 듯 꼼짝달싹 못하지만, 예서는 좀 활갯짓을 해봐도 상관없을 것이야. 자네도 이제는 얼굴 표정을 풀어 버려야 할 것이고……."

가게를 지키고 있는 사람은 왼쪽 눈이 흰자위만 남은 애꾸눈의 아낙이었다. 만술 씨와는 안면이 익은 듯했다. 박유채는 술값을 자기가 낼까 하다가 도리어 그것이 만술 씨를 섭섭하게 할 듯하여 잠자코 있었다. 만술 씨는 아예 4홉짜리 병으로 한 놈을 샀다. 그들은 산을 다시 올라가기 시작했다.

집 안에 있을 적에는 그토록이나 말수가 적던 만술 씨가 산에 들어서면서 호기를 부리는 것이 비록 일관성을 잃고 있는 것 같기는 해도, 그는 덩달아 한결 마음이 풀리고 이렇게 만술 씨를 따라나선 것이 아주 잘된 일이라고 생각되었다.

"그런데 고모부." 그는 처음으로 고모부라는 호칭을 만술 씨에게 썼다. "저 가겟집 아주머니가 고모부를 아는 듯한 눈치던데…… 아마두 이 골짝을 자주 찾아 오시나 부지요?"

"그야 심심할 적마다 몇 번 찾아온 적이 있었기는 했네만두……. 시계 행상을 댕기다 보면……, 자네두 내가 시계 행상을 해서 벌어먹고 사는 줄은 알고 있겠지?"

"그야 뭐……."

"그렇지, 벌어먹고 살면 되는 거니까. 나 혼자 버는 것만두 아니고 자네 고모가 벌어오는 돈이 뭐 여북잖지만……. 시계 행상을 다니다 보면 괜히 사람이 뾰죽해질 때두 있는 거야. 그래서는 시계 행상 못 댕기는 것이고…… 이 놀음이라는 것두 여간 끈기가 필요한 게 아니지만 말일세. 성미 급하게 굴다가는 한 열흘도 못가서 집어치우게 되기 십상이니께, 그래서 이따금씩 이 산골짝을 찾아드는 적이 생긴 거야."

"아니, 시계 행상하고 이 산골짝하고 무슨 상관이 있기에……?"

"허, 그게 상관이 있게 되었지, 자네두 한번 생각해 봐, 각종 괘종 시계 둘러메고 '시계 사쇼, 시계 하나 놓으쇼.' 소리 지르고 다닐라치면 그 짓이 몸뚱이에 착 달라붙어야 한단 말일세. 남들이 볼 적에는 괜히 멸시두 하고 불쌍하게 보이기두 하겠지만 이쪽 심사야 어디 그럴라구? 하루에 시계 하나 좀 넘게 팔아서 한 달에 대략 40개쯤 파는 셈인데……. 가령 어떤 날 재수가 좋아 홀꺼덕 두 개쯤 팔아 치울 때가 있단 말이야. 그러면 시계를 더 팔 생각을 하지 않는 게야. 오늘 하루 팔구 그만둘 것도 아니고, 앞으로도 일 년이 갈지 십 년이 갈지 모르게 계속 팔 거란 말이야. 오늘 한꺼번에 많이 팔아치우면 내일은 시계 살 놈이 끊어질 것 같은 생각이 드는 거야. 그래 어떤 날 두 개를 팔면 그것이 아침 아홉 시가 됐든 열 시가 됐든 '시마이'를 해버린단 말야. 그래서 이 골짝을 와 봤단 말일세."

"그러니까……."

"응, 그리된 거야. 시계 통이야 둘러메고 있지만 그게 무거울 까닭이야 없지. 느실느실 산으로 찾아들어 내 좋아하는 시냇가에 누워 자빠져 목물도 끼얹고 낮잠도 자고 하늘도 쳐다보고 그렇게 어린애처럼 노는 것이니께. 누구 간섭하는 사람도 없고, 그리고 그렇게 한없이 깊은 공상에라두 잠겨 시간 가는 줄을 모른단 말야. 자네 고모가 이런 사정을 안다면야 당장이라두 생벼락을 내릴라구 하겠지만……. 자네 고모는 사는 일에 독이 올라서 말야……. 하지만 내가 이런 것은 내 나름으로 꿍꿍막스럽게 생각되는 게 있어서 그러는 게야. 바로 저기로구만. 내가 늘상 와 갖구 쉬는 곳이 바로 저기야. 우리 잠깐 앉았다 가야겠네."

만술 씨가 가리키는 곳은 시냇물이 제법 연못처럼 동그랗게 괴어 들고 있는 곳이었다. 바위와 바위쯤으로 조그만 폭포를 이루어 석간수가 떨어지기도 했다. 만술 씨는 양말을 벗고 윗도리를 벗더니, 이쪽에서 보든 말든 상관하지 않고 금세 벌거숭이가 되었다. 그러는 동작이 여간 익숙하지 않았다. 발가벗고 목욕하기에는 추운 날씨였지만 전혀 그런 것은 염두에도 없는 듯했다. 만술 씨는 손수건으로 온몸을 문질러 가며 철버덩 물속으로 뛰어들어갔다.

"아, 자네두 그렇게 서 있지만 말구 활활 벗어부치고 뛰어들란 말야. 여간 시원하지가 않구만그래."

만술 씨가 성화를 부렸다.

"어디 그럴까요."

박유채는 좀 쑥스러운 기분을 달래면서 벌거숭이가 되었다. 만술 씨는 손으로 물장구를 치면서 물속으로 들어오라고 했다. 시냇물은 시원한 것이 아니라 차가웠다. 온몸에 서슬이 돋았으나 그는 꾹 참고 물속에 주저앉았다.

"어때? 좋지? 나 같은 시계 행상꾼이 이런 취미를 가지고 있는 걸 안다면 세상 사람들이 웃을 거야. 그러니께 자네도 고모에게는 아예 발설을 말아야 해. 자네 고모는 사는 일에 독이 올라서 극성스럽게 바가지를 긁고 싶어 하니까……. 그야 자네누 이 남에 결혼을 헤 보면 알겠지만, 결혼한 여자란 아마도 바가지 긁는 재미에 사는 모양이지? 세상 원망을 하자니 여편네들의 힘에 부치는 노릇이고, 그래서 만만한 대상을 하나 골라 가지고 남편으로 삼아서, 그 남편한테 제 한을 몽땅 뿜어내는 게야. 자네는 아직 젊으니께 세상에 대해서 욕심도 내고 싶고, 또 그렇지. 욕심을 내도 괜찮은 나이니까. 내 말이 무슨 소리인지 잘 모를 끼구만……. 어, 시원하다."

두 사람은 바위 위로 올라갔다. 만술 씨는 엣차엣차 소리를 질러 가며 팔다리 운동을 열심히 했다. 차력사가 구령 부르듯 정성을 들여 경정거리는 것이, 꼭 옷을 입기 싫어서 그러는 게 아닌가 싶었다. 박유채는 그러나 서슬이 돋아서 팬티를 입고 메리야스를 상체에 둘렀다.

"자, 우리 한 잔씩 걸쳐야겠지?"

만술 씨는 호기 있게 소주병 마개를 입으로 땄다. 술을 마신다고 하지 않고 걸친다고 하는 표현이 묘하다고 그는 생각했다. 그러고 보면 만술 씨는 아무리 술을 마셔도 취하지 않는 대주가거나 술을 마음껏 마셔보지 못했거나, 그런 것이 아닌가 했다.

"그런데 말야, 쓸데없는 시계 행상 얘기를 하느라고 자네 이야긴 하나도 듣지 못했군그래. 이렇게 나는 주책이 없어 놔서……."

"아 아닙니다, 도리어 고모부 말씀이 얼마나 재미있는지 모르겠 는걸요. 그야 저도 그랬지요. 시계 행상을 다니신다기에…… 솔직 한 말씀이 참 고모부께서도 사는 재주가 메주 같으신가 부다……, 그렇게만 여겼으니. 아이구, 제가 막 건방진 말을……."

"허허, 자네두 맹꽁하고 얌전하기만 한 책버러지인 줄로 알았더 니 제법 입담이 있구만그랴."

"그랬는데 이렇게 말씀을 듣고 보니……. 아니 그래, 시계 행상 다 니는 분이 틈날 적마다 이런 산골짝으로 들어와 산사람들 흉내를 내신다니 그게 가당키나 한 말씀이어야지요? 그게 얼마나 사치스 런 노릇입니까? 웬만한 여유가 없어서는 도무지 될 일이 아닌데, 고 모부께서 그래 행상을 다니시면서 그런 여유를 갖고 있다니……. 아무래두 고모부는…… 여간 특이한 분이 아닌 것 같으네요."

박유채는 만술 씨에게 이렇게 막 이야기를 해도 이 양반이 허물없 는 넉넉함으로 감량해줄 것이라 믿어지면서도, 정말이지 괴상한 사 람이라는 생각을 버릴 수가 없었다. 아까 고모와 함께 집에 있었을 적의 만술 씨는 그럴 수 없이 초라해 보이기만 했고, 그것은 버스를 타고 올 적에도 마찬가지였다. 도리어 어느 쪽이냐면 만술 씨가 그 의 거처를 주선해주겠다는 것이 도무지 미심쩍기만 했던 것이다. 그 런데 이렇게 바위산에 들어서면서부터 이분은 협기를 발동해서 말마디가 늘어난 것이다. 또 괴죄죄하게 행상을 다니는 틈틈에 시계를 둘러멘 채 골짜기로 들어와 벌거숭이로 하루해를 보내며 꿍꾸막스런 생각에 감긴다는 것이니, 그 심저가 어떤 것인지 요량하기가 어려워진 것이다.

"허, 자네가 대학생 노릇을 하고 있으니 세상 사물을 뾰족하게 볼는지는 몰라도 넓게 보지는 못하게 된 모양이구만그랴. 시계 행상이란 별 게 아닌 게야. 먹고 살아가는 하나의 방도이니께…… . 밑천이 크게 드는 게 아니고 별난 재주 없어두 할 수 있는 일이기는 해도, 시계 행상꾼이 뭐 머리에 뿔 돋친 사람은 아니제. 그러니 나도 특이한 사람은 아닌 것이고, 한 마디로 오죽 이 노릇이 고단했으면 그래 나이 꽉 찬 것이 대낮에 골짝에 들어와 발가벗구 물장구치며 헤헤거리겠냐 말이야. 그게 여유 있어 그러는 것도 사치 부리는 것도 아니고, 행상꾼으로 한심하게 돌아다니는 놈이나 해볼 수 있는 한심한 짓이겠지. 그러나저러나 좋은 것이니께 어쩌겠나?"

만술 씨는 허허 웃음 마개로 말끝을 맺었는데, 박유채는 자기의 말이 경솔했나 싶었다. 그러나 만술 씨의 이야기 능쳐 잡는 재간이며 말 둘러대 자기 입장 밝히는 수완이 역시 예사 솜씨는 아니라고 깨달았다. 만술 씨는 다시 술병을 박유채에게 돌렸다.

"그러니 자네도 나 같이 하잘것없는 시계 행상꾼에게 관심 쏟을 생각일랑은 아예 말 것이고…… , 아까부터 곰곰 자네 처지를 생각해 보니께 그거 자네두 객지 나와서 공부하랴, 팽팽 돌아가는 세상에 끼여 살아내랴, 정말로 마음고생이 여간 많지를 않겠다 싶은 거야. 마음고생이 언제든 어려운 법이야. 더구나 요즘 어디 보통 뒤숭숭해 놓아야 말이지…… . 나 같은 것은 애시당초 위 한번 쳐다볼 생념을 내지 못한 채 설설 땅바닥만 내려다보며 온갖 못난 짓으로 잡스럽게 살아온 무식한 백성이니께 아무것두 모르지만 자네는 그래 선 되지 않을 뿐아니라 그럴 리도 없지. 또 세상 바라보는 안목이나 식견이 다를 터이니까, 그거 자네 얘긴 좀 들어봐야겠네그려."

"저야 뭐 도리어⋯⋯." 박유채는 술병을 돌렸다. "뭐 그동안 변변히 공부를 한 것두 아니구요, 대학이란 데에 정을 붙이지도 못했어요. 그런데두⋯⋯ 잔뜩 저 혼자 고민에 쩔쩔매게 되는데요, 시골에서 농사 파 먹으며 살아가야 할 것인데, 뭐가 잘못 돼두 크게 잘못된 거예요. 보아서는 안 될 세상을 봐 버린 것 같아서⋯⋯. 요새는 아닌 게 아니라 사람들이 귀신 같은 재간을 가지고 있기에 용하게들 참을 줄을 알면서 살아가는구나, 하는 걸 깨달을 때가 있어요. 세상 돌아가는 이치라는 건 너무도 뻔한데 태엽 풀린 시계같이 흐느적흐느적 고장난 세월을 그래두 멈추지 않구 용하게들 흘러가는구나, 그런 걸 짐작하게 되는걸요. 하지만 저는 아직 한창 젊어서 이 젊음에 붙들려 가지구⋯⋯, 그러니까 젊음 때문에 꼼짝을 못하구 바보 천치에 장님, 귀머거리가 돼 버리구 말았으니, 정말이지 저는 뭐 아무 할 얘기가 없는걸요. 고모부야 다르지만⋯⋯."

"그 그렇지, 원래 젊음이란 그런 게야. 나야 뭐 젊음도 다 놓쳐 버리구, 경황없이 이런 판 저런 판 설치구 다니다가 인생 휴업계 내놓은 꼬락서니로, 헤헤, 그 뭐랄까 빚진 인생이 돼서⋯⋯. 그 절망 낙담이란 것두 하도 여러 번 하다 보니 습관이 돼 버리구 말이야. 그렇잖겠나, 아무리 변변치 못한 인간이기로서니, 시계 행상 같은 거 보람 있어 하겠나, 희망 있어 매달리겠나? 자네가 자기 이야기는 하지 않으면서 내 말만 듣겠다 하니 그 수지 채산 득보려는 것 같아 고약하게 생각되지만, 이 사람아, 안 그런가? 글쎄 그야 나두 한때 누구 못지않게 뻔뻔스레 살아보겠다 해 가지고 괜한 소동을 벌인 적이 없진 않았을 거야, 그러나 뭐 헐 만한 이야깃감은 못 되고……. 하여튼 풀이 죽어 버린 걸세. 요샌 그런 생각이 들어."

만술 씨는 그러다가 다시 술병을 돌렸다.

"어떤 생각이 드는고 하니까는…… 나 이만술이가 말이야, 무엇으로 이 세상 사회에 공헌을 하겠나? 그야 세상에는 잘난 이도 많아서 으쓱으쓱 폼을 잡아대며 국가와 민족을 위해 목숨이라도 바치겠다는 사람도 부지기수지만, 나 같은 푼수머리 없는 위인으로서는 그런 거야 엄두도 못 낼 일이고. 그저 이렇게 생각하는 거야. 알겠나, 자네?"

"……."

"거저 다른 게 없구……, 하루 세 끼 밥 먹어주면 그게 세상 사회를 위해 내 나름으로 힘껏 공헌하는 게 되겠다……. 내 주제에는 그것도 힘이 들어서 제대로 해내지 못하고 있지만……, 그렇지 않겠나? 하루 세 끼 밥 먹어주면 그게 큰 공헌인 게야. 입때껏 아무리 까뒤집어 봐야 내가 세상 덕을 입었던 기억이 없더라니깐. 세상 덕은 커녕 거저 당하느니 피해만 입었겠지. 이렇게 살아 주고 있는 게 벌써 세상 덕 아니겠냐 하면 할 말 없지만, 그거야 뭐 나대로 몸부림쳐서 그런 것이니깐 덕이랄 순 없을 끼고……. 막말루 해서 세상이 나를 괄시할 때는 나도 그만큼 세상을 괄시하여 빳빳하게 견디어 보자, 그런 생각이 들기도 했고……. 하지만 모르겠어. 그게 젊었던 시절의 객기였는지 어땠는지……. 한땐 저 강원도 탄광촌에서 덕대 노릇으로 돈푼깨나 만지기도 했거든. 자네는 탄광촌 경기라는 게 어떻게 돌아가는지 잘 모를 끼구만. 그것이 1959년도였으니께, 그렇군 사일구 터지기 일 년 전이었군그래. 심심찮게 노다지가 쏟아지구 사람들의 마음 씀씀이가 지금 보담은 각박하지두 않았지만……,

130   박태순 중단편 소설전집 4권

이래 봬두 현금으론 한 이삼백만 원 움켜쥐고 이삼천만 원 정도 융통했다면(물론 지금 돈 시세로 환산해서 말이야), 자네두 짐작은 될 끼구만, 그러다가 일이 잘못되는 바람에 서너 달 감옥소 구경두 휑하니 댕겨오게 됐구. 아뿔싸 이거 탈 났구나 싶었을 때에는 세상이 내 뒷덜미를 늘름 옥죄어서는 엉뚱한 곳에다가 떨구어놓더란 말이야. 예, 그저 죽을 죄로 잘못했습니다, 하구 빌었지만 어림없는 일이었지, 그러다 사일구를 만나구 보니까 이제야 세상 바로 잡아지려나 싶었지만, 글쎄, 내 처지라는 건 다시 운신 못할 정도로 글러 버려서……. 그래서 그렇지 뭐. 이렇게 밑바닥에서 쪼들리고 살아가는 게 내 인생의 격인 줄을 깨닫게 된 걸세."

이분은 겉보기와는 달리 세상에 대해서 깊이 절망하고 있구나, 하고 박유채는 생각했다. 워낙 둘러가며 이야기해 버릇하는 만술 씨의 말마디가 조금씩은 허황한 듯하면서도, 자기 체험의 뜨겁고 아픈 느낌으로 걸러져서 이루어진 것임을 그는 깨달았다. 그동안 이야기가 고파왔다가 오랜만에 말을 해보는 것인 줄로 짐작되었는데, 박유채는 만술 씨의 어수룩해 보이는 표정 뒤에 숨은, 보다 깊은 인생 사연이 무엇일까 새삼스레 궁금증을 느꼈다.

"그런데 그게 그렇더란 말이야. 나는 워낙 우둔해서 그걸 깨달은 게 그만큼 늦은 거지만 우린 이 세상의 주인으로 여기에 사는 게 아니고, 지금도 여전히 객쩍은 나그네로 떠돌고 있는 것이거든. 그러니 이 세상을 내 몸으로 붙잡아 보려구 한다는 게, 그게 지금도 여전히 역천(逆天)의 짓이 아닌가 생각된단 말이야."

"그게 어째서 역천의 짓이 된단 말입니까?"

"자네가 재우쳐 물을 줄 알았지. 나 무식해서 잘은 모르지만 가령 역사를 보자 이기야. 이조 시대로 말하면 그 시대의 주인은 왕하고 몇몇 귀족들이고, 백성들은 그 시대의 나그네로 버림을 받았더란 말이야. 뱃깨나 가지고 있는 백성들 중에는 불끈거렸던 자들도 있지만 그래 봤자 그게 역천의 짓으로 제 목숨 단축하는 노릇이 될 뿐이었구……. 그런 이조 시대로부터 엄청나게 세월이 달라졌다고들 말하겠지? 그러나 달라졌다는 건 윗대가리의 사정 쪽이고, 아랫동네 사정은 없지, 달라진 것 없어. 어디서 무슨 짓을 하고 있든 다 마찬가지야. 다람쥐 쳇바퀴지 별수 있나? 우리에게 허락되어 있는 삶의 푼수는 몇 뼘 안 돼. 그러니 이 세상에 나로서 공헌해줄 길이란 하루 세 끼 밥 먹어주는 일밖에 없다는 것이야. 막말루 하자면 내가 살아주는 것으로 공헌을 하고 있다, 그 말이야. 그 이상 뭣을 하겠나? 꾹꾹 눌러 참고 살아주면 됐지 뭐. 그걸로 나로서는 충분히 이 세상 위해 공헌해 주고 있는 거지 뭘 다른 수 있나? 이렇게 마음을 잡아 두는 세 옳다구. 왜냐하면 그래야 웬만한 고통이나 구역질나는 일……, 그런 것들을 나로부터 내팽개칠 수 있단 말이야. 그런 거나 모르우, 할 수 있는 게야. 자네두 농촌 살아봤으면 그거 황소 눈깔 관찰해 본 적 있겠구먼. 뿔이 돋쳐야 황소가 제 성질을 낼 수 있는데, 어디 사람들이 황소 뿔이 돋치도록 내버려 두든가. 새끼 때 양잿물을 부어서 뿔이 못 자라도록 요절을 내버리거든. 그러니 황소두 자기가 무력하다는 걸 느끼고 있거든. 느끼는 정도가 아니라, 체념하는 정도가 아니라, 그게 제 삶의 푼수인 줄을 깨닫게 되는 게지. 그래서 그 커다란 황소 눈깔이 유순해 보이는 것이고, 유순해 보인다는 게 곧 슬프게 보이기만 하는 것인데……. 어떤가, 내 눈알하고 같지? 그러니 황소가 입이 달렸으면 무슨 말을 하겠나? 세상 사는 거 어떻게 생각하느냐고 묻는다면 뭐라구 대답하겠어? 내 대답과 같을걸. 그저 하루 세 끼 밥이나 제대로 먹어주는 것으로 세상에 공헌하는 게지 별거 있겠느냐……. 나두 그래. 그나마 밥도 못 먹어 취로 사업비 타내거나 구호 대상자가 된다면 세상에 신세지는 것이니 안 될 노릇이고……. 자식새끼 커 가는 희망으로 살고 있다고 말하고도 싶지만, 자식새끼 제대로 몸보신시키고 공부를 시켜야 구실을 하는 것인데, 그걸 옳게 시키지 못하니 희망을 걸 것두 없지. 황소가 제 송아지한테 희망을 걸 거야? 어림두 없지. 허 그거 물 흘러가는 소리 한번 무심하구만……. 안 되겠는걸. 오랜만에 입 뚜껑을 열었더니 몸에서 열이 나서……, 나 다시 한번 목물 감을라네. 자네두 같이……. 그런데 아까 보아하니 자네 물건에는 아직 세상 때가 안 묻어 곱구 예쁘기만 하던데, 허 그거 참 내 젊을 때 물건두 그랬건만 이제는 아닐세, 이건 농담이야……."

만술 씨는 마치 벌거벗고 싶은 걸 참지 못해서 그러는 것처럼 다시 훌훌 털고 물속으로 들어갔는데, 박유채는 무엇에 홀린 듯 정신이 없었다. 그는 이렇게 절망적인 이야기는 들어본 적이 없었다.

절망— 그런데 그 절망이 허공을 떠도는 것이 아니라 사람 몸뚱이 속에 이렇게 아무렇지도 않은 듯 밀착해 들어와 있을 수가 있다는 것이, 그러니까 만술 씨가 객담하듯 허랑하게 털어놓는 그의 대범한 듯한 어조가 더욱 대범하게 들릴수록, 그것은 박유채의 젊은 가슴을 쪽쪽으로 저며놓듯이 알알하게 파고 들어왔다. 그는 만술 씨가 어째서 자기에게 이와 같이 가슴을 쾅쾅 두들겨대는 비명 아닌 통곡을 해대는지 그것을 의심하고 싶은 생각마저 날 지경이었다. 그에게는 만술 씨의 대범한 듯한 이야기가 산아, 무너져라! 하고 내지르는 통곡의 소리처럼 들렸던 것이다.

"이봐, 게서 뭘 하는 겐가? 물속에만 들어오면 왜 이리도 좋은지……. 이 좋은 걸 자네 즐길 줄 모르나 부지? 어라? 자네, 아니 왜 그거 내가 허랑하게 지껄인 이야기 정색해서 들었다는 겐가? 그것 아무렇지도 않은 이야기……, 이런 나 같은 행상꾼 이야기 자네 들을라구 할 건 없네, 왜냐하면 자네는 나처럼 늙새도 아니고 행상꾼도 아니잖나, 이 사람아. 다만 내 이야기는, 자네 고모를 고생시키는 이만술이라는 위인이 얼마나 변변치 못한가…… 이걸 알리려고 지껄인 것일세. 알겠나, 이 사람…… 이 세상 별의별 사람 많은 중에 이런 자도 있다 하는 이야기일세. 자넨 나와 달라. 아까 내가…… 우린 이 세상의 주인으로 여기에 사는 게 아니고 객적은 나그네로 염치없이 얹혀 있는 거라구 했네만 자네는 내가 말하는 '우리' 속에 포함돼 있는 건 아닐세. 왜냐하면…… 자네는 대학생인만치 이 세상의 주인으로 여기에 살아야겠다구 열심히 그것을, 그러니까 어떻게 하면 그렇게 살 수 있는지 그걸 따져보아야 할 필요가 있을 테니까 말일세. 안 그런가……?"

"글쎄요, 과연 그럴 수 있을는지…… 그건 뭐 잘 모르겠어요. 하지만……." 하고 박유채는 말하다가 문득 고향 생각이 났다. "하지만…… 제가 이야기를 좀 해두 될까요? 고향 이야기입니다만……."

"아암 좋지. 이제야 우리 박유채 막혔던 입 구멍이 뚫렸구만. 암말두 않구 너무 가만히만 있어서…… 내 이야기만 늘어놓게 되었기 때문에, 이거 오늘 장사는 처음부터 밑지는 장사다 했더니……."

"글쎄요. 제가 시골 고향에 대해서 어떤 생각을 가지고 있다면, 그 생각이란 게 벌써 회한과 고통으로 가득 찬 것이어서 어떤 정상적인 생각이 되지 못하는 건지도 모르겠습니다만……, 하여튼 제 고향 사람들은 이 세상 사람들과는 다른 사람들이에요. 제가 '이 세상'이라구 했을 때 이 말은 고모부 같이 도시에서 사는 사람들이 알고 있고 깨닫고 있는 그런 세상을 말하는 겁니다만……. 그런 의미에서 제 고향은 이 세상 바깥에 있는 그런 세계이고, 그런 고향이에요."

"이 세상 바깥에 있는 고향이라……, 그렇지 그래……. 자네 이야기 알 만하지. 나 같이 삼팔 이북에 고향을 두고 있는 자들이야 뼛속까지 실감하는 말이지만……."

"그런데 제가 고향 사람들을 이 세상 바깥 사람들이라 했지만서두, 이건 여기 서울에서니까 하는 얘기구, 고향에서는 그러니까 그게 또 반대가 되지 않겠습니까? 어째 제 얘기가 말장난 같습니다만. 그건 아니에요. 제 고향에서는 바깥세상을 별난 세상쯤으로 생각해서 그저 숭하게나 굴지 않았으면 하구 바라는 거구, 그저 열심히 옛 마을 운동이나 하려구 하는 거지요. 누가 와서 농촌 근대화다 한다면, 무슨 소리라, 우리 그런 거 안 해두 몇백 년 좋이 잘 살아왔다. 하구 뻐퉁겨대는 완고함 같은 거 말예요. 바깥세상에 변통하여 알아보려고 한댔자 이득 보는 경우는 거의 없구 손해만 보게 된다는 생각이 골수에까지 미쳐있단 말입니다. 바깥세상 때문에 가장 크게 피해를 입었던 것은 물론 6·25 전쟁 때였구요……. 6·25 전쟁 초기에 고향 사람들은 똘똘 뭉쳐서 서로 의논하기를, 이건 우리와 상관이 없는 바깥에서 들어온 전쟁이니까 우리가 괜히 들떠서 놀아날건 없다고 했대요. 아마 물론 고향 사람들은 그 전쟁이 어떤 전쟁이냐를 이해할 능력은 전혀 없었지요. 그래 바깥세상이야 어찌 되었든 처음에는 수굿수굿 고개나 숙이는 체하면서 동네에 별 피해를 가져오지 않게끔 깜냥을 잘 해냈다는 거예요. 하지만 얼마 안 있어 그게 깨져 버린 거죠. 깨져 버린 정도가 아니라 싸그리 망가져 버렸어요. 애초의 약속과는 달리 같은 마을 사람끼리 서로 찔러 죽이고 죽고 했다니까 말입니다. 제 고향 두문동은 온통 반남 박 씨 효자공파들이 대종을 이루어 살고 있는 씨족 마을인데두 그랬다는 겁니다. 그런데 고모한테 들어서 아시고 있겠지만, 바로 저의 집안이 종갓집이 되거든요. 이래 봬두 제가 종손이 되구요. 고향에서는 전쟁 때 비명횡사하신 저의 증조부와 조부께서 신화적인 존재가 되어 있어요. 그분들은 전쟁 때 마을 사람들을 대표해서 어떻게 하든 바깥으로부터 들어오는 참화를 막아보려고 애쓰시다가 비명횡사를 당하셨거든요. 증조부께서는 공산당한테, 그리고 조부께서는 민간 자치대한테 화를 입게 되셨다고 하더군요. 뭐 그 전쟁은 제가 태어나기두 훨씬 전에 일어났으니까 그냥 옛날이야기 듣는다는 식의 실감밖에는 없지만서두……. 그야 고모부는 잘 아시겠지만, 저는 1954년도 생이거든요. 아무튼 이렇게 해서 종갓집인 저희 집안이 망했어요. 아버지께서는 거의 폐인처럼 병에 신음하시다가 굶다시피 돌아가셨고, 어머니는 고향이 지긋지긋해 인근 도시로 나와 사셨어요. 하지만 우스운 것은 아주 어렸을 적부터 제가 온갖 제사에 불려 다녀야 했다는 사실입니다. 더욱이 음력 시월 초에 매년 거행되는 시제사(時祭祀) 때에는 어떤 일이 있더라도 고향 마을 뒷산에 있는 선산에 가서 초헌관 노릇을 해야 했어요. 백발이 성성한 노인네들 중에는 아헌관이 아니라 종헌관이라 해두 조상님께 술 한잔 바치겠다고 떼를 써보아도 첩실의 자손이다, 족보를 사 갖고 온 집안이다 뭐다 해서 허락 않는 그분들이 제게만은 꼭꼭 초헌관을 시키는 겁니다. 저야 우스꽝스런 기분을 누른 채 그저 동네 어른들이자 일가붙이들이 하는 대로 맡겨놓으면 될 뿐이었구요. 조금 더 철이 들면서 차차 그 모든 것들을 이해하게 되었습니다만, 이해하면 할수록 바로 그만큼의, 아니 그보다 더 큰 반항심도 생겨났어요. 조숙한 소년이라는 게 따로 없구, 결국 환경이 한 소년을 조숙하지 않으면 안 되게끔 만드는 경우가 태반인 것이니까요. 어머니의 찌든 얼굴하며 고모가 엇나가기 시작하는 가출 소동하며, 게다가 시제사 때의 위선적인 일가친척들의 표정 같은 것을 볼 때의 자조적 기분 등……, 하여튼 어리석은 짓을 많이 벌였어요. 저는 어찌어찌 중학교나 졸업하게 되는 대로 어디 일자리를 얻어서 제 혼자 힘으로 힘껏 세상을 부둥켜안고 살아 봐야겠다고 철들면서부터 막연히 생각하고 있었어요. 가문이다, 시제다, 이런 것들을 저로부터 떼어 팽개쳐야 한다구 생각했고, 고생하시는 어머니나 잘 모셔야겠다, 깨달은 거예요. 일가친척들은 하지만 다른 생각을 가지고 있었던 거예요. 제가 대소문중을 이끌어가야 할 종갓집의 종손이 되는 만큼 앞으로 문중(門中)의 모든 책임은 저에게 있다는 겁니다. 지금 시대가 어떤 시대인데 무슨 우스꽝스런 소리냐고 무척 반발두 했구 그래 학교 공부가 무슨 필요가 있느냐구 주장도 해 보았습니다만……. 다만 이런 점에 있어서만은 어머니도 가문의 재건이라는 사명 의식에 투철한 종부(宗婦) 역할을 양보하려 하지 않대요……. 이렇게 우스꽝스런 까닭이 있어 제가 마음에두 없는 대학생이 되어 서울 와서 공부하게 된 건데요……. 그런데…….”

“그게 무엇이 우스꽝스럽다는 거야? 하나두 우스꽝스러울 거 없는걸.” 하고 만술 씨가 말했다.

“아니에요, 우스꽝스러운 거예요. 제 형편에 대학이란 허세인 것이었어요. 아예 바라지 않았던 것인데……, 지방 소도시에서 간신히 중학을 마치고 나서 시골 버스 조수 겸 정비를 맡는 일자리를 얻어 취직을 했거든요. 버스 타는 일이 고되기는 해도 부끄러울 것 하나두 없구, 하루에도 몇백 리씩 돌아다니게 되는 데에 재미를 붙였는데, 이때에 문중 회의가 열렸단 말입니다. 그 회의 결과가 ‘말대필절(末大必折)’이었다는 거지요. 말대필절이라는 게 무슨 소리냐 하면,

나무에 잔가지(末)들이 너무 크게 번성하면(大) 이를 감당 못 해 큰 줄기가 부러지게 된다(必折)는 것인데, 무슨 뜻이냐 하면 지족(支族)이 번성하면 종가가 망한다는 뜻이라는 거예요. 전쟁 때 일가친척들이 종가를 망가뜨렸다는 반성을 그들이 하고 있었다는 것인데요, 그래서 종손인 저만큼은 어떻게 하든 대학 입학금까지는 추렴해서 집안의 기둥감으로 키워 놓아야 한다고 결의를 했다는 이 말입니다. 아시겠어요? 제가 이렇게 우스꽝스럽게 되어서 고등학교를 다니게 된 거구, 서울로 대학 공부하러 오게 된 거예요. 그야 뭐 시골에서야 가장 흔한 게 수재 소리 듣는 일이니까 시골 친척들은 철석같이 아직껏 믿고 있어요. 대학 공부만 마치고 나오면 제가 고시 합격하는 것은 문제가 아니고, 그러면 다시 반남 박 씨 효자공파는 조선왕조 시대 한창 때 그랬던 것처럼 양반 가문을 되찾으려니 믿고 있어요. 하지만 그분들이 믿고 있는 것을 제가 뭐 어떻게 생각한다든가, 그런 기대를 두려워하는 나머지 도망갈 생각으로 전전긍긍한다든가, 이러는 건 아닙니다. 문제는 다른 데 있어요. 고모부께서는 이 세상의 주인으로 여기에 사는 게 아니라 염치없는 나그네로 구박받으며 얹혀 사는 것과 같다고 하셨지만 제 경우에는 이것도 저것도 아니거든요."

"글쎄 자네 고민은 알 수가 있지."

만술 씨는 어느새 물에서 올라와 팬티만 입은 채 술병을 기울여 술을 마시고 있었다.

"저는 세상 바깥에 있는 겁니다. 두 세상…… 그러니까 여기 서울과 제 고향 시골, 그 두 세상에서 모두 쫓겨나 바깥에 있어요. 추방당하고 있는 게 아니라 입장을 하지 못하고 있는 거예요. 대학교라는 동네에서 제가 무엇인가를 보았다면, 그건 보지 말아야 할 것을 보았다는 것밖에는 아무것두 아니에요. 그게 무엇이냐면, 제 자신의 추한 모습의 확대된 풍경으로서의 이 세상을 확인하는 일이었어요. 거꾸로 이야기할 수도 있겠지요. 잘못되어 전개돼 온 이 세상의 굴레에 엇맞물려 돌아가는 저 자신의 추한 자화상을 확인하고 있다…… 어째 어려운 이야기처럼 들려집니다만…… 그걸 본 이상 기만은 기만 이상의 것이 될 수 없고, 허위는 그것을 아무리 허위 아닌 진실이라고 우겨두 허위가 돼 버리는 거구……. 그래서 죽을 힘을 다해 안간힘을 썼던 것입니다만, 꼼짝을 못하겠어요. 그래 고모부께서 아까 이 세상의 주인이 아니라 이 세상의 노예로 얹혀 있다, 말씀했을 때, 문득 그렇다면 내 처지는 뭘까 싶어 이런 생각이 든 것입니다만……. 이거 너무 유치한 이야기를 장황하게 늘어놓았네요."

"그거 자네는…… 아까 내 보잘것없는 행상꾼으로 늘어놓은 푸념을 너무 진지하게 받아들인 거로구만. 하지만 자네가 아무리 참혹한 심정이라 해두 그건 뭐 인생을 살살이 겪어서 얻어진 것이라기보다는 대학생이라는 위치의 참혹함에서 자네가 깨닫게 된 것이라고 보네만……, 그렇다고 애써 자네를 낮춰 보아 하는 이야기라고 섭섭하게 생각하진 말게. 사실 나야 뭐 이렇게 오랜만에 입 뚜껑을 열어 자네와 이야기하는 게 너무 힘이 들어 진땀이 다 나고 있지만……."

"아니에요, 말씀해 주세요. 사실 저두 아까부터 깨닫고 있었어요. 고모부께서는 아까 제가 댁에 찾아갔을 때부터 그걸 알아차리신 거지요? 저 녀석 박유채라는 녀석이 이러저러한 고민을 갖구 있구나. 그러니 저 녀석을 정신적으로 도와줘야겠다…… 하구 작정하신 거 아니겠습니까? 그래서 이렇게 시냇물에 앉아 맞담배질도 하고 술도 사 주고 하시면서 차근차근 말씀해 주시는 거 아니겠습니까?

제가 왜 그걸 모르겠어요? 그러니 꼭 좀 말씀해 주세요."

"이 사람 또 과분한 소리 하고 있네. 자네야 말루 대학생이면서 그렇게 착하게만 세상 사물을 보려고 해서는 못 쓰겠네. 세상 사물은 옳게 분별하려면 어느 정도의 차가운 눈초리는 필요로 하느니. 이제 시간이 많이 지났으니 그만 구자광(具滋光)이한테 가볼 때가 되기는 되었는데……. 그런데 말이야, 그전에 자네한테 꼭 한마디 하기는 해야겠구먼. 나는 자네가 보듯 뭔가를 가진 사람이 못 돼. 굳이 말하라면 가련한 인생 실패자에 불과한 것인데, 한 인생 실패자로서 뭔가 깨닫게 된 것이 있다면 그게 무슨 대수이겠나? 시계 행상 돌아다니는 거, 허약한 도피책이야. 세상이 겁나서 정직하게 싸울 생각 못하는…… 그런 겁쟁이가 나야. 다만 내가 생각할 때 어떤 사람이든, 아무리 하찮은 사람일지라도 그 사람의 인생을 들여다보면 거기에는 한 편의 장편 소설쯤은 됨직한, 또는 적어도 단편 소설은 충분히 되고도 남는 그런 이야깃거리를 갖고 있다고 봐. 인생에는 적어도 아무리 하찮은 사람의 것일지라도 한두 번의 기회는 반드시 찾아지게 마련이야. 그러면 그때 결코 물러서거나 주저앉거나 타협을 해서는 안 된다는 거구만. 자네가 지금 그런 인생 싸움에 들어선 것 같아. 그래서 내가 쓸데없는 노파심을 내긴 했네만서두…… 어디 정 그렇다면, 내 쓸데없는 지난 이야기나 해 볼까?"

만술 씨는 먼눈을 지으며 한참 가만히 있다가 말을 이었다.

"내 경우에는 딱 그것이 아마 세 번쯤은 찾아왔던 것 같아. 그런데 두 번은 놓치고 마지막 한 번은 그럭저럭 붙잡은 셈이지만……. 그것이 그러니까 1957년경 내게 인생의 승부를 겨룰 기회가 있었지. 그때 내 나이 스물넷이었는데, 당시에 세상을 요리하고 있었던 것은 주먹 쓰는 아이들이었단 말야. 지금은 너무 질서가 잡혀 모든 생활이 정보를 통해 이루어지는 사회가 돼 놔서 이것이 사람들 숨통을 옭매어 놓지만, 그 당시에는 너무 질서가 없어서 주먹 센 놈들이 주먹으로 세상을 다스리고 있었던 건데, 나두 그악스럽게 주먹판에 끼껴 붙어 온갖 못된 짓 다 하면서 돌아댕겼네. 그래 독이 올라 내가 두 가지 신조를 갖구 있었지. 그 하나는 대학생만 보면 두들겨 패주는 것이었구 다른 하나는 우승을 했다고 뻐기는 운동선수를 보면 싸우자구 덤벼들었던 일일세. 불알 두 쪽밖에 가진 게 없어 그때 그랬단 말야. 대학생? 아니, 공부 잘 하는 자만이 대학생 되는가? 부모 잘 만나 편안히 공부할 환경 마련되면 웬만한 천치 바보가 아닌 이상 누구나 다 대학생 되는 거 아니겠느냐, 그런데 이 자식들이 저 혼자 잘났다구 뻐겨대니 이거 참지 못하겠다 하는 게정이 생겨난 거구. 운동선수? 아니, 그래 날마다 쇠고기 처먹구 볼이나 차구 댕기면 웬만한 약골 아닌 다음에야 그 몸뚱이 단단해지는 거 아니겠느냐, 그런데 이 자식들이 올림픽이다 해외 원정이다 해서 저 혼자 잘났다구 뻐겨대는데, 어디 나 쇠고기 못 먹고 콩나물만 먹고 자란 주먹맛 좀 봐라. 이런 억하심정을 부렸단 말야. 그때 내 생각이라는 게 나는 무식한 사람, 가난한 사람, 허약한 사람으로 출세 않고 밑바닥 인생으로 살아보겠다, 못난 인간이 되겠다, 이런 작정이었는데, 아니 작정을 했다기보다도 그만큼 내가 적수공권이었지. 그래 내게 인생 승부를 걸 수 있었던 기회가 생겼단 말은 다른 게 아니고 국회의원 장모(張某)라는 사람이 나를 괜찮게 보아서 하고 싶은 것 있으면 뒷배를 봐줄 테니 이야기해라, 했는데 내가 뭐랬는고 하니 국민을 괴롭혀, 못 살겠다 갈아보자 하는 소리나 나오게 하는 당신네들의 졸개 노릇은 하지 않겠소, 나는 밑바닥 인생으로 살아낼 테요, 이랬으니 이게 저 젊음의 정직성만 믿은 것이었지. 그래 그

장모(張某)의 후원으로 공부를 했거나 아니면 관청 같은 데라도 들어가거나 했더라면 내 팔자는 좀 편해졌을 끼구만. 그런데 나는 강원도 탄광촌으로 기어들어 갔거든. 내가 말하는 첫 번째 인생 기회라는 게 이거야. 두 번째 인생 기회는 덕대 노릇에 실패해서 휑하니 감옥소 구경하러 들어갔을 때였지. 감옥소라는 데가 한 번쯤은 구경해 봄직한 데라구. 거기두 사람 사는 데니까 말야. 더욱이 내가 구경갔을 때가 4·19다 5·16이다 해서 참 많은 사람들이 초대받아 들어갔을 때였지. 그런데 대한민국에 인재가 귀하다는 말이 맞는 거 같애. 감옥소 간수들이 그곳을 거쳐 간 숱한 사람들 중에서 '이 사람은 인재감이다.' 하고 꼽은 게 두 명이더구만. 그 많은 사람들 중에서 조봉암이하구 살인마 고재봉이하구, 그 둘이 인재감이구 나머지는 별 볼 일 없다는 게야. 해방된 지 삼십 년이 넘었는데 그새에 인재감이 두 명밖에 없었다면 과연 인재난(人材難) 아닌가 말야? 감옥소가 하여튼 인생 공부하기에는 가장 알맞춤한 곳인데, 그곳에서 제대로 수련을 했더라면 다시 사회로 나왔을 때 출세를 해볼 수 있었을 끼구만. 앞으로는 착실히 살아야지 싶었고 감옥 동기생 중에는 다시 사회로 나가거들랑 우리 함께 손을 맞잡고 돈이나 만져보자, 하고 약속했던 장 씨라는 사람이 있었어. 과연 그 뒤 장 씨가 수출 회사 차려 돈을 버는데, 무섭게 인정사정없이 벌더구만, 내가 거기에 끼여 붙었더라면 지금쯤 노무자들에게 호랑이 노릇하며 악덕 기업 소리는 들을망정 자가용 굴리며 떵떵거리고 살 텐데 저 혼자 깨끗한 척하구 땅장사를 시작하구 주먹 세계에서 은퇴해 비참해진 아이들하고 얼려 개들 뒷갈망에만 무사분주했단 말야, 인간성이 좋다는 소리는 들었지만 인간성 좋은 거는 별 게 아냐. 누구나 배고프고 허약하고 짓눌리게 되면 다 인간성이 좋아지지. 그러다가 배 안 고프고 허약하지 않게 되면 그 인간성이 좋던 게 안 좋아지게 되지. 그럼에도 난 그걸 못 버렸어. 이때가 내 두 번째 인생 기회였고, 그 세 번째가 자네 고모 만났을 적의 이야기가 되는데, 그게 언제인가 하니까 1967년인가, 68년인가 그랬을 끼구만. 그러니까 그때 내가 목포에 내려갔다가 다시 상경한 지 얼마 안 되었을 때일 끼야. 목포에는 어째서 내려갔는고 하니까는 누군가가 선거 뒷배를 보아 달라구 부탁하기에, 어디 그래 볼까 하구 내려갔던 건데, 참 신나는 구경 한번 잘한 셈이었지. 그래 서울 와서 어느 날 밤늦게 버스를 탔는데 통금이 가까울 때여서 버스 자리가 텅텅 비어 있었어. 옆자리에 웬 여자가 앉아 있는데 첫눈에 보아도 이 여자가 변이 나도 보통 변이 난 여자가 아니드만. 자살할 길밖에는 남아 있지를 않은 여자인 게 분명해 보이는 것이, 그 경황이 말이 아니야. 나중에 알구 봤더니 이 여자 실지로 자살 할라구 했다는 건데, 결국 나 때문에 그 뜻을 못 이루고 만 셈이 됐지. 이년 죽고 싶은 게 너뿐인 줄 아니? 나쁜 년 같으니라구, 소리를 치고 여관으로 끌고 가서 박아 버렸는데 다음날 그만 차 버리려구 생각하면서 보니까 그러면 틀림없이 자살할 거란 말야. 그래서 안 되겠다싶어 자살할 생각을 포기할 때까지는 곁에 놔두자 했는데 결국 그러다가 온통 바가지를 뒤집어쓰게 돼 버렸어. 자살하려는 것 못 하게 만들어놨으니, 책임을 져라, 이 자식아, 하는 데에 도리가 없지 않겠어? 그래 오냐, 그럼 같이 살아보자, 그렇잖아두 나두 이 세상에서 은퇴할라구 하던 참이었는데 너한테루 은퇴하자 싶어서 살림을 차린 거야. 바로 자네 고모가 되네만……. 헤헤, 이거 내가 쑤얼쑤얼 너무 많이 지껄였군. 이봐, 박유채, 내 말 어때. 거짓말 같지? 그건 자네가 판단하기에 달렸겠지. 자네가 거짓말이라구 생각한다면 내 말은 모두 거짓말이구, 어느 정도는 사실이겠다 믿는다면 또 사실이 되겠지. 자, 그럼 슬슬 일어서 볼까? 이제 정말 구자광이한테 가 봐야지. 내가 말하려던 것은 나는 어차피 인생에서 패배했지만, 자네가 말이야, 지금 인생의 큰 싸움판을 벌여놓고 그걸 감당 못 해 씨근씨근 힘들어하는 게 보기 딱해서 제발 그 싸움에 패배하지는 말아라, 하고 응원을 해주고 싶다, 이것일세. 그래서 넉질넉질 이런 소리를 늘어놓은 건데, 알겠나, 구자광이를 만나기 전에 미리 이야기해 두어야겠어서……. 자, 그럼 일어서자구, 구자광이 집이 한 며칠 쉬기에는 괜찮을 끼구만. 자네처럼 당장 기식처 마련이 신통찮은 대학생의 잠자리로서는 나쁘지 않을 게야. 구자광이가 나이는 나보다 어려도 무던한 친구니께, 그러면서 괴팍한 데가 있는 친구지. 밥값 걱정은 하지 않아도 될 끼야. 그건 나한테 맡겨두면 되는 일이니까…….”

만술 씨는 주섬주섬 옷을 챙겨입더니 껍적 일어섰다. 오랜만에 한바탕 입 운동을 하고 나서 퍽 후련한 듯한 표정이었다. 박유채는 만술 씨가 힘들여 말하고자 하는 바가 무엇인지를 알 것 같았다. 그는 만술 씨 뒤를 따라 자기도 자리에서 일어섰다. 소주병은 바닥이 나 버렸고 어느덧 어둠이 안개 속을 뚫고 밀려들고 있었다. 빗방울은 떨어지지 않았으나 산등성이 너머로 마른번개는 여전히 소리 없이 이따금씩 번쩍거렸다. 만술 씨는 다시 익숙한 솜씨로 앞장서서 횡횡 발걸음을 재게 산길을 타기 시작하였고, 박유채는 그 뒤를 부지런히 쫓아갔다. 어쩐지 박유채는 산길에 익숙한 만술 씨가 꼭 숨은 사연 많은 조선왕조 시대의 백성처럼만 생각됐고, 박유채 자신은 세상으로부터 쫓겨나서 이제 산채로 초행길을 더듬는 그런 자의 처지가 되어있는 것처럼 느껴졌다. 그래서 박유채는 이런 말을 했다.

"고모부, 그런데 그 구자광 씨라는 분, 세상이 싫어 이런 데 숨어 있는 사람 같은 생각이 드는데요."

"무슨 소리, 그 사람 세상을 등질 무엇이 있다는 거야? 구자광이는 뭐 세상을 내팽개치기 위해 이런 데서 사는 인간은 아니야. 구자광이는 무허가집을 지어서 팔아먹는 데 이골이 난 인간인데, 요새는 항공 촬영을 해서 단속하기 때문에 그게 여의치를 않거든. 그 친구가 이곳에 무허가를 지었을 때는 이곳 일대가 조만간 택지 조성이 되어 주택 지대가 될 거라고 예상했기 때문인데, 그만 그린벨트 지대가 돼 버렸거든, 그래서 이 벌거숭이산을 구했지. 구자광이가 살고 있는 집도 이제 얼마 안 있으면 철거되구 말 끼구만. 구청 직원들이 뻔질나게 찾아와서 철거하라고 재촉 중이라는 거구, 정 철거를 못 하겠으면 절대로 집을 뜯어고칠 수 없다구 못박아 놓구 있다드만. 매년 두 번씩 항공 촬영을 해서 대조를 하는데, 약간이라도 차이가 나면 안 된다는 기야. 그래 지붕이 헐어서 비가 새는데두 구자광이는 지붕을 고칠 염을 내지 못해. 지붕을 개량하면 항공사진 때문에 들통이 나 버린다는 거야. 허기사…… 저 위에 있는 '여래암'이라는 절간두 무허가라니까 우스운 노릇이기는 하지. 여래암이 동회에 등록이 안 되었으니까 무허가라는 건데, 그렇다구 동회에선 그걸 양성화시켜 주지도 못한대. 물론 헐어 버리는 것두 아니구 그냥 우물쭈물 덮어두고 있는 거라드만."

"그런데 그 구자광이라는 사람 어떤 사람입니까? 자(滋)자 돌림이라면 능성 구 씨인 게 틀림없구, 무슨 재벌 경영자들과 같은 항렬인데, 고모부 말씀 들어보면 뭐 그런 재벌의 친척일 것 같지는 않은데요……."

"묘한 데가 있는 친구지. 자칭 4·19세대라고 주장하고 있구, 4·19

이야기, 그 친구 앞에서 잘못 꺼냈다가는 경을 치게 되지. 정말 요새 대학생들은 4·19에 대해서 어떻게 생각하구 있는지……?"

"글쎄요……. 4·19에 대해서야 어찌 생각하구 말구가 없겠구요. 4·19를 일으켰던 소위 4·19 세대에 대해서는 이런 해석들을 내리구 있는 것 같아요. 뭐냐면 그들에게 부과된 역사적 자각을 가졌던 것은 인정할 수 있다, 그렇지만 그들은 그것을 깨닫기만 했지 그것을 실천에 옮기지는 못하고 있지 않느냐. 실천하기는커녕 사회의 기성 질서에 동화돼 버려 그들 자신이 이미 보수 세력의 편에 가입되고 가세해 버리지 않았느냐고 항의하고 있는 것 같아요."

"하기야 요새 대학생들이 그렇게 생각하는 것도 무리는 아니겠군. 하지만 구자광이한테 그런 소릴 했다가는 그 친구 기분이 언짢아지겠는 걸."

"뭐 그럴 까닭이 없지 않습니까? 4·19 세대에 대한 그런 이야기는 특정한 개인을 두고 하는 말이 아니니까요."

"하지만 그게 그렇지를 않을 끼야. 구자광이는 다르게 생각하고 있을 테니까. 말하자면 4·19 세대는 역사를 자각했을 뿐아니라, 여전히 이 땅에 그것을 실현하기 위해 노력하고 있다. 현재 그렇게 노력하고 있는 과정에 있는 것이지 포기해 버린 게 아니다, 그렇게 생각하고 있을걸?"

"뭐 생각하는 거야 사람마다의 자유니까요."

"아무래도 구자광이가 어떤 인간인지 자네에게 설명을 해줘야겠군,"

"네. 아닌 게 아니라 듣고 싶은데요."

"그럼, 우리 잠깐 다시 쉬어가야겠군. 저 굽이만 돌아가면 구자광이 집이 보이는데, 그 전에 자네에게 이야기를 들려주어야겠으니."

만술 씨는 다시 시냇물 앞에 털버덩 주저앉았고, 박유채는 담배를 한 대 건넨 뒤에 자기도 피워 물었다. 물 흐르는 소리가 정적을 깨뜨리는 것이 아니라 도리어 주변을 괴괴하게 만들었다. 도리어 한기가 느껴질 만큼 산골짝이 스산스러웠다. 만술 씨는 다리를 쭉 뻗고 나뭇등걸에 머리를 괴어놓은 다음 이야기를 시작했다.

"구자광이가 어떤 인간이냐 이야기를 하기는 쉽지 않네. 그게 왜 그러냐 하면 사람이 인생을 사는 것인지 아니면 사회가 인생을 만들어주는지 그 관계가 구자광의 경우에 선명치는 않거든. 그야 물론 누구든지 자기가 자신의 의사와 노력에 따라 힘껏 인생을 사는 것이라고 생각하는 것이겠지만, 그것을 뒤집어서 관찰해 보면 사람들이 그렇게 살아내도록 허락해 주는 어떤 조건이 따라붙는단 말야. 그렇게 되면 내가 내 인생을 살아온 게 아니라, 나로 하여금 이렇게 살아짐을 당하도록 사회가 만들어준 것이고, 그것을 허용해 주었다……, 이렇게도 보여진다는 것이거든. 그런데 구자광이는 어느 쪽이냐면 후자 쪽의, 그러니까 살아짐을 당했다는 쪽이 된 거야. 사람의 인생 속에서 과연 얼마만큼이 진정한 자기 자신의 몫이냐를 따져 본다는 것이 쉽지 않고, 자기 자신의 자발적인 선택이 얼마만큼이나 가능하겠느냐를 살펴 본다는 것도 어려운 일이야. 제가 제 인생을 산다고 보는 주관적인 판단은 이렇게 인생을 배당받아 용케 살아짐을 당하고 그것을 허용받고 있다는 객관적인 판단에 서서 보면 좀 허황한 자기 위안이 될 끼구만, 연속극을 보면 운명의 힘에 의해 파란만장한 인생 유전의 드라마가 펼쳐지기는 하는데, 그게 사람을 웃기는 것이, 연속극 주인공들의 그 파란만장한 드라마가 꼭 꼭두각시의 꼭두놀음 같이만 여겨지기 때문인데, 구자광이처럼 이런 사정을 잘 깨닫고 있는 친구도 따로 없을 걸세. 이야기는

1960년 4·19가 나던 그때부터 시작이 되는데 이때 구자광이가 대구에서 어떤 고등학교 3학년 학생으로 재학 중이었다. 자네는 그때 너무 어려서 잘 모르겠지만 4·19 붙이 붙은 것은 지방이 먼저였고, 데모 소동은 처음에 대학교가 아니라 고등학교 애들을 중심으로 해서 번졌단 말야. 그때 대구에서는 민주당이 수성천변에서 선거 유세를 벌였는데 그게 마침 일요일이었거든. 자유당은 사람들이 유세장에 가는 것을 막기 위해 갖가지 집회를 소집했는데 일요일이었음에도 불구하고 고등학생들을 전부 등교시켰단 말야. 학생들이 눈치가 빠한데 이걸 부당하다고 생각 안 할 리 없는 거고, 학생회 간부를 지낸 구자광이가 가만있지를 않았지. 각 학교 학생들 간에 내통해서 데모를 벌였단 말야. 이래서 일이 크게 벌어져 데모 주동자를 색출하게 되었는데 구자광이가 지목되었지. 이제 불과 한 달 남짓이면 졸업이니까 웬만하면 보아줄 수도 있는 일이지만, 학교 당국도 상부로부터의 지시가 지시이니만치 어쩌지 못하고 퇴학 처분을 내려 버렸단 말야. 구자광이가 대학 시험공부를 하다가 그놈의 데모 때문에 생벼락을 만난 셈인데, 졸업장이 없으니 대학 가기는 글렀고, 그렇다고 달리 무엇을 할 수도 없게 된 기야, 정보계 형사가 감시를 하고 찾아오고, 그러니 어디 마음 놓고 취직을 할 수도 없고, 또 취직할 데도 없는 것이고……, 그래서 한창 피어나기 시작하는 열아홉 살 소년의 인생에 생채기가 생겨났지. 그런데 그게 두어 달 뒤에 뒤집히기는 뒤집혔어. 4·19 때문에 세상이 뒤집히고 나자 구자광이는 처치 곤란한 문제 학생에서 일약 4·19 배후의 영웅으로 둔갑하게 됐지. 그렇지만 그게 무슨 소용인가? 그의 학교 친구들은 다들 대학에 진학했는데, 그는 퇴학 처분 당해 고교 졸업장도 못 가진 낙오자였으니……. 그는 그래서 대구를 뛰쳐나와 서울로 왔지.

자기 동창생들은 신나는 대학생이 되어 4·19세대로 바야흐로 세상을 움켜쥔 듯이 설치고 돌아다니는데, 구자광이는 대구에서 올라온 지방 학생들의 하숙집을 여기저기 끌려댕기며 군밥을 얻어먹는 그야말로 '황야의 무법자'가 되고 만 기야, 한창 감수성이 예민한 나이들일 때인만큼, 구자광이가 깨닫게 되는 바 인생과 사회에 대한 자각과 자기 나름의 포부는 4·19 직후의 자유분방한 분위기 속에서 한껏 부풀어 올랐지만, 그의 현실은 허공 중에 떠 있는 그야말로 딱하기 이를 데 없는 신세였으니 이런 자가당착적 모순은 그로 하여금 더욱 이상에 불타는, 일테면 반골다운 기질을 북돋운 셈이었지. 사실 이때 그가 좀 더 침착할 수 있었다면 좋았겠지만, 그때는 누구를 막론하고 들떠 있었단 말야. 자유당 치하에서 정객들의 뒤꽁무니만 좇아 댕기느라고 빈축을 샀던 이른바 '만송족'이란 별명을 듣던 시인들마저 목청을 높이지 않으면 의심을 받을까 봐 그랬는지 4·19! 4·19! 고함을 질러댔고 하여튼 그렇게 귀청이 따가울 정도로 요란했을 때인 만치, 구자광이가 4·19를 철석같이 믿어 버린 것을 그의 잘못이라고 할 수는 없겠지, 그런데 구자광이는 4·19를 철석같이 믿어 버렸고, 4·19로 그의 앞날의 인생을 재 보구 설계했단 말야. 4·19가 그의 유일한 정신적 재산이었구, 그래서 그는 상속이 많은 유복자처럼 신나게 쫙 펼쳐질 그의 인생의 청사진에 더할 수 없이 기고만장했단 말야. 4·19 직후의 학생 운동은 뒷날 역사가들에 의해 밝혀지겠지만, 이때 일부 진보적 학생들 간에 논의되고 있던 것은 역시 당면한 민족 문제였고 그래서 들뜬 채 남북 대화를 해야 하지 않겠느냐는 데로 관심이 모아지게 돼서, 1961년 봄에는 판문점에서 남과 북의 학생들이 한번 모여 이야기를 나누어 보자는 생각을 하기에 이르렀는데, 구자광이도 그 배후에 한몫 끼게 되었지, 한창 남북 대화의 논의가 오가고 있을 그 무렵 5·16 혁명이 갑자기 일어났고, 구자광은 즉각 구속돼 버렸네. 그런데 구자광이는 대학생도 아무것도 아니었단 말일세. 사회인으로서 대학가에 침투한 불순분자라는 오해를 사기에 충분할 만했지. 더구나 그의 행적은 대구에서의 데모 주동 이후 과격파라는 낙인을 찍기에 충분할 만큼 요상한 것이었단 말이야. 서슬이 시퍼렇던 5·16 직후의 혁명 재판소가 구자광이를 중요한 인물로 대접한 것은 너무도 당연한 일이었을 것 아닌가? 냉정하게 말한다면 4·19를 너무 믿어 버린 나머지 열아홉 살의 발랄한 나이를 계산하지 않고 성급하게 서둘렀던 그로서는 후회해도 소용없는 일 아니었겠나. 사실이지 그가 뭐 그 나이에 특별히 남다른 생각을 가졌을 리도 만무하지, 특별히 진보적인 사상을 형성해 놓았다고도 볼 수 없는 것이라면, 결국 고등학교 3학년 때 데모 주동을 했다는 것이 이런 뜻밖의 결과를 가져오게 된 셈이란 말일세. 인생의 갈림길이란 이렇게 오묘한 것이야. 고3 때의 데모 주동이 전혀 그른 일이 아니고 정정당당한 항거였음은 두어 달 뒤의 4·19로 충분히 증명이 되고도 남았지만, 정작 구자광이는 그 정정당당한 항거 때문에 추켜세워지는 게 아니라 오금을 못 쓰도록 결판이 나 버렸단 말이야. 교도소에서 석방돼 나온 뒤로(내가 그를 알게 된 것은 감방에서였지만) 그는 새삼스럽게 결심을 한 걸세. 앞으로는 이름 없는 장삼이사(張三李四)로 살되 단단히 살아가겠다고. 하지만 이것은 그의 생각이었을 뿐이지. 현실은 그렇게 그를 내버려 둔 게 아니었어. 4·19 자체가 시민 혁명이다, 학생 혁명이다 하는 건 역사가들이 판단할 문제겠고, 구자광에게는 이제 그것이 문제가 아니었을 거야. 그것이 그의 인생을 얼마나 깨닫게 하고 건강하게 해주었을까……. 그것이 그에게 중요한 것이었겠지. 그러나 그 자신 그렇게 살아갈 수는 없었던 게야. 자, 그럼 그만 다시 일어설까? 구자광이가 어떤 사람인지는 이제 자네도 알게 되었을 테니까."

만술 씨는 껍적 일어섰다. 박유채는 만술 씨의 이야기에 정신이 팔려서 그의 이야기가 중도에서 그치는 것이 불만스러웠다.

"4·19에 그런 희생자가 있으리라고는 거의 생각 못 한 일이었어요. 하기야 전혀 짐작을 못 했던 일은 아니었지만요. 그래, 구자광 씨는 지금에 와서 장삼이사가 되었습니까?"

"장삼이사가 되었냐구?"

만술 씨는 걸음을 떼어 놓으면서 박유채의 말을 되뇌었다.

"이 사람아, 어떻게 장삼이사가 되겠나? 그의 인생에는 평범한 소시민으로 살아가지는 못하도록 딱지가 붙어 버렸는데 말이야. 이 친구는…… 우리의 이른바 대중 사회 속에 들어앉지 못했을 뿐 아니라, 그 속으로 들어가는 것을 이룩할 수도 없었으니까. 사는 격(格)이 그렇게 다르다는 건 오묘한 노릇이야. 사람들이 테레비 프로가 재미없다면서 연속극을 볼 때, 웃고 떠들며 맥주를 마실 때, 경제 발전의 혜택을 입어 화곡동에 집을 장만하고 AID 차관 아파트를 사서 부금 액수가 많다고 칭얼거리며 실내 장식에 신경을 쏟고 있을 때, 대구에서 같이 데모를 벌였던 동창생들이 은행에서 대리로 승진하고, 수출고를 높이기 위해 아프리카로 출장 가고, 외국 유학에서 돌아와 대학에 발을 붙이기 위해 교수 집을 찾아가고 있을 때……, 이 친구는 무얼 하고 있었겠나? 자기 인생에 차압 딱지를 붙인 이 친구가 말일세……. 우리 사회에서 차단되어 버린 이 친구가 말이야."

"무얼 하고 있었습니까?"

박유채는 몸을 부르르 떨면서 물었다.

"무얼 하고 있었느냐구? 그럼 우리 들어가 보세, 바로 저기 저 집이니까. 하기야 이 친구 말로는 자기를 소시민이 되도록 내버려 두지 않는 세상 사회가 도리어 고맙게 생각된다 하더구만. 그렇게 해서 자기 삶도 딴딴해지는 것이고, 그렇게 약간 이상한 방법이기는 하지만, 이 시대를 사랑하는 법을 배운다는 거니까……."

계곡의 중간 비탈에 그 집은 허름하게 세워져 있었다.

"드디어 다 왔군. 요새 이 친구 마누라가 바가지를 긁는다고 쩔쩔매던데 어찌 사이가 좋아졌는지 모르겠구먼. 이봐, 게서 뭐해? 이리 오지 않구서. 이 친구 구자광이 말야, 아주 겸손하고 부끄러움이 많구 그리고 참 자상한 친구니까 자네를 보면 반가워할 거야. 책두 열심히 읽는 모양이어서 이 친구처럼 해박하게 아는 게 많은 사람을 난 별루 보질 못했어, 흠이라면 마누라한테 너무 쩔쩔매는 공처가라는 게 흠인데, 아마 그렇게 마누라한테서 구박을 맞는 것을 즐기는 거 같애. 마누라는 제 이름두 쓸 줄 모르는 무식한 여자인데 눈치 하나만은 여간 빠른 게 아니구, 게다가 성질이 불같거든. 그러구 보면 이 친구 자기 말로는 이렇게 해서 4·19를 스스로 인생 속에 담아내고 있다는 것이니까, 자네두 아예 아까 했던 것과 같은 그런 말은 하지 말게."

만술 씨는 꾸물렁대는 날씨가 못마땅한 듯 먼 하늘을 쳐다보면서 말을 이었다.

"하기야 나두 그렇잖아두 이제 서서히 시계 행상 다니는 거 집어칠 작정이야. 정신적으로 편하기는 하지만 그렇게 편하기만 해서야 어디 쓰겠나? 그리구 자네에게 하는 말이지만…… 자네 대학생이라구 고민으로 화장(化粧)을 하지는 말게. 그거 고민이 필요 이상으로 많다는 것, 그것도 군더더기 살이 찐 것과 같아서…… 군더더기 살은 빼야 하지 않겠나? 요는 어떻게 단단하고 힘차고 뚜렷하게 살아나갈 힘을 갖추느냐, 그게 자네에게서 드러나야 할 것 아니겠나? 더구나 이렇게 수배받아 쫓겨 다니는 도망자가 되지는 말아야 할 일이고 말이야."

만술 씨는 이렇게 말하면서 방문을 두들겨대었다. 마른번개가 또 번쩍이는가 했더니 이번에는 우르릉 쿵쾅하면서 우레 치는 소리가 났다. 그러자 그것을 신호로 삼기라도 하듯이 다시 후둑후둑 빗발이 떨어지고 있었다. 박유채는 추위라도 타듯 몸을 부르르 떨었고, 만술 씨가 자기를 부르고 있다는 것을 깨닫고 방으로 들어가면서, 고개를 돌려 천둥에 지동을 치는 골짜기를 바라보았다.

《창작과비평》, 1977년 봄호

수화

수화

1.

"선생의 성은 윤(尹)이요, 휘는 기변(基邊)이요, 자는 달성(達成)이요, 동재(東齋)는 그 호(號)이니 파평인(坡平人)이라. 아조(我朝) 철종 6년 을묘음 11월 1일에 장단군 장단면에서 생(生)하니 유시(酉時)로부터 침중(沈重)하고 용모 헌앙(軒昂)하여, 군아(群兒)로 더불어 유희함을 즐기지 않는지라 모두 홍곡(鴻鵠)의 뜻을 가졌다고 하더라. 7세 시에 파주군 임진면 문산리에 이주하여 선생의 백형(伯兄) 중재(重齋) 선생과 같이 당시 대유(大儒) 장암(長庵)이 선생에게 수업할 새 낮에는 밭을 갈고 밤에는 공부하되 추로(鄒魯)의 학(學)을 연마하고, 가내에서는 효제(孝悌)의 도를 다하고 사회에서는 충신(忠信)의 행(行)을 다하니 학문과 품격은 점점 높고 향리에 물망도 점점 높았다. 33세에 출세(出世)에 뜻하고 무과에 중시(重試)하니 선생의 출세는 영귀를 도모함이 아니요. 침침(沈沈)이 기울어지는 대하(大厦)를 구하려 함이라. 당시 정계를 살펴보면 친일, 친로, 친중 3파로 갈렸는데 다 탐관오리의 배(輩)요, 우국우민(憂國憂民)의 마

---

* 작품이 최초로 게재된 《독서신문》에서는 '精銳作家 新作 斷篇릴레이 ⑥' 이라고 병기되어 있음.

음을 가진 자 없고, 약간의 지사(志士)가 있다 하나, 다 실세낙백(失勢落魄)하여 용력(勇力)의 여지가 없는지라 선생은 이런 현상을 볼 때 열렬한 의기를 금치 못하여 단충보국(丹忠報國)으로 수화(水火) 속을 헤매는 천민(天民)을 구하려는 첫길로 무관을 택하셨으니…"

오호준은 「동재(東齋) 윤 선생 유적기(遺績記)」라는 제목이 붙어 있는 한자투성이의 글을 여기까지 읽다가 말고 미소를 지었다.

"자네 왜 웃나?"

오호준의 곁에서 그가 읽고 있는 모습을 지켜보고 있던 강우만이 담배를 끄면서 물었다.

"아냐, 그냥 우스운 생각이 좀 드는 게 있어서……."

오호준은 의아해하는 강우만의 말에 이렇게 대꾸했다.

"무엇이 우습다는 건가, 이 사람. 잘은 모르지만 그 글이 우스운 글은 아닐 텐네두?"

"그야 그렇지. 우습기는커녕 아주 엄숙하고 우렁찬 글이지."

"그렇다면 자네 실없이 왜 웃어?"

강우만은 아무래도 알지 못하겠다는 듯이 다시 재우쳐 물었다.

"옛사람의 표현법이 재미있게 느껴져서 그래. 어쩌면 상투적인 묘사이지만 말야."

"아, 자네가 웃는 까닭을 알겠군. 그 고대소설 같은 인물 서술 방식 때문에 그러는군. 묘사하고 있는 인물이 얼마나 위대한 사람인가를 입증하기 위해 온갖 좋은 문구(文句)는 다 가져다가 화장(化粧)을 시키는 그 수법 말이야. 하지만 이 사람아 그렇다고 그걸 우습다고만 생각할 무슨 특권 같은 걸 자네가 어찌 가진 건가? 그건 지금두 마찬가지 아냐? 고등학교는 어디를 나오고 어느 대학 출신이고 미국이다 불란서다 하는 데를 어떻게 다녀오고 따위로 잔뜩 허풍을 떨기는 마찬가지니까 말야."

"아니, 내가 웃은 건 그것 때문이 아냐."

"그럼 도대체 뭐야."

"이야기할 테니까 들어 봐. '수화 속을 헤매는 천민(天民)을 구하려는 첫길로……'라는 이 대목이 그냥 좀 우스웠던 거지."

"그게 뭐가 우습다는 건가?"

"옛사람들의 사고방식이 그랬거든. 그러니까 세상이 말세가 되고 사회가 어지럽다는 것을 표현할 적에 그들은 '수화 속을 헤매는 천민(天民)들'이라고 적곤 했단 말야. 혁명을 일으키거나 (그야 역성혁명에 불과하지만) 새 왕조를 창업하고자 할 때 내세우는 간판도 그랬단 말야. '수화 속을 헤매는 백성들을 건지고자' 기의(起義)하게 되었다고 말이지. 왕건이 고려를 세울 적에도 '수화' 때문에 그랬던 것이고, 이성계가 조선왕조를 창업할 적에도 '수화'가 등장했어. 그런데 여기 이분도 수화 속을 헤매는 천민을 구하려는 첫 길로 출세를 도모하고 있단 말이야."

"그래서? 그게 어째 우습다는 거지? 동재 윤 선생이라는 이분은 진짜로 나라를 위해 목숨을 바친 훌륭한 분이야."

"누가 그걸 부정한댔나? 다만 이런 생각이 좀 들었던 거야. '수화'라는 이 막연한 말로밖에는 난세(亂世)를 정의해내지 못하고 있는 그 사고방식 같은 거…… 그러니까 수화라는 단어의 추상성 같은 거……."

오호준은 자기가 하고 싶은 이야기를 어째 잘 표현해내지를 못하고 있었다.

2.

오호준이 강우만을 만나게 된 것은 다름이 아니었다. '동재 윤기변 선생 기념사업회'라는 것이 발족되어 이분의 문집을 첫 번 사업으로 만들어내려고 하는데 이러한 일을 좀 맡아서 해줄 수 없겠느냐는 제의를 받게 되었던 것이다. 그래서 오호준은 동재 선생 유적기를 읽었던 것인데, 강우만의 이야기로는 아르바이트 일감으로서는 괜찮지 않겠는가 하였다. 오호준도 물론 그런 생각을 했다. 요근래 그는 실직 상태나 마찬가지로 따분한 처지였으니까 이러한 일거리가 미상불 반갑지 않을 수 없었다. 더욱이 그는 이른바 한국의 현대사를 주름잡고 있는 인물들에 대해서는 수준 이상으로 아는 게 있어서, 일감 자체에도 흥미가 생겼다. 오호준은 명색이 시인이라고는 하지만 (때로는 시시한 잡지에 소설을 쓰는 경우도 있었다) 그러한 문학 활동으로 밥을 빌어먹고 살아내지는 못했다. 그러니까 사회 명사들의 자서전을 대필해준다든가 일본 책을 번역한다든가 또는 무슨 무역회사 사장이나 공단체 기관장 같은 사람들의 이름으로 신문잡지에 발표되는 글을 대필해주고 원고료를 가로챈다든가 하는 따위의 일로 살아가고 있었다. 하기야 그러한 일을 하는 통에 알게 된 사람이 강우만이기도 하였다. 강우만은 《20세기》라는 잡지의 편집장이었다. 잡지를 만들다 보면 급하게 페이지를 채우고 원고를 조달해야 할 필요가 생길 때가 있는데, 그런 점에서는 오호준이 아주 제격이었다. 오호준은 마치 관운장이 청룡언월도 휘두르듯 요긴할 때에는 아주 수월찮게 별의별 글이라도 다 만들어낼 줄 알았던 것이다. 그러니 그는 벼락같이 시인이나 소설가로 그 잡지에 등장하는가 하면 때로는 무슨 자료 발굴가, 현장답사자, 칼럼니스트가 되기도 하였다.

그러니까 《20세기》 편집장 강우만이 '동재 선생 문집' 편찬의 일을 오호준에게 맡겨놓고 있는 것은 그동안 마음 놓고 부려먹은 것에 대한 일종의 생색이라고도 할 수 있었다.

강우만은 '동재 윤기변 선생 기념사업회' 회장이자 동재 선생의 증손자 되기도 하는 윤삼득 씨와는 친척 간이 되었던 것이다.

"알겠나, 내 이모부가 윤삼득 씨인데……. 이 양반 국회의원도 한번 지냈으니까 자네도 들어본 이름일걸?"

"아, 장면 정권 때 국회의원을 한 윤삼득 씨 말인가?"

"그래. 그 양반일세. 하여튼 우리 이모부가 먹고사는 걱정이야 전혀 없는 양반이어서 이런 일을 벌이려는 것만은 아닌 것 같아. 마땅한 사람이 있거든 소개를 해달라고 해서 자네 생각이 퍼뜩 떠오른걸세. 이런 일을 자네처럼 잘 해낼 위인이 따로 없겠다는 생각이 단박에 들데. 그래서 자네를 부랴부랴 오라고 한걸세."

"글쎄, 일을 한다는 건 좋지. 뜻이 나쁜 일도 아니고……."

오호준은 승낙한다는 뜻을 이런 식으로 표현했다.

"그렇담 무어가 문제인가? '수화(水火)'가 마음에 걸리나?" 강우만은 웃었다.

"아니야. 마음에 걸리는 게 아니라 도리어 그게 마음에 끌리는군. 동재 윤기변이라는 한말의 의병장은 국사편찬위원회에서 나오는 한국독립운동사에도 간략하게밖에는 다루어지고 있지 않은 것으로 기억에 남아 있는데, 한번 캐 보고 싶어지는걸. 척사위정파 계열의 사람들에 대한 오늘의 해석이 반드시 긍정적인 것만은 아니지만, 그러나 그분들이 자기 시대의 위기의식을 어떻게 진단하고 있었냐는 것 자체가 무시되어질 성질의 것도 아니겠거든. 다른 말로 하자면 '수화 속을 헤매는 천민(天民)들'을 건져내기 위해 무엇을 해야겠느냐고 그분들이 자각하고 있었던가 하는 그것이…… 참 동재 윤기변이란 분도 단발령에 반발하였던 '을미의병'에 참가하였지? 그러니까……."

"나는 자네의 그 해박한 지식에 맞장구를 칠 마음은 없는 걸."하면서 강우만이 웃었다.

"그러니까 우리의 현대사는 '수화 속의' 현대사이지만, 이 '수화'라는 것을 동재 윤기변 선생이 어떻게 포착하고 있느냐……."

오호준은 이렇게 말하다가 다시 말이 막히고 말았다. 강우만이 따분한 표정을 지었기 때문이었다.

"아무튼 그분부터 한번 만나야 되겠지? 동재 윤기변 선생의 증손자이자 기념사업회 회장인 윤삼득 씨 말이야. 돈을 내어서 이 일을 하고 있는 거니까 그분의 의향도 들어두어야 할 거고, 또 그분이 유식한 양반이니까 자네와 대화도 잘 통하겠어. 자네가 아주 대단한 열의를 가지고 있다고 말해두어야겠군. 참 그리고 또 미리 말해두는 게 나을 것 같겠는데, 그분에게는 자네가 아주 유명한 시인이자 소설가라고 소개를 해 놓으려고 하니까 그런 줄 알아두도록."

강우만은 냉철한 직업인의 본성을 발휘하여 오호준에게 이렇게 요점을 말한 뒤에 전화를 걸었다. 윤삼득 씨와는 통화가 곧 이루어졌다.

"이제 이 일은 착수가 된 셈이야. 이따가 오후 다섯 시에 도규 호텔 로비에 있는 다방에서 만나기로 했으니까 그쪽으로 나가게. 나도 동석하기로 하지."

강우만은 이러면서 손을 내밀었고 오호준은 그 손에 자기 손을 얹어 악수라는 것을 하고 나서 일단 강우만과 헤어졌다.

시내를 어정거리며 시간을 보내다가 오호준은 오후 4시 40분쯤 시청 앞에 남대문 쪽을 향하여 걸어가면서 그런 생각을 하였다. 과연 자기 같은 자는 무엇일까, 하는…….

서울 한복판에 왜식 이름을 달고 있는 그 호텔 로비에는 이미 윤삼득 씨가 혈색 좋은 노안을 내보이고 있는 중이었다.

강우만은 아직 안 와 있었지만, 오호준은 윤삼득 씨의 얼굴을 알아낼 수 있었다.

신문이나 잡지 같은 데에서 본 기억이 살아났던 것이다.

"아 그러시오? 이거 앞으로 수고를 좀 끼쳐야 할 것 같소. 듣기에는 문학을 하신다면서요?"

"네, 그렇지만 무어."

"아니, 겸손해하실 것 없어요. 문학인은 얼마든지 오만해도 괜찮은 겁니다. 어려운 시대일수록 문학으로 이야기할 바가 많은 법이니까……."

윤삼득 씨는 예상했던 바와 같이 여간 사교술에 밝은 사람이 아니었다. 하지만 이때 오호준은 문득 그 생각이 났다. 어려운 시대일수록 문학으로 이야기할 바가 많다는 이런 상투적인 이야기에서 '수화 속을 헤매는 천민들을 건지고자…….'하는 식의 저 옛날의 상투적인 표현법이 떠올랐던 것이다.

"여기 이 친구는…….' 그러자 마침 도착한 강우만이 앉기가 바쁘게 말을 꺼내었다. "수화 속을 헤매는 천민(天民)들을 건지고자 기의(起義)했던 동재 선생에 대해 아주 잘 알고 있더군요."

"암, 그분이 그러셨지. 그래서 그분 자신이 수화 속을 헤매셨지. 글자 그대로 물불을 가리지 않으셨으니까…….'하고 윤삼득 씨가 말했다.

3.

윤삼득 씨는 사람을 제대로 부릴 줄을 아는 사람인 듯싶었다. 그러니까 이분은 생색을 내면서 저녁을 사겠다고 하였던 것이다.

"앞으로 어려운 일을 부탁하려는 것인데 어디 내가 가만있을 수 있겠나?"

하는 게 윤삼득 씨의 저녁을 사는 까닭이었다.

하지만 이러한 이유 이외에도 이 분은 아마 이야기가 고팠던 게 아닌가 싶었다. 술 한잔이 들어가자 도연(陶然)히 늘어놓는 이야기가 청산유수와 같았는데, 자연 화제는 동재 윤기변 선생이 살았던 한말로부터 지금에 이르기까지의 역사의 흐름이랄까. 맥(脈)이랄까, 그러한 데로 쏠리었다.

"짐작은 하고 있겠지만 동재 선생이 내게 증조할아버님이 되신 단 말이야. 그러니 증손이 회장이 돼 가지고 '동재 선생 기념사업회'를 만들고 문집을 꾸며내려고 하는 게 좀 어떨까 하는 생각도 없진 않았지. 그냥 위선(爲先) 사업으로 일을 할 양이면 사회에 소문을 내지 말고 집안끼리 조용히 해도 충분할 터이니까 말일세. 하지만 나는 오늘의 이사회에다가 동재 선생을 널리 알려 기리게 할 뿐만 아니라 그분의 나라 사랑의 뜻이 우리 현실의 난국을 척개(拓開)하는 데 있어 뜻을 가지는 게 아니냐 묻고 싶은걸세. 사실 내 증조할 아버님이라 해서 그러는 게 아니라, 그분은 세상의 추앙을 받고, 또 우리가 그 뜻과 얼을 받들기에 합당하다고 보았던 것이야. 나는 이 점이 기념사업회를 발기하는 데 있어 기실 가장 중요하다고 생각하는 걸세."

"그러시다면 원호청에 그것은 신청하셨는지요?"하고 오호준은 물었다.

"아, 그거 포상하는 거 말이지? 독립유공자 포상이든가 그것을 말하는 것 같은데 신청하지 않았네."

"그건 어째서입니까?"

"우리 동재 선생은 그것에 해당하지 않는다고 보았네. 그분은 조선왕조에 충실했던 조선조의 선비였던 걸세. 그러니까 우리가 말하는 현대인이라기보다는 그 앞의 분이라고 보았네."

'글쎄, 그렇게 구분할 필요가 있을까, 하고 오호준은 의아하게 생각하였지만, 다시 이분이 느끼고 있는 바가 무엇일까 궁금해졌다.

"그러시다면 오늘을 사는 우리가 동재 선생한테서 본받을 필요가 있다고 보시는 점은 무엇이겠습니까?"

"그거 어려운 질문이구만 그래. 하지만 중요한 질문이지. 거기에 대답을 하기에 앞서, 내가 자네한테 먼저 묻겠네. 요새 말로 하자면 지식인이 되고 옛말로 하자면 선비가 되네만은……. 그러한 사람이 자기가 살고 있는 시대와 사회에 대해 가지는 책임은 유한한가, 무한한가?"

"글쎄요, 지식인이 자기를 지식인이라고 어떻게 깨닫고 있느냐 하는 문제가 앞서는 게 아닐까요?"

"그야 옛날에는 선비 계층이 따로 있었지. 선비란 무엇이냐? 논어 태백(泰伯) 편에 보면 이런 구절이 나오네. '민가사유지(民可使由之)이나 불가사지지(不可使知之)라' 하는 말이 있지. 무슨 뜻이냐 하면 대개 이런 소리일 게야. 민중은 당연한 이치에 따라 행하도록 할 수 있으나, 그 이치를 이해시킬 수는 없다, 다시 말하자면 선비와 대칭된다는 것일세. 선비는 정당한 도리(道理)를 알고 그 도리에 따라 실행을 하지만 민중은 그렇지가 않다는 것이야. 따라서 선비와 위정자는 정당한 이치를 가지고 민중을 다스려야 한다는 말도 되고, 또 그것이 선비 정신을 이루기도 하는 걸세. 그러니 선비가 자기 시대에 대해 갖는 책임이 어떠냐 하는 문제를 이렇게 지적하고 있는 걸세."

"그 선비는 오늘의 지식인과는 다르겠군요?"

"다르다니? 그래, 어떻게?" 윤삼득 씨는 흥미를 나타내었다.

"논어에 나오는 식대로 하자면 선비는 민중 속에 들어 있는 선비가 아니라 민중 밖에, 또는 민중 위에 군림하는 선비임이 분명하거든요. 그러니 그 선비의 앙가주망이라는 것도 일단 민중과는 관계없이 이루어지는 것일 수가 있겠구요. 하지만 오늘의 지식인은 민중 속에 있는, 일종의 자각된 민중이 아니겠냐, 하는 소리를 흔히들 합니다마는……. 그러니까 오늘의 민중은 단순히 피치자(被治者)를 지칭하는 말일 수만은 없다는 뜻도 되겠는데……."

"글쎄 과연 그럴까? 나도 우리의 정치 현실에 대해서는 나름대로 깨닫고 있는 바는 있다고 보네만은……."

윤삼득 씨는 무척이나 어려운 표정을 지었다.

"동재 선생 유적기에 보니까 이런 말이 있더군요. '수화 속을 헤매이는 백성을 건지고자…….' 출세(出世)에 뜻을 두었다는 말이 나오는데 이것을 해석하기에 따라서는 동재 선생 자신은 수화(水火) 속에 있지 않다는 뜻이 되지 않느냐 싶다는 말입니다. 백성을 주체(主體)로 보는 게 아니라 객체(客體)로 보는 이런 사고방식은 오늘과 다르고, 또 마땅히 달라야 하겠으나, 문제는 그보다도 수화(水火)라는 이 막연한 표현법입니다. 도대체 '수화'는 정확히 무슨 뜻입니까?"

"도탄에 빠진 백성을 가리켜 '수화에 들었다'라고 하지 않나?"

"그러니까 그 말에는 애정이 없는 것 같아요. 도탄에 빠진 백성의 참상을 자기가 겪는 참상처럼 생각하는 게 아니라 자기에게서 떼어놓고 생각하는 것 같아요. 수화 속에 들어 있는 백성 자신이 수화 속으로부터 헤쳐 나오도록 하는 게 아니라, 그것을 건져 주겠다고 자처하고 나선다는 것이 건방지고 무리한 이야기가 아닐까요?"

"자네는 평지돌출(平地突出)의 인물이 있을 수 없다는 이야기를 하려는 건가? 그러니까 자네 식대로 하자면 현재에는 '수화 속에 든 민중을 건지고자' 하는 인물이 있을 수 없다는 말이 되지 않나?"

"오늘의 사람들이 '수화' 속에 들어 있다면, 그 '수화'는 누구 한두 사람의 영도력에 의해 어찌될 수 있는 거는 아닐 겁니다. 그것은 사회적 참상을 뜻하는 말이 아니면 안 되니까요."

결국 오호준은 윤삼득 씨와 석연치 않은 느낌을 가지고 헤어지는 수밖에는 없었다.

4.

'천하가 태평하면 언무숭문(偃武崇文) 하려니와 시절이 분요(紛擾)하면 포연탄우(砲煙彈雨) 만날 줄을 아는지라, 모진 정사(政事)는 맹호독사(猛虎毒蛇)와 같이 심하고, 청국 아라사 일본의 간섭은 더욱 대하(大廈)를 무너뜨리기에 이르러 사신(詞神)조차 잊단 말인가. 왜(倭)의 헌병이 몰려들어 자냇게(自內=宮中)를 포위하고 위협하여 갑오경장이란 변란을 만들고 청일전쟁을 일으키고, 이에 연하여 국모는 시해(弑害)되고, 오호, 통재라. 유길준(兪吉濬)이란 간특한 자가 주동이 되어 단발령을 발하는 때에 면암 최익현 선생을 구금하니, 초야에 묻힌 지사들이 이에 질주자(疾走者)의 뜻을 두고

곳곳에 일어날 제, 동재 윤기변 선생도 이에 기의(起義)키로 하여 동지를 불러 모으니……'

오호준은「동재 윤기변 선생 유적기」에 나오는 대목을 읽으면서 미소를 지었다. 그가 웃었던 까닭은 다름이 아니었다. 역사의 운행에서 보는 양면성(兩面性)을 이 대목에서 읽을 수 있었기 때문이었다. 1895년에 일어난 '을미의병'의 직접적인 동기는 제2차 김홍집 내각의 실질적 권력자 유길준이 실명개화(實明開化)라는 미명 하에 강압적으로 실시코자 했던 단발령이 도화선이었다. 유길준은 거유(巨儒) 최익현을 가두고 나서 이 일을 도모하였는데 이때 경향 각지의 선비들이 들고 일어나 의병을 일으켰었다. 하지만 의병의 성격은 단발령에 반대하는 것이 아니라, 존왕양이(尊王攘夷)에 뜻을 두었으니 일본을 비롯한 열강에 대해 왕조를 지키려는 것이었다. 오늘의 관점에서 보자면 단발령에 한사코 저항하였던 것은 우습지만, 그들의 주체적인 의거는 높이 찬양되지 않으면 안 되는 것이었다.

1880년대는 이홍장과 원세개가 조선왕조를 강압하는 친청시대(親淸時代)로 일관되었고, 이에 조정에서는 청나라의 압박을 벗어나고자 미국, 일본, 아라사에 대해 다양한 외교전략을 폈다. 그에 따라 '척화의미책(斥華依美策)' '인아거청책(引俄拒淸策)' 그리고 '비아항일책(備俄抗日策)'이 모색되었다. 일찍이 1882년 김홍집이 일본에 갔다가 황준현에게서 받아온『조선책략』에 따라 문호를 개방한 이래 한반도는 미국, 일본, 중국, 소련의 4대 강국과의 외교 관계를 어떻게 수립하느냐는 문제를 놓고 우여곡절을 거듭하였고, 스위스처럼 영구중립국으로 만들 필요가 있다는 문제를 제기한 사람도 없었던 바 아니며 동도서기론(東道西器論)과 같은 절충 개화 관료들의 노력도 있었지만, 그러함에도 한반도는 4대 강국의 분쟁처로 되었고, 여기에 영국이니 독일 등마저 기회를 엿보고 있었으니, 이때 일어난 '을미의병'의 주체성은 어찌 높게 평가를 받음에 소홀할 수가 있겠는가.

따지고 보면 그 당시의 한반도나, 지금의 한반도나 4대 강국에 휩싸여있다는 점에서는 다를 바 없다고 볼 수 있지 않겠느냐는 것이 윤삼득 씨의 관찰이었다. 아니 남북 분단마저 된 상태에서 이렇게 포위되고 있다는 점에서는 1890년대보다 더 민족 주체성이 요청되는 일이며, 바로 이러한 점에서 동재 윤기변 선생 같은 분의 정신이야말로 오늘에 필요한 것이 아니겠느냐, 라고 말하는 것이었다. 그러니 동재 선생 문집에 이러한 뜻을 밝혀줄 수 있는 서문과 발문 및 해설을 붙이고 싶어 하는 중이었다. 윤삼득 씨는 전화를 걸어서 이렇게 말했다.

"논어 위령공(衛靈公) 편에 보면 이런 말이 있네. '불왈(不曰) 여지하(如之何) 여지하자(如之何者)는, 오미여지하야이의(吾未如之何也已矣)니라' 하는 말이 있는데, 무슨 뜻인고 하니 '어찌할까 어찌할까 말하지 않는 사람은 나로서도 어찌해줄 수 없다'라는 내용일세. 우리가 오늘의 난국에서 이를 타개하자면 어찌할까, 어찌할까 애를 태우며 노력하지 않는다면 누가 우리를 위해 어찌해줄 수 있겠는가. 천우자조자(天佑自助者)니, 하늘은 스스로 돕는 자를 돕는 것 아닌가? 내가 생각해 볼 적에 우리 동재 선생께서 여기에 해당되는 게 틀림없어. 그 당시 정치인들이 친중, 친미, 친아(親俄), 친일파로 갈리어 척화의미니 비아항일이니, 항아친중결일연미(抗俄親中結日聯美)니 따위로 외세(外勢)의 앞잡이를 자청하고 있을 적에 이 분은 척양왜이(斥洋倭夷)를 들고 나섰단 말이야. 사상적인 면에서 이럴 뿐 아니라 대하(大廈)를 세워 민족의 종통성을 지키려고 하였다는 점에서도 우리가 본받아야 할 걸세. 그러니 고명한 역사학자를 수소문하여 이러한 뜻을 밝히는 글을 써주십사 청탁하고, 자네는 자네대로 요사이 청년들을 계도하는 의미에서라도 이 문집을 이런 방향에서 만들어주어야겠네."

"하지만 현상윤이 「조선유학사」에서도 옳게 지적하였듯이 무조건 서양사상을 배척하는 것이라든가 또 구사상 구습관의 완수(頑守)는 역사발전을 막는 장해요인이었다는 것은 분명하거든요. 뿐만 아니라 이분들은 동학 농민봉기를 미천한 것들이 일으킨 분란이라는 식으로 타매하였지요. 수화(水火)속에 든 민중을 건진다고 하면서도 그 수화가 어떻게 되어 있는 수화인지 깨닫지 못했다는 점만은 밝혀야 될 것 같군요."

"자네는 또 그 수화 타령인가?"

윤삼득씨는 약간 노기를 띠우며 말했다.

"네 그 점은 지금도 마찬가지라고 보거든요. 4대 강국에 포위된 채 분단되어 있는 오늘의 한반도 상황에서, 우리가 동재 선생처럼 민족의 종통성을 지키려고 안간힘을 쓰는 것도 중요하지만, 그와 어울려 오늘의 수화(水火)가 어떻게 되어 있는 것인지 빼놓는다면 또다시 한말과 같은 상황으로 돌아갈까 봐 저어되니까 말입니다. 동재 선생을 기리는 문집을 만든다고 해서 무조건 그분을 떠받든다는 뜻은 아닐 거라고 생각되기도 합니다마는……."

"자네는 하나를 알되 둘은 모르는구만. 다시 나를 한번 만나야겠네. 내가 겪어온 이야기를 들려줄 테니까. 해방 뒤의 우리 현대사에 대해서 내 아는 바를 들려주면 자네도 내 뜻을 알게 될 걸세."

"아닌 게 아니라 저도 듣고 싶습니다."

오호준은 '민주당 구파'에 속했던 전(前) 정치인 윤삼득 씨에게서 해방 이후사(以後史)에 관해 듣게 될 정치담에 흥미를 가지며 말했다. 척사위정파 의병장의 후손이 과연 어떤 식으로 해방 이후의 정계에 자기 몫을 차지하고 있었을까 궁금했던 것이었다.

한말 의병장 윤기변 선생과 민주당 구파 계열의 전 국회의원 윤삼득 씨의 인생행로에는 어떤 공통점이 있을까? 증조할아버지와 증손자는 전혀 달라진 세상과 다른 시대를 일이관지(一以貫之) 하는 어떤 맥(脈)을 가지고 살아간 것일까?

오호준은 이러한 관점에 약간의 흥미를 느끼게 되었다. 만약 그 사이에 어떤 일정한 흐름이 존재한다면 이것은 우리의 현대사를 특이한 관점에서 짚어볼 수 있게 하는 것이 되었다. 윤삼득 씨를 만나러 가는 길에 그가 잠깐 도서관에 들러 이 양반의 정치 행적이라 할까, 인생 이력서라 할까, 그러한 것을 알아볼 생심을 내게 된 까닭이 이렇게 해서 생겨나게 되었다. 그는 몇몇 기록과 정치 비화를 적은 책자를 뒤적였고 잡지 같은 데에 윤삼득 씨 자신이 쓰기도 하였던 글들을 찾아내어 읽어보았다. 그 모든 것을 종합해본 결과 그는 대체로 다음과 같은 사실을 알아낼 수 있었다.

윤삼득 씨의 증조부는 한말 의병장이었으나 조부는 소심한(그리고 방관적인) 지주로 치부를 하였다는 것, 그러한 덕분에 그는 일본에 유학까지 갔다 왔으며 한때 언론계에 몸을 담기도 하였으나 낙향하여 교육계에 종사하고 있었다는 것, 다만 해방 직전의 이력이 뚜렷하지는 않으며(아마 약간 친일행각 같은 거라도 벌였겠지), 교우 관계는 넓은 편이지만 자연 일본 유학생이 중심으로 되는 고제 범위로 해서 해방 이후 민주당 구파 계열에 몸담게 되었다는 것… 그리고 그 뒤의 행적은 2류급쯤 되는 민주당 구파 계열의 인사가 밟고 있는 그러한 수준과 방식을 지키고 있었다.

과연 해방 이후사(以後使)에 있어서 민주당 구파 계열의 인맥이

담당한 역사적 역할은 어떻게 되는 것이었을까. 그러니까 일제 강점기에 국내에 남아서 개량주의적 민족운동에 몸을 담았다고 말해지는 이들은 해방 이후 보수세력으로 온존하면서 가장 큰 힘을 발휘하였던 정치 세력 중의 하나가 아니었던가? 도서관에서 나와 약속된 장소로 가면서 오호준은 곰곰 그러한 문제를 따져보았다. 하지만 이들은 집권을 해보지 못한 채 뒷바라지를 맡았었고, 그리고 후일에는 가장 큰 야당 세력으로 자리바꿈을 하였고 4·19 직후에 빛을 보는가 하였지만 여의치 못한 채 오늘에까지 이르고 있지 않으냐…… 라고 오호준은 머릿속으로 그려보았다.

"자네는 그 시절에 대해 잘 모르겠지만, 그러니까 8·15 해방 직후로 말일세… 그때의 상황도 실은 우리 동재 선생이 의병을 일으켰던 한말의 상황과 비슷했었네. 그때에도 마찬가지였지. 가장 절실히 요청되었던 게 어떤 것이었는지 내 이야기를 들어보면 자네도 수화(水火) 속에 들어 있는 백성을 구제하기 위해 무엇을 해야 하는지 알게 될걸세."

윤삼득 씨는 오호준을 만나자마자 이런 식으로 이야기를 끄집어내었다. 오호준은 말없이 웃었다. 과연 8·15 직후에 벌어진 수화가 어떤 것이었다는 것인지, 이분의 해올 말에 흥미를 느끼면서…….

"한말이 그랬던 거와 마찬가지로 해방 직후도 외세(外勢)의 휘둘림을 받고 있었고, 심지어 백범 같은 양반은 군정 치하를 을사조약 이후의 '보호정치'에 비견하여 걱정하기도 했지. 그런가 하면 외세의 압박뿐만이 아니라 내부의 분열도 극심했지. 자네는 그런 문구를 좋아하지 않네만, 수화 속에 든 동포들을 건져내겠다고 자처하며 나서는 자들이 어디 한둘이었던가? 그런데도 그 누구도 정치지도력을 정상적으로 장악할 수 있는 입장에는 있지 못했어. 이건 한말 상황과 같아. 친일, 친중, 친미, 친소로 나누어 정계는 어지러 운데 백성은 도탄에 빠지고 나라의 운명은 어찌 될지 알 바를 모르는…… 그때와 비슷한 것이었지. 알겠나? 우리 동재 선생은 그때 의병을 일으켰었네만, 해방 직후야 의병은 아니고 다른 무엇이 있어야 했단 말일세. 알겠나? 그 정치력의 부재(不在)를 가장 온당하게 극복할 수 있는 길이 무엇이었겠는지 말이야?"

"그래 무엇이었습니까?" 오호준은 물었다.

윤삼득 씨의 이야기는 새로운 것은 없는 것이었지만, 그는 이분이 열을 내어 말을 하기 때문에 그냥 듣고만 있을 수밖에 없었다.

"아마 자네도 어렴풋하게는 짐작을 했겠지. 그건… 이랬네. 민족의 종통성(宗統性)을 어떻게 유지해내느냐 하는 문제를 그 당시 사람들이 소홀히 했고, 아예 관심조차 두려고 하지 않았다는 게 큰 잘못이었단 말일세. 그때 우리가 좀 더 주체성을 유지했더라면 이렇게까지 휘둘림을 받지는 않았을 거야."

"아니 어떻게 주체성을 유지해야 했을까요? 우리 힘으로 일본을 몰아낸 것만도 아닌데 말입니다. 백범도 그런 말을 하였지만……."

"그게 아닐세. 그러니까 더욱 민족의 종통성이 중요했어. 가령 자네 보게나. 영국은 아직도 여왕을 갖고 있지 않나? 그것이 영국 사람들이 어리석어서 그런 게 아니야. 불란서는 왕을 쫓아내고 사형을 시켰기 때문에 몇 번이나 혁명을 해 가지고 피를 흘려야 했단 말야. 과연 어느 쪽이 더 현명했는지 모를 일이야. 그러니까……."

"그러니까…… 그 8·15 직후에 왕정체제로 복귀라도 했어야 했다는 말입니까?" 오호준은 놀라움을 느끼며 이렇게 큰소리로 되물었다.

"아닐세 아니야. 그거 사람두 왜 큰소리를 내고 그러는 겐가? 그건 아니야. 미군정청이 용납했을리두 없구 말일세. 하지만 그 비슷한 무엇을, 그러니까 민족의 종통성을 상징할 수 있는 어떤 정치적 장치를 우리는 마련했었어야 하는 것이었네. 알겠나. 그런데 우리는 역사가 한번 밖에는 마련해 주지 않는 그 기회를 놓친 것이야. 이제는 자네도 내 말뜻을 짐작했겠지. 내가 왜 동재 선생 기념사업회를 때늦게 벌이고자 하는지 말이야⋯⋯."

"그러니까 지금에라두 더 늦기 전에 민족의 종통성을 되찾기 위해서 말이지요?" 오호준은 물었다.

"그래, 바로 그걸세. 내가 나이를 먹고 보니 느끼는 게 있는 게야."

"그렇다면, 그 민족의 종통성이라는 게 무엇 때문에 누구를 위하여, 그리고 왜 필요한 종통성이 되어야 하는 걸까요? 무엇보다두 백성을 위해서, 그러한 백성에 대해서 말이지요. 언제나 가장 중요한 것은 '民'의 입장이 아니겠습니까?"

"글쎄 자네가 그런 말을 해 올 줄 알았지."

윤삼득 씨는 미소를 지었다.

"역사의 전환기에는 그것이 묘한 거야. 가령 아까 이야기 한 8·15 직후를 생각해보세. 그 당시 우리 동포들은 분명코 수화 속에서 헤맸지. 하지만 수화 속에 든 동포들이 그때에는 중요하다기보다는 수화 속에 든 사람들을 건져내겠다고 나섰던 사람들이 중요했던 것일세. 알겠나? 백성들은 항상 수화 속에서 헤매기 마련인 걸세. 중요한 것은."

"그러니까 수화 속을 헤매는 사람들을 구한다는 미명 하에 자기 출세를 위해 날뛰는 자들이 중요하다는 것이겠군요? 그 날뛰는 자들이 자기들을 위해 만들어 놓은 명분이 중요하다는 것이구요? 그러니까 민족의 종통성을 지켜야 한다든가 하는 것과 같은⋯⋯."

"이 사람 무슨 소리를 하구 있는 거야?" 윤삼득 씨는 도저히 못

참겠다는 듯이 역정을 내었다.

"선생님 말씀마따나 백성들이 항상 수화 속을 헤매기 마련이라면 나머지 일이야 아무렇게나 되어도 좋은 것 아니겠습니까?"

오호준은 윤삼득 씨의 동양적 마키아벨리즘에 대해 이렇게 논박했다.

"그건 틀림없네. 백성들은 항상 수화 속을 헤매기 마련이지. 누구든 그걸 구해내지는 못해." 윤삼득 씨도 단호한 어조로 말했다.

"다만 그것으로부터 변혁의 힘을 얻는 것뿐일세. 백성들이 수화 속을 헤맨다는 것이…… 그러니까 역사를 움직이게 하는 에너지 자원이라 할까, 그러한 것이 되는 것일세. 모든 역사가 다 그렇게 해서 이루어지고 있는 게야. 그러니 수화 속에 들어 있는 백성을 에너지 자원으로 쓰고 있다는 자체를 무조건 나쁘다고 할 것은 없고, 그것을 얼마나 제대로 움직이게 하느냐 하는 게 문제이네. 그리고 그것을 결정하는 게 바로 정치 사상일세. 그런데 8·15 직후에 우리에게는 정당하게 있어 주어야 할 그러한 정치 사상, 즉 우리 민족 나름의 이데올로기가 없었다는 것일세. 그러니 해방 직후에 우리에게 필요로 하였던 것은…… 바로 한말에 동재 선생이 갖고 있었던 거와 비슷한 민족의 종통성을 찾기 위한 몸부림 같은 것이었고, 그러한 정치 사상이었다는 말이야. 지금이라도 늦지는 않았네. 내가 요사이 그런 생각을 부쩍 하게 되는 이유가 어디 있겠나? 나 자신을 위해서 그러는 게 아니라 이민족을 위해 그러는 것 아니겠나, 이 사람."

윤삼득 씨는 마치 한바탕 정치 연설을 끝낸 사람처럼 피곤해하였지만, 당신이 아주 이론 정연하고 설득력 있는 이야기를 했다고 만족해하는 듯싶었다.

하지만 오호준은 윤삼득 씨가 만족해하도록 내버려 두지는 않왔다.

"원 선생님도, 민족을 위해 애쓰시기에는 너무 연로하신 것 같으니까 선생님 자신을 위해서 좀 더 애를 쓰셔야 할 것 같은데요."

라는 말은 그로서도 차마 하지는 않았지만, 대신에 그는 이렇게 물었던 것이다.

"선생님은 백성들이 항상 수화 속에 들어있기 마련이라고 하셨지만…… 그래서 그게 역사를 위한 에너지 자원이라고 하셨는데…… 글쎄요, 저는 오늘 아주 놀라운 이야기를 들어서 너무 충격을 받았습니다."

"이 사람아, 세상의 운전(運轉) 이치란 잔인한 것이야."하면서 윤삼득 씨는 웃었다.

"하지만 아무리 그렇다 해두…… 글쎄요, 저 자신 수화 속에 들어있는 백성이 돼 놔서 그렇다고 말씀하실지 몰라도…… 저는 그 말씀을 그대로 믿고 싶지가 않습니다. 저는 차라리 그것을 반대로 생각해보고 싶습니다."

"어떻게?"

"저는 수화(水火)라는 말을 추방해 버리고 싶은걸요. 여가 갈리도록 그 말이 못마땅합니다. 백성들의 고경(苦境)을 강 건너 불 보듯하는 그 관찰 태도가 말입니다. 그 말을 과거의 잘못된 역사와 함께 매장해 버리고 싶습니다. 그 말로서 오늘을 설명하게 된다면 우리의 오늘이 너무 비참하고 불쌍해지거든요. 그 말을 가지고 오늘에 우리가 어떤 정치 사상을 필요로 한다면, 그 정치 사상은 누구를 위한 것이 되겠습니까? 적어도 오늘의 세계에는 그런 식의 수화는 없다고 믿고 싶으니까요. 우리가 동재 선생에게서 배울 게 있다면, 그것은 그분이 살았던 시대와 지금의 시대가 비슷하다고 판단되어서는 아닐 것 같아요. 저는 그분을 무슨 교과서적인 영웅으로 우리가 받들어 모셔야 할 분으로 추앙하는 것은 옳지 않다고 보니까요. 영웅의 이미지를 부여하는 것보다는 소박하게 그냥 존경할 만한 민중의 벗으로 삼을 수가 없다면, 그분은 우리 시대의 우리에게는 필요 없는 분이 아닐까요? 우리는 추앙해 주어야 할 역사적 인물을 현재에도 너무 많이 가지고 있어요. 그러니까 우리의 삶의 실감 밖에 있는 영웅들은 너무 많습니다. 그러한 영웅을 한 명 더 추가한다는 건 우리의 삶을 조금 더 버겁게 하는 것일 뿐인 것 같아요. 우리는 우리가 수화 속에 빠져 있으니까 하늘로부터 강림하신 영웅더러 우리를 수화 속에서 건져내 달라는 식의 부탁을 결코 하지 않을 겁니다. 도리어 우리가 수화 속에 빠져 있는 거라고 진단을 내리는 어떤 외부의 사람이 있다면 그 사람을 못마땅하게 생각할 겁니다. 우리 자신만이 그걸 판단해낼 수 있고, 우리 자신만이 그걸 건져낼 수 있을 테니까 말입니다. 물론 우리는 그걸 수화(水火)라는 식의, 막연한 말로 표현하지는 않을 테지만 말입니다. 암만 해도 저는 적임자가 못 되는 것 같습니다. 저는 이 일에서 손을 떼겠습니다."

"아니, 자네 그게 무슨 소리인가?"

윤삼득 씨는 노여운 빛을 띠었지만, 오호준은 그 자리에서 일어서고 말았다.

6.[1)

오호준은 사흘 뒤에 《20세기》 잡지사로 강우만을 찾아갔다. 그

---

1) 5. 없이 6.이 매겨져 있다.

가 어째서 '동재 선생 기념사업회'의 일에서 손을 떼게 되었는지 해명도 해야겠다고 또 자신의 행동을 변명도 해야겠다고 생각되기 때문이었다. 물론 그는 제 고집 때문에 사회생활에 손해를 보고 있다고 자책하는 심정이 없는 바도 아니었다. 그 한말 의병장에 대해서, 그리고 윤삼득 씨에 대해서 그가 반발을 느낀 까닭이란 무엇이더란 말인가? 그냥 시키는 대로 고분고분 일이나 하고 주는 돈만 받아냈으면 그만일 텐데, '수화'다 무어다 하는 말에 제 고집을 꺾지 않았다는 것 자체가 우스운 노릇은 아닐까?

그렇지만 그는 후회하는 마음은 없었다. 옛 문자대로 하자면 '일장공성만골고(一將功成萬骨枯)'인 것이니 그사이에도 사린 모순을 깨닫지 않을 수 없었다. 한 장군의 공(功)은 일만 병사의 해골로 이루어지는 것일진대, 그 순서가 거꾸로 될 수가 없다고 그는 내심 확신하게 되었다. 일만 병사의 해골을 무시한 채 장군의 공(功)만을 기리는 것이 역사라고 한다면, 그런 역사는 도대체 무슨 가치가 있을 것인가? 한 장군을 기리기에 앞서 일만 병사의 죽음 그 자체의 의미를 생각해야 할 때가 되지 않았을까? 그런데 윤삼득 씨는 그 점을 이해하지 않으려 하는 것이었다. 말하자면 일만 명의 병사는 으레 한 장군의 공을 쌓게 하기 위한 수단으로 죽어 나자빠지게 돼 있기 마련이니 이왕이면 한 장군의 위업을 더욱 청사에 빛나도록 돋보이게 해야 하지 않겠느냐고 주장하는 것과 비슷하였다. 그런데 오호준으로서는 도저히 그런 일을 자기 손으로 해낼 수는 없다고 믿게 된 것이었다. 백성들은 어느 시대를 막론하고 수화 속에서 헤매기 마련인즉, 바로 그러한 절망을 역사의 에너지 자원으로 삼는 사람의 활동이야말로 중요하다고 하는 따위의 윤삼득 씨의 이야기는 오호준이 도저히 받아들일 수 없는 일종의 영웅주의적 사관이라고도 생각되었다. 아무리 당장의 생계 방편에 쫓기고 있을망정 어떻게 우리의 현대사를 그런 영웅에게 진상시켜 그 영웅을 치장하는 장식물로 삼게 할 수가 있단 말인가? 왜소한 소시민이기는 하지만 오호준은 더이상 그런 잘못에 매달릴 수는 없다는 점을 깨닫게 된 것이다.

"아니, 이 도깨비야. 그렇지 않아도 자네에게 백방으로 연락을 취해 보고 있는 중인데 잘 나타나 주었구만, 아니 도대체 기념사업회의 일에 왜 손을 떼겠다는 거야, 응?"

강우만은 오호준이 어처구니없다는 듯이 만나자마자 이런 식으로 타박의 말을 늘어놓았다. 그것으로 보건대 아마 윤삼득 씨가 강우만에게 연락을 취해 오호준이 기념사업회 일에서 손을 떼었다고 분개해 하였던 모양이었다.

"아무튼 나가세. 나하고 차나 한잔하며 이야기를 나누고, 그리고 윤삼득 씨를 만나자고. 그 양반은 자네에게 이 일을 시키고 싶어하니까 말야."

"실은 그 점에 관해서도 나도 자네에게 해명할 말이 있어 온 거야. 왜 내가 기념사업회 일을 할 수 없는지 말이야. 아무리 돈 받고 하는 일이지만 명분이 서지 않는 일은 못하는 것 아닌가?"

두 사람은 다방으로 갔다. 아마 강우만은 윤삼득 씨에게 전화를 걸어 연락을 취하는 듯하였지만, 오호준은 그에 대해 참견하지는 않았다.

"자 그럼 들어볼까. 우리의 민중주의자께서 왜 화가 나셨는지. '수화' 때문에 화를 내고 있었다는 것은 그 전에 이미 들었고……."

"내 태도는 명백한 것일세. 알겠나? 그 한말 의병장을 진짜로 인물다운 인물로 부각시켜야겠다고 생각해서 말씀을 드린 건데 그게 통하지 않으니 어쩌겠나?"

"그래서?"

"생각해보게. 고단하게 살아가고 있는 오늘날의 우리들은 존경해 주어야 할 영웅과 '잘난 사람'과 위대한 인물을 너무 많이 가지고 있어서 골칫거리란 말일세. 먹고 살아가기도 바쁜 판인데 어느 겨를에 이미 백여 년 전에, 몇백 년 전에, 또는 천 년 전에 살았던 사람을 존경하고 섬겨야 하고 일일이 그것을 기억해서 외워야 하냔 말일세. 우리의 삶과 연결되고 있는 실질적인 구석은 하나도 없다고 실상 느끼면서 그들을 존경해 주자니 바로 그만큼 우리의 삶은 따분해지고 귀찮아지고 짐스러워지는 거란 말이야. 이건 도대체 오늘날의 우리 국사교육과 국사에 대한 인식이 잘못돼서 일어나는 웃지 못할 비극이지만, 여기에 또 어처구니없는 일이 일어나려 하는 것일세. 윤삼득 씨는 자기 증조부이자 한말 의병장이었던 윤기변이라는 19세기 인물을 바로 그 존경해 주어야 할 인물들의 명단에 새로이 추가하고 싶어하는 걸세. 그게 도대체 무엇이겠나? 설사 그렇게 해서 그 의병장이 존경을 받게 된다면 그건 오늘에 사는 우리들에게 귀찮은 짐을 하나 더 얹혀 주는 노릇 밖에는 더 되겠냔 말이야. 수험생들은 입시 준비를 위해 새로운 이름을 하나 더 추가해서 암기해야 하니 죽을 맛일 테고 말일세…… 그래서 내가 윤삼득 씨에게 그런 뜻을 이야기한 거야. 오늘에 사는 사람들을 귀찮게 하지는 말라고 말일세. 그런 사람들이 마음에서 우러나와 존경하겠으면 하고 말겠으면 말게끔 오늘의 기준에서 그분을 재단하게 하자고 말이야. 그런데 그분은 내 말씀을 도리어 노엽게 받아들인 거야.

'수화 속에서 헤매는 백성을 구하고자' 그분이 진심갈력하였으니, 오늘의 세상에 있어 '수화 속을 헤매는' 우리마저 그분의 진심 갈력한 뜻을 추앙해야겠다는 이야기란 말일세. 도대체 우리가 설령 수화 속에 들어 있다면 무엇 때문에 우리가 그 누구더러 '수화 속에서 건져주십사'하고 빌겠난 말야. 엿장수 마음대로 우리가 수화 속에 들어 있다고 하면 우리가 수화 속에 들어 있는 게 되는 것인가? 나 자신 아무리 가난하고 비참하게 살망정 그런 식의 '수화' 속에 들어 있는 것이라고는 믿지 않네. 더구나 19세기의 그 한말 의병장에게 나의 구차함을 하소연하는 것과 같은 짓은 결코 하고 싶지 않네. 이게 다 백성들을 무조건 못난 놈으로만 설정해서 그 위에다가 사상누각을 세워 그 사상누각이 역사라고 믿는 싸가지없는 편견 때문에 일어나는 일이란 말야. 알겠나? 그러니 아무리 돈이 아쉽다 한들 내가 어떻게 이러한 일에 동원이 되겠나?"

"그거 자네는 지나치게 생각한 걸세. 그리고 공리적인 입장에서 역사를 파악하려고 하는 면도 없지 않네. 설사 자네 말대로 과거 역사의 영웅을 오늘의 입장에 맞춰 서민화(庶民化) 시키자고 한다고 하면 거기에는 또 다른 문제점이 생길 거야. 다음으로 내가 알건대 윤삼득 씨가 기념사업회를 벌인 뜻은 진실된 면이 있네. 즉 오늘의 우리 현실에 부닥친 위기감이 한말의 상황과 비슷한 면이 없지 않다고 보아서, 그 당시에 살았던 사람의 행동에서 하나의 답안을 추출하고 그리고 정신적인 원조를 받자는 뜻이 있을 거야."

"아니야 자네 생각이 옳다고는 믿지 않아. 자네는 다른 이야기를 하고 있는 거야."

오호준은 이렇게 자기주장을 굽히려 하지 않았기 때문에 강우만마저 좀 언짢은 표정이 되었다.

"가령 2백 년 전의 어떤 여자가 죽어가는 아버지를 살리기 위해

제 허벅지 살을 베어내어 넣어드린 결과 살아났다고 하세. 이건 물론 갸륵한 일이고 만인에게 수범이 되는 일일세. 하지만 그렇다고 해서 그 여자를 오늘의 우리가 알아야 하고 존경해야 한다고 하면 그건 전혀 별개의 문제일세. 즉 오늘의 우리의 입장과 태도가 선행돼야 하는 문제이니 말야. 우리에게는 우리가 살아가야 하는 일이 무엇보다 중요한 것이거든. 바로 그 점에서 보자면, 한말 상황과 오늘의 한반도의 위기감에 유사점이 있다고 보아 그 시대로부터 지혜를 빌어올 필요가 있지 않으냐는 문제만 해도 그래. 오늘의 위기를 척개하는 지혜를 옛 인물들에게서 빌어오겠다는 태도가 자칫하다가는 게으른 태도일 수도 있다는 말일세. 우리가 우리 자신을 제대로 꿍그려 가는 데 있어 지혜가 모자라기 때문에 쩔쩔매고 있는 걸까? 내 말은 한말의 상황과 오늘의 상황을 비슷하다고 판단하는 태도의 위험성을 지적하는 거야. 자칫 패배주의 내지는 정체적(停滯的)인 사고방식의 소산일 수도 있네. 외형적(外形的)인 공통점만 찾으려고 하는 태도가 말이야. 윤삼득 씨는 척화의미(斥華依美)니 인아거청(引俄拒淸)이니 친중결일연미(親中結日聯美)니 따위로 외세에 편승코자 하였던 세력만이 날뛸 때에 위정척사운동의 민족 종통성(宗統性)을 수호하기 위한 태도 같은 것이 오늘의 우리에게 절실히 필요하다고 보아 이 사업회를 편다고 하였는데, 과연 그런 현실관찰이 옳은 것인지 나는 알지 못하겠거든."

"자네 뜻은 이제 대충 알았네. 하지만 자네는 그 한말 의병장을 오늘의 시점에서 어떻게 파악해야 옳다는 것인지 거기에 대해서는 이야기를 하지 않았어. 그래 그건 어떻게 되는 건가?"

하고 강우만은 좀 지친듯한 어조로 말했다.

하지만 이때 윤삼득 씨가 나타났기 때문에 그들의 대화는 중단되었다. 윤삼득 씨는 아주 반가운 사람을 대하듯 오호준에게 악수를 청하였다. 자리에 앉으면서 그는 고개를 끄덕끄덕했다. 말하자면 오호준을 안심시키려는 듯이.

"강군, 내가 자네에게 감사해야겠어." 윤삼득 씨는 담배를 꺼내 들면서 강우만에게 말했다. "자네가 참 좋은 사람을 소개해주었으니 말이야. 솔직한 말이 여기 오 형이 '수화'라는 단어를 물고 늘어질 적에는 나로서도 좀 불쾌했던 게 사실이었지. 하지만 그러는 가운데 내가 깨닫게 되었단 말이야. 왜 오 형이 그러는지 이해를 하게 되었어. 그럴 뿐 아니라 오 형의 이야기가 옳다는 걸 알게 된 걸세. 이건 참 나로서도 귀중한 체험이지. 역시 나는 구시대의 사람인 모양이야. 그걸 알게 된 걸세. 그런 점에서 내가 도리어 오 형에게 감사를 드려야 하겠지?"

윤삼득 씨는 웃었다. 오호준은 이야기가 엉뚱하게 전개되는 바람에 당황해 마지않았다.

"그건 정말일 겁니다. 친구라서가 하는 말이 아니라 우리 오호준이처럼 이런 일에 적격한 인물을 만나기도 쉽지 않을 거예요."하고 강우만도 옆에서 거들었다.

"그러니 오호준 씨는…… 이 일을 끝까지 맡아서 해 주어야겠어. 내가 분명히 말하지만, 오 형이 어떻게 하든 그건 오 형 재량대로 해요. 일체 참견을 하거나 하지는 않을 테니까. 어때요. 해 주시겠지?"

윤삼득 씨는 강청하는 듯한 태도로 말했다. 오호준은 이런 일은 예상치 않았으므로 다만 당황한 표정을 지었을 뿐이었는데, 이것은 바깥으로 나와서 때 이르게 점심식사를 할 적에도 마찬가지였다.

윤삼득 씨는 사람을 많이 다루어 본 솜씨라고나 할까, 남에게 일을 시키는 수완이 능란하다고나 할까, 말하자면 오호준에게 식사

대접을 하였던 것이었다. 그러니 오호준으로서는 다만 황감한 태도로 그가 하자는 대로 따라갈 수밖에 없는 입장이었을 뿐이었다.

그들은 술도 한잔 마셨다. 윤삼득 씨는 도도한 기분으로 자신의 인생에서 겪은 여러 일화들을 이야기하였다. 그러니까 고급 음식점에서 술 한잔 마시며 거나하게 이야기할 수 있는 그러한 일화들을……

그들은 시종 화기애애한 가운데 식사를 마치고 바깥으로 나와 헤어졌는데, 오호준은 아예 다음날부터 윤삼득 씨가 연락 사무실로 쓰는 곳으로 출근하다시피 하며 맡은 일을 했다. 짧은 시일 안에 끝마친다는 것에 동의했다. 윤삼득 씨가 착수금 조로 수표를 한 장 내어주기까지 하여 오호준은 감동하기까지 했다. 당분간은 생활 걱정을 하지 않아도 되겠지.

아직 내낮이었는데 오호준은 갈 데가 별로 없는 한가한 시산을 맞이하게 된 셈이었다. 그는 걷기로 했다. 거리에는 사람들로 몹시 붐비었다. 거기에 도로 공사로 교통은 아주 복잡하였다. 그래서 그는 정신이 없었고 어지러움을 탔다. 도시 한복판에서 그가 실종이라도 당하고 있는 것 같은 이런 어지러운 기분이, 그 현훈이 말하자면 오늘의 수화(水火)가 아니겠냐는 생각을 그는 했다. 말하자면 그는 다시 누군가에 의해 배신을 당하고 있는 것 같았다. 그가 빠져 있는 수화 속으로부터 그를 건져 주겠다고 자처하며 나서는 어떤 사람에게서.

《독서신문》, 1977년 6월

실금

실금

1975년 현재로 따져볼 적에 5만 원 월급에 매일 수당이 7백 원이니까 대략 7만 원쯤 되는 이런 월수입이 생기는 취직 자리가 어디 쉽겠느냐고 자위를 하면서도 이경택은 요 근래 직장 생활에 무척 염증을 내고 있는 중이었다. 그렇다고 하나 세상살이 산전수전(山戰水戰) 나 겪은 그로서는 쫓겨나지 않을 만큼의 자기 푼수는 지키면서 요령 좋게 염증을 내고 있는 것이기는 했다. 아니 그래 마음 놓고 염증 내가면서 직장 생활 하는 놈 있더란 말인가. 그러니까 TNT가 아주 높은 염증을 자기 체질과 신분에 맞게끔 TNT를 낮추어 위험치(危險値)를 넘지 않을 만하게 찰랑찰랑 채워 가지고 바로 그 정도쯤의 염증을 자기 몫으로 구사하고 있다고나 할까. 그러한 것이 이경택의 직장 생활 표정이 되었다. 즉 말하자면 그는 일부러 무능한(無能漢)이 되기로 작정을 내고 있는 중이었다.

실은 처음 출근하던 날부터 이경택은 그 점을 명백히 했었다. 그를 비롯한 여섯 명의 인간이 신입 의무사원이었다. 엄밀하게 말하자면 사원이 아니라 임시 고용직이었다. 주사(主事) 김만보는 아무래도 시대를 잘못 타고 태어난 게 아닌가 싶었다. 왜정 시대에 태어났더라면 순사 밀정 노릇, 산림 총대 노릇, 하다못해 간살맞은 마름 같은 노릇으로 썩 어울릴 것만 같은 위인이었다. 똥배에다가 땅딸막한 키에 눈이 크고 목소리가 우렁우렁하여 보통 비윗살 머리가 좋게 생긴 것이 아니었다.

게다가 엿장수 수염이라고 부르는 수염마저 기르고 있었는데, 나이는 아무리 따져 보아도 마흔 살을 넘어 보이지 않았다. 그러니까 거꾸로 된 신언서판(身言書判)의 거꾸로 된 신(身)은 제대로 갖추어 놓은 셈이었는데, 바로 이자가 직속 상관이었다. 물론 김만보는 여섯 명의 신입 임시 고용자들과 달리 이 회사의 정사원이었다. 이 김만보가 제 위신 차려 가며 여섯 명의 신입 운전사 겸 세일즈맨을 앞에 놓고 한바탕 훈시라는 걸 늘어놓았다. 말하자면 오리엔테이션을 겸하여 엄포를 놓았던 것인데 그러면서 그가 던진 미끼가 이랬다. 지금 이 식품 회사로 말할 것 같으면 도약 단계를 넘어 선진 대열에 접어들었으니 욱일승천의 기세로 번영을 구가하고 있는 중이며, 사세(社勢)는 계속 확장일로에 있어 능력 있는 사람들을 절대적으로 필요로 하고 있다고 전제해 놓고 나서, 여러분의 입사를 진심으로 축하하고 환영한다…… 어쩌구 저쩌구 서두를 꺼낸 것까지는 뭐라 탓할 수 있는 말은 아니었다. 그 다음 이야기부터가 그런데 삐딱하게 나가기 시작했다. 물론 여러분은 정사원으로 입사한 것이 못 되고 그 뭐랄까 임시직이랄까 그런 것으로 들어오게 된 것이 좀 안타깝고 아쉽기는 하지만 그러나 그게 크게 대수로울 건 없다고 제멋대로 단정을 내렸다. 임시직으로 들어왔다 해서 조금도 낙심하게나 서운하게 생각할 까닭이 없는데, 왜냐하면 여러분이 일하기 나름에 따라 얼마든지 정사원으로 채용되는 길이 뚫려 있다고 김만보는 주장했다. 하기야 이경택을 비롯한 여섯 명의 인간들의 입장이란 절간에 간 색시와 같아서 김만보가 뭐라 하든 수긋수긋 반편 흉내나 내며 들어주고 있을 수밖에 없는 처지이기는 했다. 그러거나 말거나 김만보는 저 혼자 마구 흥을 냈다. 이 회사의 정사원으로 되기만 하면 그때는 어떻게 되느냐, 김만보는 이렇게 스스로 묻고 나서 조금 뒤에 스스로 답변했다. 정사원이 되기만 하면, 그때부터는 회사가 다 척척 알아서 여러분의 밥 걱정, 마누라 살림 걱정, 애 길러 교육시키는 걱정까지도 맡아 처결(處決)해 주게 돼 있다, 그게 그러니까 대부분의 사람들이 3등 열차에도 못 타 쩔쩔매고 있을 때 특등 열차 칸에 탑승하고 있는 거와 같다. 건강을 위해 테니스를 즐기고 유급 휴가 얻어 바캉스를 즐기고 일요일마다 낚시, 등산 다니며 퇴근하기가 무섭게 포커, 바둑을 두고, 거기에 분재 수석이나 골동품 취미를 키우며, 언덕 위에 집을 지어 냉장고, 텔레비전쯤이며 세탁기에 보일러 시설이야 의당 갖추고 살 수 있는 것이다. 정사원이 되는 그 즉시로 회사에서는 마크도 선명한 명함을 찍어서 내주는데, 그 명함만 내밀면 무슨 고시 합격자, 국영 기업체나 관청의 사람들 또는 무역 회사다 은행원이다 하는 친구들은 저리 가라 할 수 있으며, 가령 맥주홀 같은 데 갔을 적에라도 "아이구, 그렇습니까. 앞으로 잘 알아서 예쁜 년들로 받들어 모실 테니까 제발 애용해 주십시오. 외상이야 무슨 걱정이겠습니까." 하게 되는데 실제로 자기도 외상 바람에 카바레에 춤추러 다니게 돼서 술값만 18만 원이 깔려 있으나 까짓것 기분 내킬 때 슬금슬금 갚아나가고 있으니 걱정을 하지 않는다. 대충 이런 식으로 야코를 먹여 놓고 나서 한다는 소리가 이러하였다.

"그래설라무네 모든 것은 자네들이 하기에 달려 있다는 이야기를 꼭 해 두고 싶구만. 현대는 능력 개발의 시대라 이거야. '하면 된다'는 신념을 가지고 할 때 안 되는 일이 어디 있겠느냐는 이 말을 꼭 들려 주고 싶구만, 우리 회사는 사원들의 교양을 높이기 위해 사회 저명인사들을 비싼 강사료 주고 초빙해다가 이야기를 듣는데, 지난번에는 저 유명한 철학 교수 김병오 선생이 오셨댔지. 역시 그분은 우리 무식한 것들과는 다르두만, 자네들 나폴레옹 힐이란 사람 이름 못 들어봤을 기야. 이 사람이 이런 소리를 했다구 하드만. '성공하는 사람은 성공하기 위해 노력하고 실패하는 사람은 실패하기 위해 노력한다, 노력하기는 마찬가지인데 그 사람의 신념과 정신력에 따라서 어떤 사람은 그걸 성공으로 이끌고 어떤 사람은 마치 실패하기 위해 노력한 꼴 밖에 안 되는 결과를 낳는다.' 마, 대충 이런 소릴 했다고 하는데 자네들도 한 번 음미해볼 만한 말이야. 그러니까 자네들도 이번 우리 회사에 입사한 것을 계기로 해서 한 번 해보란 말이야. 여태까지는 남들보다 환경이 불우해서 곱절 인생 고민도 해쌓고 그러다 보니 '실패하기 위해 노력한' 꼬라지 밖에 안 됐다면 이제부터는 '성공하기 위해 노력해 보겠다.'고 결심들을 해.

하면 된다구. 아니 나이들이 적은가? 이목구비에 빵꾸가 났나? 우리 회사는 쌍수를 들어 여러분을 환영하는 바이고 또 뒷받침을 튼튼히 해줄 테니까 그런 건 염려 안 해두 돼. 이제 이 회사가 여러분을 위해서 무엇을 해줄 수 있는가는 하나도 걱정할 필요가 없는 것이고, 여러분이 이 회사를 위해서 무엇을 해줄 수 있느냐, 그 실적과 충성심을 보여주면 된단 말이거든. 그러면 여러분을 임시직에서 재깍재깍 정사원으로 올려준단 말이야. 정사원이 되면 그때부터 1년에 4백 프로 보너스도 붙고, 호봉도 늘고…… 알겠어? 그래설랑 말이야……."

주사 김만보는 여섯 명의 세일즈맨 겸 운전사들을 앞에 놓고 기염을 토하였는데 말하는 쪽이 신을 낼수록 듣는 쪽은 그야말로 무엇 까놓고 세코날 먹는 처량한 기분이 되어갔다. 하기야 김만보의 말 자체가 어떻다기보다는 대놓고 이쪽 여섯 명의 인간들을 깔보며 이 세상의 진리는 자기가 걸머쥐고 있다는 듯 입에 게거품을 물면서 지껄여 대는 그 소리가 난감하고 아득한 것이었다. 물론 여섯 명의 찐삐라[1]들 중에는 김만보의 말에 어수룩하니 감동된 표정으로 얼떨떨해하는 자들도 없지는 않은 것 같았다. 그러나 이경택으로서는 김만보 주사가 무슨 의도로 이런 말을 하고 있는지 못 알아먹을 수가 없었다. 이런 밑바닥 직장 자리를 구걸하여 모여든 위인들이면 오죽하랴 하고 지레짐작을 해서 막 깔보고 있는 게 아닌가 싶었다. 그러니 어쩌겠는가. 이런 소리 듣기 싫어 뛰쳐나간다고 한다면 어디에서 밥이 나오고 누가 이쪽 살아가는 걱정을 해주겠는가. 이경택은 저절로 먼젓번 직장 생각이 났다. 이런 꼴 안 보려거든 꾹 참고 붙어 있어야 하는 것이었는데……, 그는 친구 녀석이 차렸던 맥주홀에 '기도' 겸 카운터 맡아보는 그런 자리에 있다가 눈 뜨고 볼 수 없는 일을 보게 되어 둘러 엎고 뛰쳐나왔다. 6개월 빌빌대다가 신문 광고를 보고 이 회사에 들어올 생심을 냈던 것이다. 하기야 신문 광고가 꾀죄죄했던 것이 벌써 수상쩍기는 하였으되 비교적 이름이 알려진 회사였기에 만만히 속지는 않겠지 싶었다. '운전기사 겸 외판원 모집' 광고를 보고 달려든 작자들에게 웬 놈의 대학 출신이냐 뭐냐 따지는 것이 그리 많고 경력이니 면허니 묻는 건 왜 그리 복잡한지 딱한 일이었지만, 그거야 워낙 경쟁이 치열하니 그럴밖에 없겠다고 이해를 할 수가 있었다. 그런데 첫날 출근하고 보니 김만보는 정사원이니 임시 고용직이니 해서 거드름을 피우고,

---

1) 어린 주제에 난 체하는 이 혹은 졸개를 속되게 이르는 일본어.

그리고 이들의 뻔할 뻔 자(字)의 앞날을 놓고 헛바람을 넣으며 장난질을 치고 있는 것이 정도에 지나친 게 아니냐 싶었다.

이 회사에서 왜 여섯 명의 임시 고용자들을 뽑게 되었는지 이경택은 이미 환히 알 수 있었다. 이 회사가 한 발 성큼 재벌이 되고 싶은 욕심으로 새로운 제품을 만들어냈는데 그것이 어린애들 군것질에 알맞은 '빅토리'라는 것이었다. 이 빅토리라는 것은 맹물에다가 설탕 가루를 넣고 그리고 무슨 천연 향과 비타민이라는 것까지 조금 섞었다는 것인데, 그렇다고는 하더라도 제품이 별 특색이 없는 만큼 판매 방식을 색다르게 강화시켜 물리적(物理的)으로 팔아먹을 계획을 짠 모양이었다. 즉 회사에서는 직접 삼륜차를 열 대가량 사 가지고 운전사 겸 외판원을 직접 고용하여 소매 상점들을 돌아다니며 팔아먹게 하는데, 마진을 듬뿍 주어서 무조건 대량 소비만 시켜놓으면 된다는, 그런 사업 계획을 세워놓은 듯했다. 날마다 신문과 텔레비전에는 여배우를 모델로 동원하여 아끼지 않고 광고를 때려 소비자들을 세뇌시키는 일방, 판매조직을 다시 대폭 확대시켜 삼륜차를 몇 대 더 사들이고, 그리고 새로이 이경택 등 여섯 명의 '운전사 겸 세일즈맨'을 뽑아 놓고 있는 중이라는 것을 눈치로 짐작해서 알만하였다. 그러니 이경택은 이런 판매 전략에 동원되고 있는 자기 같은 운전사 겸 외판원의 신세가 어떤 것인지 짐작 못 할 수가 없었다. 즉 월급 줘 고용하면서 소매상까지 찾아다니게 하는 이것이 경영학에서는 '루트 세일즈'라고 한다는 것이며, 그렇게 회사에 고용된 자는 '루트 세일즈맨'이라고 한다는 것이었다. 그러니 이 '루트 세일즈맨'이란 종자들을 회사는 죽도록 부려먹다가 개 차버리듯 한 것인데, 김만보라는 이 능글맞은 작자는 시침을 딱 떼고 "정사원이 되기만 하면……." 운운의 허황한 소리를 해 대고 있는 것이다.

'돌아가는 싹수로 보아하니 오래 붙어 있을 곳이 못 되겠다.'고 이경택이 산전수전 다 겪은 몸으로 한눈에 척 알아본 것은 따라서 정확한 관찰임에 틀림없었지만, 맙소사 불쌍하게도 다른 찐삐라들 중에는 김만보의 말을 그럴싸하니 듣는 축들도 없지는 않은 모양이었다. 눈빛들이 이상하게 돌아가고 있었다. 김만보의 부채춤에 바람이 생겨 이들 지푸라기처럼 허(虛)한 인간들이 그것도 바람이라고 우줄우줄 허공을 날아 보려 하는 게 아니냐 싶었다.

"이제 조금 지내 보면 자연히 알게 되겠지만, 자네들 여섯 명들 중에는 농땡이로 놀아나는 인간도 틀림없이 나온다구. '하면 된다'는 신념이 없는 인간들은 어쩔 수 없는 거야. 그런가 하면 마지못해 그저 적당적당히 넘겨 버리자는 빌빌주의자도 나오게 될 끼구만. 그러고 싶으면 얼마든지 그래 보라구 해. 흔한 게 사람이니까. 하지만 자네들 중에는 또한 남들이 하나 할 적에 둘셋 이상 열심히 일하는 그야말로 '성공하기 위해 노력하는' 사람도 있을 거야. 틀림없이 있을 끼구만. 바로 이런 사람이야말로 이 회사의 정사원으로 발탁이 되는 거라구. 여러분들 각자가 어떻게 일하는지 지켜볼 거야. 과연 누가 정사원으로 발탁될 사람인지……"

그러니까 김만보의 이 말은 너희들 여섯 명이 생존 경쟁, 실적 다툼을 벌이라고 충돌질하는 소리에 다름 아니었다. 함께 들어온 사이들이니 서로 친하게 지내라고 하는 것은 아마도 국민학교 입학식에서나 가능한 말일 터였다. 그렇다고는 하지만 첫 출근한 여섯 명에게 이렇게 각박하고 살벌하기까지 한 투견(鬪犬)놀음을 강요하는 김만보의 이 수작은 도가 지나친 게 아닌가 싶어 이경택은 왜정 시대에 태어났더라면 밀정 노릇 잘 해 먹게 생겼을 그를 멍하니 쳐다보았다. '정사원이 되려고 아무리 기를 쓰고 그래 본대야 저 김만보처럼 주사 지위에 오르는 게 최고로 잘 되는 것일 터인데, 아서라 아서……' 하고 이경택은 속으로 생각했다. 그는 이 자리가 파하는 대로 여섯 명이 따로 모여 가지고 그 이야기는 꼭 나누어 봐야겠다고 작정했다. 우리 여섯 명이 서로 치고받고 싸우는 짓만은 하지 말자. 권투를 구경하는 재미는 괜찮다 해도 권투를 벌이고 있는 본인들이야 오죽 죽을 맛이겠느냐, 하지만 권투선수야 뻔히 그런 줄 알면서 그걸 직업으로 택해서 가진 자들이니 할 수 없지만 우리가 무엇 때문에 '운전사 겸 세일즈맨'노릇에다가 본의 아닌 권투선수 노릇까지 하겠느냐, 말이나 나누어 봐야겠다고 생각했다.

이경택은 하나같이 풀이 죽어 있는 나머지 다섯 명의 동료들에게 친밀감일지 동병상련(同病相憐)일지 애매한 감정을 느끼며 그들을 둘레둘레 돌아보았다. 그러다가 이경택은 놀라서 당황해져 버렸던 것이다. 그들의 눈빛들이 이상하게 돌아가고 있었다. 소학생이 선생 말씀 귀담아듣는 태도 이상으로 김만보의 말을 경청하고들 있었다. 그럴 뿐만 아니라 묘한 적의와 이글이글 타는 듯한 갈망으로 그들의 눈빛이 번쩍거리고 있었다. 자기들이 그 발탁되는 정사원 중 한 명이기를 갈망하는 눈빛들이었다. 아서라, 아서……. 그가 무능한이 되겠다고 결심한 것은 이처럼 그 회사에 첫 출근을 한 직후부터의 일이었다.

그러나 첫 출근을 한 그날 그 회사는 무능한이 되기로 결심하는 자를 결코 용서하지 않겠다는 듯한 오리엔테이션을 그 이후에도 계속해서 진행했다. 그들보다 먼저 들어온 '운전사 겸 세일즈맨'으로서 지금은 정사원이 되었다는 최헌중이란 자의 소위 체험담이라는 게 다음 차례로 등장했다. 그것이 끝나자 웬만해서는 코빼기를 구경하기도 힘들다는 사장이 직접 나타나 가지고 오늘의 이 회사를 이룩하기까지의 고생담을 이야기하였다. 그의 말은 이랬다. 모든 면에서 여러분은 도리어 나의 청년 시절보다는 월능 좋은 조건과 행복한 위치에 있다. 나는 참 눈물도 많이 흘려 보았다, 라고 하면서 오늘의 이런 일이 계기가 되어 여러분 중에서 10년쯤 뒤에 나보다 돈을 더 많이 모으는 사람이 나올 것으로 확신한다는 등 그런 소리를 하고 가 버렸다. 그러고 난 뒤에 삼륜차를 타고 운전 연습과 세일즈 실습을 하였고 그쯤 해서 점심시간이 되었다. 이경택은 아까부터 어서 끝났으면 하고 바라던 참이라 지체하지 않고 자리에서 일어섰다. 찐삐라들은 주사님을 모시고 중국집엘 가는 모양이었으나 그는 이날 따라 중국 음식을 먹기가 싫었다. 혼자 시장 거리로 들어서서 순댓국을 한 그릇 말아놓고 그는 곰곰 자기 앞갈망을 어떻게 해야 할지 생각해 보았다. 그러자니 소주 한 잔이 없을 수 없었다. 아까 김만보의 헛바람 넣는 데에 어수룩한 표정들이 되어 눈빛을 반짝거리던 동료들이 그의 눈앞에 자꾸 어른거렸다. 그는 자기가 연민을 느끼고 있는 걸까 생각 중이었다. 오죽 어렵게들 살고 있으면 그럴라구? 하지만 어려운 건 그 자신도 마찬가지였다. 아니 나보다 더 어려워서 그럴 거다. 그는 자기가 연민을 느낄 권리가 있다고 생각 중이었다. 그가 뭐 운전사 겸 세일즈맨 노릇으로 이 회사에 들어온 것은, 그것에 겸하여 이 회사가 얼마나 성실한 회사인가를 알아내기 위함은 아닐 터였다. 그렇다고 작업 환경이 어떻다든가 무슨 운수 노조 같은 게 결성돼 있느냐 따져서 취업할 계제도 아니었다. 이런 생각을 하느라고 한 잔만 마시겠다던 술잔이 석 잔이 되었고 드디어 한 병이 되었다. 아니, 이거 좀 과한 게 아닐까 하는 느낌이 안 들지도 않았지만 어차피 무능한이 되기로 하였는데 뭘 그래, 하는 생각으로 그는 자기 자신을 눙쳐 잡았다. 그러노라니 이곳에 오기 전 그러니까 6개월 여의 무직자 생활을 보내기 전에 그가 직장이랍시고 다녔던 그 맥주홀에서 카운터 일을 보다가 뛰쳐나오게 되었던 그 경위가 자꾸만 생각났다. 사실이지 그가 조금만 더 배짱을 가진 인간이었더라면 그. 맥주홀에서는 그런대로 견디어 배길 수가 있었을 것이다. 돈 많은 아비를 둔 덕으로 그 술집을 차려낸 김칠복이가 그의 친구였기 때문이다. 그런데 배짱(이라기보다는 일종의 인내심이겠지만), 하여튼 그런 것이 그에게 부족해서 뛰쳐나오고 말았지만, 뒤에 얼마나 두고두고 그 일을 후회했던 것이었던가? 청계천 4가에 있는 그 맥주홀은 시장 상인을 상대로 하는 만큼 여자애들은 거의 벌거벗다시피해야 했고 주물렁탕이다 뭐다 해서 시달림도 적잖이 받아야 했지만, 그거야 직업이 그러니 어쩔 수가 없는 일이라고 일단 눈감는다 치고 문제는 거기에 있지 않았다. 여자들은 맥주홀 측으로부터 한 푼도 받아내는 게 없었다. 순전히 손님들에게서 받아내는 팁을 바라고 나오는 애들이었다.

그 팁이라는 것마저 온전히 그 애들 차지가 되지 못한다는 것쯤이야 나비넥타이를 맨 멤버들의 횡포를 조금이라도 아는 자들이라면 하나도 이상할 게 없는 그쪽 동네의 실정이었다. 그런데 그것이 거기에 그치지를 않았다. 여자애들은 보증금을 도리어 맥주홀에 들이밀고 나서야 여급이 될 수 있었다. 뿐만 아니었다. 여자애들은 저녁 다섯 시에 맥주홀로 출근할 적에 입장료를 내게 되어 있었다. 법칙이 따로 있는 것이 아니었다. 맥주홀 주인 녀석이 여자애들에게 그렇게 해야 한다고 말했고 그 뒤로 그것이 법칙이 되었다. 자기 맥주홀에 들어와 손님들에게 팁을 받는 것이니까 말하자면 입장료를 내는 게 마땅하다는 논리였다. 여자애들은 항의 한 번 못해 보고 입장료를 내면서 '출근'들을 했는데, 이경택이 그런 일 정도를 가지고 의분을 느꼈던 것은 아니었다. 여자애들이 맥주홀에 다니기 위해서 미리 내놓은 보증금(그 액수는 대체로 10만 원 정도였다)을 갈취해 먹는 주인 측의 수법에만은 그도 참아내지를 못했다(물론 참았어야 하는 것이지만). 워낙 능글맞은 시장 상인들인지라 어떤 여자애든 그곳에 나타난 지 한 달쯤 되면 완전히 거덜이 나 버리게 되었다. 그러면 그런 여자애들은 악랄한 맥주홀 주인에게 별 볼일이 없는 존재가 되고 마는 것이었다. 그렇다고 나오지 말라고 하자니 보증금을 물어내야 할 것이 아까워 그런 소리는 하지 않고 그 대신 다른 수단들을 썼다. 맥주홀 주인 녀석은 자기 친구들에게 넌지시 귀띔을 줘 쫓아내고 싶은 여자애의 테이블로 가서는 들입다 술을 퍼마시게 해서 외상을 달아놓게 하는 것이었다. 그런데 외상값에 대한 책임은 여자애들에게 지워놓는 곳이 그곳 동네의 관례가 되어 있었다. 맥주홀 주인 녀석은 술값을 빙자하여 그것으로 보증금을 제하고는 여자애들을 내쫓아 버리고 마는 것이었는데, 이경택이 정말이지 그 꼬라지만은 제정신 가지고 눈감을 수도 없고 그렇다고 눈 뜨고 지켜볼 도리도 없어서 그는 눈을 흘겼다. "야, 제발 이런 짓만은 하지 말자꾸나?" 하고 말했고, 급기야 카운터를 뒤엎고 테이블 몇 개를 박살낸 뒤에 그곳으로부터 뛰쳐나오고 말았다(즉결재판에 회부되어 20여 일 경찰서 신세를 졌지마는). 그리고 그 뒤로 6개월여의 무직자 생활을 겪는 동안 이경택은 자신의 '부족한 인내심'을 얼마나 저주했던가? 그러나 신문 광고를 보고 이 회사에 첫 출근하여 주사 김만보의 뻐겨대는 수작에 그가 열이 올라 소주를 한 병이나 처마시고 있는 이것은 과연 어떻게 된 노릇인가? 하지만 뭐 오늘은 오리엔테이션이나 하고 끝내는 첫날 아닌가, 더구나 무능한이 되기로 작심한 마당에 이 무엇이 대수겠는가 생각하면서 그는 제 딴에 술 냄새를 될수록 풍기지 않을 요량으로 껌을 세 개나 입안에 넣어 우물거리면서 회사로 다시 들어섰다.

하여튼 그가 얼큰해 가지고 저도 모르게 나훈아의 유행가 가락을 흥청거리며 들어서 보니 모두들 어럽쇼? 하는 표정으로 그를 쳐다보는 것이었다. 남들이 자기에게 관심을 가져주는 것은 미상불 기분 나쁜 일이라고는 할 수 없었다. 음흉스런 김만보만은 비죽이 웃고 있었다. 그가 왜 첫날부터 술을 처마시고 나타났는지 김만보만은 꿍꾸막스레 짐작되는 바 있어 저러는 것일 거라고 그는 속으로 눙쳐 잡았다. 김만보의 적수로는 이경택이 자기밖에 없다는 걸 알아차려서 그러는 게 아니냐 싶었던 것이다. 그래서 이경택도 비죽이 웃어주었다.

"이봐, 이경택 씨. 이거 너무하잖소?" 하고 박갑수라는 자가 시비 조로 나왔다.

"이 거랑말코[2] 같은 자식아, 네가 벌써부터 김만보의 똘마니로 충성을 바치려고 나서지만, 이 똥개야, 그런다구 해서 네가 정사원으로 승격될 줄 아니? 그만 친구를 만나서……" 이경택은 텔레비전 외화에 나오는 형사 콜롬보처럼 뒷머리를 욱적욱적 긁으며 일부러 쩔쩔매는 시늉을 내었다.

"첫날부터 이경택 씨가 이런다는 건 우리 전체의 위신 문제란 말요. 앞으로 이러지 맙시다." 박갑수는 마치 자기가 조장(組長)이나 된 것처럼 한마디 더했다. 에라, 이 거랑말코야, 조장 노릇 네가 맡아서 잘 해 먹어라. 그렇지만 박갑수도 속으로는 은근히 기뻐하는 것이 분명했다.

---

[2] 변변치 못한 사람.

우선 여섯 명 중에서 이경택이가 이 지경으로 형편 무인지경의 위인이니까 경쟁 상대가 한 명 줄어든 셈이고, 바로 그것으로 해서 안심이 되는 눈치였다. 박갑수는 말은 거칠게 하면서도 이경택에 대한 적의의 눈빛은 보이지 않았다. 됐다, 됐어. 너 같은 거랑말코한테까지 적의의 대상이 되면 이 밑바닥 노릇 어찌 견디겠는가. 그래, 잘됐다…… 이경택은 술 마시고 들어간 것이 생각한 것보다 더 큰 효과를 나타낸 그것만 신기하게 생각하였다.

그리하여 다음날부터 본격적으로 작업에 들어가게 되었는데, 아침 여덟 시까지 출근하여 도장을 찍고 나면 주사 김만보의 훈시를 들어야 했고, 조 편성을 하게 되었다. 삼륜차 한 대에 두 명씩 배당되는 것이었다. 한 명은 운전을 하고 다른 한 명은 상품 판매와 수금을 맡게 되었다. 유니폼이라고 내주는 옷은 오렌지빛깔에다가 '빅토리'라는 글자를 크게 새겨넣은 것이었고 거기에 모자까지 쓰게 했다. 2인조 조 편성에 있어 아무래도 운전을 하는 자가 급이 높아질 것은 당연한 이치였다. 이미 농땡이나 부리는 인간으로 취급받게 되어 버린 이경택에게는 운전 자리가 배당되지는 않았다. 운전 보조역이라고 할 수 있는 상품 부리는 일이 그에게 맡겨졌다. 음흉스런 김만보의 농간에 따라 그는 박갑수와 한 조가 되었다. 맡겨진 지역은 서부 지구, 그러니까 서대문구 일원이었다.

삼륜차는 백오십 상자(한 상자에 빅토리가 열 개씩 들어갔다)를 싣고 출발했다. 시내 교통이 한창 복잡한 시간이었다. 박갑수는 차 운전하는 솜씨가 신통한 편이 못되었다. 하지만 이경택은 참견하지를 않았다. 그가 차를 운전하였더라도 마찬가지였을 것이기 때문이었다. 핸들을 만져본 적이 있는 자는 알겠지만, 운전이란 자동차를 운전하는 것이기에 앞서 자기 자신을 운전하는 일이었다. 도처에 교통 순경은 늘어서 있고 주행선을 가리지 않고 각종 차량들은 미꾸라지처럼 틈을 비집고 밀려들고, 그리고 행인들은 마치 자살하고 싶어 그러는 것처럼 앞뒤로 예상 못 하게 달려드는데 약간이라도 겁을 집어먹거나 한눈을 팔다 보면 그 순간부터 자기 손은 자기 뜻대로 놀지를 않고 자동차는 보채는 어린애처럼 토라져서 말을 들어먹지를 않는 것이었다. 박갑수는 몇 번이고 사고를 낼 뻔했다. 이경택은 그러거나 말거나 모르는 체했다. 하지만 첫날부터 재수가 옴 붙었다.

독립문 앞에서 우회전하여 무악재 쪽으로 꼬부라지는 가도에서 그들은 교통순경에게 걸렸다. 깜빡이 '다마'가 끊어져 버렸는지 불이 들어오지를 않았던 것이다. 딱지를 떼고 나서 박갑수는 저절로 씨팔 소리를 하며 하필이면 정비 불량 삼륜차가 배차될 게 뭐냐고 투덜거리던 끝에 "내 이 짓은 죽어두 하지 않을라구 했는데 말야." 하며 신세타령을 늘어놓았다. 알고 보니 박갑수는 영업용 택시를 몰다가 사고를 내 경찰서에서 며칠 지내며 하마터면 콩밥 먹을 뻔한 일이 있었고, 전셋돈이 다 날아갔지만 그래 삼륜차는 좀 낫겠지 싶어 이런 곳에 신문 광고를 보고 찾아온 것인데 막상 핸들을 잡고 보니 손이 떨려서 못 해 먹겠다는 것이었다. 아이구, 이 멍청아. 너에게두 그런 여릿여릿한 마음이 있었구나, 그러면서 어제는 왜 그렇게 도도하게 굴었냐 싶어 이경택은 이 박갑수라는 녀석에게 친분을 느꼈다. 그는 자기 아닌 남의 약점을 알게 되면 상대방의 그 약점을 사랑하는 나머지 친근감을 느끼게 되는 습관이 있었다. 홍제동 일대를 한 바퀴 빙 돌고 나니 싣고 온 물건이 다 떨어져 버렸다. 상점 측 이야기로는 빅토리의 판매성적이 좋은 편은 되지 못하는 듯했다. 하지만 다른 음료수에 비해 마진이 높아서 그들은 이것을 팔아

보려고 애쓰는 눈치들이었다. 이경택은 이따가 이런 실정을 보고해야겠다고 생각하였다. 11시경 그들은 새로 짐을 부리기 위해 회사로 다시 돌아왔다.

주사 김만보는 수고했다는 말 한마디 하지 않았다. 이쪽이 틀림없이 잘못한 일이 있을 거라고 일단 단정을 내린 뒤 그것이 무엇인지를 추적해내려는 형사처럼 즐거운 표정마저 지어가며 김만보는 영수증과 물표 따위를 들여다보더니 이윽고 만족했다는 듯 트집을 잡기 시작하였다. 그런데 그 트집의 대상이 이경택이었다. 박갑수는 운전만 잘 하면 되었으니까, 물표에 기입해야 할 것을 빠뜨렸다는 것이었다. "어제부터 신통찮다구 보기는 했지만 왜 이 지경이야 엉?" 김만보는 별로 화내는 것 같지도 않은 어조로 말했다. "이따 오후에는 유갑술이와 뛰어봐." 그래서 이경택은 유갑술이란 자와 뛰게 되었다. 마누라가 어린것을 내버리고 못 살겠다고 도망쳐버렸다는 유갑술은 뚱한 사내였다. 말 한마디 붙여오지 않고 입에 똥이라도 물고 있는 듯 잔뜩 인상을 쓰며 제 고민에만 골몰하고 있는 사내였다. 이경택으로서는 차라리 이 사내와 동행인 것이 편하기까지 했다. 하지만 김만보한테 타박을 들었으므로 이경택은 몸에 배지 않은 애교까지 떨어가며 상점 주인들에게 사근사근 굴었다. 그리고 영수증 같은 것도 혹시 잘못된 데가 없나 재삼재사 확인까지 했다. 그러나 돌아오자 김만보는 또 형사 같은 표정으로 이쪽의 잘못을 뒤져내려고만 하였는데 이윽고 빈 병의 숫자가 맞지 않는다고 눈알을 부라렸다. 그러니까 빈 병을 다른 곳에 팔아먹고 온 게 아니냐는 의혹을 보내 왔다. 사람 미치고 환장할 일이었다. 이경택은 다시 일일이 대조하여 의심을 풀었지만 김만보에 대한 의심은 풀지 않았다.

마음대로라면 김만보의 면상에 탁 침을 뱉고 불알을 떼 버린 채 핀잔과 구박이나 받기 위해 얼씬거리는 듯한 동료들의 비굴함을 통쾌하게 타매한 뒤에 늠름하게 문을 박차고 나가 버리고 싶었지만 그것은 결국 나약한 태도 이상의 것이 아니라는 것을 느끼기 때문에 그는 결국 일전불사를 접어야 했다. 기분 같으면 그는 결코 이렇게 살고 싶지 않았으나 이렇게나마도 살아내기 위해서는 더 이상 뒤로 물러설 데가 없는 것이었다. 따져보면 모든 게 잘못투성이었다. 이 회사의 빅토리아라는 식품부터가 그러했고, 그것의 터무니없는 판매 방식이 그러했으며 사회의 밑바닥에서 당장의 호구지책 마련 변통수가 마땅치 않은 이경택 자기와 같은 자들의 약점을 십분 이용한달까, 죽도록 부려먹으면서도 결코 인간적인 대우를 해주려 하지 않는 이 회사 체제가 무엇인가 잘못돼 있어도 크게 잘못돼 있는 것이었다. 우선은 이렇게 뻗대 보는 것이 갈급스러운 만큼 든든히 견뎌낼 수 있는 배포와 힘을 쌓아가며 무능한으로서의 사회생활 적응 능력을 키울 필요가 있는 것이었다. 하지만 김만보라는 이자(조직 사회 속에 암적인 존재로 비집고 들어와 있는), 이 개자식과의 싸움이 그리 호락호락, 만만하게 넘어갈 수만은 없는 것임을 그는 새삼 깨닫는 것이었다.

　그는 동료들이 소주나 한잔 하자는 것을 마다한 뒤에 저 혼자 단골 술집으로 가서 홀짝거리며 다분히 철학자가 되어있었다. 텔레비전 연속 방송극 같은 데서는 마음이 심란할 때 기분껏 고민에 겨워들 하고 있지만, 아니 그래 누가 마음 놓고 고민해도 괜찮다고 했던가? 그것 또한 감당하기 어려울 만큼 경비가 많이 드는 노릇 아니던가? 하지만 그날따라 이경택은 경비가 나가더라도 자기 자신에 대해 곰곰 생각해 보고 싶었다. 과연 나에게는 무엇이 잘못돼 있는

가. 뿌옇게 스모그가 끼어드는 이 오리무중의 삶, 그것에 어떤 해석이든 붙여 보려고 한다는 것 자체가 망발이지만 그것을 해석하고 싶었다.

대학 2학년 때의 유치한 실연(失戀), 그리고 데모 소동에 뛰어들었다가 끌려 들어갔던 일하며 자의 반 타의 반으로 대학을 집어치운 뒤 소비 조합 회사에 관여하여 한때 흥청거리며 돌아다녔던 일, 그리고 이문동에서 집 장사를 하며 이잣돈 빌어다 '노가다'를 부렸던 일, 잘 하면 목돈을 만질 수도 있을 것 같았으나 그것이 완전 투기놀음이라고 생각한 나머지 전환을 모색하던 과정에서 순식간에 얻어걸린 여자와 후딱 결혼식을 올렸던 일, 운전 기술을 배워 영업용 택시 한 대 사서 굴리던 일, 월부로 갚아나가고 세금 내고 자동차 회사의 농간에 말려들어 넉 달이 채 못 돼 삼십오만 원을 투자했던 코로나 택시를 빼앗기다시피 하였던 일(그 당시 코로나 택시는 백삼십만 원쯤이었는데 월부로 자동차를 사면 이럭저럭 내야 하는 돈만 매달 십육만 원이 더 되었으니 택시업이란 어불성설이었던 것이었다), 그리고 그때 걸렸던 병(病), 자꾸자꾸 오줌이 마렵고 그러면 그곳이 택시 안이든 세종로 한복판이든 참아내지 못한 채 질질 오줌을 싸게 되었던 실금(失禁)이라는 병……. 그 생각을 하자 이경택은 다시 오줌통이 뿌듯해 오는 것 같았다. 택시를 몰다 보면(아주 지독하게 추웠던 겨울이었다) 오줌을 참아야 했고 그러다가 긴장과 피로마저 겹쳐 얻어걸린 병이었다. 참아야 할 것을 참아내지 못하는 실금이라는 병……. 이경택은 이제 그 병으로부터 완쾌되기는 하였지만 마치 그 병이 다시 재발하고 있는 것 같은 느낌에 놀라 술집에서 뛰쳐나오고 말았다. 경범죄 처벌법 제1조 제18항에 해당하는 게 그 병이었다. '가도 또는 공원 기타 공중(公衆)이 집합하는 장소에서 대소변을 하거나 또는 시킨 자'에게는 구류 또는 과태료에 처하게 되어 있는 것이었다. 택시를 몰고 도시의 파도 거센 바다에 뛰어들어 난파당하지 않으려고 죽을 힘을 다해 핸들을 꺾고 기어를 틀고, 그리고 돈 걱정에, 사고 걱정에 경황이 없다 보면 몸은 뒤틀리고 질금질금 오줌이 나오게 되었다. 택시 안에 오줌통을 준비할 도리도 없었으며, 길거리 한복판에다가 오줌을 갈길 수도 없었다. 그는 싸고 또 싸면서 운전을 했고 그러다가 세금을 제날짜에 내지 못하고, 월부금을 제날짜에 물지 못하는 바람에 자동차 회사에 불려 갔으며 급기야 그가 냈던 십오만 원에서 이것을 제하고 저것을 제하는 통에 단돈 몇만 원도 돌려받지 못한 채 자동차는 빼앗겨 버리고 말았지만, 실금 증세는 그 뒤로도 한참 동안 계속되었다. 돈은 돈 대로 처들이고 고생은 고생대로 한 끝에 몸뚱이만 결딴이 났다. 그것은 한자(漢字)의 뜻 그대로였다, 금(禁)해야 할 것을 지키지 못한 채 자꾸 과실을 범하는 노릇이었다. "도대체 말이야 이경택이, 어째서 사람이 그 모양이지? 아무리 봐도 자네는 온전한 인간 같지가 않다구!" 김만보는 이런 식으로 '쿠사리'를 놓았는데, 이경택은 '아마 한때 실금 증세가 있어서 그랬는지도 모릅니다.' 하고 속으로 이렇게 중얼거린 적이 있기도 했다. 하지만 그는 버스를 타지 않고 일부러 걸으면서 자기는 그 병에서 완쾌되었다는 사실을 다시 한 번 스스로에게 강조했다.

날마다 해는 뜨고, 뜬 해는 하늘을 가로질러 나아가고, 날마다 해는 지고, 진 해는 지구 반대쪽을 도는 동안에 시간이 흐르고, 그리고 이경택에게는 여느 날과 다름없는 나날이 흘러갔다. 이경택에게 있어 여느 날과 다름없는 나날이란 여느 날과 다름없이 힘들고 괴롭고 부아가 치미는 나날이란 것을 의미했다. 그는 그와 같이 괴롭고 힘든 일상을 쌓아나갔다. 아니 그의 인생을 만들어갔다. 약간의 변화가 있기는 했다. 이 회사에 들어오던 첫날 으쓱대기만 하였던 박갑수는 운전 공포증에 걸리더니 번번이 사고를 냈고 그리하여 제일 먼저 회사를 그만두는 존재가 되었다. 이경택이 함께 뛰기도 하였던 유갑술은 달아났던 마누라가 귀가하기는 하였는데 그에게는 그 뒤로 의처증이 생겨 한창 일을 하는 도중에라도 집으로 달려가곤 하였다. 마누라가 외간 남자와 만나고 있지나 않을까 하는 불안감이 그를 안절부절 못 하게 만드는 듯했다. 유갑술은 몇 번 결근마저 하곤 하더니 급기야 이렇단 말 한마디 없이 회사에 나오지 않고 말았다. 반년이 지나는 동안에 이경택과 함께 이 회사에 발을 들여놓았던 여섯 명의 인간 중에 두 명밖에는 남지 않게 되었다. 다만 그제나 이제나 이경택을 못 잡아먹어 안달내고 있는 듯한 김만보의 태도만은 변함이 없었다. 회사에서는 결원을 보충하고자 다시 '운전사 겸 세일즈맨' 광고를 냈고, 다시 새로운 사람들이 밀려왔다. 김만보는 그전에 그랬던 것과 마찬가지로 이들 '찐삐라'들에게 일장 훈시를 했다.

"물론 여러분이 정사원으로 입사한 것이 못 되고 그 뭐랄까, 임시직이랄까 그런 것으로 들어오게 된 것이 좀 안타깝고 아쉽기는 하지만 말이야. 그러나 그건 문제가 아니고…… 알겠어? 자네들은 나폴레옹 힐이란 사람 이름 못 들어봤을 기야. 성공하는 사람은 성공하기 위해 노력하고, 실패하는 사람은 실패하기 위해 노력한다, 노력하기는 마찬가지인데……."

이 회사에 처음 발을 들여놓은 자들은 어수룩하니 감동들이 된 표정을 지었고 김만보는 그럴수록 입에 침을 튀겨가며 신을 냈는데, 이경택은 그전에 왜 그런 생각을 했는지 알 것만 같았다. 밑바닥 고용자들을 개돼지 같이 부려먹을수록 그에 반비례해서 능력 개발이니 뭐니 따위의 구호와 선전과 충동질은 더욱 거창해지고 고상해져야 하는 것인데 저 개 같은 김만보는 바로 누구보다도 그걸 잘 알고 있는 인간이 아닌가. 이 김만보라는 자는 왜정 시대에 태어났더라면 순사 밀정 노릇, 산림 총대 노릇으로 썩 어울릴 위인일 터인데 시대를 잘못 타서 태어난 게 아니냐 하는 생각을 다시 해 보았으며, '아니지, 저자야말로 시대를 제대로 타서 태어났지. 왜정 시대에는 이런 따위 과학적 노동 학대는 미처 존재할 수 없었을 테니까.' 식으로 자기 생각을 수정도 해 보면서, 그렇다면 자기는 무엇일까를 되풀이 따져 보게 되었던 것이다. 과연 자기는 무엇일까? 5만 원 월급에 매일 수당이 7백 원씩 되니까 대략 7만 원쯤 되는 이런 월수입이 생기는 취직 자리가 어디 쉽겠느냐 자위를 하면서 지내는 자기는 무엇일까?

"이경택이, 내 이야기는 이제 그만하기로 하고, 어디 자네 한 번 선배 자격으로 이야기를 해 보지 그래?"

무슨 생각이 들었는지 김만보가 이런 엉뚱한 제의를 해왔다.

"그만두겠습니다." 이경택은 무뚝뚝한 어조로 말했다. 과연 무슨 이야기를 하겠는가.

"그러지 말고 해 보쇼, 해 봐." 누군가가 이렇게 부추겼다.

"그럼 어디 순전히 내 개인적인 이야기나 한마디 해 볼까요?" 이경택은 문득 생각나는 것이 있어 이렇게 말했다. "여러분도 운전을 해봤으니까 그런 경험들이 있을 거요. 오줌이 마려워 죽겠는데 차를 운전하는 중이니까 오줌을 눌 수가 없고 그래서 오만상을 해 가지고 오줌 마려운 걸 억지로 참아본 적이 있을 거란 말이오. 나에게두 그런 경험이 있었시다. 뭐 한창때 오입하러 많이 다닌 것두 아닌데 아마 내 오줌통이 작아서 그랬는지 평소에도 변소에는 자주 들락거리는 편이었지만, 1973년도에 내가 35만 원에 코로나를 하나 사 가지고 개인택시를 굴리고 있었을 적에 그게 더 심했소. 그게 또 유별나게 추운 겨울철이었는데 이거야 원 핸들만 잡았다 하면 오줌이 마렵기 시작하는데 제정신이 아니었단 말요. 교통 복잡한 시내 한복판을 달리면서 오줌 걱정을 하자니 그게 어디 보통 죽을 맛인가 말입니다. 그래 하는 수 없이 찔끔찔끔 손님 눈치 안 채게 오줌을 흘리기도 했지만, 그래 보았자 어디 시원합니까? 그래서 결국 그 증세가 도져서 실금이라는 거 있잖소, 내가 그 실금 증세를 일으켰단 말예요. 오줌통이 참는 기능을 상실해 버려서 그냥 변의(便意)만 느꼈다 하면 그게 수돗물 틀어놓은 것과 같았거든. 수도꼭지가 고장나서 아무리 비틀어도 잠겨지지 않는 것과 같은 상태이니 항상 촬촬촬 흐를 수밖에 없는 거 아니겠소? 그러니 운전기사 여러분도 운전하고 있을 적에 항상 이 점을 조심해야 한다구요. 실금 증세에 걸리지 말라고 내가 해 보는 말이오. 그럼 내 이야기는 이것으로 그칩니다." 이경택은 이러면서 고개를 꾸벅하고 물러나오려고 했다.

"아니, 여보쇼. 무슨 이야기가 그렇소?" 하고 누군가가 항의했다.

"이봐, 이경택이." 하고 김만보도 말했다. 그는 이경택이가 무슨 소리를 지껄이고 싶어서 그런 이야기를 꺼낸 것인지 미심쩍어하는 표정이었으나 어디 두고 보자 하는 태도였다.

"그런 말로 끝내면 어떻게 하나? 이 사람 참, 이왕 말을 꺼냈으면 그것도 가르쳐 줘야 할 것 아냐? 여기 운전기사 여러분이 어떻게 하면 그런 실금 증세에 걸리지 않을 수 있을는지?"

"그야 뭐 뾰족한 수가 있을라구요? 무조건 참는 수밖에. 아무리 속에서 불이 나고 온몸이 뒤틀리더라도 그냥 참는 겁니다. 그냥 참으면 되는 거예요."

"하지만 참기만 하다가는 오줌통의 기능이 견뎌내지를 못한다고 아까 형씨가 말하지 않았소? 그러면 형씨처럼 실금 증세에 걸리게 되고 마는 거 아니오."

"하지만 나는 이젠 나았는 걸요."

"그것참 답답한 사람이로구만, 그러지 말구 이야기해 보란 말이오. 어떻게 생각하자면 우리 운전사들한테는 그게 중요한 일이기두 하니까 실금 증세에 걸리지 않을 묘안이랄까, 뭐 그런 것이 있으면 속 시원히 우리에게 공개하란 말이오."

"묘안이란 게 따로 없습디다." 마지못한 듯 이경택이 입을 열었다.

"실금 증세라는 게 별 게 아니에요. 몸이 피로하고 정신적으로 긴장해 있는 데다가 일에 쫓겨 초조하고 불안해 하면서 그냥 오줌 눌 시간조차 없이 무리하게 운전을 하다 보면 그 병에 걸리는 거라구요. 그러니 몸을 피로하게 하지 말고 마음을 유유하게 먹고 오줌 누고 싶을 때 자연스레 오줌을 누고, 그러다 보니까 그 실금 증세는 씻은 듯이 사라져 버리고 말더군요. 아마 그게 유일한 예방법이자 치료법이 아닌가 생각되는군요."

"여보쇼, 형씨 말씀이 지금은 실금 증세가 완전히 나아서 깨끗해졌다고 했는데 그거 사실이오? 그러니까 당신 말대로 그 유일한 예방법이자 치료법을 잘 지키고 있느냐 하는 것이지만……, 이 회사가 그런 병에 안 걸리게끔 사정 봐줘 가며 일을 시키느냐 그 말이오." 하고 누군가가 이렇게 물었다.

"뭐 깨끗하게 다 나은 건 아니지만 어쩝니까? 견딜 만하면 견디는 것이고 견디지 못한다면 이 회사에서 쫓겨나면 될 테고 말요. 능력 개발의 시대에는 참는 것도 능력이고 참지 않는 것도 능력 아니오? 그러니 능력껏들 능력 개발해 보시오."

이경택이 그러면서 슬슬 뒤로 물러나 바깥으로 나갈 채비를 하였다.

"아니, 형씨. 어디 가는 거요. 우리랑 이야기나 좀 나눕시다." 하고 누군가가 말했다.

"지금은 안 되겠는데 어쩐다? 갑자기 오줌이 마려워서 말이야."

이경택은 이 소리를 남기고 바깥으로 나왔는데 그는 어쩐지 서글픈 심정이 되었다.

이제 구체적으로 무엇을 어떻게든 해 보아야 할 일이 있지 않겠느냐고 그는 따져보았다. 그러자 속으로 생각되는 바가 없지 않았다. 문자 그대로 능력을 키워야겠다는 것이었다. 김만보가 말하는 따위의 능력이 아니라 옳게 살기 위한 능력이었다. 개떡 같은 회사에 있다고 그의 삶의 능력마저도 개떡 같을 수밖에 없다고 생각한 것은 확실히 잘못이었다. 그럴수록 더 '능력'을 포기해서는 안 될 일이었다. 자, 이제 무엇을 어떻게 해본다?

이경택은 우선은 경범죄 처벌법 제1조 18항에 위배되는 일부터 해 보기로 작정했다. 그는 삼륜차 옆구리에 대고 방뇨를 하였던 것이다. 마침 회사로 들어오던 사장이 그 꼬라지를 보고 눈살을 찌푸렸지만 그는 개의치 않았다. 왜냐하면 아주 시원했던 것이었다.

《월간중앙》, 1977년 7월호

뜨거운 소주

뜨거운 소주

송림을 빠져나가 해구(海丘)에 오르면 나무로 만든 남근(男根)을 모셨다는 부군당(府君堂)이 나오는 그 어촌 송림곶은 대봉산에서부터 흘러 내려온 남천(南川)이 바다와 만나는 삼각주(三角洲)에 자리를 잡고 있었다. 바닷가에 고기잡이배 두어 척이 매여 있고, 공동묘지가 있고, 그리고 20여 호 정도의 초가집이 반월형으로 둘러싸고 있는 한적한 갯마을이 있다.

어느 해 여름철 나는 지방을 헤매며 거래처로부터 수금을 다니던 끝에 말미를 얻어 K항(港)으로 들어섰는데, 그곳에는 동창생으로 고등학교 선생 노릇을 하고 있는 이군필이 살고 있었다.

다음 날 동행이 되어 우리는 툴툴거리는 버스를 타고 남천 방죽을 달려와 송림곶에 닿은 것이었다. 우리가 송림곶을 찾은 까닭은 다른 데 있지 않았다. 사람들에 시달림을 받아 온 나로서는 도시로부터의 부박한 해수욕객들이 미처 밀려들지 않을 그런 한적한 어촌이 그리웠다. 나는 방 하나를 얻어서 사나흘 동안 낮잠이나 즐기는 게으른 시간을 갖기를 갈망했었으며, 그러는 가운데 곰곰 혼자 따져 볼 고민거리를 풀어낼 수 있으려니만 여기고 있었다. 그런데 바로 이런 보잘것없는 어촌에 남근상을 모셔 놓은 부군당이 있고, 매년 음력 정월 보름이면 당제(堂祭)가 있어 왔다는 이야기는 미상불 흥미를 불러일으켰다.

하지만 이군필은 관심을 보이는 내가 가소로운 듯했다. 얼마 전에도 민속학자라는 사람들이 이곳을 찾아와 길 안내를 했다는 이군필은(그는 국사가 전공이지만 향토 민속에 관심이 많았다) 아프리카 미개지를 찾아온 돈 많은 미국 인류학자처럼 호들갑을 떨어대는 그 사람들 때문에 학질을 뗐노라고 분개한 어조로 말함으로써 나를 진정시켰다.

사람들의 삶은 어디서나 신성하고 엄숙한 만치 그것을 기이한 풍물의 대상으로 여겨서는 되지 않는다는 뜻이 그의 어조에는 포함돼 있었다. 남근상이라는 것만 해도 그것은 험악한 바다와 싸워 삶을 개척해 내는 사람들의 풍요제(豊饒祭)의 상징으로서 엄숙하고 진지하게 받아들여야 할 것이라고 그는 말하였다. 더욱이 이곳 송림곶은 언제인가부터 그나마 당제(堂祭)도 드리지 않게 되어 버렸다는 이야기를 그는 했다. 그러니 일주일 전부터 제주(祭主)로 뽑힌 사람이 목욕재계하여 잡인을 금하고 몸을 정(淨)히 한다든가, 동네 사람들이 음력 정월 보름달이 뜨기를 기다려 남근상 앞에 모여앉아 풍어(豊漁)를 기원하였던 마을굿마저 아련한 추억으로만 남아 있을 뿐이라고 하였다. 없어진 것은 당제만이 아니라 나무로 정교하게 깎아 옻칠을 하였던 남근상도 마찬가지라는 것이었다. 부군당에는 다만 그것을 모셨던 자리만이 휑뎅그렁하니 비워진 채로 있어 옛 모습을 추측케 할 뿐이라고 했다. 촌로들은 남근상이 없어져 버린 게 아마 6·25 때가 아닌가 싶다고 자신 없이 옛 기억을 더듬을 뿐이라는 것이었지만 정확한 사실은 아무도 몰랐다.

이러한 이야기 끝에 이군필은 쓸쓸히 웃으면서 이 조그만 어촌에도 전쟁의 풍파는 어김없이 찾아와 마을을 할퀴었으니 무슨 일인들 일어나지 않았겠느냐고 말하였다. 그러니 그 북새통에 남근상이 언제 어떻게 없어져 버렸는지를 누가 알 수 있을 것이란 말인가. 다만 확실한 것은 남근상이 없어지고 당제를 드리지 않기 비롯하면서부터 이 어촌에는 커다란 변괴가 일어나게 되었다는 것이다.

우리는 사장(沙場)에 앉아 바다를 바라보고 있었다.

"그래, 어떤 변괴가 생겼지?" 하고 나는 물었다.

"뭐 흥미 있는 이야기는 아니야" 하고 이군필은 말했다.

"어디서나 다 그 비슷한 것을 겪은 것일 테니까 말야."

이군필은 남근상 앞에 제물을 차려 당제를 드리던 옛날을 그리워하는 표정이 되었다. 그는 사장 위 둔덕에 바닷바람을 받으며, 세차게 흔들리는 갈잎에 싸여 있는 공동 무덤께를 추연히 바라보고 있었다. 바다께의 공동묘지라서 그렇겠지만 그것은 모두 돌을 쌓아 봉분을 만든, 그러니까 좀 특이한 모양을 하고 있었다. 전쟁 때 이 마을 사람들이 떼죽음을 당해 저 묘지에 묻힌 것이나 아닐까 나는 막연히 추측했다. 그래서 그 이후로 당제도 남근상도 없어져 버린 것이나 아닌지 모르겠다고 생각되었다. 이군필의 원래 고향이 여기라는 것을 나는 상기했던 것이다. 그야 이군필은 서울에 와서 줄곧 살았고 학업도 거기에서 마쳤지만 고향 여자와 중매결혼한 뒤로 자진하여 K시로 내려와 고등학교 선생으로 살아가고 있었다.

워낙 조그마한 어촌이라 우리는 더 이상 모래밭에서 바다나 바라보며 생각에 잠길 수가 없었다. 맨 처음에 마을 꼬맹이들이 똥개들과 함께 달려와 인사도 하고 매달리기도 하더니 조금 뒤에 아낙네들과 어른들이 나타났다. 모두 이군필을 잘 알고 있음에 틀림없었다. 그물을 손질하고 있던 새까맣게 그슬린 장대한 체격의 어부도 다가왔다.

"안녕하셨어요, 매부." 하고 이군필이 일어서면서 인사를 했다.

"음, 자네 왔구먼." 매부라고 불린 그 사내는 어딘가 좀 겸연쩍어 하는 어조로 말하였다.

이군필은 나를 소개했다. 어쩌면 여기서 며칠 묵게 될지도 모른 다고 하면서 그렇게 되면 방 하나 비워 주었으면 좋겠다고 나를 대 신하여 말했다.

"그거야 무슨 문제겠나마는 방이 워낙 누추해서……. 하여튼 자 네도 오랜만에 내려오고 했으니 오늘은 갈 생각 말구 우리 집에서 쉬어야 해." 하고 그 남자는 말했다.

이군필의 매부가 된다는 그 사내는 다시 바닷가로 내려갔고 우 리는 자리에서 일어섰다. 나는 약간 궁금증을 가지게 된 게 있었다. 이군필이 매부라고 부른 그 사내의 부인은, 그렇다면 이군필의 누 님이 될 터인데, 그는 일절 그런 이야기는 꺼낸 적이 없었다. 혹시 그 의 누님도 일찍, 그러니까 전쟁 때 죽어 버린 것이나 아닐까? 그래 서 매부라는 사내도 그렇게 데면데면한 표정을 지었는지도 모르 겠다고 생각되었지만 나는 그런 이야기를 이군필에게 물어보지는 않았다.

오후가 착실히 되었지만 하루 중에서 가장 무더운 시각이었다. 불볕에 모든 것이 축 늘어져 버렸다. 황톳길은 너무도 눈이 부셔서 걷고 있노라니 몸뚱이가 그대로 불에 구운 오징어처럼 오그려 붙 는 것 같았다. 다시 송림을 빠져나올 무렵쯤 해서 이군필은 주막에 나 들러 소주나 한잔하자고 했다. 조그만 좌판을 벌여 놓고 있는 구멍가게가 주막을 겸하고 있었다. 파리 새끼들만 앵앵대는 구멍 가게 안쪽에는 여편네가 어린애에게 젖을 물린 채 잠에 떨어져 있었다. 우리는 마당께에 오리 의자를 내다 놓고 조그만 계집애더러 김치며 어물이며 가저오라고 해서 할짝할짝 소주잔을 핥기 시작했다. 매미 소리만 아니었더라면 이곳이 너무 덥고 고요해서 그냥 정신이 돌아 버릴 것만 같았다. 하지만 술잔이 들어가자 이군필은 우울하였던 기분이 풀리어 드는 것 같았다. 그는 아까 바닷가에서 매부라고 불렀던 그 어부에 대해서 말하기 시작했다.

"자네는 대처(大處) 사람이 돼 놔서 그분이 허잘것없는 시골 무지렁이라고 우습게 보겠지만……."

"아니야. 어찌 그럴 리가 있겠나?" 하고 나는 항의했다.

"나는 그분을 존경해. 무어랄까…… 이제는 그 형체마저도 사라져 버리고 말았지만, 모두들 정신적으로뿐만이 아니라 골상적(骨相的)으로도 트기가 돼 버리고 말았으니까 말야. 하지만 저 양반은 아직껏 원형(原型)을 보존하고 있는 거야. 그러니까 조선 토종으로서 원형을……. 그분의 살아 내는 삶도 그래. 그게 조선 토종의 삶을 꽉 붙들어 쥐고 있는 그런 삶이란 말야. 물론 저분은 미개하겠지. 평생 저렇게 가난에 찌들려 이 쬐그만 어촌에서 바깥으로 한 발짝 내디딜 생심도 내지 않은 채 살다가 죽겠지. 하지만 그게 어쨌다는 건가? 더 잘 먹구 지낸다는 게 근대화라면 저분은 결코 근대화되기를 거부하면서, 원형을 보존하고 있는 거야. 그렇다고 무슨 인간문화재다 하는 사람들처럼 누구의 보호를 받고자 한다는 이야기는 아니지만……."

술기운 때문만은 아니었을 텐데 이군필은 그답지 않게 흥분해서 이야기를 어렵게 꺼내 놓고 있었다. 조선 토종이니, 원형이니 하는 식으로 유식하게 말을 하는 경우란 이군필에게는 없었기 때문이다. 그의 이야기가 이렇게 가라앉지 못하고 튀어 오르는 것에 나는 의

아한 생각이 들었다. 그가 오늘따라 흥분하는 이유는 무엇일까?

"아까 그분, 매부라고 한다면, 자네 누님께서는 어떻게……?" 나는 될수록 심상한 어조로 물었다.

"우리 누이?" 이군필은 홍 하고 코똥을 쌌다.

나는 쓸데없는 말을 물어서 그의 상처를 건드린 게 아닌가 싶어 안쓰러운 기분이 되었다.

"무어 자네한테 숨길 것두 없으니까 다 말하지. 글쎄 내가 조선 토종의 원형을 보존하고 있는 게 우리 매부다 하고 말했지만 그게 다 우리 누이를 연상해서 한 말이었어. 우리 누이는 무어랄까 우리 시대의 실패작이라 할까 태작(駄作)이랄까, 그런 여인이지. 아직 살아 있어, 물론. 저 K시에서 술집 여자로 전전하고 있으니까 말야."

우리 시대의 실패작이니 태작이니 하는 이군필의 이야기가 또 튀어 오른다고 느끼고 있었던 나는 그의 누님이 술집 여자로 전전하고 있다는 말에 놀랐다. 그런데 자기 누이에 대해 말하는 이군필의 어조는 어째서 그렇게 야멸차기만 한가?

나는 비로소 조선 토종의 원형이니, 우리 시대의 태작이니 따위의 걸맞지 않은 유식한 용어로 이야기를 어눌(語訥)지게 꺼내 놓고 있는 이군필의 심정을 어렴풋하게 짐작할 수 있었다.

"알겠어? 당제(堂祭)다 남근상이다 하는 걸 없애 버린 것도 전쟁이었지만, 누구보다 순진한 시골 처녀의 인생을 해갈시켜 놓은 것도 그 전쟁이었으니까 말야."

이렇게 입을 연 이군필의 이야기는 이러했다. 6·25 당시 이 어촌은 북의 점령 치하에 놓였다가 다시 남의 탈환 지역으로 되었고 그 와중에서 해코지를 당해 애매하게 많은 사람들이 저 해변의 공동묘지에 묻힌바 되었던 것이지만, 그것으로 전쟁은 아주 지나가 버린 것은 아니었다. K항 아래쪽, 그러니까 이곳 송림곶에서 남천(南川)을 끼고 30리쯤 올라가 있는 곳에 비행장이 생기면서부터 새로운 바람이 불어왔다. 이미 그 무렵 그의 누이는 아까 우리가 만났던 어부와 정혼한 사이였지만 그것이 문제가 되지는 않았다. 서울에서 내려온 군인과 시골 처녀 간의 사랑은 문자 그대로 〈빨간 마후라〉라는 영화에 나오는 것과 같았다. 언제 죽을지 모르는 장교와 처음으로 새로운 세계에 접한 갯벌 아가씨 사이의 연애는 누구도 걷잡을 바가 되지는 않았다. 어촌의 처녀들이 모두 순결한 사랑을 바쳤고 전투가 계속되는 가운데 조종사들의 사랑도 그처럼 순정적인 것이었다.

하지만 전쟁이 휴전이라는 이름으로 중단된 이후 군비행장은 다른 곳으로 옮겨가 버렸고, 군인들도 이곳을 떠났다. 원래부터 이곳 토박이였던 처녀들은 그러나 옮겨 앉을 데가 없었다. 이군필의 누이는 이미 딸을 하나 낳았지만 이때에 어쩌지 못하고 이미 정혼하였던 어부에게로 돌아와 결혼식을 올렸다. 그 어부, 즉 이군필의 매부는 모든 것을 이해하여 아무런 내색도 하지 않고 받아들였다는 것이었다. 그러나 그것으로 문제가 해결된 것은 아니었다. 이미 도시 남자와 연애를 벌였던 아내는 어촌에 틀어박혀 될성부르지 않은 고기잡이로 썩고 있는 남편을 우습게 알고 얕잡아 보는 마음이 생겼다. 도저히 이런 어촌에서는 살아 낼 수가 없다고 앙탈을 부리던 끝에 도시로 뛰쳐나가 전에 연애를 벌였던 군인을 찾았지만 그 인연은 이루어질 수 있는 것이 되지 못하였다. 그럼에도 이군필의 누이는 아무리 비참한 지경에 떨어질지언정 도시를 버리지 못한 채 그곳에서 살아가고 있다는 것이었다. 그의 매부는 이제 와서 이군필의 누이를 포기하고 있지만, 사람 살아가는 격(格)을 그토록 달리 만들게 한 세상에 대한 증오를 가지고 더욱 자기 자세를 다듬어 그렇게 어촌에서 묻혀 지내고 있다는 이야기였다.

"주간지에도 실리지 못할 정도의 빈약한 신파 영화 같은 이야기라고 자네는 생각할지 모르지만 의외로 진실은 이런 데에서 찾아지는 게 아닌가 몰라. 자네는 어때? 이런 이야기가 실감이 있게 들리나?" 하고 이군필은 물었다.

"그건 가능한지 모르겠어. 여기에 다시 남근상을 만들어 모셔 놓고 당제를 부활하는 일이?" 나는 그의 물음에 이렇게 다른 질문을 던졌다.

"불가능해. 이미 이만큼 달려와 버렸으니 뒤로 돌아가진 못해. 아무도 그걸 하지 못해."

나는 잠잠히 생각에 잠겨 들어갔다. 이군필의 표현대로 하자면 조선 토종으로서의 원형을 보존하면서 이런 시대의 행진에 맞춰 간다는 것은 얼마나 어려운 일일까?

"그렇다면 가능한 것은 무엇일까?"

"내가 그걸 어찌 알겠나?" 하고 이군필은 술이 깨는 듯한 어조로 말했다.

우리는 주막에서 일어나 이미 땅거미가 내리고 있는 황톳길을 걸어 이군필이 매부라고 부르는 어부의 집으로 들어갔다.

아마도 우리를 기다리고 있었던 듯했다. 마당에는 멍석을 깔아 놓았고 주인은 아마 기다리기 지루했던 나머지 술 한잔을 입에 대고 있는 중인 듯했다.

"자 이리들 앉지. 술 한잔씩 받고."

우리는 술잔을 받았다. 하얀 빛깔로 보아서 소주임이 분명한데, 그것은 팔팔 끓을 정도로 뜨거웠다.

"그냥 마시기에는 슴슴해서 덥혀서 마시는 거야. 배를 타고 바다에 나가 파도와 싸우다 보면 뜨거운 소주가 화끈하는 게 괜찮아. 그렇게 하다 보니 습관이 된 모양인데, 손님들에게는 어떨지 모르겠군."

뜨거운 소주는 과연 속 안을 왈칵 뒤집어 놓을 정도로 화끈거리게 만들었다. 소주를 덥혀서 마시기도 한다는 것을 나는 처음으로 알았다.

"어때, 저 손님은? 더운 소주가 괜찮은지? 안 좋다면 찬 것으로 가지구 오고……."

"아니요, 아주 좋은데요. 화끈하는 게 좋군요." 하고 나는 말했다.

"아암 좋지. 몸이 식으면 아무것도 못 하니깐 기운 하나는 말짱히 보존하고 살아야지. 어디에서 무얼 하든지 간에."

이러면서 그는 내가 만난 이후 처음으로 빙그레 웃었다. 나는 여태까지의 내 몸이 마치 식어 버렸던 몸이나 아니었던가 하는 생각에 잠겨 들어갔다. 내가 뜨거운 소주를 연거푸 들이켠 것은 그 때문이다.

《문학사상》, 1977년 8월호

독가촌 풍경

독가촌 풍경

　독가촌(獨家村)은 휴전 협정이 체결되던 무렵에 생겨난 마을이다. 그곳이 행정 지명으로는 강원도 P군 강동면(江東面) 옥당리(玉堂里)가 되는데, 월암리(月岩里)·신계리(新溪里)·상정리(上頂里)와 연이어져 저 위쪽으로 중계산(中溪山) 상계봉(上界峰)에 턱이 닿고 있다. 서울에서 강동까지는 급행 버스 편이 없지도 않으나, 포장이 안 돼 기차를 탄 다음에 버스로 갈아타고 가는 것이 편하다. 그리하여 강동에서 다시 버스를 바꿔 타고 산자락으로 뚫린 길을 30여 리쯤 사행(蛇行)으로 구불거리고 들어가면 마치 중절모자의 위 뚜껑 같은 분지가 나오는데, 그곳이 독가촌이다.

　독가촌이란 마을의 이름이 생겨난 유래는 다름이 아니다. 그 당시 중계산 상계봉의 후미진 골짜구니에 드문드문 외따로 떨어진 두메 집들이 마치 산적의 산채들처럼 발겨져 있었는데 난리가 아직 끝나지 않았을 무렵이라 군 당국에서 강제로 명령을 발동하여 그런 외따로 떨어진 두메 집들을 모두 철거해 산 너머 옥당리에 집결시켰다. 군 작전상 산 위 사람들을 산 아래로 몰아낼 이유가 생겨서 그렇게 되었다. 이때 이 부락이 독가(獨家)들을 긁어모아 마을을 이룬 것이라고 해서 독가촌이라 하였던 것이다. 그런데 국어학자가 아니더라도 '독가'가 '촌'이 될 수 있다니, 이 '독가촌'이라는 게 이리 따져보든 저리 따져보든 도대체 말이 되지 않는 것이었다. 독가촌 이란 마을의 생김새나, 그 바닥에 끼어 있는 사람들이 모두 엉망에 진창인 것이 마치 이런 이유 탓인 듯하였다.

옥당리 독가촌은 이처럼 동족 전쟁통에 이루어졌다. 그러다가 다시 큰 변화를 만난 것은 5·16 직후가 된다. 그때 서슬이 시퍼렇던 혁검(革檢)이 구 정치인들뿐만 아니라 온갖 잡범(雜犯)들을 옭아 넣었고, 그중에서 특히나 폭력범과 파렴치범을 붙잡아 들였는데, 이때 이들에게 개척단·건설단 등의 고상한 명칭을 붙여 그 노동력을 활용할 셈으로 대거 황지(荒地)에 쓸어 넣은 일이 있었다. 산 너머 독가촌도 이들의 피땀을 흘리게 한 곳이었다. 하지만 개간 사업은 내실을 거두지도 못한 채 중단되었다. 저 황량한 서부 영화의 무법 천지와도 같이, 또는 시베리아 동토(凍土) 유형지처럼 그 일대가 무시무시한 고장이 되어버리고 말았으므로, 그곳 사람들은 그때를 살벌하게 기억하고 있는 것이다. 얼마 안 가 그들이 몽땅 풀려난 것만은 다행스런 일이었으며, 독가촌은 다시 산골 사람들의 마을로 환원이 되어 버렸다.

하지만 독가촌이 세상을 잊고 싶어도, 세상은 독가촌을 잊어 먹고 있지는 않았던 것이니, 그게 1964년도이든가 1965년도이든가 그랬을 것이다. 시골에서 견디지를 못하여 서울로 올라갔던 사람들이, 그 서울에서도 맨 몹쓸 변두리로만 굴러다니다가 막판에 고향 아닌 산골로 다시 굴러 내려가게 되는데 독가촌이 이런 서울 사람들을 받아들이는 곳으로 선택이 되었던 것이다.

그러니까 그때가 경제 개발 계획이다, 국토 건설 계획이다 하는 게 나날이 새롭게 성안(成案)되곤 하던 때였다. 온갖 계획이 소나기처럼 쏟아져 나오는 가운데 그중 하나로 서울의 유휴 노동력을 황무지 개간에 이용하려는 안건도 있었다. 그리하여 지원자를 뽑아내 이들에게 10평짜리 블록 집을 한 채 지어주고 개간할 땅을 분양해 주는데 그 조건이 완전 개간된 뒤에 10년 분할로 상환한다는 것이 었다. 돌팔이 치과쟁이 허명두 씨가 이곳을 찾아든 것도 그 무렵의 일이었다. 하지만 그는 다른 속셈도 있었으니 그 사연이야 차차 밝혀질 일이고, 아무튼 서울은 사람 살 데 못 되더라, 농민 자식으로 태어난 자는 흙이 있어야 되겠더라 해서, 특히나 서울의 변두리 난민촌 외촌동(外村洞)에서 그때 많은 사람들이 자원하여 이곳으로 황무지를 개간하러 들어왔다. 온 씨(溫氏) 같은 사람이 바로 그때에 이곳에 정착을 한 대표적인 위인이라 할 수 있었다.

독가촌은 그 뒤로도 무시로 변화를 겪곤 하였으니 댐이 건설되어 춘천에 때아닌 호수가 생기는 바람에 수몰지구가 되어 엉엉 고향을 잃어버린 사람들이 집단 이주를 해온다든가, 또는 전용 군사 도로로만 사용되던 길이 민간에게 허용됨에 따라 버스가 이곳까지 들어오게 되어 뜨내기 품팔이꾼에 벌채꾼, 목상(木商)들이 넘본다든가 하는 일 등이 그것이었다.

하지만 독가촌에 유사 이래 처음 보는 변화(라기보다는 변괴지만)가 생겨나고 있는 것은 이즈막의 일이었고 그래서 돌팔이 치과쟁이 허명두 씨가 '바쁘다, 바빠'를 연신 뇌까리게 된 것도 시금(時今)의 일이었다.

항상 흙탕물이 고여 있기 마련인 버스 정류소에서 개천을 끼고 돌아 옥당교(玉堂橋)가 나오는 그 언저리에 장터가 생겨나 있었다. 그리고 재건 주택들이 둑을 따라 연이어져 있는데, 그 너머 개천 저쪽에 옥수수 가공 공장이 들어찬 것이 벌써 몇 년 전의 일이지만 이 마을 노동자 합숙소에 하숙집들이 생겨나게 된 것도 새로운 변화였다. 사료 공장과 비닐하우스용 비닐공장도 들어왔다. 허명두 씨의 집은 바로 옥수수 가공 공장과 붙어 있었다. 원료로 쌓아둔 옥수수 줄겡이며 껍데기가 허공에 풀풀 날아다녀 사막처럼 공기가 뽀얗고 썩은 달걀 냄새를 풍기며 흘러가는 누런 개천물, 그리고 항상 쿵쿵 대포 소리를 내는 공장의 소음으로 해서 허명두 씨의 집은 흡사 무슨 공단(工團)에 들어 와있는 듯도 싶지만, 물론 그는 이에 개의치 않았다. 야금야금 방 칸을 늘려 하숙도 치고 자취방으로 내주어서 들어오는 돈이 쏠쏠치 않았기 때문이었다. 게다가 허명두 씨는 은밀히 돌팔이 치과쟁이 노릇으로, 일테면 어엿한 직업 돈벌이를 갖고 있는 셈이기도 했다.

허명두 씨가 독가촌과 인연을 맺게 된 것은 벌써 15년이 넘었다. 5·16 직후에 ‘나는 깡패입니다’라고 앞가슴에 써 붙이고 시내를 행진한 뒤에 다구리로 얻어 켰던 다음에 구속되었던 그 깡패들 속에 허명두 씨가 끼여 있었다. 이런 관계로 그는 그 2년 뒤에 독가촌에 들어와 황무지 개간 사업을 벌였던 노역자 죄수들 속에 끼여 있었다. 그때 허명두 씨가 은밀히 연애를 벌인 일이 있었는데 상대자가 바로 독가촌에 사는 열아홉 살짜리 명옥이었다. 명옥이에게는 함께 서울 올라가서 살림을 차리자고 하였다. 하지만 그 당시 서른한 살이었던 허명두 씨는 개간 사역이 끝날 적에 물론 명옥이를 차 버리고 저 혼자서만 서울로 올라갔다. 출감해서 그가 착실하게 세상살이를 하겠다고 결심한 것은 당연한 일이었지만, 그런데 세상은 그가 착실하게 사람 노릇하며 제대로 살아가도록 허용해 주지는 않았다.

자유당 시절에 세상을 주름잡던 ‘아오마스’라고 하면 알 만한 사람은 다 알 터이지만, 그 '아오마스'의 똘마니로 설치고 다녔던 임춘재라는 사가 술집에서 죽어 나사빠신 것은 ㄱ사의 팔자가 더러웠다고 할밖에 없는 돌발적인 사고였다. 하지만 그 자리에 있었던 허명두 씨가 이것을 어떻게 법률적으로 조리 있게 설명할 수 있을 것이란 말인가. 오상방위(誤想防衛)[1]라는 법률 용어가 바로 이와 같은 경우에 해당 된다는 것을 그는 물론 알지 못하였다. 그래서 허명두 씨가 줄행랑을 놓았는데 그가 이르는 곳마다 지명수배자 벽보가 붙어 있었다. 그 수배자 명단 속에는 물론 그의 사진과 이름, 그리고 살인범이라는 그의 범죄 내용마저도 기재되어 있었다. 허명두 씨는 더 이상 도망칠 곳도 없었다. 그리하여 그가 마지막으로 큰 용기를 내 들어온 곳이 독가촌이었다. 황무지 개간 사역에 동원되었을 적에 인연을 맺었던 명옥이를 물에 빠진 놈 지푸라기 잡는 격으로 기대하였기 때문이었다. 스물한 살이 된 명옥이는 다행스럽게도 아직 출가를 하지 않았다. 그가 12년 아래인 명옥이와 살림을 차려 독가촌에 뿌리를 박게 된 사연이 이와 같았다. 물론 명옥이는 산골에서 쑥버무리나 해 먹으며 천덕스럽게 자라난 계집이었으므로 얼마 안 가 그가 마누라 명옥이를 개떡같이 알아도 도무지 반항하거나 바가지 긁을 염을 내지 못했다. 그는 마누라를 쑥버무리 아닌 개떡같이 알았고, 독가촌의 모든 산골 무지렁이들 또한 경멸하고 조롱함으로써 자기 삶의 위안을 삼았다.

그가 은밀히 돌팔이 치과쟁이 노릇을 하게 된 것은 서울에서 황무지 개간 사업 지원자들이 밀려들 무렵이었다. 딱한 인생이기는 허명두 씨와 다를 바가 없는 위인들이었다. 농촌에서 도저히 견딜 수

---

[1] 현재의 부당한 침해가 없는데도 불구하고 방위자가 있는 것으로 오인하고 방위 행위를 한 경우.

가 없어 보따리 싸 들고 서울로 올라갔던 일이 엊그제 같은데, 서울에서는 또 맨 변두리로만 돌아다니다가 '내 땅을 가질 수 있는 길이 있다.'는 말만 꿈같이 믿고 황무지를 개간하겠다고 독가촌에를 찾아 내려왔으니 그야말로 끝판 인생들이었다. 아무리 격변의 시대라고는 하지만 저 60년대는 참으로 지랄 같은 세월이었다. 그 시대라는 게 사람들을 알뜰히 보살펴 주면서 행진해 나가는 게 아니었다. 사람들을 쥐어박고 유리걸식을 시키면서 그 시대라는 게 저 혼자서만 달아 빼려고 하는 것 같았다. 그리고 이런 사정이 잘 보이는 곳이 다름 아닌 독가촌 같은 데지만, 허명두 씨는 이런 점을 따져 본다기보다도 다른 이유로 해서 한결 마음이 놓였다. 인총(人叢)이 이만큼 불어났으면 그로서도 이제 꿈지럭거려 볼 일이 있으리라 싶었기 때문이었다. 물론 그로서는 황무지 개간에 한 몫 끼겠다든가 하는 생각은 추호도 없었다. 인간이란 묘한 동물이어서 먹고 살 방도가 바이 없는 황무지라 해도 사람이 웬만큼 모여들기 시작하면 저네들끼리 지지고 볶고, 그리고 뜯어먹고 살 궁리가 보이게 되는 것이었다. 무슨 수가 나겠거니 하고 그는 믿었다. 그런데 앞으로 살아낼 궁리[2]가 전혀 없던 그에게 그 기회라는 게 우연치 않게 찾아들었다. 하기야 그가 육군 병원에서 치과 조수로 있었던 게 도움이 되어준 셈이었다. 그가 군대에 들어갔던 것은 1952년이었다. 그런데 그다음해 7월, 휴전이 되면서 일선 부대에 처음으로 군의관이 찾아와 진료를 베풀었는데 이때 그가 대구에 있던 제5 육군 병원으로 후송이 되었다. 그것은 엄살을 부려 이른바 나이롱환자 연기를 잘 해낸 덕분이었다. 그 당시 육군병원의 운영은 난맥상을 이루고 있었다. 원대

---

2) 원문에는 '궁량수'로 표기되어 있음.

복귀를 피할 요량으로 나이롱환자 노릇 하면서 치과 병동의 조수로 배겨냈던 게 그 무렵 일이었다. 병원 하나 제대로 없는 녹가촌에 치과의사가 있을 턱이 없었다. 어느 날 치통으로 고생하는 최유택이라는 사람의 이를 고쳐준 게 새 생활의 계기가 되어주었다. 그가 의사 면허증 따위가 있을 턱 없는 돌팔이인 줄을 모르는 바 아니지만 사람들이 은밀히 찾아들 왔다. 그래 그는 C시에서 수동식 엔진을 하나 사들여 놓고 나서 사람들의 아가리를 들여다보기 시작했던 것이다.

하지만 허명두 씨로서는 이런 것이 엄연히 범법 행위가 되는 줄을 아는지라 환자를 맞아들이는 접대방식이 자연 신중해질 수밖에 없었다. 물론 집 대문에 무슨 간판 같은 것을 달아놓을 처지는 전혀 아니었다. 안방 윗목에 엔진을 놓아두고 있는 만치 겉으로 보아 별다른 티가 나지 않는 살림집일 따름이었다. 정식으로 개업한 치과 병원이라야 30리 바깥의 강동면에 한 군데가 있었다. "글쎄…… 어디서 무슨 소문을 들으셨는지 몰라두, 여긴 치과 병원이 아니라 가정집이에요. 그러니 이가 안 좋다면 저 아랫마을 치과 병원엘 가 보시우." 그는 이런 식으로 딴전을 피우는 것이었다. 이러면 방문객은 괜히 쩔쩔매며 사정 조로 이야기를 늘어놓았다.

허명두 씨는 사람을 읽어내는 속도가 빨라서 누구든지 한눈에 척 봐서 그가 어떤 자인가를 대번에 파악하였다. 하물며 독가촌에 정착하러 들어온 사람들이란 무슨 귀찮은 보따리처럼 험난한 인생 경력을 메고 있었다. 인생살이에 걸머진 짐이 무거운 위인들이어서 짓눌리고 시달림 받고 주눅이 들어 버린 그들 자신을 숨길 줄 몰랐다. 사람을 읽어내는 속도가 빠르다는 것은 상대편의 성격적 약점이라든가 생활상의 허점 같은 것을 한눈에 알아본다는 것을 의미하였다. 말하자면 상대방으로 하여금 대로변에서 오줌을 누다가 순경에게 들켜 버린 자와도 같은 처지로 꼼짝 못 하게 몰아넣게 하는 일이었다. 허명두 씨 자신이 순경의 기분 이상으로 거만해지고 도도해질 필요도 있었다. 사람들이 썩은 이 때문에 그를 찾아왔다는 게 그런 공포 분위기를 조성하는 데 알맞았다. 왜냐하면 이가 아픈 것은 허명두 씨가 아니었으니까, 그게 상대방으로 하여금 죄인 같은 심정을 느끼게 하기에 알맞춤하였다. "이것 참 난감하군. 최유택 씨의 썩은 이를 고쳐준 적은 있지만, 그거야 뭐 아는 사이니까 그냥 해준 것뿐이란 말요." 그는 이런 식으로 약간 누그러지는 체하다가 마지못한 듯 "어디 그럼 한번 보기나 합시다. 밤새도록 이가 쑤셔서 한잠도 못 잤다면, 썩어도 보통 썩은 건 아닌 모양인데……, 그거 이만큼은 얼른얼른 치료를 해야 하는 거야."

그리하여 내방자가 방으로 들어오면 이발소에서 사 가지고 온 고물 이발 의자에 앉도록 권유하면서 "자아, 입을 벌려서……." 하며, 허명두 씨 자신이 "아아아……." 소리를 내는 것이었다. 그는 "아아아……." 소리를 아주 절망적인 신음 소리처럼 냈다. 환자가 아…… 하고 입을 떡 벌리면 그가 대갈통을 그 속에 처박을 듯 입속을 들여다보며, 상대방에 대한 그의 경멸은 알지 못할 분노로 피어오르는 것이었다.

"썩었군 썩었어, 몽땅 썩었어." 허명두 씨는 저주스럽듯 소리를 지르며 "원, 당신도 사람이오? 이렇게 썩어 문드러질 때까지 어떻게 내버려 뒀소? 나로선 어찌해 볼 도리가 없으니 저 아랫마을 치과 병원에나 가 보시구려." 하고 막 타박하는 것이었다. 허명두 씨는 돌팔이 무면허인지라 엄포를 놓는 것이지만, 그럴수록 환자들은 꼼짝달싹을 못 했다. 그리하여 환자가 사정사정해가며 치료해 달라고 부탁을 해오면 어쩔 수 없다는 듯 응낙은 하면서도 알아먹을 수도 없는 욕설을 지 혼자 중얼중얼 퍼부었다. 그는 환자 응내가 친절하지 않은 것과 마찬가지로 치료하는 손길도 자상하지 않았다. 쉬지 않고 환자의 썩은 이를 개탄하면서 일부러 부어오른 신경도 건드리고 망치로 억세게 두들겨 대기도 하고 무엇보다도 환자들이 가장 질색하는 엔진을 들들대며 입아구 속에 처넣어 사정 없이 아픈 이를 갈아댔다. 그렇게 허명두 씨는 자기에게 찾아오는 사람들에 대한 혐오와 증오를 인술(仁術)로 삼아 돌팔이 치과쟁이로서의 내력을 굳혔다. 따라서 사람들은 썩은 이를 고치기 위해 그를 찾아오는 것만이 아니라 한껏 조롱당하고 능멸당하기 위해 그를 찾아오는 셈이기도 하였다. 허명두 씨가 생각해 볼 때 묘하다면 묘한 것이 그 점이었다. 불친절하고 잔인한 치료에도 불구하고 찾아오는 사람들의 숫자가 늘어만 가는 일이었다. 아마도 사람들을 인정머리 없이 다루는 게 도리어 그의 치료술을 돋보이게 하는 구실을 하는 게 아닌가 싶었는데, 내심 그에게 짚이는 바가 없는 것이 아니었다.

그가 곰곰 자신의 인생을 생각해 보노라면 거기에는 두 개의 분수령이 그어져 있었다. 그 하나는 8·15에서 6·25에 이르는 기간이었고, 그 둘째는 1954년 제대한 뒤부터 1960년 4·19에 이르는 기간이었다. 그가 1948년 열여덟 살 나이로 대한청년단에 들어갔던 것은 도저히 먹고 살 수 있는 방도가 나타나지 않았기 때문이었다. 그래서 어린 나이지만 세상에 대한 증오가 엉뚱하게 자리 잡아 나간 셈이었다. 대한청년단 서대문지구에 소속되었던 그가 주로 했던 일들이라는 게 백범 김구의 경교장(京橋莊)으로 우르르 밀려 가서 물건을 깨부수며 데모를 벌인다든가 백범 휘하에 몰려든 자들이 조직한 '삼균학련'의 청년들을 몰매로 패대기치고, 때로는 김두한 패거리

들에 가세하여 학생들을 두들겨 대는 것이었다. 풍문으로는 거룩
하게만 여겼던 인사들이 실제로는 아주 돼 먹지 않은 인간들이라
고 하는 두목들의 주장이 귓맛에 듣기 좋았다. '너만 잘났냐, 나도
잘났다' 하는 억하심정이 힘과 용기를 내게 하였다. 무엇보다도 한
바탕 사람들을 두들겨 팬다든가 물건을 짓부수고 났을 적의 후련
한 기분을 비교할 데가 없었다. 하기야 그 바람에 6·25 때는 남들보
다 모질게 고생을 겪었다. 그러나 휴전 이후로 그는 또 한번 신나는
세월을 맞이했던 셈이었다. 동양극장 2층에 사무실이 있던 화랑동
지회에 가입해 따라다녔던 것도 따지고 보면 먹고 살 수 있는 방도
가 마땅찮았기 때문이었다. 화랑동지회는 먹고 살게 해 주었고, 하
는 일이라는 것도 기분에 맞았다. 그 자유당 시절엔 웬 불평불만들
이 그리도 많았던지? 그가 하는 일이란 불평불만을 털어놓는 자들
을 조지는 일이라 할 수 있었다. 세상이 움직여가는 대로 줄줄 따라
가면 됐지 그걸 시시콜콜히 따져 옳으니 그르니 하는 게 돼 먹지 않
은 짓이었다. 세상을 의심하는 자들을 보면 그는 기분이 나빴다. 세
상을 의심한다니, 그런 자들이 남보다 의협심 강하며 정의감에 불
타서 그런다고 믿을 수 있을까. 그럴 수도 있지만 그렇지 않을 수도
있었다. 의협심이나 정의감을 내세운다는 것도 다 여유가 있고 학
식과 재력이 있어야 가능한 것 아닌가 하고 회장은 말했다. 그들은
그러고 싶어도 그럴 처지가 되지 못하였다. 다시 말해 자기 잘났다
고 떠드는 자들을 응징하는 것이 얼마나 신나는 노릇인가. 그는 그
세상이 왜정 시대가 됐건 어떤 시대가 됐건 의심해본 적이 없었다.
그냥 따라가 주기만 하면 되는 것이 자기가 살아가야 하는 인생이
라고 생각했다. 그러므로 잘난 체 까불며 입 나발을 불어 씨부렁대
는 자들이 생리적으로 미웠다. 그랬기에 4·19를 생각하면 그는 쓴웃

음밖에는 나오지 않았다. 그 당시 동양극장 맞은편 쪽 이기붕 집으로 데모대가 밀려올 때, 그 자신은 이를 수비한답시고 몽둥이질에다가 급기야 총질까지 했던 패거리 속에 끼여 있었다. 그래서 혁명 뒤에 고생을 겪게 되었다. 4·19는 도대체 무엇이더란 말인가. 민중은 묶어 놓아야 하는 것이지 풀어놓으면 세상을 더욱 뒤죽박죽으로 만드는 것 아니었던가? 그 자신으로서야 지은 일이 있으니 그랬다손 치더라도 이승만 박사를 그처럼 구박하다니 앞으로는 다시 그런 따위 혁명이란 있지 말아야 할 터이었다.

이처럼 그 두 기간이 그에게는 인생의 전성시대였던 셈이다. 그 뒤로는 재미난 세월을 만나지 못하였다. 그러나 전에는 미처 깨우쳐 알지 못하였던 증오와 분노가 마치 불꽃처럼 그의 후반 인생에 지펴 오르고 있는 중이었다. 이제 그의 나이도 50을 바라보고 있었다. 과연 그는 노년을 어떻게 맞이하고 있는 것인가. 대한청년단 시절의 동지, 그리고 화랑동지회 시절의 친구들 중에는 내로라하는 사회 명사가 된 자들이 있었다. 정치가로, 재벌로 좋은 세상을 구가하고 있겠지. 하지만 물론 그는 그들과 자기를 비교하여 난감해하는 것은 아니었다. 남들이 볼 적에 떵떵거리며 지내는 자들의 실제 생활이 얼마나 허황한가도 짐작하는 터였다. 세상은 항상 불공평하기 마련이라는 그런 느낌도 재처럼 삭아 버리고 말았다. 출세해서 무슨 장(長)이다 국회의원이다 거들먹거리는 자들이 겉으로 내세우는 미소와는 상관없이 선이 아니라 악(惡)의 질(質)로 똘똘 뭉친 인생 사연을 쌓아 왔다는 것을 짐작하는 그로서는 서울 중심으로 펼쳐지는 정치 경제 움직임에 도무지 관심이 가지를 않고 시들하기만 하였다.

그렇다고 그가 가정에 애착을 갖거나 자식 새끼에게 희망을 걸고 있는 것도 아니었다. 그는 집안에서 호랑이 노릇만 하고 있기 때문에 아무도 그에게 정을 주려 하지 않았다. 그는 무슨 향토 발전에 마을 유지랍시고 참여하여 호인풍의 낯색을 꾸미는 적도 없었다. 독가촌은 주민 형성이 복잡하기는 해도 세월이 흐르면서 차츰 안정돼 가는 기미를 보였다. 또 개척해 놓은 황무지가 고등 채소다 특용 작물이다 하는 것을 재배하기에 알맞아서 조수입(粗收入)만으로 볼 적에는 다른 어떤 산골 마을 못지않다 하여 시범 부락으로 지정받기도 하였다. 또 행정 관청의 이른바 지도 사업이 열화 같기도 하여, 그에게도 몇 번이고 나서달라는 교섭이 온 적이 있었지만 그는 냉정하게 거연한 자세를 보였을 뿐이었다. 아무렇기로서니 왕년에 대처 바닥을 휩쓸고 다녔던 그가 이런 독가촌 같은 마을에서 착실한 새마을 운동가로 변신하고 있다면 삶아 놓은 돼지 대가리가 벌떡 일어나 웃을 일이었다. 다만 그로서 안심이 되는 일이 하나 있기는 했다. 그의 과거에 도사려 있는 그 상서롭지 못한 범죄 사건은 세월이 약이어서 이제 이르러서는 말짱 아문 셈이라는 점이었다.

이와 같이 허명두 씨는 독가촌 사람들을 여전히 증오하고, 또 썩은 이만을 내보이며 그를 찾아오는 자들에게 악다구니를 퍼붓는 가운데 인생의 마지막 사업이라 할까, 그런 것을 궁리해 보는 중이었다. 그러니까 높직한 데서 아래를 내려다보며 마음 놓고 사람들을 경멸할 수 있는 그런 위치라 할까, 지위라 할까를 획득해 봐야 겠다는 생각이었다. 바로 그럴 즈음 허명두 씨에게 결코 놓치고 싶지 않은 기회가 찾아왔다. 그가 독가촌에 들어온 이래 처음으로 서울 나들이도 하고 양복에 넥타이를 잡아매 번듯하게 차리고 나섰던 것도 그 일 때문이었다. 아마 독가촌에 요원의 불길 번지듯 수상한 소문이 퍼진 것도 그 무렵의 일이 될 것이었다. 상전벽해라더니,

그게 바로 독가촌에 해당됨 직한 말이었다. 천험(天險)의 불모지요 게다가 강원도 전방 지대에 속해 지리(地利)라고는 전혀 구비하지 못하였던, 이 강동면 옥당리 일대가 이제 와서는 지리의 요충 지대가 되고 있다는 것이었다. 낯선 사람들이 나타나더니 괴상한 기구들을 이리저리 옮기며 측량하는 일이 벌어지자 소문은 꼬리를 물었다. 허명두 씨는 바지런히 돌아다녔고 군청이다 면사무소다 하는 데에 발걸음이 잦았다.

돌팔이 치과쟁이 허명두 씨에게 사람들이 서먹한 경외감을 표시하기 시작한 것도 그 무렵이었다. 그리고 허명두 씨의 처소, 그러니까 치과 진료소로 쓰고 있는 안방에 온 씨가 얼굴을 내민 것도 이즈막에 생긴 돌변사(突變事)였다. 온 씨는 허명두 씨보다 대여섯 살 높은 연배였는데 두 사람은 우연히 마주치는 일이 있어도 마지못해 눈인사나 할 정도로 전혀 상종한 적이 없었다.

허명두 씨는 온(溫)이라는 자가 생리적으로 싫었다. 그러니 온 씨 쪽에서도 마찬가지 심사를 가졌을 것이었다. 우연히 마주칠 적마다 온 씨는 괜히 꺼림칙한 표정을 짓곤 하였다. 그게 마치 전에 어디선가 원수진 일이 있는 인간을 재수 없이 만나기라도 한 듯한 태도였다. 그런데 허명두 씨도 온이란 자를 보면 기분이 떨떠름하였다. 허명두 씨가 질색해 하는 요소들을 그는 모두 갖추고 있었다. 말하자면 저 옛날 왜놈 밀정이 제 동족 못살게 굴던 그 버릇 비슷한 행태를 그가 부리고 다니던 무렵에, 주는 것 없이 미워하며 증오하던 그런 인간들에게서 그가 맡아내곤 하였던 그런 분위기를 이자가 갖고 있다고 느꼈다. 고개를 잔뜩 숙이고 살아야 마땅한 인간이 싸가지 없이 고개를 바짝 쳐들어 세상을 노려보고 있다면 세상이란 그런 게 아니야 하고 주먹으로 응징해야 마땅한 것이었다. 그런 조직인이란 어느 시대에나 있기 마련 아니던가. 바로 그런 인간이 왜 그리도 많았던지? 대한청년단이나 화랑동지회에 가담해 있었을 적에 그는 이해 상관을 따지기 전에 이가 갈리고, 어떤 수단을 쓰든 빳빳이 처들고 있는 고개를 떨구도록 만들고 싶어 조바심이 나고 주먹이 근질근질해지는 인간들을 수없이 만났다. 그런데 바로 온 씨가 그런 싸가지 없는 인간의 냄새를 풍겼다. 다른 데보다 불평불만이 많을밖에 없는 독가촌 일대를 그렇게 싸돌아다니고 있었다. 그러니 온 씨란 자는 왕년에 대한청년단이나 화랑동지회의 닦달쯤 받아 보았음 직한 골상이었다. 어쩌면 이 자가 혹시 자기와 만났던 적이 있지 않았나 허명두 씨도 미상불 개운한 느낌만은 아니었다. 어쨌든 그랬다손 치더라도 과거는 과거의 일이니 지난날을 캐들어갈 일은 생기지 않으리라 믿었다. 그런 일이 있었다 한들 지금 와서 따질 일은 못 되는 것이었다. 그때는 너나없이 제정신 가지고 견뎌온 세월이 아니었던 것이었다. 또한 이제 와서 허명두 씨 자신의 인생이 영판 달라져 버린 것도 사실이었다.

아마도 온 씨에 대하여 허명두 씨가 이처럼 복잡한 의념(疑念)을 품게 되었다는 사실 자체가 시재(時在)에 그 자신의 옹색함을 증거하는 것일 수도 있었다. 하기야 그는 자신을 설명하는 데 있어 항상 옹색하기는 했다. 그가 경교장으로 처들어가 데모를 벌이고 물건을 까부수고 하였던 것이, 돈 받는 재미였지 뭐 신념을 가지고 한 것일 리는 없는 것이었다. 또 화랑동지회 시절 데모대에 맞서 이기붕의 집을 한사코 지켰던 게 명분으로 하였던 짓일 수는 없었다. 도리어 그 반대였다. 백범 김구가 옳고 떳떳하다는 것 때문에 그는 경교장으로 처들어가는 패거리들 속에 있었을 것이었다. 또 4·19 때도 데모대들의 분노가 정당한 것이라는 것을 느꼈기 때문에 그들을 향해 총질을 하고 곡괭이를 휘두르며 기승을 부렸을 것이었다. 사람이란 명분을 쥐고 있을 적에 용기를 갖게 되지만 명분을 완전히 상대방에게 빼앗겨 버렸을 적에도 혹종의 용기를 발휘하게 된다는 것을 그는 알고 있었다. 이 독가촌에서 온 씨에 대하여 갖게 되는 허명두 씨의 심정이 그와 비슷한 것이었다.

서울의 난민촌 외촌동에서 황무지를 개간한답시고 여러 사람들과 함께 온 씨가 독가촌으로 내려왔을 적에 허명두 씨는 코웃음을 쳤다. 황무지를 개간하면 내 땅이 생긴다는 희망 하나로 이런 산골에 나타나는 자들의 앞날이 어떠할지 뻔히 보이는 듯싶었다. 시골 고향에서 견디다 못해 쫓겨나듯 서울로 올라갔던 위인들일진대, 과연 그런 뜨내기들이 그 서울에서 다시 쫓겨나 이런 독가촌에 들어와 정착할 수 있을 것이라고는 믿어지지가 않았기 때문이었다. 황무지를 개간하는 것은 좋다 치더라도 그동안은 어떻게 견딜 수 있겠느냐는 것이 너무도 엄청난 문제였다. 그것은 과연 허명두 씨의 예상대로였다. 개간해야 할 땅은 주어졌고 블록으로 지은 공동주택까지는 마련되었으나 그 이상 뾰족한 지원은 이렇다 할 게 없었다. 이들이 얼마나 버텨내느냐 하는 것은 다만 시간문제로밖에는 보이지가 않았다.

그 점에 있어서 허명두 씨는 어수룩해 보이기만 하는 온 씨의 어느 구석에 그런 끈기와 힘이 있었던 것인지 도무지 알 수가 없었다. 온 씨는 말썽 많은 사내여서 난민들의 대표자로 나서서 사사건건 이른바 권익 투쟁이라는 것을 벌였다. 지금에 이르도록 온 씨는 행정 당국과 독가촌의 신흥 유지들에게 실인심(失人心)을 살 만한 온갖 미운 짓은 도맡아놓고 하였다. 그러나 그가 없었다면 황무지 개간이 성공하지 못하였을 것이라는 점은 누구나 다 인정했다. 정작 그 불모지가 특용 작물과 고등 채소의 조숙(早熟) 재배 촉성 재배 억제 재배 등 이른바 불시 재배(不時 栽培) 방식을 통하여, 단경기 출하로 소득을 올리기에 아주 알맞은 곳으로 개간이 되었을 적에는 온 씨 소유의 땅은 하나도 없기는 하였지만.

독가촌에서 내로라하는 사람들의 온 씨 평판이란 좋은 편이 아니었다. 그에 대한 소문은 여러 가지로 나돌고 있었지만 도경(道警) 정보과 형사의 분석은 그를 나쁘게 말하는 것뿐이었다. 그의 과거사를 아는 사람은 없었으나, 그것도 나쁜 쪽의 소문이 퍼져 있었다. 허명두 씨가 온 씨에 대해 관심을 가지는 것은 이처럼 그가 묘한 위인인 까닭이었으나, 그것보다도 밑바닥 사람들을 움직이게 하는 그 불가사의한 위력 때문이었다. 그는 이해하기가 불가능한 사내였다. 허명두 씨는 어째서 온 씨가 당국의 실인심을 사게 되었는지 그 까닭을 짐작하는 바 있었다. 그가 대쪽 같이 올바른 것만을 밝혔기 때문이었다. 맨 처음 황무지 개간을 주선하였던 것은 행정 당국이었지만 더 이상 이들을 지원할 수 없게 되자 개간된 뒤에 10년 상환으로 갚는다는 조건 하에 그 땅을 분양해 주는 방식을 취함으로써, 황무지 개간은 전적으로 그들의 자력으로 해내는 수밖에 없게 되었다. 그런데 그것은 적수공권인 그들에게 너무 벅찬 일이었다. 그때 나타난 자가 조경생(曺庚生)이었다. 조경생은 이들 귀농 개척자들이 귀가 번쩍 뜨일 제의를 해왔다. 즉 황무지 개간에 필요한 경비를 대주겠다고 하였던 것이다. 다만 거기에는 조건이 없지 않았다. 개간 사업은 통괄적으로 조경생 자신의 지휘 감독을 받아야 하며, 그러기 위해 '홍농계(興農契)'에 가입해야 한다는 것이었다. 일단 개간이 된 다음에도 모든 사람이 홍농계 계원으로서, 말하자면 조경생 자신을 계속 지도자로 받들어 생산과 출하에 이르는 전 과정을 합심해서 밀고 나가자는 그런 이야기였다. 이런 조경생의 제의는 타당하고 합리적인 것이라고 귀농 개척자들은 받아들였는데, 다만 온 씨만은 예외였다.

온 씨의 싸움은 그때부터 시작이었다. 그는 조경생의 제의를 받아들여서는 안 된다고 했다. 사람들을 설득하기 위해 앞장서 나섰다. 어찌하여 농촌에서 견뎌내지 못하고 서울로 쫓기듯 올라가게 되었느냐, 그리고 서울에서 이곳 독가촌으로 내려오면서 결심하였던 바가 무엇이었느냐? 조경생의 유혹에 빠지다 보면 모든 것이 도로 아미타불이 되고 만다. 조경생이 이유 없이 선심을 쓰는 것이겠는가, 조경생의 노리는 바가 무엇인지 명백하지 않느냐, 개척자들이 피땀 흘려 개간해 놓으면 그 토지를 제 차지로 뺏들려는 것 아니냐. 아무리 힘들고 고생이 되더라도 이 황무지는 누구의 참견도 받지 않은 채 독자적으로 성취해야 한다고 누누이 역설했다. 피땀 흘려 황무지를 개간하는 것은 이쪽이지만 결과적으로는 조경생 좋은 일만 시키게 될 것에 틀림없다는 극언도 마다하지 않았다. 그것만이 아니었다. 온 씨는 조경생의 배후를 캐들어갔다. 그 결과 조경생 자신은 전혀 돈이 없으며, 황무지 개간을 전제로 유력 인사에게 돈을 타내오는 것임을 알아냈다. 온 씨는 조경생이 유력 인사 모 씨의 앞잡이라고 증거를 제시하면서 사람들에게 호소하였다. 사람들은 경각심을 갖기는 했다. 그러나 그런 이야기의 성과란 온 씨 자신이 경찰서에 무고죄로 호출 받았다는 것밖에는 없었다.

이처럼 온 씨는 명분만을 내세우는 외고집으로 유력자들에게 실인심을 사고 있는 사람이었는데, 따지고 보면 그런 일로 해서 그 자신 득을 본 것은 없었다. 죽을 고생을 해서 남 좋은 일만 시켰고 얻어먹으니 욕뿐이었다. 황무지 개간이 끝난 뒤에는 예상도 못한 일이 일어났다. 아니, 온 씨는 미리 예상했으나 개척자들이 그럴 리 없다고 부인했던 일이 현실로 나타났다. 개간지가 모두 홍농계 명의에, 따로 지주가 있고 조경생이 마름이고 귀농 개척자들은 소작인처럼 된 사태가 벌어진 것이었다. 온 씨는 기왕지사 일이 이렇게 되었다 해도 더 이상 물러서면 안 된다고 다시 발 벗고 나섰다. 그는 홍농계 측과 담판을 벌였다. 그간 개발 과정에서 개척자들에게 대여하였던 개발 비용에 이자 합산하여 일시불로 수확량에서 상환해야 하며, 또한 농지 명의는 그들에게 귀속시킬 수 없다는 통고가 오자 우선 빚을 10년 분할 상환으로 돌려놓는 데 온 씨는 성공하였다. 아울러 토지 명의를 개척자들 개개인 앞으로 할 수 없다면 '독가촌 개발 자활단'의 단체 명의로 하되 완전히 자활할 수 있는 기틀을 마련하기까지는 어떤 제3자의 소유로도 변경시킬 수 없다고 확정하게 하였다. 수확한 고등 채소를 계통 출하하는 것보다 트럭을 임대하여 직접 서울로 가지고 가서 이른바 야리꾸리(私商)로 시장에 내다 파는 양을 늘려 수입을 늘게 한 일 등도 그에 해당 될 것이었다. 온 씨는 서울의 농민 운동 단체, 그리고 '이상촌'을 운위하는 농민 운동가들의 힘도 빌어 가며 농촌 공동체 운동의 필요성을 역설하여 어느덧 개척단 주민의 호응을 얻었다. 하지만 정작 온 씨 자신은 홍농계 측과 상환 문제로 옥신각신할 때 그가 분양받은 땅이 홍농계의 계약 조건에 위배된다고 분양이 취소되어 버렸다. 이는 분명 그의 행동이 미움을 샀던 때문일 터였다. 그런 점에서 온 씨는 성공한 정착민이라 할 수 없지만, 그럼에도 독가촌 사람들을 위하는 일이라면 발 벗고 나서곤 하였던 것이다. 그런데 그 무렵이 이른바 '새마을운동'이라는 알갱이 없는 관제 농촌 운동이 막 벌어지던 때였다. 어찌 된 영문인지 독가촌은 새마을운동의 성공적인 사례로 농협 따위의 기관지에 오르내리는 예상 못한 일이 일어났다. 온 씨는 유명 인사가 되었다.

허명두 씨가 온 씨에 대해서 알고 있는 바가 대체 이랬는데, 자기 앞갈망을 꾸리지 못하면서도 대의(大義)에 발 벗고 나서는 그를 밉보면서도 무시하지 못하는 것도 그의 그 대의가 항상 명분에 입각한 때문이었다. 그래서 허명두 씨는 자신의 과거 체험에 미루어 세상에는 그 같은 별종의 사내들이 있기 마련이라고 눙쳐 생각할 뿐이었다. 그가 과거의 체험을 되돌아보면 확실히 그런 외고집 사내들이 있기는 있었다. 하지만 온 씨가 정당하고 옳기 때문에, 온 씨처럼 정당하고 옳을 수가 없는 허명두 씨는 생리적으로 그가 싫고 그리고 트집 잡고 싶어지는 것이었다. 다만 온 씨는 독가촌에서 특이한 위치를 차지하고 있었으므로 허명두 씨로서도 그와 맞서고 싶은 생각은 가지고 있지 않았다. 독가촌에서 허명두의 위치는 과거와는 달리 무력한 것이었다.

하지만 바로 이 무렵 온 씨가 자기 발로 허명두 씨 집을 찾아왔으니, 그를 맞이하는 허명두 씨의 입장이 좀 다르게 되었다. 허명두 씨는 이 독가촌에서 한번 일을 꾸며 보려던 참이어서 온 씨의 내방이 은근히 반가웠다. 그가 벌이고자 하는 일에 온 씨의 협력만 받을 수 있다면 그 이상 뭐 바랄 게 없었다.

"안녕하셨습니까? 이거 한 동네에 살면서 너무 격조했습니다. 제 불착입니다그려. 늘 찾아뵈어야지 했는데, 게다가 제 이가 영 신통치 못해서 궁리 끝에 허 선생을 찾아뵐 생심을 내게 됐구만요." 하면서 온 씨는 인사성 바르게 이야기를 꺼냈는데, "아, 네. 피차 바쁘다 보니까 그렇게 되었나 봅니다." 하고 그도 받아 넘겼다.

그런데 온 씨가 찾아왔을 때는 마침 어느 부인네가 허명두 씨에게 수모를 받아가며 치료받는 중이었다. 온 씨는 그 치료가 끝날 때까지 자연 기다리지 않으면 안 되었다. 허명두 씨로서도 잘 되었다 싶었다. 온 씨가 어떤 위인이든 이 때문에 자기를 찾아온 이상 자신의 '가카리'가 될 수밖에 없을 것이었다. 온 씨의 기를 잔뜩 꺾어 놓으리라 별렀다. 더구나 그때 이 치료를 받고 있던 부인네는 줄곧 와들와들 떨고만 있었다. 허명두 씨로서도 이렇게 소심하고 겁 많은 여편네는 처음이다 싶을 지경이었다. 평소의 관례대로 강동면의 치과엘 찾아갈 일이지 어째서 나를 찾아왔느냐는 등 트집을 부리고 "아아아." 입을 벌리라고 권태스럽게 말했다. "썩었군, 썩었어. 몽땅 썩었어." 하며 정의감에 불타는 사람이 세상을 개탄하듯 울분의 말도 뱉어놓고, "아주머니는 썩어도 보통 썩은 게 아니니까 엄살을 부리진 마슈." 하고 엄포를 놓은 뒤에 막 거칠 게 이를 갈아댔다.

아구구…… 하면서 부인네가 숨넘어가는 소리를 지르자 허명두 씨는 덮어 놓고 막 화를 냈다. 자기로서는 더 이상 치료를 못하겠으니 돈만 잔뜩 울궈 먹는 그런 곳으로 가라고 호통을 쳤다. 그 여편네가 사정사정하여 못 이기는 체 계속 치료해주면서 허명두 씨는 조금은 도도한 기분을 느꼈다. 이쯤 해놓았으면 배포가 아무리 유한 온 씨라 할지라도 공포 분위기를 느끼게 되었을 것이었다. 사실이 치료라는 것은 사람을 고문하는 그런 방식을 약간은 닮은 데가 있었다. 허명두 씨는 은연중 신나는 행각을 벌였던 과거사를 연상하기도 했다. 그리하여 부인네가 물러나고, 다음으로 온 씨를 고문할 차례가 되었다. 허명두 씨도 상대가 상대니만치 예절을 다하여 고문해야겠다고 느끼고 있었다.

"보시다시피…… 딱한 사람들이 졸라대면 가까운 이웃의 기분으로 돌봐주고 있습죠마는 결코 이럴려구 하는 일은 아니죠. 또 치료라는 것을 할 주제도 되지 못하니 대처 치과 병원으로 찾아가셔서 정식으로 진료를 받으시는 것이 좋겠습니다만…….”

허명두 씨는 온 씨에게 이렇게 운을 뗐다. 고문을 시작할 때 차려두는 예절이라 할까 그런 것이었다. 온 씨는 자기 사는 꼬락서니와 마찬가지로 자기 이도 엉망이어서 적잖이 고통을 느꼈다고 말했다. 그럼에도 그 고통이라는 것을 없앨 염도 내지 못한 채 시간을 끌어오다가 결심을 한 끝에 들렀다고 말하였다. 온 씨는 이제 그의 손아귀에 들어온 셈이었다. 그런데 온 씨가 이어서 이렇게 말했다.

“그야 누구나 이 때문에 고통을 겪고 있지요. 허기사 고통이 생활화되어 버린 거야 비단 이에 국한된 것만은 아니겠지만……, 그리고 또 그것도 그래요. 뭐 곪아 터진 게 어디 한두 가지겠습니까. 참말이지 뭐랄까, 그게 가난한 사람들의 억척스런 힘일 겁니다. 고통을 느끼는 것으로 고통을 참고, 곪아 터진 것을 당장 수술할 생심은 내지 못하면서(경비가 많이 드니까 말입니다), 어쨌든 전체적으로 건강을 유지한달까 지탱시키고 있달까, 그렇게 사는 것이…….

그렇지만 사람을 읽어내는 속도가 빠르다고 자부하는 허명두 씨는 벌써 온 씨가 어떤 위인일지 알아차린 듯한 느낌이 들었다. 순전히 폼으로 삶을 견뎌온 사람……이라고 그는 생각했다. 그럴듯한 명분과 이론과 제 나름의 뚱딴지 같은 정의감 그리고 주책기를 가지고 무명초(無名草)로 짓밟혀온 사람, 시선을 항상 자기보다 위쪽에 두었으되 몸뚱이는 시선의 방향과는 달리 아래쪽으로 처져 내려오기만 하는 그런 삶을 이어온 사람 이라고 생각했다.

더욱이 의자에 앉혀 입아구 속을 들여다보니 온 씨의 이는 성한 것이 하나도 없을 정도로 몽땅 썩어 있었다. 이만으로 따져보자면 이 사람 또한 갓 난 시절부터 지금까지 그냥 썩어온 사람일 뿐이겠다고 마냥 온 씨를 평가절하시켜 생각해 보면서 그는 쓴웃음을 지었다.

"그거 온 선생, 썩어도 대단히 썩었군요." 허명두 씨는 짓궂은 만족감을 느끼며 말했다.

"아, 이를 말씀하시는 것 같은데……이는 불건강하지만, 뭐랄까 내 건강을 위해서 이가 불건강한 쪽을 도맡아서 희생을 당하고 있다고나 할까, 나 자신은 멀쩡하게 건강하다고 느끼고 있으니 모를 일이군요."

"몇 개는 당장 뽑아야겠고, 그리고 몇 개는 땜질을 해야겠습니다만."

"놓아두십시오. 이제 내 이가 어떻다는 것을 알았으니 차차 시간을 보아가며 치료를 받도록 하지요. 병이라는 게 묘해요. 자기가 그것을 깨달아야 병은 병이 되는 것이고, 아무리 중병이라 할지라도 자기 자신 그렇게 느끼지 않고 있으면 남이 뭐라 하건 그게 믿어지지 않거든요. 더욱이 이라는 건 그게 썩어서 아프다고 할지라도 좀처럼 그걸 가지고 병이라 생각되지를 않는군요. 왜냐하면 이 아픈 것을 따져서 몸뚱이 아프다고 생각하게 되지를 않아요. 몸뚱이 전체와 연관시켜 생각해보게 되는 거니까 이 아프다는 건 뭐 세부적인 것으로만 느껴지게 되는군요. 실은 내가 허 선생을 찾아뵙는 게 이 때문이 아닙니다. 그러니까 몸뚱이 전체로 아파해야 할 일이 있어 온 것이지요."

"그러시다면 서울로 올라가셔서 종합병원을 찾아가시는 것이……."

"아, 아닙니다. 그런 말씀 마세요. 허 선생도 충분히 들어서 알고 계시겠지만 요사이 아주 몸져누운 사람이 많다더군요."

"무슨 유행병이라도?"

"아마 그 비슷한 것인 모양입디다."

"그래 어떤?"

"들어보십시오. 우리 이 독가촌이라는 게 어떻게 생겨난 것이겠습니까? 사실로 말이지, 우리가 세상의 덕을 입어서 오늘의 독가촌을 일구었던 것만은 아니에요. 우리 자신의 피와 땀으로 오늘의 이 마을을 이만큼 만들어 놓은 것 아니겠습니까? 저 산 위에 두메 집지어 살던 사람은 산에서 자의 반 타의 반으로 내려와 이 마을에 정착했고 허 선생같이 노역에 동원되었다가 이 마을과 인연을 맺은 분도 계십니다. 또 저와 같이 서울 난민촌에서 귀농 정착을 해온 사람들도 있다는 말씀이지요. 이러저러한 사연들을 가진 사람들이 매 궁지에 밀린 듯한 각오로 안간힘을 다해 이 마을을 개척해놓았는데……, 물론 그런 과정에서 잘못노 빚어지고 서로 의견이 엇살리기도 하였지만, 어찌 되었던 얼마나 대견한 일이겠습니까? 우리의 이 독가촌이 무슨 난민촌이나 기지촌과 다른 점도 바로 그것이거든요. 저 자신 서울 변두리 외촌동에서도 살아보았고, 또 한때 미군 부대 기지촌에 얼쩡거려본 적도 있어서 그걸 뼈저리게 느끼는 것인데, 그런 곳들이라는 건 주민들의 자발적인 참여로 이루어지는 게 아니고 타의로 이루어지고 있어서 사람 살 데가 못 되더만 말입니다. 그런데 이 독가촌은 그렇지를 않거든요."

"글쎄요, 사람들은 이리저리 흘러 다니다 보면 물결치는 대로 사는 것이지 무얼 그걸 그렇게 꼬치꼬치 분별할 까닭이……."

"있지요, 있습니다. 주민들이 중요한 겁니다."

"그야 그렇지만……."

"네, 그래요. 8·15 이후의 비극은…… 주민들이, 그러니까 국민들이 중요하지 않은가운데 그 마을과 동네가 이루어지고 역사가 이루어져 왔다는 바로 그 점에 있는 것 아니겠습니까? 그게 앞으로도 그럴까요? 적어도 이 독가촌에서만은 그렇게 되지 않을 겁니다."

이 세상에는 서로 말이 통하지 않는 두 종류의 인간군들이 사는가 보다.

"역사에 관해서 말씀을 하시니, 나는 무식하고 먹고 살기에 바빠서 도무지 그런 얘기라는 것이……, 글쎄요." 허명두 씨는 하품을 하였다.

"실례지만 선생께서는 8·15 직후에 무슨 청년당 일에……?"

온 씨의 어조가 진지한 것이 아니었다면 허명두 씨는 욕설을 퍼부어 네가 무슨 사찰 요원이냐고 따질 뻔하였다. 하지만 허명두 씨는 오랜만에 증오가 되살아나서 온 씨를 냉담하게 바라보며 입을 열었다.

"8·15 직후라? 그때 참 별의별 못난 것들이 제 세상 만났다고 착각하며 날뛰었지요."

"역시 그러셨구만."

"왜? 나를 본 적이라도?"

"많이 보았지요. 지금도 많이 보고 있고, 이봐요, 허 선생. 더 이상 서툰 짓은 하지 마시오. 당신이 무슨 짓을 꾸미고 있는지 다들 알고 있소. 그런데 이제 당신 같은 사람들이 날뛰던 시대는 서서히 지나가고 있는 거요. 우리의 피땀으로 이룩한 독가촌을 가지고 서툰 짓을 벌이려고 하다가는 당신이 온전치는 못할 거요."

"나한테 협박하는 것이라면……, 그런 협박은 하나도 무섭지 않으니 어디 한 번 해볼 대로 해보라지."

허명두 씨는 증오를 억누르며 말했는데 온 씨도 거연히 일어났다.

"내가 한 말 명심하시오. 당신 같은 사람이 날뛰던 시대는 서서히 지나가고 있다는 것을."

그리고 나서 온 씨는 가 버렸는데. 독가촌 일대에는 금방 그 소문이 돌 대로 돌았다. 온 씨가 만나는 사람들마다 이야기를 퍼뜨렸기 때문이었다.

허명두 씨는 마지막 안간힘을 내 그가 일으켜 보려던 이번 싸움이 과거 어느 때보다도 어렵다는 것을 알고 있었다. 그리고 온 씨의 말이 단순한 협박만은 아니라는 것도 알았다. 그러나 그렇기는 하지만 명분이나 사리의 옳음이란 것이 싸움에 무슨 필요가 있단 말인가.

이런 사단(事端)이 벌어지게 된 것은 다름이 아니었다. 아무도 거들떠보지 않던 심심산골, 불모의 황무지였던 이곳 독가촌 일대가 하루아침에 각광 받는 지대로 둔갑되었기 때문에 생긴 일이었다. 특히 독가촌은 오늘의 달라진 인문지리(人文地理)의 환경으로 따져보았을 적에 고속도로와 접속될 교통 요충지가 되었을 뿐 아니라 관광지로서도 좋은 조건을 모두 구비하고 있다는 것이었다. 뒤로 명산을 끼고 있을 뿐 아니라 앞으로 툭 트인 광활한 강을 안고 있어서 80년대를 바라보는 관광 사업에 결코 빼놓을 수 없는 입지 조건을 갖추고 있고, 특히 이 근처에서 독한 사이다 맛을 내는 약수가 발견되었다. 약수터라면 사족을 못 쓰는 게 도시 사람들 아닌가. 이에 어느 재벌 기업이 이곳에 충분히 투자할만 한 가치가 있다고 판단을 내렸다. 절대농지는 이들 재벌 기업으로서도 손을 대지 않으려고 하는 것인 만큼 그 물망으로 독가촌이 지목된 것은 당연한 일이었다. 조경생이 이런 이야기를 허명두 씨에게 들려주었다. 특히 그 사람은 황무지 개간 때 온 씨에게 학을 뗐던 경험이 있어서 적어

도 온 씨의 해찰에 맞설 만한 사람을 물색하다가 허명두 씨를 지목
한 셈이었다. 허명두 씨는 이에 응했다. 그는 누구보다도 독가촌의
실정에 밝은 쪽이었다. 조경생은 어떤 일부터 착수해야 될 것인지
를 일러주었다. 독가촌의 생성 과정이 지저분한 만치 그야말로 제
멋대로 움막집들을 긁어모아 놓은 형국이니 지역 정리부터 해둘 필
요가 있다는 것이었다. 더구나 독가촌 일대의 땅은 아직도 서류상
으로는 불하가 나 있지 않은 국유지였다. '자활단'에게 분양해 주기
로 예정되어 있으나 그것은 어디까지나 예정인 것이고, 토지상환금
은 지불되지 않은 채 거치 중에 있을 뿐이었다. 행정당국은 지목(地
目)변경을 해두었지만 서류상으로는 그 모든 가옥들이 무허가주택
이나 다름없었으며, 따라서 집들의 매매는 권리금에 다름이 아니었
다. 물론 불하를 내게 될 적에는 이미 지어진 집 임자에게 기득권을
부여하게 될 터였다. 허명두 씨가 관청을 들락거리고 야금야금 집
들을 사두게 된 것이 이 때문이었다.

그러다가 그는 소문을 듣고 찾아온 온 씨와 만나 언쟁을 벌이게
되었던 것이지만, 온 씨가 무슨 이야기를 하고 싶어 하는지 모르는
바는 아니었다. 전국 각처에서 찾아든 사람들이 이곳 독가촌에 정
착하여 그럭저럭 안정을 얻을 만하게 된 이즈음 이곳이 외부 자본
에 의해 관광지로 돼 버린다면 도대체 이 사람들은 또 어느 곳으로
찾아 들어가 얼마만큼 방황을 해야 한다는 말인가? 그러니 두메산
골이었던 곳을 피땀 흘려 오늘의 독가촌으로 개척해 온 이곳 사람
들이 이 마을을 지켜야 한다는 것이 틀린 말일 수는 없는 것이었다.

더구나 농촌 부락으로서는 어느 정도 자립할 수 있는 터전도 굳
혀 놓은 게 사실이었다. 온 씨의 주장은 옳은 것이었다. 허명두 씨의
입장에서도 그것은 부정할 수 없었다. 피땀 흘려 가꾼 땅이 도시의

온갖 잡것들이 논다니를 치는 관광지가 되려는 것을 어찌 귀농 개척자들이 가만 보고만 있을 것인가. 하지만 그런 사리만을 가지고는 모자라는 것이 현실인 것이고, 그 모자라는 부분을 채워놓고 있는 게 무엇이겠느냐를 따져보면서 허명두 씨는 웃음을 짓는 것이었다.

대한청년단 시절의 일이며 화랑동지회의 체험들을 그가 요근래 부쩍 회상해보는 것도 그 때문이었다. 명분보다는 실리를 추구해오는 측이 항상 이겨왔던 게 아닌가. 온 씨가 찾아와서 자신에게 하였던 말을 그가 곰곰 생각해 보는 것도 그 때문이었다.

'이제 당신 같은 사람들이 날뛰던 시대는 서서히 지나가고 있다.'는 말을 그는 물론 실감으로 받아들이고는 있으되, 문제는 그것이 아직까지는 완전히 지나간 게 아니라는 데 있었다. 그러니 그가 해야 할 일이 아직은 남아 있는 셈이었다.

매일 밤 독가촌 주민들이 달려와서 잡아먹을 듯 덤비는 바람에 허명두 씨가 곤욕을 치르면서도 스스로 위안을 삼는 것이 이런 속내 생각이 있기 때문이었다. 그가 평소에 없던 버릇인 폭음을 하고 집안 식구들을 들볶고, 때로는 초조하고 불안해하며 날뛰게 되는 것은 그가 나쁜 짓을 하고 있다는 것을 알기 때문에 어쩔 수 없이 겪어야 하는 일이었지만.

그러나저러나 그해 얼갈이 채소는 타지방에서 흉작이었으나 이곳만은 대단한 풍작이어서 도시에서 밀려들어오는 트럭의 대열이 여느 때보다도 빈번한 것이 독가촌의 풍경을 이루었다. 그러니 잘만 된다면 명년 봄쯤에는 독가촌이 생긴 이래 처음으로 대학에 진학하는 학생도 배출할 수 있지 않겠느냐 사람들은 말하였다. 아이들이 똑똑하게 자라나고 그러다 보면 독가촌도 어느 농촌 못지않

게 잘 사는 마을로 터물림을 해 가며 살아갈 수 있지 않겠냐고들
하였다. 허명두 씨만은 평소에 없던 버릇으로 폭음을 하고 있었으
니, 허명두 씨를 제외하고는…….

《문학과지성》, 1977년 가을호

유랑과 정처

유랑과 정처

뙈쇄집과 조부(祖父)

가장 어렸을 적의 일로서 나의 기억에 남아 있는 것들은 황해도 신천군(信川郡) 용문면(龍門面) 삼황리(三皇里) 소산동(小山洞)에 있었던 뙈쇄집을 중심으로 하여 이루어져 있다. 신천은 동쪽으로 재령 나무리벌과 접해 있고 서쪽으로 송화·장연에 닿아 황해바다를 안고 있다. 북쪽으로 구월산을 바라보고 남쪽으로 90리쯤 아래에 해주를 굽어보며 곡창 지대를 이루고 있다. 그 뙈쇄집은 신천읍에서 10리쯤 떨어진 곳에 위치하였다. 용문 저수지에서 뻗어나간 수로(水路)가 5리쯤 아래로 내려왔을 때 다시 조그만 개울을 내게 되는데, 그 뙈쇄집은 포플러가 환영하듯 늘어서 있는 개울 길을 5백 미터쯤 따라 들어가면 나타나게 된다.

뙈쇄집이 있는 소산골(小山洞)은 저 아래쪽으로 삼황재에 둘러싸이고 뒤쪽으로 망일산(望日山)을 건사하여 맬골(望日谷)과 접해 있다. 뙈쇄집은 옆에 조그만 초가 두 채를 거느리고 있었고 개울 너머로 7, 8호를 건너다보고 있었다. 개울에는 연자방아가 놓여 있었으며, 뙈쇄집 뒤편이 동산을 이루어 밤나무 대추나무가 들어찼고, 또 울창한 송림에 둘러싸여 있었다. 한여름 철에는 뭉게구름이 남쪽으로부터 밀려오고 개울을 따라 이내가 끼어 오면서 뙈쇄집을 감싸는 것이었으며, 그러다가 한 줄금 소나기를 붓고 나면 구름은 서서히 북쪽으로 걷혀 가면서 아득히 구월산 영봉을 드러내게 되는데, 그럴라치면 일에 신을 내는 농부들의 모습이 그대로 석전경우(石田耕牛)의 황해도인 기질을 보여주었다.

그 뙈쇄집은 전형적인 ㅁ자 주택이었다. 사랑채와 아랫간은 바깥으로 툇마루와 문을 내고 있었으나, 대문을 들어서면 왼쪽으로 외양간이 있고 또 부엌을 중심하여 세 개의 방이 안채를 이루고 있었고 대청의 끝에 사당이 있었으며, 마당 가녘으로 광이 있었다.

고옥(古屋)인만치 뙈쇄집은 그 자체가 하나의 역사이었다. 사당의 신주라든가 안방 윗목에 놓여 있었던 진동 항아리, 그리고 할아버지만이 열쇠를 가지고 있었던 돈 궤짝 같은 것이 그런 고담(古淡)한 분위기를 만들었다. 특히 그 집을 수호해 주는 일종의 수호신인 텃구리(터구렁이)와 업구리(업구렁이)가 여름 한더위에 출몰하여 고옥이 갖는 무서움과 신비스러운 느낌을 더해 주었다. 텃구리는 부엌이나 광의 쌀독, 그리고 진동 항아리 속에 서리어 앉는 적도 있었다. 어느 때 아침 잠자리에서 일어섰을 적에 보면 마루의 대들보를 휘감고 있기도 하여서 할아버지는 불길한 징조라고 걱정하고 (텃구리가 자주 출몰하면 집안이 망한다는 이야기가 있으니까), 식구들은 무서움에 질려 울음을 삼킨 채 경외스럽게 바라보기도 하였다.

전형적인 비산비야(非山非野)를 이루고 있는 소산골의 뙈쇄집은 그러나 몇 가지 즐거운 기억도 남겨 주고 있다. 가을철에 밤을 줍고 대추를 따던 일이라든가, 돼지를 잡느라고 어른들이 부산하게 돌아갈 적에 그 오줌통을 떼어 내어 속에 바람을 넣고 새끼줄로 아구리를 동여매어 축구공처럼 차고 놀던 것하며, 참새를 잡는 사촌형들을 쫓아다니다가 다리 한쪽 얻어먹는 재미를 잊을 수가 없는 것이다. 땔감용 떡갈나무의 낟가리 속에 들어 있는 참새를 손으로 휘어잡는다든가, 겨울철 추울 적이면 처마 귓구석에 바람을 피하여 몰켜 있는 참새한테 갑자기 전짓불을 들이대어 어리둥절하게 한 다음 후려잡기도 하였다. 사촌누이와 술래잡기를 하느라고 경정거리다가 툇돌 아래로 고꾸라 박혀 이마가 깨져 피를 한 동이나 흘렸던 일도 아슴하게 기억에 남아 있으며 어머니가 아래 동생을 낳는다고 해서 나를 거들떠보지도 않는 게 서운하여 미욱지게 울어댔던 일도 기억에 남는다.

조부는 10대 종손에 2대 독자였으나 부친 대(代)는 4형제였고 그 4형제분들이 낳아 놓은 사촌은 무려 30여 명 가까이 되어 돼쇄집은 번열하였다.

조부(朴世均)는 1888년(高宗 25년)생이었다. 그런데 조부는 기울어졌던 집안을 다시 일으켜 세워 착실히 성가(成家)를 이룬 분이었다.

조부에게는 그럴듯한 출생 설화가 있다. 증조부에게 자식이 없자 증조모는 돼쇄집 앞으로 바라보이는 부군나무(느티나무)에 대고 아들을 점지해 줍소사 하고 빌었다. 그러던 어느 날 꿈을 얻었는데 "백일 정성을 드리면 징조가 있으리라" 하였다. 증조모는 이러한 꿈에 힘을 얻어 치성을 드릴 곳을 찾던 중에 돼쇄집 뒷동산에 너럭바위(칠성바위)를 그 대상으로 삼아 풍우를 가리지 않고 석 달 열흘을 하루같이 새벽만큼 일어나 빌었다는 것이다. 그러던 어느 날 너럭바위가 한 조각 떨어져 증조모의 치맛자락에 떨어지더라는 것인데, 증조모는 그 바위 조각을 비단으로 감싸가지고 진동 항아리 속에 고이 넣어두었고 그때로부터 태기가 있어 조부를 낳았다는 이야기이다. 그 바위 조각이 꼭 학처럼 생겨서 석학신(石鶴神)이라 하여 가보처럼 전수해 왔다는 이야기도 들었다. 또 조부가 '우석(愚石)'으로 자호(自號)를 삼았던 것도 이러한 데에 기인하는 게 아닌가 생각되기도 하는 것이다.

조부는 열네 살이었을 적(1901년)에 장가를 갔는데, 조모는 1885년생으로 안동 김 씨였고, 그때 나이 열일곱이었다.

그런데 그 무렵, 조부는 세 번 가출 소동을 벌이었다는 이야기를 나는 나중에 조부에게서 들었다. 첫 번 가출 소동은 당신의 나이 열두 살(1899년)이었을 적이라고 했는데, 황해도 시골구석에 틀어박혀 그대로 농투산이로 썩을 수 없다는 생각으로 무작정 상경 길을 택했다는 것이다. 조부는 담대한 데가 있었다. 그 당시는 조선왕조의 좋은 쪽의 습속도 남아 있어서 소위 행실깨나 한다는 집들이면 으레껏 사랑채를 치워서 낯선 과객이 하룻밤 묵어가기를 바랄 때 그것을 받자하였다는 것인데, 내가 들었던 게 그런 '사랑방 순례담'이었다. 나이는 어리다 하나 "이리 오너라" 소리를 구성지게 질러 하인들을 굽실거리게 만들어 주인을 찾고 그리하여 사랑방 차지를 한 다음에는 이쪽에서 수작(酬酌)을 붙이기에 따라 대접을 잘 받기도 하고 못 받기도 한다는 것이었다. 조부는 한 번도 홀대를 당한 적은 없었다고 했다. 하지만 첫 번째 가출은 해주 조금 지나서까지밖에 진출하지 못하였는데, 조부가 어떤 날 묵었던 집주인이 마침 외가 쪽으로 먼 친척이 되어 조부의 신분이 드러나 버렸기 때문이었다. 조부를 2, 3일 쉬게 해 놓고는 신천 고향으로 연락해서 증조부가 데리러 왔다고 했다.

조부의 두 번째 가출은 결혼한 다음 해, 그러니까 열다섯이었을 적이었다. 조부는 이번에는 서울까지 진출했었다는 것이었다. 20여 일가량 서울의 어느 대관집에서 식객 노릇을 했다고 하였다. 대관집의 사랑방 문화는 '촌것'인 조부에게 신선한 감동을 주었음에 틀림없었다. 우선 그 규모부터가 시골의 사랑방과는 달랐다. 날마다 2, 30명이 넘는 군식구들의 치다꺼리를 해내는데, 그게 가위 맹상군의 손님 치는 범절을 닮은 것이었다. 식사는 아침 밥상밖에 나오지를 않는데, 개다리소반(狗足盤)에 겸상으로 꾸역꾸역 차려 내오는 광경이 장관이었으며, 밤이 되면 시국론으로부터 비롯하여 열띤 토론이 벌어진다는 것이었다. 추측컨대 그러한 사랑방의 공론들이라는 게 그 당시의 '퍼블릭 오피니언'을 이루고 있었을 것일 터이지만, 조부의 관찰에 따르자면 식객들은 거의 완전에 가까운 언론 자유를 누리고 있었다는 것이며, 이따금씩 집주인이 얼굴을 나타낼 적이면 거침없는 격론들이 오갔다는 것이다.

조부가 그 당시 상경하여 있을 적에 우국청년으로 둔갑하여 개화파 인사가 되거나 척사위정 계열의 선비가 되었다면 어찌 되었을까 나는 생각해 보는데 조부는 당신의 인생 일대의 기회를 살리지 못하고 다시 고향으로 되돌아오고 말았다.

조부의 세 번째 가출은 평양행이었다. 평양의 기생방이란 데에를 처음이자 마지막으로 구경해 보았다고 했는데 당신께서 아마 집안 돈을 훔쳐가지고 그런 외유(外遊)를 한 듯싶지만 교육상의 문제가 있어 그 이상 자세한 이야기는 손자에게 하려고 들지 않았다.

아무튼 조부의 세 번에 걸친 가출 소동은 어수선한 시대의 조류를 탄 것이 아니었을까 생각된다. 그런데 조부는 그 시대의 조류를 끝까지 타지(乘) 못한 채 결국 고향으로 되돌아옴으로써 시대의 조류를 등졌다. 남아입지출향관(男兒立志出鄕關)의 기개를 가지기는 하였으나 결국 당신의 환경이 그것을 막았다.

조부가 뜻은 있으되 소산골 시골 고향을 벗어나 당신 자신을 변신시키지 못한 것은 가정 사정 때문이었다. 10대 종손에다가 2대 독자인 조부에게는 가문의 문밖으로 나간다는 것이 당신의 상상력을 넘어서는 일이었다. 미국의 흑인 작가 알렉스 헤일리는 뿌리를 찾아 아프리카 대륙을 뒤졌지만, 조부는 뿌리에 붙박여 운신(運身)할 수가 없었다. 가문이 자꾸 뒤에서 조부를 잡아당겨 당신께서 하고 싶은 일을 포기하고 말았을 것이다.

밀양 박 씨 규정공파(糾正公派) 세보(世譜)에 따르면 조부는 박혁거세(朴赫居世)의 69세(世)가 되고 나는 71세가 된다. 규정공(糾正公, 諱 鉉, 45世)은 고려 중엽 때 살았던 분으로 그 후손인 규정공파는 대체로 세종조에서 광해군에 이르는 기간 벼슬살이도 하면서 번성하다가 그 이후로 퇴조를 보이고 있다. 규정공파 중에서도 우리 집안은 선곡공파(仙谷公派)가 되는데 중시조인 선곡공(諱 顔賢, 55世)은 선조 때 살았고 대광보국 숭록대부를 추증받았으나 이 무렵부터 우리 박 씨 가문들은 서서히 반열에서 밀려나는 징조를 보이기 시작한다. 선곡공의 둘째 아들 목사공(牧使公, 諱 純義, 57世)은 1633년(仁祖 11) 진사에 급제한 이래 8도의 지방 수령으로 다녔고 청백리 추천을 받았다고 하였으며, 다음 대(58世, 諱 廷翼)에 와서는 이렇다 할 환로(宦路)를 걸은 흔적은 보이지 않고 다만 좌승지에 추증되었다고 하였다. 그다음 대 59세는 진사공(進士公, 諱 萬源)으로 1683년(肅宗 9)에 사마시에 급제하였으며 효자비를 하사받았다고 했다. 그다음 대 60세에 와서 우리 조상께서는 서울에서 황해도 신천으로 낙향을 하였던 것이다. 그분이 효자공(孝子公)으로 휘(諱)는 도윤(道潤)이고 1696년(肅宗 22)에서 1764년(英祖 40)까지 재세(在世)하였다. 그분의 낙향실록은 이렇게 시작이 되고 있다.

> "군자가 이 세상에 처함에 있어 나라가 제대로 다스려질 때에는 나아가 사직의 주춧돌이 될 것이며, 나라가 어지러울 때에는 물러나 산림처사(山林處士)가 되어야 하는 것이다. 그러니 그 물러남에 있어 연연스러워해서는 안 되며 그 나아감에 있어 잘난 체해서도 안 된다. 이로써 볼 때 효자공이 해서(海西)로 낙향한 이유를 알겠다."

즉 그 시대라는 것이 간적(奸賊)들이 농권(弄權)하여 국위민고(國危民苦)할 때인지라 효자공은 경세의 대기(大器)임에도 불구하고 현달을 구하지 아니하고 서울의 성 밖 근동(芹洞)에 물러나 살았다는 것이며 그러다가 이왕 벼슬살이를 하지 않을 바에야 어찌 경도(京都)에 머물 까닭이 있으랴 싶어(若以不在而處危之中 何必眷於京都之里哉) 1743년(英祖 19)에 황해도 신천으로 낙향을 하였다고 하였다.

물론 사학자들이 알려 주는 바와 같이 이 시대에 벼슬길이 막혀 낙향하는 사람들은 늘어나고 있었으며 대체로 이러한 계층에서 실학운동이 대두되고 있다는 사실도 밝혀지고 있지만, 이중환(李重煥)의 『택리지(擇里志)』는 또 다른 사실을 알려 주고 있는 것이다. 이중환은 1690년에서 1760년까지 재세하였던 분이니까 나의 선조 효자공보다 7세 연상이 되며 가거지지(可居之地)로 황해도에서는 야중팔색(野中八色)을 꼽는 가운데 문화(文化)를 들고 있으니, 그

문화(信川邑 文化里)와 지적 지간으로 이사한 효자공이 터를 제대로 고른 셈은 된다. 효자공은 처음에 신천군(信川郡) 남부면(南部面) 고가동(高柯洞)으로 낙향하였고 그 8대 뒤에 용문면(龍門面) 삼황리(三皇里)로 이사를 하였던 것이다. 하지만 이중환은 그 당시 서울에서 벗어나 그 아래쪽 삼남 지방으로 낙향한 사람들은 자기 신분을 유지할 수 있었지만 서북으로 낙향해 간 사람들은 반열(班列)에서 탈락되는 경우가 많다고 말하고, 그 이유로서 경제적 여건 때문이라고 하였다. 즉 삼남 지방은 토지의 개인 소유가 가능하였으나 서북 지방은 국유지가 많아서 그것이 여의치 않았다는 것이다. 그러니까 황해도 신천에서 우리 선조들이 가난하게 살게 된 이유가 이것이 아닌가 한다. 60세 효자공이 낙향한 이래 진사 시험에 급제한 인물마저 나오지 않고 있는 것은 비단 서북 지방에 대한 차별 때문만은 아니었던 것이다. 그러나 서울에서 양반 노릇을 할 수 없게 되어 낙향했을 바에야 철저한 민중으로, 땅붙박이꾼으로 살아온 우리 선조들이 나로서는 도리어 자랑스럽게 생각되는 것이다.

황해도에 낙향한 뒤 61세(諱 東休)로부터는 줄곧 종손으로만 이어져 내려와 69세의 조부(祖父)에게로 닿고 있는데 그 2백여 년 동안 나의 선조들은 조선왕조의 말기적 혼란 속에서 풍파를 겪게 된다. 그중에서도 나에게 고조부가 되는 67세대(世代)에 와서 우리 가문은 큰 위기에 직면했다. 그분의 휘(諱)는 종희(宗喜)인데 1844년(憲宗 10)생이다. 그분은 15세에 전의(全義) 이씨와 결혼하여 4남매를 두었으나 30세(1873년)에 상배(喪配)를 당한다. 거기에 조부모(祖父母)의 승중상(承重喪) 6년을 치르게 되어 재갈사번(財渴事煩)의 인생고에 부딪치게 된다. 그러던 중에 또 다른 앙화가 부닥친다. 이분의 막냇삼촌이 되는 휘(諱) 창훈(昌勳) 씨는 역마직성이 있어 경향 각지로 출몰하여 가산을 탕진한 끝에 청단역전(靑丹驛錢)을 허다히 남용한 뒤 도망을 쳐 버리고 말았는데, 죄당연족(罪當延族)이라 하여 영문차사(營門差使)는 큰조카인 이분으로 대신 구속을 시킨 것이다. 그게 1876년의 일이니까, 일본과 강화조약(江華條約)을 맺어 개항을 당하던 바로 그해가 된다. 어쩌는 수 없이 이분은 14세의 맏아들을 대신 감옥소에 들어앉게 하고는 당신은 누대의 종산 가옥과 분묘가 있는 산림(山林)을 모두 헐값에 처분하게 된다. 더 이상 고향에 연고가 없이 되어 버린 이분은 그로부터 10년 동안 네 명의 자식들을 이끌고 정처 없는 방황의 생활을 하게 된다. 그렇게 영락(零落)의 생활 10년 끝에 다시 신천으로 돌아와 새로 터를 닦아 지은 집이 용문면 삼황리 소산골의 그 돼쇄집이었던 것이다.

조부는 바로 그러한 분의 장손자였으니, 당신의 한창 나이 때에 세 번의 가출 소동을 벌이었지만 끝내 돼쇄집으로 되돌아올 수밖에 없었던 것이다. 조부는 가업을 일으키는 데에는 어느 정도 성공하였다. 2백석 정도의 수확을 거두었다면 소농은 면한 셈일 것이었다. 하지만 조부께서 살아야 했던 시절이 바로 민족 최대 수난의 시기였다는 것을 감안한다면 이분에게는 가문을 일으켜야 한다는 것 이외에 민족의식이나 항일의식 같은 것은 뚜렷하게 갖고 있지 않았던 듯하며 인근 향리에서는 근검한 양반으로 소문이 나 있기도 했다.

조부는 1950년 월남하여 대구에서 고된 피난살이를 겪었으며 1954년 서울로 환도를 하였으니, 효자공이 황해도로 낙향한 후(1753)로부터 2백 1년 뒤의 일이 된다. 조부는 그러나 망향에의 아픔을 달래지 못한 채 1971년 서울에서 별세하시었다. 소산골의 돼쇄집은 1950년 11월경 폭격을 맞고 불에 타 없어져 버린 것을 확인한 사람이 있으니까 나의 아득한 기억 속에서만 남아 있는 셈이 된다.

서울의 파도와 부친(父親)

부친(朴商璉)은 4형제 중의 막내로 가문을 따지고 삼강오륜을 강조하는 조부에 대하여 은근한 반항심을 갖고 있었다고 얘기한 적이 있다. 게다가 집안의 분위기가 봉건적이라고 생각하여 이담에 자식을 낳거든 당신만은 그 자식들을 자유스럽게 키우겠다고 늘 생각했다고 하였다. 자전거로 30리 통학을 다녀야 했던 중학생 시절에 밤이 늦어 깜깜할 때에 귀가하노라면 자못 무섬증이 일었고 (시골일수록 무서운 사연들은 오죽이나 많은가) 죽도록 농사를 짓고 일을 해도 칭찬 한 자락 못 듣는 고향의 생활에 정을 붙이지 못했다고 하였다. 부친은 1923년생으로 열아홉에 모친(朴純玉)과 결혼하여 스물 되던 때(1942년 5월 8일)에 나를 낳았다. 1942년이라면 그 전해에 진주만을 습격한 일본 군국주의자들이 한창 태평양 전쟁을 치르며 발악하던 암담한 시절이 아닌가. 나는 네 살 되던 해에 8·15를 맞이하였다. 8·15는 부친에게 충격을 주었다. 새 세상이 온 것이었다. 부친이 모친과 나 그리고 동생(東洵)을 데리고 서울로 이사해야겠다고 결심을 굳힌 것은 1946년 가을경이었다. 그것은 확실히 서울로의 이사였지 월남(越南)은 아니었다. 38선은 아직 물렁물렁할 때였고 밀무역자들이 제집 드나들듯 남북을 왕래하던 시절이었다. 해주는 38도선에서 아슬아슬하게 북한 땅으로 되고 있는 그런 도시였다. 재산을 모두 처분한 다음 1947년 이른 봄 우리 가족 네 식구는 해주 앞 용당포에서 거간꾼의 안내를 받아 배를 탔다. 썰물 때여서 바닷물은 많이 빠져 있었으며 대안(對岸), 그러니까 38이남이 되는 청단(靑丹)의 불빛은 눈앞에서 반짝거렸다. 청단에서는 기차를 타고 서울로 왔다.

1947년의 서울.

부친은 딱히 어떤 목표를 정한 바가 있어서 서울로 온 것은 아니었다. 새로운 시대가 열렸으니 어찌 되었든 그 시대를 서울에 와서 감당하고 지켜보아야 한다는 막연한 신념 같은 것 외에는 없었다. 원래 부친은 내성적이었고 그리고 누구의 간섭이나 억압을 받는 일을 싫어한다는 점에서 자유를 사랑하는 성격이었다. 서울은 그러한 부친의 성격에 맞았다. 소산골 뙈쇄집에서 살던 때와는 달리 서울에서는 종적(從的)인 인간관계가 아니라 횡적으로, 수평(水平)으로 펼쳐져 있는 세계였다. 부친은 그러한 의미의 평등을 사랑하였다. 그러나 물론 부친은 처음으로 겪게 되는 서울 생활에 무척이나 서툴렀다. 해주에서 갖고 온 돈은 얼마 안 가서 바닥이 나 버렸고 우리 가족은 밑바닥 인생으로 굴러떨어지지 않을 수 없었다.

격변의 시대에는 동시대의 사람들에게 때때로 괴팍한 요구를 하는 경우가 있다. 1945년 이후의 남한사(南韓史)가 사람들에게 바로 그런 괴팍한 요구를 해 오고 있는 게 아니냐 한다. 즉 그게 '서울의 발견'이며 어떤 면에서는 '서울의 극복'이라고 할 수도 있다. 서울을 겪어서 서울의 비겁한 특성들을 알아내라고 요구하는 게 아니냐 하는 말이다. 이 시대를 알자면 서울을 알지 않으면 안 된다. 이 시대에서 살자면 서울을 겪어서 소화해서 자기 나름으로 그것을 '극복'하지 않을 수가 없다. 서울은 비단 농촌을 탄압하는 것만이 아니라 이 시대 자체에 독재를 부리고 있는 것이다. 그리하여 이 시대에 사는 사람들은 실제적이었든 심정적이었든 서울에게 강간

당하지 않으면 살 자격이 없게 되었으며, 그것은 내가 1947년에 겪고 보았던 그 당시의 서울이나 지금의 무단상경 소녀가 밑바닥을 구르면서 '발견'해 가는 서울이나 달라진 것이 없다.

　가문을 지키고 대문을 지키려 했던 조부와는 달리 부친은 스스로 서울에 와서 '뿌리 뽑힌 자'의 대열에 끼었다. 부친은 그러한 과정을 통하여 서울을 발견했고 발굴했다. 1948년은 우리 가족들에게는 아주 암담한 해였다. 배고픈 경험을 겪게 한 해였다.

　1948년 부친은 가솔을 거느리고 일곱 번 이사를 하였고 나는 그통에 묵정동 유곽촌 부근의 낡은 아파트, 삼청동 산꼭대기의 바라크, 청운동의 문간방, 원효로 효창공원 어귀의 옛날 절간이었던 곳에 들어찬 빈민굴의 생활 문화를 맛볼 수 있었다. 나는 나이가 너무 어려서 아무 일도 못 하였지만 신문을 옆구리에 낀 채로 길거리를 활주하고 다니는 신문팔이 아이들이 그렇게 부러울 수가 없었다. 신당동으로 이사를 한 뒤에 그 '소원'을 성취한 셈이기는 했지만⋯⋯.

　프로이트적 표현을 빌면 나의 선사시대가 될 이 시절에 있어 빈민촌의 떠들썩하며 활기에 찬 세계는 신선한 감동과 생(生)에의 아픔 같은 것을 깨우쳐 준 것으로 안다. 지금은 재벌들이 아이스크림을 독점해 버렸지만 그 시절에는 양철통에 얼음을 넣고 소금을 뿌리고 그 한가운데 아이스크림 통에 물과 사탕과 우유를 넣은 다음 그것을 계속 돌려 아이스크림을 만드는 행상꾼들이 있었는데, 그들은 새벽만큼 일어나 신나게 작업을 벌였다. 이발소가 따로 없고 의자 하나에 바리캉을 메고 돌아다니는 이발 행상꾼은 옛날 장돌뱅이의 기질을 닮았으며, 그악한 아낙들은 팔을 걷어붙이고 채소

장수 생선장수로 나서고 있어서 경도민요의 흥건한 정취를 연출하였다. 저녁이 되면 마당 한가운데에 돗자리를 내다 깔고 앉아 끊임없이 이야기들이 오가는데, 열띤 우국론 끝에는 싸움이 벌어지기도 하였다. 새벽녘에 동네방네 삐라가 뿌려져 소동을 벌이고 순경이 찾아와 사람들을 닦달하는 바람에 괜히 무서움에 떨곤 하였던 것도 지금은 아련한 추억감이다.

이 당시의 이러한 체험의 창고는 그 뒤 1960년대의 서울 난민촌을 돌아다니던 것과 결부되어 『외촌동 사람들』이라는 연작단편으로 문학화된 셈이었다.

이 시절의 일로서 강렬하게 기억에 남아 있는 것은 백범 김구 선생의 장례식을 따라다니면서 보았던 일들이다. 백범이 피살되었다는 소식은 우리 시대의 주인이 죽었다는 것과 마찬가지로 하늘이 무너지는 것 같은 충격을 주었다. 순경들은 경교장엘 가지 말라고 하였지만 동네 어른들은 위협을 무릅쓰고 떼를 지어 문상을 하고 왔으며, 그리고 장례날에는 직장인이건 장사치건 모두 생업을 포기한 채 장례 행렬에 가담했던 것이다. 백범의 묘소가 효창공원으로 돼 있어서 나는 원효로에 나가서 구경을 했는데, 운구 행렬은 그야말로 서울이 옮겨 가는 것과 같았다. 백범의 장례식 날의 그 분위기로 미루어 후일 국사 시간에 1905년 을사조약에 대해 배울 적에, 그 당시의 서울의 망국의 분위기가 어떠했을지를 짐작할 만했다.

6·25 전쟁은 어린 나에게 있어서는(그리고 서울에 있어서는) 죽음을 알게 한 것이었다. 신당동에는 수구문 시장이 있었고(지금은 퇴계로에 연결되는 도로가 돼 버렸지만) 아리랑고개가 있었는데, 1950년 9월 27일 1백 50명가량 그곳에서 몰사를 당했던 것이다. 시체는 바로 우리 집 앞에도 나뒹굴고 있었고, 그리고 조그만 영감

님 하나가 죽어 가고 있었으나 그것이 아무렇게 느껴지지도 않았다. 을지로6가 로터리에서 나는 사람들이 총살당하는 것을 보았으며, 시집올 때 갖고 온 옷가지들을 동대문 시장에 내다 파는 어머니에게 점심밥을 전해 주러 가다가 공습을 만나 사람들이 그 자리에서 피투성이가 되어 창자가 터져 나오고 살점이 튀어 으깨어지는 것을 보기도 했었다. 4·19 때 경무대 앞에서 1백 20여 명이 총에 맞아 죽는 것을 아슬아슬하게 함께 겪은 것을 포함하여 나는 사람들이 죽어 가는 현장에서 살아온 것이다. 죽음의 장소와 삶의 장소가 똑같다는 것은 철학을 이룰 만한 사실이 아닌가. 우리 이 시대는 '가난의 문화'와 '죽음의 문화'의 지배를 받는 시대라고 나는 나름대로 생각한 적이 있다.

6·25에 대한 인식은 그 6·25 때 성인이었던 사람들과 소년이었던 사람들이 같을 수가 없을 것이다.

1950년 12월 하순 부산 대구로 피난을 가려는 사람들로 아수라장을 이루고 있는 서울역 광장에서 아홉 살의 나는 이상한 광경을 목도하였다. 폭격으로 폐허가 돼 버린 서울역 맞은편(지금의 대우 빌딩 자리)에는 2, 3백 명의 내 또래, 또는 그 이하의 어린애들이 거적때기에 몸을 맡긴 채 추위에 떨며 죽어 가고 있었던 것이다. 그들에게 관심을 가져 주는 어른들은 아무도 없었다. 그들은 전쟁고아였다. 우익의 자식도 좌익의 자식도 함께 섞여 있는 전쟁고아였다. 그들을 돌봐 주어야 할 자는 구호금품을 가로챈 뒤 저 혼자만 피난을 가 버린 것이고, 그 아이들은 그냥 노천에서 죽어 가고 있었던 것이다.

나의 세대는 그 서울역 광장 맞은편에서 죽어 가고 있던 버림받은 전쟁고아들 속에서 탄생되고 있었을 것이라고 나는 뒷날에 가서 생각을 하게 되었다. 통일의 문제는 앞의 세대와는 또 달리 나의 세대에 와서 새로운 의미를 띠게 되는 터이며, 새롭게 그것을 해석 하고 또 소화시켜야 할 줄로 느끼는 까닭도 다른 것이 아니다.

우리의 시대(時代) 그리고 문학(文學)

1950년대는 내 경우 중고등학교 학창 시절이 되고 있다. 나는 '서 울'이라는 리바이어던의 세계 속에서 잘 길들여진 소시민으로 사육 되고 있었다.

부친이 출판사를 차린 것은 1954년 봄 서울로 환도하면서부터 였다. 그 출판사(博友社)는 기업이랄 것은 못 되고 일종의 '구멍가 게'였던 셈이지만 1960년대 중반까지 많은 책을 찍어 내었고, 문화 적인 의욕도 내보인 일이 있었다.

이 땅에 '생활백과' 붐을 일으키게 한 것은 부친이었다. 과연 '생 활백과'라는 용어가 성립될 수 있는지, '백과'라는 어휘를 놓고 부 친은 망설였으나 그대로 그 생소한 용어를 만들었다. 그 뒤로 '생활 백과'는 저항 없이 편집물이나 여성잡지의 특집 제목으로 통용되었 다. 출판계에 대한 부친의 또 다른 공적은 이 땅에 최초로 전집물을 만들어 내었다는 데에 있을 것이다. 4·19 직후 일반인들의 지적(知 的) 욕구가 한창 팽배해 있을 때 발행한 『현대인 강좌』 전 7권의 전 집물이 그것이다. 특히 제7권은 『한국의 발견』이라 하여 국학에 대 한 관심을 제고시켰는데, 실존주의가 판을 치던 그 무렵 이것은 당 돌한 시도였다. 한꺼번에 7권을 만들어 낸 것은 아니었고, 석 달에 한 권씩 순차적으로 간행하였는데 독자들의 예약을 받았다. 서울 부산 대구 광주 등지에서 대학교수 등 학자 예술인들을 초빙하여 강연회도 가졌으며 대학생 논문을 모집하기도 하였다.

일반 도서(Book)이면서 정기 간행물(Monthly)의 성격을 띠는 책을 무크(Mook)라고 한다지만, 현대인 강좌 전집물이 이에 해당되었던 게 아닌가 한다. 이 전집물의 최초의 성공은 1960년대의 출판계에 전집물 붐을 야기시켜 도서의 유통 과정의 타락을 가져오기는 하였으나 출판물의 규모를 확대시키는 계기를 만들었다. 뒤이어 『20세기 강좌』라는 전집물이 나왔지만 이 책은 그리 성공을 거두지는 못하였다. 세 번째의 전집물은 『인물 한국사』였다. 이것은 신구문화사의 『한국의 인간상』과 경합을 붙게 되었지만, 한국사를 인물 중심으로 본다는 관점은 국사학을 일반인들에게 인식시키는 데기여했다. 사학계의 학자들이 대거 동원되어 집필되는 이러한 발간작업은 무척이나 힘에 겨웠고 또 어려운 문화 사업이었다.

부친은 양서에 대한 십념이 강하였으나 사업 경영사로서의 상업적인 두뇌는 그에 미치지 못하였다. 부친이 경영하는 출판사는 이단계에 와서 허덕이기 시작하였고, 나는 이 사회의 중산층적 생활감각의 부침을 겪었다.

내가 문학에 대한 뜻을 세운 것은 중학교 2학년 무렵이었다. 부친의 출판사에서 교정(校正)을 보고 편집 일을 거들기 시작한 것은 초등학교 6학년 때부터였으므로, 책과의 인연은 누구보다도 가까웠다고 할 수 있다. 또한 그때 입학시험 준비서들을 발간하기도 하였던 만큼(중학입시 준비서 『새공부』와 고등학교 참고서들인 『국어의 연구』 『영어의 연구』 등 8종의 '연구 시리즈'를 비롯, 모든 중고교 참고서들이 발간되고 매년 개편되고 있었다) 그러한 참고서들의 교정을 보고 문제와 해답의 정오(正誤)를 찾는 것이 내 경우에는 입학시험 공부도 되었던 만큼 일거양득이었다고 할 수 있었다.

하지만 문학에 뜻을 세운 것은 이런 출판사 편집 일을 거드는 외형적인 환경에서 비롯된 것만은 아니었다. 부친은 출판사의 현상 유지에 만족하지 아니하고 끊임없이 모험과 야심에 찬 사업 계획을 구상하고 무리하게 돌진하고 있었으므로, 가정은 항상 불안한 소용돌이 속에 휩싸여 있었다. 나는 이러한 환경에 부단히 저항감을 느꼈다. 중산층의 소시민적 생활은 나를 질식시킬 것만 같았다. 이른바 외국의 명작 소설들은 그에 대한 정신적인 해답을 나에게 주었다. 『까라마조프 형제들』을 처음 읽었을 때의 충격을 나는 잊지 못하고 있다. 안톤 체호프의 소설 세계는, 그 소설 속에서 작가가 저주하고 조소하여 마지아니하는 신흥 부르주아의 생태와 비겁한 근성들을 나의 환경에 환치(換置)시켜 나 자신 불행하다고 끊임없이 생각하게 만들었다. 게다가 나는 워낙 수줍어하고 열등감에 잠겨 있었으므로 결코 정상적인 인간이 되기는 틀렸다고 체념하게 만들어 놓고 있었다. 나는 수음을 하는 듯한 느낌으로 「단편집 斷片集」이라는 제목 밑에 글을 쓰기 시작했고, 그 글 속에서 나 자신의 열등감을 보상받고, 그리하여 스스로를 영웅으로 둔갑시키기 전에는 글쓰기를 멈추지 않았다.

내게는 균형 감각이 상실돼 있었으며, 고등학교(서울高)의 분위기는 전혀 나의 체질에 맞지 않았다. '바우회'라는 클럽을 만들어 나는 다른 학교의 애들과 어울렸다. 한 학교에서 두 명씩 남녀 고등학교 각각 네 학교 학생 열여섯 명이 일주일에 한 번씩 모여서 손창섭의 소설이라든가 선우휘의 소설, 또는 이호철의 소설을 읽고 독후감을 발표하고 또는 자작시나 소설도 써서 읽고 그리고 등사하여 문집도 만들어 냈는데, 내가 부러워한 아이들은 이른바 똥통 학교라는 데를 다니고 있는 애들이었다. 그들은 내가 갖지 못한 '인생'을 갖고 있었다. 그들은 이미 생활의 아픔을 안고 삶과 부딪쳐 싸우는 전사(戰士)들이었다. 하지만 그들은 나에게 자기들의 고민을 하소연하고 연애 문제로 자문을 구해 오고 하여서 나는 카운슬러 역할을 하였다.

이 당시의 고등학생들은 이미 말기적 증상을 보이기 시작한 자유당 독재 정권의 암담한 사회 분위기 속에서 어른들과는 다른 방식으로 절망감에 시달려 있었다. 사방을 아무리 휘둘러보아야 희망을 발견할 수가 없었다. 그러니 스스로 자학의 길에 빠져 깡패의 세계 속으로 빠지거나(그야말로 깡패의 전성시대였다), 아니면 니체류(類)의 초인처럼 자기를 위장하는 체해 보거나 할밖에 없었다. 사닌이라든가 스타브로긴 같은 문학적 인간상, 장 주네 같은 문학인이 바람직한 인간상인 것처럼 생각되어 그 흉내를 내고, 스스로 극단적인 아웃사이더임을 강조해서 주장하고 싶어 했다. 《사상계》 잡지는 이런 청소년들의 의식에 불을 질렀다.

유토피아를 생각해 본 것도 그 무렵의 일이었다. 어느 날 우연히 그런 이야기가 나왔던 것이다. 한원삼(韓元三)이라는 친구를 비롯해서 문학적 학생들과 어울려 있을 적이었다. 우리의 손으로 우리가 '유토피아'를 만들어 보자는 이야기가 그것이었다. 플라톤이나 토마스 모어만이 그런 생각을 해 볼 수 있는 것은 아니지 않느냐, 우리도 한번 만들어 보자고들 했다. 모두들 찬성을 하여 우리의 유토피아는 과연 어떠한 유토피아일지 서로 구상해 보기로 했다. 나는 '바우회'의 규약을 만들어 본 실력을 믿고 「우리의 유토피아」의 헌법을 혼자 기초(起草)를 해 보았다. 물론 잔뜩 참고가 될 만한 책들을 갖다 놓고…….

내가 인류의 역사의 전개 과정과 우리의 민족과 사회의 현 단계에 대해서 막연하나마 어떤 자각을 가지게 된 것은 이때가 처음이었다. 고등학교를 졸업하고 대학생이 되던 해에 일어난 4·19에 끼어들어 경무대 앞에서 목도하였던 혁명은 바로 내가 살아가야 할 인생이, 또는 세상이 그 혁명을 필요로 하는 험난한 것임을 확인케 한 단초가 되었다. 그 4·19가 어떻게 평가되든 그것과는 관계없이…….

이러한 글을 쓰기에는 아직 나는 전혀 적합하지 않다. 나는 아직 '내 인생'이라는 것에 대해 운위할 처지도 자격도 아니다. '내 인생'이라는 것은 아직 나에게 있어 형성되어 있지도 않을 뿐 아니라 남에게 공개적으로 이야기할 바도 못 된다. 또한 한 사람의 문학인으로 따져 보더라도 나는 이제 겨우 그 초입에 들어섰을 뿐이다. 따라서 나는 내 이야기를 하려는 의도보다는 우리 시대의 모습을 나에게 여과시켜 걸러 내려는 생각으로 이 글을 쓰게 된 것이다. 그래서 조부와 부친 그리고 나에 이르는 3대의 인생을 우리 시대에 대한 하나의 증거로써 제시하여 우리 시대를 어떻게 설명해 볼 수 있지 않을까 생각한 것이다.

조선왕조의 해체로부터 역근대(逆近代)의 식민화 과정과 강대국에 의한 민족 분단화 과정, 동족상쟁 그리고 분단 고정화 상태에 이르고 있는 오늘에 이르기까지의 우리의 근대사에 있어 우리가 떠맡아야 마땅했던 역할과 실제로 우리가 행하여 왔던 일(삶) 사이에 엄청난 괴리와 간극이 있다는 것을 숨기지는 못한다. 이러한 문제 제기는 어쩌면 부당하다고 말할 사람이 있을지 모른다. 역사는 예정된 것이 아니다라는 사실, 또는 헤겔리안적 낙관론의 허점은 흔히 지적되고 있는 바의 것이니까.

그러나 당위(當爲)의 역사를 상정해 보게 되는 것은 우리의 이 현실이 당위의 현실과는 너무도 거리가 멀고, 우리의 근대사가 조선 왕조 해체 시기 이래로 그 많은 문제점을 제대로 극복하지 못한 채 그때나 이제나 똑같은 원점에 직면하고 있는 게 아니냐 하는 인식 으로부터 비롯되는 것이다. 이러한 인식에 설 때 우리의 인생의 가 난함이 자각되고 또한 반성된다. 역사가 우리의 몫으로 제공해 주 고 있는 삶의 내역(內譯)을 우리가 제대로 채우지 못한 채 타력적 (他力的)으로 끌려가고 있는 광경이 보이게 된다. 나 자신으로 말하 자면 나는 떳떳하게 살고 있다고 도무지 말할 염치가 없다. 마찬가 지로 나는 조부나 부친을 변호할 수도 없다. 인생에서 벌어지고 있 는 갖가지 우여곡절과 신산고초는 그 자체로는 뜻을 지니지 못한 다. 그것을 통해 삶이 어떻게 자각되고 있는지 그 의지를 획득하려 고 해 보아야 한다.

나의 조부는 가문의 몰락을 겪고, 2백년 살아온 고향을 잃어야 하는 삶에 수용(受容)되었다. 부친은 가문으로부터 탈출하고 서울 을 발굴하였으나 50년대와 60년대의 생(生)의 문법(文法)에 거칠 게 적응되었다. 나는 전혀 다른 생의 조건에 올가미가 걸려 있는 중 이다. 어쩌면 이러한 흐름은 형태를 달리하지만 그 내실은 같은 되 풀이에 지나지 않는다고 보일 수도 있지만, 그러나 나는 그것이 새 로운 진화 과정이라고 생각함으로써 나의 의무를 깨우쳐 볼 수가 있다. 조부에게 배당되었던 인생은 조선왕조의 해체와 더불어 집안 이 해체되고 고향이 해체되는 명운(命運)을 의당 벗어날 수 없었던 것이 아니었을까. 부친은 8·15와 6·25라는 축(軸)에 끼여 진자(振 子)와도 같은 유랑의 물결을 탈 수밖에 없었다. 깊숙이 내려진 뿌리 를 뽑아서, 즉 '뿌리 뽑힌 자'로서 도시의 평민으로 흔들렸다. 가문 과 전통에 대한 젊었을 적의 혐오는 낯선 서울에 와서 어떻게 근대인 의식으로 부친 속에서 접합되어 있었을까. 나는 '뿌리 뽑힌 자'이며 삼팔따라지 2세(그것은 심정적으로는 일본 등지의 교포 2세의 그것과 마찬가지의 소외의식을 이루게 된다)이며, 영원히 고향을 잃어버린 정신적 이민자(移民者)이다. 이 서울이 나에게 영원히 타향인 것처럼 이 시대도 나에게는 타향이다.

또는 이렇게 말해 볼 수도 있다. 나는 변전(變轉)하는 시대의 한 타작(駄作)이며 추방자이다. 내가 살고 싶은 것은 결코 이러한 방식의 이러한 실재 속에서가 아니었다. 문학이 그래서 나에게 필요한 것으로 되었는지 모른다. 문학을 통해서 나는 나에게 없었던 것을 실현하고 찾을 수 있지 않을까 하는 희망을 품어 보는 터이다.

『나 : 처음으로 털어놓은 문제작가 10인의 자전소설』, 1978년

발괄

발괄

시골 장날 해거름녘이다. 얼마 안 있어 막차 버스가 닿을 것이어서 장꾼들은 뒤끝 챙기기에 늦부지런을 피우고 있는데 한쪽 술막에는 숲거리 사람들 예닐곱 명이 소주잔깨나 늘어놓고 이야기판을 벌고 있는 중이었다. 말하자면 물고기 잔뼈 추슬러 가며 용케 살만 골라 파먹듯이 그들은 소소한 개인 걱정들일랑 발라 가지고 맛깔스러워 보이는 이야기들만으로 안줏거리로 놓고 군지렁거리고들 있었다.

그 자리에는 숲거리 마을에서 제법 권솔깨나 너끈한 오유근 노인 하며 이장인 오필대를 위시해서 이미 술에 취한 거간꾼 김인부에다가 더펄이로 소문난 유삼근도 끼어 있었다. 그리고 해동갑으로 아침같이 서울 갔다 막 내려오는 참의 최학규가 속심 없는 무심재(無心材) 소리를 듣는 처삼촌 오호근에 붙잡혀 얼굴을 디밀고 있는 중이었으며, 그 밖에도 인동 사람 두엇이 끼어 있었다. 신수가 좋은 오유근 노인은 뒷전에서 기침이나 하며 가당찮다는 듯 물러나 앉아 있고 이장인 오필대는 무슨 언짢은 일이라도 있는지 마지못해 그 자리에 끼어 있는 눈치를 보이고 있는데 농한기에는 말감고[1]로

---

1) 말監考. 곡식을 팔고 사는 시장판에서 되질하거나 마질하는 일을 직업으로 하던 사람. 대체로 되질하거나 마질한 곡식의 10분의 1이나 말밑을 차지하였다.

장거리를 휘젓고 다니는 김이부서껀 오호근이 공연히 불쾌하게 뒤
대고 있는 중이었고 또 유삼근이가 쓸데없이 해찰을 찧고 있었다.

평소에는 주눅이 들어 지내던 사람이라 해도 이런 파장 끝머리
술판에는 앞뒤 분간 못하고 이야기가 헤퍼지는 모양이었다. 장거리
에 나왔다가 겪은 야박한 돈 인심을 홍건한 입씨름으로나마 가셔
내 보려는 듯 그런 억하심정이 생기는 듯하였다. 말감고로 다니는
김인부야 다 계산속이 있어 사교술을 마시는 셈이겠지만 데되어[2]
먹은 시러리[3]로 소문난 유삼근이가 푼수 없이 술에 취해 웅절거리
고[4] 있는 꼬락서니가 딱한 일이 아닐 수 없었다.

유삼근은 배메기라고 해서 땅임자와 부치는 사람이 소출을 반
반씩 나누기로 약정하는 그런 도조 농사를 짓는 사람이었다. 그나
마 죽은 그의 어미와 그를 저 왜정 시대에 멈으로 부렸던 오치근이
시재(時在)의 유삼근 사는 꼴에 선심이라도 쓰는 척 깜냥을 내어 준
것이었다. 작년에는 그렇게 하여 오치근의 땅 여섯 마지기에 밀양
23호를 뿌렸는데 스물네 가마 실히 내었으니 풍작이라고 할 만했
다. 흡족해한 것은 유삼근만이 아니라 땅임자인 오치근도 마찬가
지였다. 옥답이라 한들 부치는 사람의 바지런이 얹히지 않으면 그
만한 작황을 내기가 어려운 줄을 알기 때문이었다. 오치근에게 열
두 가마를 반타작으로 내어주고도 그만큼의 몫을 유삼근이 차지
했다. 그래 오치근이 돼지 새끼를 사주며 쳐 보라 하기도 했고, 추
수 끝난 뒤의 볏짚은 새끼를 꼬든 가마를 짜든 아는 체하지 않았다.
여기에 유삼근의 마누라가 달리 고지 자리품을 팔았던 것을 보태

---

2) 됨됨이가 제대로 잘 이루어지지 못하다.

3) '멍청이'의 방언(함경).

4) 평이나 원망, 탄식 따위를 입속말로 혼자 자꾸 해 대다.

고 하여 스무닷 가마짜리 초가집도 한 채 장만하였으니 무리를 했건 빚을 졌건 유삼근이 제법 농사를 지어볼 만하다고 우쭐거렸던 것이다. 그처럼 시쳇말로 희망과 의욕에 불탔던 것이 작년 이맘때 일이었다면 1년 상간에 그의 사정이 그렇게나 달라질 수가 없었다. 금년에는 종자를 잘못 택해 다수확종이라는 새 볍씨를 뿌린 때문에 고생만 실컷 하고 돈은 계속 처들였으면서도 아예 농사를 결딴 내고 말았다. 거기에 빚져 장만한 초가집이 또 화근이 되었다. 빚은 세월 따라 살이 쪄서 감당 못 할 지경이 되었는 데다가 그의 마누라가 앓아누워 생돈이 들어갔고 또 주택 개량에 쫓겨 그 집마저 온전치 못할 지경에 이른 것이었다.

이렇게 해서 유삼근은 금년 겨울을 넘기지 못하여 성화가 났고 숲거리 사람들은 덤터기를 짊어진 꼴이었다. 유삼근은 어디에든 나타나는 족족 말썽을 일으키고 그가 가는 곳마다 사달이 났다.

돈에서 인심 나고 가난이 싸움을 붙인다는 옛말이 그른 것이 아니었다. 하지만 떠세를 부릴 데가 따로 있지 그악한 장돌림으로 돌아 먹은 김인부와 티격태격하는 것이 전혀 가당치 않은 일이었다.

"허 참, 이 사람 자꾸 방귀만 뀌고 있으니 구린내 나서 못 견디겠군그래?" 하고 김인부가 머퉁이[5]를 놓았다. "이봐, 방귀가 잦으면 똥 싸는 법이야. 방귀가 잦으면 똥 싼다는 말 무슨 소린지 알어?"

물론 유삼근이 방귀를 뀌고 있는 것은 아니었다. 요컨대 말실수가 잦으면 경을 치게 된다는 뜻을 그렇게 표현하고 있는 것이었다.

"젠장 똥을 싸게 된들 무슨 대수람. 그깟 청 하나 못 들어줄 게 뭐요, 그래?" 유삼근이 불룩거렸다.

5) '핀잔', '꾸지람'의 방언(전북).

"이 사람 보게? 그게 어디 청이야? 게정을 부리는 거지." 김인부는 같잖은 듯 유삼근을 흘겨본 뒤에 동의를 구하려는 표정으로 다른 사람들을 바라보았다. "글쎄, 벼룩의 간을 내먹을 일이지, 고생을 엮어서 지고 다니는 나한테 달라붙어 떠세를 부릴 게 뭐냔 말여. 그렇잖아두 오늘은 허탕만 쳐서 속이 상하는 판인데, 아니 나더러 무얼 달라는 거여?"

김인부는 제 앞에 놓인 쌀자루를 툭툭 발로 찼다. 눈대중으로 어림해보아도 쌀 한 말이 들었을까 말까 해 보였다. 그렇다면 김인부가 오늘 장에서 흥정을 붙여준 곡식이라는 게 댓 가마 가웃밖에 안 되지 싶었다. 양쪽에서 쌀 한 가마에 한 되 폭으로 받아내는 관례에 따르자면 그런 계산이 나왔다. 하기야 김인부는 이곳저곳 장터를 파수 꼽아가며 기웃거려 흥정 붙이는 옛날식의 말감고는 아니었다. 이른바 산지수집상(産地蒐集商)의 뒷 거간을 붙여주고 있는 것이니까 그가 과연 옛 계산법대로 구문(口文)을 먹는 것인지는 알 수 없는 노릇이었다. 김인부는 아예 유삼근 쪽으로는 눈길도 주려고 하지 않은 채 늘름 술잔을 비웠다.

"이 사람 빡빡하게 그러지 말고 유삼근 사정두 좀 봐주지 그랴?"

외수 없이 사람 좋은 오호근이가 유삼근의 두남을 두는 체하였다.

"도대체 무슨 일인데 그러는 거요?"

이장인 오필대가 눈살을 찌푸리면서 참견을 했다. 근자에 와서 기승을 부리며 믿는 구석도 없이 떠세를 부리는 유삼근이나 제 뱃속 차려 먹는 데에는 그악스럽기로 소문난 김인부가 모두 못마땅하여 더 이상 귀찮은 일이나 없기를 바라서 한 마디 내던진 말이었다.

이장이 묻자 오호근이 사단이 벌어지게 된 경위를 설명하였다.

"복남이네가 오늘 장에 쌀 세 가마를 갖고 나왔지 뭔가. 여기 유삼근이가 장터 못미처 저 너머 배고개에서 복남이네를 보게 되니까 옳지 싶었던 걸세. 이편에서 나서 가지고 좋은 값에 흥정을 붙여줄 테니 꼼짝 말고 배고개 마루에서 기다리라 해놓고는 부리나케 저 먼저 장으로 들어온 거란 말예유. 삼근이두 얼핏 들은 말이 있었거든, 우리 계 쌀이 맛좋은 일반미로 서울 사람들에게 인기가 좋아 산지 수집상들이 긁어모으려고 안달을 내고 있다는 것을 짐작했거든. 그런데 막상 장에 들어와 보니 어디에서 누굴 만나야 구문을 얻어먹을지 몰라 망설이는데 마침 여기 김인부를 만난 거여. 그래 유삼근이 김인부더러 쌀 세 가마를 누가 갖고 왔는데 그쪽의 구문을 자기에게 주면 그 쌀을 너에게 소개해주겠다 한 거여. 그런데 김인부가 눈치가 빠한 사람이니 단박에 싫다 해 버리고는 배고개로 달려간 걸세. 거기서 복남이네를 만나 가지고는 그 쌀 세 가마를 뺏다시피 하여 쌀 수집하러 다니는 제 외사촌에게 넘겼지러. 닭 쳐다보는 개라니, 여기 유삼근이가 그렇게 되고 만 거여."

오호근이 제 일도 아니면서 신을 내 잘다랗게 설명을 늘어놓자 김인부가 뒤질세라 제 발명을 늘어놓았다.

"그러니 이장도 들어보시게. 아니, 누가 하릴없어 이 지랄을 하고 다니나? 더구나 여기 유삼근이 맘보가 돼먹었냔 말여."

"맘보라니? 내 맘보가 어쨌단 말여?"

유삼근이 성질을 가누지 못하고 뒤대는 것은 말로 따져서는 김인부를 당해낼 수가 없고, 또 마치 그가 사리에 어긋난 짓을 한 것처럼 묘하게 분위기가 돌아가는 것에 화가 났기 때문이었다.

"그거 맘보 타령은 서로들 관두시오. 고래 싸움에 새우 등 터진다는 격으로 아 그깟 조그만 구문 때문에 맘보 들먹일 것까지는 없을 것 같으우."

"이봐, 내가 오늘 일을 두고 따지자는 게 아니잖은가? 그럴 줄을 번연히 알면서 왜 딴소리여? 임자두 짐작하듯이 내가 요사이 형편이 여간 곤란한 게 아니잖나? 임자를 도와 나라두 쌀 긁어모으는 일에는 한 몫을 거들 수 있단 말여. 또 게다가 임자서껀 쌀장사하는 임자 외사촌은 쌀이 필요한 판이고, 그러니 담부터는 거기서 원하는 대로 쌀을 구해다 줄 테니까 그렇게 약조하고 내 청을 들어주는 게 어떻겠느냐 하는 것인데 그래 그게 틀린 말이여."

"아니 유삼근 씨가 그럼 말강구 노릇으로 나서겠다는 겐가?" 오호근이 물었다.

"글쎄, 거기서는 틀린 말이냐 어쩌냐 따지는데 나는 무식해서 따지는 거는 잘 모르겠고, 하여튼 싫어. 싫다는데 웬 말이 그리 많아? 고을 원두 제 하기 싫으면 그만두는 법인데……." 김인부가 뻗댔다.

"보아하니 유삼근 씨는 장바닥에 나설 처지가 못 되겠소."

"왜 못해? 무슨 일인들 못할 것 없어. 굶어 죽게 된 판에 눈이 뒤집히고 배 속이 환장을 했는데……."

유삼근은 이장이 제 편역을 두는 것인 줄도 모르고 이렇게 미욱진 소리를 내뱉었다.

"이 사람아, 여기 장만 해두 숲거리에 비하면 대처가 아닌가. 우리 숲거리 사람이 어찌 얼굴을 디밀어 그 영악한 것을 당할 수 있겠느냐는 말이지러. 여기 김인부야 젊어서부터 이골이 붙었으니 다르지만서두." 오호근이 타이르듯 설명했다.

"말도 말아요. 저 사람은 뭐 내가 떼돈이라도 버는 줄 아는 모양이지만 어림도 없는 소리지. 더욱이 여러분들이야 날 더러 말강구라 부르지만 어디 내가 말강구나 됩니까? 그저 미친년 널뛰듯 돌아

댕겨 서울 사람 돈 벌게 해주고 간신히 입 놀음이나 하는 건데 이런 사정은 알지두 못하고 저 사람 나한테 괜히 그러니 딱한 일 아니냔 말야."

김인부가 이세 이야기는 다 끝났다는 듯 두 팔을 벌려 보였다.

유삼근은 그런 김인부의 태도에 더욱 울화가 치미는지 다시 한마디 됩데[6] 내뱉었다.

"나두 임자한테 했던 말 없었던 것으로 할 테니깐, 이담에 다시 이 문제를 놓고 나불거렸단 소리 들리지 않도록 해여."

"원 제길, 이야기할 게 없어 이따위 이야기 두고두고 할까 봐 그래?"

"자자, 그만들 두게. 뭔가? 이러다가는 좋게 마시는 이 술이 영영 등 돌리는 파정 술이 돼 버리고 말겠군그래." 오호근이 말했다.

"그 말이 맞지러. 그만들 해둬." 하고 최학규가 참견을 했다. "의견이 서로 안 맞는 게 있다면 그건 사람의 탓이 아니고 이 겨울 보낼 일이 난감하기 때문에 그런 것일 테니, 도리어 거꾸로들 생각해봐. 어떻게 서로 도와서 이 겨울을 무사히 보내려는지."

여태까지 김인부와 유삼근의 티격태격하는 소동에 말려있었던 사람들은 최학규의 말에 멀뚱한 표정들이 되었다. 잠깐 침묵이 흐르자 최학규가 다시 말을 이었다.

"내가 근자에 서울과 숲거리 사이를 왔다 갔다 하면서 보니깐 이런 시골 사정이 거꾸로 서울에서 잘 보이더란 말여. 가령 말이지, 오늘 이 장터 풍경두 그래. 이런 시골장이라는 게 더 이상 시골 사람들 위해서 있는 것이 아니여. 그야 한 열흘에 두 오일장 없애 상설 시장

<hr/>

6) '도리어'의 방언(강원, 전북).

을 만든다는 이야기야 전부터 있어 온 거지만 당국이 이래라 저래라 하기 이전에 시골장은 제풀에 이미 거덜이 나 버리는 거여. 아니, 이미 난 것인지도 몰라."

"그게 어째서 그렇다는지 들어봅시다, 운옥이 아범."

화제를 돌릴 기회다 싶어 오호근이 물었다. 운옥이 아범이란 곧 최학규였다. 최학규는 오늘도 서울에 사는 마누라와 딸년의 일 때문에 길거리에 돈 뿌려가며 행차를 하고 오는 길이었다. 그러니 그가 제법 견문이 넓은 편이었다.

"가령 말이지, 오늘 이 장터 풍경을 보더래두…… 이 골 생산품이라는 게 어떻게 되고 외부에서 들어온 물건들이 어떻게 되는가 따져봐. 이 골 생산품이라는 거야 곡식이나 채소 따위들인데, 그나마 이런 것들은 수집상들이 거둬 가지고 죄 서울 등 대도시로 올라가는 거란 말여. 서울 것들은 입이 고급이어서 정부미는 죽어라 먹기 싫어하고 그래 이런 시골장에서 거두어가는 일반미만 찾아 값이 턱없이 비싸니 장사꾼이 꼬이는 거 아니겠어, 그래서 결국은 서울에 버텨선 미곡상들 배를 불리는 거고 이런 시골장의 거간꾼이란 그 찌끄러기 구문을 얻어먹는 거란 말야, 그러니 따져봐. 김인부서껀 유삼근의 언쟁이 과연 어찌나 되는지……."

최학규는 이러면서 사람들을 쳐다보았다. 그의 이야기가 무슨 소리든 사람들은 김인부와 유삼근의 지긋한 싸움에서 벗어날 수 있게 됐다는 데서 여유 있는 표정을 지었다. 김인부과 유삼근이 얼마나 어처구니없는 일로 다투었단 말인가.

"반면에 이런 시골장을 타고 바깥에서 들어오는 게 무엇들인고 하니, 그게 옷가지니 그릇 나부랭이에다가 전기 제품 따위들이거든. 이런 물건들이 도리어 판을 치네. 그런데 이런 건 정가가 딱 매겨져 있어서 깎을 수도 없고 흥정을 붙일 수도 없단 말야. 배추나 고추, 마늘 같은 거는 물건값이 오르기도 하고 내리기도 하지만, 이런 것들은 제조 회사가 제 기분대로 정가를 딱 매겨 놓으면 요지부동으로 그 값을 내야 한단 말이거든. 그러니 생각해봐. 농사꾼들이 상에 들고 나오는 곡식이나 푸성귀 같은 거야 이쪽이 얼마에 팔고 싶다 한들 팔 수 있는 게 아니여. 저쪽에서 사겠다고 하는 금세대로 울며 겨자 먹기로 팔아야 하구, 그것두 여기 김인부도 있지만, 또 거간꾼에게 구전두 주어야 한단 말야. 반대로 공산품이라는 건 저쪽에서 달라는 금에서 한 푼도 깎지 못하고 다 주고 사야 하니 이런 시골장 마저두 더 이상 농사꾼 위해 있는 꼴이 아니구 저 높은 서울 사람 돈 벌어주기 위해 있는 꼴이라는 그 이치가 보이지 않느냐 이 말이여⋯⋯."

최학규는 이야기를 끝냈다. 사람들은 어렴풋이나마 그의 말을 알아들었다. 그런데 이치를 따져서 도대체 뭐가 어찌 된다는 것인가. 최학규는 국회의원 선거 때라든가 할 적이면 유세장에 연사로 나서기도 하곤 했던 것이다. 그러니 그의 말은 맞는 듯하면서도 어딘가 부정적인 데가 있었다. 이장 오필대가 그래서 한마디 하지 않을 수 없었다.

"아따 그거 운옥이 아버지는 서울 드나들며 세상 물정 환히 집히게 된 것은 좋소만, 하필이면 왜 그렇게 부정적으로만 생각하는 겁니까, 것이기는? 자, 그런 이야기는 그쯤 해둡시다. 백날 해 봤자 입만 아프고, 우리 계는 우리 골머리 싸매야 할 일도 많으니까."

이장은 한 싸움 간신히 말려놓으니 다른 말썽꾼 나서는 게 가당찮다는 듯 이번에는 약간 위엄을 세워 유삼근을 바라보았다.

"먼저 이 이야기부터 결말을 지읍시다. 그거 유삼근 씨는⋯⋯요새 형편이 어려운 줄은 알지만 이런 시장 바닥에서 무슨 흥정꾼 노릇을 하겠다는 생각은 않는 게 좋을 거 같아요. 그게 도대체 무엇입니까? 결국은 한 동네 삼이웃 간에 서로 말썽을 일으켜서 언뜻언뜻 속임질을 쓰는 노릇도 될 수 있단 말예요. 그러니 그건 안 좋소."

오필대는 이렇게 결론을 내렸다. 이제 그가 판단을 내린 이상 그것은 변경될 수 없는 일인 것처럼 생각되었다.

유삼근이 수그러들었다.

"내야 뭐 이런 장바닥에 끼어들 위인두 못 되는 걸. 그냥 하두 답답해서…… 마침 장에 나오던 길에 복남이네를 만난 게 화근이여. 그래서 잠깐 내 정신이 어떻게 돼 버렸던가 봐. 요새 내 생활이라는 게, 여러분도 짐작하듯이 하도 엉망이라 놔서 내가 오늘 어떻게 장에 나올 생각을 냈느냐 하면…… 딱히 뭐 장을 봐야 할 일이 있어서가 아니라……."

"자 자, 그런 이야기는 나중에 듣기로 하세." 다시 긴소리가 나올까 봐 오호근이 그의 말을 막았다.

"아녀, 여기 오유근 어른도 계시고 이장 이하 여러분도 있으니까네 내가 꼭 한마디만 해야 쓰겠어. 내가 뭐 여러분에게 듣기 거북한 이야기를 하려는 게 아니고, 내 형편에 대해서……."

"허 그거 참, 자네가 무슨 연고로 내 이름까지 거들먹거리는지 모르겠지마는…… 이제 그만했으면 자네 입이 아플 때도 되었겠군그래?" 더 이상 참지 못하겠다는 듯 여태껏 뒷전에 물러나 앉아있던 오유근 노인이 한마디 하고 나섰다.

"어르신네 말씀이 맞네. 그거 자네가 딱한 형편에 있는 줄은 누구나 다 짐작을 하는 게여. 그렇잖아두 자네 문제도 있고 하여 한번 의논을 해 보자는 이야기가 돌고 있는 중이고. 그런데 자꾸만 자네가 설쳐 나서 가지고 이런다면 이게 무슨 꼴인가? 똥 싼 기저귀는 자꾸 들척거릴수록 냄새만 풍기는 거여. 우선 불편하더라도 좀 참고 있다가 치워 입힐 줄을 알아야지. 다들 어렵게 참고 견디는데 유독 자네 혼자만 못 견디겠다고 하는 거나 아닌지 모를 일일세." 오호근이 질증을 냈다.

"내가 뭐 못 참는다는 게 아니라, 도리어 참을성 하나만큼은……."

"됐어요, 됐어." 이장 오필대가 다시 나섰다. "삼근 씨가 발괄(白活)을 할 일이라도 있는 것처럼 그러시는데, 무슨 말을 하고 싶어서 그러는지 내가 짐작을 한다 이겁니다. 그러니 아예 속 시원하게 내가 말씀드리기로 하지요. 아마 삼근 씨는 우리 마을에 해주 오씨들이 절반 가웃 살고 있으니 무슨 텃세를 부리고 자세를 한다고 생각하는 모양이지만……."

"원, 그럴 리가……. 내가 항용 말하듯이……."

"그 항용 하는 말도 내가 알고 있어요. '유삼근이가 숲거리 여러분 덕으로 살아 왔으니 이 몸뚱아리 중에서 뼈는 유삼근의 것인지 몰라도 살만은 유삼근의 것이라기보다도 숲거리 여러분의 것이다.' 하는 그 말이 아닙니까?"

"그게 진짜로 그렇지러."

"알았어요. 그렇잖아두 삼근 씨를 만나는 기회가 있으면 이장으로서라두 내가 이야기 할려구 했으니까 이 자리에서 터놓고 해보겠습니다. 삼근 씨가 금년 농사 망친 것은 새 볍씨 때문이고, 또 지난봄에는 내 자신 삼근 씨에게 밀양 23호 대신에 그걸 심으라고 한 것은 사실이라 이겁니다. 그런데 그 새 볍씨로 인한 피해가 전국적인 현상이 돼 놔서, 나라에서도 피해 보상을 해 준다고 하여 피해 상황을 조사했다, 이런 말이지요. 이건 누구나 다 아는 사실이고……. 문제는 삼근 씨가 피해 보상 대상에서 빠지게 된 것이 서운하고, 아니 서운할 정도가 아니라 사람 차별하는 것이다, 이렇게 앙심을 품게 되었다는 게 아니겠어요? 맞지요?"

오필대는 일단 말을 끊더니 안주머니에서 누런 봉투 하나를 끄집어냈다. 그는 봉투 속에 든 흰 종이를 꺼내 펼쳐보았다.

"자, 이것을 똑똑히 보세요. 이게 뭔고 하니 이장 그만두겠다는 걸 적은 겁니다. 내가 오늘 면사무소에 이걸 내려구 나왔다가 시간이 늦어서 내일 내기루 하고 돌아가는 길입니다. 그러니 이제부터는 나, 이장도 아무것도 아니에요. 바로 그런 입장에서 말씀을 드리는 건데 삼근 씨는 나한테 서운해할 게 없을 겁니다. 왜냐, 삼근 씨가 피해를 입은 건 사실이지만 그 피해가 70.1 퍼센트 이상은 아니라 이 말입니다."

"그야 물론 그렇……."

"가만 들어보세요. 70.1 퍼센트 이상은 아니니 거기에서 제외되는 것은 당연하고, 그렇다면 50 퍼센트 이상의 피해 대상자에 해당 되는 거냐 하는 것인데……. 엄밀하게 따지자면 해당이 될 수도 있고 안 될 수도 있을 겁니다. 무슨 소린고 하니 나는 나대로 상부로부터 지시를 받고 있는 몸이거든요. 피해 실적 상황을 가능하면 줄여서 보고하라는 것이에요. 당연한 일 아닙니까? 우리 면(面)의 피해 상황이 많다 해 보세요. 이건 우리 면의 망신이고 그럴 뿐 아니라 우리 농민들의 망신도 된다 이겁니다. 어쨌든 농사를 게을리 지었다는 이야기가 되니까. 그래서 가능하면 줄여서 보고하라는 것인데, 냉정하게 따지자면 삼근 씨가 입은 피해는 다른 여러 사람들에 비해 그리 큰 쪽은 아니에요."

"하지만 거기에는……."

"내 이야기 마저 들으세요. 나로서는 누구보다 공평무사하게 피해 상황을 실제 그대로 보고했다고 하늘에 대고 맹세할 수 있어요. 그런데 그 결과는 어떤지 아세요? 무턱대고 내가 나쁜 놈이라는 겁니다. 죽일 놈이라는 거예요. 편파적으로 했다니, 빌어먹을…… 그래서 내가 이장 노릇 그만 둘라는 거예요. 이젠 속 시원하게 됐지요? 그렇지요? 삼근 씨가 이야기할 게 있다는 말, 이게 맞지요?"

잠시 침묵이 흘렀다. 유삼근은 입을 달싹거렸으나 분위기에 눌려 말을 꺼내지 못하고 있었다.

"이 사람아, 자네가 동네를 위해 사심 없이 일해준 거야 누구나 다 알고 있는 걸세. 좀 언짢은 일이 있더라두 참아야지, 우리 동네에 자네 말고 누가 그 어려운 일을 맡겠나. 아 그런 소린 하덜 말구……."

이러면서 오호근은 오필대 앞에 놓인 사직서를 빼앗으려고 하였지만 오필대는 빼앗기지 않았다. 유삼근이가 얼굴이 벌겋게 달아올라서 입을 열었다.

"그건 천만뜻밖의 오해여, 오해. 내가 언제 단 한 번이라도 이장이 한 일에 대하여 딴생각을 먹거나 불평의 마음을 가졌다면 천벌을 받아 마땅할 것이여. 정말 그런 적은 없는 거여."

"좋아요, 이제 아무래도 괜찮으니까 그런 말씀 안 해도 됩니다."

"이거 참, 어째서 내 말이라면 콩으로 메주를 쑤는 거라구 해도 다르게 듣고 있는지 모르겠네. 내가 말하고자 하던 거는 그런 게 아니고……. 아니, 그 이야기까지 해야겠네. 솔직히 말하자면 이장이 한 일에 대하여 불평한 적은 없었지만 서운한 마음을 잠깐 가졌던 적은 있었지. 그것도 아주 잠깐 그랬을 뿐이고……."

"그것 보세요. 속에 쌓아두어 앙심 삼고 있는 게 있기는 있구먼요? 이래저래 내가 죽일 놈이고……."

"글쎄, 내 이야기할 테니까 들어봐. 자네두 알다시피 내가 오치근 어른네 땅 여섯 마지기를 부치고 있지 않은가? 그 어른이 그 땅 부칠 사람 없어 나에게 내준 거는 아닌 터이고 내 형편 어려운 걸 살펴 가지고 그것으로 먹고 살아 봐라 해서 내주신 것일 터니 내가 눈물이 나도록 고맙고 또 결심한 바도 있었지러. 어떻게 하든 농사를 착실히 지어야겠다, 그것만이 그 어른을 대하는 체면이 되고 내 체면두 되겠다 해서. 남이 한 번 일할 것을 두 번 세 번씩 하면서 화학비료도 쓰고 농약서껀 금비도 듬뿍듬뿍 쳤단 말여. 그분이 비료, 농약비를 대 주는 것은 아니로되 내 자신 빚을 내가며 그렇게 한 거여. 그래 작년에 다행히 날씨도 좋고 해서 그 땅에서 밀양 23호를 뿌려 스물네 가마 실하게 거두었단 말여. 자랑은 아니지만 다수 확품 종이랄 수도 없는 그 종자로 그 땅 여섯 마지기에서 스물네 가마 가웃을 냈다면 이건 아주 좋은 기록일 것이여. 오치근 어르신두 이렇게 거두어 보기는 처음이라면서 좋아하셨으니까 하는 말이지만. 그래, 그분께 배메기 약조대로 열두 가마를 드리고 그 나머지는 내 가용(家用)에 썼지러."

"그건 누구나 다 아는 이야기이니까 요점만 말씀하시래두요."

"글쎄, 그래서 금년 농사에는 큰 희망을 품었고 나도 헐뱅이로 혼자 지낼 때와는 달라서 동네 분들이 중매까지 서 줘 여편네에 애까지 달리니 명색이 가장이야. 이를 악물고 금년 농사 잘 지어 어찌 됐든 요 일이 년 내에 생활 터전을 잡겠다는 각오를 단단히 했단 말여. 당장 스무닷 가마짜리 초가 한 채 사놓은 바람에 생긴 빚도 있는…….''

"글쎄, 요점만 이야기하시래두……"

"그래서 금년엔 다수 확종을 심으라고 하는 대로 심어 놓았지러. 작년과는 종류가 달라서 적어도 쌀로 30가마니쯤은 뺄 수 있겠지, 계산하고 모든 걸 여기에 맞추어 부지런히 농사를 지었던 것인데, 이놈의 벼 종자가 말썽을 일으켰단 말일세. 그러니 누가 이래라 저래라 하기 이전에 내 자신이 미칠 지경이 될 수밖에 없는 게 아닌가 뵈. 그 여섯 마지기에다 농약을 뿌린 것만 해도 6만 원 가량 된다면 짐작이 가는 일 아닌가? 지난 여름철 내내 집에 들어갈 생각은 아예 하지를 않구 그 들판에서 살다시피 한 사정은 나보다두 여러분이 잘 알 것이여. 내가 저 왜정 말기에 어머니 따라 삼남 지방을 떠돌다 우연히 예 들어와 자리를 박아 평생 농사를 지어 왔지만 금년처럼 땀 한 방울 피 한 방울 다 짜낼 지경으로 있는 정성, 없는 정성 몽땅 바친 적은 처음이란 말여. 아마 앞으로도 그런 일은 못 하겠지러!"

"정말 자네가 열심히 지은 건 누구나 다 알고 있네." 하고 오호근 이 거들었다.

"그래, 결과만 빨리 이야기하기로 하세. 하여튼 자식 새끼에게도 못할 정성을 부었지만, 금년 수확이 어떻게 되는고 하니 간신히 열 가마를 건진 거여. 작년에 밀양 23호로 스물네 가웃을 낸 것과 비교를 해 보게. 이게 얼마나 기막힌 결과인가 말일세. 그런데 문제는 여기에만 있는 게 아니고……, 나라에서 피해 입은 농가에 보상을 해 준다고 할 그때 내가 잠깐(정말이지 잠깐 그랬을 뿐이여) 서운한 마음을 먹게 된 일이 있은 거여. 그게 뭔고 하니, 내가 열 가마를 거두었으니 피해 대상에서 빠진다는 것인데, 과연 이게 어떻게 된 계산일까 따져 봤지러. 내가 딱히 반드시 피해 보상을 받고 싶대서가 아니라, 결과적으로 남들보다 부지런을 떨었기 때문에 그나마 보상 대상에서도 빠진 게 아니냐 싶었거든. 금년에 내가 열 가마나마 건질 수 있었던 이것은 정말이지 보통 노력을 기울여서는 불가능한 일이었단 말여. 아니할 말로 우리 계 누구누구네는 농약도 안 쓰고 손질도 안 해서 고스란히 농사를 망쳤다 해서 보상을 받은 경우도 있는 기라. 알겠소 이장, 내가 잠깐 서운한 생각을 가져봤다는 말? 그러나 이제 내 이야기를 들었으니 이장도 오해가 풀렸을 거구면. 내가 그렇게 누구 원망을 많이 하는 사람 아니여. 내 못난 탓이려니 여기며 견뎌오는 사람이여. 내가 오늘 이 자리에서 여러분에게 말씀드릴려고 했던 거는 그게 아니고, 다른 문제란 말여. 도리어 이렇게 생각해 보면 될 거여. 우리 숲거리에 이날 입때껏 좋으나 궂으나 동거동락하며 살아온 유삼근이라는 반편 같은 위인이 있는데, 이 자가 못난 탓이었든 어쨌든 금년 겨울에 들어와서 아주 죽을 지경이 되었으니, 한 번 이 자의 이야기를 측은한 마음으로 들어주었으면 어떻겠느냐, 하는 것인데…….”

유삼근이 이러면서 눈에 눈물이 그렁그렁해졌다. 거기 모인 사람들이 입을 다물고 있었던 것은 유삼근의 말에 감동해서만이 아니라 실상 뭐라고 할 말이 없었기 때문이었다.

“내가 의논을 드리려고 하는 것은……, 간신히 열 가마를 추수랍시고 해놓고 보니 뒷일이 도무지 난감하기만 해서인데……. 간단히 말하고 끝낼 테니 조금만 더 들어주소. 내 형편이 웬만하다면야 아무런들 어떻겠소마는……. 축산 자금으로 타낸 빚은 이자만 우선 내고 미룬다고 하지만, 영농 자금으로 용케 받았던 20만 원은 안 갚을 수 없고, 또 거기에 다른 빚 독촉이 성화같아서 쌀 한 가마 가웃 남겨 놓고는 나머지는 모두 나락째 농협에 매상을 해 버렸더란 말여. 그러나 어쨌든 내 처사가 잘 됐다는 것은 아니고, 그렇게 해

가지고 오치근 어른을 찾아뵙고는 내 실정을 말씀드렸던 거여. 그런데 이분이 덜컥 화부터 내시면서, 어째 네 멋대로 의논도 않고 매상부터 하였느냐고 나무라는데, 그거는 백 번 따져도 내가 잘못했으니까 잘못되었다고 말씀드렸지만, 이 어른 말씀이 그것이 아니더란 말여. 금년 농사가 잘 안 된 줄은 알지만, 계산은 계산대로 해야겠고 그러니 작년에 나누어 받은 대로, 즉 쌀로 따져 열두 가마는 받아야겠으니 그렇게 알라 한단 말여. 지금 당장 열두 가마가 어렵다면 장리로 계산을 해서 내년까지 열다섯 가마를 내놓도록 하라고 한단 말여. 그리고 이어서 이분 하시는 말씀이 명년 봄 농사는 명년에 가서 보자, 그러니까 명년 봄 당신의 땅 여섯 마지기를 내게 부쳐줄 것인지 남에게 내줄 것인지는 그때 형편을 보아가며 결정을 하겠다, 이런 이야기 아닌가? 그 댁을 나오면서 내가 생각해 보니 참으로 내 처지가 가관이었지. 하지만 무엇보다도 당장 먹구 살아갈 근심 걱정에 앞이 보이지를 않는 거여. 아시겠소? 내가 여러분에게 의논드릴 이야기가 이것인데, 제발 여러분, 나 좀 살게 해줍시사 하는 거요. 오치근 노인도 서울 사는 자식들 양식 대줘야 하고 당신 살림도 살아야 하니, 그분대로 집안 사정이 있는 줄 알기 때문에 그분 원망을 하자는 것은 아니여. 나를 어떻게든 살게 해주십사 하는 거라 이 말이여.”

유삼근이 이렇게 통사정을 하고 있는데 버스가 왔다. 사람들이 일어서자 유삼근은 당황해하였다.

“사실은 그래서 내가 오늘 장에 나온 거여. 집에다가는 이야기를 해 놨고……, 뭔가 하니까는 우선 나 혼자 서울 올라가서 이 겨울 아무 일거리라도 찾아 가지고 우선 한 푼이라도 벌어 보는껏 벌어 보고 그리고 어떻게 살아야 할지 따져보기도 할라고 말여, 이대로는 여기서 못 견디겠고 뭣하다면 온 가족 데불고 서울 가서 살아볼 길은 없겠는지 그것도 알아볼 겸 서울 갈라고 장에 나오다가, 그만 복남이네를 만나게 되는 바람에 쌀장사 거간 붙여볼 수는 없을까 궁리해 보다가 여기 김인부하고 시비도 생겼고 말여⋯⋯."

모두를 바깥으로 나갔다. 유삼근은 누구에게라도 붙잡고 매달리고 싶은데 마땅히 그럴 만한 사람이 없어 질질 딸려 내려오는 것처럼 쫓아 나오면서 쉬지 않고 사설을 늘어놓았다. 모두들 버스에 올랐다. 장날이라 시골 버스는 아주 만원이었다.

"여보쇼, 최학규 씨⋯⋯. 어쩌면 쓰겠소? 좋은 계교 있으면 일러 주소. 개 쇠 발괄하듯 하는 거 누가 들은 척할 리 없는 줄 알지만."

유삼근은 최학규에게 매달렸다.

"개 쇠 발괄이라니⋯⋯, 임자가 어찌 개, 소란 말인가, 당치도 않지⋯⋯."

최학규는 이런 어정쩡한 대답밖에는 하지 못했다.

지금 세상이 어떤 세상인데 저런 식의 소작을 사는 인간이 있다는 것에 대한 역정이 그의 가슴에 일었다. 아니 벌써 없어졌어야 할 저런 소작농사로 고통받는 자를 모른 체하고 있는 지금 세상이 어떤 세상이냐 하는 것에 대한 역정이 그의 가슴에 있었다.

거기에다가 저 인간은 서울 가면 무슨 수가 있는 줄 아는 모양이지만 그는 오늘 서울 갔다가 내려오면서 다시는 서울 발길을 하지 않으리라 결심한 바가 있었던 것이었다. 시골에서 견디다 못해 올라간 것들의 비참하고 암담하고 절망적인 생활을 그는 허드렛일 다니는 마누라에게서, 딸년에게서, 그리고 아들놈에게서 보고는 어찌 됐든 농촌에다가 발판을 잡아야 한다고 느꼈다. 아니, 결심했다. 그러나 어떻게 유삼근에게 그런 말을 할 수가 있단 말인가.

"최학규 씨마저두 나한테 이렇게 대하기요?" 유삼근이 소리를 질렀다. "좋소, 좋아. 내가 거꾸러질 것으로 아는 모양이지만, 천만의 말씀이지. 내 일어서고야 말 테니……."

버스가 떠났다. 사람들이 흔들렸다. 악을 쓰듯 유행가만이 차 안에 설치된 스피커를 통해서 울려 퍼지고 있었다. 젊은것들 중에서는 그놈의 유행가를 따라부르며 휘청거리는 족속들이 있었지만 최학규의 귓전에는 유삼근의 발악하듯 내뱉었던 소리밖에는 다른 소리가 들리지를 않았다. 암, 그래라, 네가 거꾸러질 것으로 아는 거는 아니니까, 제발 일어서거라. 일어서야 한다, 하고 그는 속으로 중얼거리고 있었다.

《문예중앙》, 1979년 봄호

18년

18년

"오늘이 며칠입니까?" 하고 김이박이 묻자 그 사내는 귀찮다는 듯 "저기 달력을 보시구려. 오늘이 금요일 아닙니까" 하고 고개를 약간 까불거렸다. 김이박은 달력을 쳐다보았다. 하얀 회칠을 한 삭막한 사무실의 한쪽 벽에 달력은 시계와 나란히 걸려 있었다. 무슨 조합에서 기증을 한 벽시계는 오후 6시 20분을 가리키고 있으며 한 달 치마다 뜯어내게 된 달력은 '11월'을 내보이고 있었고 그보다 작은 숫자로 1979년이 그 위에 쓰여 있었다. 김이박은 1979년 11월 31일이라고 종이에다가 썼다. 그 밑에 자기 이름을 적어서 사내에게 넘기었다. 사내는 김이박이 넘긴 종이를 대충 훑어보더니 "도장 갖고 계십니까?" 하고 물었다. "없는데요" 하자 사내는 인주를 내밀었다. 김이박은 손가락에 인주를 묻혀 그 사내가 지시해 주는 대로 종이에 대고 눌러 찍었다.

사내가 사무실을 나갔고 조금 뒤에 약간 미소를 띠며 성 씨(成氏)가 그 사내와 함께 들어섰다.

김이박이 성 씨를 만난 것은 여섯 시간쯤 전이었다. 성 씨는 그에게 사람을 보내어 자기 사무실로 와 주기를 요청했고, 김이박은 그 사람을 따라(그것도 차를 타고) 교통이 복잡한 시내를 경과하여 건

물의 이 층으로 안내되었던 것이다. 성 씨는 성실한 인상을 풍기는 사람이었다. 그는 아마도 사회생활의 자질구레한 격식이라든가 인간관계의 끊고 맺는 매듭을 분명히 하기를 좋아하는 성격인 것 같았다.

자기가 성 씨라고 소개하고 이렇게 먼 데까지 와 주어서 고맙고 또 미안하다는 말을 했다. 이런 인사에 이어 김이박은 옆방으로 인도되어 그의 아랫사람과 먼저 면담을 하였다.

그것이 대략 두 시간쯤 걸렸다. 그러자 성 씨의 다른 부하 한 사람이 다가왔으며 김이박은 그의 요청에 의하여 종이에다가 사무적인 내용의 글을 썼다.

"수고하였습니다. 이 방은 좀 으스스하지요? 자아 내 방으로 가십시다" 하고 성 씨가 말했다. 김이박은 그를 따라 옆방으로 갔다. 성 씨의 사무실은 두 평가량의 좀 작은 방이었으나 큼직한 책상, 응접세트 그리고 외국제 석유난로가 빨갛게 지피어져 있었다. 두 사람은 소파에 마주 보고 앉아 곁불을 쬐었다. 성 씨는 잊어버릴 뻔했다는 듯 책상으로 가더니 인터폰을 눌러 차 좀 가져오라고 시키는 일방 서랍 속에 든 담배를 가지고 와서 김이박에게 권하였다.

그가 다시 말하기 시작했다.

"김 선생을 직접 만나 뵈는 것은 오늘이 처음입니다마는 김 선생이 어떤 분인가 하는 거야 나도 알 만큼은 알고 있습니다. 이렇게 직접 뵈니까 무어랄까 좀 배신당한 느낌이 드는데요?"

"배신이라니, 무슨?"

"아 다른 말이 아니고 김 선생의 이름 석 자와, 김 선생의 얼굴이 배신적이라는 말입니다. 이름에서 받는 인상과 이렇게 면대해서 김 선생에게서 받는 인상이 차이가 나니, 그게 배신 아니겠습니까?"

그는 짧게 그러나 몹시 유쾌하다는 듯 웃었다. 김이박이 따라서 웃자,

"요샌 작품 활동 많이 하십니까?" 하고 그가 웃음을 거두면서 물었고, 김이박이 웅얼거리듯 입속말을 하자,

"김 선생의 숨은 독자가 여기에도 한 명 있다는 사실을 늘 염두에 두어 주시기 바랍니다" 하고 부탁하듯 말했다. 김이박이 다시 무어라고 하자,

"그야 김 선생 작품은 내 취향과는 솔직히 말해서 꼭 맞아떨어지는 건 아닙니다. 나는 소설이란 발바닥으로 써야 한다는 지론을 갖고 있거든요. 열심히 돌아다니고 찾아보고 겪어가지고 엮어낸 것을……. 아 그야 물론 그러한 점에 있어서는 김 선생도 부지런한 쪽이지만, 그러니까 내 말은 김 선생에게는 무어랄까 잡기(雜技)라고나 할까 그러한 요소가 좀 부족한 것 같다, 하는 말입니다. 가령 예를 들어 사람을 때리고 사람한테 얻어맞는다고 합시다. 젊었을 때 체험이 있어 내가 주먹 세계를 좀 압니다. 문학인들은 그냥 아무렇게나 때리고 아무렇게 얻어맞는 것으로 알고 있는 것 같은데 그게 그렇지를 않단 말예요. 거기에도 어떤 순서도 있고 방식도 있고 또 일종의 흐름이라고 할까, 말하자면 조율(調律)을 맞춘 음악의 리듬 비슷한 게 있는 거라는 말입니다.

서너 살짜리 어린애들이 툭탁거리며 치고받는 데에도 그러한 게 있어요. 어른들의 싸움에는 그게 보다 뚜렷하게 나타나고요. 문학이라는 게 이런저런 것들을 세세하게 알지 못한 채 쓱싹 넘어가려고 한다면 금방 독자들한테 탄로가 나고 말지요. 그러면 그거 재미없다, 엉터리다 하는 소리가 나오게 마련입니다."

"동감입니다" 하고 김이박이 수긍을 하였다.

"다만 나는 남을 때려 본 경험은 별로 없어서 내 소설에 때리는 이야기는 별로 쓴 적도 없고 아마 간혹 있다면 그건 틀림없이 엉터리로밖에는 묘사가 안 되었을 겁니다. 맞는 쪽의 것이야 나도 약간 경험은 있으니까 때리는 묘사보다는 좀 나을지 모르나 그것도 역시 신통치는 못할 것 같구요."

"무어 김 선생 소설을 안주 삼아 비판하자는 건 아니니까 그렇게 너무 고백 조로 그러실 건 없어요" 하면서 성 씨는 웃더니,

"사실상 나는 문학에 대해 관심이 많습니다. 믿을는지 모르겠지만 문학에 관심이 많다는 것은 젊었을 적 한때에는 나도 한번 문학을 해 볼까 하는 마음을 먹었던 적이 있었다는 이야기가 될 겁니다. 또 그것이 그래요. 문학에 관심을 가진 자들은 인생을 살아가는 방식에 있어 좀 괴팍한 특징 같은 게 있어요. 고집 같은 것두 있고 독창성 같은 걸 발휘해 보려고 해가지고 주위 사람들과 잘 어울리지를 못하고, 그래서 그런 자들의 사회생활이란 어떤 뒷바라지 심부름이라거나 지시를 받드는 따위의 일보다는 제 기량껏 재주를 발휘해 보는 업무 같은 데에서 능력을 발휘하지요.

문학이라는 게 가치판단의 자(尺)를 자기 자신에게 두어가지고 세상을 측량하려고 하는 측면이 있을 테니까 말입니다. 다만 나는 젊었을 적에 창작가가 될까 꿈을 꾸어 봤으나 나에게 그런 능력이 없다고 결론을 내렸던 거지요. 그래서 창작은 못 하지만 독자는 돼볼 수 있지 않겠느냐, 이왕 독자 노릇을 할 바에야 우수한 독자가 돼 보자 싶었지요. 문학 평론가들이 문학적 감수성에 있어서는 시인 소설가보다 떨어지지 않으면서 시 소설을 못 쓰고 평론을 택하는 것을 보면 바로 그들이 '우수한 독자'로서의 문학을 하는 셈이 아니겠습니까? 말하자면 내가 그런 식의 숨은 문학 평론가라 할

까, 또는 시쳇말로 재야 평론가쯤인지도 모르지요. 오늘 김 선생을 만나리라 생각하니까 기대가 컸어요. 실상 나는 공식적인 관계를 떠나서 김 선생과 실컷 문학 이야기를 해 보고 싶은 겁니다. 아시겠습니까. 김 선생, 나는 체면치레 따위를 싫어합니다. 더구나 요새는 왜 그리도 재미가 없는지 경황이 없어서, 오늘 김 선생을 만나면 마음 툭 터놓고 이야기해야지, 하고 고대했던 거예요. 뭐랄까 문학이 그립다고 할까, 일이 아닌 인간을 찾고 싶다고나 할까……."

이렇게 해서 그들은 공적인 것을 떠나 아주 친근한 사이임을 확인하려는 듯 사담을 나누었는데, 사실상 그들이 친근하지 않을 이유도 없었다. 비록 서로 만나서 알게 된 것이 불과 여섯 시간 전이었다 할지라도…….

따지고 보면 그들은 얼마든지 친근해질 수 있는 사람들이었다. 그들은 둘 다 마흔 살 안팎의 연령이었으며 서로의 사회생활 위치야 다를 수 있을지 모르나 인생을 살아와 겪고 엮어 본 푼수 머리에는 비슷한 데가 있을 법하였다. 성 씨는 담배를 많이 태우는 쪽이었다.

이 방에 들어온 이후로 벌써 세 개비째의 담배를 집어 들었다. 커피가 왔다. 그는 연유를 넣지 않았고 설탕도 치지 않았는데 김이박은 그런 것에서 다시 한 번 이 사내와의 공통점을 발견하였다. 그 또한 이 방에 들어온 뒤로 세 번째가 되는 담배를 입에 물고 성냥을 그어 불을 붙였다.

그렇게 되어서 그 이야기도 나왔을 것이었다. 그들 두 사람이 어떻게 살아왔느냐 하는 이야기가 유행가 가사마따나 한 잔의 커피, 몇 대의 담배, 그리고 문학에 대한 화제가 그들을 그러한 이야기 쪽으로 몰고 간 것일 수도 있었다.

아직 그들이 길들일 수 없어 애태우던 저 청춘 시절부터 이제 마흔 안팎이 되어 이미 세대가 뒤바뀌었다는 것을 깨닫게 되는 지금에 이르기까지의 그 기나긴 세월의 선상(線上)에서 그들이 겪었고 엮었던 이야기가…….

18년 동안 그들이 어떻게 인생의 강(江)을 건너왔는가 하는 이야기가…….

먼저 그 이야기를 끄집어낸 것은 김이박이 아니라 성 씨 쪽이었다. 커피를 마시고 나자 그가 말했다.

"아까 하던 얘기를 계속합시다. 내가 왜 김 형과 만나서 이야기를 나누고 싶어 하였는가 하면……. 그야 문학 이야기가 즐겁기 때문이기도 하지만 실상 김 형을 앞에 놓고 꼭 하나 물어볼 게 있어서 그래요. 내가 묻고 싶은 건 이런 겁니다. 청춘 시절에 나는 의문을 하나 가지고 있었단 말예요. 그 의문이 무엇이었느냐 하는 거야 차차 이야기가 되어 나오겠지만 어쨌든 난 그 의문을 풀지 못했어요.

청춘 시절이 지나가고 나자 그 의문 또한 신선미를 잃고 무의미해지고 말았지만, 난 그게 궁금하거든요. 다른 사람은 어땠을까? 나처럼 의문을 품었던 것일까, 의문을 품었다면 다른 사람들은 그것을 어떻게 풀었을까? 아니면 나처럼 풀지 못한 채 청춘 시절을 넘겨 버린 것인지……? 먼저 내 주장부터 말해 보자면 나는 모든 사람들이 청춘 시절에는 한 번쯤 의문을 품어 본다고 믿어요. 의문의 구체적 내용이야 사람마다 다르겠지요. 나는 왜 이리 가난한가 하고 의문을 품을 수도 있겠고, 나는 과연 어떤 일을 할 수 있는가 의문을 품는 자도 있겠고, 과연 복실이와 결혼을 해야 하나 말아야 하나……식으로 그 속사정이야 다르겠지만 어쨌든 누구나 한 번쯤은 자기 인생을 송두리째 내맡기는 의문을 품어 보는 게 아니냐 싶어요.

그런데 아까도 말했지만 나는 내 나름의 의문을 품기는 했었는데, 그걸 풀지는 못한 채 사회로 나왔고 그런 나름의 인생을 달려왔지만 지금도 그 '청춘 시절의 의문'에 대한 생각이 미치면 인생살이가 무엇인지 알 수 없는 것 같아집니다. 김 형이 문학을 하게 된 데에는 그런 의문이 작용되기도 하였겠지만, 또한 문학인이니까 내 의문에 대해서도 좀 진단을 해 줍시사 하는 겁니다."

"그래 어떤 의문을 갖고 있었습니까? 물론 그 사정이 간단한 것은 아니겠지만……."

"그래요, 간단할 수가 없죠. 가만있자, 어디서부터 이야기를 시작할까? 참, 그렇구만, 우리 18년 전의 일부터 시작해 봅시다. 5·16이 일어나던 그해, 그러니까 내가 더 이상 의문을 감당해 낼 자신이 없어서 그 의문 풀기를 포기하고 사회로 나온 게 바로 그 무렵이었으니 말예요."

5·16이 일어나던 해라면…… 하고 김이박은 속으로 따져 보았다. 1961년이었다. 그가 아직 대학생 노릇을 하고 있을 때였다. 4·19가 일어난 다음 해, 제3공화국의 체제가 바야흐로 시작되려던 해였다. 그때 그의 나이 만 19세, 우리 나이로 따져도 스무 살 적이었다. 지금 그의 나이는 몇이던가? 만으로 따져 37년 6개월, 우리 나이로 치면 이제 바야흐로 서른아홉이 되려 하고 있었다. 18년이란 세월은 실감이 도리어 나지 않았으나, 열아홉 소년이 마흔의 중년으로 되는 세월이라고 따져 보자 그의 가슴에 뭉클뭉클 치밀어 오르는 것이 있었다. 과연 나는 그 엄청난 세월을 어떻게 건너온 것인가……. 하지만 성 씨가 입을 열었으므로 그의 생각은 중단이 되었다.

"5·16이 일어나던 그 무렵, 나는 청춘이 던져 주는 의문, 내 인생

18년   295

을 어떻게 풀어 나가야 하느냐는 의문에 겨워 거의 폐인이 되다시피 했어요. 그거 왜 청춘의 특질이란 타협할 줄 모른다는 것 아니겠습니까? 내가 그랬어요. 세상과 타협 못 하는 것은 물론이고 집안 식구, 친구와의 사이도 그랬고 아니 무엇보다도 나 자신과도 협상을 못 했습니다. 더욱이 '의문'과 타협할 줄을 몰랐습니다. 나는 '의문'에 대해 그냥 막무가내로 한판 붙었던 셈이지요. 양보 않고 그냥 달마대사 동굴 속에 들어가 몇십 년이고 눌어붙듯 그렇게 '의문'을 놓고 고지식하게 씨름을 벌였단 말입니다. 그러나 나는 패했죠. 내 의문을 풀지 못하고 의문한테 져 버리고 '에라 모르겠다, 어쨌든 살고 보자' 하고 사회로 나온 겁니다. 제3공화국의 출범과 내 인생의 출발은 이렇게 보조를 맞춘 셈이지요.

이제 아마 새로운 시대가 펼쳐지려는 모양이고, 제3공화국은 마감이 되어 가는 것 같은데, 나로서는 요새 감회가 깊습니다. 내가 김 선생한테 청춘 시절의 '의문'에 대해 이야기하고 싶은 이유가 이렇게 되는지 모르겠습니다마는……."

열아홉 소년이 마흔 살 나이의 중년으로 되게 한 18년의 세월—김이박은 저도 모르게 얼굴에 경련을 일으켰다. 한 사람의 인생에 있어 가장 중요한 노른자위에 해당될 그 세월을 과연 그는 어떻게 보냈단 말인가? 한 사람의 문학인으로 과연 그는 그동안 얼마나 그 문학을 올바르게 해 올 수 있었던가? 그는 고개를 저었다. 그는 얼굴이 화끈 달아올랐다. 문학인이 사회적으로 대우를 받지 못하고 있다든가, 그의 친구들이 무슨 재벌 회사의 중역으로 되어 판공비를 한 달에 천만 원 가까이 쓰며 우쭐거릴 적에 그는 도무지 가량이 닿지 않는 갈지자 생활에 볶여 왔다든가 하는 것이 새삼스레 사무쳐서는 아니었다. 제대로 문학을 못 해 왔다는 사실, 그 엉성하게 이루어지는 문학이나마 꾸려 가는 데에 따르는 정신적인 핍박, 눈에 보이는 또는 보이지 않는 압력, 그리고 무엇보다도 자기 자신과의 싸움을 챙기는 데에마저 지쳐 빠져서 저 왜정 시대의 문학인들을 이해할 수 있겠던 암담한 심정 따위들이 얼른얼른 뇌리를 스쳐 지나갔으며, 그가 문학을 시작하던 이십 대의 그 청춘 시절에서 앞으로 나아가기는커녕 뒤로 뒤로 떼밀리어 온 것 같은 일그러진 회한 따위가 그를 부르르 떨게 만들었다. 그러나 그것만은 아니었다. 어찌 되었든 그는 견디어 온 것이다.

글줄을 써 온 것이니 그 자체로 따져서는 아무 불평을 할 까닭이 없었다.

한 사내가 칼을 빼들었으면 싸워야 하듯이 이왕 문학이라는 걸 택했으면 그에 따르는 자신의 문학적 신념이라 할까 문학적 완성이라 할까 그러한 것을 이루어야 했는데 도무지 그는 그것을 해내지 못했다. 해내지 못했을 뿐 아니라, '해내지 못하게 하는' 일들만 겹쳐 일어났고 더욱 심하게 가중되었고 그리고 그는 그 가장 초보적인 열악한 조건들과 싸우는 일에 엉뚱하게도 그의 능력을 허비해야 했다. 그러면서 그는 역설적으로 눈을 뜨게 되었으며 역설적으로 역사를 새로 깨닫게 되고 역설적으로 민중을 알게 되고 역설적으로 민주에 대해서 깨우침을 얻었다. 역설적인 것을 통하여 역설적이 아닌(어쩌면 진실이 될) 것들을 알게 되는 그 역설적인 삶에서 과연 그가 변증법적인 일종의 상상력, 예술 정신 따위를 터득하게 되었다고 이제 와서 믿을 수 있을까? 성 씨의 말을 들으면서 그는 따져 보았다. 하지만 이때에 성 씨가 다시 입을 열었으므로 그의 생각은 중단되었다.

"그러니까 그때 내 나이가 스물두 살이었을 거예요. 김 형은 그때 몇 살이었죠?"

"열아홉 살이었습니다. 1942년생이니까……."

"그렇다면 나보다 3년 아래시구만. 스물두 살 나이로 내가 대학 1학년생이 된 겁니다. 아주 늦게 대학생이 되었어요. 요새 애들처럼 재수, 3수를 해서 그랬던 것은 아니고…… 아까 말한 '청춘이 던져 주는 의문' 때문이었어요. 그러나 대학생 노릇을 시작한 지 얼마 안 돼 5·16이 났고, 또 나는 '의문'과 씨름하느라 학교에는 나가지도 잘 않았는데 그나마 '의문'과의 싸움에서 해답을 얻기는커녕 완전히 나가떨어진 뒤로는 다니던 대학마저 집어치우고 군대 갔다 오고 사회인 되느라 죽도 밥도 아니게 되어 버렸어요. 사회인 생활을 하면서 어찌어찌 야간 대학 졸업장은 장만했고 또 순전히 간판 딸 욕심으로 행정대학원이란 데에를 수료하였으니 형식적으로야 최고학부를 거친 셈이지만 정신적으로는 고교 졸업생에 불과한 겁니다. 그러면 그때의 내 '청춘의 의문'이 무엇이었느냐, 구체적으로 그 이야기를 해 봐야겠는데, 가만있자 김 형은 4·19 때 어땠습니까. 그 4·19 때 이야기부터 꺼내 봅시다."

"대학교 1학년이었어요. 지금은 3월이 신학기이지만 그때는 4월이 신학기여서 입학한 지 채 보름도 되지 않아 4·19를 만난 거지요. 경무대 앞에까지 데모대를 따라갔다가 죽을 고비를……."

"그랬었군. 김 형은 4·19를 대학생으로 맞이했군요. 나는 4·19 때 아무것도 아니었어요. 대학생이 아니었단 말이에요. 그것두 저 아래 대구에서 빌빌거리고 있었단 말이에요."

성 씨는 분해하는 듯한 어조로 말했다.

"바로 청춘의 특권인 '의문'에 겨워서 그랬던 겁니다. 그야 내 가정 형편은 넉넉한 쪽이 아니었지만 그보다는 내 마음이 더 가난했을 겁니다.

1950년대의 그 정신적 폐허 상태라는 것 오죽했습니까? 어린 나이에도 절망이 무엇인지 온몸으로 느꼈으니까……. 자유당 독재 치하가 가증스러운 것은 정치가들이 놀아났다든가 이정재니 임화수 같은 깡패가 활개를 쳤다든가 하는 게 문제는 아니었단 말예요. 일반 국민들을 발길질하고 정신적으로 질식 상태에 몰아넣고, 그러면서 시쳇말로 비전의 제시가 전혀 없었다는 점이었다고 나는 봅니다. 사람이 아니라 동물처럼 입에 풀칠하기 위해 서로 물어뜯는 사회 조건을 만들어 방치해 둔 겁니다. 그런데 한창 감수성이 예민한 나는 자신이 동물이 아니라 인간임을 입증하고 싶어 한 거예요. 그야 이런 식의 표현은 과장이 섞였겠지만, 1958년 고교를 졸업할 때의 내 절박한 심정이 그랬어요. 일기장에다가 그런 식으로 써 갈겼고 말입니다.

물론 내 개인적인 허점도 많았어요. 우리 부친은 세상에 한번 제대로 끼여 보지도 못하고 항상 변두리에서 고생을 벌어서 해 가지고는 푸념만 거센 무능력한 반골 기질을 갖고 있었거든요. 부친은 외아들인 나를 사육해 가지고 세상에 대해 보복을 하려고 안간힘을 냈으니까 부친으로부터 받은 영향도 있었겠죠. 고교 시절만 해도 부친은 내게 싹수가 있다고 보아 묘한 영웅 심리를 담뿍 심어 주었단 말예요. 또 나는 그 나름의 수재로 대구 바닥에서는 설치고 다녔는데(계집애들도 많이 따라다녔고) 그까짓 대학에 들어가는 거야 문제로 치지도 않았는데 시험에서 떨어졌어요. 어찌나 기가 찬지 이차 대학에 갈 생각은 꿈에도 없었고 아예 대학 같은 건 안 간다는 쪽으로 마음을 굳힌 겁니다.

대학생 노릇하며 시간을 허비하기에는 내가 해야 할 일이 너무도 많았단 말예요. 자아 이제부터 본격적인 싸움이 시작되는 거다. 과연 나는 어느 방면의 투사가 될 것이냐 생각해 보면서 '의문'과의 줄다리기가 벌어진 겁니다. 정치, 철학, 문학, 돈……그 어느 하나 내 눈에는 우습게만 보였으니……. 그래 담력을 기른다고 유도에서 체조, 차력 같은 것도 해 보고 물론 무전여행을 다니고 또 부지런히 사회 명사들을 찾아다니며 안면도 익히고 그랬어요. 그러는데 세상 공기가 이상하게 수런수런하더니 4·19가 일어난 겁니다."

4·19라……. 김이박은 기억의 강물 속에서 고기를 낚아채듯 이미 19년이라는 시간의 절벽 저쪽에 놓여 있는 그 '시민 혁명'을 건져 올렸다. 이 사내는 분명 자기 자신에 관한 이야기를 하면서 실제로는 김이박의 심금을 온통 울려 놓을 작정인 모양이었다.

그는 4·19와 함께 일반인들이 반사적으로 연상하는 '감격, 자유, 민주' 따위의 언어가 떠오르지는 않았다. 4·19는 그에게 있어서 '아픔, 죽음, 피, 배신, 절망, 역사' 따위의 단어들에 의해 가슴을 후벼 파게 하는 것이었다. 성 씨의 이야기가 계속되었다.

"네 그래요. 내 나이 스물한 살이었을 적에 4·19가 일어났는데, 그때 난 대학생이 아니었단 말예요. 아차, 이거 실수로구나 하는 생각이 납디다. 그거 4·19의 감격은 이만저만 큰 게 아니었지 않습니까? 이제 자유당 치하는 끝나고 새로운 시대가 펼쳐지려고 하는 참인데, 난 대학생이 아니더란 말이오. 어찌 됐든 대학생으로 되어야 하는 건데……그래서 다가오는 새 시대는 대학생으로서 맞이했어야 하는 건데……나는 서울도 아니고 저 아래 대구에서 뒹굴고 있었단 말예요. 화가 나기도 하고 서글프기도 하고……알겠어요, 내가 그때 대학생이 아니었다는 아픔을?"

"그때 대학생이었다고 한다면……."

"아니에요, 김 선생은 모를 거예요. 영웅은 시대를 잘 만나야 되는 것 아니오? 내가 뭐 영웅이 되고 싶었었다는 말이 아니라, 아무런 준비 없이 4·19를 만나고 보니 대학생이 아니더라는 사실이 그렇게 뼈아프게 느껴질 수가 없었어요.

말하자면 의당 내가 차지해서 마땅할 몫을 다른 놈들에게 빼앗기고 나는 얼빠진 놈처럼 뒷전에 밀려나 버린 것 같은 허망한 심정이 되었으니 말요. 난 대학생이 아니었구 그래서 4·19를 내 가슴팍에 뜨겁게 담아낼 수가 없었다고 하는…… 그런 자격지심 비슷한 심정마저도 가졌더란 말예요. 김 형은 그때 대학생이었으니까 대학이라는 것이 때로는 전환기의 역사 발전에 있어 하나의 중요한 현장이 된다는 사실을 나처럼 심통 맞게 느끼지 못했을지도 몰라요."

"과연 그랬을까요?"

조금 뒤에 김이박이 물었다.

"뭐가요?"

"4·19 때 대학생 노릇을 하던 자들이 그냥 우쭐거릴 수만 있었겠느냐"하고 그는 의문을 나타냈다.

"내가 대학에 대해서 갖는 기억이란 도리어 쓰디쓴 것이었어요. 왜 그렇게 고민을 했는지…… 아주 숨이 막힐 정도로…… 나는 차라리 보지 말았어야 할 것을 보았던 겁니다."

"바로 그것을 나는 못 보았어요. 부랴사랴 대학생이 되어야겠다 싶어서 다음 해 그러니까 5·16이 일어나던 해 대학생이 되기는 했는데 이미 그때에는 행차 뒤의 나팔 격이었고……그런데 김 선생이 말하는 것 그게 무업니까? 보지 말았어야 할 것을 보았다는 그것이……."

"하나의 혁명이…… 잘못된 역사를 바로잡을 수 있는 어렵디어렵

18년   301

게 얻은 기회가…… 어떻게 타락 변질되어 가고, 어떻게 소멸 망실되어 가는가를 보았던 겁니다. 그 현실을 통하여 역사를 보았던 거고 그 역사 앞에서 현실의 일그러짐이 보였던 거예요. 희랍 신화처럼 나는 보지 말아야 할 것을 보았기 때문에 돌처럼 굳어져 버렸는지 몰라요. 그 꽃다운 나이에 그것은 너무도 격렬한 감정이어서 나는 내 몸을 비틀어 버린 겁니다."

"하지만……."

"무슨 말을 하고 싶어 하는지 압니다. 하지만 그 당시 일반 사람들의 눈에까지도 보였던 '역사'의 감격을 왜 무시하느냐 하는 것이겠는데……."

"바로 그렇소."

"감격은 아무것도 설명해 주지 못하지요. 시간이 지날수록 그것은 환멸과 등식으로 연결될 뿐이구요. 그 사이에서 과연 우리가 무엇을 찾았겠느냐를 따져 보아야 하는 것이었는데……우리에게 보인 타화상(他畵像)의 엄격함 앞에서……우리에게 씌워진 굴레는……."

"그랬었던가?"

성 씨는 깊은 눈으로 김이박을 응시하였다.

"도리어 나는 정반대였는데……."

"무엇이 말입니까?"

자기 자신에 골몰해 있던 김이박이 후딱 정신을 차리고 성 씨를 쳐다보았다.

"5·16이 나던 그해, 18년 전에 말입니다. 나는 뒤늦게 대학생이 되기는 했지만……대학은 이미 나에게는 아무런 의미도 주지 못했어요. 못난 자식들이 못나게 까부는 운동장같이만 보였다고 할까…… 이제 그 이야기를 해야겠군요. 내 인생을 걸고 '의문'을 품었던 일 말예요. 나는 날짜까지도 기억을 합니다. 1961년 5월 3일부터였어요. 그로부터 8월 1일까지 나는 완전히 폐인이 되어 있었어요. 하숙방에 틀어박혀 전혀 외출을 하지 않고 아무도 만나지 않은 채 틀어박혀 지냈어요. 무문관(無門關)에 들어가 면벽수도를 하는 것과 똑같은 것이죠. 아니 나는 더 지독하게 해낸 겁니다. 철저하게 나 자신을 검토하자는 동기로부터 출발했던 것인데, 그래서 처음에는 일기 비슷하게 자전적 소설을 써 보기도 하고, 마치 혁명가가 치밀하게 세상을 놀라게 할 매니페스토를 꾸미듯 실천 강령 같은 것도 작성해 보고, 그런 것도 꾸며 보고……일부러 육체에 고통을 주고 자해행위를 하고, 그리고 나 자신을 극복하여 과연 무엇을 할 수 있을까 검토에 들어갔단 말예요. 내 청춘을 걸고 의문을 품었다는 게 바로 이때를 말하는 겁니다. 김 선생은 어떻게 보세요? 내 어리석었던 모험을?"

"문학을 지망하면서 습작 시절에 그 비슷한 체험은 나도 가졌어요. 성 선생처럼 지독하지는 않았지만…… 그러나 나는 의문보다는 고민을 많이 했구요. 못 볼 것을 보았기 때문에……."

"그래, 어땠을 것 같습니까? 나의 그 의문 기간에서 과연 내가 무엇을 얻었을까요?"

성 씨는 담배를 태워 물면서 마치 김이박이 심판관이라도 된다는 듯 진지한 표정을 지었다.

"나는 성 선생이 어땠을지 모르겠어요. 다만 나는 그 시절의 고민을 통하여 하나의 거대한 윤곽, 사람이 살아가게 하는 역사의 테두리라든가 사람이 있는 사회에 필요한 자유라든가 사람이 제 능력을 발휘하게 하는 체제의 명제 같은 것을 그려 보았어요. 그리고 우리의 현실을 들여다보고 이것을 맞추어 보았어요. 무엇이 과연 잘 못되어 있느냐, 이것이 역사적으로 어떠한 맥을 가지고 고약하게 전승돼 온 것이냐, 사람이 사람답게 살 수 있기 위해서 어떠한 민족 사회가 구성되어야 하겠느냐…… 따위를 내가 4·19의 와중에서 겪고 보았던 시선으로 따져 본 겁니다. 어두운 밤이 계속되고 있을 적에 사람들은 새벽이 어서 오기를 기다리게 마련입니다. 그러다가 새벽이 순식간에 찾아왔을 적에 사람들이 눈을 비비며 바라보게 되는 것은 무엇일까요? 빛나는 새 아침……? 그런 건 아니었겠지요. 어둠 속에 보이지 않던 더러움, 먼지, 추악함 따위부터 보게 되는 겁니다. 냉전 체제하의 한반도…… 우리는 우리의 의지에 의해 살아오고 있는 게 아니라 강대국의 의지 속에 우리 자신을 수용시켜 놓고 있는 것에 불과하고, 우리가 발견한 것은 우리의 추악함과 무력함이었어요. 4·19는 우리에게 혁명을 보여주는 것이 아니라 반혁명의 완강함을 확연히 드러내게 했습니다. 그 속에서 살아가야 할 내 인생은 무엇일까요? 그러나 그것이 과연 내 인생을 어떤 식으로 규정지어 줄 것인가는 미처 알지 못했어요."

"그랬었던가요?"

성 씨는 그를 찬찬히 바라보았다.

"바로 18년 전의 그 시점에서 선생과 나는 차이를 나타내기 시작했군요. 나는 내 의문의 시련 기간을 통하여 선생과는 정반대의 것들을 깨우치게 되었으니……그것 참 젊은 시절의 사소한 생각, 사건, 체험이 엄청난 포물선을 그리며 전혀 다르게 퍼져 가는군요. 나는……그 면벽수도를 하면서 차츰 이상해져 버렸어요. 멍한 상태가 계속되어 나중에는 몸 하나 꼼짝할 수 없고 밥도 먹을 수 없고 그야말로 진공 상태가 됩디다. 건강도 엉망진창이 되어 위병, 심장병,

간장병 등 모든 육체적 질환이 그때 얻은 것들로 지금도 애를 먹고 있어요. 말하자면 나는 완전 패배한 겁니다."

"선생님께서는 그 이유를 짐작하겠습니까."

"약간은 짐작이 되는군요."

"그래요, 나는 현실을 갖고 있지 않았던 것 같아요. 나의 현실이 없어서 그런 자기 시련의 소중한 기회를 놓쳐 버렸을 겁니다. '나의 현실'이란 말이 모호하기는 하지만…… 말하자면 구체적인 자기(自己)가 없었다고 할 수 있을까…….그리고 아울러 나는 가난했던 겁니다. 그런 시련이란 수술과 같아서 기본적인 체력이 따라붙지 않는 한 감당하기 힘든 것인데 내게는 종교적 고행과 같은 그것을 이겨 낼 어떤 의식(儀式)을 갖추지 못했어요. 이것이 김 선생과 나의 차이점이 될 것 같군요."

성 씨는 여러 가지 말을 하더니 시계를 들여다보았다.

"벌써 시간이 이렇게 되었나? 자 우리의 이야기 이제 끝마쳐야겠군요."

그는 마치 전혀 다른 사람으로 변한 것 같았다. 좀 전의 무엇인가를 갈망하는 듯한 표정은 온데간데없이 사라져 버리고 그 대신 딱딱하고 정확하고 빈틈없는 또 하나의 표정이 그의 얼굴에 들어앉았다.

"김 선생 그 의문의 '시련 기간'을 통하여 내가 무엇을 얻은 줄 아십니까? 한번 이 이야기를 소설로 만들어 보세요. 내가 얻은 건 '실패'뿐이었지만 그건 필요한 실패였어요. 도리어 그 시련을 성공적으로 마쳤더라면 나는 후회했을 거예요. 말이 이상해졌지만, 실패하기 위하여 그런 시련은 필요했던 겁니다. 어느 날 나는 후닥닥 놀라 일어났습니다. 도대체 내 꼬라지가 어떻게 되어 있는 거냐, 나는 거리로 뛰쳐나갔죠. 아 지구는 돌고 세상은 요란하게 움직이고 있었어요. 세상과의 해후, 거기에서 나는 깨달은 겁니다. 현실, 나의 현실이 여기에 있다는 것을. 말하자면 파랑새 찾는 이야기 비슷하게 나는 바로 내 앞에 있는 현실을 놓아둔 채 엉뚱한 현실을 찾으려고 한 거예요."

"그것으로 선생의 청춘 탐험은 영원히 끝이 난 거로군요."

"그래요, 난 방황하지 않아요. 그건 청춘 탐험이 아니라 방황이에요."

"누군가가 그러더군요. 정치는 현실을 좁히는 기술이고 문화는 현실을 확장하려는 모색이다라고 말예요."

"우리는 긍정이 아니라 부정하는 데 익숙해서, 문화라는 걸 마치 부정하는 데 대한 능력인 것처럼 알고 있으니 딱하군요."

"그래서 선생은 조직사회를 택하셨군요."

"물론 그래요. 나는 현실을 껴안은 겁니다. 내가 볼 때 김 선생은 4·19를 믿은 나머지 4·19에 속은 겁니다. 이상은 현실이 아니에요. 역사, 자유……그것은 구체적인 지시어가 아니라 관념적인 추상어예요.

그런 역사니 하는 단어에 김 선생의 인생을 비끄러매다니……김 선생의 인생이 그게 제대로 풀리겠어요? 나는 김 선생이 딱해 보이는군요. 김 선생의 청춘 시절은 성공작이었을지 모르나 나는 내 청춘의 실패를 통하여 내 구체적인 삶을 만끽합니다. 나는 관광호텔에서 양주를 마시고, 댄스홀에서 미희들과 춤을 추고, 홍콩의 시장에서 쇼핑하는 것을 즐깁니다. 나는 풍요한 것을 좋아하고 돈을 사랑해요. 이게 내 인생이에요. 정치를 난 몰라요. 내가 아는 건 내가 좋아하는 것을 즐긴다는 겁니다.

그리고 나는 일을 사랑합니다. 내 현실을 지키기 위한 일을……
이제 내 이야기는 다 끝났군요?"

성 씨는 이러면서 김이박을 향하여 기묘하게 웃었다.

"우리는 불행한 '새 세대'였을 뿐 아니라, 지금에 와서는 '불행한
구세대'로군요?"

"아 아니요."

웃지 않으면서 김이박이 말했다.

"지난 18년간 선생이 말하듯이 우리는 양주 마시고, 홍콩에서 쇼
핑하고, 춤을 추고, 아름다운 여인과 만나는 것을 바라면서 살아왔
으니까요. 그리고 선생처럼 그것은 성취한 분들이 이 사회를 이끌
어 왔으니, 우리는 불행하다고 느낄 이유가 없어요."

"그것이 또 하나의 역사로군요? 18년이라는 세월의 역사……."

성 씨는 이제 이런 이야기에 흥미를 잃어버린 듯하였다.

"자 그러면 이제 용건으로 돌아가야 하겠는데, 김 선생에 대한 혐
의는 풀렸어요. 선생도 느끼셨겠지만 선생은 잡범이 아니니까 우리
가 신사적으로 대해 드렸다는 것은 자부를 합니다. 돌아가셔도 좋
아요. 김 선생, 앞으로 정말 좋은 소설을 쓰십시오. 우리에게 문학의
힘이 필요하다는 것은 누구나 다 느껴요. 좋은 소설이야말로 그 어
느 무엇보다도 사회 발전을 위해서 긴요해요. 선생이야 이왕 문학
을 택하였으니 그에 따르는 현실적 고충이 있다 하더라도 능히 참
으셔야지 어쩌겠습니까? 역사 사회는 고통을 느끼고 절망하는 사
람들의 노력 또한 요구하는 것이니까 그걸 떠맡아야 할 사람도 있
어야 하지 않겠어요? 나 또한 선생이 하시는 일이 좋은 보람과 결실
을 맺기를 바랍니다. 자 그럼 나는 약속이 있어서 이만 실례해야겠
네요."

그들은 그 방에서 나와 직원 사무실로 들어갔다.

김이박은 그러나 한 가지 수속 절차를 더 거쳐야 했다. 그는 성 씨의 부하직원이 요구하는 바에 의해 '각서'를 썼다. 그리고 나서 그는 그 사무실로부터 벗어났다.

길거리로 나왔을 때 차가운 겨울바람이 마치 그가 나타나기를 참고 기다렸다는 듯 그의 얼굴을 때렸다. 그는 성 씨의 이야기를 기억하였다. 하숙방에 틀어박혀 면벽수도를 하다가 거리로 뛰쳐나가 세상과 해후하던 때의 그의 깨달음에 대해서…….

별로 가고 싶지 않은 성 씨의 사무실에서 벗어나 길거리의 바람을 쐬는 것이 말하자면 오랜만에 이 세상과 해후하는 듯한 느낌을 더해 주었다. 그는 걸으면서 과연 자기는 저 18년 동안 어떻게 살아온 것인가를 곰곰 되뇌어 보기 시작했다. 그는 성 씨와 인간적인 이야기를 나눈 것인지 그에게서 기묘한 심문과 취조를 당한 것인지 알 수 없었다.

《대학신문》, 1980년 1월 7일

좁은 문

좁은 문

1.

어찌해서 너는 읽기 따분하고 근엄하기만 한 소설을 써서 그렇지 않아도 시달림이 많은 독자들에게 독재자 비슷한 노릇을 하려고 하느냐 하는 소리를 듣게 되어 열심히 반성을 하고 있는 차에 '좀 재미있는' 단편을 하나 써 달라는 잡지사의 청탁을 받게 되니 이를 어찌하나, 하는 참에 문득 원고료 값을 해볼 수 있을 이야깃거리가 있는 듯싶어 이에 적어 보고자 한다.

지금으로부터 10년쯤 전의 이야기로 돌아가게 되는데, 당시 김 민희의 나이는 스물일곱, 이른바 결혼이라는 걸 해야만 할 때를 맞고 있었다. 그녀의 어머니가 그렇게 말했을 뿐 아니라 그녀 자신이 그렇게 단정을 내려두고 있었다. 조금 더 시간이 지나가고 나면 사주팔자가 드세다는 소리를 들을 것이고 '시집도 못 가는 여자'가 될 가능성이 있겠다 싶었던 것이다.

그러나 설마 나 데려갈 사내 녀석 하나 못 만들어 댈까 하는 자신이 그녀에게는 있었다. 그녀가 생각해 볼 적에 이 세상 사내들이란 온통 멍청한 족속일 따름이었다. 먼 곳에서 바라다볼 적에는 '이 사내 제법 근사하겠는데' 싶은 자가 없지는 않으나, 가까이 다가가서

요모조모 뜯어보면 '이 녀석도 별수 없이 어린애로구나' 실망하는 일들을 몇 번 겪었었다.

그러다 보니까 사내들이란 게 어떠한 자들일지 통계적으로 짐작이 갔다. 여자로서는 그냥 순종하는 체하면서 저 우쭐거리고 싶은 대로 내버려 두되 실제로는 꼭두각시를 놀리는 인형 연회자(宴會者)처럼 조정을 해주어야 하는 것이 남자이고, 또는 남녀 관계가 아닐까 싶었다.

그녀가 생각할 적에 결혼도 이런 것인 듯했다. 여자 입에서 남자에게 '아이 러브 유'라고 할 수는 없는 일 아닌가? 그렇다고 여자에게 '아이 러브 유' 수작을 걸어올 사내를 무작정 기다리는 것은 얼마나 어리석은 노릇일까? 사내로 하여금 제 본심으로 '아이 러브 유'라는 수작을 지껄이도록 은밀하게 만들어주는 작업, 그렇지만 실제로는 여자가 사내를 골라내는 작업이 이상적인 결혼 형태가 아닌가 싶었다.

한반도의 요새 풍속에는 오묘한 데가 있어서 여자의 인생에는 방목의 시기가 있었다. 여고 시절까지는 봉건주의에 권위주의를 합친 부모 때문에 꼼짝을 못하게 된다. 일단 결혼을 하고 나면 콩나물 사러 다니고 어린것 귀여운 체를 내느라 달싹을 못하게 되는 것 아닌가. 그러니 여고 졸업 후에서 결혼하기 전까지의 시기가 꽃이 피는 계절이며, 여성의 인간 해방이 어느 정도 묵인되는 시절이었다. 꽃이 피어야 결실을 맺게 되니 결혼 전의 여성에게 허용되는 방목의 시기, 이 어찌 자연의 조화가 아니랴. 이 나이의 처녀에 대해서는 사회도 그렇고, 집안도 그렇고, 어느 정도 관대한 것이다. 극장에, 연극에, 연애 소설에, 등산에, 해수욕장에, 그리고 물론 빼놓을 수 없는 일로써 사내애가 사주는 밥 얻어먹는 재미에 바빠해도 내버려 두어 준다. 그야 집안 형편이나 놓인 환경에 따라 차이가 없는 것은 아니지만, 대체로 여자의 일생에 있어서 이러한 방목의 시기가 있다는 것은 참으로 커다란 행운이라 아니할 수 없었다. 하기야 이런 꽃다운 시기를 돈 몇 푼에 가위눌려 공장 다녀야 하고, 잘못하다가는 붙잡혀 다니고 팔려 다녀야 하는 그런 딸들이 있는 줄을 그 여자는 모르지 않았지만.

어느 쪽이냐 하면 김민희는 초급 대학이란 데를 다니다가 시들해져서 그만둬 버리고 몇몇 싸구려 월급의 직장 생활을 전전하면서 고상한 쪽은 못 되더라도 나름대로의 방목의 시기를 즐겨본 셈이기는 하였다. 몇 번의 아슬아슬한 순간도 겪었다. 제바스티안 바흐의 〈G선상의 아리아〉처럼 선상(線上)에서 아리아 아닌 사랑을 켜본 경험도 갖게 되었다. 제주도로 가는 배를 타려고 하다가 목포에서 태풍을 만나 합숙소 같은 여관집에서 이틀을 내리 묵는 동안에 더럽게 못생긴 서울대 학생과 알게 되는 일도 겪었다. 함께 제주도로 들어가 가지고(돌아오려고 하는데 다시 태풍 때문에 일주일을 묵었는데), 참으로 순진한 사내애의 대갈통 속에는 어떤 것이 들어 있는지 찬찬히 뜯어보며 남성의 여성에 대한 이기주의의 문제를 따져본 적도 있었다. 그리고 이른바 '빵잽이[1]'라고 하는 열혈 청년을 만나기도 했는데, 그녀 자신이 얼마나 싸가지없는 '사회적 동물'인가를 그 녀석이 조금 세련된 방식으로 알려주었더라면 구제되었을 것이었으나 그렇게 되지 못했다. '구제 불능' 딱지도 받았다. 그리고 참 준수하게 생긴 어느 재벌 회사에 다니는 사내한테서 레스토랑 문화를 배웠다. 그러다가 어느 날 갑자기 자기 자신을 돌아보다가

---

1) 교도소에 들어갔다 나온 사람들을 부르는 은어.

그녀는 이렇게 깨달았다. '아차, 더 이상 젊으려고 해서는 안 되겠고 늙음의 준비를 해야겠고 시집을 가야겠다.' 좀 더 정확히 표현하자면 어떤 사내를 꼬여내어(제1단계), 그 녀석이 자기를 좋아한다고 느끼도록(제2단계), 그녀에게로 장가를 들려 오도록 만들어 놓아야 할 일(제3단계)이었다. 그러니까 그 사내 녀석이 제 본심으로 '아이 러브 유'라는 소리를 지껄이게 무드를 조성해서…….

이렇게 되어 김민희는 장찬승을 그러한 후보자의 하나로 육성하게 되었다.

그녀는 장찬승을 한 번 만난 것이 아니었다. 두 번 만났고 세 번 만났다. 다섯 번 만났으며 여섯 번 만났다. 그리하여 다시 만나고 또 다시 만났다. 몇 번이나 만났는지 알 수 없을 만큼 만났다. 하도 여러 번 만나니까 만남이라는 것이 던져주는 신선한 느낌은 퇴락해 버렸으나, 그러거나 말거나 끈질긴 상담(商談)처럼 만나고 또 만났다. '다시' '또다시'라는 부사만 의미가 있는 것처럼 될 정도로 그렇게 여러 번 만났다.

어찌해서 그렇게 여러 번 만나게 되었던가? 그것은 서로가 서로를 알리고 알려주기 위해서였을까? 서로와 서로의 거리를 끌어당겨 '다시' '또다시'라는 말 대신에 그것을 '함께'라는 부사로 대체시키기 위해서였을까.

어느 쪽이냐 하면 장찬승은 따분한 사내였다. 방목의 시기에 그녀가 갖추어 놓게 된 어느 정도 세련된 안목으로 따지자면 데데한 사내라고도 할 수 있었다. 하지만 그녀는 방목 시절의 안목으로 그를 만나는 것이 아니었다. 방목의 시대를 청산하기 위하여 그를 만나는 것이었다. '따분한'이라든가 '데데한'이라는 형용사는 문제의 핵심이 될 수 없었다. 요컨대 그녀가 한평생 사육시키기에 괜찮은 사내냐 하는 것이 '다시' '또다시'에 따르는 탐구 내용이었다.

김민희는 그날의 일을 기억하고 있었다. 그녀가 드디어 결정을 내린 날이었다. 무슨 결정을 내렸을까? 이 사내의 입아구에서 '아이 러브 유'라는 소리가 나오도록 해주어도 괜찮겠다고 판단을 하게 된 날이었다. 그래서 그의 입에서 그런 소리가 나오도록 유도하였다. 그리고 그는 그런 소리를 하게 되었다. 한 번 자기 입으로 뱉어낸 말을 주워 담지 못 하게 되자, 그는 책임감에 사로잡혀 그녀를 아내로 맞아들이게 되었는데, 바로 그 모든 결정을 내리게 유도한 장본인이 그녀였고 그리고 또 그날이었다.

그날도 그녀는 그를 '다시' '또다시' 만나고 있었다. 약속된 다방에는 그의 모습이 아직 보이지 않았다. 더러 그녀가 먼저 약속 장소에 나타나는 일이 생기게 되었다. 그녀는 혼자 생각해 볼 일이 있어서 일찍 나타났던 것이었다. 혼자 다방에 앉아서 이제 나타날 장찬승을 기다리고 있노라니 그녀의 심정은 적이 따분했다. 방목 시대의 내 인생 모험이 이 정도 수준밖에 쌓아 올리지 못했나 하는 생각 때문이었다.

장찬승은 그냥저냥 슴슴하고 싱금싱금한 사내였다. 결혼하면 마누라를 위해주기는 하겠지. 하지만 남자로서의 사회생활 운전 솜씨는 그냥저냥 월급쟁이의 빠듯함으로 일관될 것이 뻔한 사내였다.

부부싸움이라도 벌어지면 저 혼자서만 영화 보고 와서 화해하자 할 사내였다. 자기로서는 재미없어함에도 아내가 음악을 듣고 싶어 하면 〈G선상의 아리아〉가 들어 있는 클래식 전집을 사 놓기는 하겠지. 그리고 오디오 월부라도 들여놓아 주기는 할 사내였다. 음악을 들으면서 그 짓을 할 적도 있을 거고, 그러면 아내의 분위기가 자기보다 고상하다고 느끼지는 않을까? 자기 푼수에 비해서는 약간 수준이 높은 아내를 갖게 되었다고 여기도록 해 줄까. 시선을 아래로 떨궈 보는 게 아니라 치떠서 아내를 우러러 바라볼 사내가 좋은 남편감일 수 있을까, 하고 그녀는 생각해 보았다. '다시 만나고 또다시 만나서, 이 사내가 꼴 보기도 싫다는 것마저 알아 버리게 될 거야.' 하고 그녀는 한숨을 포옥 쉬면서 생각했다. '이제 이 사내에 대해서는 더 조사해낼 것이 없을 만큼 여러 번 만난 거야.' 말하자면 그녀는 수사관과도 같은 심정이었다. 혐의자를 소환하고 또 소환하여 지겨울 정도로 샅샅이 캐낸 뒤끝이 이렇지 않을까 싶었다. 만남이라는 것을 거듭할수록 상대방에 대한 호기심이나 신선한 긴장은 사라져 버린다. 상대방이 근사한 게 아니라 못나고 따분한 자라는 걸 알기 위한 작업, 그리고 자기 또한 그런 여자라는 걸 알게 하는 것이 '연애'란 걸까. 그러니 마치 시들해지고 따분해지고 맥살을 내기 위해서 그 만남을 지속시키고 있는 것이나 아닐까 싶었다. 여자가 남자를 알아간다는 것은 대체로 이런 의미이겠구나, 하고 그녀는 이해했다. 즉 상대방 남자가 얼마나 꾀죄죄한가를 알아내는 것이, 그러니까 인간 이해로서의 연애의 본질이겠다 싶었다. 생활이 우리를 속일지라도 그것을 못 버려야 한다고 하듯이…….

낡은 세상만큼이나 우리도 우리의 관계도 낡아 버린 거야, 하고 그녀는 판단했다. 처녀 시절의 허무함 뒤에 얻어걸린 저 막막한 사내. 목덜미가 깨끗지 못한 사내(여고 시절에 그녀는 사슴처럼 목이 길고 하얀 소년이 아니면 결코 상대하지 않으리라 마음먹었었다), 좋아할 수 없고 사랑할 수 없는 것을 좋아함과 사랑함으로 얼마든지 바꿀 수 있다는 미신으로 자기와 남을 현혹시키는 봉건 시대의 박수무당 같은 사내, 벌써 추레하게 늙은 표정을 알아 버린 사내.

그 사내가 다방 안으로 들어왔다.

"그동안 별일은 없었지?" 하고 장찬승이 말했다.

그녀가 어떤 기분인지 알려고 하지도 않으면서 그는 어느덧 그녀의 맞은편 의자에 앉아 있었다. 그는 반편처럼 웃고 있었다.

"별일이라도 좀 있었으면 좋겠어요. 그런데 없네요."

"지금부터 별일이 있게 될 거예요, 민희 씨."

그는 순정 영화에 나오는 믿음직한 청년같이 진지하게 말했다.

"우선 이 다방으로부터 탈출합시다."

장찬승이 김민희를 끌고 간 곳이 얄궂었다. 여느 때의 가벼운 기분으로 들락거리지는 않는 약간은 고급스러운 무슨 살롱 같은 데였다. 정말 별일이 있으려나 보다고 김민희는 생각했다.

"그동안 민희 씨를 쉰일곱 번 만났더군요."

장찬승은 1930년대의 연애 소설에 등장하는 주인공과 같이 우스꽝스런 진지성을 계속 놓치려 하지 않고 있었다.

"만나고 다시 만나고 또 만나오는 동안, 그리하여 나와 김민희 씨가 서로 자신을 들켜놓는 동안 내가 깨달은 것이 무엇인지 알아요?"

"우리 모두 별 볼 일 없는 존재들이라는 거, 특히 제가 그렇다는 거를 알려드렸을 거예요."

김민희는 이 사내의 따분한 화술로 인해서 자기가 이런 소리를 늘어놓아야 하는 것에 화가 났다.

"나는 그 정도가 아니었을 거예요. 민희 씨에게 나의 모든 것을 게워내 계속 탄로내고 있다는 걸 알았지요. 그렇게 느낄수록 나를 감추고 멋있는 마스크를 대신 내밀어야 한다고 조바심을 느꼈으니 민희 씨가 비웃었을 거예요. 그런데 오늘부터는 그러지 않기로 했습니다. 사실은 그 전에 나는 결혼을 해 버릴까 했던 다른 여자가 있었어요."

"어머, 그러셨나요?" 그녀는 이렇게 말한 뻔하였으나 간신히 억제하고 "왜 그런 말씀을 제게 하는지 모르겠어요. 정말 별일이 있기는 있나 보네요." 하고 맹꽁한 어조로 말했다.

"그 말씀을 드린 겁니다. 어느 날 밤 그 여자를 집에까지 바래다준 적이 있었어요. 나로서는 처음 그 여자네 집 앞까지 간 겁니다. 그냥 맹꽁한 아가씨이기는 했으나 잘 사는 집 딸인 줄은 알았지요. 막상 그 집을 보니까 내가 상상했던 것 이상이었어요. 대지가 150평쯤은 되고 건평이 7,80평 쯤은 돼 보이는 그런 집의 딸이라는 걸 알았어요. 안으로 들어가 어머니와 차 한잔 마시고 가라고 했어요. 그런데 나는 거절했습니다. 그 여자만 집 안으로 들어가고 나는 그 집 대문 바깥에 한참 동안 서서 그 집을 바라보고 있었어요. 그리고 나자신에 대해 생각해 봤죠. 나는 가난한 농촌 집안의 자식이거든요. 게다가 아버지는 6·25때 돌아가시고 어머니는 두 명의 자식을 키우다가 도저히 어쩔 수 없어서 어떤 홀아비한테 후살이로 들어간 겁니다. 거기에서 다른 자식을 두 명 낳고…… 이런 환경 때문에 나는 열다섯 살 되던 해에 서울로 무단가출을 했고, 그리고 무척이나 고생을 하면서 오늘에 이르러 제 한 몸 갈망은 할 처지가 된 거예요. 여태까지 민희 씨에게 우리 집안 이야기를 얼버무리고 그저 부모님이 농촌에서 양돈으로 먹고살 만하다고 한 것은 거짓말이었다고 할 수 있겠죠. 그때 그 으리으리한 집의 대문 밖에서 나 자신을 되돌아 보니까 그렇게 내 모습이 잘 보일 수가 없는 거예요. 저런 집의 사위가 되면 어찌 될까? 과연 내 자신이 저런 집을 감당할 수 있겠느냐 따져보니까 안 되겠다는 생각이 들더군요. 그래서 그 여자를 다시는 만나지 않았습니다."

"그래서요?" 이렇게 반문한 다음, 다시 조금 뒤에 김민희는 물었다. "그동안 장찬승 씨는 줄곧 그 여자와 저를 비교해 보셨겠군요."

"기분 나빠할 것으로는 생각했어요. 솔직한 말이 그랬을 겁니다. 하지만 좀 더 정확하게 말하자면 그 여자와 민희 씨가 비교 대상이 되고 있는 것은 아닌 겁니다. 내 마음속의 갈등에 그치는 일이지 민희 씨가 관련되는 문제는 아니었으니까요. 나는 가정적으로 불우하고 고생을 겪었던 객지 생활 속에서 성년이 되었던 만큼 인생의 겉껍질이라 할까, 인생을 포장해 놓는 형식이라 할까, 그런 것에 대해 느끼는 게 있지요. 나 자신을 속이고서라도 출세하고 싶고, 부잣집 사위 되고 싶고, 그 뭐라더라 '하면 된다' 따위의 수작을 읊어 보고 싶기도 했지요. 하지만 그 대궐 같은 집의 대문 바깥에서 나는 자신을 속인다는 것이 어렵다는 것을 깨달았어요. 그날 하숙방으로 돌아와서 생전 처음으로 시라는 걸 썼는데, 민희 씨에게 보여주려고 오늘 갖고 나왔습니다. 한 번 읽어보겠습니까?"

김민희는 장찬승이 말하는 바 시라는 걸 읽었다.

시꺼먼 얼굴에 부릅뜬 눈
머리카락 흩날리며
아무것 하나 가진 것 없이
나는 서울로 왔다.
견디다 못해 후살이를 간 어머니
쉰 살이 넘은 의붓아버지
더 이상 눈칫밥 먹으며 지내기에는
눈치가 보이는 열다섯 살
내 나이 부둥켜안고 눈물 흘리며

'캄캄한 이 거리 누굴 찾아 내 왔나'
윤복희 노래 따라 부르며 나는 왔다.
겪지 않아야 할 것 겪고
겪어야 할 일 겪지 못하며
지난 세월 10년 어떻게 흘렀는지
내 삶의 생채기 어떻게 굳어졌는지
잊지 못하기 때문에 나는 그걸 안다.
모든 고통의 중심이 되는 수레바퀴에
내가 놓여
이 세상이 나의 아픔으로 돌아가고
질질 녹아내리는 한여름 아스팔트의 살에
내 몸을 섞어
뻗질러 나간 신작로 같은 생존의 질서
아, 그러나 이 젊음으로 반짝 눈을 뜬
나의 사회 생활이여.
바람과 구름과 비,
때로는 서리에 눈,
그리고 태풍이 일기를 만들어가듯
아픔과 고픔이 나를 만들어간다.
언제 내 앞에 문이 열렸더냐.
나는 대문(大門)으로 들어가지 않는다.
나의 관문, 좁은 문으로 들어가리라.

"여기에 다른 시 하나가 더 있습니다. 지금 민희 씨가 읽은 시는
내가 「자립(自立)」이라고 제목을 붙인 것이구요, 여기 이 시는 「너」

라고 제목을 단 것인데 이것마저 읽어 봐 주십시오."

김민희는 장찬승이 내주는 다른 시, 그가 「너」라고 제목을 붙였다는 시도 읽었다.

> 내 너를 처음 본 것은
> 신호등 앞에 초라히 엇갈려가는
> 사람들 속에서 흔들리는 눈동자
> 둥둥 떠가며 외로움에 젖은
> 아픔에 나 진저리를 치면서
> 너의 외로움 읽었을 때였지

"이 시에서 말하는 '너'는 바로 민희 씨를 두고 한 말입니다."

"이 시에 나오는 '너'가 실제의 나는 아닌 것 같은데요? 왜냐하면 나는 신호등 앞에 초라히 엇갈려가는 사람들 속에 낀 적은 있을지 몰라도 둥둥 떠가며 흔들리는 눈동자에 외로움 젖은 아픔을 담았던 적은 있었던 것 같지가 않거든요."

"하지만 난 민희 씨에게서 그런 걸 느낀 적이 있었는 걸요. 더 이상 다른 말은 안 드리겠구요, 딱 한 마디만 하겠습니다. 난 구식이라 놔서 형식을 좋아하는지 몰라도 정식으로 말씀을 드리겠어요. 아이 러브 유, 라고 말예요."

2.

그때부터 10년쯤 뒤의 이야기로 내려오게 되는데, 평범한 가장인 장찬승은 세 족의 구두와 다섯 벌의 양복, 그리고 겨울철에는 라이

너가 달린 노란 바바리코트와 쥐색의 약간 허름한(그러나 말쑥하게 손질이 된) 오버코트를 가지고 있는 모범적인 직장인으로 살아가고 있었다. 술 담배를 입에 대지 않는 그는 그 흔한 화투장을 만질 줄도 몰랐다. 사우나니 디스코텍을 모를 뿐 아니라, 포커니 고스톱이라는 것을 어떻게 하는 것인지도 알지 못했다. 그는 두 딸아이의 아버지였고, 도시의 변두리 주택가에 '이본느'라는 드레스 살롱을 내고 있는 여인의 남편이었다.

다섯 번 이사하여 아파트를 장만한 뒤로 그는 약간의 부동산에 투자를 하고, 그리고 경제 신문을 구독하면서 매일 각종 시세를 들여다보는 것을 규칙으로 삼았다. 하지만 '도시는 선이다' 식으로 표현을 하자면 그의 직장 생활, 나아가서는 사회 생활과 가정 생활은 그대로 선이었다. 좀처럼 곡선을 그리지 않는 직선이었다.

아침 일곱 시쯤 일어나서 15분간 라디오의 영어 회화를 듣고, 오디오에 좋아하는 레코드를 걸어놓고 화장실에 들어가 신체의 상부(얼굴)와 하부를 청결히 하고 오디오 대신 텔레비전을 틀어놓은 채 신문을 보았다. 그리고 아내가 차려주는 영양가 많은 음식을(먹는다기 보다도) 적당한 입 운동으로 제 속에 채워 넣는 것이었다. 여덟 시에 집을 나서서 똑같은 골목길을 빠져나가 부장님 출근용 회사 택시가 오기를 기다려 합승을 하고 출근을 해서 똑같은 직무를 보고, 그리고 퇴근하는 즉시로 어김없이 제시간에 집으로 돌아왔다. 그리고 파출부가 차려주는 저녁 식사, 아이들과 함께 보내는 시간, TV 연속극, 아내의 귀가, 달콤한 잠, 그러면 밤이 지나 아침 해가 떠오르는 것이었다. 그에게 있어 생활이란 자질구레한 여러 가지 규칙과 질서, 그리고 자기 나름대로의 원칙 같은 것을 어김없이 고수하여 빈틈없이 지켜내는 것을 의미했다.

그는 여섯 개의 러닝셔츠, 다섯 개의 팬티, 열 켤레쯤 되는 양말을 그의 전용으로 쓰는 옷장 서랍 속에 넣어 가지고 있었다. 그가 생활의 변화를 느끼는 것은 러닝셔츠를 갈아입을 때라거나, 목욕을 하고 나서, 또는 밤 행사 뒤에 아내에게 '새 팬티 하나 내줄래?'라고 말할 적이었다. 그가 관심을 쏟는 일은 세 족의 구두를 정성스레 닦는 것과 다섯 벌의 양복(그리고 겨울철에는 바바리코트와 오버코트가 추가되지만)을 깨끗이 손질하거나 번갈아 가며 세탁소에 맡기는 일, 또는 이 모든 것들을 머릿속에 차곡차곡 기억해 놓고 있는 것과 같은 따위였다. 그가 생활에서 즐거움을 느끼는 것은 아침 출근할 적에 "오늘은 어느 양복을 입고 나가지?" 이렇게 지나가는 듯한 어투로 아내에게 묻곤 할 적이었다. 그의 아내 김민희는 양장점 일을 보느라 저녁에 늦게 들어오는 대신 아침에는 늦게 나가기 때문에 그가 출근할 적이면 딸애들과 함께 문 앞까지 따라 나오곤 했다. 아내는 때로 그가 신고 갈 구두를 선택해 주곤 했다. 하나는 빨간 구두였고 하나는 까만 구두였고 또 하나는 등산 낚시 겸용이었는데, 다섯 벌의 양복과 마찬가지로 그것은 언제든지 신고 다닐 수 있을 만하게 반짝반짝 윤이 났다. 생활에 있어 변화라는 건 필요한 법이었다. 비록 그것이 다섯 벌의 양복과 세 족의 구두 중에서 어느 하나를 선택하는 제한된 범위 내에서의 변화라 해도 그러했다. 변화라고 해서 8·15 해방 직후의 혼란이나 4·19와 같은 것만을 연상할 필요는 없었다. 아니 어떤 면에서 변화라는 것은 사소한 것일수록 쫀득쫀득한 맛이 나는 법이었다.

그는 똑같은 양복과 똑같은 구두를 변화 없이 매양 입거나 신고 다니는 직장 동료들을 딱하게 여겼다. 좋은 양복, 새 구두라야 말끔한 차림을 할 수 있는 것이 아니었다. 낡은 옷, 싸구려 구두라 해도 제 몸에 맞게 길을 들이면 남에게는 물론이고 자기 자신에게도 항상 신선한 느낌을 줄 수가 있는 것이었다. 일일신우일신(日日新又日新)이 아니던가? 나날이 새롭고 또한 새로워야 하는 것이 생활이었다. 다섯 벌의 양복과 세 족의 구두를 적절히 몸에 걸치고 발에 신겨 줌으로써 그는 나날의 생활을 그만큼 풍요롭게 탈바꿈시키고 있는 것이었다. 그러기에 그는 싸구려의 너절한 옷가지들을 꾸역꾸역 사들이거나, 자기 주제를 살피지 아니하고 비싼 양복을 맞춰 수십 벌의 옷을 갖고 있다든가 하는 자들을 경멸하였다.

사치란 쓸데없이 낭비하는 데서 얻어지는 것이 아니었다. 검약한 정신 자세를 지키되 조화를 구해 보고 멋을 찾아내 그 물건(양복이나 구두)이 인간에게 제공할 수 있는 기능적 역할을 최대한으로 살려 보려고 하는 것이야말로 제대로 사치를 부려 보는 것일 거라고 그는 믿고 있었다.

이런 그를 가리켜 수전노라고 비웃는 자들은 군자도 신사도 아닌 족속일 것이 분명했다. 세상이란 예측하기 어려운 것인 만큼 어떤 경우에 부닥치든 제 살아 댈 궁량과 준비는 튼튼하게 갖추어 놓아야 하는 것이었다. 또한 돈이란 그것을 쓰는 데서 헤픈 기쁨을 느끼기 보다는 그것을 아끼려고 하는 데서 진미를 맛볼 수 있어야 하는 것이었다. 1만 원 사용했을 적의 쾌감을 1천 원 사용함으로써 똑같이 얻어낼 수 있다면, 1천 원으로 그것을 끌어들이는 것이야말로 이중의 이득이 될 터였다. 만 원권의 단위로 용돈을 쓸 수 있는 사람이지만 천 원권 또는 백 원권 단위의 화폐 또는 동전을 사랑하게 된다면, 돈이라는 것은 화폐 단위가 낮을수록 단단하고 그것이 높을수록 어설퍼진다는 것을 알게 되는 법이었다.

가령 억대 단위의 금액을 수표 종이쪽지에 그려 놓는 사람이 과연 억이라는 숫자가 주는 돈의 기쁨을 하나하나 구체적으로 음미하거나 맛본다고 할 수 있을까. 그는 고속버스 요금과 고속버스 터미널에서 택시를 타고 집으로 들어가는 요금이 거의 비슷하거나, 도리어 후자의 요금이 많은 경우를 흔히 겪는데, 이때의 계산법이란 고속버스 요금이 싼 것이 아니라 택시 요금이 비싼 것이라고 판단해야 옳은 것이다. 따라서 고속버스에서 내려 택시를 타려고 줄을 지어 기다리는 자들은 인생의 진미를 포기한 채 쓸데없이 그 인생을 낭비하는 자들이라고 그는 경멸해 마지않았다. 하지만 그는 결코 수전노가 아니었다. 자기 나름의 원칙을 가지고 누구보다도 인생을 사랑하고 향유하는 사람이었다. 불우했던 어린 시절, 고생을 겪으며 지낸 청춘 시절을 통하여 그는 이런 모든 것들을 터득했다.

그가 수전노라고 할 수 없는 사례는 그 밖에도 얼마든지 있을 터지만, 가령 그는 낚시광이었다. 참 그렇지, 그가 낚시광이라는 이야기를 하자면 앞에서 그에 관하여 설명한 대목, 즉 그의 사회생활은 직선이라는 말을 약간 수정할 필요가 있을 터였다. 그의 사회생활은 마치 '도시는 선이다'라는 식의 직선으로 이루어져 있지만, 가령 낚시에 관한 한 곡선을 그리는 것이었다. 한 달에 두 번 내지 세 번 꼴로 그는 밤낚시를 즐겼다. 토요일 오후 네 시쯤 서울에서 빠져나가 자기 혼자 물가에 앉아(또는 저수지 한가운데 앉아) 강태공이 되는 것이었다. 절대 고독을 누리면서 오로지 자기 자신만으로 있는 것이 바로 이러한 때였다. 직장 생활, 아내, 아이들, 그 밖의 온갖 복잡한 일들을 내팽개친 채 그는 실존주의자처럼 실존을 느끼면서, 마치 발가벗은 제 몸뚱이를 신기한 듯 들여다보는 어린애처럼 자신의 자아를 들여다보는 것이었다.

사회인이란 이처럼 자기 혼자 지내는 시간을 반드시 필요로 한다고 그는 믿고 있었다. 말하자면 양말을 매일 갈아신고 팬티를 1주일에 두 번쯤은 갈아입어야 몸이 깨끗한 것처럼, 낚시야말로 먼지와 때가 묻은 그의 정신을 드라이클리닝하는 수단이 되는 것이라 할 수 있었다. 그러기에 그는 낚시에 관한 한 결코 돈을 아끼지 않았다. 장비를 최고급으로 갖추어 놓고, 커피라든가 쇠고기 통조림이라든가 하는 먹을 것도 최고급으로 마련해 두는 것이었다. 낚싯대를 드리워 놓고 있으면서 비참했던 어린 시절이라든가 어머니, 동생들을 떠올리고, 지금의 그의 살아가는 처지며 앞으로의 구상 같은 것을 생각하고 따져보고 하는 것이야말로 가정이나 직장 생활에서는 도저히 얻을 수 없는 일이었다. 그리하여 붕어를 몇 마리 잡았건 그것과는 상관없이 귀갓길로 들어설 적의 그는 더욱 활기에 넘치고 생생해져서 자신의 인생이 연부역강(年富力強)해져 가는 것을 느끼게 되었다.

인생이 아무리 고해라 해도 낚시 하나만 제대로 갈무리하면 견뎌낼 수 있다고 그는 믿고 있었다. 그는 소위 오너드라이버라고 하는, 자가용 차를 한 대 사서 굴릴 형편은 충분히 되었다. 그러나 다른 이유에서가 아니라 순전 낚시 다니는 데 이용할 목적으로 비로소 마음이 동하여 운전 기술을 배우는 중이다. 이 사실만 놓고 보더라도 그가 얼마나 낚시를 좋아하는가 하는 증명이 될 터였다. 다만 그 혼자서만 운전을 배워놓으면 아내나 아이들의 귀찮은 뒷바라지를 할 염려가 있어서 아내와 함께 학원에 다니고 있는 것이기는 하였다. 가정 생활, 직장 생활만으로 따지자면 그는 하등 자가용차를 가져야 할 필요성을 느끼지 않는 터이므로, 여느 때는 아내에게 맡겨놓되 낚시 다닐 때만은 그가 독차지할 생각인 것이었다.

이제 나이 40을 바라보는 그는 잘생겼다거나 미남형이라거나 하는 소리를 들을 만한 용모는 아니라 하더라도 누구나 그를 보았을 적에 '저 사람은 참으로 정돈된 이목구비를 갖고 있구나.'하고 느낄 만큼의 신사 소리는 듣기에 충분하였다. 빈대떡처럼 펑퍼짐한 얼굴, 롤러로 찍어 버린 것 같은 우그러진 얼굴을 보면 그의 청결 감각은 더러운 물에 튕긴 듯 이상한 기분이 되었다. 못난 얼굴이 문제 되는 것이 아니라 제 얼굴을 못나게 내버려 두거나 어느 면에서 학대하고 있는 듯한 그런 생활 자세가 참으로 한심한 노릇이라 생각하고 있었다. 그만치 그는 청결 감각이 빼어난 사람이었다.

그는 게다가 참으로 조용한 사람이었다. 하루 종일 말 한마디 안 해도 전혀 답답해 할 줄을 몰랐다. 대중 가요를 늘상 흥얼거리는 게 습관이 된 사람, 되지도 못하게 유식한 너스레를 떠는 사람, 양기가 아래로 내려가지를 못하고 입으로만 올라서 음담패설을 담아내는 사람……. 이런 자들을 만나면 그는 마치 자기 입속이 공업용 색소로 물이 들여진 것처럼 메슥메슥해서 견디지를 못했다. 옷에다가 막걸리나 술안주 자국을 처바르고 다니는 사람, 다리를 꼬지 않고서는 의자에 앉지를 못하는 사람, 글씨 하나 똑바로 쓰지 못하는 사람, 전화 한번 제대로 걸거나 받을 줄을 모르는 사람……. 참으로 못생긴 인생들이 많았으며, 그럴수록 그는 더욱 말 없고 조용하고 깨끗한 사람이 되어 갔다.

신문을 보면서 기어이 잘난 소견 한마디 뱉지 않고는 못 견디는 우스꽝스런 불평분자, 무슨 대단한 식견을 가졌다고 역사니 현실이니 나불거리는 유식한 무식쟁이, 거기에 밑바닥 인생으로 살아가는 게 뭔지 조차 알지 못하면서 민중이니 뭐니 내세우는 명분론자들에다가, 자기 직무나 맡은 바 일은 개뿔도 제대로 못 하면서 직장에 대한 불만만을 살찌워 놓고 있는 동료들을 대할 적마다 그는 더욱 넥타이를 단정하게 매어서 세상을 질서 있게 살아 봐야겠다고 다짐하는 것이었다. 다섯 벌의 양복과 세 족의 구두 중에서 어느 것을 택할까 생각하고 있을 때 그는 세세하게 단단하게 자신의 삶을 꽉 움켜쥐는 것이었다.

한 달 봉급을 하룻밤의 술자리에서 거덜내는 사람, 밤늦게 싸다니다가 통금 위반에 걸려 즉결 재판소에서 전화질을 하는 사람, 길거리에서 벌어진 싸움을 공연히 말리겠다고 참견했다가 머리통이 깨져 병원으로 달려가는 친구, 무턱대고 무리해서 집을 샀다가 고리채 놓는 과부에게 닦달당하는 사람, 하늘에서 복이 떨어지는 것을 기다릴 일이지 빠짐없이 복권을 몇십 장씩 사는 친구……. 이런 인간 종자들을 대할 적마다 그는 자기 자신과 자기 가정, 그의 아내, 두 딸, 그리고 빚 안 지고 도리어 저축 늘려 놓아 걱정할 일 없는 그의 생활의 질서, 또는 질서 있는 생활의 소중함을 깨닫는 것이었다. 험난한 세상, 수상한 시대 어쩌구 한탄이나 하고, 은근히 무슨 사단이라도 벌어지기를 기다리는 듯한 자들과는 상관없이, 국가 안보·사회 안보보다 내 가정 안보만은 튼튼하기 짝이 없다는 자부심을 가지고 그는 더욱 소중하게 자기 살 자리의 그 모든 풍경을 사랑하였고, 그 모든 것을 가꾸기에 더욱 공력을 들였다. 뿐 아니라 두 딸을 처가에 맡겨 놓고 부부끼리만 여행길에 올랐을 때 아내에게 강조했던 것도 바로 이런 짐이었다. 그런데 때로는 이상한 일도 만나게 되기는 하였다.

"안녕하셨어요? 어머나, 반가워요."

"부인이신가 보네요? 참 행복하게 사시나 봐요."

"옛날보다 더 근사해지셨어요. 여자는 나이를 먹을수록 살만 찌고 뚱뚱해지는데 남자분들은 그게 반대네요. 나이 먹은 여자는 몸매가 허물어지고 선(線)이 무너지는데, 선생님은 품위와 관록이 붙고 여유가 있어 보이세요. 정말 이렇게 만나 뵙게 되다니……."

아내는 시종 미소를 띤 채 그의 곁에 서서 느닷없이 다가온 상대방 여자가 늘어놓는 이런 수작들을 듣고만 있었다.

그것은 한강 상류의 어느 유원지에서였다.

장찬승은 참으로 오랜만에 아이들을 떨군 채 아내 김민희와 함께 그 유원지를 찾았는데, 거기에서 뜻밖에도 그 여자(나중에야 이름이 생각났는데) 오미은을 만나게 되었던 것이었다. 오미은은 관광버스 승객이 아니라 귀빈들만이 탈 수 있다고 주장되는 고급 승용차의 귀부인 마나님으로 이 유원지에 있는 자기네 별장 같은 곳을 찾아드는 길이었던 듯했다. 그녀의 곁에는 몸종을 방불케 하는 그녀의 여자친구들 두엇이 딸려 있었다. 남편이 어디 외국 출장 중에라도 있어 제 친구들과 함께 바람 쐬러 나온 듯싶었다. 그런데 문자 그대로 이 '복부인'은 장찬승을 우연히 발견하자마자 이렇게 수다를 늘어놓았던 것이었다. 그것을 보면 아마도 처녀 시절의 수줍음은 창경원 우릿간에다 처넣고 아주 뻔뻔스럽게 세상을 깔보면서 살아가는 데 길이 들여진 것이 아닐까 싶었다.

하지만 장찬승은 행길 한복판에서 날벼락을 만난 격이었다. 옷 적시고 구두 버려가며 그녀의 이야기 소나기를 얻어맞고 있는 꼴이었다. 젊은 시절 얼굴 익힌 적이 있다 해서, 그게 도대체 지금 와서 무슨 상관인가. 그로서는 달리 어떻게 생각할 수가 없었다. 오미은은 무슨 마음 정으로 새삼스럽게 옛일을 놓고 허튼소리를 퍼부어대는 것이란 말인가. 온실의 화초처럼 귀함만 받고 자란 데다가 고생 모르고 살기만 해서 아직 철이 덜 들었다는 것인가.

"여자 앞에서는 부끄러움을 탄다고 하시더니 총각 시절만 그러신 게 아니라 지금도 여전하신 것 같네요." 하면서 이 중년의 여인은 깔깔거렸다.

무얼하기 짝이 없었다. 하지만 장찬승은 어찌할 바를 알지 못했다. 김민희가 약간 부어오른 표정을 지었다. 오미은은 어쩌면 불행한 결혼 생활을 하고 있는 게 아닐까. 그래서 장찬승과 김민희에게 해찰을 부리고 싶고 억하심정이 일어난 것인지 알 수 없었다. 그렇지 않고서야 자리를 뜨려고 하기는커녕 더욱 맹랑하게 수작을 건네올 턱이 없을 터였다. 처녀, 총각 시절에 몇 번 만난 일이 있다 하여 이제 이르도록 이 여자가 그에 대한 연연한 감정을 품고 있을 리는 만무한 것이었다.

"밤이 늦었다고 저의 집까지 바래다 주신 일……, 아직도 기억나요. 그게 벌써 10년 전이네요. 함께 집 안으로 들어가자고 하니까 선생님은 거절하셨지요. 제가 대문 안으로 들어가고 나서도 그대로 한참을 대문 바깥에 서 계셨죠? 대문 바깥에 우두커니 서 계시던 그 모습, 아직도 눈에 선해요. 대문 안에서 제가 그냥 훔쳐보았던 일, 선생님은 제가 그러고 있는 줄 모르셨겠지만 말예요……. 바로 어제 일처럼 기억나요. 저는 그런 선생님 모습을 이상하게 여겼거든요. 저분은 어째서 대문 안으로 들어오자는데 마다하고 대문 바깥에 서 계시기만 할까? 사람은 대문 바깥에서는 못 사는 것이고 대문 안으로 들어와야 하는데 왜 저러고 계실까? 하기야 그때 깨닫기는 했었죠. 아, 선생님이 나의 집 대문 안으로 들어오기 싫으신가 보다, 나의 집 대문을 거부하시는구나, 그러니까 그것은 곧 나를 거부하는 것인가보다, 하고 말예요. 실은 그때 참 모욕감을 느꼈지만 말예요. 이제야 다 지나간 일이니까 이렇게 부인 앞에서도 기탄없이 말씀드릴 수가 있네요."

"이분은 제게도 그 이야기를 들려주신걸요. 저한테 프로포즈라는 걸 엄숙하게 하기 직전에 그 말씀을 하셨어요." 하고 김민희가 즐겁다는 듯 옛일을 회상했다.

"이분이 뭐라고 하셨느냐 하면 댁의 대문이 자기 분수에 안 맞게 커 보였대요. 그러니까 문턱이 너무 높은 듯해서, 그래서 그 안으로 들어가 볼 엄두가 안 났다는 거예요."

김민희와 오미은은 마치 다정한 친구 사이인 양 서로 깔깔거리며 웃었다. 장찬승은 그야말로 꾸어다 놓은 보릿자루처럼 멍청하게 서 있는 도리밖에는 없었다.

"설마 그러셨을라구요. 그냥 해본 말씀일 거예요. 부인에게 잘 보이시려구 말예요, 하지만 그때 저는 이런 생각을 했더랬어요." 하고 오미은이 웃음을 거두면서 말을 이었다.

"대문 안에 숨어서 대문 바깥의 장찬승 씨를 보면서 문득 이상한 예감이 들었거든요. 저분은 대문 안으로 들어오시라고 해도 안 들어오시고 대문 바깥에만 서 계시는구나. 그런 바에야 나를 어째서 대문 밖으로 끌어내 주지 않으시는 걸까. 혹시 저분은 나를 대문 바깥으로 끌어내 주기 위해 저렇게 우두커니 서 있는 것이 아닐까. 그래서 저는 바로 문간에서 기다리고 있다는 표시를 하기 위해 인기척을 내려고 했었거든요. 저를 문밖으로 끌어내 주시라고 말이죠. 저분은 겉으로만 으리으리한 우리 집 대문이 그 속에서 지내는 사람들을 감금하는 감옥소의 철문 비슷하다고 느끼는 모양이라고 생각하면서 말예요. 그런데 바로 그때 장찬승 씨는 힘없이 몸을 돌리더니 가 버리시더군요. 제가 마지막으로 보았던 장찬승 씨 그 모습이란 범인의 단서를 못 잡고 방황하는 형사 콜롬보의 꾸부정한 뒷모습과 비슷한 것이었어요. 저는 대문 밖으로 나와 가지고 장찬승 씨가 멀어져 가는 모습을 지켜보고 있었거든요. 그때는 참 얼마나 야속했던지. 어쩌면 나라는 여자는 나를 대문 바깥으로 끌어내 주는 남자를 끝내 발견하지 못하고 대문 안에만 갇혀 살아야 하는 인생을 갖게 될지 모르겠구나 불길한 예감을 느끼기까지 하면서 말예요. 그리고 그건 어느 정도 사실이 되어 버린 셈인 걸요. 그야 뭐 저는 행복해 보이는 결혼 생활을 하고 있기는 하지만, 대문 안에 갇혀 지내는 신세인 것만은 틀림없을 테니 말예요."

"아이, 괜히 우릴 놀리느라고 하시는 말씀 같네요." 하고 김민희가 말했다. 오미은의 수다에 너무 화가 난 나머지 장찬승은 이런 소리를 늘어놓는 아내마저 밉살스러워졌다.

"형사 콜롬보 같은 뒷모습을 보면서 언젠가 저분은 누군가의 대문 안으로 들어가겠지. 그러면 누군가와 대문을 걸어 잠그고 참 행복하게 살 분이다…… 하고 저 혼자 생각했던 일 기억나요. 그런데 과연 제 예상대로군요."

"아이, 그게 아니에요. 이 양반은 대문이 겁이 나서 좁은 문을 택한 걸요. 좁은 문은 겁이 안 났나 봐요."

"여보, 그 무슨 소리야? 하고 참다 못해 장찬승이 아내에게 머퉁이를 놓았다.

장찬승은 아내를 낚아채듯이 하여 오미은과 헤어졌다. 완전히 기분을 잡쳐서 이대로 서울로 올라가 버릴까 생각을 하고 있었다. 모처럼 부부만의 나들이가 아니었던들 그는 그렇게 했을 것이었다. 그때나 지금이나 그는 오미은이라는 여자에게 걸어차이기만 한 것 같은 비참한 기분이 되어있었다.

"아이, 여보. 그런 얼굴 짓지 마세요. 우리가 너무 행복한 부부처럼 보이니까 그 여자가 질투를 느껴서 수다 떤 것을 가지고 무얼 그러세요? 저는 정말이지 당신이 자랑스러워요." 하고 김민희가 그의 기분을 맞추어 주려고 애를 썼다.

그리고 보면 그의 아내 또한 양장점 주인 노릇을 하느라 수다스러워지고 또 사람 다룰 줄 아는 솜씨라는 걸 배운 모양이었다. 그는 마음을 누그러뜨렸다. 한 사내를 놓고 눈에 보이지 않게 불꽃을 튕기며 싸움을 벌여 드디어 당당하게 자기 남편을 수호하고 어떤 면에서는 보호하는 아내. 그는 진심으로 행복해 하는 표정을 짓고 있는 아내를 보면서 미소를 짓지 않을 수가 없었다.

소갈딱지 없는 계집의 마음이라니……. 오미은의 등장이 도리어 그들 부부의 애정의 밀도를 확인시켜 주는 촉진제가 된 모양이었다.

"이제야 그 여자 이름이 생각나는군. 이까는 그 이름이 왜 그리 생각나지 않았는지 몰라. 기억하기조차 싫은 여자라는 잠재의식이 내게 있었던 것 같아. 그러고 보면 지난 십 년 동안에 그 여자에 관해 한 번이라도 머리에 떠올린 적이 없었어. 이것 참, 사람의 마음이란 모를 노릇이야. 맞았어, 그 이름이 오미은이야. 오미은이라……. 그래그래, 참으로 미운 여자야. 한때는 내가 철이 없어서 저런 여자와 만났던 적이 있지만……. 정말로 미운 여자야. 밉든 곱든 나와는 상관이 없지만."

그는 눈살을 찌푸렸다. 아내가 다른 생각을 할까 봐 그러는 것이 아니라 그의 진심이 그런 표정을 짓게 만들었다. 그의 아내는 가만히 웃었다.

그날 부부는 유원지에서 묵었다. 저녁 식사는 과람한 대로 호화스럽게 시켜서 먹었다. 오미은이 그렇게 하도록 만든 셈이었다. 그는 아내가 사랑스럽고 그의 생활에 긍지를 느꼈다. 미운 오미은 때문에 그의 과거, 현재, 그리고 더욱 유복하게 될 미래를 온통 샅샅이 살펴볼 수 있게 된 셈이었다. 평소에 없던 버릇으로 그는 맥주를 한 잔도 아니고 한 병이나 마셨다. 김민희도 몇 잔 술을 마셨다. 아까의 불쾌했던 기분은 씻은 듯이 사라져 버렸고, 김민희는 남편의 심정을 그윽하게 헤아리는 표정을 지었다. 그는 행복해 하는 아내의 모습을 지켜보는 것이 즐거웠다.

오랜만에 집에서 벗어나 방갈로라는 곳에서 잠을 자게 된 부부는 밤이 늦도록 어린애처럼 흥분에 들떠 그들이 부부간임을 확인하면서 이런저런 이야기를 나누었다. 빨간 쪽의 구두는 괜찮지만 까만 쪽의 구두가 낡은 것 같아요, 이참에 제가 하나 사드릴 테니 제발 맞추세요. 이런 이야기, 첫째는 눈썰미가 있구요, 둘째는 살찐 귀를 갖고 있는 것 같아요. 음(音)을 빨리 받아들여요. 그러니 음을 즐기게 해야 하려나 봐요, 그런 이야기.

"그런데 그때 무슨 생각을 하셨던 거예요?"

"뭐가 말야?"

"왜 그랬다고 했잖아요? 그 여자를 집까지 바래다 주구서…… 그 여자가 대문 안으로 들어간 뒤에도 한참 동안 대문 바깥에 서 있었다구 했을 때 말예요."

"그 이야기라면 신물이 날 만큼 했잖아, 여보."

그는 회상하기도 싫다는 표정이었다.

"당신한테 프로포즈할 적에도 했고, 또 아까 그 여자 만났을 때도 나왔구 말야."

"그래두 아직 제게 하지 않은 이야기가 있는 듯해요."

"뭐가 그래? 없어."

"아녜요, 전 그때나 지금이나 이해하지 못한 부분이 하나 있거든요. 프로포즈하던 날, 당신은 그 여자네 집 대문 바깥에서 깨닫게 된 일을 말씀하셨어요. 당신에게 너무 으리으리하게 보이는 그 대문……, 그런 대문 안으로 들어가 살게 되면 그 대문을 섬기면서 살아야 하는 일종의 문지기 같은 인생밖에는 될 게 없다고 느끼셨다는 것으로 저는 이해했어요. 그 이야기를 들었을 때 저는 당신의 성품을 존경하게 되었어요. 이분은 인생의 참된 가치를 포기할 분이 아니라고 말예요. 이어서 당신은 좀처럼 하기 힘든 불우했던 과거를 들려주셨어요. 그리고 두 편의 시를 보여주셨죠. 문학 작품으로 그 시가 어찌 되는지 저는 잘 모르지만, 그 시들을 읽는 동안 다시 한번 당신의 인간됨을 존경하게 되었거든요. 잘 사는 것과 제대로 사는 것이 같지는 않거든요. 그걸 분간하라, 말들 하지만 실제로는 쉬운 일이 아니에요. '신상한 문화라는 건 정직한 가난으로부터 나오는 것이겠구나.' 하고 나는 느꼈어요. 경제적으로야 가난을 퇴치한다느니 뭐라느니 사기를 치지만 말예요. 당신은 그러고 나서 저에게 프로포즈를 하셨지만 저는 프로포즈를 받기 전에 벌써 마음속으로 당신의 아내가 되어 있었거든요."

"그런데 뭘 모르겠다는 거지, 여보? 그거 대문, 대문 소리는 이제 그만두었으면 좋겠어. 그 시 이야기도 마찬가지야. 난 결코 그런 따위 시나 쓰던 시절을 기억하고 싶지 않아, 얼마나 비참하고 한심한 지경에 빠져 있었으면 아니 그래, 너절하게 자기 고통당한 일을 자랑삼아 끄적거렸겠난 말야. 그런 부정적이고 퇴폐적인 시절이 있었기 때문에 지금의 나도 있게 되었겠지. 거꾸로 말해서 바로 그런 때문에 지금의 나는 그 시절을 잊어먹고 싶단 말야."

"제가 물어보려는 게 바로 그거예요."

"뭐가 말야?"

"왜 그 불우했던 시절을 잊어버리려고 하는가 말예요."

"그거야 당연하지. 나는 행복하게 살고 싶지 불우하게 살고 싶지 않으니까, 불우했던 건 잊어버리고 싶은 거 아니겠어?"

부부의 이야기는 서로 겉돌고만 있었다. 한참의 침묵 끝에 김민희는 남편에게 물었다.

"그때 대문 바깥에서 말예요, 당신 다른 생각은 하지 않으셨어요? 가령 어째서 대문 안으로 들어가자는데 못 들어가고 이렇게 바깥에서만 휘청거리고 있느냐 하는 식의 자기 모멸감 같은 것 말예요."

"정말 그 대문 이야기 자꾸 꺼내야 하겠어?"

장찬승은 참지 못하겠다는 듯 화를 냈다.

"그래, 네 말이 맞아. 나 그런 자기 모멸감에 빠져 미칠 지경이었다. 됐니? 이제 속 시원하니?"

장찬승이 이처럼 거칠게 반말로 나온 것은 아주 드문 일이었다. 느닷없이 억울한 일을 당했다는 듯 김민희가 자리를 고쳐 앉았다.

"왜 그렇게 화를 내시죠? 제가 당신에게 그토록 화나도록 만드는 이야기를 물어본 건가요?"

"그래, 나 화났어. 화났다구. 당신이 나를 철없는 어린애처럼 만들게 했어. 좋아, 당신이 듣고 싶어 안달을 내는 이야기를 해주지. 그때 대문 바깥에서 나는 정말이지 비참했어. 독일의 누군가가 쓴 〈문밖에서〉라는 연극을 한다는 공연 기사가 났길래 구경을 한 적도 있지만, 내 기분이 그랬어. 저들은 문 안에서 행복하게 사는데 나는 문밖에서 비참하게 떨며 문 안으로 들어갈 엄두도 못 내고 있구나 하는 것이었어. 앞으로도 영원히 나는 문밖에서 떨며 지내겠지 하는 생각이 들었어. 내가 아무리 노력하고 발버둥쳐도 소용없을 것만 같았어. 문지기 아니라 그 집의 똥개가 되더라도 문 안으로 들어설 수 있다면 들어가야 하는 게 아닌가 비굴한 생각이 다 났어. 그리고 그 너절한 시……, 그런 시를 끄적거리고 있었을 적의 내 기분이야 절실했겠지. 요새두 이따금씩 시나 소설 같은 거 읽으면 화가 나서 못 견디겠더라. 문학한다는 자식들이 무책임하게 허튼소리 늘어놓아 가지고 순진한 고민에 잠겨 있는 젊은 애들의 정신을 버려 놓고 있는 게 내 눈에 빤히 보인단 말야. 그따위 시나 소설에 한눈을 팔고 있을 적에는 인생의 진면목은 전혀 보이지 않는 거야. 진리니 진실이니 하는 막연한 헛소리들에 사로잡혀서 사람이 어떤 옷을 입고, 무슨 색깔의 구두를 신는지 무시하거든. 바지는 다림질 자국이 제대로 나게 깨끗이 입고 다녀야 한다는 것을 꿈에도 생각 않는단 말야. 맞았어, 나는 대문 바깥에 서 있었을 그때 결심을 한 거야. 나는 문밖에서 헤매는 자는 되지 않으리라. 문 안에서 사는 자가 되어야겠다고 말이지. 다만 그 미운 오미은의 문턱은 너무 높아서 그때의 나로서는 문지방을 넘을 수가 없었어. 당신의 문턱은 오미은처럼 높지가 않았어. 아까 당신도 그런 말을 했지만 당신은 대문이 아니라 좁은 문이었으니 말야. 그래서 난 당신에게 프로포즈를 했던 것이고 내 생각은 옳았어, 내 말 기분 나빠? 하지만 당신이 오미은보다 못하다는 식으로 말하는 것은 결코 아니야. 내 이야기는 인간적인 면에서 비교하는 것이 아니라……."

"아녜요. 저 기분 나쁘지 않아요. 화가 난 것두 아녜요. 당신이 솔직히 말해준 것에 대해 고맙게 생각해요. 하지만 속았다는 기분은 들어요. 당신을 엉뚱하게 잘못 알고 있었다는 그런 기분은 들어요."

"여보, 그러지 말어. 우리는 이대로 이렇게 사는 게 좋은 거야. 난 당신이 나한테서 무엇을 탐지해내려고 하는지, 왜 그러려구 하는지 모르겠어. 자, 잠이나 자요. 내일은 아침 일찍 일어나서 안개 속을 거닐어 보아야 할 테니까 말야.”

3.

이 단편소설의 결말을 지어야겠는데, 작가인 나로서는(공연한 참견 같지만) 더 이상 이 작품을 끌고 나가기가 주저스러워진다. 이러는 말은 이 소설에 나오는 부부에게 일어난 일을 그대로 전달하기가 민망하기 때문이다. 하지만 이왕 하나의 작품으로 시작을 한 것이니까 미상불 사실 그대로 적어놓을 수밖에 없는 일이기는 하다. 어느 날 김민희가 우리 집에를 찾아온 적이 있었다. 그 여자는 아내와 내가 전세방을 구하러 다닐 적에 집 관계로 알게 되었던 바 있었다. 즉 우리가 구하려던 전세방에 우리보다 먼저 살고 있던 것이 그 여자의 가정이었다. 그 여자는 바야흐로 ‘마이 홈’을 구해서 무주택자의 설움에 마감을 고하게 된 것이 기쁜 나머지, 그런 면에서는 후배라 할 아내에게 덕담의 말을 했다. 그 뒤로 가끔씩 아내와 연락하고 있었고, 아내 또한 그녀가 내고 있는 양장점 ‘이본느’에서 옷을 맞춘다든가 하는 일이 있었다(나는 아내에게서 들은 이야기를 이 소설에 그대로 써먹고 있다는 사실을 털어놓아야겠다. 다만 김민희라는 이름이나 장찬승이라는 이름은 그들의 실명 그대로는 아니지만). 김민희는 무슨 일로 그러는지 우리 집에서 하루 묵고 갔다. 결혼하여 애까지 있는 여자가 자기 집은 놓아 두고 어째서 한뎃잠을 잘까 생각했지만, 무슨 그럴만 한 일이 있겠지 하고만 여겼다(김민희에게 무슨 일이 있었는지는 그 뒤에 아내를 통하여 듣게 되었던 바, 이제 그 이야기를 계속해야겠다).

장찬승에게 약간의 변화가 일어나고 있다는 것을 김민희가 눈치챈 것은 그의 낚시 행각이 너무도 자주 일어나고 있다는 것을 이상하게 여기면서부터였다. 한 달에 두세 번 정도 하던 낚시행이 매주 토요일마다 빠짐이 없게 되었을 뿐 아니라, 어느 때는 회사에 근무를 하고 있어야 할 월요일이 되도록 낚시터에서 돌아오지 않는 경우가 있었다.

아내인 김민희는 이제 그에게 중년의 권태기라는 것이 오는 것일까 여기면서도 혹시 자기가 소홀히 하여 남편을 심란하게 하는 것일지 모른다는 반성을 게을리하지 않았다. 한강 상류의 유원지에서 너무 '대문 바깥' 운운의 이야기를 꼬치꼬치 캐물었던 게 아닌가 미안하게 여기기도 하였다.

참된 인간성이니 뭐니, 인생의 좋은 가치를 포기하지 않고 지킨다느니 운운하는 이야기란 남편의 말마따나 양복을 제대로 골라 입고 어떤 넥타이를 매느냐 하는 것으로 고민하는 것보다도 하잘것이 없는 문제일는지도 모른다고(적어도 중년의 나이에 들어선 그들의 연배로서는) 그녀도 믿고 싶어졌기 때문이었다.

그런데 장찬승의 낚시 행각은 그런 것만이 아니었다. 그에게 다른 여자가 생겨났다는 것을 그녀는 아내의(또는 여자의) 직감으로 차츰 눈치채게 되었다. 김민희는 이런 통속적인 사건을 입 헤프게 발설해서 한바탕 활극을 벌여 남들의 눈요기만 시켜주고 본인 스스로 운명적인 인간을 만들 만큼 어리석은 여자는 아니었다. 그녀는 소리내지 않은 채 이 문제를 처결하리라 생각했다. 장찬승이 어떤 여인과 만나는지를 알아낸 김민희는 상대방 여성에 대한 설득 작전을 펴는 방향으로 나아가기로 하였다. 그녀의 설득 작전은 주효했다. 상대방 여인은 그녀의 말에 순종하겠다고 약속했다. 그녀는 상대방 여자에게 돈을 지불했다. 지불해야 하는 것인지 확실치는 않았지만.

"문제는 결국 장찬승 씨 자신에게 있는 거예요. 장찬승 씨는 외도를 하는 게 아니라 제가 진짜로 싫어진 것이고, 그런 행각에서 인생의 보람을 느끼려고 하는 거예요. 그러니 이걸 어떻게 보시는지……?"

김민희는 그 다음번에 우리 집에 나타났을 적에 자기 남편을 장찬승 씨라는 호칭으로 부르면서 나에게 이런 식으로 물어왔던 것이다. 독자가 읽어주지도 않는 삼류급의 소설을 쓰는 나 같은 작가에게 어찌 인생 문제의 상담자 역할이 가능할까마는, 일반인들은 소설가에게 무슨 별다른 식견이라도 있는 줄로 아는 모양이니 식은땀을 흘릴 일이었다. 장찬승이 시인, 소설가가 무고한 청년들을 버려 놓는 자들이라고 악담을 하였다는 말도 김민희에게서 이때 들었던 소리였다(그런 악담이라도 없는 것보다 낫지요 하고 나는 응수하고 말았지만. 사실이 그렇다. 그런 악담이라도 들려오는 게 문학인에게는 낫다. 요사이 한국 문단처럼 이렇게 고요하기만 한 것에 비해서는).

"이분이 네가 생각하는 것처럼 무슨 현명한 지혜라도 갖고 있는 줄 아니? 소설가의 식견이란 아둔하기 짝이 없는 거야. 감수성으로 따져보더라도 나보다 못하고……."

내 처지를 딱하게 여겼던지 아내가 자기 친구에게 이런 말을 하였다.

"그럼 언니는 어떻게 생각하는 거야? 내가 어떻게 했으면 좋겠어?"

김민희가 답답하다는 투로 아내에게 물었다.

"왜 네가 잘 쓰는 애용어(愛用語)가 있잖니? 처녀 시절에 늘 입에 올렸다는 얘기 말야. 사내란 먼 데서 보자면 의젓하고 어른 같지만 가까이 다가가 뜯어보면 어린애더라는 말 말야. 넌 결혼 생활이 행복하다고 믿은 나머지 깜박 그런 사실을 잊어먹은 거 아니니? 어린애들은 군것질을 좋아하니까 어떻게 하든 용돈을 타 가지고 구멍가게로 달려가려구 하더라마는(그야, 너두 애를 키워 보았으니 잘 알겠지만), 나두 내 자식 그러는 거 못 말리겠더라. 집에 간식거리를 갖다 놓아도 집 안의 맛난 것은 놔두고 구멍가게의 그 엉터리 불량 식품만 사 먹으려 한단 말야."

"내 새끼 그러는 거야 봐두겠지만 제 남편 그러는 건 못 봐주는 거야. 언니는 그걸 몰라. 결국 이혼하는 길밖에는 없겠다고 생각하는 중이야. 다행인지 어떤지 나는 양품점이 있으니까 먹고 사는 거는 꾸려갈 거구 말야."

"그건 아닐 겁니다." 하고 내가 입을 열었다.

"그럼 뭔가요?"

반색하듯 하며 김민희가 얼른 내게 물었다.

아차, 하고 나는 후회했지만 어쩔 도리가 없었다.

사회학·철학·정신분석학·경제학의 여러 원론적인 이야기, 그리고 상업주의와 자본주의 구성체, 여성의 신노예화 과정, 물신(物神) 숭배, 물질적 토대 소외의식 계층분화 계층이동 비인간화 과정 따위의 사회과학 용어들을 내가 너저분하게 늘어놓았던 것을 여기에 반복할 필요는 없을 것 같다.

"그러니까 아무리 이혼하기에 충분하고도 남을 만큼의 고통이 있더라도 이혼은 하지 말라는 말밖에는 안되는 거 아닌가요? 노라라는 여인상은 입센의 연극으로 족한 것이지 섣부르게 아류 흉내를 내지 말라는 거죠?" 하고 김민희가 물었다.

"결국 박태순 씨도 남자거든."

아내가 말했다.

"그런 말씀을 한 게 맞죠?"

김민희가 재우쳐 물었다.

"네, 아마 그런 이야기겠죠."

그렇게 나도 응수하는 수밖에 없었다.

"왜 그래야 하는지?"

김민희는 비구니 같은 어조로 혼잣소리하듯 했다.

"다들 그렇게 견디나 보는 모양이에요."

"그럴까요?"

"왜정 시대도 견디고, 또 무슨 독재 시절도 견뎠잖아요? 견딜 것을 견뎠던가요? 시대를 견디는 거, 사람을 견디는 거, 견디는 데는 우리가 소질을 타고 났다고들 하데요. 견딜 수 없어도 견디고, 견디지 못하겠다 웅절거리면서도 견디고, 또 못 견디겠다고 외쳐대고서도 물리칠 힘이 없다고 업신 받아가며 견디지 않았나요? 그런 거는 견디고 이런 거는 못 견디는 건 견디는 게 아니지요. 견디는 거를 어떻게 제대로 해대느냐…… 비인간적인 상황에 화를 내고, 지적하고, 고발하고, 흥분하는 일은 그 자체로 무엇일까요. 비인간적인 것을 비인간적이라고 지적하는 건 어려운 게 아니구요. 비(非)라는 글자를 녹여내려고 최선을 다한다는……, 남자란 다 어린애라구 하셨다면서요?"

"여기 박태순 씨는 자기 소설 이야기를 하는 거란다. 입으로야 뭐라고 하건 이 사람처럼 비인간적인 남자도 따로 없는 줄이나 알구 너는 괜한 마음먹지 마렴."

"그러지 말고 제 이야기로 단편소설이나 하나 만들어 보세요."

김민희가 엉뚱한 소리를 했다.

"근사하게 결론을 내려주신다면 제가 나중에 읽어 보고 참고로 할 테니 말예요."

"나는 이제부터는 결론을 내리는 소설은 안 쓰기로 했어요. 결론을 내리려구 하다 보면 내 나름의 주장을 펴야 하고, 그러다 보면 그런 일을 못마땅하게 여기는 이들이 있게 되더군요. 그건 그렇고 김민희 씨 이야기가 소설감이 된다고 한다면 그 제목을 어떻게 붙인다?"

"「좁은 문」이라고 붙이세요. 너희들 좁은 문으로 들지어다, 하는 지드의 소설을 어찌나 좋아했는지……. 대문은 영화와 부귀로 찾아 들어 가는 듯하지만 실제로는 파괴와 멸망의 문이라고 했던가요?"

이렇게 말하다가 말고 김민희는 무릎을 쳤다.

"바로 그거예요. 맞았어요. 장찬승 씨는 대문 안으로 들어가고 싶어 하는데, 제가 대문으로 못 들게 하고 좁은 문으로 들게 했는지 모르겠어요. 대문이 있다면 왜 좁은 문으로 들겠어요? 당연히 대문으로 들어가야죠. 그리고 보면 제가 여고 시절에 읽은 엉터리 교훈 소설에 너무 매달려 있었나 봐요. 그 점을 깨우치지 못한 듯싶어요. 문은 너무 커도 안 되고 작아도 안 되거든요. 대문도 아니고 좁은 문도 아니란 말예요. 역시 오늘 이 집에 오길 잘 했군요."

김민희는 이런 엉뚱한 소리를 하였다. 그 뒤로 이야기를 들어보니까 장찬승과 김민희는 남들이 보기에 그럭저럭 잘 지낸다고 하였다. 하기야 잘 지내지 않을 수 없을 노릇이었다. 그러지 않는다고, 별수가 없지 않은가?

《정경문화》, 1982년 1월호

끈

끈

　진종만이가 인걸숙이를 처음 만나게 된 것은 양창대의 집을 찾아갔다가 시내로 들어가는 버스를 타기 위해 그와 함께 대로 쪽으로 걸어 나올 적의 일이었다. 인걸숙이가 호걸풍의 인간이라는 것을 대번에 알아보았던 것은 아니었다. 하지만 그가 사회생활의 외로움을 타는 처지에 있음을 그는 느낄 수 있었다. 진종만 또한 사회생활의 외로움에 겨워하고 있었으므로 그들은 곧 친구 사이가 될 수 있었나 보다.

　그날은 일요일은 아니었건만 마침 나라의 행사로 임시 공휴일이었다. 알록달록한 등산복을 입은 패거리들이 산바람을 쐬기 위해 밀려들고 있었다. 진종만의 눈에도 백운대를 끼고 있는 이 등산로 초입에 예찬받아야 할 자연이 있다는 것이 보였다. 서울산은 때를 벗은 듯 뽀족뽀족 솟았고 하늘은 울고 난 어린애 얼굴처럼 말갰고 공기의 냄새는 알알했다. 그러나 진종만은 요새 경황이 없는 중이어서 자연을 찾아 나설 처지가 아니었으며 아는 사람과 일거리 구하는 것이 갈급했다. 수유리 꼭대기에 반쯤은 허가를 받은 무허가 건물에 세 들어 살고 있는 양창대를 찾아간 것도 친구 따라 산천경개 찾기 위해서는 아니었다. 과천에 새로 세워진 어느 재벌의 아파트에 경비원으로 취직해보고 싶다면 소개해 줄 수가 있겠다고 해서 그는 양창대를 만나러 온 길이었다. 그래서 삼십 분가량 그의 집에서 노닥거리다가 과천 땅으로 가 볼까 해서 둘이는 다시 버스 길로 나섰다.

"저 친구들은 등산복 입고 만고강산 유람이지만, 우리는 새로 세워지는 과천 땅을 황야의 무법자처럼 휩쓸려가는 길이로구만." 하면서 양창대가 웃었다.

"자네 주머니에 돈 얼마 있지?"

"이천 원. 토큰 세 개와 담배 빼고 말야."

"나도 마누라한테 이천 원 타 갖고 왔으니 노자는 그럭저럭 되겠군. 돈도 없지만, 우리 오늘 술은 마시지 말기로 하자구. 어제 과음을 했더니 속도 안 좋아."

그들이 이런 말을 주고받는데 방금 버스에서 내린 자가 양창대에게 다가들었다. 바로 그가 인걸숙이었던 것이다. 그 또한 양창대를 만나러 이렇게 찾아오는 길이라는 것을 알 수 있었다. 양창대와 인걸숙은 삼국지의 여포와 동탁처럼 요란하게 악수를 나누었다.

"이봐, 아는 척하라고. 인걸숙이라고 한때 나와 운동 같이했던 친구야." 하고 양창대가 소개를 시켰다.

"영웅호걸이기는 한데 돈이 없으니 세상을 뜬구름으로 여기고 있는 중이지. 하지만 이 친구 워낙 몸집이 커서 어디든 한번 나타났다 하면 온통 세상이 좁게 되어 버리곤 한단 말야."

양창대의 말대로 인걸숙은 덩치가 우람했다. 위로 뻗은 거와 옆으로 벌어진 것이 균형을 갖추어 다부지고 떡 벌어진 몸매를 이루고 있었다. 점퍼를 아무렇게나 걸치고 있는 데도 그의 위풍은 초라해 보이지가 않았다. 그런데 이 우람한 친구가 떠나려 할 줄을 모

끈

르고 있었다. "과천에 가려는 길이라? 나는 근자에 한 번도 못 가봤군." 하고 그가 말했다. 저 친구 진대[1] 붙는다면 점심값이 빠듯하겠는 걸, 하고 진종만은 속으로 계산했다. 잠깐 어쩔까 망설이는 눈치더니 양창대가 까발리고 나왔다.

"이봐, 진종만이. 내 친구 인걸숙이가 오늘은 시간이 있는가 봐, 우리와 함께 동행을 해도 괜찮겠지?"

"헤헤, 그야 물론." 하고 진종만은 웃었다.

"가만있자, 자네에게 이천 원이 있고 내게 이천 원이 있으니 합이 사천 원 아닌가. 인걸숙이는 우리의 손님 격이니 모셔야겠고 말일세. 과천 가는 거는 급할 게 없으니 오후로 미루기로 하고 우리 그 대신 점심시간을 앞당기자구. 식당 가서 국수 같은 거 먹어야 젓가락질만 싱겁지 않겠어? 쐬주나 사 가지고 산으로 들어가 밥통 씻어 주는 게 낫지 않을까?"

"그거 좋지."

"등산꾼들 꼴은 보기 싫으니 옆길로 빠져야겠지?"

"암만."

그들은 의기가 투합하고 기운이 뻗쳐서 등산꾼들이 다니는 길과는 반대되는 방향으로 하여 산으로 접근했다. 4·19 묘지를 왼쪽으로 바라보면서 위로 솟는 길이었다. 큼직하게 자리 잡은 묘역을 넘어서니 사람들이 흔히 '물역 가게'라 부르는 건재 상점이 나왔다. 건재 상점 근처에 초로의 영감들이 여남은 명 앉아 떠들고 있었다. 백 원 빵이니 오백 원 빵이니 푼돈을 걸어 화투를 치는 중이었다. 영감님들 모여 노는 옆댕이에는 늙수그레한 아주머니 하나가 리어카에

---

1) 남에게 달라붙어 떼를 쓰며 괴롭히는 짓. 원문에는 '찐다리'로 표기되었다.

김밥, 국수 따위에 소주까지 곁들여 놓고 있었다. 산 밑이라 아카시아나무 따위가 우그러들었고 약수 같은 것도 하나 있나 보았다.

"요새 대단한 불경기인 것은 틀림없다구." 하고 양창대가 말했다.

"일은 하고 싶은데 하릴없어 저렇게 노닥거리고들 있단 말야. 우리 동네만 그런가 했더니 사당동은 더 심하더군."

양창대는 자기 동네의 어린이 놀이터 아닌 어른 놀이터의 풍속도를 설명했다. 영감님들은 천 원 단위도 못 되는 동전 단위의 용돈을 가지고 아침에 집을 나서서 이리로 몰리는 것이다. 혹여 물역 가게에 막일이라도 있으면 얻어낼까 하는 욕심이고 집안 식구들에게도 그러한 명분을 세우기는 한다. 하지만 요새 같은 불경기에 아궁이 뜯거나 지붕 고치는 인부 구해 달라고 물역 가게에 부탁하는 사모님들이 어디 있어야 말이지? 그러니 영감들은 일터를 놀이터로 바꾸는 셈이었다. 가만있으면 따분하니까 화투를 친다. 요행히 몇 푼 따면 김밥 한 덩이에 소주 한 잔을 걸칠 수가 있다. 재수 없어서 버스비로 쓸 동전마저 떨구어내게 되면 점심마저 촐촐히 굶는다. 그러나 달리 갈만 한 데도 없고 손주 녀석 빽빽거리는 셋방에 해 넘기 전에 들어가 봐야 민망한 일뿐이니 싫은 내색 없이 군지렁거리며 붙어 있다.

"저 술막쟁이 아주머니한테 경쟁이 붙을 뻔한 광경을 며칠 전에 봤지. 어떤 젊은 여편네가 이곳이 포장마차 하기에 십상이라 여겨 나다난 기야. 먹느냐 먹히느냐 생존경쟁 싸움이 벌어졌지. 저 아주머니가 아들을 데리고 왔고, 젊은 여편네는 제 남편인지 애인인지를 데리고 와서 한판 붙는데 굉장치도 않더구만."

이제 그들은 샛길로 해서 너덜겅 길로 들어섰다.

"서울 살림에는 허술한 구석은 하나도 없거든. 참 귀신같이들 살

끈

아나가는 거야." 하고 양창대가 결론을 내리듯 말했다.

산 중턱까지 진격해 올라오던 주택가는 여기가 맨 마지막이었다. 여기서부터는 그대로 산이 산으로 남아 있었다. 다만 두부모 썰듯이 산을 판판하게 깎아내려 집터를 들여놓았다가 미처 주택을 세우지 못한 채 버려놓은 땅이 보기 싫게 전개되어 있었다. 아마도 그린벨트 지역 고시가 내려진 줄도 모르고 땅장사, 집장사로 한몫 잡으려다가 녹지대로 지정이 되는 바람에 왕창 손해를 보고 그 뒤로 그렇게 방치해 두고 있을 것이었다.

"서울 살림에 허술한 구석이 없다면," 하고 진종만이 양창대에게 물었다.

"그건 밑바닥 사람들이 그런 거라구. 이곳 일대에 땅 사놓았던 사람 집터까지 닦았다가 집도 못 짓고 저렇게 내버려 두고 있는 걸 보면 얼마나 허술하냐 이거야. 이 사람들 제 꾀에 제가 속아 넘어가서 이런 건가?"

"헤, 그건 자네가 모르고 하는 소리라구. 수유리에 집이 들어차기 시작한 게 60년대 중반이었을 끼구만. 이때 늘어나는 인구로 서울의 도시 개발 계획을 새로 짜야 했거든. 원래는 오늘의 잠실지구부터 먼저 개발하려구 했다지 아마. 그런데 그 전에 땅 장사를 하기 위해 수유리부터 먼저 한탕을 한 거라. 칼자루 쥔 자의 엿장수 마음대로 아니겠어? 그들이 한탕할 적에 그 찌끄러기 국물을 얻어먹은 자들은 많았겠지. 그나마 너무 늦게 달려와서 저렇게 망해 자빠지는 자도 있게 된 거구 말야. 수유리 일대 다음이 광주 단지였구, 그리고 그다음에 가서 강남지구가 되었던 거지 뭐. 이런 과정에서 허술해 보이는 대목이 있을 듯싶지만 그것도 허술한 게 아니라구, 그 허술해 보이는 대목에서 돈이 나오고 돈을 벌어서 전혀 허술하지 않은 알짜가 들어박히니 그게 어찌 허술하겠어?"

"그런 이야기 재미없구만." 하고 인걸숙이 시들한 표정을 지었다.

"세상 이야기가 우리한테 무슨 소용이야? 그것보다는 이 집터 자리에 누가 콩을 심어놓은 게 내 눈에는 신기하게 보이네."

"이 동네 사람들이 버려 놓은 땅 아까워서 심었겠지. 땅을 사랑하는 민족이니까." 하고 진종만이 말했다.

"인걸숙이가 무슨 소리를 하고 싶어서 콩 심어놓은 게 신통하다고 하는지 자네는 이해를 못 하는군그래." 하면서 양창대가 웃었다.

"저거 서리해서 구워 가지고 술안주 하자는 그런 말을 하고 싶은 거지? 안 그런가, 자네?"

인걸숙이 씨익 웃었다.

인걸숙은 과연 덩칫값을 하는지라 밭으로 들어가더니 힘도 들이지 않고 쑥쑥 뿌리째 뽑아나갔고 진종만은 담배 한 대 맛있게 피워 물었다. 그들은 조금 뒤에 외부의 눈에 잘 뜨이지 않을 곳으로 돌아 들어가 불을 피운 다음 깍지가 붙은 채로 뒤엉켜 붙은 콩줄 깍지를 불두덩 속에 집어넣었다. 양창대가 이로 술 뚜껑을 따서 먼저 들이 킨 다음 병을 돌렸다. 익었겠다 싶어 불이 붙은 콩줄 깍지를 꺼내 적당히 구둣발로 밟아 불길을 다스린 다음 뜯어내서 깍지를 벗겨냈다. 입 주변은 말할 것도 없거니와 얼굴이며 손이 온통 시커멓게 주접이 들었다. 그런대로 먹을 만하기도 했지만 거기에 재미가 곁들여진 셈이었다. 벌써 술이 동이 나서 진종만이 가게를 가기 위해 일어섰다.

엉뚱하게 인걸숙이가 끼는 바람에 오늘의 예정된 계획은 늘어져 버렸으나 그것이야 어찌 되었든 큰돈 들이지 않고 행락 한 번 하는 셈은 되었다. 가게에서 돌아와 보니 인걸숙은 점퍼를 벗어부치고

끝

후련한 표정을 짓고 있었다.

"오늘 이렇게 당신들 덕으로 기운을 얻었으니 앞으로 일주일 정도는 이 기운으로 견뎌볼 수 있겠는걸." 이렇게 인걸숙이 공치사를 했다.

"자네도 큰일이야. 지난번에 계획 세웠다는 그 자갈 채취 허가 건은 어떻게 되었나?"

"계획을 세우면 뭘해? 내 몸을 움직일 기름이 있어야 말이지. 기름이 없으니 기동을 못해."

"허 참, 그러고 보면 자네 마라톤 선수로 뛸 때 생각나는걸. 마라톤 뛰는 게 물건 실어나르는 것도 아니고 운임 받아 소식 전해주는 것도 아니지만, 그때 자네는 죽자사자 뛰었단 말야. 그렇게 뛰어볼 수는 없는 건가?"

"형씨가 왕년에 마라톤 선수였소?" 진종만이 물었다.

"마라톤은 나중에 뛰었고 원래는 단거리로 1백 미터였지요. 12초 대에서 11초대까지 당겨놓다가 손을 놓아 버린 게 중학교 때였소. 중학교에 들어갈 수 있었던 것도 뜀박질 잘 한다는 소리 듣고 큰 공이든 작은 공이든 주물러낼 수 있는 만능 선수로 써먹을 만해서 공짜 입학을 했던 것이구요. 체육 교사들이 아깝다고 했지. 굶기지 않으면서 백 미터 뜀박질 마음 놓고 훈련할 수 있는 여건만 된다면 고2, 늦어도 고3쯤 가서 신기록을 바라볼 만하겠다고 했소. 그러나 학교 계속 다닐 형편이 돼야 말이지. 체육 선수로 체전이 벌어지면 참가하겠다는 조건으로 재학 중인 양 꾸며놓기는 했지만 공부에는 손을 놓고 돈벌이를 해야 했단 말이오. 하기야 벌써 30년 가까이 되는 옛이야기가 돼 버렸구만. 어거지로 고교 졸업장을 얻어내던 무렵 어느 마라톤 대회에 무턱대고 출전해서 5등으로 들어왔더니 눈여겨 보아줍디다. 그래, 정부 산하의 어느 기관에 소속된 마라톤 선수가 됐지요."

"그때 이 친구 고민 많이 했지. 마라톤이 별거야? 무엇보다 잘 먹어야 하는 것이거든. 기운이 있어야 뛰는 거니 말야, 그런데 이 친구는 워낙 부양가족이 많아서 저 혼자 잘 먹고 있을 수가 없었거든. 좋은 성적 내자면 잘 먹어야 하는데, 잘 먹지도 못하면서 좋은 성적을 올려야 하니 고민일밖에. 그렇다고 좋은 성적 못 내면 그나마 직장에서 쫓겨날 판이거든. 우리는 그때 길거리 지나다니는 개라면 그 개가 셰퍼드가 됐든 진돗개가 됐든 이런 소리들을 했지. 야, 저기 내 몸보신할 맛좋은 고기 지나가는구나. 한 번인가는 산에서 정말 우리의 보신탕이 돼 주기 위한 개를 한 놈 만났지. 아예 개백정 하는 녀석한테 가지고 가서 먹을 만큼 먹고 남은 것은 집으로 가지고 가 며칠 동안 보약처럼 아껴 먹은 적도 있었고……."

"그래, 마라톤 선수는 얼마나 하다가 그만두었소?"

"그만둔 게 아니라 뭐랄까, 그런 일 하지 않아도 먹고 살 수 있겠다 싶어서……. 성적 못 낸다고 핀잔 들어가며 구태여 죽을 힘 다해 달려야 할 필요가 없게 된 거지요. 나야 스포츠맨십이라나 그런 영어 문자 뜻도 모르지만, 마라톤은 그거 보통 고된 게 아니에요. 신문에는 요새도 신기록 수립이니 마(魔)의 15분 벽이니……, 뭐라 뭐라 합디다만 그런 걸 볼 적마다 시들해요. 백 리가 훨씬 넘는 길을 두 시간대에 뛰어야 하는 노릇이 어떠한 것인지 자네들은 그냥 앉아 구경이나 하면서 채찍 높이 들겠다고 하는 거란 말예요. 그런 소리 말고 아이들 불고기나 먹여주라 이거지요."

"그래, 마라톤에서 손을 놓고 다른 무슨 운동을?"

"이 친구, 그거 왜 보디가드라는 거 있잖아? 사장님이다 국회의

원이다 하는 무시무시한 양반들 수행하는 거로 끗발 날렸던 친구라니까. 고교 졸업 무렵부터 이미 몸이 불기 시작하여 마라톤 선수로는 어차피 적격은 아니었어. 그런데 이 친구 품행이 얌전하고 몸좋고 성실하니 군대 들어가서부터 그런 점이 인정을 받았거든. 장군 출신의 사장님 경호원이 된 것은 제대 직후였어. 그다음에는 야당 국회의원의 눈에 띄었지. 선거 때에는 그 힘보다는 의협심으로 끗발을 날렸고."

"끗발은 무슨 끗발이야, 사모님에, 막내아들에, 애완견까지 보살펴야 하는 밑바닥 하인 노릇이었다구. 그거 지난 일 다 쓸데없는 이야기야. 술맛 떨어지니 그만두자구."

인걸숙은 덩치에 비해 수줍음이 많은 쪽이었다. 세상살이에 나름대로 버텨 온 묵직한 꿍심 같은 것이 그런 수줍음 속에 스며있는 듯 진종만의 눈에 보였다.

"댁은 보아하니 임금 살던 시절에 태어났더라면 천하장사가 되었거나 의적이 되었거나 했을 것 같은데, 시대를 잘못 타고난 듯싶소." 진종만이 농담을 던졌다.

"무슨 소리." 인걸숙이 얼굴을 찌푸렸다. "그거 쓸데없는 소리는 집어치워요. 내 친구 중에 대목수가 한 명 있는데, 며칠 전에 만났더니 이런 소리를 합디다. 목수는 못 대궁이를 쳐서 먹고 사는데, 못 대궁이는 목수가 힘을 먹인 만큼밖에는 안 들어간다는 거요. 힘은 이처럼 정직하다는 겁니다. 힘을 정직하게 써서 제 공력 들인 만큼 거두어들이며 사는 것이 제대로 사는 겁니다. 잘 사느냐 못사느냐 하는 건 문제가 아니고 말이오. 나는 내 힘을 정직하게 써 왔던 것이 아니라는 것을 이처럼 목수 노릇 하는 친구한테서 배웠소. 그래, 내가 참 부끄러웠지요. 진작 그런 걸 알았던들 한눈팔지 않고 곧바로 먹물을 그어서 올바르게 살아왔을 텐데 하고 말이오."

"이보라구 인걸숙이, 자네가 화를 내는 게 옳게 보이지 않는걸. 여기 진종만이는 자네 화내라고 한 소리가 아니잖아? 진종만이는 자네의 타고난 힘이 크게 쓰이지 못한 것을 안타까워해서, 그러니까 자네가 참 좋아 보여서 덕담의 말을 한 거란 말일세."

"진 형, 이거 미안합니다. 내가 요새 옹색해져서 꼬부라져 있는 모양이지요." 하면서 인걸숙이 씨익 웃었다. "나야 이런 놈이고, 어디 진 형은 어떻게 살아온 사람인지 그 이야기나 들읍시다. 보아하니 댁에서도 요사이 형편이 좋은 것 같지는 않은데요."

"이 친구는 말야, 육 개월쯤 전만 하더라도 넥타이 맬 권리가 있는 월급쟁이로 살았거든. 회사는 큰 회사지만 이 친구 직책은 그리 큰 쪽이야 아니었지. 그런데 작금년에 우리 사회가 소용돌이를 칠 적에 콩가루 같은 자들이 이 친구를 모함해서 내쫓아 버린 거야. 이 친구가 무슨 정화 운동의 대상이랬어. 당해도 싸가지 없이 당했지. 그다음부터 이 친구 인생행로는 공식 그대로 전개돼 나간 거야. 퇴직금은 엉뚱한 일에 잘려 버리고 돈 떨어지자 일자리 없고 허둥거릴수록 수렁 속에 빨려들어 가는 것처럼 급하게 된 사정……."

"헤헤, 사진쟁이가 다르기는 다르네. 한 사람 직장 쫓겨나 따분한 신세 되는 과정을 몇 마디 말로 요령 있게 간추려주니 말이야. 이 친구 말대로 나는 요만한 그릇밖에 못 되고 내 처지라는 것도 참새 둥지만 한 크기도 못 지키는 밑바닥 신세지요."

진종만은 아무래도 자기가 취한 것 같다고 생각했다. 이런 몇 잔 술에 그럴 리는 없고 이런 술자리가 푸근해서 긴장이 풀리는 모양이었다. 하기야 따지고 보니까 우연히 모인 이 자리의 세 명의 중년 사내가 다 따분해하고 있으니 초록이 동색인지도 몰랐다.

끝

"그 이야기 좀 자세히 해 보구려. 직장 쫓겨나 따분한 신세 되어가는 과정 말이오." 인걸숙이 진종만에게 말을 시켰다.

"원한다면 말하지요. 퇴직금이라는 걸 주는데 이것저것 제하고 나니까 2백 70만 원쯤 됩디다. 17년간 근무한 직장, 한 사람의 인생에서 그 가장 중요한 시절을 바친 결산이 이렇게 되는 겁니다. 장기 집권에서 물러난 정치가의 뒤끝이 허무하듯 내 인생 바친 장기 근속의 결과가 이렇게 허전하더라는 것인데, 그 이야기 더 끌면 재미없으니 관두고, 하여튼 생명만큼이나 귀한 이 돈으로 어떻게 살아야 하느냐 고민이 됩디다. 애당초 나는 크게 잡을 생각은 없었어요. 이 돈으로 가능한 장사를 해보자 그렇게 조촐하게 마음을 다잡았지요. 1981년 현재의 경제 상황, 그것을 내가 알게 되었지요.

2백 70만 원 퇴직금으로 해볼 수 있는 일이 무엇이겠느냐? 이거 참 어려운 퀴즈 문제 아니겠어요? 한 달 이내에 결정(그러니까 모범 답안)을 내려야 한단 말입니다. 까먹고 앉아 있을 수는 없으니 말이에요. 그러니까 좀 더 정확히 말하자면 2백만 원으로 해볼 수 있는 일이 되는 거지요. 두 달 생활비는 남겨 놓는다고 쳐야 하니까요.

가만 집구석에 틀어박혀 궁리에 궁리를 거듭했지만 아무런 묘안도 떠오르지 않았어요. 이래서는 안 되겠다 싶어 다음날부터는 돌아다니기로 했습니다. 길거리를 걸어 다니면서 무엇 하나 소홀히 보지 않았습니다. 버스정류장에 토큰 파는 좌판이 눈에 뜨이더군요. 토큰을 사면서 물어보았지요. '아저씨, 어떻게 하면 토큰 좌판 차릴 수 있소? 돈은 얼마나 들며, 남기는 얼마나 남소?' 이렇게 물어보았지만 누가 순순히 잘 가르쳐주려고 합니까? 담배라도 권해야 하고 알랑방귀를 뀌어야 하지만, 그래 봤자 경멸에 찬 시선이나 받기가 십상이었지요.

한 군데에서 '당신이 사려고 그러시오?' 하고 물어옵디다. '산다면 얼마 받겠소?' '이 자리는 중고교 앞이라 목이 좋으니 2백은 받아야 하오.'라는 대답을 얻어들었지요. 중고생이 일반 토큰 사는 것도 아닌데 그럽디다. '잘 알았소.' 하고 물러 나왔지요. 그곳이 어딘가 하니 미아리 바깥쪽이었단 말예요. 변두리가 이 정도라면 중심가는 그게 더 나가겠구나 하고 짐작했지요. 다른 토큰 가게에 가서 또 물었더니 '아마 1백 50 정도는 나갈 겁니다.' 하는 답을 얻었지요. 토큰 하나에 정확히는 7원 20전이 남는데 우수리 계산을 얹어 8원이 떨어진다는 것을 알게 되었지요. 한 개 8원 남는다면 열 개에 80원, 백 개에 8백 원, 천 개에 8천 원이라……. 적어도 1천 개는 팔아야 간신히 먹고 살겠구나 짐작이 되었구요.

다음에는 길바닥의 신문이니 주간지 따위 파는 좌판의 시세는 어찌 되나 알아보구 다녔지요. 이런 좌판 신문은 정가대로 다 받으면 30원이 떨어진다는 걸 알게 되었구요. 신문팔이 애들은 정가대로 받는 게 아니라 그냥 백 원짜리 동전 하나에 팔면서도 그만큼 떨어진다는 것이고 보면 그게 알쏭달쏭했지만 말이에요. 신문 좌판은 담배 같은 것도 개비로 팔고 있더군요. 5백 원짜리 거북선이니 태양이니 하는 걸 한 개비에 40원을 받으니까 스무 개비 한 갑을 다 판다면 3백 원이 떨어지는 셈이지요. 6백 원짜리 장미는 한 개비에 50원을 받으니 한 갑이면 4백 원이 남는 폭이고, 한산도니 은하수니 하는 3백 30원짜리는 한 개비 30원으로 한 갑에 3백 70원을 남긴다는 것도 알게 되었구요.

그다음으로 길거리에서 눈에 뜨이는 것이 구두약 칠해주는 구두닦이인데, 이것은 겉으로는 허술해 보여도 일종의 개인 회사처럼 운영되고 있다는 걸 공부하게 되었지요. 그러니까 사장이 따로 있고, 구두닦이들은 월급 받고 일하는 사원이더란 말입니다. 커다란 빌딩 같은 거 독점해서 맡아내는 구두닦이는 회사치고도 큰 회사더군요. 구두 닦는 값은 3백 원을 받지만 이런 빌딩의 고정 직원들은 매달 2천 원에서 3천 원씩 월수를 내면서 매일 닦는 거지요.

신문대와 밑창 갈아주는 구두 수선과 라이터니 만년필 따위를 팔고 수리해 주는 노점 등 그 세 가지를 한꺼번에 하는 영감님과 수작을 나누어 보기도 했지요. 그 영감님은 11년째 그 노릇을 하고 있는데 여섯 식구 그동안 먹여 살렸을 뿐 아니라 애들 공부까지 시켰다는 거예요. 가장 많이 남는 것은 구두 밑창 갈아주는 거라고 하더군요. 밑창 하나를 3백 원에 사 가지고 와서 갈아주는 값으로 1천 5백 원도 받고 2천 원도 받아낸다는 것이니 몇 곱절 장사가 되는 것 아닙니까. 이 영감이 밑창 갈아주는 기술을 배우기 위해 신기료장수한테 석 달을 매달려 기술을 익혔다고 합디다. 기술을 요하는 것은 구두 가장자리의 테두리를 매끈하게 다듬는 칼질이라면서 나더러 그런 기술이나 배워 보라고 하더군요. 신문대와 구두 수선 노대 같은 것도 최소한 권리금이 1백 50은 넘더군요.

이렇게 길거리의 미아가 되어 돌아다녀 볼수록 세상은 바다처럼 넓으면서도 송곳 꽂을 틈서리 하나 없이 꽉 짜여져 있다는 것을 느꼈어요. 서울 어느 골목 웬만한 자리는 다 빡빡하게 틀거지를 이루어놓고 있으니 어느 길처에 내가 자리를 잡겠습니까. 내 아람치[2]로 될 만한 건 없더라는 막막함뿐이었지요.

시장 바닥도 쏘다녀 보았지요. 시장은 더구나 나 같은 데퉁바리[3]가 감히 넘겨볼 수도 없는 곳이었어요. 겉으로야 엉기정기 무질서

---

2) 개인이 사사로이 차지하는 몫.

3) 말과 행동이 거칠고 미련한 사람.

하게 노점 좌판들을 놓고 있는 것 같지만 그게 다 시장의 경비원이나 하다못해 방범대원이라든가 '나와바리'라는 왜말을 쓰는 주먹들에게 텃세를 내거나 밀조가 없이는 어떻게 근접도 해볼 수 없는 곳이더란 말예요. 더욱이 청계천변의 어떤 시장들에는 지게꾼들마저 조합을 이루고 있어서 그 입회 조건이 여간 까다로운 게 아녜요. 신원조회를 해 가지고 전과의 사실이 없어야 하고 이미 조합에 가입돼있는 지게꾼의 인우보증(人友保證)으로 6명의 도장을 받아야 하고 조합 협회비 조로 5만 원인가를 내야 가입이 됩니다. 그것도 정원이 있어서 현재의 인원에서 결원이 생길 때에 한한다는 것이니 지게꾼도 아무나 하는 것이 아니더군요.

그러나 어찌 되었든 체면 볼 일도 아니고 직업의 귀천 따질 계제도 아니어서 나는 퇴직금의 범위 내에서 이런 것들 중의 어떤 하나를 잡아놓았더라면 지금쯤 고달프기는 할망정 걱정은 안 하고 있었을 겁니다. 토큰 팔이 같은 거, 아침부터 밤늦게까지 잠시도 자리를 비울 수 없으니 오줌 누러 갈 짬도 안 생기는 고달픈 노릇이라고 하소연입디다. 매일 그렇게 매달린다는 게, 더구나 휴일도 없이 견디는 게 흔히 생각하는 것처럼 쉽지가 않다더군요. 하지만 내가 그런 길거리의 잡상인 노릇을 하는 데에 망설이게 된 것은 힘이 든다든가 천하다든가 해서는 아니었어요. 어떤 헛소문을 들었기 때문이었어요. 또 모르지요, 그게 진짜 맞는 소문인지도 알 수 없기는 해요. 뭐냐 하면 올림픽이라는 길 앞두고 이런 잡상인들에 대한 종합적인 대책을 세워서 거리의 질서를 바로잡아놓을 무슨 계획 같은 게 있을 것이라는 이야기입니다. 그러니 잘 알지도 못한 채 뛰어들었다가 그나마 그런 뜬벌이[4]마저 이상하게 된다면 안 되겠구나 싶어 일단 포기하고 말았단 말이에요.

그러니, 그렇다면 과연 무엇을 해볼 수 있을 것인가. 그 얼마 안 되는 퇴직금을 굴려서 말입니다. 고민에 고민을 하던 중에 친척 중에서 상(喪)을 당해 밤샘을 하러 갔더니 외가 쪽으로 먼 아저씨뻘 되는 이가 취직을 하라고 합디다. 일본인과 합작해서 세워 놓은 바다낚시 제품 생산 공장인데 전량을 수출하는 데라는 거예요. 합작했던 일본인이 손을 뗐고 자금 사정이 좋지 않아 일시 옹색하기는 하지만 수출하기로 주문을 받아놓은 것이 있는 만치 전망은 괜찮은 회사라는 겁니다. 더구나 그 사장이라는 양반도 친척뻘이 되는 사람이어서 더 이상 의심할 여지는 없었지요. 역시 월급쟁이는 남의 일해주면서 급료 타는 게 상책이라고 생각하고 있었을 때였어요. 퇴직금 2백만 원을 그 회사에 사채로 넣기로 하고 나는 관리 과장이란 직책을 받아 취직을 했거든요. 그런데 막상 들어가 놓고 보니 이건 완전히 개판이었어요. 목숨값이나 마찬가지인 퇴직금의 원금을 찾기는 고사하고 월급 한 푼 받은 적도 없었어요. 게다가 노임을 못 받은 근로자의 닦달은 혼자 받아내야 했거든요. 사장도 아무것도 아닌 내가 말예요. 어떻게 생각하자면 허무하다고 할 정도로 쉽게 당해 버려서 나 자신 어안이 벙벙할 지경이었지만 말예요."

진종만은 말을 마치고 나서 이제 한 개비밖에는 안 남은 담배를 남겨 놓을까 하다가 끄집어내서 입에 물었다.

"한 사람 직장 쫓겨나 따분한 신세 되는 과정이라는 게 대충 그런 이야기가 된다는 말이오? 그거 참, 그렇다면 앞으로는 어쩔 작정이

---

4) 고정된 일자리가 아닌 어쩌다 생긴 일자리에서 닥치는 대로 일을 하고 돈 따위를 버는 일.

시오?"

"나야 진짜로 비참한 사람에 비하자면 아직도 앞날이 창창한 편인 걸요."

이러면서 진종만은 웃었다. "진짜로 딱한 사람은 얼마든지 많습니다. 나는 몇 단계, 어쩌면 몇십 단계 더 굴러떨어져야 그런 사람들 꼴이 될 터이니 내가 안고 있는 근심 걱정이라는 게 대수로운 것은 아니라고 믿는걸요. 이건 스스로 용기를 갖기 위해서 하는 소리기도 하지만 다르게 따지자면 이 세상을 살아간다는 게 어떤 의미를 갖고 있는지 두 눈 똑바로 뜨고 새롭게 알아내고 있는 중이라는 이야기도 되는 겁니다."

"이 친구가 아까 우리 집에를 찾아왔을 적에 서로 엄숙한 얼굴마저 지어가며 나눈 이야기도 그런 것이었지 뭐야." 하고 양창대가 거들었다.

"그런 문제라면 내가 느끼고 있는 것 한 가지 지껄여 볼까요?"

인걸숙이 머리를 옆쪽으로 돌리면서 생각하는 표정이 되어 말했다.

"한때 우리는 '빽'이라는 말을 유행어처럼 써먹지 않았습니까? 빽이 없으니 못 산다, 빽이 없어서 죽을 지경이다, 빽이 있어야 장사를 해 먹겠는데 안 되는구나. 이런 따위 소리를 지껄였단 말예요. 빽이란 뭡니까, 권세를 가졌든 높은 자리에 있든 돈이 많든 간에 상류층 사회에 도사린 사람들의 세계를 말하는 것 아닙니까. 이 사람들이 세상을 좌지우지하고 있다는 것을 지적하는 말이겠지요. 그렇다면 지금 와서 빽 타령이 없어졌는지 세상이 달라졌는지 어쨌는지 그건 난 몰라요. 다만 내가 느끼는 건 이런 겁니다. 못난 놈들은 더 이상 잘난 사람들을 향한 '빽' 타령에 매달릴 게 아니라 그 못난 놈들끼리 가슴을 활짝 열어서 털어 놓고 지내자 이겁니다. 우리 속담에도 그런 말이 있습디다. 잘난 놈은 저 잘난 맛에 살구 못난 놈은 인심 덕분에 산다고 말예요. 이 인심이란 말이 참 내 마음에 들어요. 아무리 세상이 각박해졌다 하지만 이 인심이라는 게 아직 우리에게 는 죽은 말이 아니라 살아있는 말이라 이거예요. 인심이라는 걸 우 리 생활 속에서 느낀단 말이지요. 이런 인심이란 말과 연결시켜서 생각해본즉 우리가 흔히 빽이라고 부르는 유행어에 대치시킬 무슨 말이 있을 것도 같아요. 빽 대신에 우리에게 필요한 말, 난 그걸 '끈' 이라는 것이 아닐까 느껴봤지요. 서로 이리저리 얽힌 끈, 이런 끈을 우리가 찾아내야 할 것 같소. 내가 오늘 양창대를 찾아온 것도 실 은 이 친구에게 부탁할 일이 있어서지요. 말하자면 끈을 잡기 위해 찾아온 것이거든요." 하고 인걸숙은 말하다 말고 고개를 숙이며 씩 웃었다. "아이고, 이거 미안합니다. 내가 뭐라고 이런 고상한 수작을 다 늘어놓다니……. 아마도 진 형의 이야기를 듣다 보니까 괜히 이 상해져서 그러나 보지요?"

"그거 형씨도 그런 생각을 품고 있었구랴? 나도 그와 비슷한 생 각을 해 오고 있는 중이었는데, 길거리의 천사들(노점상들을 나는 이렇게 부릅니다만) 세계를 구경하며 돌아다니던 중에 내가 이런 걸 느꼈지요. 이 천사들은 나쁜 사람도 아니고 못된 사람도 아니더라 는 말입니다. 험한 일, 궂은일, 남들이 멸시하는 온갖 일을 하면서 그 래도 착실하게 모범적으로 살아보려고 바둥거리는 인간들이란 말 예요. 바로 이러한 사람들을 주인공으로 놓아서 우리 사회를 바라 보면 우리 사회는 과연 어떻게 설명이 되는 것일까요? 도리어 우리 사회가 잘 바라봐질지도 모릅니다. 그리고 거기에 우리 사회의 진 짜 표정이 나타날 것도 같습니다. 그런데 우리는 이런 사람들을 주 인공으로 놓아서 우리 사회를 설명하려고 하지를 않습니다. 우리는 밑바닥에서 우리 사회를 관찰하는 게 아니라 저 꼭대기의 어떤 지점에서 우리 사회를 관찰해서 그걸로 우리 시대를 설명하는 일에 익숙해져 있거든요. 그 한 가지 예로 우리도 잘 살 수 있다거니 경제 발전이니 '하면 된다'거니 하는 구호들이 그런 것이거든요. 물론 정치하는 사람들이야 그럴 수밖에 없는 일이겠지요. 사람들을 끌어가자면 목표를 제시해야 하는 것이겠으니 말입니다. 하지만 과연 그런 소리만 들리고 다른 소리는 없을 때 어떻게 되는 것인가요? 구호만 있고 실제 사는 사람들의 모습이나 그 표정이 무시되어 버릴 때 어떻게 되는 것인가요? 자기 실정과는 상관없이 세워진 목표, 그 목표가 정당한 것이 될 적에는 자기 사는 실정은 부당한 것이 됩니다. 자가용 가지고 호텔에 들락거리는 사람이 제대로 사는 사람인 양 될 적에는 그렇지 못한 사람은 경멸의 대상이 되고 못난 것들이 되고 인간 축에 끼지 못할 망나니 같은 것들이 되어 버리고 맙니다. 그보다 조금 더 아래치의 인간들은 더욱 멸시받아 마땅할 족속들이 됩니다. 그보다 더 못사는 인간들은 범죄나 저지를 인간들로 보입니다. 멸시, 증오가 사회생활의 기준이 되고 사람을 보는 눈이 됩니다. 바로 나도 그랬는지 몰라요. 직장이라고 다닐 적에는 이 세상이 안 보였으니까요. 그러나 거리의 천사들을 통해서 나는 새로운 깨달음을 얻고 있는 중이거든요. 세상은 결코 그런 것이 아니다, 세상을 설명하는 방식이 잘못돼 있구나, 사람들의 호흡과 맥박이 생생하게 느껴지는 그런 세상이야말로 기쁨도 있고 슬픔과 아픔도 있고 그리고 생생한 삶이 있구나 하고 느꼈지요. 멸시, 증오가 아니라 우정, 인간미 같은 것도 있구나 알게 되는 겁니다. 다만 이런 인생 공부는 그 수업료가 너무 비싸서 내가 요새 맥살을 내고 있는 거겠지만 말예요. 형씨는 빽이 아니라 끈이라는 말, 인심이라는 말로써 그걸 설명하고 있는데 나도 그 비슷한 말을 찾고 있었을 거예요."

"아이구, 자네들은 밑바닥의 철학자들이 다 됐군그래?" 하고 양창대가 웃으면서 말했다. "자네들 말은 맞기도 하지만 틀리는 대목도 있어. 내가 어떤 노인과 이야기를 나누었는데, 이봐요 젊은이, 자네는 가난이라는 걸 어떻게 생각하나? 하고 그 노인이 묻더란 말야. 그 노인이란 분은 내 초등학교 때 은사인데 평교사로 평생을 지낸 끝에 퇴직을 해서 무척 어렵게 살지만 꼿꼿한 자세는 유지하고 있어서 이따금 찾아가곤 하지. 가난이라? 글쎄요. 가난이란 퇴치되어야 하는 것 아닙니까? 했지. 어떻게 퇴치하란 말인가? 글쎄요, 그야 잘 먹고 잘 사는 걸로 퇴치해야지요, 잘 먹고 잘 산다는 게 어떤 걸 말하는가? 노인이 이런 식으로 말꼬리를 붙잡고 늘어지는데 그제서야 나도 이게 즉흥적으로 말할 수 있는 간단한 문제가 아니겠다 싶어 자세를 고쳐 앉았지. 노인이 이렇게 대답하더군. 가난이라는 것에 대해서 사람들은 대체로 세 가지 반응을 보이는 거라네, 그 첫째는 가난에 대해서 굴복하는 사람들일세. 이런 부류의 사람들은 자기가 왜 가난한지, 가난하지 않기 위해서는 어떻게 해야 하는지 따져볼 기력도 능력도 안 갖고 있다네. 내가 못났으니까, 내 힘으로는 도리 없으니까, 숙명적으로 그렇게 타고났으니까……, 식으로 체념하고 있네. 그러니 생활 자세도 단정치가 못하고 사회 활동도 정돈된 것일 수가 없지. 두 번째 부류의 사람들은 가난으로부터 도망질치는 사람들이네. 이들은 가난이 수치스러운 것이고 사람 노릇 못하게 하고 죄짓는 노릇 비슷하다는 걸 알고 있네. 그래서 도망질치는 거야. 가난으로부터 벗어나기 위해 별의별 짓을 다 하지. 돈이라면 꼼짝을 못 해. 그리해서 약간 가난을 벗어났다 싶으면 그 가난을 증오하지. 자기보다 가난한 자를 멸시하고 비난하고 까

뭉개려고 하지. 가난을 겪어 본 사람이 가난을 이해하느냐 하면 그게 아니야. 이런 인간들은 가난을 전혀 이해하지 않으려고 하는 거야. 가난을 증오하고 멸시할수록 불안하고 초조한 심정은 더욱 커지네. 자기가 이러다가 다시 가난해지면 어쩌하는가 전전긍긍의 심경이지. 자기가 증오하고 멸시해 마지않는 그런 저주를 자기 자신이 뒤집어쓰는 노릇이 되기 때문이니 말일세. 두 번째 부류의 인간은 이렇다 치고 그렇다면 세 번째 부류의 인간은 어찌 되겠는가? 바로 우리에게 필요한 것은 이 세 번째 종류의 사람들이야. 가난과 싸우는 사람 말일세. 왜 인간들은 가난한가, 무엇 때문에 가난한가, 어떻게 하면 가난을 정정당당하게 이겨내겠는가, 가난을 가져오게 하는 잘못된 상태, 모순된 제도는 무엇이며 그것을 어찌 뜯어고칠 수 있겠는가 싸우는 사람 말일세. 그 노인은 내게 이런 말을 들려주더군."

이제 그들은 술을 다 마셔 버렸고 콩깍지도 모두 벗겨 버렸다. 하지만 술 몇 잔에 흥건하게 이야기도 나누고 나름대로의 유식도 떨어본 셈이었다. 세상 이치라는 건 하나도 어려울 게 없는 것이었다. 살고 겪다 보면 그 이치라는 건 누구나 짐작이 되는 일이었다. 이치는 이렇게 돌아가는데 살아가는 것은 저렇게 돌아가고 있는 것이었다. 인생을 자각한다는 것이 밥을 먹여주는 것도 아니었다. 한창 이야기에 빠져들었다가 다시 엄숙한 현실로 돌아오고 있을 적의 허전한 심정을 그들은 느끼고 있었다. TV를 보고 난 뒤끝처럼.

"내가 오늘 자네를 찾아온 것은 지난번의 그 부탁 때문이었는데 알아보았나?" 하고 인걸숙이 양창대에게 물었다.

"그럼, 시내 나갔던 길에 한중이형을 만나보았지. 참 그러고 보면 그 이야기는 진종만이 자네에게도 했던 적이 있었구만. 그거 왜 지하철 공사장에서……."

그 이야기라면 진종만도 들은 적이 있었다. 진종만은 시내를 돌아다니다가 한 번 자기 자신의 적성이랄까 능력을 시험해 보고 싶었다. 지하철 공사를 벌이고 있는 현장에서 그는 한창 일에 열중하고 있는 인부들을 바라보고 있었다. 그는 어떤 노동자에게 담배를 한 대 권하면서 "아무런 기술도 없는 자가 잡일을 거들면 얼마나 받소?" 하고 물어보았다. "당신이 해 보려고 그러는 거요? 일당으로 쳐서 6천 원입니다. 기술자는 그 기술의 정도에 따라 1만 2천 원도 받고 2만 4천 원도 받고 있구요." 내친김에 그는 현장 감독을 찾아갔다. 감독은 인부가 필요하기는 한 모양이었다. 그러나 물끄러미 그를 쳐다보던 감독은 냉정한 표정을 지었다. "당신은 안 되겠어. 하루 일하고 사흘 쉬겠다고 할 사람이야, 남의 돈 받는 게 쉬운 일은 아니니까 말이지." 지하철 공사장에서 돌아 나오면서 그는 자신이 사회 신분으로 보아서 허약할 뿐 아니라 신체적으로도 얼마나 허약한 자인가를 곰곰이 되새기고 있었다. 건강이 무엇보다도 육신의 건강이라면 그는 이런 기본적인 것에서마저 나약하다는 설움 같은 것을 느꼈다.

그 뒤로 양창대를 만났을 적에 그는 지하철 공사장에서 퇴짜 맞은 이야기를 했었다. 그런데 그 무렵 양창대는 인걸숙으로부터 취직 부탁을 받고 있던 참이었다. 인걸숙은 결혼을 일찍 해서 마흔네 살에 스물네 살 난 아들이 있었다. 공업고등학교를 나오기는 했으나 군에 갔다 온 뒤로 취직을 못 한 채 놀고 있었다. 차마 말을 꺼내지 못하고 주저하던 끝에 그는 양창대를 찾아온 것이었다. 인걸숙과 양창대의 젊었을 적의 선배 중에 이한중이라는 사람이 있는데 지금 어느 재벌 회사가 3개 공구를 맡고 있는 지하철 공사장의 지질 과장으로 일하고 있었다. 인걸숙은 자기 아들의 취직을 이한중에게 부탁할 수가 없어서 양창대에게 대신 말해달라고 한 것이었다.

"아이고, 자네가 웬일인가? 한중이형은 이러면서 반가운 체를 했지. 실은 반가울 것도 없겠지만 그는 사회생활에 도가 트였으니 말야. 모처럼 자네가 찾아왔는데 내가 가만있을 수 없지, 하며 근처 식당으로 끌고 갔어. 곱창을 시켜 나더러 술 마시라고 하였지만 그는 마시지 않았어. 어떻게 지내냐고 묻기에 요새 맥살 내고 있어요, 하고 솔직히 말했지. 친구와 동업으로 어렵사리 사진관을 하나 냈는데 요새 카메라가 지천이라 전혀 영업이 안 돼서 때려치우고 빚만 걸머졌지요 했지. 자네 인부 노릇 하겠다고 온 건 아니겠지? 그는 따분해하는 표정으로 물었어. 내가 아니라 인걸숙이 아들 부탁하러 왔수다, 하고 말했지. 인걸숙이 아들? 그 친구는 어떻게 지내? 그는 약간 안심하는 표정이면서 이렇게 물었지. 그래, 좍 이야기를 해 줬어. 인걸숙이 아들이 공고를 나왔답니다 하는 것까지도 말야. 서류 만들어 가지고 제출하라고 해. 그러면 그 서류가 나한테로 올 거야. 일은 정식으로 해야 하는 거야. 그 녀석 일하는 것을 봐서 다음 이야기는 하기로 하고, 인걸숙이는 사람이 왜 그래? 자기가 직접 나한테 와서 말하면 못 쓰나? 한중이형은 이러더구만. 식당에서 나올 적에 그는 돈을 내려다가 말고 식당 주인에게 내 앞으로 달아 둬 하고 외상을 긋더군. 음식값으로 꺼냈던 돈에 만 원 한 장을 더 보태 차비를 하라고 내게 주면서 말야."

이제 그들은 술도 담배도 그리고 이야기도 다 떨어지고 만 듯한 느낌이 들었다. 하지만 무엇인가 미진한 것이 있어서 밍기적거리고들 있었다. 그들은 무엇에 미진해 하고 있었을까. 진종만이 말했다.

"아들에게마저 고생을 넘겨준다고 그렇게 심란한 표정 짓지 마시우. 내가 할 소리는 아니겠지만 말예요."

"아니오. 나 그런 것 때문에 그런 게 아니오. 내 자신에 대해 생각을 하고 있었던 것이지……."

"이봐요 형씨, 내게 말이오, '이런 거라면 큰 자본 없이도 해볼 만하다' 하는 일감이 하나 있는데 들어 볼라오? 잘 하면 이렇게 만난 게 인연이 되어 형씨와 내가 동업이라도 하게 될라는지 어찌 아오? 내가 차근차근 말할 테니 그냥 한번 들어보기나 하시오."

진종만은 가슴속에 쌓아두었던 것을 뱉어놓기 시작했다.

"무엇이든 하기는 해야겠는데 당장 푼돈마저 없으니 이래서는 안 되겠다 싶더군요. 그래 목돈 50만 원을 어떻게든 장만해 보자 싶었지요. 내가 인천 조금 못 미처 사는데 전철을 타고 밤늦게 집에 가다 보면 습관처럼 들르곤 하는 포장마차 집이 하나 있거든요. 돈은 아껴야 하니 안주는 시킬 엄두를 내지 못하고 그냥 소주 반 병만 시켜서 선 채로 마시고 돌아가곤 하는 데지요. 맨정신으로 집으로 들어가기는 싫어서 말예요. 한두 번 그런 본새로 들락거리다 보니 포장마차를 내고 있는 삼십 대의 남자와 말문을 트게 되었어요. 그 사람은 고기잡이배를 타는 선원으로 지냈는데 선원 노릇이 하도 진저리가 나서 일종의 전업을 한 셈이지요. 깡술을 마시면 건강 해친다고 돈도 안 받고 이런저런 안주를 집어주면서 먹으라고 성화를 부리고 술도 공짜로 주기도 하면서 말이지요. 이런 포장마차를 나도 한번 해볼까 싶어 얼마나 들었느냐고 물었더니 포장마차 값이 7만 원 정도고 밤중에 맡기는 것이 오백 원 정도라고 하더군요. 술, 안주 장만하는 것까지 따져서 그리 큰돈은 아니다 싶은데, 요는 자리를 어떻게 정하느냐가 문제겠더군요. 목이 좋아야 할 것은 물론이고 포장마차를 밤중에 맡기고 나서 잠은 집에 가서 자야 하니 이런 문제도 생각해 봐야 할 일이구요. 그래, 나도 포장마차를 해 보자 일단 작정을 하고 그걸 하기 위한 돈 마련 문제를 따져봤지요. 마지막 남은 비상수단이 하나 있습디다. 다름 아니라 세일즈맨 노릇이지요. 아무리 밑바닥에서 견디기는 했으나 직장 생활 17년이라면 나름대로의 인간 시장이야 갖고 있는 것 아니오? 팔아야 할 물건은 3만 원짜리였지요. 그중에서 5천 원이 수당입디다. 그러니 1백 건 올리면 50만 원은 들어온다는 계산 아니오? 뛰었지요. 체면이고 안면이고 몰수해서 외판원으로 한 달을 뛰었더니 마흔다섯 건을 올리게 되더군요. 더 이상은 못하겠다는 한계가 느껴지기에 청산을 해달라고 했지요. 그랬더니 그놈의 회사 계장 말이 한꺼번에 다 내주지는 못하겠다는 거예요. 월부금이 모두 사고 없이 수금된다는 보장이 없으니 석 달로 끊어서 주겠다는 겁니다. 22만 5천 원을 석 달로 나누면 한 달에 7만 원꼴 밖에 더 됩니까? 목돈 만들어보겠다던 계획은 이렇게 해서 다시 수포로 돌아갔지요."

진종만은 제 입으로 털어놓고 있는 이야기지만 자기가 들어도 한심한 수작이어서 맥살이 났다. 그가 좀처럼 입을 떼려고 하지 않자 인걸숙이 채근을 했다.

"그래, 진 형이 갖고 있다는 아이디어라는 게 무엇인지 그 이야기도 마저 들읍시다."

"포장마차를 차리자고 생각하면서 내가 궁리도 해보고 술집을 찾아다니며 확인도 해보고 해서 그 계통을 꾸준히 알아봤어요. 맛도 좋고 도수도 높은 막걸리 밀주를 파는 술집이 있기에 알아봤더니 그 밀주가 포천, 철원 쪽에서 반입되는 곡주라고 합디다. 4백 원에 서울의 밀주 도매상점에 들어와서는 5백 원에 판다더군요. 등산꾼처럼 배낭을 메고 은밀히 도매상점에 가서 밀주를 배낭 속에 집

끈 367

어넣어 가지고 와서는 한 되에 천 원을 받는 겁니다. 그 술맛은 좋으
니까 틀림없이 손님을 받을 수 있을 겁니다. 그야 단속에 걸리면 경
을 치게 되니 위험부담은 따르지요. 그런가 하면 내 외가가 전라도
함평 땅에 있는데 그 집에서 담궈 먹는 술맛이 참 좋아요. 이놈의 것
을 날라다가 팔 수도 있겠다 싶어요. 안주는 어떤 것으로 장만하느
냐 하면……."

"그 이야기는 알겠구요. 그래, 나와 함께 포장마차를 내자는 거요?"

"술집을 내자는 겁니다. 내가 근무하던 직장 근처에 술집을 내면
고객 확보는 자신할 수 있거든요. 실은 술집을 내기에 아주 적당한
가게까지 봐두었어요. 1백 50 보증금에 월 10만 원을 내라고 합니
다. 내가 아예 먹고 자고 주방장 노릇도 하고 접대부 노릇도 하면
다른 종업원을 둘 필요도 없는 겁니다. 물주만 한 명 나타나 주기만
하면 되는 거지요."

"진 형은 내게 그럴 만한 돈이 있으리라고 보시오?" 인걸숙이 웃
으면서 물었다.

"있거나 말거나 나는 광고하고 다니는 거예요."

"그건 그렇고 그런 술집 내서 밑지지 않을 자신은 정말 있소?"

"아니라면 내 손에 장을 지지지요."

"될지 안 될지 모르지만." 한참 뜸을 들였다가 인걸숙이 말했다.
담보를 잡을 건더기가 있다면 2백만 원 이내 한도로 융자를 해주
겠다는 사람은 있어요. 바로 내 처남인데 나를 꽤 딱해 하지요. 진
형과 내가 그런 동업을 해본다? 과연 그 돈이 될지 안 될지는 모르
지만서도……"

"틀림없이 될 겁니다." 하고 진종만이 말했다.

그들은 한결 홀가분한 기분으로 자리에서 일어섰다. 진종만은

인걸숙이 아까 했던 말을 떠올렸다. 사람들은 빽에 대해서 말하지만 우리는 '끈'을 찾아내자고 했던 이야기가 생각났다. 아무도 거들떠보지 않고 관심조차 가져주지 않는 사람들이 살 길은 무엇이겠는가. 서로서로 얽어매 연결해 주는 끈으로 그렇게 서로서로 얽어매고 연결하여 그것으로 살아야 하는 것 아닌가. 아직 우리에게 이런 인심은 남아 있지 않은가. 아직은 남아 있는 이런 인심을 서로의 끈으로 얽어매 함께 살아가노라면 결코 희망은 없지 않을 것이다. 그리하여 그 끈으로 동아리 지을 것은 짓고, 울타리로 쌓을 것은 쌓되, 또한 올가미로 만들어 낚아챌 것은 낚아채고, 그리고 필요하다면 옭아넣어 마땅한 것은 조여 버리기라도 하는 것이다. 그는 그러한 끈을 찾아내고 있다고 믿었다.

《문예중앙》, 1982년 겨울호

3·1절

3·1절

1.

소설가는 소설을 씀으로써 문학을 행위하는 자이지만 때로는 소설을 쓰지 아니하고 침묵을 견딤으로써 문학을 행위하는 것이 되는 경우도 있는 것 같다. 그것이 우연히 그리됐든 곡절이 있어서 그리됐든 이른바 유신시대의 말기에 나는 소설을 쓰지 아니하는 (어쩌면 쓰지 못하는) 체험을 겪게 되었던 바가 있었다. 이제 와서 상기하기조차 싫은 그 시대를 이렇게 끄집어내는 것은 한 사람의 문학인이 그 문학에 대하여 가졌던 상관관계를 밝혀 보고 싶어서 이기는 하다.

그러자면 1979년 이른 봄의 시대로 거슬러 올라가야 할 것 같다. 1979년 봄철―나에게는 참으로 여러 가지 일들이며 사건들이 착잡하게 떠오르고 있다. 그러나 이제 와서 그런 것들을 미주알고주알 끄집어낸다는 것은 별 의미가 없겠다. 그해 1월 나는 메모첩에 이렇게 썼다.

역사 진행적인 것과 역사 역행적인 것이 너무 확연하게
판별되는 것이 오늘의 시점이다. 그런데 자기 자신을 역사

역행적인 것에 놓아두기는 쉽고, 그 반대는 어렵다. 이게 도대체 말이 되는 소리인가. 그 이유를 깨닫기는 어려울 게 없다. 한 시대를 갈무리하는 역행적인 표정이 너무 확실할 적에는 덩달아서 그 반대도 뚜렷하게 될 수밖에 없다. 긴 설명을 필요로 할 것도 없이 바로 이 대목까지는 오늘의 상식을 이룬다. 물론 이 상식은 공개되고 있는 것은 아니어서 정보 매체들은 엉뚱한 소리로 얼버무리려 하고 있지만, 그럼에도 누구나 이 상식은 보편적으로 알아차리고 있는 것이다.

역사 역행적인 표정들이 뚜렷하게 보인다면 역사 진행적인 것은 어떻게 되는가? 그러나 그것이 어찌 되는지 살펴본다는 것만으로는 아무것도 아니다. 역사 진행적인 역사를 떠맡아야 하는 담당층이 어떻게 채워지고 있는가를 우리가 논의하게 될 때 우리는 기댈 데가 없고 믿을 데가 없는 자신들을 발견하게 된다. 그렇게 회의하는 것마저 얼마나 정직한 일이냐고 그것이야말로 또한 역사라고 믿고자 하는 사람들이 늘어나고 있다. 아마도 때로는 우리가 만들어 내어서 또 우리가 가야 하는 것인 모양이다. 1979년 정초에 얻은 느낌을 이렇게 적어 보지만 역사가 진행하는 것이 아니라 사람들이 역사를 진행시켜야 한다는 것을 철저하게 자각하는 행위와 이런 느낌은 어찌 연결되어져야 하는 것이냐.

1979년의 2월은 짧은 달이 아니라 무척이나 길었던 한 달이었다고 이제 와서 회상하게 되고 있다. 하순으로 접어들면서 시간은 더욱 느리게 흘러가고, 하루하루 날짜 지나가는 것이 끈덕끈덕하였다. 시간은 검열을 받고 있었다. 좀 더 구체적으로 말해 나는 하루하루 어떻게 보냈는지 알고 싶어 하는 관계 당국의 말단 직원과 친한 친구처럼 지내고 있었다. 1919년 3월 1일에 일어났던 민족적 사건을 우리는 3·1운동이라고 부르고 있지만, 그 3·1절이 가까워 갈수록 시간의 파도가 험악해졌다. 그해 1979년 3월 1일을 맞아 이른바 반체제라 불리는 자들이 행사를 가지고자 한다는 정보를 관계 당국은 입수했다고 하였다는데, 나 또한 가택 연금의 대상자로 지목이 되었다고 했다. 판단은 내가 내리는 것이 아니었으므로 항의해 봤자 소용이 없었다. 그렇게 하여 나의 시간은 검열을 받고 있었고 하루하루 날짜 지나가는 것이 마치 미궁 속으로 미끄러져 들어가는 듯했던 것이다.

그러던 2월 하순의 어느 날 나는 시간이 갑자기 중단되고 단절되는 것을 겪게 되었다. 배달된 신문에서 영화감독 하길종이 작고했다는 부음 기사를 읽었다. 그가 죽었다구? 강장지년이라 할 30대 후반의 그가 죽었다? 그의 시간과 나의 시간이 이렇게 이별을 해서 그의 시간은 중단되고 나의 시간은……?

인생이란 무엇이며 사람이란 어떤 일을 하며 무슨 보람을 느끼면서 그의 후대를 열어 놓아 가는가 새삼스럽게 따져 볼 것도 없었다. 우리가 어느덧 인생의 한가운데에로 흘러나와 이렇게 시간의 끈을 놓쳐 버리고 있는 중인 것이다. 그는 무엇이고 나는 무엇인가? 그와 나는 성인이 된 뒤로 서로 알고 지냈었고 만날 적마다 무척 술을 마시곤 해 왔다. 그것이 무엇이더란 말인가. 우리의 인간 사회를 한 움큼밖에는 아니 되는 예술적 기량으로 부둥켜안아 애면글면 바둥거리던 몸짓이었더란 말인가. 그를 통해 우리는 무슨 일을 해 왔던가. 무슨 일을 해 놓았다고 이제 어느덧 인생을 통과하여 저 끝 쪽으로 흘러들고 있다는 사실, 거기에 영화감독의 부음 소식이 있었다.

'미진한 삶을 살았던 한 예술가'의 자화상 내지 타화상 앞에서 그의 죽음을 통하여 '우리'의 한 귀퉁이가 이런 식으로 사화(死化)되어져 가고 있음을 느끼는 충격은 작은 것일 수가 없었다. 죽음은 죽음을 맞이한 당자의 장송(葬送) 속에서 죽음을 맞이하지 아니한 생자의 애도를 자아내게 한다.

　죽음은 그 죽음을 통하여 사자뿐만이 아니라 멍청해진 생자로 하여금 자기 자신의 삶이 어찌 설명되어져 버렸는가를 반짝 깨우치게 하는 것이다. 허랑방탕하게 흘려보낸 듯이만 보이는 지금까지의 살아왔었음의 역사가 탄력을 내면서 용수철처럼 튕겨져 올라가 이 세상의 보다 크면서도 잔인한 실상을 감지해 볼 수 있게 하는 까닭이다. 그중에서도 예술가의 죽음은 그의 죽지 않고 남아 내려오는 예술과 함께 보다 근원적인 많은 것들을 생각하게 만든다. 살아 있을 적의 한 예술가의 활동이 처절한 몸부림이었던 것처럼 여겨지는 때문이다.

　정치인이나 경제인이 소유의 삶을 차지하기 위해 나름대로의 선(線)을 그어 그가 소유코자 했던 만큼의 폭이나 넓이에 따라 그런 나름으로 정중한 통과의례의 고별을 맞이한다면 예술가는 그런 소유의 삶이 아니라 자기 생명의 힘을 탕진시켜 무엇인가를 찾아 헤매는 촛불의 불꽃을 보는 것과 같은 느낌을 주는 것이다. 예술가는 사회의 한가운데에서 인생의 한복판에서, 오로지 자기 존재를 단서로 삼아 스스로 무엇인가를 증거하고자 하다가 어느 순간 허망하게 쓰러져 버리는 것처럼 보이게 만든다. 요절한 예술가는 그런 까닭으로 죽음을 통하여 그의 삶마저도 예술화시켜 놓고야 만다. 저 왜정시대의 김유정의 죽음, 아니 죽음을 맞이하기까지의 그 처절한 죽음에의 행진은 그의 몇 안 되는 소설과 함께 우리 민족의 환부(患部)에 제 살을 대었던 문학인의 상으로 영생하게 되는 것이 아닌가. 그의 시대가 가고 또 세월이 흘러 이제 우리의 차례가 온 것이란 말인가. 과연 우리는 누구이고 무슨 일을 하고 있으며 해 왔는 가. 우리는 젊었을 적에 나름대로 예술에 뜻을 두고 우리가 해야 할 바를 가능한 한 거룩한 것이며 고상한 것으로 채색하고자 했었다. 하지만 정작 이 민족 사회의 구체적 현실 상황에 놓이면서 우리가 실제로 일구어 놓은 예술 작업의 실상은 어떤 것으로 나타나고 있나. 청춘 시절의 화려한 청사진들은 어디로 가고 우리가 해 온 작업은 과연 어떻게 평가받을 만한 것이던가.

60년대의, 또는 70년대의 남한 땅에서 예술가로 살아가게 되었던 자들의 운명은 어떤 모습이었을까. 70년대에 남한 땅에서 예술가로 살아간다는 것의 의미를 우리는 어떻게 이해하고 있었을까. 교과서식으로 따진다면 예술가는 자신의 예술적 기량을 마음껏 발휘함으로써 그 사회에 기여하는 것이 되겠지만 과연 그 예술적 기량이 있다고 한들 그것을 마음껏 발휘해 낼 분위기가 제대로 되어 있느냐 하는 것이 참으로 난감한 문제가 되는 것이었다. 70년대의 남한 땅에서 예술적 기량이란 그 태반이 비예술적인 여러 조건들을 얼마만큼 감당해서 용해시켜 버리느냐 하는 능력이 중요한 몫을 하게 되었다. 예술적 기량을 마음껏 발휘하기는커녕 기초적인 데에서부터 차단시키고 변질시켜 놓을 적에는 어떻게 해야 하나.

어느 쪽이냐 하면 감독은 성공한 영화인이 아니라 실패한 영화인이었다고 일단 단정해 놓고 그를 상기시켜야 할 까닭이 있는 그런 예술가의 상으로 떠올려지게 되는 것이었다. 그것이 그럴 수밖에 없었다. 성공한 영화인이란 것을 우리가 어떻게 그려 보일 수 있단 말인가. 그런 영화인이란 우리의 영화판에서는 있을 수가 없는 노릇인 것이다. 실패야말로 기정사실이고 그 누구도 감히 이 테두리를 벗어날 수가 없다. 말이 좋아 예술이고 말이 좋아 영화이지, 그것이 무슨 놈의 예술일 것이며 무슨 영화계란 것일까. 무식하고 야비하기로 따지자면 가장 윗길에 드는 영화업자들, 거기에 입도선매식의 수판알만 굴리는 극장주들, 예술가가 결코 되지 아니하는 영화 검열가들, 민중의 예술 정신을 고양시키기보다는 저질의 오락적 흥미 대상의 차원으로 낮추기에 급급한 상업성, 거기에 달착지근한 조미료 행세로 갖은 재랄을 다 떠는 연예계 인사들의 타락상, 이런 울타리 속에서 영화감독이니 배우니 하는 자들이 어찌 성공한 영화인으로 될 수 있단 말인가. 실패한 영화인이란 것 자체가 그윽한 찬사일 수밖에 없지 않은가. 다만 그 '실패'는 그 실패의 수준과 질, 과정과 이유 등에 의해 따져 볼 필요는 생기게 된다. 그리하여 그 실패가 정직한 실패, 성실한 실패, 용감한 실패, 도전으로서의 실패의 요소를 하나라도 가지고 있다면 우리는 '실패한 영화인'의 그 실패에 찬사를 보내고 경의를 표하며 그를 예술적으로 복원시키고 또는 구출해 줄 수가 있을 터이다.

영화인으로서의 하길종의 실패는 그 출발에 있어서의 이미 예정된, 운명적인 것이 아니었던가 나는 파악하게 된다. 이러한 말은 그가 예술, 그중에서도 영화를 굳게 믿어 버리는 나름대로의 순진한 신념을 가지고 한국의 영화판에 달려들었다는 점과 무관한 것일 수가 없다. 순진한 신념이 아니라 신념이란 원래 순진한 것이기 마련이다. 영화에 대한 믿음과 영화계의 현실은 합쳐지기보다는 서로 단절되고 도리어 서로 방해가 된다. 예술이란 대중의 힘이 폭발적으로 분출되어 나오기 시작하는 근대사회에 있어서는 개인적 재능과 집단적인 힘 사이에서 극적으로 이루어지는 해후와 같은 것이며 바로 영화야말로 이런 다중시대(多衆時代)의 예술 표현행위로서 가장 적합한 것이다라는 식의 설명 방식이 70년대의 한국영화 속에서는 어떻게 나타나고 있었던 것인가. 극적인 해후이기는커녕 서로 속이며 돈 벌고 기분 푸는 타락한 타협 방식 이상의 어떤 차원으로 딛고 올라설 무엇이 있었을까. 70년대는 확실히 대중의 힘이 폭발적으로 분출되어 나오기 시작하는 근대사회의 다중시대의 모습을 보였던 면이 있었다. 하지만 개인적 재능과 집단적인 힘 사이에서 극단적으로 이루어지는 해후와 같은 예술 표현행위는 전혀 무망(無望)이었다. 경직된 사회구조와 악화(惡貨)가 양화를 구축하듯 저질의 상업성이 먼저 판을 쳐서 민중의 예술 정신을 고양시키는 어떠한 것도 철저하게 막아 버렸다. 그중에서도 영화계는 암담하기 짝이 없는 분위기만을 고집했다. 영화인으로서의 그의 실패는 이미 이 대목에서 예정되어진 것이었다고 보게 되는 것이다. 그는 한국 역사의 강인한 흐름을 타고 이어져 온 한국적 민중의식을 찾아내고 있지는 못하였다고 하더라도 적어도 대중시대의 대중의 예술 정신을 고양시켜야 할 중요한 표현력으로서의 영화에 대한 신념을 가지고 있었다. 결국 그는 4·19 세대였다. 4·19를 통하여 그는 우리 민족 사회가 민주주의의 각성을 거친 민중의 시대로 전개되어 나아갈 것이라고 예견하였으며 영화는 이에 있어서 중요한 자기 몫을 하리라는 신념을 가지고 있었다. 대중시대의 수평선은 외형적으로 열려질 듯하면서도 철저하게 닫혀저 있었고 세대는 막히고 간히고 변질되어 버렸으며 영화인으로서의 그는 탈출구를 마련해 낼 도리가 없었다. 그는 한국 영화계의 타락한 현실 속으로 입성할 수가 없었다. 그러나 현실 바깥에 버티어 그의 신념을 밀고 나가려고 했다. 이러한 그에 대하여 일반인들의 몰이해는 차치하고라도 그의 예술 동료들이 매도를 했다. 어째서 그러냐 하면 그의 존재가 그들에게 불편하고 불안하고 못마땅하고 나아가서는 자기들을 침해하고 있는 듯한 느낌을 주게 되었기 때문이다. 손발이 맞아야 도둑질을 할 수가 있는 것인데, 이런 공범자 관계를 부인하고 자기 혼자서만 지당하다고 주장하는 예술가란 얼마나 얄미운 존재인가. 이러할 적에 이단자로 몰린 예술가가 맛보는 비애란 타협과 적당한 부패와 필요한 타락에 의해 유지된다고 하는 조직사회 속에서의 융통성 없는 위인이 당하는 고립감에 견줄 바가 아니다. 그러나 조직사회 속에서의 유능과 무능의 관계와는 달리 예술 세계는 괴팍스런 예술에 사활을 걸고 있다. 이단자로 몰린 예술가는 영화판에 무관심하려고 애쓰면서 영화 작품에 집착하려고 덤벼든다. 이단자로 몰릴수록 타협하는 방식을 택하는 것이 아니라 자기의 예술의 우수함과 정당함을 믿고 그리고 입증하려고 애쓴다. 그는 진짜로 좋은 작품을 만들고야 말겠다는 집념에 휩싸여 자신을 '반사회적'인 위치로 몰고 간다. 반사회적이라고는 하지만 실제에 있어서 그가 추구하는 것이야말로 당대의 사회상을 종합적인 예술로 형상화시키고자 하는 것이 된다. 예술가로 살아간다는 의미는 이것처럼 대단히 엇갈려 나가는 모순들을 온몸으로 껴안아 진땀을 흘리며 밀고 나간다는 뜻이 되지 않을까 보이는 수가 있다. 하지만 아무도 그것을 알아주지 않는 것은 당연한 일이다. 더구나 그런 고역은 자기만 알고 느껴야 할 뿐 발설해서는 되지가 않는 것이니 본인으로서야 환장하고 미칠 노릇이다(발설하면 그는 더욱 파문의 대상이 되어 나락의 상태에 떨어진다).

예술은 이렇게 자기의 온몸으로 자기 시대를 감당하게 되는데 그것은 바로 그렇게 자기 시대를 담당하는 것이 되기도 한다. 오늘에 와서 우리가 떠올리게 되는 식민지 시대의 예술가에게서 우리는 자신의 시대를 담당해야 했던 그들의 안간힘과 몸부림의 생생함에 감동을 받게 된다. 후대의 인간들에게 감동을 던지는 것은 어떨지 모르지만 당대에, 그것도 가장 저차원의 형태로 이루어지고 있는 영화판에서 '딴따라'가 아닌 '영화'를 하겠다고 덤벼들었던 예술가의 안간힘과 몸부림에 대하여는 어떻게 느껴야 옳을까. 참으로 춥고 배고픈 민중 예술가들인 남녀 배우들의 그것도 그것이지마는, 그러니까 영화감독 하길종을 어떻게 이해할 수 있을까. 물론 그는 태반의 남녀 배우들이 제품 하나를 밑천으로 삼아 부나비처럼 달려드는 식으로 영화판에 끼여 들어온 것은 아니었다. 춥고 배고픈 민중 예술가의 상을 보여주는 영화인은 아니었다. 그는 영상미학과 카메라 만년필로 써야 하는 작품으로서의 시네마투르기와 문학 미술 음악 연극을 한데 묶는 종합예술로서의 영화에 관한 나름대로의 정돈된 예술관을 이미 구비한 채 한국 영화계에 다가들었다. 그는 한국영화가 건너야 할 강이 어떠한 것인지를 알고 있었다.

그는 직접 시나리오를 쓰고 콘티를 짜고 번역을 하고 영화에 관한 원론적인 글과 한국영화를 호되게 비판하는 욕먹을 짓을 했다. 그는 조선왕조가 붕괴되는 징조를 드러내기 시작하던 1894년경을 시대 배경으로 영화를 만들고자 집념을 불태웠다. 그것은 야심작이 될 만한 것이었다. 원본은 시를 쓰는 그의 고교 동창생이 만든 담시를 토대로 한 것이었는데 그는 스스로 이의 각색을 하고 역사책을 뒤적거렸다. 맡아 줄 영화사가 없을 터이면 집을 팔아서 찍을 작정을 하고 있었다. 그러나 그는 이 작업을 자꾸만 뒤로 미루는 수밖에 없었다.

어떤 시대가 표현하고자 하는 문화적 욕구는 그 시대를 운영하는 정치적 질서와 상충되는 경우가 생기게 된다. 문화적 욕구가 그대로 수용되지 아니하는 때의 한계와 비좁음에서 도리어 문화는 오묘한 양상을 빚어내게도 되는데 그것이 다양성을 부여해 주는 그런 시대에 살고 있는 예술가는 행복한 시대에 놓여 있다고도 할 만하다. 자기가 그런 행복한 시대에 살고 있는 예술가가 못 된다고 느낄 적에는…… 그러니까 그 시대를 운영하는 정치적 질서가 문화적 욕구를 막아서 다양성은 고사하고 최소한도의 표현능력마저도 발휘하지 못하게 한다고 여겨질 적에는, 그렇다면 그는 어떠한 방식으로 자기의 문화적 욕구를 표현해야 하나. 이것은 대단히 어려운 질문이라 아니할 수 없다.

내가 살고 싶었던 것은 이런 식이 아니었는데 어찌해서 이렇게 되고 말았나 하는 따위의 자조(自嘲)에 우리는 흔히 잠겨든다. 그것은 예술가가 창조하는 작품에 있어서도 마찬가지이다. 만족이란 있을 수 없으나 '불만족'은 나름대로의 최선의 노력의 결과로서인 것이라야 할 것이다. 그가 맨 처음 만들어 극장에 붙인 영화는 이효석의 후기 작품인 「화분」을 원작으로 한 것이었다. 냉정하게 말할 때 한 사람의 소설가로서 나는 이 소설을 좋아하는 쪽은 아니다. 이효석의 작품들 중에서도 이 소설은 떨어지는 쪽이 아닐까 하는 인상을 나는 가지고 있다. 하지만 그가 어째서 이 작품을 자신의 최초의 영화 대상으로 택하였던가 하는 점을 이해하게 되었다. 그가 이 영화에 들인 너무나도 대단한 열성과 그리고 좋은 영화를 만들고야 말겠다는 자신만만함에서 그를 이해했다기보다는 한반도적 분위기를 색다른 방식으로 포착하고자 이 소설을 원작으로 택한 그의 감수성을 이해할 수 있었다. 이효석의 「화분」은 그 소설 자체로는 암담한 왜정 말기의 식민지적 음울한 상황을 드러내 놓고 있지는 않다. 소설의 시작은 어느 쪽이냐 하면 약간 퇴폐적이라 할 정도로 감각적인 분위기를 그려 놓고 있다. 한때에는 굉장한 저택이었으나 지금 와서 퇴락할 대로 퇴락한 그런 교외의 별장. 목욕탕의 물이 빨갛다. 생리 중인 여자가 목욕을 하였기 때문이다. 이 별장에는 남자들과 여자들이 세상과 등진 채 살아가고 있다. 남자들과 여자들은 '섹스'를 통하여 서로 관련을 맺고 있다. 그들은 세상 사회에는 관심이 없고 저희들의 인간관계에 일단 집착하고 있다. 그러면서 저희들이 서서히 무너져 내리고 붕괴해 가고 있음을 차근차근 짓씹듯 느끼고 있다. 대체로 이런 도식이라 하겠는데, 이 소설을 통하여 아니 영화를 통하여 그는 어떤 무엇을 보여주려 했던 것인가. 꽃가루처럼 흩날리고 있는 그 〈화분(花粉)〉이란 것은 무엇인가. 남궁원과 하명중 그리고 여주인공은 윤소라는 여배우였던 것으로 기억을 하고 있다.

이 영화는 그림으로 비유했을 때 화필이 아주 선명하고 깨끗했다. 추상화는 아니고 구상화였다. 서울 시내의 인파를 헤치며 걸어가는 남자 주인공, 인천 바닷가에서 거니는 장면은 그 자체로 아름다움을 물씬 풍기고 있었다. 그러나 이 영화의 전체적인 영상은 아주 무더웠다. 여름철 장마 때처럼 후덥지근했다. 섹스 장면은 간결하게 처리해 버리고 있었지만 그 섹스는 무더웠다. 우리가 흔히 말하는 섹스에는 사회적인 요소가 포함되기 마련이다. 흔히 사랑은 현실을 초월한다고 말하지만 그건 거짓말이다. 사랑처럼 현실적인 것도 없다. 사랑을 나누는 자는 가장 첨예한 고민을 노출시킨다. 도리어 가장 현실적인 것이 사랑을 구성한다. 로미오와 줄리엣처럼 적대적인 두 사회의 대립 위에서 이루어지거나 춘향처럼 계급 간의 갈등을 노출시킨다. 이 영화의 섹스는 끈질기고 무덥고 탁탁했다. 사회에서 당한 고통, 아픔, 절망 그리고 주인공들은 겉으로 보아 화려하지만 실제로는 비참하고 버림받고 쓰라린 사연도 가지고 있는데, 이들은 정상적인 방법으로 자기의 진실을 표현할 줄 모른다. 섹스를 통해서 그것을 표현해 내고 있기 때문에 그 섹스는 일테면 순수문학 계열의 섹스가 아니라 사회참여문학 계열의 섹스로 되고 있는 것이었다. 소설이 아니라 영화로서의 〈화분〉에 나타난 섹스의 무더움은 곧 이 영화 연출자가 말하고자 했던 바 핵심이었으리라고 이해되었다. 인간과 인간의 교섭의 한 형태인 섹스가 무덥게 이루어지고 있음을 통하여 그는 그 자신 외국에서 돌아와 서울에서 느꼈던 무더움을 말하고 싶었던 것이 아니었을까. 그는 영화의 형태로 말하고 싶은 바가 많고 영화를 통하여 힘껏 일하고 싶은 바가 있었지만 자신의 문화적 욕구를 만족시켜 줄 '표현'에 꽤 까다로움을 느꼈으며, 그리하여 그가 최대한으로 양보하면서 안간힘을 내어 표현하고자 했던 것은 전체적으로 절망적인 시대 의식의 내향화(內向化), 인간적 단절감 붕괴감 무질서, 인간성의 타락, 그리고 고립감과 무력감으로 일그러진 자아상을 뭉뚱그려 욱여넣은 '무더운 섹스'가 아니었을까 짐작을 해 보았다는 뜻이다. 대체로 국산 영화는 여자의 옷을 벗기기를 즐긴다. 그런가 하면 70년대 소설 중에는 상업주의니 뭐니 하여 여자의 옷 벗기기를 너무 즐겼다고 핀잔을 주는 소리가 들리고 있다. 요컨대 어째서 왜 무엇 때문에…… 따위와 같이 어떠한 육하원칙을 가지고 옷을 벗고 있는지 밝히지 않은 채 아무렇게나 벌렁벌렁 옷을 벗을 수는 없다는 것이겠다. 그런 의미에서는 섹스야말로 영화나 소설에서 제대로 묘사하기가 도리어 힘든 것인지도 모른다. 메시지로서의 섹스는 인간적 진실뿐만 아니라 하나의 상황적 표현의 집약이 된다. 섹스는 아름다운 것일 수가 있으나 폭력일 수도 있다. 그것은 문명의 전위적인 단계를 노정하는 것일 수가 있지만 한 민족의 가장 전통적인 문화 양상을 재현하는 것일 수도 있다. 그것은 인간 해방의 표현이 되기도 하지만 억압과 권위에 의해 잘못 지배되는 비뚤어진 사회의 실상과 인간 예속의 상태를 보여주는 거울일 수도 있다. 〈화분〉의 무더운 섹스는 절망감의 표현이었다고 보였다. 흥행이라는 면에서는 〈화분〉은 성공했다고 할 수 있는 작품은 아니었다.

그의 두 번째 영화 작품은 직접 자신이 대본을 써서 만든 것이었다. 이 영화를 나는 서울의 변두리 불광극장에서 보았다. 좋은 취미는 아니겠지만 내게는 삼류극장에서 눈여겨 두었던 영화를 보는 습관이 있다. 한낮의 삼류극장은 우선 좌석이 텅텅 비어 있기 마련이어서 관람 행동이 자유스러워 좋다. 그리고 이런 극장에 드나드는 관객은 대체로 보아 밑바닥 사람들인데, 제 돈을 낸 값을 하려고 관람하는 태도가 자유분방하기 이를 데 없다. 신문의 영화평과는 상관없이 이들은 자기 비위에 맞으면 '그거 잘 만들었군' 하면서 떠들고 제 기분에 안 맞으면 '저게 다 영화라고 찍었나' 하고 막 화를 낸다. 언젠가 마고트 폰테인의 영국 로열발레 기록영화를 삼류극장에서 보았는데 관객들이 재미없다고 아우성이어서 나 자신 정말이지 로열발레는 별것이 아니겠구나 느꼈던 적도 있다. 그의 두 번째 영화는 사기행각을 벌이는 청년의 이야기였다(이 영화의 제목이 어떻게 되는지 기억해 보려고 해도 생각이 나지 않는다). 자동차를 몰고 다니는 청년, 그런데 그 자동차가 일본 번호판을 달고 있는 것이었다. 부관페리호가 현해탄을 넘나들며 일본 자동차를 그대로 실어 와서 한반도에 통행하도록 편의를 봐주던 무렵에 찍은 영화일 것이다. 이 일본 자동차 때문에 헐랭이에 불과한 이 청년은 돈 많은 재일교포 청년으로 인정을 받게 되고 여기에서 별의별 웃지 못할 사연이 벌어진다. 청년이 사기행각을 하려고 해서가 아니라 이 바닥의 젊은 처녀, 늙은 남자들이 제가끔 달려들어 사기행각을 하도록 부추기는 꼬락서니이다. 이 청년은 사회의 하층부와 상층부를 자유자재로 이동하며 한판의 마당극을 벌이고 있는 셈이다. 카메라는 분주하게 돌아가지만 경쾌하다기보다는 노기를 띠고 있다. 이 청년은 이 사회상에 절망한다. 카메라는 약간 도덕적이다. 역시 무더운 영상이다.

삼류영화관인 불광극장(극장 주인은 섭섭하게 듣지 마시라)에서 이 영화를 보고 있었을 적에 나는 영화 관람과 더불어 관객들의 반응을 함께 염두에 두었다. 관객들은 '시시하다 집어쳐라' 하는 식으로 나오지는 않았다. 몇 번인가 그냥 무책임하게 웃었다. 그렇다고 흠뻑 감동에 젖어드는 표정들도 아니었다. 그것은 참 묘한 일이다. 현실에서 능히 있을 수 있는 일을 현실적인 사실 묘사로 펼쳐주면 관객들은 도리어 시큰둥해한다. 사실감을 도리어 느끼려 하지 않는다. 관객이 괴상한 것, 엉뚱한 것, 황당무계한 것을 보는 데 이골이 나서 그런가? 이 영화에 대하여 관객들이 자기 일이 아니라 자기와는 상관없는 남의 일을 그냥 덤덤하게 보아준다는 식으로 관람하고 있었던 까닭은 아마도 영화 연출자의 의도가 그들에게 제대로 전달되기에는 버거웠기 때문이 아니었던가 보였다. 화면으로 이루어지는 영화가 얼마나 어려운 예술인가를 실감하게 된 소이연이었다. 현실의 내향화로서의 무더운 섹스가 그의 처음 영화였다면 현실의 피카레스크로서 행각을 벌인 그의 두 번째 작품을 통하여 그는 70년대의 현실을 이처럼 서로 다른 방향에서 탐색하였던 셈이었으며 그가 구체적으로 창조해야 할 영화가 어떠한 것이 되어야 하는지 깊숙이 파고 들어가게 되었던 것이 아니었던가 한다.

그리고 그는 대학 강단에 섰으며 번역을 하고 정기간행물에 더욱 많은 글을 썼으며 그리고 다시 한 번 자신의 영화를 만들 기회를 어렵사리 잡았다. 그것이 〈한네의 승천〉이라는 것이었다. 누구나 짐작하는 이야기이겠지만 영화상을 받아야 외국영화를 들여올 수 있는 혜택이 나오기 때문에 영화사들은 돈 벌 수 있는 영화와 상 받을 수 있는 영화를 별도로 생각하게 되는데 그는 상 받을 수 있는 영화를 찍을 감독으로 발탁이 된 셈이었다. 이 영화는 예상했던 대로 영화상을 받았으므로 영화사의 입장에서 보아 성공작이었다고 하겠지만, 실제로 중요한 것은 그러한 데에 있지 않았다. 그는 이 영화를 통해 그가 갖고 있는 표현 능력, 영상 미학을 충분히 발휘했다. 그는 우리의 전통미의 세계를 파고 들어가 그 아름다움을 확인하고 지방 산골의 로케를 통하여 우리 국토의 빼어난 모습을 경탄 속에서 발견하였다. 하지만 영화상을 받은 뒤에도 이 영화는 좀처럼 극장에 오르지 아니하였다. 상 받는 영화와 관객이 동원되는 영화를 별도로 여기는 상식 때문이었다.

한국 영화인으로서의 형성은 이처럼 어려운 과정을 그에게 요구했다. 시인이 자기 육성을 가져야 하듯이 세잔느가 사과를 제대로 그리는 데에 평생이 걸렸듯이 이제부터 그는 자기가 만들고 싶은 영화를 자신의 영상미학을 통하여 '한국적으로'(이 말은 참으로 오묘한 것이다) 표현해 낼 능력을 쌓은 것이다. 그리고 그 얼마 후 그는 상 받아야 할 영화의 감독으로서가 아니라 흥행에 성공할 영화의 감독으로서 자기의 기량을 발휘할 기회를 얻었다. 그 영화는 국도극장에서 상영되기 시작했다. 그 영화는 찬사를 받았을 뿐 아니라 흥행에 있어서도 커다란 성공을 거두었다. 찍기도 잘 찍었거니와 관객들이 구름떼처럼 몰려들고 있었다고 했다. 나중에 들은 이야기 지만 '이제부터 시작이다, 지금부터 자신 있다'라고 하면서 그는 앞으로 실현하여야 할 꿈에 부풀어 있었다는 것인데 겹친 피로와 과음으로 돌연히 죽고 말았던 것이다. 나의 느낌으로 말하자면 그는 '느닷없이' 죽은 것이다. 어찌 그럴 수가 있단 말인가.

2.

나는 그의 장례식에 참석하지 못했다. 그럴 수가 없는 일이었지만 그렇게 되고 말았다. 1979년이라는 1년이 지금에 이르도록 씁쓸한 기억밖에 남기지 않는 이유가 되기도 한다. 나의 시간은 검열을 받고 있었고 조그만 아파트 안에 썩은 물처럼 고여 있기만 했다. 60년대의 또는 70년대의 남한 땅에서 예술가로 살아가게 되었던 자들의 운명은 어떤 모습이었을까. 70년대의 남한 땅에서 예술가로 살아간다는 것의 의미를 우리는 어떻게 이해하고 있었을까. 3·1절을 바로 앞에 두고 나는 조그만 내 아파트에서 관계 당국의 직원과 함께 생활을 하면서 이렇게 되뇌고 있었고 이담에 그의 장례식에 못 간 것을 글로 대신해야 할 텐데 하는 따위의 생각에 잠겨 있었다. 우리는 무슨 일을 하고 있으며 해 왔는가. 이 민족 사회의 구체적 현실 상황에서 우리가 일구어 놓은 예술 작업의 실상은 어떤 것으로 나타나고 있으며, 1979년의 이 시점에서 우리는 어떠한 상태에 있는가.

"도대체 뭐가 그리 어려운 겁니까?" 하고 민경대는 나에게 물었다.

"문학이 왜 그렇게 어려워야 한단 말이냐 이거예요. 나는 이해할 수가 없어요. 박 선생."

어느 쪽이냐 하면 민경대는 등록이 되어 있는 문학 평론가가 아니라 재야의 평론가였다. 재야 평론가일수록 갖기 마련인 신랄함을 그 어조에 풍기고 있는 것처럼 나에게는 들렸다. 매를 맞아야 크는 것은 어린애뿐만은 아니어서 소설가라는 자에게도 해당이 되는 것이었다. 당국의 여러 관계 기관의 직원들도 모두 일가견을 갖고 있는 문학 평론가였다. 소설가가 한 사람의 사회인으로서 해야 하는 역할 중에는 이런 문학평론에 대해 언짢은 내색을 보이지 않으면서 경청해야 하는 것도 포함되기 마련이었다. 사실은 그래서 소설이라는 게 좋은 물건인지도 몰랐다. 어수룩한 일반인이 정치에 대하여 자칫 아는 체를 내다가는 경을 치는 일을 만날 수도 있는 일이었다. 무능한 생활인이 경제에 대하여 깝죽거리다가는 결국 자기가 얼마나 무능한 자인가를 확인받는 것이 최선의 결과가 될 수 있을 터이었다. 그러나 소설에 대하여, 더구나 '엉망진창'인 한국 소설에 대하여 아는 체를 낸다고 해서 손해 볼 것은 없었다. 소설가, 특히 한국 소설가란 자들이 얼마나 엉망진창인가를 확인하게 될지언정, 인스턴트 문학 평론가가 손해를 볼 턱은 없는 일이었다.

"내 친구들 중에는 문학 지망생들이 많았고 나 또한 젊었을 적에는 밤새워 가며 문학 토론도 벌였지요. 집안 문제서껀 연애 사건으로 골머리를 썩일 적에는 나도 소설가나 될라 부다 생각한 적도 있었거든요. 하지만 소설가나 될라 부다 생각했던 경험을 가진 자들은 문학에 대한 미련이랄까 살가움 같은 깃을 버리지는 못해요. 어려운 여건 속에서 그래도 소설가들이 제 할 일을 해 주고 있겠거니 믿어서 정신적인 성원을 보내고 싶어 해요. 소설이란 얼마나 좋은 거냐 이겁니다. 그런데 박 선생, 소설가의 세계가 이런 것일 줄을 나는 꿈에도 몰랐어요. 직장 관계로 박 선생과 접촉을 해 보지 않았더라면 아직도 짐작을 못 했을 거예요. 소설가가 할 일이란 좋은 소설 쓰는 거 아닙니까? 그런데 어째서 소설가가 소설 쓰는 일이 아닌 다른 것으로 골치를 썩이고 고생을 하는지, 이해가 될 듯하면서도 이해가 안 돼요. 어째서 이렇게 연금되는 사태를 낳게 되었느냐 이겁니다. 도대체 뭐가 그렇게 어려운 겁니까? 이런 일을 만나야 한다는 것도 문학입니까? 왜 그렇게 어려운 거라는지, 문학이 말예요……도무지 납득이 안 돼요."

1970년대의 문학은 도대체 어떠한 위기의식을 가지고 있었으며 무슨 탐색을 하고 있었던 것이었을까. 70년대의 한국문학은 '민중'이라는 애드벌룬을 띄워 올려서 그 밧줄에 매달려 산을 넘고 강을 건넜다. 문학인들은 그들이 민중이 못 되고 민중이 아니라는 것을 이런 방식으로 사과하고 있었다. 무슨 유치한 짓이냐고 사회인들은 콧방귀를 뀌었다. 브나로드 따위의 발상, 또는 기껏 해 봤자 19세기의 서양인들이 순진하고 맥 빠지게 우려먹었다가 놓쳐 버리고 만 포퓰리즘 내지는 포퓰리스트의 닳고 닳은 수작 같은 거 아니겠느냐며 웃었다. 역사의 실체가 잘못되어져 있어서 제대로 되어 있는 역사의 맥을 잡아 보는 노력을 그렇게 구호화시키고 있는 것이라고 한다면, 아니 그래 그런 구호는 그 나름으로 또 하나의 허구가 되는 게 아니겠느냐고 타박을 늘어놓았다. 역사는 힘이 아닌가. 힘의 구조가 잘못되어 있다고 한다면 필요한 것은 잘못되어 있음의 도의적인 문책(또는 자책)은 아닌 것이다. 그야말로 힘의 구조인 것이다. 힘없는 진실은 진실이 아니다. 문학은 힘과 진실 사이의 공백에 어린애처럼 화들짝 놀라 버려서 진짜로 문학이 해야 할 작업을 어리광이나 객기를 부리는 것으로 대신하는 잘못을 저지르고 있는 게 아니냐. 쓸데없는 정력 낭비에, 민족 에너지의 소모 행위 아니냐.

문학이 진정으로 해야 할 일을 해내기 어려우니까 트집을 잡고 있는 게 아니냐. '민중'이라는 소리를 떠들어 댄다는 것은 결국 문학의 비민중적인 구조를 광고하는 것일밖에 없고 민중에 대한 미화는 도리어 민중이 갖고 있는 정당한 힘을 모호하게 윤색하는 것이 되지 않느냐……. 하여튼 문학 동네는 시끄러웠다. 옛사람들은 시인을 가리켜 소객(騷客)이라고 불렀다. 이는 굴원의『이소경(離騷經)』에서 연유되는 말로 시끄러운 세속 사회로부터 벗어나고 싶어하는 시인적인 기질을 가리키는 것이었다. 하지만 '소객'이라는 단어를 그 자체로 풀이하면 '시끄러운 나그네'라는 뜻이 되는데, 70년대의 문학인들은 특히 당국의 입장에서 볼 적에 얄밉고 귀찮은 떠돌뱅이 나그네인 '소객'이었던 셈이었다.

"요새 글쟁이들이 왜 그 모양인지 모르겠더라, 정말이지" 하고 최라는 나의 친구가 말한 적이 있었다. 최는 사회생활을 단정하게 하고 있는 친구였다. 그는 옷맵시도 단정하고 그의 사고방식도 객관적인 이론의 틀에 의지하여 단정하게 체계 잡혀 있었다. 그의 시간은 질서로 채워져 있었고 그의 삶의 공간은 또한 직선과 직선으로 얽어 짠 콘크리트 규격품 속에 놓여 있었다. 물론 원래부터 그가 이렇게 단정하기만 했던 것은 아니었다. 젊었던 시절의 한때 그는 혼란투성이였고 무질서의 뒤범벅을 이루고 있었다. 그 자신은 그 시절을 가리켜 룸펜 프롤레타리아트가 아닌, 룸펜 부르주아지의 타락 생활이었다고 회고했다. 역사를 찾아야겠다는 명분으로 실제로는 역사의 미아(迷兒)가 되어 엉뚱한 구석쟁이를 헤매 다녔다고 하는 것이었다. 어찌 됐든 청춘 시절이 끝나갈 무렵 그는 단번에 단정한 사람으로 변모했던 것이다. 다만 젊은 시절의 흔적이 약간은 남아 있어서 그는 이따금씩 자기가 속해 있는 정갈한 사람들이 아니라 얼룩덜룩 땟자국이 묻어 있고 지저분한 친구들(문인들을 그는 이런 식으로 정의했다)에게 술을 사 주고 싶어 할 때가 있었다. 최근 시를 쓰는 김 아무개와 나를 불러내어 저녁을 사 주고 술을 먹여 주었는데, 밥값 벌충을 해 보고 싶어진 모양이었다.

"글쟁이들이 어땠길래?" 시인 김 아무개가 멍청하니 최를 쳐다보며 물었다. 요새 글쟁이들이 왜 그 모양이냐고 묻는 최의 말뜻을 그가 몰랐을 리는 없었다. 그러니까 김의 반문은 다른 것을 추궁하고 있었다. '부익부 빈익빈' 따위의 말이 유행되던 그 시절에 가장 흔하게 들을 수 있던 소리에 '양극화 현상'이라는 용어가 있었는데, 약간 형태가 다르기는 하지만 그런 현상은 문학 동네에도 해당이 되고 있었다. 한쪽에서는 매스컴의 찬란한 후광을 받아 대중시대, 산업 시대의 인사라고 자처하면서 이른바 상업주의의 물결을 타고 사상 처음 소설이 몇만 부니 몇십만 부니 나가고 있다고 떠들썩하였는데 이런 쪽을 하나의 극으로 본다면 다른 쪽의 극에서는 어색한 선문답에 불과한 것처럼 보이는 정의 양심 민주 따위를 떠들고 표현의 자유 운운하면서 당국자들이 예쁘게 보지 않을 짓만 골라서 하는 것 같은 족속들이 도사리고 있는 것으로 일반인들이 판단을 하고 있을 무렵이었다. 어느 쪽이냐 하면 나는 후자의 족속들 중에서도 골수분자로 이미 낙인이 찍혀진 바 있었으며 나의 개인적인 견해와는 상관없이 극단주의자인 것으로 규정이 되어져 있는 편이었다. 김 아무개는 나처럼 '극(極)'에 위치하고 있다고 인식되는 쪽은 아니었다. 그는 이쪽 극과 저쪽 극을 눈여겨보면서 그 어중간한 지점에 자기를 갖다 놓고 있다고 평가되고 있었다. 그렇다고 김 아무개가 시계불알처럼 양쪽 극단을 왔다 갔다 하고 있는 것은 아니었고 말하자면 나름대로 원격 조정(리모트 컨트롤)을 하고 있는 것으로 믿고 있었다. 그러니까 김 아무개의 반문은 요새 글쟁이들이 왜 그 모양이냐는 최의 물음이 어느 쪽의 극단에 위치한 자들을 가리켜서 하는 개탄인지 아리송하다는 뜻을 가지고 있었다. 문학 동네의 사정에 그다지 밝다고 할 수 없는 최가 과연 어느 쪽에 대하여 개탄을 하고 있는 것인지 나 또한 흥미가 생겼다.

"사회인은 염치가 있어야 하는 것 아니냐? 염치를 차리며 살 줄을 알아야 하는 거다. 문인이라는 게 뭐겠어? 사회의 입장에서 보자면 이렇게 되는 거야. '너희들로 하여금 밥은 먹도록 해 줄 터이니 그 대신 글을 써라, 좋은 글을 써라. 우리는 일하고 재화 벌어들이기에 바빠 세상 사물을 곰곰 따져 볼 여유가 없으니 너희들이 대신 맡아서 생각들을 해 주고 그리고 그걸 글로 써라' 이쯤 되는 것 아니겠어? 물론 이런 말에 소설이 무슨 분업 사회의 기능직인 줄 아느냐고 너희들이 핏대를 낸다면 나로서야 할 말이 없지만, 어쨌든 내 방식으로 따질 적에는 글쟁이들이 이렇게 된다고 보는 거다. 자아, 그렇다면 따져 보자. 과연 글쟁이들이 제 몫어치를 하고 있는지 말이다. 그러니까 염치가 있는지 따져 보잔 말야. 내가 볼 적에는 글쟁이들은 염치가 없어. 문학인으로서의 염치는 내 알 바 아니고 사회인으로서의 염치가 말이다. 당연히 맡아야 하는 제 역할을 해내고 있을까. 살기 힘들어하고 어려워하는 것은 글쟁이들뿐만이 아니라 이 사회의 대다수 인간들이 그런 형편이니 너네들이 가난하고 궁핍하다는 것은 내세울 바가 못 돼. 이 사회가 글쟁이들에게 어떤 대접을 해 주고 있느냐고 너네들은 푸념이 대단하지만, 그건 글쟁이들이 사회에 제대로 보답을 하고 있는지 따져 본 다음에 할 소리라구. 너네들은 응석만 발달했고 어린애처럼 칭얼거리는 데에 선수야. 거기다가 엄살은 또 얼마나 대단한지?" 최는 말해 가는 동안 계속 김 아무개와 나의 표정을 주시했다. 이쪽 편에서 화를 내리라고 생각하는 눈치였다.

하지만 김 아무개도 그렇고 나 또한 그저 덤덤하니 무표정일 뿐이었다. 그럴밖에 없었다. 문인들, 그중에서도 평론이 아니라 시나 소설을 만지는 자들은 핀잔을 받는 일에 있어서만은 이골들이 나 있었다.

"글쎄……. 요컨대 너 쪽의 인간들이 문인들을 먹여 살려 주는데 이 하인배 놈들이 그런 은공을 모르고 문학을 내세워 딴전들만 피운다는 개탄이라면……." 하다가 말고 김 아무개는 낄낄거렸다. "너 쪽의 인간들이 상전이 되겠네? 상전을 받들어 모셔야 하겠지만……. 다르게 보면 상전에 대해 비아냥거리는 게 원래 하인배들이 하는 짓거리 아니겠니? 마당극처럼 판을 벌여가지고……."

"야, 눈치 빠른 체하지 말아. 내 말은……."

"네 말이야 뻔하지. 그거 지꺼분하게 아집이나 편견에 사로잡히지 말고 이 바닥, 이 사회의 대다수 남녀들이 공통적으로 느끼고 있는 광활한 인간의 대지를 그려 보아야 하지 않겠느냐 하는 것이겠지. 뭐 그런데 어느 쪽이냐 하면 너는 네가 속해 있는 세계가 충분히 시 소설이 될 법한데 그걸 그려 주는 문인이 없다고 느끼는 거다. 그래서 이것들이 귓구멍에 말뚝을 처박았나 싶은 거지 무어."

"그래 사실은 그런 점이 있다. 하지만 너의 비아냥거리는 그 태도는 안 좋다. 너는 문인이 하인배라고 했지만 그 발상이 안 좋아. 문인이야말로 인생의 교사가 되어야 한단 말이다. 그런데 우리 사회가 절실히 필요로 하는 것이 이런 교외수업(校外授業) 형태의 교사상이란 말야."

"어떠니 박가야, 너는 그런 교사가 될 수 있니?" 엉뚱하게 김 아무개가 나를 빤히 쳐다보며 물었다.

　나는 애매하게 웃었으나 대답을 하지 않았다. 이것과 비슷한 대화를 전혀 엉뚱한 사람과 나누었던 기억이 떠올랐다. 언젠가 동료 문인의 필화 사건과 관련하여 조사를 받은 적이 있었는데 그때에 나를 담당하던 약간 높은 지위의 관리가 그런 말을 했었다.

　"당신들 문인들은 착각을 하고 있는 거요. 문학이니까 현실의 울타리를 뛰어넘을 수 있다고 주장하려는 모양이지만, 엄연히 당신들은 법과 질서의 테두리 안에 있는 거야. 당신들은 법과 질서의 제자이며 그 신민(臣民)인 거라구."

　그냥 평범한 이야기였으나 '신민'이라는 말은 듣기에 거북했다. 그래서 한마디 대꾸를 한다는 것이 교사 운운의 말이 되어 버렸다.

　"물론 문인은 법과 질서의 테두리 속에 놓여 있고 국민의 한 사람으로서의 의무를 소홀히 할 수 없지요. 하지만 문학의 세계에 있어서 작가는 작가이고 선생은 독자가 될 겁니다. 진실이라든가 양심, 인간의 영혼의 문제를 추구한다는 점에서는 문인이 일종의 교사일지도 모릅니다. 그렇다면 선생은 문학의 제자이며 문학의 신민이 됩니다. 문인은 사회 현실적으로는 평범한 국민의 한 사람이지만 문학의 세계로 따지자면 누구의 다스림도 받을 수가 없거든요."

　"나는 문학인이 인생의 교사가 될 거라고는 생각지 않아." 조금 뒤에 김 아무개가 최의 말에 이렇게 대답했다. "우리가 그런 식의 계몽주의 시대에 살고 있는 것도 아니고……."

　"계몽주의 시대야 아니지" 하고 최가 대꾸했다. "그러나 사람들은 자기 삶을 설명 받고 싶어 하는 거다. 그런 의미를 가르쳐 줄 사람을 찾고 싶어 한다. 문학 하는 너희가 이걸 거부할 특권은 없다."

　"문학이 사람들의 삶의 의미를 찾아 주어야 한다구? 의미라? 삶의 의미를 찾아낸다? 삶의 의미는 부정할 수 있는 힘일 거다. 비참하고 가난하게 살고 있는 사람이 있을 때 그가 이런 삶의 사정을 시인해 버리고 만다면 그는 아무것도 아니겠지. 어째서 이러한가, 무엇이 잘못되어 있어서 이렇게밖에는 살지 못하는가 따져 볼 적에 그는 평소에 자기가 깨닫지 못했던 삶의 의미의 세계 속으로 발을 들여놓을 거 아니겠니? 이 대목까지가 네가 말하는 문학이 해야 할 일이라는 것이 되겠지. 그런데 나는 이 대목 바깥으로 나와 있는 거다. 내 문학은 이런 상식의 울타리 너머로 삐져나왔다."

"왜?" 최가 끈덕지게 물었다.

"나는 워낙 크나큰 것을 부정해 버렸거든. 6·25 때부터 그랬어. 그러니까 내 어렸을 적부터 말야. 워낙 큰 것을 부정해 버리고 나면 인생사의 구체적인 일들은 연민의 대상이 될 뿐이다. 조그만 것들, 자잘한 것들을 부정하고 들춰내고 하는 일은 딱하게 보일 따름이다."

"그건 많이 듣던 소리 같은데?"

"허무주의 선언일 수도 있겠지. 그러나 허무주의만은 아냐. 터무니없는 죽음, 터무니없는 살아남음, 19세기 중반 무렵부터 이 민족의 백성들은 무엇인가 올바른 세상을 만들려고 발버둥질을 치고 몸부림을 쳐 왔는데도 이렇다 하게 얻어 낸 것이 없어. 물리적으로 살아지게 되는 삶, 그 어쩔 수 없음, 무의미한 말에 불과한 희망이니 절망이니 하는 따위의 페인트칠, 아무것도 할 수 없음, 붙들려 있음, 그런 것들에서 비롯된 근원적인 원한을 알아 버리고 나면 이 세상을 실제로 움직이게 하는 힘이란 나와는 전혀 상관이 없는 다른 데에서 이루어지는 것임을 느끼게 되거든. 워낙 큰 것을 본 사람은 작은 것들에는 맹목 상태가 되어 버리는 거다. 워낙 큰 것을 부정해 버린 것이니까, 박가야 너처럼 덩어리 작은 것들을 부정하려고 하는 짓거리가 딱해 보이는 거다. 그 도로(徒勞)가……."

"가만있자, 도대체 무슨 이야기인지 교통정리가 필요하겠다." 최가 술 취해 오는 것을 방지해야 하겠다는 듯 제 머리를 흔들었다.

화제는 급기야 문학의 양극화 현상에 관한 것으로 옮겨져 온 셈이었다.

"근본적인 것을 놓친 채 덩어리 작은 것들을 부정하고 있다면 네 말마따나 내가 딱한 녀석이겠지. 내가 과연 그런 짓을 하고 있는 걸까? 나는 그렇게 생각지 않는걸."

"어디 무슨 이야기인지 좀 들어봐야겠다. 나는 알아먹을 수가 없으니 말야." 최는 이제 관전자의 입장으로 바뀌어져 있었다.

"근본적인 것을 부정해 버리고 있으니까 그 나머지의 구체적인 것들은 어쩐지 시들하고 유치해 보인다구 너는 말하지만, 너야말로 왜 부정을 하고 있는 거냐? 그 나이가 되어서 여전히 그런 부정만 하고 있다면 얼마나 딱해? 젊었을 적이라면 몰라도 이제는 그런 부정을 해서는 안 될 거다. 더구나 그런 태도를 가지고 자기 연민, 자기의 무력함이나 좌절감을 합리화시키는 구실로 삼는 일이 생긴다면 그건 더욱 딱하지 않겠니? 또한 설령 진짜로 네가 근본적인 것을 부정하고 있어서 인생 사회의 실천적인 것들에 무관심하게 되는 것이라면 그 근본적인 것에 대한 부정의 크나큰 표정을 보여주어야 할 게 아니겠어? 왜정 시대에 많은 문인들이 식민 현실이라는 근본적인 것을 부정한다고 했고, 그래서 그들이 좌절감 무력감에 턱없이 시달렸다고 했지만 그것만 가지고 그 문인들이 과연 무엇을 설명했는가 하는 게 납득이 될까?"

"그러면 너는 뭐냐? 네가 하고 있는 짓거리들은 문학이라는 이름으로 어떻게 설명이 될 수 있는 것인가?"

"나는 부정을 하고 있는 게 아냐."

"그럼 긍정을 하고 있는 거냐?"

"그래 그건 긍정이다. 부정하고 있는 건 내가 아니고, 나는 긍정을 하고 있는 거다. 잘되고 있는 것을 잘되고 있다고 말하는 것이 긍정이라면 잘못되고 있는 것을 지적하여 잘못되고 있다고 말하는 것도 긍정인 거다. 잘못되어 있는 것을 잘되어 있다고 말하는 것이 긍정이겠니? 사람들은 고의적으로 이 점을 착각하려고 하는 거야. 내가 부정을 하는 것이 아니라 잘못을 저지르고 있는 사람들이 이 세상을 부정하는 것이고, 잘못되어 있는 것을 잘되고 있다고 말하는 자들이 부정을 하고 있는 거다. 워낙 큰 것을 부정하고 있어서 작은 것들은 도리어 긍정을 하게 된다고 하는 따위의 말은 문학이 될 리가 없다. 문학은 워낙 큰 것에 대한 긍정을 위하여 부정해야 할 것을 부정하는 정신일 수밖에 없어. 물론 부정에 대한 부정을 통하여 이루어지는 긍정이란 귀찮고 힘이 들기는 하지만 말이다. 나는 긍정해야 할 것을 부정하고 부정해야 할 것을 긍정하는 그런 문학이 이제 사라질 때가 되었다는 걸 느끼니까, 네가 말하는 그런 문학은 한갓 기화요초처럼 문학의 중앙로가 아닌 문학의 변방 지대로 옮겨 가야 할 것이라고 생각하는 거다. 감당할 힘이나 용기가 모자라면 편하고 쉬운 쪽의 감미를 찾는 문학을 하는 것이 무방하지만, 적어도 문학의 중앙 지대는 비워 놓고 가두리에서 그런 짓을 하라는 거다. 돈도 벌고 님도 만나고 수지를 맞추는 것은 장사 놀음인 것이지 문학은 아니거든. 교통 방해는 하지 말아야 하니까."

"도대체 왜 그렇게 어려운 겁니까? 문학을 한다는 게 그렇게 어렵게 이루어진대서야 무슨 재미로 그 놀음을 하고 있겠어요, 박 선생?"

민경대는 술잔을 넘기면서 다시 물었다.

술을 마시는 것 외에는 나나 민경대가 다른 할 일이라곤 없었다.

"박 선생은 박 선생대로 갑갑하고 답답하겠지만, 이럭하고 있는 나는 무업니까? 벌써 사흘째 집에도 못 들어가고 이 조그만 아파트에 얹혀서 부인 보기 민망하게 구박덩어리 노릇을 하는 나는 이게 무슨 고역입니까? 내 집에 마누라가 없는 것도 아니고 그림에 소질이 있는 네 살짜리 딸애는 아빠가 옆에서 지도해 주기를 눈 빠지게 기다리고 있단 말예요. 박 선생이야 제 문학을 위해서 그런다고 하겠지만, 내 직무가 이런 식으로 돼야 하는 게 나로서도 견딜 노릇이 못 되거든요. 나를 구원해 주는 셈으로 치고, 박 선생의 문학이 왜 이런 방식으로 나타나야 하는지 어디 속 시원하게 설명이나 듣고 싶군요."

어디에서 이와 비슷한 질문을 받았던 적이 있었던가, 민경대가 던지는 질문과 아주 흡사한 말을 들었던 적이 있었던 것 같았다. 시인 김 아무개와 함께 최라는 단정한 친구의 저녁을 얻어먹었을 적에도 이 비슷한 이야기가 나왔다고 나는 회상했다. 그러나 그것은 전혀 다른 방식으로서였다. 술잔을 기울여 소주를 목구멍 속으로 털어 넣는 순간 나는 문득 어디에서 민경대가 던지는 것과 비슷한 질문을 받았던 것인지 생각이 났다. 그것은 어느 여공에게서였다. 여공들이 모여 있었다. 그 여공들은 직장에서 쫓겨나게 되자 모임 자리를 열어서 자기들이 부당하게 해고당했다고 하소연을 하고 있는 중이었다. 그녀들은 자기들이 음험한 목적을 가지고 있는 게 아니라고 목이 메어 말했다. 열심히 일하고 노력해서 참되게 살고 싶다고 말했다. 무리한 요구를 하고 있는 게 아니라고 설명을 했다.

"어째서 그런가요? 어째서 우리가 하는 일은 무조건 반항이고 거역이며 불순한 것이 됩니까? 우리는 가난한 집안의 딸년으로 태어났지만 성실히 일하고 서로 도와 가며 정말이지 참되게 살고 싶어요. 성실하게 일하고 서로 도와 가며 참되게 살기 위해 우리는 노력하고 싶습니다. 비록 가난하게 살망정 올바르게 살아야겠다고 우리가 마음을 다부지게 먹고 참된 삶을 찾자고 결심을 하면, 이때에 그들은 '잘못, 거역, 반항, 불순'이라는 딱지를 우리한테 붙인단 말예요. 우리가 진실해지자고 하면 그들은 반항이라고 하고, 우리가 허위라고 부르는 것을 그들은 진실이라고 하는 거예요. 어째서 우리의 진실은 반항이 되는 건가요? 우리는 결코 반항하려는 게 아닌데두요. 진실이니 반항이니 유식한 소리를 겁 없이 지껄이는 건, 제발 진실과 반항을 구별해 달라고 부탁하고 싶어서예요. 그게 왜 구별이 안 되나요?"

그 여공들은 전국 각처에서 모여들어 한 공장의 동료로 일하다가 그 공장에서 쫓겨난 뒤로 노두 방황을 하고 있는 중이었다. 그녀들은 어찌할 바를 알지 못하고 있었다. 다른 공장에 취직을 하기가 마땅치 않았다. 뿔뿔이 흩어져서 시골 고향으로 내려갈 수가 없었다. 직장은 그냥 노동하는 장소가 아니라 그들의 삶터이며 인생 수련장이며 또는 어떤 의미에서는 학교와 같은 곳이었다. 진실이 있다면 그것은 반항의 형태로밖에는 표현이 안 되는 이유는 무엇인가, 진실은 진실이고 반항은 반항으로서 별개의 것으로 되어질 수 없는 것이냐고 그 여공은 말하면서 덧붙였다.

"아무것도 모르는 계집애가 진실이 어쩌구 말한다고 하지 마세요. 진실은 우리가 숨 쉬며 먹고 살아가야 하는 그런 문제가 되는 거니까 절실해지는 겁니다. 진실이 없이도 우리가 제대로 살 수 있다면 그런 진실은 중요한 게 아니에요. 사람으로서의 최소한도의 요구, 우리의 정직함을 반항, 불순, 거역으로 몰아붙이기만 한다면 결국 우리를 막다른 골목에 집어넣고 있는 것은 우리가 아닐 거예요. 우리는 복잡한 것을 요구하는 게 아니거든요. 진실은 단순하고 허위는 복잡하다, 라고 어떤 책에서 읽었어요. 우리는 단순한 것을 요구합니다. 배울 권리는 못 되더라도 일할 권리는 달라는 것뿐입니다. 이것을 반항, 거역, 불순으로 몰아붙이지 말아 달라는 겁니다."

어느 쪽이냐 하면 민경대는 성실하다고 할 수 있는 말단 조직인이었다. 조직인에게 있어서는 조직이 생각하고 판단하고 유기적인 생명체처럼 활동을 벌이게 하는 것이니 나는 그를 상대로 하는 게 아니라 조직을 대하고 있는 것이었다. 그 자신으로서는 나에 대하여 인간적인 감정이 있을 수 없었으며 나 또한 그 점에 대해서는 충분히 이해를 하고 있었다. 그에게는 말로만 듣던 문인을 만나 함께 생활하면서 수작을 나누게 된 것이 처음이었고 나는 조직 생활의 희로애락을 직접 듣게 된 것이 처음이었다. 게다가 우리는 동갑내기였고 비슷한 역사적 체험을 가지고 있었으며 결혼 생활의 양상이며 어린 자식을 키우는 처지 따위가 비슷했다. 민경대가 다시 입을 열었다.

"내가 박 선생한테서 안타까움을 느끼는 것은 어째서 박 선생이 가출을 했느냐 하는 겁니다. 박 선생은 문학이라는 집 안에서 살았어야 하는 것인데(내가 볼 적에) 지금의 박 선생은 가출을 한 거란 말입니다. 길거리는 복잡해요. 시끄러운 건 둘째 문제이고 어떠한 곤경에 치하게 될지 몰라요. 당국의 입장에서는 이런 가출자들은 더더욱 골칫거리 아니겠습니까? 그러니 박 선생은 이렇게 꼼짝없이 집 안에 들어앉아 있게 되는 경우를 만나게 된 것이 아니냐, 내게는 그렇게 보이는군요."

"그래서 친구 장례식에도 못 가게 하고 말이지요?" 나는 노여운 어조로 그에게 물었다.

민경대는 담배를 꺼내 피우면서 쓸쓸한 미소를 띤 채 한동안 말이 없었다.

"진실은 단순하고 허위는 복잡하다고 박 선생은 말했지요? 진실은 진실이고 따라서 진실을 반항으로 몰아치면 안 된다고 했지요? 긍정은 긍정이고 부정은 부정이니 긍정과 부정을 혼동하면 안 된다고 했지요? 박 선생 말이 아마 옳겠지요. 적어도 문학으로 보았을 적에는 말이에요. 하지만 나는 문학인은 아니거든요. 내게는 문학은 복잡하고 정치는 단순한 것을 좋아하나 보다 느껴지는걸요."

결국 우리는 서글픔처럼 밀려오는 피로 속에서 서로 입을 다물었다. 인생은 단순할수록 좋은 것일 터이었다. 반면에 각계각층의 인생들을 수용하는 사회는 복합적이고 다양성을 띠어야 마땅할 것이었다. 그것은 거꾸로 된 것이 아닌가. 사람들의 개개의 삶은 터무니없이 복잡해졌고, 그러한 삶들을 담아내는 삶터로서의 사회는 단선적(單線的)인 표정을 강요하고 있는 것은 아닌가. 인간과 사회의 관계를 정서적으로 해명하는 작업으로써의 예술, 또는 예술가가 할 수 있는 가능한 일은 어떻게 되는 것인가. 60년대의, 또는 70년대의 남한 땅에서 예술가로 살아가게 되었던 자들의 운명은 어떤 모습이었을까. 70년대에 남한 땅에서 예술가로 살아간다는 것의 의미를 우리는 어떻게 이해하고 있었을까. 이 민족 사회의 구체적 현실 상황에서 우리가 일구어 놓은 예술 작업의 실상은 어떤 것으로 나타나고 있으며, 1979년의 이 시점에서 우리는 어떠한 상태에 있는가? 문학인들끼리 만났을 적에는 이런 따위 문제를 그러니까 문학적으로 해명해야 할 의무를 지니고 있는 것처럼 느끼게 된다. 민경대와 나는 그런 문학 논쟁을 하고 있었던 것은 아니었다. 그

러나 정치의 구조는 파악하기 쉬운데 문학의 구조는 그것이 무척
이나 어렵게 되어 버렸다는 막연한 깨달음 속에서 그렇게 되어 버린
문학이 잘못된 상황에 처해 있는 게 틀림없다는 생각이 서글픈 피
로처럼 엄습해 왔던 것이었다.

3.

3·1절은 1919년에 일어난 민족적 사건을 기리기 위해 공휴일로
정한 명절이었다. 그로부터 60년이 흘러간 1979년 3월 1일을 나는
약간 특이한 방식으로 기리게 되었다. 그해, 79년 3월 26일 자 일간
신문(중앙일보)에는 '3·1운동 60주'라는 기획의 제목으로 어느 사
학자의 글이 실려 있었는데 나는 이런 구절을 곰곰 생각에 잠겨서
읽었다.

'3·1운동은 우리 근대사의 서리고 서린 산맥 가운데 외연(巍然)
히 솟은 한 고봉, 이 봉우리에 서서 보면 외세의 침노 속에 끈질기게
저항하면서 생성 발전해 온 우리 민족의 발자취가 멀리 가까이 제
자리를 드러내면서 부각된다. 3·1운동은 우리 근대 민족운동사의
큰 호수, 이 이전의 모든 근대 민족운동의 물줄기가 이리로 흘러들
고, 이 이후의 모든 근대 민족운동이 여기서 나가는 것을 실감할 수
있다.'

근대 민족운동으로서의 3·1운동이 이렇게 높게 평가를 받는다
면 3·1운동이 아닌 그 근대 민족운동은 그 뒤로 어떻게 전개되어 갔
으며 오늘의 형편은 어떠한가. 오늘의 시점에서 보자면 근대 민족
운동은 일단 역사적인 사명을 완수한 과거의 것으로 마감되어 버
린 것인가. 아니면 오늘에도 부단히 그리고 심각하게 계속 진행 중

에 있는 것인가. 우리에게 찰거머리처럼 달라붙어 우리를 괴롭히고 있는 반민족적인 상황은 거의 해소된 것인가.

역사학의 입장에서가 아니라 문학적인 면에서 보자면 3·1운동은 적어도 우리의 근대문학이 본격적으로 전개되게 하는 계기를 만들어 주었었다. 물론 그 근대문학은 식민치하의 조건에서 바람직스럽게 이루어져 간 것만은 아니어서 당연한 비판과 반성이 따랐으며 그것은 오늘의 문학도 마찬가지로 비판하고 반성케 해 주고 있다. 이처럼 60년 전의 3·1운동은 그 운동의 결과로서 근대문학을 열게 하였다. 하지만 그 3·1운동 자체를 시나 소설의 소재로 다룬 작품은 많은 쪽이 아니었다.

일본의 이류급쯤의 작가가 '3·1 소요 사건'을 배경으로 해서 쓴 「기아혁명」이라는 작품을 보았던 적은 있다. 그 소설을 여기에 인용할 가치가 있을지 모르지만, 제목이 드러내 주듯 그 소설은 3·1운동을 엉뚱한 차원에서 바라보고 있는 것이었다. 그 당시에 살았던 사람들이 흔히 '만세 사건'으로 부르고 반면에 일본 식민 통치자들이 '소요 사건'으로 보았던 운동을 그 일본 작가는 춥고 배고파 더 이상 견딜 수 없게 된 조선 농민들이 마지막 생존권을 위해 들고 일어난 막바지의 '기아 혁명'이었던 것으로 파악하고 있는 것이었다. 부산에서 두 명의 젊은이가 우연히 동행이 된다. 한 청년은 일본인으로 황해도 황주에 있는 일본 재벌 농장의 관리 직원으로 부임하러 가는 길이고 다른 한 청년은 일본에서 유학을 마치고 고향인 황주 땅에 교회 선교사가 되기 위해 금의환향하는 길이다. 일본 청년은 황주에 사는 조선 농민들의 비참상에 놀라고 조선 청년은 제 고장 농민들의 무지몽매함에 충격을 받는다. 대부분의 농민들은 장판도 놓지 못한 황토 바닥의 토담방에 거적때기를 깔아 놓고 사는 형편이며, 그것이 대부분의 소작농 영세농뿐 아니라 근근이 견디는 자작농의 살림 형편이다. 불과 몇 안 되는 지주 집안이라야 온돌방에 이부자리를 덮고 자는 것이다. 일본 청년은 이런 조선 농민을 갈취하기만 하는 일본 재벌 농장의 처사에 젊은 의분을 느끼고, 조선 청년은 고향 사람들의 가난과 정신적 헐벗음에 방관할 수만은 없다고 깨달아 지주인 그의 부친에 거역하여 농민들에게 선교 사업을 펴고 계몽 교육 활동을 벌인다. 일본 청년과 조선 청년은 이 대목에서 서로 의기투합하여 그들이 근대문물을 배운 새 시대의 젊은이들임을 기분 좋게 자각하게 된다. 일본 재벌 농장에 속한 직원이면서도 일본 청년은 조선 농민의 소득을 올려주기 위해 사과나무를 심을 것을 권장하게 된다. 그러나 서울로부터 만세 소식이 전해지고 농민들은 동요하기 시작한다. 재벌 농장의 요청으로 나타난 일본 헌병의 강압적인 난폭한 행위에 농민들의 분노는 폭발하여 살상극이 벌어지게 된다. 피를 본 농민들은 그들을 짓밟고 비인간적인 굶주림에 떨어지게 한 일본인들에 대한 복수를 하려고 한다. 일본 청년은 조선 농민들이 민족의 독립이나 자유를 외치고자 일어난 것이었다면 그들을 이해해 줄 만하지만, 일본인들에게 복수를 하고 약탈을 하는 기아전쟁으로 보이기 때문에 이런 농민들을 이해하지 않는다. 억누르고 짓밟아 진압시킬 수밖에 없다는 것을 깨닫게 되고 자신이 피식민자가 아닌 식민 통치배의 일원임을 긍정적으로 확인하게 된다. 조선 청년은 자기 고향 사람들에게도 만세운동이 파급되던 초창기에는 새 시대의 젊은이답게 농민들의 앞장을 서서 그들을 격려하고 행동을 함께한다. 하지만 농민들의 요구가 점점 더 거세어져서 그의 집안과 교회의 목사가 그들의 규탄 대상이 되자 이 청년의 심경은 달라져 간다. 그는 더 이상 농민들의 입장을 이해하는 것이 아니라 그들에게 등을 돌려 대어 일본 헌병에게 협조를 요청하고 또한 협조할 것을 다짐하게 된다. 이러한 과정을 거쳐 농민들은 무자비하게 진압되고 농촌은 평온을 되찾게 되지만, 두 청년은 좌절감을 느낀 채 황주로부터 탈출하여 떠나게 되는 것으로 이 소설은 끝을 맺는다.

대체로 이와 같은 내용의 「기아혁명」이라는 일본 소설은 물론 우리의 운동을 다룬 소설이라고는 할 수가 없다. 3·1운동은 이 소설의 배경을 이루는 것뿐으로서 야만적인 피식민 상태의 조선 농민들의 참상이 묘사되고는 있으나, 그것은 어디까지나 식민 통치배의 일원으로서의 냉혹한 입장에서 그려진 것이었다. 일본의 조선에 대한 식민 통치를 결과적으로 수긍할 뿐 아니라 '근대 민족운동'으로서의 조선 농민들의 싸움을 가장 차원이 낮은 '기아 혁명'의 관점 이상으로 끌어올리려 하지 않고 있는 것이다. 모든 민족 운동은 민족의 자주독립을 실현키 위한 정치적 혁명이라는 표정과 더불어 잘못되어 있는 민족 사회의 구조를 올바르게 개혁하려는 사회적 혁명의 표정을 함께 가지고 있는 것이었다. 결국 그 소설은 이른바 일본의 대정(大正) 데모크라시에 물든 그 당시 일본 지식인층이 갖고 있던 허위의식과 그 한계 그리고 그 좌절된 모습을 한반도의 황해도 황주에서 그려 보이는 것에 다름이 아니었다.

3·1운동을 직접적으로 그린 것은 아니지만 그것이 일어나게 된 시대적인 분위기를 아픈 시선으로 담아낸 작품으로는 아무래도 염상섭 「만세전」이라는 소설을 꼽지 않을 수가 없다. 이 소설의 제목부터가(비록 나중에 개작한 것이라고는 하지만) 3·1만세 사건의 전야(前夜)를 지목하고 있는 것이었다. 이 소설 또한 일본으로부터 부산항에 도착한 주인공이 고향에 가기 위해 기차를 타는 데에서부

터 시작이 되고 있다. 주인공은 신문물을 배우기 위해 일본에 가 있는 유학생이었다. 그는 고향 집안의 부음 소식에 접하여 다니러 오는 길이었다. 기차의 창으로 보이는 국토의 헐벗은 모습, 식민치하에 시달리는 조국 동포들의 표정, 그리고 고향에 도착하여 만나게 된 일가친척들의 비참한 궁경을 두루 보고 겪으면서 '만세 사건'이 터지고야 말 암울한 시대 상황을 주인공 자신의 절망적인 의식 상태 속에서 살펴보고 있는 것이었다.

3·1운동은 바로 이러한 염상섭 세대에 의하여 봉기하게 되는 계기를 얻었다. 염상섭 자신이 일본 대판(大阪)에 거주하면서 조선 유학생들을 모아서 선언문을 낭독하려던 주모자로 대판경찰서에 붙들려 들어갔던 체험을 겪었었다. 일본 동경에서는 이광수가 2·8 선언문을 작성하였다. 서울에서는 최남선이 독립선언서를 썼으며 그 문장이 약한 것을 못마땅하게 여긴 한용운에 의해 공약 3장을 덧붙이게 되었다. 이처럼 염상섭 이광수 최남선 한용운 세대는 역사적인 당위 앞에서 자기 세대가 맡아야 할 일을 찾아내었다. 이 세대는 조선왕조의 유민이라기보다는 식민 치하의 전개와 더불어 성장한 식민 제1세대였다. 이 세대는 최초로 신문물을 접했다던 개화 이념의 세대였다. 앞의 세대들이 조선왕조의 말기적 상황 속에서 개화, 위정척사, 농민혁명으로 분열될 수밖에 없었다면 이 세대는 일본 식민 통치자들이 주입해 주는 개화 이념을 내세워서 그 개화 이념으로 식민 통치자들에 저항해야 하는 모순을 안고 있었다. 그러나 이 세대는 왕조의 백성이 아니라 개화되어야 할 민중을 처음으로 발견해 내게 된 세대였다. 이 세대의 민족주의는 위에서 아래로 민중을 내려다보거나(개화, 척사위정) 아래에서 위로 민족을 올려다보는 (동학) 자세를 꾸미는 것이 아니라 민족과 민중을 수평으로 관계 맺

어 줄 역할을 할 수가 있었다. 그러나 이 세대의 역할은 한정적인 것일 수밖에 없었다. 독립선언문을 계획하는 과정에서 이 세대는 자기보다 앞선 세대들에게서 민족 대표를 모아야 했는데 그 와중에서 박영효나 송병준 따위를 찾아다니는 엉성하기 짝이 없는 일도 일어났고, 자기들보다 어린 세대인 학생들의 동원을 조직적으로 해내지 못하고 더욱이 농민들 속으로 들어가면서 삼천리 방방곡곡으로 요원의 불길처럼 확대되리라는 것을 정확하게 예견하지도 못했다. 게다가 이 세대는 그 뒤로 쉽사리 변질 타락하여 자신의 세대가 맡아야 했던 보다 큰 역할을 담당했다고 보기 힘들게 만들었다. 3·1운동은 식민 현실의 모순을 그 당장에 바로잡지는 못했다. 그러나 식민 현실의 잘못을 자각케 하는 계기를 만들었으며 자연발생적이 미라 성격의 소요가 아니라 어느 정도 조직적이며 이념을 앞세운 '근대 민족 운동'을 민중들로 하여금 전개시켜 나아가게 하였다.

그리하여 3·1운동은 민족의 명절이 되었다. 시대는 바뀌어 한반도는 식민 현실에서 벗어났다. 정치적 독립, 경제적 자립, 문화적 자치는 명실상부하게 추구되어야 할 당면 문제가 되었지만 총칼을 맞대고 대치하는 분단 상황이라는 것이 사람들의 목구멍에 걸려 있게 되었다. 식민치하의 모든 문제가 식민 현실이라는 상황으로부터 원인적으로 일어나고 있었던 것이라면, 이 시대의 모든 문제는 분단 상황으로부터 근원되는 것이었다. 민족 문제는 여전히 해답을 얻지 못한 채 질문의 형태로 남아 있었고, 그 질문에 대해 성급한 해답을 얻어 내려는 움직임은 봉쇄되어 왔다. 3·1운동은 과거의 역사가 아니라 오늘의 역사였다. 1919년에 있었던 3·1운동과 1979년의 3월 1일은 과연 어떠한 관련성을 갖고 있다는 말인가.

"자아 박 선생, 그만 움직여 볼까요?" 하고 민경대는 나에게 말했

다. 새로운 봄, 신춘(新春)의 서기(瑞氣)를 나의 조그만 아파트 창문
으로부터 이미 느낄 수 있는 상쾌한 아침이었다. 민경대는 며칠 전
부터 졸라 대고 있었던 것이다. 2월 27일부터 서울을 벗어나 여행
을 가자고 했었다. 3월 1일을 전후하여 나는 서울에 있으면 안 된
다고 했다. 서울로부터의 추방이었다. 여행은 무슨 여행이냐고 나
는 고집을 부렸고 그리하여 3월 1일 아침까지도 나는 내 아파트에
있었다. 그러나 더 이상 고집을 부릴 수는 없었다. 우리는 인천으로
가리라 하였다. 민경대는 용문산쯤 가는 게 어떠냐 하였지만, 아파
트를 벗어난 우리는 먼저 다방으로 찾아 들어갔다. 커피 한잔 마시
자고 민경대는 말했다. 5층짜리 건물의 1층에 있는 다방 입구에 쭈
그려 앉아 있던 구두닦이가 민경대에게 반가운 표정으로 인사를
했다. "구두 벗으십쇼. 닦아 드릴게요" 하고 그 녀석이 말했다. 민경
대뿐 아니라 내 구두도 벗었다.

  "호적도 없는 고아인데 말이지요. 그런 환경의 아이치고는 나쁜
물이 들지 않았더란 말예요. 그런데 나쁜 아이들이 자꾸 괴롭힌다
고 하소연이길래 내가 나서서 이 다방 입구의 구두닦이 터를 잡아
주었지요. 보증을 서고 해서 저 애 호적도 만들어 줬구 말예요. 그
래서 그런지 나만 보면 꼭 내 구두를 닦아 주려고 안달이지 무업
니까?"

  커피를 마실 적에 민경대가 늘어놓는 말이었다. "아이구 민 선생,
오랜만이요" 하고 그에게 인사를 청하는 이들이 다방 안에는 꽤 있
었다. 그런 이들 중의 누군가는 이미 이쪽의 커피값을 내었다. 통일
주체국민회의 대의원 선거 때에 출마했다가 낙선한 사람, 술 마시
고 붙잡혀 온 것을 보아주었던 목욕탕 주인, 도시새마을 위원, 조기
축구회 회원 등속의 이 동네 유지들이 그들이었다.

"아시겠소, 박 선생? 제발 개과천선해서 이런 동네 유지 노릇 좀 해 보란 말예요" 하면서 민경대는 웃었다.

다방에서 나온 우리는 택시를 타고 신촌로터리 옆댕이에 있는 인천행 버스 정류소로 갔다. "아이구 민 선생, 오랜만이요" 하고 그에게 인사를 청하는 사람은 여기에도 있었다. 버스 좌석을 잡았을 때 이쪽 차표값을 그 사람이 고집을 부려서 내었다. "오완표가 한 번 찾아왔더군요" 하고 민경대가 그 사람을 보면서 말했다. "아 그래요? 짜아식, 나한테는 한 번도 찾아오지 않더니⋯⋯" 하고 그 사람이 대꾸를 했다.

버스는 출발했다. 민경대는 그 사람과 계속 무슨 내용인지 모를 이야기를 나누고 있었고 나는 멀거니 창밖을 내다보며 과연 내 기분은 어떤 것인지 알쏭달쏭해하였다. 이것은 그냥 바람 쏘이러 나서는 당일치기 여행은 아니었다. 민경대는 나를 상대로 해서 공무를 수행하고 있는 중이었고 나는 그 대상이었다. 그렇다면 그나 나나 엄숙한 마음가짐으로 있어야 옳았다. 하지만 그나 나나 엄숙해하고 있는 것은 아니었다. 그렇다면 농담 기분으로 있는 것일까? 농담 기분은 아니었다. 처량하게 끌려다니는 기분인가. 딱히 그렇게 생각하고 싶지도 않았다. 시외버스를 타고 시내를 가고 있을 적의 심사는 시내버스에 매달려 있을 적과는 다르다. 차창으로 보이는 길거리의 모습이라든가 행인들의 표정 같은 것을 보다 깊숙이 읽어 내고 있는 것처럼 느끼게 된다. 「기아혁명」이라는 일본 소설의 주인공이 기차의 차창을 통하여 보았던 것들, 「만세전」이라는 염상섭 소설의 주인공이 기차 칸에서 막막하게 내려다보았던 것들이 1919년 무렵의 그 시대 풍경화였다면, 나는 막연한 나름으로 우리 시대의 풍경을 이렇게 바라보고 있는 것처럼 느끼고 있었다. 그 시대의 기와집 초가집들은 이 시대의 콘크리트 시멘트로 바뀌어져 있는 것이겠고, 그 시대의 아이들이 입었던 바지저고리는 이 시대의 블루진과 잠바 파카 따위로 되어져 있을 것이었다. 자치기에 연을 날리고 팽이 돌리던 풍경은 야구 놀이에 스카이 콩콩 따위의 놀이로 되어 있었다.

"박 선생, 이런 버스 처음 타 보는 거요? 정신없이 무얼 그렇게 내다보고 있는 겁니까?" 민경대가 내 옆구리를 건들면서 담배를 권했다. 공무 수행 중에 있는 민경대와 함께하는 이번의 이 짧은 외유(外遊)에서는 아마도 평시에는 미처 볼 수 없었던 우리 시대의 풍속도를 바라볼 수 있을 것 같은 예감이 들었다.

"저기 저 사람은 대학교 생물학 교수입니다" 하고 민경대는 우리의 차표값을 내준 앞좌석의 신사를 가리키며 말했다. "한때 내가 그 대학에 파견 근무를 나갔던 적이 있었지요. 그때 저 황 교수가 학생처장이어서 나와 접촉이 잦았어요. 다른 대학에서 돌림병처럼 한 차례씩 데모들을 해 댈 무렵이었어요. 그 대학의 학생들도 위신을 차려야 하지 않느냐고 쑥덕거리기 시작하니, 긴장하지 않을 수 없었거든요. 그건 학생들과 벌이는 일종의 두뇌싸움 같은 것이어서 참으로 미묘하게 대처해야 하는 것이거든요."

"민 형과 같은 입장에서는 이른바 대학생 문제라는 게 어떻게 바라보이는 것입니까?" 하고 나는 물었다.

"공식적인 입장을 묻는 겁니까? 아니면 비공식적인 내 개인의 관찰 내용입니까?" 하면서 그는 쓰겁게 웃었다.

이러면서 그는 우스갯소리 한마디 하겠다면서 이런 이야기를 들려주었다. 서울의 어느 여자 대학교에서 학생들이 데모를 하면 번번이 경찰 쪽의 판정패로 돌아가곤 했다는 것이다. 그럴밖에 없는 것이 캠퍼스로부터 뛰쳐나온 여대생들을 막아야 하는 전경대원들은 바로 같은 나이또래의 청년들인 것이다. 그들은 앞가슴을 앞으로 내밀어 돌진해 오는 여대생들을 향해 몸으로 부딪쳐서 저지할 수밖에 없는 것이었다. 그러나 아무리 강심장의 총각들이라도 처녀들 앞에서는 허약해질 수밖에 없어 힘 있게 밀어붙이지를 못하게 되는 탓이었다고 했다. 전경대원들을 야단쳐 봤자 소용이 없었다. 궁리를 거듭한 끝에 접근전이 아닌 원거리 퇴치법을 생각해 보게 되었다. 그 여자 대학은 비탈길을 내려가서 교문이 나오는데, 최루탄을 비탈길 위에서 또르르 굴린다는 것이었다. 최루탄은 한참을 굴러 가다가 대치하고 있는 두 세력의 완충지대에서 터지게 되었고, 그리하여 오랜만에 경찰이 판정승을 얻어 냈다고 했다. 그래서 기분들이 좋아져 있었는데 그러자 예상하지 못한 후유증이 뒤따랐다. 여대생들은 비록 데모를 하였다고 할지언정 이 사회의 각계각층의 지도층 인사들의 딸이었다. 각선미를 자랑하느라 종아리 드러내 놓고 있는 여대생들에게 최루탄을 던지다니, 장차 이 나라의 어머니가 되어야 할 그녀들을 경찰이 그렇게 가혹하게 대할 수 있느냐는 비난이 빗발치듯 들어왔다는 것이었다. 최루탄을 던진다는 것도 바람직한 일은 못되었다는 것이니 일선 경찰의 고민은 한두 가지가 아니었다는 것이었다. 물론 이런 일도 그냥 옛날이야기가 되어 버린 것이 이제 와서는 대학생들의 기법도 발전했고 저지하는 쪽의 기술도 향상되어서 보다 고도의 수법이 동원되고 있는 실정이라고 그는 부연해서 설명을 했다.

"민족의 분단이 문제이지만 이러한 분열이 정말이지 문제인 것 같아요. 그것을 막기 위해 어떻게 해야 하는지 나는 모르지만 그 구체적인 모습들을 보고 있노라면 정말 안타까워요" 하고 그는 말했다.

"대학생들은 물론 고민을 하고 있는 겁니다. 우선 집안 문제로 고민들을 하지요. 가난의 고민도 있겠으나 대학생의 나이쯤 되면 그 집안은 대체로 세대교체기에 들어가 있는 것 아닙니까? 부모형제, 친척, 고향 친지 사이에서 일어나는 갈등은 특히나 우리네 경우처럼 태반의 사람들이 농촌에서 도시로 나와 살게 되고 6·25 때의 상처가 아물어 있지도 못한 아픔까지 겹쳐서 청년들을 괴롭게 하고 있는 겁니다. 여기에 진학 문제의 고민, 친구 사이에서 일어나는 고민, 인생 진로의 고민……. 하여튼 이런 개인적인 고민의 홍수 속에서 허우적거리는 건 사실일 거예요. 그런데 나로서 이해가 될 듯하면서도 안 되는 대목은 그다음 단계에서 나타나는 겁니다. 대학생들은 이런 개인적인 고민을 섣부르게 사회적인 고민, 역사적인 고민, 민족적인 고민으로 번역하려고 덤벼들거든요. 그래서 대학이라는 곳 자체가 고민의 전당이 되어 버리는 것 같아요."

"거꾸로 말하자면 사회, 역사, 민족의 고민이 대학과 대학생들을 점령해 버리고 있다는 뜻이 되는 거겠군요?"

"박 선생, 내가 오완표라는 대학생 이야기를 해 볼 테니 들어보겠수? 아까 저 앞자리의 황 교수하고도 오완표 이야기를 나누었지만 말예요. 그 대학의 학생들이 데모를 하려고 한다는 게 기정사실처럼 되어 가고 있을 무렵, 학생처장인 황 교수와 학생대표, 그리고 내가 서로 만났어요. 학생 데모는 학생들에게 명분과 운동의 차원에서 이해될지 모르지만, 내 경우에는 그게 다르게 보이거든요. 그건 감옥 가야 하는 학생, 불구속 기소해야 하는 학생, 퇴학당해야 하는 학생을 배출해 내는 일이 되니까 말예요. 데모라는 건 학생이 보는 입장, 학교에서 보는 입장, 당국이 보는 입장이 서로 예민하게 뒤틀리는 대목이거든요. 사실은 그래서 대화가 필요한 것이 데모란 말예요. 그러함에도 그런 모임의 자리라는 건 참으로 괴롭지요. 왜 이래야 하는지 답답하지요. 나는 내 나름대로 사직서를 주머니에 갖고 다니면서 내가 할 수 있는 최선의 노력을 해 보느라 했습니다. 며칠 뒤 사건은 터졌어요. 내가 얻었던 정보와는 다른 양상으로 나타났어요. 아주 격렬하게 애들은 데모를 해 버렸더란 말입니다. 내 노력의 보람도 없이 나는 상사로부터 야단을 맞았고 애들은 애들대로 많이 붙잡혀 왔지요. 학생처장 황 교수도 어떻게 수습해야 할지 나에게 묻더군요. 이렇게 격렬하게 된 까닭을 살펴보니까 그게 오완표라는 녀석 때문이었어요. 대학원 1학년생인데 교수들은 저저금[1]들 제자로 삼겠다고 할 만큼 착실히 공부하는 녀석이었단 말예요. 경찰서에서 그 녀석과 대화를 나누었지요. 네가 어찌 이럴 수가 있느냐 했더니 이 녀석 개인적인 고민이 많다는 걸 알게 되었어요. 집안이 워낙 가난한 데다가 친척 중에 연좌제에 해당되는 자가 있어 취직 시험에 붙었는데에도 취직이 안 되어 버린 일을 만난 겁니다. 본인의 희망은 공부하고 싶다는 것인데 공부하고 싶은 희망을 실천할 여건이 전혀 안 돼 있었던 겁니다. 어차피 학문을 계속하지 못하게 된 제 인생이란 쓰레기 인생에 불과하다는 자포자기가 있었어요. 황 교수가 매달렸지요. 오완표를 제발 감옥에 보내지 않도록 해 달라는 겁니다. 그의 집안 어른들이 울고불고 달려와서 매달렸어요. 지도교수며 친구들도 사정하고 본인도 애원을 했지요. 어찌 됐든 오완표는 감옥에 가지는 않았어요. 그러나 처벌을 면할 수는 없어서 퇴학을 당했지요. 그 정도로 끝난 것이 다행이라고 오완표는 경찰서에서 풀려날 적에 나한테 고맙다고 했거든요. 엄밀

---

1) '제가끔'의 방언(황해).

하게 말해서 나한테 고마워할 건 없었어요. 그 녀석이 주위 사람들한테 그만큼 신임을 얻고 있었던 것은 결국 본인의 공로이거든요. 그 사건이 일어난 게 2년 전의 일이었는데, 바로 얼마 전에 오완표가 나를 찾아왔더군요. 이 녀석 대뜸 나를 원망하는 거지 무업니까? 차라리 그때 감옥 가게 내버려 둘 것이지 왜 말렸느냐는 겁니다. 어이가 없어서 아무 말도 못 했어요. 다음 순간 참으로 이 녀석이 딱하다는 생각이 들었습니다. 얼마나 인생이 안 풀리고 세상사 제 뜻처럼 전개되지 않아서 이런 소리를 하고 있는 것일까 생각해 보니 그렇더란 말예요. 박 선생, 나는 그냥 말단 조직인에 불과하지만 왜 이렇게 어려운 겁니까? 문학이라는 게 왜 그렇게 어려운 것이고 학문의 전당이 왜 그렇게 어려워야 하는 것인지 이해가 될 듯하면서도 안 돼요." 버스는 이미 경인 간의 공장지대, 신흥 주택지대로 들어서 있었다. 서울시는 벗어났고 부천시로 들어와 있었다. 소사니 백마장이니 부르던 지명이 이제는 그냥 부천시로 되어 서울과 인천 사이를 메워 놓고 있었다. 부천시가 나날이 발전하는 중이라는 것을 알리는 아치가 군데군데 세워져 있었다. 어려운 것이 문학이나 학문의 전당의 문제뿐일까? 이 시대 자체가 어려운 것이 아닌가. 그것을 쉽게 감당하려다가는 도리어 그런 안이한 자세로 인하여 잘못을 범하는 것이 되지 않을까? 경인국도변을 걷고 있는 사람들 하나하나는 또한 모두들 얼마나 어려운 것들을 감당하고 있는 것일까. 비록 그들은 자기 고민을 누설시키지 않으려고 애쓰고 있겠지만……. 나는 경인국도변의 사람들의 갖가지 모습들을 강한 시선으로 바라보고 있었다. 경인국도변 사람들은 당세풍(當世風)의 민중상을 보여주고 있는 것처럼 생각되었다. 아주 커다란 소쿠리에다가 집, 공장, 학교, 교회, 창고, 점포 따위들을 담아가지고 와서 쏟아내 버린 듯한 경인국도변의 풍경과 걸어 다니고 있는 사람들은 어떻게 걸맞아 돌아가고 있는 것인가. 버스가 다시 서더니 여공들이 다섯 명 탔고 보따리를 머리에 인 아주머니가 탔다. 뒤이어 남자 녀석 둘이 올라왔다.

"야 너희들끼리만 달라뺄 줄 알았니?" 하고 사내 녀석 중의 하나가 여공들에 대고 말했다.

"홍 데이트를 하자고 해 놓구서는 기껏 3백 원짜리 유부국수나 먹으러 가자는 남자들은 별 볼 일이 없단 말야" 하고 여공 하나가 까르르 웃으면서 종알거렸다.

"까불지 말아, 너희들 버스값도 없는 것 같아서 이렇게 내주려고 따라온 거니까 말야."

"으이구, 눈물이 날 정도로 고맙지 무어야" 하고 여공 중 하나가 말하면서 웃었다. 그들은 서로 해질대면서 버스 뒤쪽의 좌석으로 밀려들 갔다.

"민 형, 우리가 반드시 인천까지 가야 하는 건 아니겠지요?"

"아니 그건 무슨 소리입니까?"

"서울은 벗어났으니 그냥 여기서 내리면 어떻겠느냐 하는 거지요. 인천에 가가지고 꼭 해야 할 일이 기다리고 있는 것도 아니니까."

"그래두 부두로 나아가 바닷바람을 쏘이고 생선회라도 먹어야지요. 이왕 나온 김에 말예요."

"뜻깊은 3·1절을 보내기에는 이곳 아무 데라도 괜찮을 것 같아서……" 하고 나는 말끝을 흐려 버리고 말았다.

"왜, 무슨 일이라도 있는 겁니까, 박 선생?" 민경대가 내 눈치를 보았다.

"뜻깊은 3·1절을 우리가 보내고 있는 것만은 틀림없지만, 박 선생 이야기는 다른 의미가 있는 것 같으니 말예요" 하면서 그는 웃었다.

"나는 줄곧 길거리를 지나다니고 있는 사람들의 표정을 보면서 왔어요."

"그래서요?"

"60년 전에 사람들은 길거리를 지나다니면서 어떤 모습들을 보여주었을까 비교해 보는 심정으로 말입니다. 물론 60년 전의 일은 본 적이 없으니 책이나 사진들을 통해 알게 된 바를 연상해서 비교하는 것에 그치지만 말예요."

"그게 어떤 대목으로 비교가 된다는 것인지……?"

"60년 전에 사람들은 바로 이런 길거리에서 태극기를 꺼내 들고 만세를 불렀을 거 아니에요? 그때의 그 사람들은 지금의 이 사람들과 다른 종자들이었을 리는 없어요. 그 사람들과 이 사람들은 얼마나 다른 역사 위에 서 있는 것일까요? 그때에 그들은 무엇을 염원하면서 만세를 불렀을까요? 그들이 염원했던 것을 지금의 이 사람들은 성취해서 가지고 있는 것입니까? 아니면 그때의 그 사람들이 염원했던 새 시대는 아직껏 우리에게 다가오지 않은 것일까요?"

"박 선생, 또 삐딱한 생각만 하고 있었군요. 나로서는 그냥 박 선생의 친구 입장에서 박 선생 자신의 문학을 위한 새 시대가 다가오기를 바라고 싶어요. 3·1절이다 해서 이렇게 엉뚱하게 끌려다니는 일을 만나는 게 아니라, 3·1운동이 일어나던 그 시대를 민족 대하소설로 써내는 일을 하는 그런 새 시대가 오기를 말입니다."

"그건 그래요. 내가 갖고 있는 작은 기량이나마 힘껏 발휘해서 오직 소설 쓰는 일에만 전념하고 싶은 생각이 정말이지 간절해요. 영화감독 하길종은 좋은 영화를 만들고 싶어 했지요. 그러나 좋은 영화는 그냥 만들어지는 것은 아니어서, 그는 그렇게 할 수 있는 여건을 만들어 보려고 애를 쓰다가 쓰러져 버리고 말았거든요. 나는 길거리를 지나다니는 사람들을 바라보면서 문학은 우리 시대의 이 사람들과 어떻게 맺어지고 있는가를 생각해 보고 있었어요. 1년 전에 있었던 일도 떠올리면서……."

"1년 전이라면…… 아니 1978년 3월 1일에는 무슨 일이 있었는데요?"

"작년 2월 중순 인천에 있는 어느 공장의 여공들이 집단적으로 해고 사태를 당한 일이 있었어요. 1천 몇백 명쯤의 노동자가 근무하는 방직공장이었는데 회사 측 입장에서는 여공들의 조직 활동이 강해져서 그걸 분쇄해야겠다고 느꼈던 모양이에요. 노조 지부장도 여성 근로자가 뽑혀 있었는데 수적으로 열세인 남성 근로자들이 불만도 가졌던 듯하구요. 하여튼 이런 노조 지부장 선거를 당해서 도저히 있을 수 없는 이상한 사건이 벌어져서 회사 측에서는 여공들을 집단 해고시켜 버렸거든요."

"그 이야기라면 나도 약간 들은 바가 있는데, 박 선생 그 일은 거론하지 맙시다."

"나는 노동 운동과 같은 것에 대해 말하려는 게 아닙니다. 또 노동 운동에 대해서 말하고 있다면 그건 그 노동 운동이 바로 나에게는 내 문학이 되고 있다고 느끼게 되는 때문입니다. 쫓겨난 여공들은 복직이 되기를 희망하면서 서울로 올라와 탄원도 하고 하소연도 했지요. 우리가 가고 있는 경인국도는 바로 이런 여공들이 일하고 싶어 오르락내리락하던 그런 국도인 것이란 말예요. 하지만 그들은 복직이 되지 않았어요. 더러는 시골 고향으로 돌아가 농사를 짓고 더러는 시집을 가고 더러는 더 불우한 처지에 놓이기도 했다는군요. 하지만 그녀들은 서로 계속 편지 왕래를 했답니다. 그뿐입니까 격려하고 참되게 살아 나가자고 다짐을 하고 불행하게 된 친구에게는 도움의 손길도 뻗친 거지요. 원래 여공이 되기 위해 그 방직공장에 찾아가고 있었을 적의 그녀들은 불우한 자신의 환경에 비관하지 아니하고 남보다 열심히 살고 한 푼이라도 벌어 가난한 집안 도우고 자신의 인생 개척해 보겠다는 다짐밖에는 없었을 거예요. 그녀들은 한반도 전국 각처에서 몰려든 것이었습니다. 이유야 어떻게 되었든 그녀들은 그런 공장살이나마 쫓겨났습니다. 그들은 다시 한반도 전국 각처로 흩어졌습니다. 그러나 각처로 흩어졌을망정 그들은 그냥 모래알처럼 흩뿌려진 것은 아니었어요. 같은 방직공장에서 일했던 동료였다는 사실은 그들에게 있어서 그 공장을 떠난 뒤에도 그대로 살아남아 있게 된 거지요. 그때의 그 직장은 그냥 공장만은 아니어서 그녀들의 인생 수련장이었고 어느 명문대학보다도 소중한 것을 배우게 하는 배움터였습니다. 그 처녀애들은 공장살이를 통해 그녀들의 인생을 그 전체로 튼튼하게 버티어 줄 수 있는 지혜와 용기 그리고 힘을 얻은 것입니다. 생각해 보세요. 전국 각처로 흩어진 그들이 어디에서 어떻게 지내든 서로 연락하고 글을 띄우고 등사를 밀어 문집도 만들어 내었단 말입니다. 공장은 떠났지만 한반도 전체가 그들의 동료애를 확인하는 장소가 되어 그들은 서로 격려하고 도와 가며 살아가고 있는 겁니다. 비록 공장살이에서 피눈물을 흘렸지만, 이 여성 근로자들은 한반도 전국 각처를 이처럼 새로운 삶터로 만들어 내고 있는 겁니다. 민 선생, 요 근래 내가 들은 것 중에서 가장 감동적인 이야기 중의 하나가 이것입니다. 물론 이 감동은 결코 순진하거나 값싼 것으로 윤색될 수 있는 게 아닙니다. 원자탄만큼의 위력을 가진, 역사의 새로운 원동력이 될 감동이지 않으면 안 됩니다. 알겠소? 지금 이곳에서 일어나고 있는 변화의 참된 모습이 어떻게 되는지 말입니다. 사람들이 어떠한 희망을 이 현실 속에서 실제로 실현해 나가고 있는지 말예요. 문학이 무엇을 해야 하고 문학이 어떻게 해서 소중한 것이 되는지 말예요."

그날 우리는 인천에 도착하여 하인천역 아래쪽, 옛날의 부두였던 곳을 헤매었다. 백범 김구가 인천 감옥소에 갇혀 있었던 1890년 대에 강제노역으로 건설하기도 했다던 그 부두였다. 그러다가 우리는 퍽이나 현명해진 듯한 느낌으로 민족에 대해서, 역사에 대해서, 문학에 대해서, 다시 많은 이야기를 나누었을 것이었다. 형태가 기묘하기는 하지만 우리처럼 3·1절의 의미를 되새겨 보면서 이 하루를 보내는 사람들이 있겠느냐면서 나는 웃었다. 그러자 그는 나에게 충고를 했다. 어떠한 일이 있어도 문학을 놓치지 말고 굳게 잘 해 보라고 말이다. 소설가는 소설을 씀으로써 문학을 행위하는 자이지만 때로는 소설을 쓰지 아니하고 침묵을 견딤으로써 문학을 행위하는 것이 되는 경우도 있는 듯하다고 나는 말했고, 그러하기는 하지만 역시 소설가는 소설을 씀으로써 문학을 행위하는 자가 되어야 한다는 것을 깨닫고 있는 중이라고 덧붙여 말했다. 1979년을 돌이켜 보면 참으로 여러 가지 일들이며 사건들이 착잡하게 떠오르지만, 또한 참으로 많은 것을 깨닫게 하고 역사의 의미를 되새기게 한 1년이기도 하였다. 이해에 유신 시대는 종말을 고하고 말았으니까 나로서는 구시대에 있었던 이런 신변상의 이야기가 행여 옛날에 있었던 한가한 회고담으로 들려지는 것이 아니기를 바라게 될 뿐이다. 1979년의 그때로부터 다시 몇 년이 흘러 또 맞이하게 되는 3·1절에 이 글을 적어 둔다.

《세계의문학》, 1983년 봄여름 합본호

신생(新生)의 암중모색: '박탈'된 존재로 '공거'하기와 문학의 윤리

— 박태순의 1970년대~1980년대 초반 작품을 중심으로

김우영

신생(新生)의 암중모색:
'박탈'된 존재로 '공거'하기와 문학의 윤리
— 박태순의 1970년대~1980년대 초반 작품을 중심으로

> … 우리가 바람직하게 생각하는 나라, 모든 사람이 평화롭고 행복하게 살고 있는
> 나라, '그 나라'는 과연 어떤 제도, 어떤 원칙을 가지고 있는 나라인지 말야……."
> -박태순, 「신생(新生)」中

김우영(문학평론가, 홍익대학교 교수)

---

1. 도래(到來)되지 못한 공동체, '新生(신생)' 상상하기

이 책에 실린 박태순의 작품들은 1970년대 중후반, 절필기를 전
후하여, 소위 '모색기'나 '이행기'로 불리는 시기를 거쳐 1980년대 초
반까지 창작된 것들이다. 기존 박태순 작품의 연장선 상에서 읽히
는 작품들과 새로운 모색이 담긴 작품들이 공존하는 양상으로, 소
품이나, 세태 소설처럼 보이는 「좁은 문」(《정경문화》, 1982년 1월호)
과 같이 다소 이채를 띄는 작품들도 있으나, 전체적으로 기존 자신
의 문제의식을 유지하는 한편, 새 시대 변화될 문학과 사회의 미래
를 부단히 탐구하고 있음이 확인된다. 이 책의 제목이자 표제작으
로 실린 「신생」은 1974년 《창작과비평》에 발표되었던 단편이자, 같
은 제목으로 민음사에서 1986년 출간된 단행본 『新生』과도 동일하
다는 점을 기억해 둘 필요가 있다.

소위 4·19세대로서 1964년 등단 이래, 사회 주류적 흐름과 비판적 거리를 유지해오던 박태순은 1970년대 중반에 이르러 자신에게 가해지는 직·간접적 통제에 대한 저항의 의미로 절필을 선언했다.[1] 그리고 이어진 1975년부터 약 2년간에 걸친 절필 기간을 전후하여 박태순은 여러 문학(외)적 시도를 감행하게 된다. '유신 시대'로 대표되는 엄혹한 시기 박태순은 '외촌동 사람들' 연작을 비롯한 일련의 작품들을 통해, 개발주의 한국 국토에서 지워진 존재, '비존재'이지만 엄연히 존재하는 '박탈'(dispossession)된 '민중'(기존 민중론과 거리를 두는)과 그들의 삶을 끌어안은 채 '공거'(Cohabitation)를 모색하며 대한민국의 바람직한 '신생(新生)'을 상상하였던 것이다.

이 과정에서 박태순은 일명 도시 빈민들의 모습을 형상화하되, 그들을 소외시키거나 정형화하지 않는다. 흔히 빠지기 쉬운 성급한 일반화, 범주화의 욕망과 거리를 두고 그들 삶에 들어가 오롯이 그것을 문학 속에 '대신' 담아내는데 골몰한다. 나아가 소설로 대표되는 기존의 순수 문학 장르가 가지는 한계를 지적하면서 르포, 기행문 등 장르 외적으로 다양한 접근을 시도하기도 하였다.

여기서 소설 외적인 것으로의 과감한 전회(轉回)만큼이나 주목해야 할 것은 새로운 사회, 즉 '신생'을 창출하려 한 작가의 고투이다. 주지하듯 박정희 정권은 강력한 산업화 드라이브를 통해 중진국으로의 도약을 시도하였다. 그 결과 한국 사회는 개발과 발전이

---

[1] 이문구 박태순 등 일부 문인들은 문학의 표현 자유를 관철하기 위한 그 동안의 문학 운동이 결실을 맺지 못하였으며, 특히 《동아일보》《조선일보》 두 신문사에 집필을 거부하는 운동에 앞장을 서면서 연재소설을 쓰고 있는 작가들에게 집필 거부를 권하는 등 일련의 사태에 대한 책임을 통감하고 아울러 자신의 소신을 저버린 채 시류 흐르는 대로 웅변할 수 없다는 이유 등으로 현재 연재되고 있는 작품을 조속히 끝내는 대로 당분간 절필한다는 뜻을 밝혔다. (박태순, 『자유실천문인협의회와 70년대 문학운동사 1』, 실천문학, 1984, 567쪽.)

라는 미명 하에, 지금까지도 뿌리 깊은 문제로 해결이 요원한 여러 폭력적 상황들을 양산해왔다. 박태순은 동시대 이 같은 상황을 비판적으로 바라보면서, 대안적 사회로의 전회를 촉구하며, 새 시대의 청사진을 제시하고자 했다. 구체적으로 그는 역사적 문제의식을 경유하여 한국 사회가 사회 구성원으로서의 상상된 시민(인민)의 경계 외부에 있는 '박탈'된 존재들의 면면에 주목하면서 한국 사회의 발전 과정 중 (비)의도적으로 배제되어 온 존재들을 지속적으로 환기하였던 것이다.

1970년대 박태순의 이 같은 행보는 약 2년간의 절필 기간을 포함한 모색기를 거쳐 더욱 선명해졌는데, 그는 질곡의 한국 현대사를 역사적 관점에서 되짚고 재의미화하는 과정의 필요성을 절감하게 되었다. 따라서 절필 이후 작품들 중 몇몇에서는 역사 재해석을 위해 한국 현대사 중 3·1절, 해방과 한국전쟁, 4·19혁명, 거슬러 올라가서는 조선시대까지의 소환을 통해 새 시대 새로운 가치를 찾고자 시도하고, 문학적으로 질문하는 모습을 보인다.

더불어 5·16으로 그 의미가 퇴색되어 버린 4·19에 대한 소환을 통해 역사적 재의미화를 시도한다. 이는 4·19의 흔적과 상흔 그 속에서 스러져간 것들에 대한 애도와 온전한 의미 부여에서 시작하고 있는데, 이는 4·19 상황과 그 이후에 대해 직접적인 언급을 시도한 「幻想에 대해서」(《월간중앙》, 1975년 1월호)에서 잘 드러나며 이 시기 다른 단편들에서도 파편적으로 발견되고 있다.

즉 이 시기 박태순의 작품을 살펴보고 의미화하는 것은 시민 혁명으로 신화화되어가던 4·19에 대한 새로운 해석과 접근 방법을 확인하고, 박정희 레짐 시기, 당대 한국 사회와 결을 달리하여 이미 '박탈'된 존재가 우리 사회에서 어떻게 삶을 지속하고 함께 공존해 왔는가, 그들이 꿈꾼 '신생'은 무엇이었는가를 확인하게 한다. 나아가 1980년대 본격화되는 박태순의 여러 행보를 예비한다는 측면에서 의미 있다 하겠다.

2. '新生'의 (불)가능성과 역사 다시 보기

앞서 말한 바 「신생」은 소품에 가까운 짧은 작품이지만, 1975년부터 행해진 박태순의 절필, 이후 문학적 시도와 태도를 징후적으로 보여주었다는 점에서 주의 깊게 살펴봐야 한다. 작품은 수십 년 전 한국전쟁 직후 중학생이었던 나의 시선과 현재 나의 시선이 차례로 교차되어 서술된다. 전쟁 직후, 영국군이 사용하느라 출입이 금지되었던 학교 본관은 영국군이 철수한 후 학생들의 독립군 놀이 공간이 된다. 그러던 중 "비범한" 친구에 의해 "우리가 독립군 대장의 역할로서만이 아니고, 우리의 처지에서도, 그러니까 좀 더 정확히 말하자면 독립군 대장의 역할에다가 우리의 기분을 살려서 새 나라를 세운다."에 생각이 이르게 된다. 그리고 "유토피아"에 대한 생각들까지 포함하여 새 나라에 대한 이런저런 생각들을 나누던 그들은 "그리고 …… 음…… 뭐가 있을까? 하여튼 이런 자유당 정부하고는 다른 나라일 게다. 국민들을 위해서 제대로 정치질하고, 그런 나라겠지"와 같이 막연하지만 자신들의 희망에 대해 이야기하기에 이른다. 그리고 1970년대 현재 「新生」의 화자는 소년들의 당시 이런 생각을 "벌써 이십여 년 전에 우리는 극히 막연하게나마 어떤 나라를 우리가 바라고 있는지 알아야 한다고 생각했었다. 그것은 본능이었을까. 그럴 것이다."라고 회고한다.

작품의 이 같은 장면들은 대한민국이 건국될 때, 그리고 전후 사회를 재정비하고 재건에 박차를 가할 때, 화자를 포함한 사회 구성원들이 대한민국의 청사진, 즉 '신생'에 대한 고민이 불철저했다는 때늦은 반성으로 이해할 수 있다. 그리고 작품이 창작된 1970년대 중반에야 이르러 "… 그때 우리가 독립군 대장 놀이를 하면서 얘기했던 것이 과연 무엇인지를 이제는 절실히 깨닫게 되었다는 사실이다.… 그것을."이라고 절실히 읊조리는 장면을 통해, 결국 도래하지 못한 공동체에 대한 아쉬움을 드러냄과 동시에, 대한민국 현대사에 대한 이중의 비판을 시도하고 있음이 확인된다.

작가의 이 같은 비판적 역사의식은 과거 상황을 보다 철저히 의미화하겠다는 결심으로 이어졌다는 점에서 주목된다. 그리고 박태순의 이런 고민은 기성세대에 속한 인물들의 자포자기한 모습을 조명하면서 새 세대에 대한 기대감을 보였던 「崔氏家의 憂鬱」(《세대》, 1974년 11월호)의 한 장면에서도 다음과 같이 잘 드러난다.

> 그가 우울한 생각을 먹게 된 것은 그런 데 있는 것이 아니었다. 자기 자식들이 좀 더 괴로와하고 좀 더 방황하고 아파하여 자기처럼 좁은 능력마저도 있는 듯 없는 듯 살아가지를 말았으면 하고 바랐던 바이며, 좀 더 함거하고 모반을 획책하여 어떠한 고난이라도 이겨내고 어떠한 불의나 압박에도 굴하지 않는 튼튼한 인생을 갖기를 희망했던 것인데 이제 자기의 자식들은 청춘 시절의 그런 어려운 싸움에 그만 막을 내리려고 하는 게 아닌가 싶었던 것이다. 그는 그래서 막연히 손자, 손녀들에게 기대를 걸어보고 싶은 것이다, 물론 그들은 아직 세상에 태어나지도 않았지만 말이다. (81쪽)

기대가 사라져 버린 시대, 작품 속 화자가 태어나지도 않은 손자 세대에까지 기대감을 펼쳐 보이는 이 장면에서 벌써 조로(早老)해 버린 당대 사회 구성원(작가 자신도 포함)에 대한 깊은 절망감을 읽을 수 있다. 이후 박태순 작가 자신의 고백에서 그간 자신의 문학 행위에 대한 회의의 시기를 겪었음을 확인하게 된다.

> 그러다가 74년에서 75년에 걸쳐 나에게 문학 행위에 대한 회의의 시기가 다가왔습니다. 문학이 우리의 민족 사회와 어떻게 관련을 맺어야 하는가를 나름대로 자각하지 못하는 것이라면 더 이상 문학 행위를 지속하는 것은 무의미하다는 결론을 얻게 되었읍니다. 사회적 자각과 역사적 각성의 형태가 문학의 예술 형태로 어떻게 표현될 수 있는지를 따져 보아야 하는 괴로움을 회피할 수가 없었어요.[2]

이후 주지하듯 박태순은 1975년부터 약 2년간의 절필의 시간을 가진다. 절필을 결정하게 된 것과 관련한 직접적인 원인은 문학장 내·외부에서 자행되고 있던 폭력이었지만, 위 언급에서도 드러나듯 문단 생활을 시작한 이래 기존 자신의 문학 창작 방식, 그리고 문학 내 메시지와 관련하여, 스스로 재정비가 시급했던 것이 큰 이유였다.

그리고 길다면 긴 약 2년가량의 절필 기간을 끝내며 발표한 첫 작품이 「姑息策」(《대학신문》, 1977년 1월)이었다. 이 작품은 조선시대 유학자였던 이황- 이이 간 논쟁의 장면을 허구적으로 재구성한

---

2) 박태순, 『어느 史學徒의 젊은 시절』, 尋雪堂, 1979, 358쪽.

작품으로, 기존 박태순 작품들과 비교했을 때, 다소 이채를 띤다. 이 작품은 「신생」만큼이나 짧게 쓰였지만 이후 작가의 문학적 행보를 가늠케 하는 출사표처럼 이해된다는 점에서 의미를 가진다.

"세상에 진(進)하여 어진 정치로 천하 사람과 함께 선하게 되는 이른바 겸선(兼善)의 길을 구하려 하는 중"이던 23세의 청년 이이와 가이며 "퇴(退)하여 자수(自守)의 길을 택"하던 58세의 퇴계 사이의 논쟁이 작품의 주요 내용이다. "인간의 심성이나 도덕성에 관심을 쏟는 일도 물론 중요하지만, 그 인간이 처해 있는 세상과 사회 현실에 대한 동태적 파악을 놓칠 수는 없는 일"이었던 이이는 "도학과 정치는 서로 용납되기 힘든 모양"이라며 쓸쓸해 하는 이황에게 "나아갈 경우"에 대해 묻는다. 정치/도학 중 모두를 놓쳐 버릴 수 있다는 점을 들어 이황이 도학을 지킬 생각이라고 하자, 이이는 "현실에 대한 고식책을 방관"할 수 없다는 점을 들며 자신은 경상에 헌신하겠다고 다짐한다. 작품 마지막에서 화자에 의해 이이의 이런 결심은 실학의 태동으로 이어진다고 언급된다. 현재 관점에서는 이제 새로울 것 없고 해묵은 것처럼 보이기도 하는 이 장면(이황-이이 간의 논쟁) 이후 경장을 선택하는 이이의 모습을 강조함으로써, 박태순이 앞으로 자신의 문학 행위가 '경장'에 근거할 것임이 예고하는 것이다.

1977년 《독서신문》에 연재했던 「水火」의 경우도 「更張의 時代」와 비슷한 문제의식을 공유하고 있다. "동재 선생 유적기에 보니까 이런 말이 있더군요. '수화 속을 헤매는 백성을 건지고자…….' 출세(出世)에 뜻을 두었다는 말이 나오는데 이것을 해석하기에 따라서는 동재 선생 자신은 수화(水火) 속에 있지 않다는 뜻이 되지 않느냐 싶다는 말입니다. 백성을 주체(主體)로 보는 게 아니라 객체(客體)로 보는 이런 사고방식은 오늘과 다르고, 또 마땅히 달라야 하겠으나, 문제는 그보다도 수화(水火)라는 이 막연한 표현법입니다."

위의 인용은 '수화'(水火) 속에 빠진 백성들과 자신을 분리하여 시혜적 사고를 지니고 있었던 당대 선비들을 비판하는 작품 속 화자인 '오호준'의 말이다. 오호준은 이후 자신의 조상 윤기변에 대한 미화적 서술을 청탁한 윤삼득의 이야기를 "도저히 받아들일 수 없는 일종의 영웅주의적 사관"으로 여기게 되며 "더 이상 그런 잘못에 매달릴 수는 없다"고 다짐한다. 그러나 작가는 이런 오호준의 각성이 생활의 방편이라는 현실의 벽 앞에 무너져 내리는 결말을 그림으로써, "그가 빠져 있는 수화 속으로부터 그를 건져 주겠다고 자처하며 나서는 어떤 사람에게서."에서 보듯 과거— 현재에 이어 반복되는 상황에 대해 이중의 비판을 가하고 있다.

이렇듯, 이 시기 박태순은 다소 이채롭다고 생각할 만큼 고전을 작품의 주요 소재로 삼고 있는데, 이에 대해서 다음과 같이 회고하기도 하였다. "그래서 그때는 진짜 문학 집어치우고 다른 거 해야겠다. 문학은 다 필요 없다. 문학을 버릴 수는 없어. 그래 가지고 사서삼경을 다시 읽었어요. 그런데 사서삼경 읽은 게 나한테 아주 큰 도움이 되었어요. 사서삼경에 대해서도 시대에 따라 자기 기준이 다 달라지는데, 어떨 때는 『논어』가 아주 재미있게 읽히고 또 어떨 때는 『중용』이 재미있게 읽히고 어떨 때는 『대학』 이런 식으로, 사서삼경을 읽은 게 굉장히 큰 도움이 됐지요."[3]

즉 절필 기간 박태순은 고전 등에 대한 재해석을 경유하여, 자신의 문학 전환기를 어떻게 펼쳐가야 하나를 철저하게 고민하였으며,

---

3) 박태순·이소영, 「소설가 박태순이 제안하는 한국문학의 출구전략」, 《상허학보》 49, 상허학회, 2017, 433쪽.

과거의 유물로 불리는 사상들에 대한 천착은 자연스레 과거 역사에 대한 재인식과 새로운 역사의식(문학과 결부)으로 연결되고 있음이 발견된다는 점에서 주목되어야 한다.[4] 비슷한 시기 우리 근현대사와 박태순 자신의 집안 내력과 생애사를 나란히 놓은 자전적 소설인 「유랑과 정처」를 발표한 것도 이 같은 문제의식의 연장선상에 있다. 그리고 작가의 이 같은 역사 다시 보기의 시도는 이 책에 수록된 마지막 작품인 「3·1절」에게까지 연결되고 있음이 확인된다.

3. '독가촌'과 '공거(共居)'의 윤리

앞서 말했듯 절필을 전후한 이 시기 박태순의 작품 중 가장 큰 비중을 차지하는 것은 우리 사회 속 하층민들의 삶에 대한 것이었다. '외촌동 연작'의 연장선상에서 이해될 수 있는 이들 작품들에서 등장인물들은 농촌 내 잔존해 있던 소작 문제로 인한 절규하기도 하고(「발괄」), '택시업'을 하다가 실금(失禁) 증상을 얻게 되기도 한다.(「실금」) 또 전쟁통에 어긋난 인연으로 인해 원치 않은 삶을 지속하기도 한다.(「뜨거운 소주」) 박태순은 이들의 삶을 작품으로 펼쳐내면서 폭력적 도시화와 산업 구조 재편 과정에서 소위 '박탈(dispossession)'[5]된 존재와의 공존과 '공거'를 모색하고 있어 주목된다. 버틀러에 의해 주요하게 제안된 '박탈'은 토지 침해의 관행들

---

4) 1975년 활동을 재개한 박태순은 이후 몇 편의 장편들을 발표한다. 『가슴속에 남아 있는 미처 하지 못한 말』(열화당, 1977), 『어제 불던 바람』(전예원, 1979), 『어느 사학도의 젊은 시절』(《세대》 1977년 연재, 이후 단행본 출간)이 이에 해당한다. 중·단편 위주였던 기존 작품 경향과는 차이를 보이는 부분이다. 이 시기 장편들에서 특징적으로 포착되는 것은 한국 사회의 과거(역사, 허구)의 재구성과 재정의가 시도된다는 것이다.

5) 주디스 버틀러·아테나 아타나시오우, 김응산 옮김, 『박탈: 정치적인 것에 있어서의 수행성에 관한 대화』, 자음과모음, 2016.

을 의미하는 것에서부터 시작한 개념으로 공간, 신체의 구속을 주요한 전제로 포함한다. 버틀러는 이 개념을 이스라엘 국가에 의해 자행된 팔레스타인 토지와 자원의 점령과 토착민에 대한 박탈(수탈)의 경우로 주요하게 사용하였다. 그러나 "박탈"이 근간을 잃어버리고, 점령당하고, 가정과 사회적 유대가 파괴되는 경험, 인도주의적 희생자화, 삶의 위태로움(unlivability), 그리고 민족 자결을 쟁취하기 위한 투쟁의 경험들을 표현할 수 있는 언어를 제공"해 준다는 점을 참고했을 때, 박태순의 작품에서 우리 사회 속 소외된 자들의 사회 경제적 상황을 이해하는 데에도 참조해 볼 수 있다 하겠다.

특히 '외촌동 사람들' 연작과 이 책에 수록된 작품들에서 확인되듯, 박태순 작품 속 민중들이 특히 삶의 터전과 관련하여 각종 고초를 겪고 있음을 확인할 때, '박탈'이 무엇보다 '공간'과 관련된 속성을 가지고 있음을 다시금 환기할 필요가 있다. 1977년 봄,《창작과비평》에 발표되었던 「벌거숭이산의 하룻밤」은 '박탈'된 존재들의 공간적 상황을 잘 보여준다. 작품 속 삶의 공간을 박탈당하고 도시의 변두리까지 밀려 나온 고모부 '만술'과 그를 방문한 청년 '박유채'도 모두 '박탈'된 개인에 포함된다. 월남인인 만술은 만술대로, 또 지방 출신 상경인인 유채는 유채대로 스스로 이곳 도시에서는 그저 "세상 바깥"에 쫓겨난 존재, "추방당하고 있는 게 아니라 입장(入場)"조차 하지 못한 존재로 명명된다. 덧붙여 작품 말미에 만술의 말에서만 등장하는 '구자광'이란 인물 또한 마찬가지이다. 4·19와 5·16으로 이어지는 역사의 질곡 아래 구자광은 "자기 인생에 차압 딱지를 붙"인 것으로, "우리 사회에서 차단되어 버린" 것으로 이야기한다. 그러나 구자광이 "자기를 소시민이 되도록 내버려 두지 않는 세상 사회가 도리어 고맙게 생각"된다고 말하면서 "자기 삶도 딴딴해"진다고 이야기하는데, 이즈음에서 박태순이 '박탈'된 존재들과 아닌 존재들 모두를 포함한 '공거'의 윤리를 제시하고 있음을 알 수 있다.

앞서 논의한 "박탈"이 '서발턴'을 비롯하여 사회 속 소외 계층을 설명하는 개념들과 차이를 갖는 부분은 '박탈'이 내재하는 관계적이고 외부적이며 상호 유동적인 특성에 있다고 지적된다.[6] 버틀러와 아타나시오우에 따르면 우리의 일반적 생각과는 달리 '박탈'은 단순히 위력에 의해 자신의 소유물을 빼앗기는 상태만을 의미하는 것은 아니다. 그들은 소위 탈취적 속성을 지닌 박탈과 관계적 박탈, 혹은 탈-소유로서의 박탈을 구분하면서 "성향-으로서의-박탈(dispossession-as-disposition))[7]"이라는 개념을 제시한다. "성향으로서의 박탈"은 버틀러가 이전부터 제시했던 "관계성"에의 인식, 혹은

6) 만일 우리가 장소와 생계, 주거지, 음식, 보호 등을 빼앗길 수 있는 존재라면, 우리의 시민권, 우리의 가정, 우리의 권리를 잃어버릴 수 있다면, 그렇다면 우리는 우리를 유지하기도 하고 우리를 박탈하기도 하는 힘들, 우리의 생존을 좌지우지할 수 있는 권력을 지닌 그 힘들에 근본적으로 의존하고 있는 것이라고 할 수 있습니다. 심지어 어떤 권리를 갖고 있을 때조차 우리는 그러한 권리를 부여하고 지속시켜주는 통치체(governance)의 양태와 법적 체제에 의존하고 있습니다. 때문에, 우리의 권리와 터전, 소속의 양태를 박탈당할 가능성이 있기 전에 이미 우리는 우리 자신의 외부에 존재하고 있는 것입니다. 다른 말로 표현하자면, 우리는 처음부터 우리의 쾌락과 고통을 어떤 지속된 사회계 혹은 지속적인 환경에 빚지고 있는 상호 의존적 존재인 것입니다. 위의 책, 23~24쪽.

7) 성향-으로서의-박탈(dispossession- as-disposition)은 따라서 반응성과 책임감이라는 사안을 통해 사유할 수 있는 기회가 되는 것이지요. 세상에서 우리가 갖고 있는 위치, 그리고 타자와의 관계성에 대한 책임을 지는 것 말입니다. 응답하라는, 책임을 떠맡으라는 타자의 부름에 영향받고, 허물어지고, 그것에 얽매이게 되는 우리 자신을 발견할 때, 우리는 그렇다면 어떤 종류의 정치 공간이 가능하며 열리게 되는 것인지 고민해볼 수 있을 것 같습니다. 사회성이 차별화된 세계에서, 만일 우리가 이미 "우리 자신 외부에", 우리 자신을 넘어서서, 타자에 매여 있고 타자에게 무장 해제된 채로 존재한다면, 그리고 우리가 우리 외부에서 혹은 우리 자신 내부 깊은 곳에서부터 등장하는 요구들에 사로잡혀 있는 채로 존재한다면, 책임감에 대한 우리의 생각은 이와 같은 성향으로서의, 노출으로서의, 자기-타자화로서의 박탈이라는 생각을 필요로 할 수밖에 없습니다. 위의 책, 177쪽.

보다 쉬운 말로 타자에 의한 자아의 허물어짐이라고 표현해도 적절할 것이다. 이렇듯 타자와의 관계를 통해 스스로 허물어지는 자기 박탈의 경험이 타자에 대해 감응적으로 반응하고 행동할 수 있는 기회를 제공해 주기도 한다는 말은 소위 관계적 박탈의 윤리적인 차원을 보여준다. 곧, 주권적이며 유아독존적인 자아라는 개념은 애초부터 문제적일 수밖에 없고, 자아란 이미 관계적인 개념이자 타자와의 상호작용을 통해 형성되는 열린 존재라는 인식이 바로 "성향-으로서의-박탈"이라는 개념 뒤에 자리 잡고 있는 것이다.

따라서 나의 의지와는 상관없이 내가 처음부터 타자와 삶에 관계하고 있기 때문에 "나"는 사회적 존재일 수밖에 없고, 이와 같은 자아의 사회성을 인식하는 것이 타자에 대한 윤리적 태도의 첫걸음이라는 사실이 강조된다. 따라서 박탈의 순간이 오히려 "타자의 취약성을 배려하고, 서로의 삶에 대한 집단적 책임감을 회복"하는 계기가 될 수 있음이 역설된다. 이는 박태순 소설의 '박탈'된 존재들이 서로에게 윤리적 존재가 되는 장면을 잘 설명할 수 있으며, 이는 박태순 작가 자신의 윤리적 태도와도 관련된다고 생각된다.

그리고 이런 '불안정성'[8]을 특정으로 하는 '박탈'된 존재들은 자신들이 선택하지 않은, 혹은 선택한 존재들과의 '공거'[9]를 고민하

8) 특정한 사람들이나 집단이 다른 방식으로 상처와 폭력, 빈곤, 부채, 죽음에 노출되는 정치적 상황을 지적함에 있어서 "불안정성"이라는 용어는 "자신에게 허락된 온당한 자리가 비-존재인" 사람들의 삶을 정확하게 묘사하는 용어라 할 수 있습니다. 이것은 실로 (신자유주의 체제의 근간을 이루는 상태인 것으로 밝혀진) 사회적으로 할당된 처분 가능성(disposability), 곧 인간을 마음대로 처분할 수 있는 가능성에 관련되어 있고, 아울러 사회적 죽음, 유기(遺棄, abandonment), 빈곤화, 국가적 차원과 개인적 차원의 인종차별주의, 파시즘, 동성애 혐오, 성폭행, 군국주의, 영양실조, 산업 재해, 직장 재해, 민영화, 혐오와 공감의 자유주의적인 통치화와 같은 다양한 양태의 무가치한 것들에 관련되어 있습니다. 위의 책, 45쪽.(밑줄 강조 인용자)

9) 다만 버틀러에게 있어 절실한 '공거'의 문제는 민족, 종교가 서로 상이한 유대-팔레스타인인들이 같은 공간 내에서 함께 존재하는 것이기에 박태순이 문제시하고 있는 공거의

는 존재들이다. 누군가와 함께 살기를 고민한다는 점에서 그들은 단독자이기보다 더불어 살기를 전제하는 존재들이다. 한국 사회는 일찍이 이같이 '박탈'된 비존재들을 주류에서 추방, 분리, 배제시키려 했을 뿐 '존재-비존재' 혹은 비존재 들 간에 어떻게 '공거'할지를 진지하게 고민하지 않았다는 점에서 1970년 이래 지금의 여러 문제가 필연적으로 배태될 수밖에 없었던 것이다. 한편 박태순은 '공거'의 문제와 상황을 현실적으로 실현화하고 있는 장소들에 본격적으로 주목하고 있는데 이 또한 모색기 이후 관찰되는 특징적 면모라 하겠다.

이 같은 관점에서 흥미롭게 살펴보아야 할 작품으로「獨家村 風景」(《문학과지성》, 1977년 가을호)을 들 수 있다. 작품은 '독가촌'이라는 모순적인 이름이 환기하는 급조된 '불안정성'을 띤 서울 변두리 동네에서 돌팔이 치과쟁이를 하고 있는 '허명두'의 시선에서 제시된다. 허명두는 그저 자신의 안위만이 제일인 인물로 4·19 때 이기붕 집을 수비하기도 했었다. 따라서 그에게 4·19는 "민중은 묶어놓아야 하는 것이지 풀어놓으면 세상을 더욱 뒤죽박죽으로 만드는 것 아니었던가? 그 자신으로서야 지은 일이 있으니 그랬다손 치더라도 이승만 박사를 그처럼 구박하다니 앞으로는 다시 그런 따위 혁명이란 있지 말아야 할 터"로 일갈된다.

이런 허명두에게 독가촌은 그저 한몫 떼어내고 자신의 불평을 투사할 공간일 뿐으로 그에게 독가촌 사람들은 '공거'의 대상이 아니다. 오히려 독가촌에서의 삶을 기반 삼아 주위 사람들을 착취하

상황과는 다소 다르다고 생각할 수 있다. 그러나 박태순이 주목하고 있는 우리 사회 속의 공거의 문제는 경제, 계급, 이념 등이 복잡하게 얽혀있으며 종교적 갈등이 상대적으로 미미한 우리에게 버틀러의 '종교' 문제만큼이나 큰 갈등을 내포한다는 점에서 비슷한 난경을 지니고 있다고 생각된다.

고 주류에 편입하고자 수단과 방법을 가리지 않는다는 점에서 허명두는 '박탈'된 개인과는 결을 달리한다. 이런 그와 달리 독가촌의 개간을 위해 들어오게 된 '온 씨'는 사뭇 대조적인 행보를 보인다.

허명두에 따르면 온 씨는 말썽 많은 사내여서 난민들의 대표자로 나서 가지고 사사건건 이른바 권익 투쟁이라는 것을 벌이면서 행정당국과 독가촌의 신흥 유지들에게 실인심(失人心)을 살 만한 온갖 미운 짓은 도맡아 놓고 하는 것으로 그려진다. 그러나 온 씨가 말썽 많은 사내라는 것은 허명두의 시선에서 본 것이고, 작품 내용을 미루어 보면 온 씨는 '공거'의 윤리를 누구보다도 정확히 구현해 내는 인물이다. 온 씨는 이 동네에 가해지는 폭력에 맞서 싸우며 독가촌 사람들의 터전을 지켜내기에 이른다. 이 와중 돌팔이이긴 하나 허명두가 치과 의사로(충치를 제거하는) 설정되어 있고, 온 씨가 허명두를 찾아가 아픈 이를 보이는 장면은 '박탈'과 '공거'의 윤리와 관련하여 곱씹어 볼 필요가 있다.

놓아두십시오. 이제 내 이가 어떻다는 것을 알았으니 차차 시간을 보아 가며 치료를 받도록 하지요. 병이라는 게 묘해요. 자기가 그것을 깨달아야 병은 병이 되는 것이고, 아무리 중병이라 할지라도 자기 자신 그렇게 느끼지 않고 있으면 남이 뭐라 하건 그게 믿어지지 않거든요. 더욱이 이라는 건 그게 썩어서 아프다고 할지라도 좀처럼 그걸 가지고 병이라 생각되지를 않는군요. 왜냐하면 이 아픈 것을 따져서 몸뚱이 아프다고 생각하게 되지를 않아요. 몸뚱이 전체와 연관시켜 생각해보게 되는 거니까 이 아프다는 건 뭐 세부적인 것으로만 느껴지게 되는군요. 실은 내가 허 선생을 찾아뵙는 게 이 때문이 아닙니다. 그러니까 몸뚱이 전체로 아파해

야 할 일이 있어 온 것이지요. (239쪽)

아픈 이를 모두 갈아내고 뽑아 버리라는 허명두의 말에 온 씨는 위와 같이 대답한다. 병은 쉽게 제거해 버릴 것이 아니라 그 원인과 양상을 살펴보면서 몸 전체를 살필 기회로 삼아야 한다는 온 씨의 말은 '공거'의 태도가 어떠해야 할지를 시사한다. 온 씨는 '박탈'된 존재가 가진 상호의존성과 '성향으로서의 박탈'을 온전히 이해하고 있는 셈이다. 타자에 의한 자아의 허물어짐을 기꺼이 감수하고 자신의 불편을 감내, 포용하면서 조금씩 타자에게 다가가면서 연대를 지속하고 있기 때문이다. 따라서 온 씨는 박탈된 존재로서 주위와 연대하면서 '독가촌'이라는 모순적 이름의 공간 내에서 행해지는 '공거'를 가능케 하고 있음이 확인된다. 즉 '독가촌'이란 제목은 사람은 절대로 혼자 살 수 없다는 작가의 생각을 역설적으로 강조한다.

이렇듯 작품 속 온 씨의 말에 기대어 박태순 또한 우리 사회의 '공거'의 윤리와 태도에 대해 강조하고 있다. 그리고 온 씨의 태도와 행동이 박태순이 약 2년간의 절필과 모색기를 통해 내린 문학적 결론이었다고 보아도 무리는 없을 것이다. 이 같은 '공거'와 연대의 장면은, 소위 그럴듯한 "빽"이 없으니 서로의 '끈'이 되어 주자고 등장인물들끼리 다짐하는 「끈」(《문예중앙》, 1982년 겨울호)의 주제와도 맞닿아 있는 부분이다. 그런데 이는 1974년 3월에 발표했던 「정선아리랑」 속 '나'가 '천백고지'로 찾아 들어가는 영감과 함께 가기를 거부하고 "떠돌이 생활"을 청산하겠다고 발언한 것과 미세한 차이를 보인다.

즉 모색기 전 박태순 작품 속 '박탈'된 존재들이 자신의 박탈적 상황을 내보이고, '살아내기'위한 개별적 생존에 급급한 파편적 면모를 주로 보였다면, 모색기 이후 박태순은 작품 속에서 '박탈'된 존재들과 그들끼리의 공동체적 '공거'를 적극적으로 모색한다는 점에 차이를 지닌다. 또한 타인에게 열린 채로 그들과의 관계 속에서 자신의 정체성 또한 유동적으로 바뀔 수 있음을 전제하는 인물들이 등장한다는 점도 차이를 지닌다는 점에서 매우 흥미롭다 하겠다.

5. 애도되지 못한 비존재의 호명과 4·19의 현재성

앞서 2장에서 과거의 재구성과 재의미화의 목적이 현재(작품 창작 당시), 그리고 미래 한국 사회에 대한 청사진을 제시하고자 했던 것이었음을 지적한 바 있다. 이 같은 박태순의 문제의식은 당대 바야흐로 역사가 되어가고 있는 4·19에게로 향하고 있던 작품들이 있었다. 절필 직전 발표했던 「幻想에 대해서」(《월간중앙》, 1975년 1월호)는 1968년 「무너진 극장」 이후 4·19에 대한 작가의 문제의식이 본격적으로 표출된다는 점에서 주목될 필요가 있다. 동시에 1980년 발표된 「18년」은 1970년대 끝 무렵 4·19에 대해 언급하고 있어 「幻想에 대해서」와 나란히 놓고 볼만 하다.

「幻想에 대해서」는 4·19로 혼란스러운 와중 예기치 못한 절친의 죽음을 겪은 젊은이들의 이야기이다. 4·19로 인해 무법천지가 된 서울에서 "광득"과 "맹지", "평길" 세 친구 중 평길이 거리에서 죽음을 맞게 된다. 열아홉 살 평길의 죽음은 이를 목격한 광득과 맹지 두 남은 친구의 인생에 지대한 영향을 미치게 된다. 조맹지는 "그 상처가 치유될 수 없는 것이었기에 그는 안심한 어른들처럼 함부로 4·19찬가를 부를 수가 없었다."라고 말한다. 그의 말을 통해 4·19 이후 15년 가량이 흐른 1975년 당시에도 4·19에 대한 명확한 의미화가 이루어지기보다는 여전히 그와 관련한 선정적 말 잔치만이 지속되고 있음이 강조된다. 즉 말하기 좋아하는 요사꾼들 "유식한 놈들"에 의해 4·19의 본래적 의미는 희미해지고, 죽음 당시에도 제대로 애도되지 못했던 이름 없던 '비존재'인 평길의 희생은 점차 더 잊혀 가고 있었던 것이다.

그러나 작가는 4·19에 "하나의 환상을 그려 놓은 것"으로 이야기하면서 "우리가 만들어 놓은 전례만은 지워지지 않을 거다"로 힘주어 이야기한다. 이렇듯 박태순이 4·19를 의미화하는 과정에서 소위 우리 땅 위에 '박탈'된 '비존재'들에 대해 새삼 주목하고 있음을 발견하게 된다. 박태순 작품 속 '비존재'들은 어떤 식의 유사성이나 동질성으로 묶이지 못하며, 불평능한 구조 안에서 가장 불안정, 취약한 사람들로 인정 체제에서 밀려나고 배제되어 집회 내에서 나타남으로서만 자신의 신체를 체현할 수밖에 없는 존재들이다. 따라서 그들은 마땅한 언어로 호명되지 못한 채 역사 속에서 망실되고 만다.

그러나 이들의 행위는 해당 사회의 폭력성과 병폐를 끊임없이 환기시킨다는 점에서 의미가 있다. 그리고 망실되고 만 것처럼 보인 '평길'을 비롯한 그들 비존재는 다른 곳에서 되살아나고 있음을 발견하게 된다. 이는 「幻想에 대해서」 속 남겨진 두 친구가 각자의 방법을 통해 "데모"와 "혁명"을 지속해 나간다는 지점에서 잘 드러난다. 작품 말미 "또 그는 계속 떠돌아다니고 있는 모양이었다. 양복을 입고 최신 설비의 빌딩을 들락거리는가 하면 허름한 점퍼 차림으로 지방과 시장바닥을 헤매 다닌다고 그는 들었다"를 통해 유광득의 유랑 소식이 전해진다. 유광득을 보는 주위의 석연찮은 시선과는 달리 조맹지는 "한 번도 유광득이를 의심한 적이 없었다. 왜냐하면 유광득이가 어디에서 무슨 짓을 하고 있든 그것이 자기 자신과 세상에 대한 혁명에의 길일 것이라고 믿고 있었던 까닭에"라며 광득에 대한 믿음을 표출한다. 특히 작품에서 유광득이 적극적으로 외부자 되기를 선택함으로써 '박탈'된 상태를 자발적으로 유지한다는 점에서 주목된다. 즉 유광득은 4·19와 평길의 죽음을 통해 '박탈'된 존재들의 저항 행위를 확인하고, 그들과의 연대를 통해 '박탈'의 상호의존적 성격을 수행적으로 실현하는 인물인 것이다.

타자의 고통을 마주할 때 타자와의 관계성을 발견하고 연약한 타자에 대한 반성적 차원의 박탈로 타자와의 연대를 이룰 수 있다고 주장한 버틀러의 주장을 상기할 때, 광득은 평길의 죽음으로 인해 기존 자신의 정체성을 허물고 기꺼이 타자 속으로 뛰어들기를 선택한 것이다. 즉 '박탈'이 사회 구성원들과의 관계성을 더 높여준다는 측면에서 유광득의 행위는 '박탈' 상태를 유지하는, 앞서 논의했던 '성향으로서의 박탈'의 윤리적 행위에 가깝다 하겠다. 이렇듯 박태순은 이 작품에서 평길의 죽음을 재해석하고 이를 계승하는 광득과 맹지의 모습을 통해 4·19에 대한 부채 의식과 윤리적 태도를 강조하고 있다.

한편 「18년」은 5·16 이후 18년이 지난 "1979년 11월 31일"이 배경인 소설이다. 소설을 쓰는 "김이박"은 "성 씨"의 부름으로 인해 그의 사무실을 방문한다. 여러 정황을 미루어볼 때 김이박의 사상을 검증하고 심문하고자 부른 자리였다. 성실한 문학 독자임을 자처하는 성 씨는 4·19가 일어났던 당시 자신이 "아무것도 아닌" 상태로 특히 자신이 대학생이 아니어서 그 시대의 주역이 될 수 없었다고 말한다. 이는 4·19가 "대학생 혁명"으로 의미화되던 것을 떠올리게 한다. 그러나 '성 씨'의 이런 소외감은 앞서 「幻想에 대해서」의 '평길'의 비존재화와는 비교될 수 없는 것이었다.

그러나 당시 대학생이었던 김이박은 성 씨에게 "4·19와 함께 일반인들이 반사적으로 연상하는 '감격, 자유, 민주' 따위의 언어가 떠오르지는 않았"으며, 4·19는 그에게 있어서 "'아픔, 죽음, 피, 배신, 절망, 역사' 따위의 단어들에 의해 가슴을 후벼 파게 하는 것"이었음을 고백한다. 이는 앞서 「幻想에 대해서」의 맹지와 광득에게 4·19가 갖는 의미와 동일선상에 있다. 이렇게 4·19 상황에서 다른 곳을 응시했던 두 인물은 서로 다른 입장이 되어 한 장소에서 독대하고 있는데 이 같은 설정은 매우 상징적일 수밖에 없는 것이다.

> 어두운 밤이 계속되고 있을 적에 사람들은 새벽이 어서 오기를 기다리게 마련입니다. 그러다가 새벽이 순식간에 찾아왔을 적에 사람들이 눈을 비비며 바라보게 되는 것은 무엇일까요? 빛나는 새 아침……? 그런 건 아니었겠지요. 어둠 속에 보이지 않던 더러움, 먼지, 추악함 따위부터 보게 되는 겁니다. 냉전 체제하의 한반도…… 우리는 우리의 의지에 의해 살아오고 있는 게 아니라 강대국의 의지 속에 우리 자신을 수용시켜 놓고 있는 것에 불과하고, 우리가 발견한 것은 우리의 추악함과 무력함이었어요. 4·19는 우리에게 혁명을 보여주는 것이 아니라 반혁명의 완강함을 확연히 드러내게 했습니다. (304쪽)

위의 인용 또한 4·19에 대한 허울 좋은 의미화와 거리를 두고자 하는 김이박의 생각으로 4·19의 본래적 의미를 지속적으로 환기하게 한다. 10·26 이후 어수선한 사회 분위기 속 새로운 사회로의 전환을 시도하던 당대 한국 사회에서 4·19의 정신은 이같이 김이박에 의해 다시금 소환되는 것이다. 그러나 모두가 주지하듯 이 시기의 혼란스러움은 12·12로 이어지는 또 다른 질곡의 역사를 낳게 된다. 박태순은 이 작품에서 '심문'이라는 특수한 대화 형태를 통해 자신이 투영된 김이박의 언술을 경유하여 '성 씨' 서술과 대비되는 입장에서 1979년 당시 4·19의 화석화(대학생 중심)를 경계하고 12·12를 앞둔 작품 창작 당시, 4·19가 여전히 혁명으로서의 현재성을 지니고 있음을 강조하고 있어 주목된다.

6. 마무리에 이르러: 3·1절과 함께 보는 1970년대

이 책의 마지막에 실린 「3·1절」은 1983년 《세계의문학》에 처음 발표되었던 작품으로 박태순 작가 자신의 상황과 생각이 별다른 소설적 장치 없이 비교적 날것의 형태로 제시되고 있다. 3·1절 60주년을 맞아 소위 불순분자들의 특이 행동을 사전에 저지하려는 당국에 의해 박태순이 가택연금 상태에 놓인 1979년 3·1절 즈음이 작품의 주요 배경이다. 특히 같은 4·19 세대이자 친우였던 "하길종" 감독의 부고를 듣고도 조문조차 할 수 없었던 박태순은 하길종 감독에 대한 추모와 인상비평, 영화판에 대한 의견을 제시함을 겸하면서 동시에 자신의 문학론을 직접적으로 제시하고 있어 눈여겨볼 필요가 있다.

소설가는 소설을 씀으로써 문학을 행위하는 자이지만 때로는
소설을 쓰지 아니하고 침묵을 견딤으로써 문학을 행위하는 것이

되는 경우도 있는 것 같다. 그것이 우연히 그리됐든 곡절이 있어서
그리됐든 이른바 유신 시대의 말기에 나는 소설을 쓰지 아니하는
(어쩌면 쓰지 못하는) 체험을 겪게 되었던 바가 있었다. (371쪽)

　박태순에 의해 작품의 초반부와 후반부에 의해 비슷하게 반복되
는 위의 서술은 1970년대 행했던 자신의 절필 행위가 갖는 문학적
수행성에 대한 직접적 의미 부여로 이해될 수 있다. 박태순은 하길
종이 활동했던 1970년대의 예술적 토대를 돌아보면서 문학계를 포
함한 당대 사회에 대한 전방위적인 비판을 가하고 있어 주목된다.
이 과정에서 박태순의 입장과 견주어볼 수 있는 "민경대"와 "최", 여
공들의 목소리가 제시되면서 박태순의 입장과 문학론의 특성이 더
욱 부각되고 있다.

　박태순은 이 글에서 1970년대 문학인들은 당국에 의해 그저 '얄
밉고 귀찮은 떠돌뱅이 나그네인 '소객(騷客)'취급을 받았을 뿐이라
고 이야기한다. 그리고 문학인들이 가진 다양한 가능성과 그들이
제시한 문제 제기가 모두 시끄러운 잡음으로 간주되면서 우리 사
회가 더욱 닫힌 사회가 될 수밖에 없었음을 지적한다. 이 같은 맥락
에서 대중 취향의 작품도 남겼지만, 〈화분〉과 같이 시대를 미리 선
취해 버린 난해한 작품들을 제작했던 하길종 또한 '실패'할 수밖에
없었던 것으로 이야기된다.

　물론 당국의 규제만큼이나 문학계 내의 상황 또한 박태순의 자
기비판의 대상이 된다. 박태순에 따르면 "70년대의 한국문학은 '민
중'이라는 애드벌룬을 띄워 올려서 그 밧줄에 매달려 산을 넘고 강
을 건넜"으며, "문학인들은 그들이 민중이 못 되고 민중이 아니라
는 것을 이런 방식으로 사과"했다는 말로 일갈된다. 이는 1970년대

거의 완성된 '민중론'을 둘러싼 담론 쟁투를 연상케 한다.

한편 「18년」의 "성 씨"를 떠올리게 하는 "민경대"라고 하는 당국에서 파견된 사람과의 외출, 그리고 문답 과정에서 이 당시 박태순의 생각이 보다 예리하게 드러나고 있다. 특히 "어째서 소설가가 소설 쓰는 일이 아닌 다른 것으로 골치를 썩이고 고생을 하는지" 이해할 수 없다는 민경대는 "좋은 소설" 쓰기를 거듭 강조한다. 민경대의 "좋은 소설" 쓰기의 종용은 박태순의 지인인 "최"가 문학인은 사회인으로서 염치가 없다고 비판하는 모습과 겹쳐진다. 그들의 "좋은 소설"은 효용성의 측면에서 박태순의 "좋은 소설"과 결을 달리하는 것이다. 그러나 작품 속 '나'는 최와의 대화 속에서 "문학이 사람들의 삶의 의미를 찾아 주어야 한다구? 의미라? 삶의 의미를 찾아낸다? 삶의 의미는 부정할 수 있는 힘일 거다"라고 이야기하면서 문학의 효용성은 무엇보다 사회 비판의 책무에 있으며 "워낙 큰 것에 대한 긍정을 위하여 부정해야 할 것을 부정하는 정신"이라는 점이 다시금 강조된다. 이와 함께 "인생은 단순할수록 좋은 것일 터"이나 "반면에 각계각층의 인생들을 수용하는 사회는 복합적이고 다양성을 띠어야 마땅할 것"인데 이것이 거꾸로 된 현 사회 상황에 대해 문제를 제기한다. 박태순의 이 같은 주장은 그의 작품 속 단선화되기를 거부하고 생동감을 잃지 않았던 다양한 등장인물들의 형상화와 맞닿아 있다.

이런 맥락에서 박태순은 3·1절이 1919년에 지나간 과거가 아니라 현재도 지속적으로 문제되고 의미를 지니는 "민족의 명절"이 되었다고 지적하며 우리 근대문학의 본격적 전개를 견인했음을 지적한다. 더불어 비록 시대가 바뀌어 한반도가 식민 현실에서 벗어났다고는 하나, 이 시대의 모든 문제가 분단 상황으로부터 근원되는 것이라 할 때, 민족 문제는 여전히 해답을 얻지 못한 질문의 형태로 남아 있는 데다 그 질문에 대해 해답을 얻어 내려는 움직임 또한 봉쇄되어 왔음도 다시금 강조된다. 여기서 박태순이 비슷한 시기 창작하고 있던 그의 국토 기행에도 지속적으로 담겨 있던 통일론에 대한 생각도 엿볼 수 있다.

따라서 염상섭의 「만세전」이 3·1 운동을 전후한 "자기 시대를 감당"함으로써 문제적 텍스트의 지위를 획득했던 것처럼, 동시대 문학인들에게도 그 같은 자세를 요구한다.[10] 따라서 작품의 말미 당대 여공들의 절규를 경청하고, 그들을 눈여겨보면서 그들에게서 문학의 본질과 미래를 발견하는 장면은 1980년대 박태순의 다채로운 행보를 짐작하게 한다는 점에서 주의 깊게 봐야 한다.

> 소설가는 소설을 씀으로써 문학을 행위하는 사이시만 때로는
> 소설을 쓰지 아니하고 침묵을 견딤으로써 문학을 행위하는 것이
> 되는 경우도 있는 듯하다고 나는 말했고, 그러하기는 하지만 역
> **시 소설가는 소설을 씀으로써 문학을 행위하는 자가 되어야 한다**
> **는 것을 깨닫고 있는 중이라고 덧붙여 말했다.**(418쪽)

따라서 앞서 제시했던 「3·1절」의 초반부와 달리 작품 말미에 이르러서는 위의 인용처럼 바뀌고 있는 부분에 이 시기 박태순 문학의 정수(精髓)와 본질이 있다고 생각된다.

---

10) 이 책에 실린 「작가 지망」이 최서해와 이광수 간의 이야기라는 점도 문학의 책무, 문학의 본질과 관련하여 참조할 지점을 제시한다.

* 이 해설은 필자의 「(은유된) 국토와 민중」(《현대문학의 연구》 75, 한국문학연구학회, 2021.10), 「박태순 기행문학 연구 ―'국토 사상'과 여성적 시선의 의미를 중심으로」(《국어문학》 제84집, 국어문학회, 2023.11), 「신생(新生)의 암중모색: '박탈'된 존재로 '공거'하기―박태순의 1970년대 작품을 중심으로」(《한민족문화연구》 86, 한민족문화학회, 2024.6)를 해설의 체계에 맞게 편집·수정·가감하여 재기술한 글이다.

박태순 연보

박태순 연보

1942 5월 8일 황해도 신천군 용문면 삼황리 소산동에서 아버지 박상련(朴商縺), 어머니 권순옥(權純玉)의 2남 2녀 중 장남으로 출생하였다. 본관은 밀양이다.

1947 1월, 부친이 가산을 모두 정리한 뒤 해주에서 서울로 이주하였다. 묵정동, 삼청동, 청운동, 원효로, 신당동 등지의 빈민촌을 전전하였다.

1950 12월 하순 대구로 피난했다. 그동안 다섯 군데의 국민학교를 옮겨 다닌 끝에 대구 중앙국민학교를 졸업했다.

1954 환도와 함께 서울로 이사하여 서울중학교에 입학했다. 중학교 2학년 때 막연히 작가가 되겠다고 마음먹었다. 친구와 함께 출판사 동업 중이던 부친이 휴전 이후 독립하여 출판사 박우사를 차렸다. 박태순은 국민학교 6학년 때부터 교정과 편집, 배달 일을 거들었다.

1957 서울중학교를 졸업하고 서울고등학교에 진학했다. 문천회, 바우회 등의 독서 모임에서 활동하였다.

1960 서울고등학교를 졸업하고 서울대학교 문리대 영문과에 입학했다. 곧바로 맞이한 4·19혁명 당시 경무대 앞까지 진출했는데, 함께 있던 친구 박동훈(법대 1학년)의 죽음에 큰 충격을 받았다. 이후 이때의 경험을 바탕으로 단편 「무너진 극장」과 「환상에 대하여」 등을 창작했다. 서울대 문리대 교양학부에서 김광규, 김승옥, 김주연, 김치수, 김현, 이청준, 염무웅, 정규웅 등을 동기로 만났다.

1961 학업에 뜻이 없어 학교에는 거의 나가지 않고 음악다방에만 출몰하였다. 자퇴를 결심하고 친구 따라 강원도 영월군 주천면에 가서 한동안 두문불출하는 생활을 이어 나갔다. 상경한 후에는 본격적으로 신춘문예에 도전하기 시작하였다. 시와 소설을 합해 총 스물한 번 도전하였으며 신림동 난민촌에서 한 달여간 틀어박혀 외촌동 연작을 구상하였다.

1964   대학을 졸업하고 단편 「공알앙당」으로 《사상계》 신인문학상에 입선
       하였다.

1966   중편 「형성」이 《세대》 제1회 신인문학상에 당선되었다. 단편 「향연」이
       《경향신문》, 「약혼설」이 《한국일보》 신춘문예에 각각 당선작 없는
       가작으로 입선하였다. 외촌동 연작의 첫 번째가 되는 단편 「정든 땅
       언덕 위」를 발표하여 문단의 호평을 받았다.

1967   본격적인 창작 활동을 시작하였다. 《월간문학》에 근무하던 이문구,
       《사상계》에 근무하던 박상륭 등과 알게 되어 가깝게 지냈다.

1969   1월에 출간된 《68문학》 제1집에 김승옥, 김주연, 김치수, 김현, 염무
       웅, 이청준과 함께 참여하였다.

1970   11월 청계 피복 노동자 전태일의 분신 사건을 취재하였다.

1971   르포 「소신(燒身)의 경고-평화시장 재단사 전태일의 얼」을 발표하였
       다. '광주 대단지 사건'(지금의 성남민권운동)을 취재하고 르포 「광주
       단지 4박 5일」을 발표하였다. 이때의 경험을 바탕으로 다음 해 단편
       「무너지는 산」을 발표하였다.

1972   4월 15일 김숙희(金琡姬)와 결혼하였다. 창작집 『무너진 극장』(정음
       사), 『낮에 나온 반달』(삼성출판사)을 간행하였다. 장편 「님의 침묵」
       (여성동아)을 세 달간 연재하였으며, 연출가 임진택이 「무너지는 산」
       을 연극으로 각색하고 연출하였다.

1973   인문기행 「한국탐험」을 《세대》에, 장편 「사월제」를 《한국문학》에,
       「서향창」을 《주부생활》에 연재하였다. 창작집 『정든 땅 언덕 위(부제:
       외촌동 사람들)』(민음사)를 간행하였다. 《중앙일보》에 소설 월평을
       연재하였으며, 12월 26일 민족학교 주최 '항일문학의 밤'에 참가하여
       시를 낭송하였다.

1974   1월 6일 유신헌법에 반대하여 '개헌 청원 지지 문인 61인 선언'에 발기
인으로 참가하였다. 4월, '문인 간첩단 조작 사건'에 대하여 문인 295
인의 진정서 규합 활동을 하였다. 11월 18일, 광화문에서 '문학인 101
인 선언'을 발표하며 '자유실천문인협의회'의 창립을 주도하였다. 이
날 경찰에 연행되었다가 이틀 후 풀려났다. 장편 「내일의 청춘아」를
《학생중앙》에 연재하였다.

1975   창작집 『단씨의 형제들』(삼중당), 산문집 『작가기행』을 간행하였다.
《한국문학》에 '언사록'이라 하여 개항 이후의 상소문, 격문, 선언문,
민요, 풍요와 유언비어 등을 수집·정리해 3회에 걸쳐 소개하였다. 김
지하의 '오적필화사건'과 연이은 긴급조치 등 폭압적인 유신 체제에
항의하는 의미로 절필을 결심하였다. '동아일보 광고탄압사건'에 항
의하여 자유실천문인협의회 문인들의 격려 광고를 주도하였다.

1976   번역시집 『아메리칸 니그로 단장(斷章)-랭스턴 휴즈 시선집』(민음사)
을 간행하였다. 침묵이 길어지는 동안 「사서삼경」을 독파하였는데,
훗날 이것이 이후의 재창작에 큰 도움이 되었다고 고백한다.

1977   3월 '민주구국헌장'에 서명한 혐의로 고은, 김병걸, 이문구 등과 함께
연행되어 수일간 조사를 받았다. 7월 24일 전태일의 모친 이소선이 구
속되고 평화시장 노동 교실이 폐쇄되자 이후 '평화시장사건 대책위
원회' 결성에 참여하였다. 12월 23일 한국 최초로 발표한 '한국노동인
권헌장' 작성에 참여하여 교열 보완 작업을 하였다. 장편 『가슴 속에
남아 있는 미처 하지 못한 말』(열화당)을 간행하였다. '자유실천문인
협의회 제3선언'에 참가하였다. 장남 영윤(榮允)이 출생하였다.

1978   4월 24일 자유실천문인협의회와 백범사상연구소가 공동으로 주최
한 '제1회 민족문학의 밤'에서 한용운의 시 「님의 침묵」을 낭송하였
다. 이 행사를 빌미로 고은과 백기완이 중앙정보부에 연행되었고, 박
태순과 이문구 등이 고은의 화곡동 집에서 단식 농성을 주도하였
다. 12월 21일 '김지하 문학의 밤' 행사에서 「세계 지식인 및 문학인에

게 보내는 메시지」를 낭독하였다. 장편「백범 김구」를 《학원》에 연재
하였으며, 번역서 『자유의 길』(하워드 파스트, 형성사), 『올리버 스토
리』(에릭 시걸, 한진출판사)를 간행하였다.

1979   2월 5일 광주 YWCA에서 열린 '양심범을 위한 문학의 밤' 행사에서
        사회를 맡았다. 6월 23일 종로 화신 앞에서 '카터 방한 반대 시위'에
        참가했다가 연행되어 김병걸, 김규동, 고은 등과 함께 구류 25일 처분
        을 받았으며, 정식재판 청구 후 10일간 구금되었다. 8월 31일, '1979년
        문학인 선언' 발표와 관련하여 퇴계로 시경 안가로 연행되었다. 11월
        13일, 윤보선 전 대통령 집에서 불법 회합을 가졌다는 이유로 계엄사
        에 의해 염무웅 등과 함께 연행되었다가 경고 훈방 조치를 받았다. 고
        은, 이문구 등과 함께 무크지 《실천문학》 창간을 주도하였다. 11월 24
        일, '명동 YWCA 위장 결혼식 사건'에 참가했다가 연행되었다. 장편
        『어제 불던 바람』(전예원), 『님을 위한 순금의 칼』(경미문화사)을 간
        행하였다. 둘째 아들 영회(榮會)가 태어났다.

1980   3월 25일, 무크지 《실천문학》의 창간호가 간행되었다. 여기에 『팔레
        스티나 민족시집』을 번역하여 소개하였고, '사회과학자가 보는 한국
        문학' 조사를 발표하였다. 4월 19일 연세대학교 '4·19 문학의 밤' 행사
        에서 '문학에 있어서 4·19의 의미'에 대해 강연하였다. 장편 『어느 사학
        도의 젊은 시절』(심설당)을 출간하였다.

1981   번역 시집 『팔레스티나 민족시집』(실천문학사)을 간행하였으며, 번
        역 소설 『대통령 각하』(앙헬 아스투리아스, 풀빛), 『민중의 지도자』
        (치누아 아체베, 한길사), 『파키스탄행 열차』(쿠스완트 싱, 한길사)를
        간행하였다. 산문 「국토기행」을 《마당》에 연재하였으며 평론 「문학
        과 역사적 상상력」(실천문학)을 발표하였다.

1982   장편「골짜기」를 《실천문학》에 연재하다가 중단하였다. 『무너지는
        사람들』(후앙 마르세, 한벗), 『우편배달부는 벨을 두 번 울린다』(제임
        스 M. 케인, 한진출판사)를 번역 출간하였다. 12월 실천문학사가 전

예원에서 분리·독립하면서 독립문 근처 박태순의 집필실 옆으로 이주하였다. 그로 인해 무크지《실천문학》편집은 물론『문학과 예술의 실천논리』『아프리카 민족시집』등 실천문학사의 초기 출판 목록에 적잖은 영향을 미친다.

1983   『문학과 예술의 실천논리』(실천문학사)에 아시아 아프리카 작가 운동을 집중 소개하였다. 「국어교과서와 민족교육」을《교육신보》에 연재하였으며, 기행문『국토와 민중』(한길사)을 간행하였다.

1984   자유실천문인협의회 개편 작업에 참가하였다. 장편「풀잎들 긴 밤 지새우다」를《마당》에 연재하였다. 무크지《제3세계연구》(한길사) 창간호에 팔레스타인의 민족시인 마흐무드 다르위시에 대한 소개글과 르포「잃어버린 농촌을 찾아서」를 발표하였다.『종이인간』(윌리엄 골딩, 한진출판사)을 번역 출간하였다.

1985   연작 소설「고향 그리고 도시의 벽」을《열매》에 연재하였으며,《실천문학》에 보고문「자유실천문인협의회와 1970년대 문학운동」을, 장편「어머니」를 발표하였다. 후자는 미완으로 남았다. 「역사와 인간」을《오늘의 책》에, 「한국의 장인」을《동아약보》에 연재하였다. 8월 '갑오농민전쟁의 전적지를 찾아서'를 주제로 하는 '제1회 한길역사기행'을 강의하였다.

1986   8월 10일부터 2박 3일간 한길사『오늘의 사상신서』101권 발간을 기념하는 '병산서원 대토론회'에 80여 지식인 학자들과 함께 참여하였다. 창작집『신생』(민음사), 산문집『민족의 꿈 시인의 꿈』(한길사)을 간행하였다. 월간《객석》에「작가가 본 연극무대」라는 공연평을 연재하였다.

1987   4월, 자유실천문인협의회가 주최하는 '시민을 위한 민족문학교실'에 강사로 참가하여 '제도 교육 속의 문학'을 강연하였다. '4.13 호헌조치'에 반대하는 문학인 193인 서명에 참가하였으며, 6월항쟁 이후 자

유실천문인협의회를 '민족문학작가회의'로 개편하는 작업에 참여하였다. 신동엽창작기금을 수혜하고, 무크지《역사와 인간》에「문학은 곧 역사 탐구」라는 창간사를 집필하였다.

1988   '4월혁명연구소'의 발기인으로 나섰다.「광화문」을《월간조선》에, 국토기행「한국의 기층문화를 찾아서」를《월간중앙》에 연재하였다. 중편소설「밤길의 사람들」로 한국일보문학상을 수상하였다.

1989   3월 27일, 민족문학작가회의 대표단으로 남북작가회담을 위해 판문점으로 가던 중 연행되었다. 국토기행문「사상의 고향」(월간중앙), 역사 인물 소설「원효」(서울신문)를 연재하였으며《사회와 사상》에 실록「광산노동운동과 사북사태」「거제도의 6·25 그 전쟁범죄」등을 발표하였다.

1990   사회학자 김동춘과 함께「1960년대의 사회운동」(월간중앙)을 연재하였다. 한길문학예술연구원에서 소설 창작을 강의하고 한길문학기행을 주도하는 등《한길문학》편집위원으로 활동하였다. 역사 인물 소설「연암 박지원」(서울신문)과「원효대사」(스포츠서울),「박태순의 분단기행」(말)을 연재하였다. 10월, 윤석양 이병이 공개한 '국군보안사령부 민간인 사찰 폭로 사건'의 보안사 사찰 대상에 포함된 것으로 밝혀졌다.

1991   사단법인 한글문화연구회의 이사를 맡았다. 4월「신열하일기」(서울신문) 연재를 위해 첫 번째 중국 기행을 다녀왔다. 이때는 대한민국과 중국 간의 공식 수교가 이루어지기 전이었다.

1992   《민주일보》에 객원 논설위원으로 참여하였으며,《한겨레신문》에「역사의 승리자로 남기를」을 발표하였고,《사회평론》에「역사와 문학」을 연재하였다.

1993	충북 중원군 상모면 온천리(수안보)에 집필실을 마련하였다. 역사 인물 평전『뇌봉』(실천문학사)을 조선족 동포 최성만과 공동으로 번역 간행하였다. 부친 박상련이 별세하였다.
1994	일본 후쿠오카 아시아태평양센터 주최 국제학술심포지엄에 '국토 소설가' 자격으로 참가하였고, 그 방문기를《황해문화》에 발표하였다. 역사 인물 평전『랭스턴 휴즈』(실천문학사)를 번역 간행하였으며 《공동선》에「서울 사람들」을 연재하였다.
1995	계간《내일을 여는 작가》창간호에 첫 장시「소산동 일지」를 발표하였다.
1997	《내일을 여는 작가》에「자유실천문인협의회 문예운동사」를 연재하였다.
1998	제15회 요산문학상을 수상하였다.《실천문학》에 장편「님의 그림자」를 연재하다 중단하였다. 8월 연변작가협회의 강연 초청을 받아 백두산과 길림성 일대를 방문하였다.
2000	'안티조선 운동'에 동참하였으며《현대경영》에「고전으로 세상 읽기」를 연재하였다.
2001	'광주대단지사건' 30주기를 맞이하여 성남 지역 시민단체들이 마련한 심포지엄에 발제자로 참석하였다.
2004	『문예운동 30년사 : 근대운동으로 살펴본 한국문학』(전 3권, 작가회의 출판부)을 간행하였다. 이는 훗날『한국작가회의 40년사』(2014) 집필에 가장 중요한 자료로 쓰인다.

2005	기행문「우리 산하를 다시 걷다」(경향신문)를 연재하였다.
2006	《공공정책》에「박태순의 신택리지」를 연재하였다.
2007	첫 창작집『무너진 극장』(정음사, 1972)을 책세상 출판사에서 '소설 르네상스' 시리즈로 재출간하였다.
2008	『나의 국토 나의 산하』(한길사)를 완간하였다.
2009	《프레시안》이 주최하는 '박태순의 국토학교'의 교장으로 취임하며 "찾지 않는 한 국토는 없으며 깨닫지 않는 한 현실은 보이지 않는다"는 소신을 30여 회에 걸쳐 실천하였다.『나의 국토 나의 산하』로 한국일보사가 주관하는 한국출판문화상 저술상(교양)을 수상하였으며, 제23회 단재상을 수상하였다. 전통공예의 장인들을 취재한 기록『장인』(현암사)을 발간하였다.
2013	5월 2일, 모친 권순옥이 별세하였다.
2014	'한국작가회의 30년을 말한다' 좌담회의 첫 대상자로 초청되었다. 한국작가회의 창립 40주년 기념식에서 문학운동에 관한 각종 기록을 정리하고 보존한 데 대하여 특별 감사패를 받았다.
2019	8월 30일 오후 3시 30분 서울 신촌 세브란스병원에서 향년 77세의 나이로 타계하였다. 9월 2일 경기도 파주시 파평면 청송로414번길 7-19 망향동산 묘지에 안장되었다.

출전(저본) 정보

작품명	최초 게재지	저본
정선아리랑	《세대》, 1974년 3월호	『단씨의 형제들』 삼중당, 1975
신생	《창작과비평》, 1974년 가을호	『신생』, 민음사 1986
작가 지망	《문학사상》, 1974년 10월호	『단씨의 형제들』 삼중당, 1975
최씨가의 우울	《세대》, 1974년 11월호	『단씨의 형제들』 삼중당, 1975
환상에 대해서	《월간중앙》, 1975년 1월호	『신생』 민음사, 1986
경장의 시대	《대학신문》, 1977년 1월 10일	『신생』 민음사, 1986
벌거숭이산의 하룻밤	《창작과비평》, 1977년 봄호	『신생』 민음사, 1986
수화	《독서신문》, 1977년 6월	최초 게재지와 동일
실금	《월간중앙》, 1977년 7월호 (《문학과지성》 1977년 겨울호 재수록)	『신생』 민음사, 1986
뜨거운 소주	《문학사상》, 1977년 8월호	최초 게재지와 동일
독가촌 풍경	《문학과지성》, 1977년 가을호	『신생』 민음사, 1986
유랑과 정처	『나:처음으로 털어놓은 문제작가 10인의 자전소설』, 청람문화사, 1978년	최초 게재지와 동일
발굴	《문예중앙》, 1979년 봄호	『신생』 민음사, 1986
18년	《대학신문》, 1980년 1월 7일	『박태순선집-신한국문제작가 15』 어문각, 1983
좁은 문	《정경문화》, 1982년 1월호	『신생』 민음사, 1986
끈	《문예중앙》, 1982년 겨울호	『신생』 민음사, 1986
3·1절	《세계의문학》, 1983년 봄여름 합본호	『신생』 민음사, 1986

박태순 중단편 소설전집 4권

2024년 12월 13일 1판 1쇄 펴냄

지은이	박태순
엮은이	박태순 전집 편집위원회
	김남일 김영찬 김우영 박윤영 백지연 서은주 오창은 이수형 이승철
펴낸이	김성규
편집	김안녕 조혜주 한도연
작품 검수	김사이 노예은 선상미 신민재 안현미 이준재 윤효원 황채연
디자인	신혜연
펴낸곳	걷는사람
주소	경기도 용인시 기흥구 동백중앙로 358-6, 7층(본사)
	서울 마포구 월드컵로16길 51 서교자이빌 304호 (지사)
전화	031 281 2602 / 02 323 2602
팩스	02 323 2603
등록	2016년 11월 18일 제25100-2016-000083호

ISBN 979-11-93412-78-7 04810
ISBN 979-11-93412-74-9 [04810] (세트)